乱离重逢母题的文化史研究

王立 刘卫英 著

东北大学出版社

图书在版编目（CIP）数据

乱离重逢母题的文化史研究／王立，刘卫英著. —
沈阳：东北大学出版社，2023.12
ISBN 978-7-5517-3484-4

Ⅰ．①乱⋯　Ⅱ．①王⋯　②刘⋯　Ⅲ．①中国文学－文
学史研究　Ⅳ．①I209

中国国家版本馆 CIP 数据核字（2024）第 017500 号

─────────────────────────

出 版 者：东北大学出版社
地　址：沈阳市和平区文化路三号巷 11 号
邮编：110819
电话：024-83683655（总编室）　83687331（营销部）
传真：024-83687332（总编室）　83680180（营销部）
网址：http://www.neupress.com
E-mail: neuph@neupress.com
印 刷 者：辽宁一诺广告印务有限公司
发 行 者：东北大学出版社
幅面尺寸：170mm×240mm
印　张：20
字　数：381 千字
出版时间：2023 年 12 月第 1 版
印刷时间：2023 年 12 月第 1 次印刷
责任编辑：孙德海
责任校对：汪彤彤
封面设计：潘正一
责任出版：初　茗

─────────────────────────

ISBN 978-7-5517-3484-4　　　　　　　定　价：98.00 元

序：乱离重逢：王立主题学研究的新收获
——兼及文学主题学学科确立问题

彭定安

我以为，"王立主题学研究"可以作为一位学者特辟学术视域的专属名词，予以确立。这也许可以视为对王立教授长久以来，在这一文学理论研究范畴中的创获与成就的最佳概括和标识。检索王立著述目录，其中有关主题学研究的论著多达 20 多种，诸如《中国古代文学十大主题——原型与流变》《中国文学主题学——意象的主题史研究》《中国文学主题学——江湖侠踪与侠文学》《中国文学主题学——悼祭文学与丧悼文化》《中国古代复仇文学主题》《宗教民俗文献与小说母题》《佛经文学与古代小说母题比较研究》《文人审美心态与中国文学十大主题》《中国古代文学主题学思想研究》《〈聊斋志异〉中印文学溯源研究》《文学主题学与传统文化》《传统故事与异域传说——文学母题的比较文化研究》《中国古代报恩故事的主题学研究》，以及《武侠文化通论》（及其续编、三编），等等。它们涉及主题学研究的多个范畴，其学术视域宽广、材料丰富详备、立论视角独特、论证细密深入，其论证理路均属史与论、材料与论证结合，广泛展开、深入开掘、由点及面，使得论著丰赡深厚。综合上述诸多著述的内涵与学术成就，我以为上述立论应该是可以成立的。

继上述有关主题学研究的论著之后，王立先生近期又撰著《乱离重逢母题的文化史研究》一书，即将问世，这为他的主题学研究再添新绩。这部新著，专就几乎可以说是中国文学独特丰厚的主题——"乱离重逢"，做了深入细密而全面的研究。"乱离重逢"主题，在中国文学创作和接受两个方面，均具有特殊的意义。中国幅员广大、地域辽阔，成熟的农业生产、农耕社会，绵延数千年，因此在历朝历代人们的人生诉求与文化——心理结构上，"安土重迁"，重安居乐业、固守家园，而以离乡背井为人生苦凄。但另一方面，中国绵长的历史期间，却是战乱灾荒频仍、人民流离。西北、东北地区的游牧民族屡屡进袭，或东移或南下，杀伐征战，兵荒马乱，仅魏晋南北朝时期，就有数以百万计的人口，被迫流离，所谓"晋室南渡"，神州板荡，妻离子散，四方逃难，其人生之苦凄，难以笔墨形容。从汉末始，至隋唐统一终，迁延跌宕约400年之久。在这几可称为一个"完整的历史时期"中，数个草原游牧民族，侵袭汉族农耕区域，民族的、文化的、社会状态的冲突、交流与汇合，蕴含着多少乱离之苦、多少悲欢离合、人生悲喜剧。故此，家庭离散是人生之至苦，重逢则为生命之大喜；而乱离后的重逢，彼此人生际遇、社会地位、贫富异位的大变化，颠倒变异，则又引发萌生多少人生感叹、生命体验。

这种历史性、社会性的人生际遇与变异，自然成为文学艺术反映的重大和广受欢迎的题材，并凝聚酶化而成公众喜闻乐见、广为传扬的文学文本，其中反映了众多原型、意象、象征、隐喻和母题。并如沙之入蚌，而"蚌病成珠"一般，凝聚而成"乱离重逢"这一为广泛受众所喜爱的文学母题兼主题与民族性集体无意识。在中国文学史中，这一谱系的作品，从民间文艺、通俗文学到诗词歌赋，所在多有，林林总总，艺术积淀深厚，并成为文学研究瞩目的重要范畴之一。不过，向来的文学研究中，涉及此一民族文学母题的文献，并不算少，但十分零散。这应该说是一个缺憾。现在，王立教授的专著，不仅弥补了这个缺失，而且其内容之厚重，足可在这一堪称"民族特有的突出主题"之研究上，奉献了重大成果。在这部专著中，涉及华夏人伦情怀与人性本真的文学考古、乱离重逢母题史的基本脉络及时代特征、乱离重逢母题与家庭的不同角色、寻亲艰难曲折、重逢情境构设，以及母题的社会成因、文化史传统及传播机制、对别离重逢意义与母题模式化的评价、乱离重逢母题的文学史地位与文化价值等范畴，可谓就"乱离重逢"这一母题，进行了规范、详备、深入、细密的研究和论述，既探讨论证了这一母题在中国传统文学中的发展史迹，又深入探究、论证了其文学与审美意义及社会价值、时代印迹。这是一部颇具学术价值和文学理论意义的著作，值得珍视。它不仅为王立教授的著述目录增添了新成果，而且为中国传统文学中的一大丰富厚重主题——"乱离重逢"，做了详备的历史梳理和理论探讨。这又为"王立主题学研究"增添了新的成绩和内涵。

至此，我们可以说，王立教授在这一学术研究视域的研究，已经臻于相当完备的主题学研究系列。这是对这一文学研究范畴的可喜贡献。

王立教授曾撰有《关于文学主题学研究的一些思考》[①]、《中国文学中的主题与母题》[②]、《20世纪主题学研究的历史回顾》[③]等，论述了文学主题学的相关理论与现实问题，体现了他在理论上对于主题学的认知，以及对这一学科在我国文学研究现状中的成绩与问题的揭示和分析。这一基本的理论建树，是他在这一研究视域中的理论指导与实践指向。我们不妨以此作为他在这一文学研究的理论与实践范畴中的"理性-理论基因"。他这一"理性-理论基因"决定了他的研究的圭臬与归宿。

文学主题学研究，在向来的学科归类中被纳入比较文学，视为其研究范畴之一。这是合理的、正确的；但我以为，仅仅将之纳入一门大学科，视其为构筑该学科的次级学术范畴，虽然合理、正确，却是对其学术含量与"学术能量"的"估量欠缺"，甚至不妨说是低估与压低了它的研究领域与学术作用。我以为，文学主题学研究，应该可以纳入韦勒克、沃伦在其名著《文学理论》中提炼出的"文学学"这一概念之中，它是"文学学"这一学科中的一个重要的和主要的分支学科，并且，它还与文学史、比较文学以及接受美学等相通。它具有独立学科的资质。因此，它是一门关涉宽广、研究范畴鳞次栉比的学术领域。只有这样认识它、评价它，才能更好地研

---

① 王立：《关于文学主题学研究的一些思考》，《中国比较文学》1999年第4期，《中国人民大学复印报刊资料》J1专题2000年第2期转载。

② 王立：《中国文学中的主题与母题》，《浙江学刊》2000年第4期。

③ 王立：《20世纪主题学研究的历史回顾》，《文艺研究》1998年第2期，《高等学校文科学报文摘》1998年第5期全文摘编。

究它，更好地发挥它的学术作用。比如，在《文学理论》中，论及文学作品的"外部研究"与"内部研究"时，对后者的研究内涵列举了"意象，隐喻，象征，神话"四项，而文学主题学研究就将四者悉数纳入其中了。在王立的主题学研究诸多著述中，均可见其具体例证；在这部关于"乱离重逢"主题的论著中，也是四项研究范畴均已涉及，并有具体论述。——这也展示了王立此著的研究与论述的广度、深度与高度。

该书基本章节的设计也是很有特色的。在分朝代的论述中，特设"中古汉译佛经中的乱离重逢故事"一节，与第五章第六节"跨域寻亲画图及其对海外华文文学的渗透"体现了中外比较、影响研究的视野。"乱离重逢母题与家庭、家族、社会角色"一章有寻夫、寻父、父子及全家同日重逢、母子（父女）、母女重逢、情侣重逢、祖孙相逢、亲姑与侄子（侄女）相逢、兄弟（姐妹、兄妹、姐弟）相逢、岳父女婿相逢等，寻亲、相认的契机，则有梦境与神秘人指路、身体特征、闻音知人、"红绳早系"、私密隐语等等，更重要的是"信物、旧物与标识性元素"达八种（以上）之多，以及因旧画识别而重逢亲人的，甚至还有放弃重聚与相逢不识的。作者把乱离重逢作为一种新闻事件来研究，特搜罗出晚清新闻画报——上海《申报》副刊《点石斋画报》中的乱离重逢故事，突出亲人久隔相逢事件的新闻五要素，此外，还有绘画广告、告灾图、流民图等，并延续到民国武侠小说"南向北赵"、顾明道、还珠楼主、文公直、白羽与王度庐等人，同时对民间故事"定婚店"、"云中落绣鞋"及"四大民间故事"的"并不圆满"进行探讨。于是乱离重逢母题的社会成因、文化传统及传播机制及审美效应，就有了较为全面的母题史、情感史流程及相关具体人伦情感蕴含、表现元素、套语等等宏微观结合的主题学揭示。

再看主题学研究与接受美学的关系，或者说：它是如何将接受美学"纳入题中"的。接受美学中，在创作主体方面（包括作家与作品）有"召唤结构""空白点"的命题与范畴，它们来源于作家与文本的构思与叙述，是作家对于"未来读者"和"虚拟读者"期许的推测与预期的满足。它们的实现，首先和决定性的要素就是依靠主题的选择与确立。而从读者方面（即"接受世界"）来说，则有"期待视界"与"接受屏幕"的范畴确立。它们的确立取决于接受世界（读者群）的接受心理、社会期待与审美需求，而这一切的决定因素则是历史条件、社会状况与丹纳在《艺术哲学》中所说的"时代气候"，即接受美学中所论及的接受世界的"三前"——前有、前识、前设。以上这些理论要素的抽象叙述，充实"乱离重逢"主题学的研究，均可实现"切实的理解"（实例均可见于本书林林总总的系列故事之中）。而在这个理路的梳理中，我们就可以看到，文学主题学研究所涉及的学科的广泛性，诸如史学与文学史、社会学、民族学、文化人类学、神话学与民俗传播学以及创作心理学等，尽皆网罗其中。

我之在此简略探讨这一学科问题，并不只是学理的究问，而是试图借此进一步深入论证"王立主题学研究"的理论意义与学术价值，以及它们所达到的学术成就的深度与高度。

此外，他专注于一个研究视域、一项学术课题，专心致志、不稍旁骛、孜孜矻矻数十年，取得丰硕的学术成果。我以为这也是应该予以确认和给予赞誉的。我希望也相信王立先生并不止步于此，在这一人们还注意不够而意义却很重要的研究领域中继续取得更多更大的成果。

记得还是 20 世纪 90 年代后期，我参与省社会科学著作评奖，喜见王立教授的主题学研究著作，即力主并投票赞同给予一等奖。忽忽 20 多年流逝，而王立教授的主题学研究已层楼更上，大有进展，成果丰硕，卓然而立，成绩喜人。今又见其新著，真若"故人重逢"，深感欣喜，亦深表祝贺；而他更嘱序于我，亦乐于略呈己见，以报王立先生之信任，并求教于大方。

彭定安

2021 年 1 月 23 日

目　录

绪 论
华夏人伦情怀与人性本真的文学考古

乱离重逢，是中国文学中的永恒主题，也是集拢诸多分支的母题丛。渊深积厚的"安土重迁"观念、喜聚不喜散的民俗观念等①，使得原本就不忍别离的亲人、情侣，劳燕分飞、天各一方之后，将"重逢"那一刻，看成人生最喜庆、快乐之事象。江淹《别赋》曾深情地咏叹："黯然销魂者，唯别而已矣。……是以别方不定，别理千名。有别必怨，有怨必盈。使人意夺神骇，心折骨惊……谁能摹暂离之状，写永诀之情者乎？"主要咏叹的是人在离别时的痛楚，而并未侧重在状写重逢的欣喜。杜甫《羌村三首》其一写暮色中归客抵家那一瞬间之后的心理体验，千百年来撼动人心：

> 峥嵘赤云西，日脚下平地。
> 柴门鸟雀噪，归客千里至。
> 妻孥怪我在，惊定还拭泪。
> 世乱遭飘荡，生还偶然遂。
> 邻人满墙头，感叹亦歔欷。
> 夜阑更秉烛，相对如梦寐。

浦起龙（1679—1762）的解读，引用了仇兆鳌（1638—1717）、杨慎（1488—1559）等杜诗专家语："仇云：'旅人初至家而喜也。前四，景真，后八，情事真。'《杜臆》云：'家书往来，已知两存矣。直至两相面而后信，此乱世实情也。'愚按，'邻人''感叹'，生发好。'秉烛''如梦'，复疑好。公凡写喜，必带泪写，其情弥挚。"②而宋代范晞文《对床夜语》卷五有言：

> "马上相逢久，人中欲认难""问姓惊初见，称名忆旧客""乍见翻疑

---

① 王立：《中国古代思乡文学侧议》，《文学评论》1988 年第 6 期，《中国人民大学复印报刊资料》J2 专题 1989 年第 2 期转载；以及王立：《中国古代文学十大主题——原型与流变》，台北文史哲出版社，1994。
② 浦起龙：《读杜心解》卷一之二，中华书局，1961。

梦，相悲各问年"，皆唐人会故人之诗也。久别倏逢之意，宛然在目，想而味之，情融神会，殆如直述。前辈谓唐人行旅聚散之作，最能感动人意，信非虚语。……①

侧重于"重逢"摹写的诗歌名作，则为之更夥。因而，这一母题体现出古代多文类叙事文本之中"母题"与"主题"的各有侧重，而有时又互相交织的复杂关系②。如乱离又称离乱，可以是家庭变故抑或国家动乱。如李益《喜见外弟又言别》写安史之乱后与表弟久别重逢："十年离乱后，长大一相逢。问姓惊初见，称名忆旧容。别来沧海事，语罢暮天钟。明日巴陵道，秋山又几重。"

一、乱离重逢母题的内涵及其根据

乱离重逢，混言之，概括出离别与重逢一对不可分割的民俗事象；析言之，则或偏重在"乱离"，而采用"乱离"而非"别离"，更切近古代故事话语指涉与母题言约义丰、以少总多的文化史意涵。③

本书中入选的乱离重逢母题文本，一般着眼、侧重于以下几点：一是，故事中主要人物的离散，一般是外力强制性的，也包括迫于生计不得不分离；二是，分离双方（相关联的多方）期待重聚久不可得（有时空阻隔、远寻难觅）；三是，分离双方完全出乎意料的重逢，等等。当然，为了较为全面地了解母题史谱系，也难免涉及一些较正常的分离，而后阻隔日久难以重逢的故事。

有"重逢"之喜，必然有当初的别离之悲，"悲莫悲兮生别离"是《楚辞》以来不绝如缕的凄楚之音，"感于哀乐，缘事而发"的乐府诗歌，即有《苦别离》《生别离》等一系列歌诗古题。

古代汉语中的"离"是一个多义词。明代杨慎注意到："字义之多者，莫

---

① 丁福保辑《历代诗话续编》，中华书局，1983。

② "主题""母题"的区别与联系，见王立：《主题学的理论方法及其研究实践》，《学术交流》2013年第1期，《高等学校文科学术文摘》2013年第2期全文摘编。

③ 言"乱离"，而不用"别离""离别"，在于突出离别的外在压力、不情愿的性质，更为接近古代叙事文学近乎"原生态"的表述。北宋《越娘记》的古语云："宁作治世犬，莫作乱离人。"孙光宪《北梦琐言》写姜志"自小乱离，失其父母"。凌濛初《二刻拍案惊奇》卷六："各自逃生，不能玉碎于乱离，乃至瓦全于仓卒。"和邦额《夜谭随录·米芗老》写老妪叹曰："老身老而不死，遭此乱离，且无端窘一少年，心亦何忍！"五色石主人《八洞天》卷二："觅人的爹爹妈妈随路号呼，问路的伯伯叔叔逢人乱叫。夫妻本是同林鸟，今番各自逃生；娘儿岂有两般心，此际不能相顾。真个宁为太平犬，果然莫作乱离人。"

如离。离别，通训也，卦见《易》，黄离（鹂）、仓庚见《说文》。大琴曰离，见《尔雅》。流离，鸟名，见《毛诗注》。前长离而后矞皇，注：长离，凤也，见相如赋。纤离，马名，见李斯书。侏离，夷语也，见《史记》。陆离，散乱参差也，见《文选》。木名，见《孔子世家》。水名，见《地理志》。人姓，见《氏族志》。江离，草名。接离，冠名。此皆字书已引者。予又见《公羊传》二人会曰：离会，谓各是所是，各非所非，不能定也，此离义与二鸟离立之离同。"①

著名学者彭定安先生，结合多年积累的人生体验，在读书笔记中感慨于"重逢"的文学书写，注意到其在民族心理建构上的深层作用：

> "重逢"，这无疑是中国集体无意识中的一个原型意象，它表现了中国人在中国社会和中国式生活中的一个基本的人生体验。因此，从久远以前开始，在民间文艺、口头文学和诗歌、戏曲中，都有以此为主题的创作。而且形成了几种类型的"重逢"。秋胡试妻、马前泼水、秦香莲见陈世美、苏三在公堂与王公子相会、薛平贵与王宝钏相会：这些，是有关爱情的。《锁麟囊》之类，则是关于浮沉贵贱蜕变的人生变故的。关云长与曹操相遇于华容道（放了曹操），则又是另一种：不负恩，等等。民谚中也有表现：仇人相见，分外眼红；诗歌："人生何处不相逢"；俗话说："两山到不了一块，两人还到不了一块？"等等。……②

饱经 20 世纪风风雨雨的彭先生，是鲁迅与文化史研究专家，著述甚丰，还著有长篇历史小说《离离原上草》。他对世事人生有着深刻的、透彻的体验，可以说，看惯了人世间的苦难、忧患与悲欢别离。在博览群书的同时，彭先生对古今中外文学作品乃至集中体现人事遭逢的戏曲中的别离重逢，有着诸多心灵震撼，针对该类型的具体人物角色关系，有着缜密的思考："中国的'重逢'故事（原型）多矣，尚有'锁麟囊'式的重逢（富贵倒置对换），尚有人、鬼重逢（势力对换），尚有兄弟姊妹十年、二十年后之重逢而世界人事皆变易，等等。"他还结合作家金河的创作，强调对于这一人生课题的关注，对其蕴含的人与社会关系、价值意义，应该予以充分的考量、发掘："'重逢'是金河对人生的解读。'重逢'是人的生活中的基本'格式'，'重逢'，有大大小小、各式各样，'重逢'又反映了社会的变迁、人世的变幻。人与社会变幻的交叉，通过'重逢'来表现。"③应该说，其中凝聚了我们的师长一辈丰富、坎坷的人生经历、体验与渴盼。

---

① 杨慎：《丹铅馀录　谭苑醍醐》卷二十七，上海古籍出版社，1992。
② 彭定安：《安园读书笔记》，黑龙江人民出版社，2003。
③ 彭定安：《安园读书笔记》。参见彭定安：《离离原上草》（全三册），万卷出版公司，2007。

乱离重逢也是一个世界性、跨文化的文学母题，是跨文体的。高丙中教授指出，安德鲁·兰（Andrew Lang）对格林童话的研究，是从三种现象开始的："第一，像格林童话那样的故事中的事件、情节和人物在所有雅利安人种的国家里几乎都是相同的。我们四处都能找到受虐待但终获幸福的妹妹的传说，妻子神秘地离开丈夫或丈夫被迫离开妻子但终于双双团圆的故事，等等。这种例子如此之多，等于明明白白地告诉我们，大多数雅利安人的童话是各种讲雅利安语的民族的共同财富……"①

在古代中国，战乱与灾荒，特别易于造成人世间的骨肉分离。如灾害、赈灾与人世间的亲人离合重逢，就属于被迫的而每多发生。曾任山西巡抚的吕坤体会到，在赈济的施粥处，要注意力求不要造成亲人离散，其规模也就不能过大："一场过五百人，即将流民拨于别场。有父子夫妻，一同随拨，盖结聚易，离散难，老病妇女何害？少壮男子不散，必为盗于地方。"② 这实在是赈灾的经验之谈。

至于抒情文学的乱离重逢母题，作为撼动人心、最能令人泪目的惯常歌咏，持久地激荡着有正常情商者的情感潮动。

二、别易会难：文学史中不绝的咏叹与描绘

《楚辞·九歌》"悲莫悲兮生别离"以降，汉代民歌也借咏物比况人生别离之苦："飞来双白鹄，乃从西北来。十十五五，罗列成行。妻卒被病，行不能相随。五里一反顾，六里一徘徊。吾欲衔汝去，口噤不能开；吾欲负汝去，毛羽何摧颓。乐哉新相知，忧来生别离，踟蹰顾群侣，泪下不自知。念与君离别，气结不能言，各各重自爱，远道归还难。妾当守空房，闭门下重关……"③ 曹植《鼙舞歌》之一《圣皇篇》咏："……祖道魏东门，泪下沾冠缨。扳盖因内顾，俯仰慕同生。行行日将暮，何时还阙庭。车轮为徘徊，四马踟蹰鸣。路人尚酸鼻，何况骨肉情！"④ 祖道即祖饯送行，写出了诸王赶赴封国，母子、兄弟的生离之悲。

唐代卢仝《有所思》："当时我醉美人家，美人颜色娇如花。今日美人弃我去，青楼珠箔天之涯。天涯娟娟常娥月，三五二八盈又缺。翠眉蝉鬓生别

① 高丙中：《文本和生活：民俗研究的两种学术取向》，载周星主编《民俗学的历史、理论与方法》上册，商务印书馆，2006。
② 李文海、夏明方主编《中国荒政全书》第一辑，北京古籍出版社，2003。
③ 郭茂倩：《乐府诗集》卷三十九《艳歌何尝行四解》，中华书局，1979。
④ 赵幼文：《曹植集校注》卷二，人民文学出版社，1984。

离，一望不见心断绝。心断绝，几千里。梦中醉卧巫山云，觉来泪滴湘江水。湘江两岸花木深，美人不见愁人心……相思一夜梅花发，忽到窗前疑是君。"①写出了长期别离，思念之人精神恍惚，竟生幻觉。

对于乱离重逢母题，常为人所称道的是杜甫《赠卫八处士》（老友重逢）："人生不相见，动如参与商。今夕复何夕，共此灯烛光。"以空间距离之远，比拟乱离重逢时间之久，人生感慨中有自我的孤单落寞。场面则是生者之少与死者之众的比照："少壮能几时，鬓发各已苍。访旧半为鬼，惊呼热中肠。"感慨为之转深：年少时光能有几何？不觉悲从中来，唯有回忆昔日与当今："焉知二十载，重上君子堂。昔别君未婚，儿女忽成行！"二十年后相逢，儿女已成群了，但情谊仍在："怡然敬父执，问我来何方。问答未及已，驱儿罗酒浆。"温馨祥和之中需要共餐共饮相庆："夜雨剪春韭，新炊间黄粱。主称会面难，一举累十觞。十觞亦不醉，感子故意长。明日隔山岳，世事两茫茫。"此诗，宋代诗话就予以关注了。南宋陈世崇《随隐漫录》卷一体会到：

> 杜少陵《赠卫八处士》一篇，久别倏逢，曲尽人情。想而味之，宛然在目。下此则："马上相逢久，人中欲认难。""问姓惊初见，称名忆旧容。""乍见翻疑梦，相悲各问年。"无愧前作。若戴叔伦之"岁月不可问，山川何处来"，青出于蓝者也。②

战乱是形成"乱离"悲剧的重要原因。李渔《十二楼·生我楼》描写，某元兵将所掳妇女封在布袋中出售，男主人公尹楼生因多行善事恰好买到了自己的母亲和未婚妻，实际上这是清代初年发生的一个真实事件。烟水散人《春灯闹》也写到清军八旗营掳掠妇女出售。陈大康教授认为，清初的作家经历了战乱，其中有些人还是因为社会的剧烈动荡才开始创作，"因此很自然地，他们的所历所见便以这样或那样的形式出现在作品中，除了直接描写鼎革之变的时事小说，许多作家都有意识地以生动曲折的故事反映战乱给人民带来的苦难以及在这特定环境中各类人物的举止表现。一些作家不便直言时事，于是就将故事的时代背景向前推移，北宋末年与南宋末年北方民族的入侵常是他们为故事设计的背景，有的人则去写主人公在安史之乱中的遭遇。但他们在叙述历史上战乱中的故事时，主要的依据并不是史籍的记载，而是自己在眼前这场战乱中的亲身感受。"③

灾荒造成的骨肉别离，也每多造成了生离死别的苦难。清初天花藏主人的《飞花咏·序》中陈述颠沛流离，才有了受尽苦难之后的团圆：

---

① 郭茂倩：《乐府诗集》卷十七，中华书局，1979。
② 《笔记小说大观》第九册，江苏广陵古籍刻印社，1983。
③ 陈大康：《通俗小说的历史轨迹》，湖南出版社，1993。

　　因知可悲者，颠沛也。而孰知颠沛者，正天心之作合其团圆也。最苦者流离也。而孰知流离者，正造物之婉转其相逢也。疑者曰："大道既欲同归，何不直行？乃迂回于旁蹊曲径，致令车殆马倾而后达，此何意也？无乃多事乎？噫，非多事也。金不炼，不知其坚；檀不焚，不知其香。才子佳人，不经一番磨折，何以知其才之愈出愈奇，而情之至死不变耶！故花不飞，安有飞花之咏？不能有前题之《飞花咏》，又安能有后之《和飞花咏》耶？不有前后之题、和《飞花咏》，又安能有相见联吟之《飞花咏》耶？惟有此前后联吟之《飞花咏》，而后才慕色如胶，色眷才似漆，虽至百折千磨，而其才更胜，其情转深，方成《飞花咏》之为千秋佳话也。"

　　别离重逢，寓含着丰富的社会人生内容。如一旦别离时间过久，重逢却未必都如同期待中那样顺利，也许，苦盼重逢的亲人们已经改变了容颜，甚至面目全非，会引起一系列不可思议又令人痛心的怪诞之事。

　　《丙子纪事竹枝词》有咏："纷纷就食走他乡，千百生灵绝可伤。父母不存男女散，何如故土得偕亡？"① 此"丙子"为光绪二年（1876），正是指北方五省的"丁戊奇荒"。

　　悲欢别离，无疑是人生情感、命运大起大落的聚焦，也是最有传奇性的戏剧关目。早在 20 世纪的早期，针对有名的《汾河湾》剧中父子相见并不相识，夫妻晤面却不相认，由此引发了一系列误会、冲突，即有研究者独具只眼地感慨："如戏曲中或有以哀动人者，或有以喜动人者，其意不同。至于喜怒哀乐兼而有之者，惟《汾河湾》一出。"②

　　别离重逢，是作为人类共同的悲悲喜喜的心灵之音的记录，凝聚的共通人性、审美共通感撞击着人类各民族的情感心弦。著名作家、翻译家包天笑翻译的意大利作家亚米契斯（Edmondo de Amicis）小说《三千里寻亲记》，赞美儿童不畏艰难困苦的奋斗精神，"同时又把千里寻亲归结为'孝'的力量，以中国的道德范畴阐述西方人对家庭和亲人的忠诚与爱，把正常的亲子之爱和人类情感同中国的伦理道德观念结合起来。包天笑在晚年将《三千里寻亲记》冠以'伦理小说'，也明确表明了他囿于伦理道德的文化心理。"③ 无可否认，中外民族心理支配下的别离重逢书写，也会与青少年离家在外漂泊的"成长母

① 李文海、夏明方主编《中国荒政全书》第二辑第一卷，北京古籍出版社，2004。
② 曾言：《谭鑫培演喜怒哀乐兼而有之〈汾河湾〉》，《大公报》1912 年，收入蔡世成辑选《〈申报〉京剧资料选编》，上海文化史料选辑之一（内部发行），1994。
③ 沈庆会：《包天笑及其小说研究》，博士学位论文，华东师范大学，2006。

题"等结合起来，从中可以透视出不同民族的关注点与文学表现的侧重。

是否离别必能重逢？当事人的个人愿望当然是，然而，往往生离就意味着死别，有多少能天遂人愿？例如，唐代贾直言获罪被迁远任，妻子董氏年轻，贾直言自觉不知远行归期，可能客死他乡，生死诀别时就劝董氏改嫁：

> 乃诀曰："生死不可期，吾去，可亟嫁，无须也。"董不答，引绳来发，封以帛，使直言署，曰："非君手不解。"直言贬二十年乃还，署帛宛然。及汤沐，发堕无余。①

伴随制度的补充完善，保持家庭的稳定性这一因素被历代朝廷注意到。明朝甚至规定，五品以上官员的遗孀不许改嫁②，无疑，这既为别后重逢提供了较多的机会，也在法律上有力地肯定、支持了夫妻别后重逢。

别离母题，也引起现代作家纷纷关注。周作人曾品味光绪庚辰刻，陈继揆《读〈风〉臆补》之评《诗经·邶风·燕燕》："'瞻望弗及，伫立以泣'，送别情景，二语尽之，是真可泣鬼神矣。张子野短长句云：'眼力不如人，远上溪桥去。'东坡送子由诗云：'登高回首坡陇隔，惟见乌帽出复没。'皆远绍其意。"③ 离别场景的生动描述，如在目前的写真，也千古传扬，令人印象弥深。

将别离事象与重聚情境联系起来，北朝颜之推《颜氏家训·风操篇》较早："别易会难，古人所重；江南饯送，下泣言离。有王子侯，梁武帝弟，出为东郡，与武帝别，帝曰：'我年已老，与汝分张，甚以恻怆。'数行泪下。侯遂密云，赧然而出。坐此被责，飘飘舟渚，一百许日，卒不得去。北间风俗，不屑此事，歧路言离，欢笑分首。然人性自有少涕泪者，肠虽欲绝，目犹烂然；如此之人，不可强责。"但阐发"别易会难"哲理，给人印象深刻的，还当推宋代吴曾《能改斋漫录》，在摘引上述颜之推语后称：

> 李后主长短句，盖用此耳，故云："别时容易见时难。"又云："别易会难无可奈。"然颜说又本《文选》陆士衡《答贾谧诗》，云："分索则易，携手实难。"④

王利器先生指出，《释常谈》中："《淮南子》曰：'杨朱见歧路而泣之，曰：何以南，何以北。'高注曰：'嗟其别易而会难也。'（与今本《说林》注异）曹丕《燕歌行》：'别日何易会日难。'嵇康《与阮德如诗》：'别易会良

① 欧阳修：《新唐书》卷一百三十《列女传》，中华书局，1975。
② 参见《大明律》，见赵轶峰：《儒家思想与十七世纪中国北方下层社会的家庭伦理实践》，《明史研究》第七辑（谢国桢先生百年诞辰纪念专辑），2001。
③ 周作人：《知堂书话》第三册，岳麓书社，1986。
④ 吴曾：《能改斋漫录》卷十六，上海古籍出版社，1979。

难。'骆宾王《与博昌父老书》：'古人云：别易会难。不其然也！'施肩吾《遇李山人》诗：'别易会难君且住。'《文选·陆士衡答贾谧诗集注》曰：'钞曰：此言别易会难也。'张铣注曰：'分别则易，集会则难。'俱在李煜词之前。"① 元代萧斢《勤斋集·送王克诚序》曰："昔颜黄门言：'别易会难，古人所重；江南饯送，下泣言离。'而诗人有'丈夫非无泪，不洒别离间'之云，意颜说乃其常，诗人故反为高奇耳。"

三、乱离重逢母题史的研究基础及其综述

瑞士心理学家皮亚杰指出："传统的认识论只顾到高级水平的认识，换言之，即只顾到认识的某些最后结果""从研究起源引出来的重要教训是：从来就没有什么绝对的开端。"② 据此，则中国古代乱离重逢的小说模式的发生研究，可在滥觞、源头流脉等探索之外，另辟新视角。乱世离别的原因主要是战乱、灾荒等。战乱频繁和灾荒是明清之际的重要时代特征。因此，明清白话小说中反映战乱的题材增多，作者也常常将战乱作为故事发生、发展的背景，一些爱情、婚姻、公案、世情题材的小说等也动辄镶嵌乱离之事。

久别重逢是人类社会喜闻乐见的典型情景，更是极其带有民族特色的华夏文学恒久母题。它超越了时间和空间，深深地镂刻在民族心理结构之中。关于久别重逢，几乎历朝历代、多种文体甚至野史笔记、正史等都给予了很大关注，其中自然也包括民国武侠小说，特别是平江不肖生、还珠楼主、白羽等人的小说，以及海外华人文学等，蔚为大观，因此，研究者多有涉猎。

第一，关于离散成因、乱世与亲人离散—重逢关系研究。

乱离重逢故事的文本模式发生研究，可在滥觞、源头的探索之外另辟新的视角。离别往往伴随着离乡，离别原因主要是被动式的，有战乱、灾荒等。战乱频繁和灾荒是明清之际的重要时代特征。因此，明清白话小说中开始侧重于反映战乱的文学题材，战乱的因素作为背景或线索穿插到文本中，一些爱情、婚姻、公案、世情题材的小说等也动辄写离乱。

对于古代文史中的家庭离散苦难表现，论者指出，一直以来，在古代诗歌的研究中较多，如杜甫诗歌研究等。近30年来，明清小说也得到了较多关注。曹萌教授专著获袁世硕先生序的高度评价，率先将"夫妻离合"设为专章③，原创性地分析了明末有五种小说出现"合拢式结构模式"：即《石点头》卷二

---

① 王利器：《颜氏家训集解》卷二，中华书局，1993。
② 皮亚杰：《发生认识论原理》，王宪钿译，商务印书馆，1981。
③ 曹萌：《明代言情小说创作模式研究》，齐鲁书社，1995。

《卢梦仙江上寻妻》，卷十《王孺人离合团鱼梦》；《醒世恒言》卷十九《白玉娘忍苦成夫》（亦程万里事）；《警世通言》卷二十二《宋小官团圆破毡笠》，卷二十四《玉堂春落难寻夫》。认为其埋伏暗线创造出情节发展的高潮，如同"戏胆"说明其受戏剧艺术的影响，体现了"平中求奇"的审美趣味，与"务为有用""主教化、厚风俗"社会思潮回归有关①。曹萌教授专著获得袁世硕先生序的高度评价，率先将"夫妻离合"列为专章（同前），此后，许建中又分析了"合扰式结构模式"②；如袁世硕先生在后来该专著序中所肯定的："一是'被动态的离合模式'，指男女主人公之离并非出自主动的意愿；二是'人物情境的双向互动'，指蔡伯喈之荣贵与赵五娘之受难两线交叉，形成比照……这便清晰地揭开了《琵琶记》的内在矛盾：双线交织和比照，使剧作非常成功，效果强烈；……这样的分析比纠缠于主题思想之争论，显得更贴近作品，解析得既具体又深切，可以说真正进入了戏剧评论的境界。再如对《桃花扇》的离合模式，他突出地分析了侯方域和李香君离合之'二度循环'，也很精到。"③ 李维、杨冬梅指出，小说中的乱离重逢、破镜重圆往往是否极泰来等固定模式的表现④。

陈大康教授曾指出，目前学术界对乱世题材小说的关注和认识，与其题材本身的价值相比远远不够。几乎在同时，"毛女"的回归人世与亲人重逢故事，引起了不约而同的关注。李剑国教授指出"毛女"属于志怪的一个特殊品种，认为"毛女"在离世"避难入山"与"形体生毛成仙"两方面对于后世志怪小说发挥着原型作用：将其中任意一种元素或上述两者结合时，将直接导致第二个"毛女"故事的出现⑤。笔者等将传说中的"毛女"这一特别形象作为突破点，挖掘了乱世中饱经苦难的人们入山避难故事的生命意识、人生价值及性别观念等，及其乱离重逢后的代价，最后得出毛女母题是中国古代男性文人游仙文学与性别文化相互交织融合产物的结论。⑥ 此外张靖龙、莎日娜等，主要论述了在政治时事影响下的乱世小说中百姓的悲剧故事⑦。而姬忠勋

---

① 曹萌：《再论明末夫妻离合小说的情节结构模式》，《锦州师范学院学报》（哲学社会科学版）2001 年第 4 期。

② 许建中：《明清传奇结构研究》，中州古籍出版社，1999 年。

③ 袁世硕：《〈明清传奇结构研究〉序》，《敝帚集》，山东大学出版社，2009。

④ 李维、杨冬梅：《论"三言""二拍"否极泰来的角色扮演及审美特质》，《江汉论坛》2007 年第 6 期。

⑤ 李剑国：《唐前志怪小说史》（修订本），天津教育出版社，2005。

⑥ 王立、孟丽娟：《染及俗气难为仙——毛女传说的历史演变及其性别文化内蕴》，《聊城大学学报》（社会科学版）2004 年第 1 期。

⑦ 莎日娜：《乱世悲歌与政治童话——试论明末清初时事小说的创作心态》，《明清小说研究》1997 年第 3 期。

《明清之际时事小说研究》① 等论文，较多地涉及了乱世文学中百姓亡命天涯、与家人天各一方的痛苦，但他们的研究对象仍局限于带有较大虚构成分的长篇小说。赵爱华认为，宋代文人在讲述乱世离合故事时具有非常强烈的平实精神和理性主义，而唐人偏向浪漫主义②。这些乱世夫妻离合的故事虽然大都以大团圆结尾，但那仍是一种残缺后的复合，伤痛是无法抚平的。莎日娜论述了当战乱和灾荒同时出现时，下层悲苦老百姓"弱子娇妻尽别离"的遭际（《海角遗篇》卷首词）和"马过村坊人竟哭，舟经驿路室俱空"的惨景③。战争和灾荒使得无数家庭妻离子散，表明当时人们生活于颠沛流离、朝不保夕、生存不定的焦灼状态中。王仁磊的论著提及战乱对于家庭关系的影响，指出"吏士亡不归，家室怨旷，百姓流离"的惨象造成了大量的残缺家庭，带来了家庭关系的新变化④。该书从家庭伦理方面，为我们对乱离重逢母题研究提供了新角度。王在民主编的《王氏史志》一书，曾提及祖源间断的主因是战乱这一观点。王言锋认为清初白话短篇小说将目光聚焦于战乱题材，具体表现在：一是以战乱为第一主题，存在大量战乱场景描写；二是将战乱作为小说故事发展的背景，深刻地揭露了战争给社会和广大百姓带来的危害⑤。赵素忍从乱世悲歌、乱世战争、乱世民生三个角度讨论乱世文人心态和婚姻悲剧根源，认为作者在小说中寄寓了深沉的人生感慨。正是因为军阀混战，烧杀抢掠，人民流离迁徙，所以翠翠被李将军掳掠为妾，爱爱被刘万户欲逼为妾⑥。时事战乱，成为主人公历经生死别离后得以重逢团圆的情节发展的必然依托。

此外，重逢问题，当前学术界的研究非常匮乏，叙事文学和抒情文学中与重逢有关的学术研究还处于空白状态。邓琳媛指出，"破镜重圆"以"破镜"加"重圆"的故事框架叙说夫妻离而又合的故事，衍生出一种"破镜重圆"型小说模式，逐渐发展为一个成熟的文学母题，在明清小说中体现了其深远的影响⑦。司徒秀英则从中国"戏""曲"发展的角度，分析"乐昌分镜"母题在南宋大曲、戏文以至明代传奇的发展情况⑧。夫妻间以破镜为信的原型，早

---

① 姬忠勋：《明清之际时事小说研究》，博士学位论文，首都师范大学，2004。
② 赵爱华：《乱世与古小说》，博士学位论文，南开大学，2010。
③ 莎日娜：《灾荒与战乱——试论明清之际章回小说的时代主题》，《内蒙古师范大学学报》（哲学社会科学版）2003 年第 2 期。
④ 王仁磊：《魏晋南北朝家庭关系研究》，中州古籍出版社，2013。
⑤ 王言锋：《遗民心理对清初白话短篇小说题材的影响》，《广西社会科学》2008 年第 9 期。
⑥ 赵素忍：《从主题学角度论析〈剪灯新话〉的小说史地位》，《社会科学论坛》（学术研究卷）2009 年第 5 期。
⑦ 邓琳媛：《"破镜重圆"母题的源起及其在小说中的演变》，《名作欣赏》2013 年第 26 期。
⑧ 司徒秀英：《"乐昌分镜"母题在宋明"戏曲"文学演绎初探》，《华中科技大学学报》（社会科学版）2004 年第 3 期。

见于《太平御览》卷七百一十七引《神异经》，后孟棨《本事诗》的补缀说明，发展出"乐昌分镜"这一文学母题，突出离乱男女的辛酸情味。"重逢"的范围非常广泛，包含夫妻重逢、家人相认或小说中主人公经过磨难最终家人团聚大团圆的结局等。基于此，我们可从其他角度窥探出学界对于乱离重逢母题的看法和研究。

第二，小说、戏曲中"大团圆"问题研究。

较早是清代小说戏曲理论家李渔在《闲情偶记》中提出"大团圆"结局的文本结构构设。而首先指出"大团圆"现象并真正引起反响的学者是王国维，他在《红楼梦评论》中认为，国人本就喜爱乐天精神，所以小说戏曲中无一不存有乐天思想，"始于悲者终于欢，始于离者终于合，始于困者终于亨"[①]。揭示古代戏曲与小说始困终亨、始离终合的结局安排倾向，得到学界广泛赞同。这里的始离终合，便与乱离重逢母题大致重合，表达了人们善有善报、恶有恶报的美好愿望。

多年来，学界对中国古典戏曲、小说中这种反映国民特性的"大团圆"现象进行了全方位、多角度、多种方法的探讨。刘景亮等认为，"儒""释""道"三者共同构成中华民族传统文化，其对戏剧、小说产生了影响，戏曲小说大团圆结局也是这种影响下的一个产物[②]。郑传寅教授则将"国民性"的制约作为"大团圆"现象的根源[③]。他还指出，古代哲学对中国古代文学有着深刻的影响，如中国古人善于以"我"为"起点"去感知万物，而"大团圆模式"就是其中一个典型代表[④]。陈才训指出，中国传统审美观念中历来重视"中和"之美，这反映到戏曲中便是"重团圆"之趣[⑤]。冯文楼认为，大团圆结局成为定格，是中国人固有的伦理信念保障和支持的[⑥]。关山认为，用道德至上的原则对神话进行历史化改造，已导致中国文化悲剧精神的丧失[⑦]。此外还有许多讨论。侧重于总结"大团圆"的模式的有：徐斐把作品的大团圆结局分为五种[⑧]；吕薇芬先生把大团圆结局分为三种[⑨]。还有方建斌、关山的分

① 陈平原、夏晓虹编《二十世纪中国小说理论资料》第一卷 1897—1916，北京大学出版社，1997。

② 刘景亮、谭静波：《中和之美与大团圆》，《艺术百家》2001 年第 1 期。

③ 郑传寅：《古典戏曲大团圆结局的民俗学解读》，《戏曲艺术》2004 年第 2 期。

④ 郑传寅：《古典戏曲时空意识论》，《文艺研究》1998 年第 6 期。

⑤ 陈才训：《古典戏剧大团圆结尾的审美透视》，《重庆社会科学》2004 年第 1 期。

⑥ 冯文楼：《"大团圆"结局的机制检讨与文化探源——兼论中国戏曲的文化精神》，《陕西师范大学学报》（哲学社会科学版）2008 年第 4 期。

⑦ 关山：《神话历史化与悲剧大团圆模式》，《广西梧州师范高等专科学校学报》1999 年第 1 期。

⑧ 徐斐：《谈"大团圆"模式杂议》，《小说评论》1989 年第 2 期。

⑨ 吕薇芬：《古典戏曲的团圆观》，《戏剧艺术》1991 年第 4 期。

类方式也大同小异。针对大团圆结局的优劣，则历来争论不休。王国维持支持态度，认为团圆是一种乐观的民族精神。鲁迅《论睁了眼看》则批评大团圆现象为"阿Q精神"的表现，代表了中国人内心懦弱的一面，由此凡事总不敢正视和反抗，反而从戏曲小说中寻求团圆美满。认为团圆结局是一种缺乏激发人心的现实功能的文学形态，是软弱无能者的自我麻痹。也有其他学者肯定"大团圆"结局。

宋后戏曲小说中大团圆结局现象达到高峰，人们也称其为"凤尾型结局"。甚至还有将以往小说、戏曲缺憾结局改为大团圆的现象，如《董西厢》与王实甫《西厢记》均将《莺莺传》的悲剧修改为圆满结局。明初这种补缺改圆、旧故事重提的风气更为明显，如南戏《赵贞女蔡二郎》中负心汉遭雷劈，被高则诚《琵琶记》改为"二女共侍一夫"的团圆结局①。这其实涉及旧故事的重新提起。黄仕忠认为，元代后期这一化悲剧为团圆喜剧的风气，实际上表明了整个戏曲创作对于大团圆的倾斜②，经过反复探索，元人终于找到了这一最符合中国人民心态的表现方式，为明代叙事文学的大团圆倾向指明了方向。鲁迅曾批评小说中的大团圆结局，认为中国人心里是很喜欢团圆的，宁愿自欺欺人也总是要改缺憾为圆满、改悲剧为喜剧，这是国民性的问题。刘根生、梁旦、张维娟、赵忠富等人的文章皆是相关既有结论的研究，与明清戏曲小说有关的论述与佐证尚不够充分，重点放在了戏曲上，明清小说相关研究的较大空间仍有待填充。

第三，孝子"万里寻亲"故事研究。

古代小说中经常存在孩子与家人自幼分离后相认的情节。从故事的结构要素看，这也是乱离重逢母题中相逢的一种情况。《文学百科辞典》中指出，相认指文学作品中处理情节高潮时，人物间的互相发现，由陌生转为相识。相认的作用在艺术上是使情节发生大的转折起伏。亚里士多德在《诗学》中论相认是悲剧情节的一个基本部分③。明清士人对万里寻亲的孝行大加赞赏，认为其行为中包含的孝道可以"药世"，不仅乐意帮助成全，还不吝文字宣扬，这也直接促进了万里寻亲描写的文学实践大量出现。如纪昀《阅微草堂笔记》中的艾子诚寻父、李宝泰《嗇生文集》中的胡孝子寻亲，以及《儒林外史》中的郭孝子寻亲等，其中最著名的万里寻亲故事当属黄向坚远赴云南寻亲。

范红娟认为寻亲情节的主要动机归结于道德劝谏和主流意识形态的宣传，

① 葛琦：《元杂剧大团圆结局成因研究述评》，《集宁师范学院学报》2012年第1期。
② 黄仕忠：《婚变、道德与文学——负心婚变母题研究》，人民文学出版社，2000，原书为《落絮望天——负心婚变与古典文学》，陕西人民教育出版社，1991。
③ 亚里士多德：《诗学》，罗念生译，人民文学出版社，1982。

所有寻亲故事中都或隐或显地包含着"救赎"之义①；李刚、李薇从明清时期陕西地方志记录的万里寻亲的故事寻究出其对于陕商"厚德重义"人性本质的表现②。与此相关的研究学者还有付开镜、毛劼、毛文芳、刘泊君等。然而这些研究归纳有余，比较不足，且所涉小说文本不多。如对于明清文本中大量出现的父子重逢、兄弟重逢关注不够。还有学者运用空间理论进行研究，如郭英德从转换频繁的地理空间、叙事空间、表演空间、想象空间、文化空间等，运用多学科理论，阐发明清戏曲的价值与意义③。

刘勇强较早探讨了白话小说及戏曲创作中本事、情节和意义之间的复杂关系，认为"万里寻亲型"的作品涉及面广，具有固定叙事模式：某人自幼因种种原因与父母离散，长大后便立志寻亲，踏上了漫漫寻亲路，结局亲人聚首大团圆。作者还全面归纳总结与此有联系的相关主题，侧重于对该情节模式的深入挖掘和"孝"文化对该模式的影响，原始意义涉及政治、法制、社会、宗教、道德、心理、自然诸因素④。徐扬尚认为，中西文化风骨，是分别以中希神话与传说的"认亲情结"与"仇亲情结"为文化原型的⑤。

在刘勇强研究的基础上，王建科考订了范受益戏曲《寻亲记》，来自宋元南戏《黄孝子千里寻亲记》；指出其反映了科举社会中下层读书人的生存境遇，母亲教子成名的生命意义，以及教子寻亲的补憾、奋斗的喜剧性；同时，他还指出，明代拟话本小说中寻亲故事，有《西湖二集》卷三十一、《石点头》卷三、《型世言》卷九等均写了王原寻父，也写了漂泊寻子故事，而《石点头》也写了寻子认子和寻妻故事，并比较了王原寻父故事异文⑥。

另外，关于孤儿的研究中也会涉及孤儿"万里寻亲"这一故事情节。汤普森的"民间故事类型"第 369 型"孝子寻父"，即指男孩由于种种原因与父亲分离，后不惜跋山涉水、冲破险阻，最终与父亲重逢的故事。吴波将明末清初小说中乱离重逢情节的增多归结于朝代更迭、社会动荡、人民流离失所，家人走散是很正常的现象，因而该时期孝子、孝女寻亲的故事记载比以往历史时期都多⑦。王立、黄静梳理了近年明清小说"孤儿"形象研究，指出了文学中

---

① 范红娟：《明清寻亲戏曲情节模式初探》，《求是学刊》2011 年第 3 期。

② 李刚、李薇：《从明清时期万里寻亲的历史往事看陕商精神》，《新西部》2018 年第 28 期。

③ 郭英德：《多重空间的形构、并置与演绎——李玉〈万里圆〉传奇的"空间"解读》，《文学评论》2013 年第 4 期。

④ 刘勇强：《历史与文本的共生互动——以"水贼占妻（女）型"和"万里寻亲型"为中心》，《文学遗产》2000 年第 3 期。

⑤ 徐扬尚：《中希神话的"仇亲情结"与"认亲情结"——兼论龙与斯芬克斯对中西文化风骨的隐喻与象征》，《华文文学》2011 年第 4 期。

⑥ 王建科：《元明家庭家族叙事文学研究》，中国社会科学出版社，2004。

⑦ 吴波：《"郭孝子寻亲"本事考》，《古典文学知识》2000 年第 4 期。

孤儿研究的不足①；孙胜杰指出，孤儿书写虽不是文人的专属状态，但却是文人们常有的，也是整个人类孤独生存最契合的意象②。

众所周知，亲故相逢母题在中国传统文学谱系里属于典型的伦理审美。父子兄弟乱离重逢母题还涉及家庭伦理方面。范红娟指出所有的寻亲故事中都或隐或显地包含着"救赎"之义。孝子不远万里的追寻，除了把流离失所的父母在身体和名分上回归到他们"应该"的位置之外，更意味着原谅和弥补父母所亏欠的一切，隐含着孝可以弥补一切过失的信息，显示出"孝"在传统伦理体系中至高无上的地位③。王建科梳理了笔记小说中寻亲尽孝的故事，万里寻亲类家庭叙事文学，反映了血缘亲情的人类深层意识④。与此相关的还有张怀承的《中国的家庭与伦理》、赵兴勤的《古代小说与传统伦理》、李卓的《家族文化与传统文化》等，各有建树，此不赘。

专题研究往往需要打破旧有的小说题材分类框架局限。王建科类比欧美小说、中国现当代小说诸名著，指出鲁迅的"世情""人情"这一类小说概念，"具有不可把握的模糊性……（其）基本上是关涉家庭、家族和婚恋问题的小说，因此笔者认为应用'家庭家族小说'来代替'世情小说'和'人情小说'这一概念"⑤，是很有见地的。

明清通俗小说中有主人公遭逢乱世与家人分离，经历重重磨难最终与家人重逢相聚一堂的大团圆结局。如李渔的《生我楼》写战乱造成亲人多重分离：尹小楼与义子姚继分离、姚继与心上人曹氏分离、尹小楼与妻子分离，历经重重磨难，最终苦尽甘来，一家人团聚。该类型乱离重逢的故事繁多，与此相关的论述多散落于各专著和论文中，专门的著述仍尚未见。美国民俗学家斯蒂·汤普森在《民间文学母题索引》中将乱离重逢的故事归为六类，即"N730.家庭的意外团聚""N731.父子的意外会面""N732.父女的会面""N733.兄弟会""N738.侄子和叔叔的偶然会面""N741.丈夫和妻子的意外会面"

① 王立、黄静：《近20年中国古代文学孤儿故事研究综述》，《湖州师范学院学报》2018年第3期。

② 孙胜杰：《从阿斯塔纳到西安：东干孤儿的寻根之旅与文化想象——评巴陇锋长篇小说〈丝路情缘〉》，《河西学院学报》2018年第6期。

③ 范红娟：《明清寻亲戏曲情节模式初探》，《求是学刊》2011年第3期。

④ 王建科：《元明家庭家族叙事文学研究》，中国社会科学出版社，2004。

⑤ 王建科，同上。此前后提出类似说法的有齐裕焜：《中国古代小说演变史》，敦煌文艺出版社，1990；朱萍：《悲凉之雾　遍被华林——明清家庭兴衰题材章回小说的文化意蕴》，《学术研究》2000年第8期；杜贵晨：《〈金瓶梅〉为"家庭小说"简论——一个关于明清小说分类的个案分析》，《河北大学学报》（哲学社会科学版）2001年第4期；楚爱华：《明清至现代家族小说流变研究》，齐鲁书社，2008。

等①。可见久别重逢在民间故事中的流传之广。笔者曾经较全面地统计、探讨了《聊斋志异》对于乱离重逢母题的特殊关注，指出《聊斋志异》母题与文人抒情文学离别模式不同，并将"巧"相逢的动因归功于主人公的美好品质，宣扬了善有善报、恶有恶报的思想②。刘果将乱离重逢限定在夫妻重逢，梳理了"三言"中的乱离相逢故事，从共时性和历时性的角度观察，论述了在乱离作为文本背景下，女性的"他者"和"此在"的加强和沦落，并讽刺了男性主流社会对女性的摧残③。虞江芙指出，在元杂剧家庭伦理叙事中常出现人物身份的失落与重新确认的现象，展示为认父、认母、认子、认夫、认妻、认兄弟、认伯父等种种叙事情节。她认为，这些情节的产生是因为时代战乱动荡、盗匪横行，致使很多家庭妻离子散，饱受流离之苦，作品是现实悲欢离合的真实写照，而最终的重逢也是一种理想化的愿望，同时具有深刻的家庭伦理观念④。蓝青认为，李渔的小说从国家民族话语中跳脱出来，展现的是婚姻、子嗣等琐碎的家庭问题，重点写战乱影响下个人与家庭的挣扎。这些家庭因战乱被迫分离，又意外地重获团聚。骨肉分离是战乱时期家庭的深重灾难，但李渔认为战争既能造成分离，亦能实现团聚⑤，为乱离重逢母题的深入研究提出了新的研究方法与视角，值得借鉴。还有的学者从古今比较的角度进行研究，刘长华通过古今故人相逢叙事的不同进行比较解读，从"故人相逢"的叙事角度来看鲁迅"自我认知"的思考⑥。

作为明清文学的一种延伸，民国武侠小说中的乱离重逢母题也得到了关注，如从女性因爱生恨角度，剖析"离"对于女性心理、性情带来的严重扭曲及其导致的可怕的人伦剧变⑦，重逢也未必是平和、美好的，等等。世事每多陵谷剧变，沧海桑田，或造化弄人，或阴差阳错，这也正是这一母题所要表达的。但对于亲情、爱情、友情的讴歌和乡恋世谊的表现，仍是其主题史流脉浪花中的主要色彩。

---

①　斯蒂·汤普森：《世界民间故事分类学》，郑海等译，上海文艺出版社，1991。

②　王立：《〈聊斋志异〉"乱离之后巧相认"故事及其渊源》，《云南民族大学学报》（哲学社会科学版）2009 年第 3 期。

③　刘果：《"他者"的凸显和"此在"的沦落——"三言"中离乱重逢母题的不同文本表现及其意味》，《中国文学研究》2009 年第 1 期。

④　虞江芙：《元杂剧家庭伦理叙事中人物身份的失落与确认》，《武汉大学学报》（人文社会科学版）2007 年第 6 期。

⑤　蓝青：《另类战乱书写：论李渔的"战乱"小说》，《三峡大学学报》（人文社会科学版）2017 年第 3 期。

⑥　刘长华：《自我认知的难题：鲁迅小说与故人相逢叙事》，《鲁迅研究月刊》2011 年第 5 期。

⑦　刘卫英：《〈蜀山剑侠传〉女性因爱生恨复仇的主题史开创》，《西南大学学报》（社会科学版）2011 年第 3 期。

中国叙事文学中乱离重逢的情节历史悠久，近年来很多学者进入这个研究领域，但对乱离重逢主题研究仍然存在一些不足。其一，研究缺乏系统性。研究很零碎，分类不够清晰。其二，研究的深度与广度有待拓展。缺少对明清小说父子、兄弟乱离重逢母题全面的综合性研究，迄今尚未见有专著对整个小说史、文化史中的乱离重逢主题做系统纵深研究。总之，由于对该主题的研究相对薄弱，因此其研究具有很大空间。

四、乱离重逢母题研究的价值、意义

近年来，古代民间故事及文学中的跨学科、跨领域和交叉型研究兴起，在当前学术交叉与融合的背景下，主题学框架下的母题研究为古代小说研究注入了新的血液。主题学在小说文本为主的研究中，需要在多角度视域剖析，多学科交叉融合的背景下追溯来源，探讨其所受社会影响与文化内涵。母题、母题史方法的适当运用使民间文学、文人文学等研究视野更加开阔。研究者的视野不再局限于文学本身，而是更加注意到故事文本与文学作品中的民俗学、宗教信仰等方面的内容。

罗宗强先生等针对近些年一些不良社会现象，一针见血地指出我们的教育中缺少了什么，语重心长地强调古代文学的人性教育作用：

> 我想，就是缺少善良的感情的熏陶，缺少健全的人格教育。光是知识教育是不够的，光是思想教育也是不够的，一个人要成长为一个有健康人格的人，感情教育就处于非常重要的地位。在这个时候，古代文学就有它的作用了。我们的文化传统里保存的善良人性，在文学里有充分的反映，乡土的爱、亲情、友情、爱情、同情心等等，都有非常真诚、非常生动的表述，都能在健全的人格塑造、丰富的健康感情的培养中，起到很好的作用。但是这作用不是立竿见影的，不是今天讲了，明天就起作用的，不是拿来就用的。它是长期的无形的熏陶，是细雨润物。要讲眼前功利，它做不到，它的作用，是百年树人，是世世代代，是缓慢地改变民族性格。①

的确，罗先生是从更长远的时段来考量古代文学的现实功能——人性人格陶冶的。他进而又提出"很有用"的另一方面，即体现在古代文学研究的选题上："一些研究题目，在当前看来，可能是毫无用处的，既不能配合当前的政治需求，也没有商业利益，但是对于我们认识我们的传统，对于文化积累，

---

① 罗宗强、张毅：《"自强不息，易；任自然，难；心向往之，而力不能至"——罗宗强先生访谈录》，《文艺研究》2004年第3期。

对于提高文化层次，却可能是不可少的。"①

　　上述研究并非全部涉及明清小说中的乱离重逢母题。小说所涉乱离重逢虽多，但仍有许多文本关注较少；诗歌题材中，人们对其中多角度涉及的乱离题材重视不足。许多专家从中国传统文化、心理学、民俗学等角度进行审视，此类研究为小说乱离重逢提供发展性的思想溯源。文学总是有意无意地对社会生活做出反映和思考。明清小说中乱离重逢母题关注普通百姓乱世中的命运和遭遇，说明在这个时期作家、学者们不约而同地将目光由社会重大事件和英雄事迹，转向更能表现人性、人情的日常生活，表现了文学对现实生活中普通人生的主动思考。既然乱离重逢型故事往往是以一种跨越不同地域的时空为背景，以故事主人公遭遇亲人离散、寻亲的坎坷身世为主要内容，那么，就易于展开人物与现实社会的纷繁复杂的纠葛和冲突。特别是带有"旅程的情节"的万里寻亲，这种类型的故事便于昭明"个体（青少年）成长母题"，与西班牙《小癞子》这类"流浪汉小说"的相似之处在于，主人公曲折的冒险生涯、断片组合式结构等，每多令人感到新奇地描绘出社会林林总总的生活画面，描绘出孝子们含辛茹苦、艰苦卓绝地寻找亲人的感人经历，具有深刻的家庭伦理的内涵，从而反映了人类深刻的血缘亲情的张力。故事传闻、小说中乱离重逢描写就是明清时代下家庭生活的缩影。文人们利用乱离重逢小说母题，体现了宗法制对于古人心理上的深刻烙印，即对于家庭的重视。重逢多因主人公的美好品质，这便宣扬了其家庭伦理观，警戒世人要时时保持一颗善心，因此该母题史的演进，与明清"教化至上""不关风化体，纵好也徒然"的倡扬和其他类似的伦理言说，基本上是同步进行的。

　　乱离重逢母题的言说表现，具有文体、文学与非文学的差异性。如同许多文学母题一样，该母题不仅存在于小说中，也存在于野史笔记、史传、说唱文学特别是戏曲中；小说中该母题的加工程度往往赶不上戏曲。上述多文体之间逻辑关系的梳理，也会对古代文体学与主题学、主题史以及题材史之间的错综复杂关系，有进一步理解。无疑，古代作品文本如何与野史传闻互动互补，文学研究如何努力揭示文化史、日常生活史与文学表现出的错综复杂关系，文学母题研究有着不可替代的便捷与效率，可有效梳理、总结文化史中的家庭人伦表现规律及其审美价值。

　　综上，乱离重逢，是母题、类型，又是一个题材——因其为人类社会的一个重要生活面，故事大部分可再进一步细分为：失散原因（前传）→寻找或偶遇而实现重逢（正传）→重逢之后（后传）……

---

　　①　罗宗强、张毅：《"自强不息，易；任自然，难；心向往之，而力不能至"——罗宗强先生访谈录》，《文艺研究》2004 年第 3 期。

许多故事，前传不明、略过，后传忽略，而辗转周折的正传则大书特书，为什么呢？在大故事中，可能穿插着所遭遇到的小故事，但一般都依仗着"重逢"这一枝干，也往往是最为令人动情之处。鉴于对众多明清小说文本的细读和学界对乱离重逢的研究现状，如从主题学理论视角出发，当可以同时结合民俗学、心理学、文化人类学等理论，对明清时期的小说乱离重逢故事做类型梳理，可进一步挖掘该母题对小说叙述的特殊意义，通过对离别重逢的分析，可以探讨大的时代背景下的社会细胞——个体生存及其家庭状况，比较其不同地域空间的差异性，阐述其文学价值以及所蕴含的民俗文化内涵。应超越单篇文本与学科局限，增强问题化意识，并从多学科交叉整合、跨学科方法视域，进行全面系统整理分析。

俄罗斯汉学家早已注意到："寻妻的母题罕见于远东的民间故事。比如中国的故事中多是恰恰相反的情境，即少年不愿娶前来求爱的仙女为妻。中国故事中的寻妻只是寻找被恶势力劫持的恋人。"① 这当然是不够全面的。钟情的离散者如何呢？前因后果如何？某一特定文本与前前后后同母题类型故事的关系如何？

明末清初戏曲作家袁于令（1592—约1672）的历史小说引诗曰："梗泛萍飘莫浪悲，因风亦自得追随。存亡久拼浑无定，骨肉何缘得再窥。老景凄其良足慰，穷途踟蹰更堪奇。喜心极处翻成痛，絮语喁喁泪雨垂。"写出了漂泊之人与家中守候的老者共同经历的骨肉分离之苦。小说进而议论道："人生最难得离乱之中骨肉重聚。总是天南地北，物换时移，经几遍凶荒战斗，怕不是萍飘梗泛，弱肉强食，那得聚头？但是天佑忠良，就如明朝东平侯花云，他在太平府，死抗伪汉陈友谅，身死忠，妻死义，止剩个幼男花炜，托妾孙氏管领，中间生出莲实渡他的饥，浮槎救他的溺。一个雷老指引他见太祖皇帝，何等周旋，岂是皇天无意？"②

本书选题的立意是与时俱进的，又是基于目前缺少该项专题研究的现状。刘跃进研究员指出，到了20世纪八九十年代，倡导宏观文学史，探寻历史规律，这也是一种学术共同体的追求："但是最近二十年，这种追求越来越少，大家只关心自己的研究领域，试图精耕细作，但是由于脱离社会，脱离现实，这种成果又有多少价值，还真是一个问题。一些人认为，学术研究应当独立，不应当成为时代的传声筒，更不能简单地为政治服务。这个想法看来很美，但是，学术能离开政治吗？不论怎么做，不论站在什么样的角度说话，不论自以

---

① 李福清：《中世纪文学的类型和相互关系》，载《古典小说与传说》，中华书局，2003。

② 袁于令：《隋史遗文》第十四回《秦夫人见侄起悲伤　罗公子瞒父观操演》，人民文学出版社，1989。

为做着多么纯正的学问，不论如何标榜自己的学问脱离政治，你的价值观、你的世界观总会左右你的学术，想超然于社会现实之外做学问，就像鲁迅所说的拔着自己的头发离开地球一样不现实。"①

在人类 21 世纪即将过去四分之一的当今，本书选题有多方面价值、意义。

首先，有利于人类生命个体，尤其是青少年"情商"的丰富提高。伴随科技的发展，现代社会尤其是都市空间、节奏带给人们的压力、焦虑在增大，这些乱离重逢故事的"民俗记忆"，有助于令人经久不息地品味人性、亲情的纯洁、温馨。何以在影视、流行的大众传媒中盛行夫妻、父子（父女、母子、兄妹……）久别相认？在人事遭逢之中，有多少亲人相别是情愿的？还不是生活所迫、生存需要，或迫于灾荒兵燹的外来强力，"重逢"的愿景给予人信念，带来奋进的力量。了解、积累、重温那些乱离重逢故事，我们会从心底焕发出对"情"——爱情、亲情、友情等的渴求，提高情商，强化奋然前行的精神力量。因而冯梦龙早就提出："我欲立情教，教诲诸众生……愿得有情人，一齐来演法。"

其次，乱离重逢母题，在新的"知识转型期"，可以补充中小学教材、大学教材的不足，补充"四大名著"等通行文学读物的不足，使人们在较为宽广的视野中纵深了解悲悲喜喜的情感史，从而从一个独特角度感受心灵史、文化史。许多人们耳熟能详的诗句，如"哀哀父母，生我劬劳""父兮生我，母兮鞠我，拊我畜我，长我育我""欲展清商曲，念子不能归。俯仰内伤心，泪下不可挥""山海隔中州，相去悠且长""大江流日夜，客心悲未央""不曾远别离，安知慕俦侣""居欢惜夜促，在戚怨宵长"……情蕴悠长，然而，若有此真切动人的"重逢"故事流（这方面学术前辈已做出诸多开创性贡献②），才可领略多文体的、较为完整的情感文学史。

再次，乱离重逢母题有助于深度体会、阐释文学史、故事史等，及其与民俗心态史、家庭史、社会史及伦理文化的关系，并通过戏曲、影视等改编传统母题，对现当代文学—文艺中的传统元素，有进一步的解读。

此外，从本书所附的 28 幅插图中，可约略了解晚清新闻画报的现实来源、题材选择与处理，体现出当时对家庭、人伦关系以及灾荒等新闻应对，从而配合当时的"低调启蒙"③。这也能使读者对晚清民初小说、戏曲和民国电影所受乱离重逢母题影响，加深印象。

---

① 刘跃进：《钞本时代的经典研究问题》，《求是学刊》2014 年第 5 期。

② 王立：《"作品流"集粹的方法论意义——评薛洪勣研究员新著〈传奇小说史〉》，《社会科学战线》2000 年第 6 期。

③ 参见陈平原：《左图右史与西学东渐——晚清画报研究》第一章《图像叙事与低调启蒙——晚清画报在近代中国知识转型中的位置》，生活·读书·新知三联书店，2018。

第一章
乱离重逢母题史基本脉络及时代特色

乱离重逢，是中国文学史上一个带有贯通、辐射性质的重要文学主题，也是一个古今相通，横贯、交织于多种文体的文学母题、民俗事象与审美形态。千百年来，这一母题纠结在不同时代诗人作家的心中笔下，描摹出一幅幅具有人文精神的感人篇章，成为中国文学中最具有人性深广度，最为贴近血肉至亲、骨肉情肠的泪目文字，与包括悼亡哀祭文学题材史、母题史①等相映照的一个"单位观念"的心态史、习俗史及情感文学史，值得关注与系统探讨。

一、神话到诗赋：唐前与唐代的乱离重逢母题

先唐故事中的离别重逢母题，虽散见于多种文类，但有某些共同趋向，比如神秘不可预测力量的干预，或者宗族利益代言者的阻挠。

一是，神话故事中的离别重逢。神话中的牛郎织女严格说属于"广义神话"，属"四大传说"之一。从相思、别离重逢角度，美术史家指出："同样是在汉代，这个美丽的传说也开始以图像的形式出现，如郫县石棺之所见。画像中织女一手举机杼，另一手挥舞一件织物。左端的牛郎像是一位莽撞的恋人，用力拉着一头牛奔向织女。两人之间的一大段空白可能暗示诗中所描述的河汉，既连接这对情侣而又将他们无情地分开。文学的比喻因此被成功地转换成象征性的视觉表现形式。"②

逯钦立辑录《全汉诗》卷十一载有《别鹤操》，解题曰："别鹤操者。商陵牧子所作也。牧子娶妻五年。无子。父兄将欲为改娶。妻闻之。中夜惊起。

---

① 王立：《永恒的眷恋——悼祭文学的主题史研究》，学林出版社，1999，参见吴相洲：《引起学术界关注的文学主题学研究——从王立教授的三本系列专著谈起》，《北京大学学报》（哲学社会科学版）2000年第2期。

② 郑岩、王睿编《礼仪中的美术——巫鸿中国古代美术史文编》，郑岩等译，生活·读书·新知三联书店，2005。

倚户悲啸。牧子闻之。援琴鼓之云云。痛恩爱之永离。因弹别鹤以舒情。故曰《别鹤操》。后仍为夫妇。"诗曰："将乖比翼兮隔天端。山川悠远兮路漫漫。揽衣不寐兮食忘餐。"逯钦立据《古今注》及《乐府诗集》，补入之①。

关于离别重逢，还有一些非虚构的重逢故事，因事关个体人生、家庭团聚，那些促进者、玉成者得到厚报，而且还是非一次性的。这些故事，有可能也受到中国汉译佛经叙事的启发。（详后）

二是，先唐史传文学已关注到别离重逢，其作为传主的重要人生经历，可能对人物的性格、生命观、价值观产生巨大的影响。汉末涿郡容城人孙礼重金寻母："初丧乱时，礼与母相失，同郡马台求得礼母，礼推家财尽以与台。台后坐法当死，礼私导令逾狱，自首，既而曰：'臣无逃亡之义。'径诣刺奸主簿温恢。恢嘉之，具白太祖，各减死一等。"②母子别离求聚，遭遇贪官勒索，但倾家财也要母子团圆，这得到了时人赞赏。积善德，结善缘，仿佛也为自己储备了关键时用得到的资本。可见乱离之中，还有什么比得上家人至亲重逢的喜悦？这是一种可跨越门派、民族的，易于得到广泛认可的同情心。

亲人离别，不是个别的社会现象，在战乱、灾荒发生的年代，可能就是全社会所要面对的苦难。因而，即使在个别性的事件之中，也不仅是一个孤立的亲情被割断的问题，还可能引起司法纠纷。清官能吏，也因此类事件而增添了为人称道的佳话。如巧断生父的故事，就被史家拣选出来作为一种清官的历史记忆。《魏书》较早地书写下"二父争儿"的麻烦：先是，寿春县人苟泰有子三岁，遇贼亡失，数年不知所在。后见在同县人赵奉伯家，泰以状告。各言己子并有邻证，郡县不能断。崇曰："此易知耳。"令二父与儿各在别处，禁经数旬，然后遣人告之曰："君儿遇患，向已暴死，有教解禁，可出奔哀也。"苟泰闻即号咷，悲不自胜；奉伯咨嗟而已，殊无痛意。崇察知之，乃以儿还泰，诘奉伯诈状。奉伯乃款引云："先亡一子，故妄认之。"这一代表性案例，被认为有说服力地证实了传主应得的评价："崇断狱精审，皆此类也。"③

还有一个实际发生的孝子远行寻母事件，为史家所采录。说颍川鄢陵（河南许昌）人庾道愍，是晋司空冰之玄孙：

> 有孝行，颇能属文。少出孤惸，时人莫知。其所生母流漂交州，道愍尚在襁褓。及长知之，求为广州绥宁府佐。至南而去交州尚远，乃自负担冒险，仅得自达。及至交州，寻求母，虽经年，日夜悲泣。尝入村，日暮雨骤，乃寄止一家。旦有一妪负薪外还，而道愍心动，因访之，乃其母

---

①　逯钦立辑校《先秦汉魏晋南北朝诗》，中华书局，1983。
②　陈寿：《三国志》卷二十四《魏书·韩崔高孙王传》，中华书局，1982。
③　魏收：《魏书》卷六十六《李崇》，中华书局，1974。

也。于是行伏号泣。远近赴之，莫不挥泪。①

"心动"，即所谓灵光一现，是一个神秘主义色彩的心理推因，起源很早。《左传》就有一些"心动"的描写，后世小说中则多写仙师们远在深山，却能在特定的时刻"心血来潮"，预知某事即将发生或正在发生。往往是在仙师与弟子分别（弟子下山）之后，弟子遇到了难以解决的困难或面临危险，师父遥感，当即采取有效措施。或赠送宝贝兵器，或亲自下山助战，或……

三是，离别重逢作为诗词歌赋歌咏的本事、熟典，既体现出诗歌的社会生活来源，又因其与诗歌传播互动，补充了人们的精神世界，让那些伤心人的泪眼，更多地发现、审视经历见闻中的别离之苦、重逢喜悦。

"乱离重逢"现实遭遇，在古代诗学中占有重要的位置，成为诗话中惯道的美学形态。李益（746—829）《喜见外弟又言别》咏："十年离乱后，长大一相逢。问姓惊初见，称名忆旧容。别来沧海事，语罢暮天钟。明日巴陵道，秋山又几重。"② 欣喜重逢的场面，过渡到追忆的心理流程，彼此诉说别后情事，不觉时间流逝。如明代陆时雍言："盛唐人工于缀景，惟杜子美长于言情。人情向外，见物易而自见难也。司空曙'乍见翻疑梦，相悲各问年'，李益'问姓惊初见，称名识旧容'，抚衷述愫，馨快极矣。因之思《三百篇》，情绪如丝，绎之不尽，汉人曾道只语不得。"③ 而清代方贞观体会："人情真至处，最难描写，然深思研虑，自然得之。如司空文明'乍见翻疑梦，相悲各问年'，李君虞'问姓惊初见，称名识旧容'，皆人情所时有，不能苦思，遂道不出……"④

皇甫氏《原化记》写京兆韦氏从夫赴任，坠岸下数百丈，遇龙跨之飞空约半日许，落深草上，得到渔翁接济饮食，告知自己为县韦少府之妹，与韦生重逢："出见之，其姊号哭，话其迍厄，颜色痿瘁，殆不可言。乃舍之将息，寻亦平复。韦生终有所疑。后数日，蜀中凶问果至，韦生意乃豁然，方更悲喜。追酬渔父二十千，遣人送姊入蜀。孟氏悲喜无极。"⑤ 这里的"悲喜无极"属于偏义复词，偏重在"喜"，而没有别离的大悲，便没有此刻的喜极而泣。

勤自励的故事，是一个虎口救妻，而经过艰苦卓绝的生死搏斗，终于团圆的传奇。其在唐代打虎、斗虎故事中占有一个特殊位置。说漳浦人勤自励担任健儿（职业军人），随军安南，击吐蕃，十年不还。妻子林氏为父母夺志，改

① 李延寿：《南史》卷七十三《孝义上》，中华书局，1975。
② 郝润华整理《李益诗集》卷二，中华书局，2014。"离乱"，《全唐诗》注："一作'乱离'。"
③ 丁福保辑《历代诗话续编》下，中华书局，1983。
④ 方贞观：《方南堂先生辍锻录》，载郭绍虞编选《清诗话续编》下，上海古籍出版社，1983。
⑤ 李昉等：《太平广记》卷四百二十一引，中华书局，1961。（原缺出处，明抄本作《博异志》）

嫁给同县陈氏。其婚之夕，而自励还。父母具言其妇重嫁始末，自励闻之忿怒。妇宅离家十多里，自励当晚携破吐蕃所得利剑前往，路逢暴雨，避大树孔中，杀了先在孔中的三个小虎。许久大虎投进一物，扪之是一妇，妇答是自励妻，"自励从军未还，父母无状，见逼改嫁……我心念旧，不能再见，愤恨莫已……"自缢时遇虎，于是夫妻相持而泣。接着自励又先后杀二虎，背负妻子还家①。这是一起勇士成功救妻的壮举，英雄得与久别的妻子重逢。

薛调《无双传》写王仙客是中朝臣刘震之甥，当初，仙客父亡，与母同归外氏。刘震女儿无双小于仙客，幼玩时，震之妻常戏呼仙客为"王郎子"。后王氏姊病重召刘震托付，以端丽聪慧的无双为仙客媳。仙客在刘震处被安排在学舍，"绝口不提嫁娶之议"。于窗隙窥"无双姿质明艳，若神仙中人"，仙客简直思念发狂。遂卖掉行装，打点舅氏舅母左右，诸表亲悉敬事之，逢舅母生日买礼物以献。但后闻，舅父称先前并未许婚。不久仙客机会来了。泾原兵士造反，天子出逃。舅急召仙客要将无双嫁给他，仙客惊喜拜谢，舅随即装载金银罗锦二十驮让仙客押此物远行，觅一幽静小店安身，说与汝舅母、无双绕城续至。仙客在店中待久不至，归询知朱太尉已做了天子。仙客只得归襄阳村居三年。后入京访知阿舅受伪官，与夫人皆被处极刑，无双入掖庭。仙客哀号，重逢希望更加渺茫。

数月后忽报中使押领内家来园陵，宿长乐驿。仙客托求塞鸿代为一窥，夜深才闻帘下语呼塞鸿，又闻无双声音。在塞鸿安排下，果窥见无双，"仙客悲感怨慕，不胜其情"。而塞鸿在阁子中褥下得无双书信，云富平县古押衙"人间有心人"，仙客遂寻访、结交古押衙，得其请缨，运用茅山道士的奇药——假死药（三日后活）赎其尸来，古押衙事毕自刭。五更后双双浪迹天涯以避祸，偕老，儿女成群。小说作者感叹王仙客访妻的执着："人生之契阔会合多矣，罕有若斯之比，常谓古今所无。无双遭乱世藉没，而仙客之志，死而不夺，卒遇古生之奇法取之，冤死者十馀人。艰难走窜后，得归故乡，为夫妇五十年。何其异哉！"②而古押衙这一老侠，前辈学者认为取自《西京杂记》的古椽曹，指出鲁迅所引胡应麟《少室山房笔丛》的王仙客故事，"事大奇而不情，盖润饰之过……无双下原有注云：'即薛太保之爱妾，至今图画观之。'然则无双不但实有，且当时已极艳传……"③

不同民族交往、战争等多形态文化撞击时，作为一种普世性情感取向，亲

---

①　李昉等：《太平广记》卷四百二十七引《广异记》。参见王立：《唐人与猛兽对阵的英雄气概——唐人射虎斗虎描写的豪侠文化内蕴》，《淮阴师范学院学报》（哲学社会科学版）2003年第6期。

②　李昉等：《太平广记》卷四百八十六《无双传》，中华书局，1961。宋代委心子《新编分门古今类事》卷一六《婚兆门》收入了这一故事的梗概。

③　周绍良：《唐传奇笺证》，人民文学出版社，2000。

情的个体性与族群文化认同感达到了某种契合，从而成为超越敌对双方力量、实现有效沟通的外交事件或曰国际事件。如寻父尸骨，不仅是履行入土为安的丧葬习俗，也满足亲人由分到合的情感期盼：

> 刘审礼为工部尚书，仪凤中，吐蕃将入寇，审礼率兵十八万，与吐蕃将谍钦陵战于青海。王师败绩，审礼没焉。审礼诸子诣阙，自请入吐蕃以赎其父，诏许之。次子岐州司兵易从投蕃中省父，比至，审礼已卒。易从昼夜泣血。吐蕃哀其至性，还其父尸。易从徒跣万里，护榇以归，葬于彭城故茔。朝庭嘉之，赠审礼工部尚书，谥曰悼。审礼，刑部尚书德威之子也，少丧母，为祖母元氏所养。元氏有疾，审礼亲尝药膳，事母亦以孝闻。与再从弟同居，家无异爨，阖门二百馀口，人无间言。①

四是，佛经跨地域、异质文化的传播，作为不同意识形态的一个重要展示路径，故事母题的功能性互借。这也体现在乱离中诵经礼佛导致奇迹发生。脱难归家，表面看来可能是"火光引路"，实际上是与当事人及其亲属"乱离重逢"个人、家庭命运因缘凑合的幸运。段成式《酉阳杂俎》载，韦南康镇蜀时：

> 有左营伍伯，于西山行营与同火卒学念《金刚经》。性顽，初一日才得题目，其夜堡外拾薪，为蕃骑缚去，行百馀里乃止。天未明，遂踣之于地，以发系撅，覆以驼毯寝其上。此人惟念经题，忽见金一铤放光，止于前。试举首动身，所缚悉脱，遂潜起，逐金铤走。计行未得十馀里，迟明，不觉已至家。家在府东市，妻儿初疑其鬼，具陈来由。到家五六日，行营将方申其逃。初，韦不信，以逃日与至家日不差，始免之。②

诵经礼佛与所受关照呼应，而且呈现出多元归一，甚至归心似箭之人最希望获得的异术——缩地法，在此都被显出了灵通，行走十里就关山飞跃，达乎百里之外。归家与妻儿团聚，成为平日诵《金刚经》的善果。

与父母亲人重新团聚的强烈动机，持续生效。刘山甫《闲谈》载黄巢之乱时，一些有身份的高门家眷也跟着朝廷流落蜀地，有个李将军的女儿，奔波随人到达蜀地兴元，骨肉分散，无所依托：

> 适值凤翔奏将军董司马者，乃晦其门阀，以身托之。而性甚明敏，善于承奉，得至于蜀，寻访亲眷，知在行朝，始谓董生曰："丧乱之中，女弱不能自济，幸蒙提挈，以至于此。失身之事，非不幸也，人各有偶，难

---

① 刘肃：《大唐新语》卷五，中华书局，1984。
② 段成式：《酉阳杂俎》续集卷七，中华书局，1981。

为偕老，请自此辞。"董生惊愕，遂下其山矣。识者谓女子之智，亦足称也。①

李姓少女在乱离中能及时避难，看准了可托之人——董司马，便以身相托，一边寻访自己的亲眷，找到就即刻投奔，骨肉重聚。而事实上，故事没有写是否造成了新的别离呢，那是否意味着这种临时性组合，属于"明知不是伴，事急且相随"？原生家庭的团聚，在此被看作年轻的个体人生最为重要的，那么，男女情爱如何在此被忽略、遮蔽了？

"离散—重聚"的故事书写，也开始得到更多、更为丰富多样的表述，如"离—合"。如分析敦煌变文《韩朋赋》中的"夫妻离合"情节。在进行文本细读时，有论者认为故事的深层结构，以"合"的深化过程为重点，可以用以下四阶段表示：

开端：1），2）韩朋与贞夫的誓约和离别；
进行：3），4）妻子被夺和妻子的气节；
危机：5），6）韩朋自杀——大离；
高潮：7），8）拒绝离——永远的合。

于是，韩朋故事这一夫妻离别—重逢就被阐释为："这部作品深层存在的矛盾是'想合的欲望/要分离的命运'，最终以'永远的精神/有限的肉体'的普遍矛盾来结束。读者感动于处在这样矛盾的环境中蒙受折磨，做出抵抗的人物们的行为。在虚幻的现实里，浪漫的努力带有人的真实，肉体尽管衰朽了，精神却得到了发扬。"② 现实中的无法重聚，变为"仙圆"，在死后世界中得到现实中不可能实现的重逢。

二、中古汉译佛经中的乱离重逢故事

中古汉译佛经传译，是历史上空前的、最大的一次外来文化传入，为中国本土文学提供了不少富有新鲜活力的故事母题，同时延伸丰富了华夏本土的传统文学，从而汇入中国文学史的主流传统之中③。以佛教的悲天悯人、普度众生的人文情怀，不可能不关注这一母题，因而在母题史流程中也是一个绕不开

---

① 孙光宪：《北梦琐言》卷九，上海古籍出版社，1981。
② 白润：《唐代变文叙事学例论——兼论变文的小说史意义》，《深圳大学学报》（人文社会科学版）2009 年第 2 期。
③ 参见王立：《佛经文学与古代小说母题比较研究》，昆仑出版社，2006；王立等：《〈聊斋志异〉中印文学溯源研究》，昆仑出版社，2011；王立：《传统故事与异域传说——文学母题的比较文化研究》，人民文学出版社，2015；等等。

的阶段。

佛经故事之于别离重逢书写的意义，主要在于：（1）说明中印，包括西域故事，带有东方民族重视"别离重逢"的跨文化共通性；（2）许多表现别离重逢的故事情节、人物类型等叙事要素，丰富了中国本土的文学母题，甚至可以说是多方面的启发。

一是，离别重逢故事母题的结构性相似。萧兵先生早就明确揭示唐代译经价值的一个要点所在，暗合于本论题。他认为，中国人对印度史诗《罗摩衍那》中罗摩夫妻失散重逢故事，是素有所知的。玄奘曾译《大毗婆沙》，卷四十六已谓："如《罗摩衍那书》有一万二千颂，唯明二事：一明逻伐拏将私多（悉多）劫去；二明罗摩将私多还。……"① 的确，印度史诗《罗摩衍那·美妙篇》写哈奴曼作为罗摩的使者，前去探望楞伽城被囚的悉多："他还拿出了罗摩交给他的作为信物的戒指，上面镌着罗摩的名字。……他要求悉多给他一件信物，好向罗摩交差。悉多把自己头上戴的宝石递给他，并且告诉他了一件只有悉多和罗摩两个人知道的事情，作为哈奴曼见到悉多的最有力的凭证。事情是这样的……"② 季羡林先生的叙述，实在是抓住了"夫妻重逢"的一些关键环节，如夫妻隐语、相认旧物，作为别离重逢叙事的一个重要关目，也早被他注意到了。

金克木先生在评论大史诗《摩诃婆罗多》中的三篇插话《那罗传》《莎维德丽传》《罗摩传》时，也认为："这三篇插话都说的是流放的国王复国的故事，都歌颂了一对理想的夫妇，又特别刻画了一个忠于丈夫的贤妻的形象。"正因如此，夫妻的别后相思才成为文学性的突出之点，罗摩思念妻子表现的艺术价值在于："长篇的关于夫妻别离痛苦的抒写，显示了诗人在艺术上的成就，也表明了这样的感情开始成为诗歌的重要主题，作了后来这类文学的先驱。"③ 联系到印度古代故事与佛经中的"相思病"母题的兴盛，及其对于中国文学中相思病描写的影响④，的确不能低估史诗传说人物原型、故事题材、情节场面等持久的导引功能。因而郁龙余教授曾很有说服力地强调："大团圆是印度文学（主要是古典文学）的一个历史悠久的传统。"⑤

大史诗《摩诃婆罗多》的主干故事，即以天堂大团圆为结局。著名的三大插话《那罗传》《莎维德丽传》《罗摩传》都是典型的大团圆结局："如

---

① 萧兵：《无支祁哈奴曼孙悟空通考》，《文学评论》1982 年第 5 期。

② 季羡林：《比较文学与民间文学》，北京大学出版社，1991。

③ 金克木：《梵语文学史》，人民文学出版社，1964。

④ 王立：《相思病母题与中古汉译佛经溯源》，《南亚研究》2005 年第 1 期；《略说古代文学中的相思病》，《古典文学知识》1999 年第 2 期。

⑤ 郁龙余：《中印文学中的大团圆》，《印度文学研究集刊》第四辑，上海译文出版社，1999。

《那罗传》，讲公主达摩衍蒂在择婿大典上拒绝天神，而与国王那罗结百年之好，因而受到天神的暗中报复；那罗因赌博失去了国家，被迫与妻子亡命森林；那罗因不愿妻子跟自己吃苦，故在深夜趁她熟睡之际悄悄离去。从此，夫妻分离，天各一方；那罗因毒蛇咬而变了形，他隐姓埋名成了一名马车夫。达摩衍蒂在父王的帮助下，历尽艰难，终于找到那罗，那罗穿上仙衣恢复原形，夫妻团聚。后来，那罗又夺回江山，重新为王。"① 印度史诗中的神话传说，写悉多的两个儿子俱舍和罗婆，作为两个年轻的歌手，来到罗摩的京城，他们在王宫里演奏他们自编的歌曲："大家都注视歌手聚精会神地听着，眼里涌出钦佩感叹的泪花。许多人都惊奇地发现：两个歌手怎么与伟大的阿逾陀国王长得那么相像呢？"他们不接受馈赠，唱了许多天后，"罗摩终于明白了：站在他面前的就是悉多的两个儿子。罗摩从宝座上站起来说：'快派信使把蚁垤找来。让这位智者当着大家的面，证明悉多是纯洁无瑕的，……'"②

久别重逢之后的当事人情态，在世界文学史上，也可以说是几乎最早、最有力度的，即描写当事人由于瞬时间的喜悦，而在重逢之刻居然当场晕倒：

> 国王听了王后的这番话，惊呆了："这个女人，难道是我妻子？这个死去的孩子是我儿子？"这样想着，国王的心忽然刀绞般地疼痛起来。他认出了王后莎乌娅和儿子。痛苦着说："是的，这是我的王后莎乌娅，这是我的儿子赤马。"然后晕倒在地上。王后这时也认出变了模样的国王，她忍受不了这样的打击，也晕了过去。过了一会儿，两人醒来后抱头痛哭。③

对于重逢相认的隐语，中古汉译佛经也有重要的建构作用。例如，那只有父子俩才能听得懂的话语。《长寿王经》写长生太子的父亲长寿王因不愿两国交兵，放弃王位与儿子到山中隐居。可是一次长寿王在山中为周济修道人，又甘愿被新国王捕获。太子很久未见父亲回来，到王城里寻找，扮作卖柴人，恰巧碰到父亲将被烧死；长寿王发现了人群中的儿子；而被烧死前担心太子为自己复仇，就叹息地向人群（太子混在人群中）告诫：身为人子者要至孝，就要让他父亲死而无憾，如果违背父亲心愿去杀人，就会使他父亲死有余恨。万分悲痛的太子听到了，内心里非常明白，这是父亲担心造成流血事件，对自己的嘱咐。而这样的话语，意在言外，只有父子二人之间才能够心领神会④。

《付法藏因缘传》写贫女拾一金珠，"内怀欢喜，意欲为薄补（佛）像面

① 郁龙余：《中印文学中的大团圆》，《印度文学研究集刊》第四辑，上海译文出版社，1999。
② 埃尔曼·捷姆金编写《印度神话传说》，董友忱等译，上海译文出版社，2002。
③ 薛克翘主编《东方神话传说》第四卷《印度古代神话》，北京大学出版社，1999。
④ 《长寿王经》，失译人名今附西晋录，僧祐《出三藏记集》，云安公译。

上。迦叶尔时为锻金师（迦叶前身），女即持往，倩令修造……因共立愿：愿我二人常为夫妻，身真金色，恒受胜乐。以是因缘，九十一劫，身真金色，生人天中，快乐无极，最后托生第七梵天。"然而，有聚有别，最终仍不可逃脱离散，令人泪目。

在早期观世音崇拜的故事中，还写出了经由僧人保护的教徒，终于乱离后团聚的故事。说僧融与昙翼一起劝化了一对夫妻受戒，后来男的因为盗的牵连而逃走，女被下狱，途遇时僧融告知她可一心称念光（观）世音。真是立竿见影，照办之后妇人果然夜中枷锁散落，逃脱出来。而她与丈夫会合的运气也随之来到："时天夜晦冥，忽逢一人，初甚骇惧。时其夫亦依窜草野，昼伏夜行，各相问讯，乃其夫妻也。遂共投翼，翼即藏之寺内别处。"[1] 诵念菩萨，也是一种期求重逢团聚的努力方式。

二是，离别重逢故事母题的情感变化过程，譬喻"不二"追求的艰难。《妙法莲华经》先昭示"忽然得闻希有之法"，不求自得，深感庆幸。以下贫子故事譬喻"以明斯义"。第一，状写出父母晚年思念儿子的心态。说贫子幼时舍父逃逝，流落他国，五十岁时愈加贫困，渐游行到了本国。其父先前求子不得，一直盼望着，家中金银、琉璃、珊瑚等，仓库盈溢，多有僮仆、臣佐、吏民以及象马车乘，牛羊无数，商估贾客亦甚众多。此时这贫子来到了其父所居之城："父母念子，与子离别五十馀年，而未曾向人说如此事，但自思惟，心怀悔恨，自念老朽，多有财物，金银珍宝，仓库盈溢；无有子息，一旦终没，财物散失，无所委付。是以殷勤每忆其子，复作是念：我若得子，委付财物，坦然快乐，无复忧虑。"第二，写贫子对父亲富贵威势的恐怖心态。他佣赁辗转来到父舍，"住立门侧。遥见其父：踞师子床，宝机承足，诸婆罗门、刹利、居士皆恭敬围绕……穷子见父有大力势，即怀恐怖，悔来至此。窃作是念：此或是王，或是王等，非我佣力得物之处。不如往至贫里"，担心在此被逼迫，急忙逃走。第三，写富长者对儿子的因势利导，使其逐渐自食其力。长者见子"心大欢喜"，念财物有所托付，遣人急追还。贫子却惶怖昏厥，父遥见知子"志意下劣"，不能强使之为豪贵，就不对外云"是我子"，任其随意所趋，贫子仍欢喜地往贫穷处求衣食。长者密遣形色憔悴无威德的二人，先雇贫子除粪。父在窗牖中偷看儿子，羸瘦憔悴，身穿粗弊垢腻之衣，右手执持除粪之器，状有所畏。逐渐得以接近儿子，然后才慢慢诱导："咄，男子！……我如汝父，勿复忧虑。所以者何？我年老大，而汝少壮，汝常作时，无有欺怠嗔恨怨言……即时长者、更与作字，名之为儿。"二十年后，长者生病，自知不久将死，儿子的志意"渐已通泰，成就大志"，这才命其子招集亲族、国

---

① 董志翘：《观世音应验记三种译注》，江苏古籍出版社，2002。

王、大臣、刹利、居士等集会，当众宣言："此实我子，我实其父。今我所有一切财物，皆是子有。"①

在父寻子的多年艰辛历程中，这位长者自身情感与价值观也随之发生了较大的变化，他对于年轻时自己处理失当的懊悔、对父子重逢愿景的期待，常涌上心头。佛经故事是分为两条线索讲述的：一是，男孩年幼出走，贫困潦倒；二是，父亲寻子不得，暂住在一富家，而思子之心，与日俱增。后面写出了年老孤独的心理活动，想象着一旦与儿子重逢是多么快乐。

然而离别双方的情感投入其实并非等同的，在离家少年这里的复杂性在于，漂泊岁月已摧毁了少年的心智，他变得孤僻、敏感、胆怯而多疑。贫子遥望其父，居然心生恐惧，不敢上前相认："住立门侧。遥见其父……见父有大力势，即怀恐怖，悔来至此。窃作是念：此或是王，或是王等，非我佣力得物之处。不如往至贫里，肆力有地，衣食易得。若久住此，或见逼迫，强使我作。作是念已，疾走而去。"

仿佛镜头摇跟，大富长者当然也认出其子，该是多么喜出望外，但不料却并不顺利："时富长者于师子座，见子便识，心大欢喜……即遣傍人，急追将还。尔时使者，疾走往捉。穷子惊愕，称怨大唤：我不相犯，何为见捉？使者执之愈急，强牵将还……转更惶怖，闷绝躄地。父遥见之，而语使言：不须此人，勿强将来。以冷水洒面，令得醒悟，莫复与语。所以者何？父知其子志意下劣，自知豪贵为子所难，审知是子而以方便，不语他人云是我子。使者语之：我今放汝，随意所趣。穷子欢喜，得未曾有，从地而起，往至贫里、以求衣食。"慈爱的父亲，再也不是年轻时打拼事业的急躁、单纯了，饱阅世事的他知道必须慎重地处理此事，否则事与愿违，欲速不达。对于这样的"问题青年"，消除内心的抵触、抗拒非常重要，此刻长者只好因势利导，缓缓图谋与儿子相见，彼此戏剧性的人生经历了为时更长的煎熬。为此，他派人雇佣这孩子去除粪，自己也换上敝垢之衣，接近他。熟悉了，有一定感情之后，便认他作为义子。直到相处二十年后，父子二人才逐渐彼此互相体贴信任，然而时不我待，慈爱长者的生命时钟也快要走到尽头。儿子已经成熟，自己来日无多，他用什么来表达挚爱呢？亮明身份，父子相认需要一个庄重的场合：

> 尔时长者有疾，自知将死不久。语穷子言："我今多有金银珍宝，仓库盈溢，其中多少，所应取与，汝悉知之。我心如是，当体此意。所以者何？今我与汝，便为不异，宜加用心，无令漏失！"尔时穷子，即受教敕，领知众物，金银珍宝及诸库藏，而无悕取一餐之意。然其所止故在本处，

---

① 《妙法莲华经》（《法华经》）卷二《妙解品第四》，后秦鸠摩罗什译。参见陈开勇：《宋元俗文学叙事与佛教》，上海古籍出版社，2008。

下劣之心亦未能舍。复经少时，父知子意渐已通泰，成就大志，自鄙先心。临欲终时，而命其子并会亲族、国王、大臣、刹利、居士，皆悉已集，即自宣言："诸君当知！此是我子，我之所生。于某城中、舍吾逃走，伶俜辛苦五十余年，其本字某。我名某甲，昔在本城怀忧推觅，忽于此间遇会得之。此实我子，我实其父。今我所有一切财物，皆是子有，先所出内，是子所知。"①

佛经写出了父子相认的艰难、近在咫尺而不能相认的心灵煎熬、旷日持久。而父亲为使儿子切实具备继承家业的资质能力，设计下儿子成长的情境，虚拟了困苦条件与人物关系，这一"系统工程"虽然代价沉重，但缜密而完善，重塑了一个堪当重任、值得托付家业的儿子，令人感动于老父用心良苦。

三、宋元时期的乱离重逢母题

宋代经历了两宋之际与宋末战乱频发时期，作为华夏中原凝聚力文学表现的乱离重逢母题，尤其丰富而深切。诉诸离散之遭遇的乱离重逢母题，更多地呈现普通人、下层官吏的人生陡转与命运剧变，摹写乱世人生中的悲悲喜喜。重逢角色可分未婚情侣、夫妻、父子、兄妹与全家等。而奇特的幸运重逢因由，有动物引出相认、尽善愿促成亲人回归、妻子（未婚妻）执着寻夫的历险幸运，以及两对夫妻离散的互认亲人等。女性在乱离后"不忘初心"，是该母题重点表彰的人格风范。更具有浓郁的人文精神与人伦情味。而一些讲述唐代乱离的老故事，也更贴近宋代现实，值得进一步总结与探讨②。

1. 重逢角色：多重亲戚关系的不同伦理责任

第一，情侣重逢。这也是难于割舍情愫的展现，然而相识一时，却未必能相聚长久。说程洛宾，长水人，为京兆参军李华所录：

自安史乱，常分飞南北。华后为江州牧，登庾楼，见中流沿棹，有鼓胡琴者，李衰色而言曰："振弦者宛如故旧。"令问之，乃岳阳郡民王氏之舟，询其操弦者，是所录侍人也。王氏寻令抱四弦而至。李转加凄楚，问其姓，对云："是陇西李氏，父曾为京掾。自禄山之乱，父仓皇剑外，母程氏乃流落襄阳。父母俱有才学，所著篇章，常记心口。"因颂数篇，

---

① 《妙法莲华经》（《法华经》）卷二《妙解品第四》，后秦鸠摩罗什译，参见陈开勇：《宋元俗文学叙事与佛教》，上海古籍出版社，2008。

② 王立、黎彦彦：《近20年来中国古代小说戏曲中乱离重逢故事研究综述》，《湖州师范学院学报》2019年第11期。

乃李公往年亲制，泫然流涕，且问洛宾所在，投弦再拜，呜咽而对曰：
"已为他室矣。"李叹曰："是知父子之性，虽间而亲。骨肉之情，不期而
会。"便令归宅，揖王君别求淑姬，赍币诣洛宾使回。洛宾寄诗曰："鱼
雁□□□□□，□□□蘗数年心。虽然情断沙吒后，争奈平生怨恨深。"①

第二，夫妻失散重逢。即使是官员的妻子也难于破镜重圆，何况有时完全
出于意外，没有任何思想准备，也谈不到如何寻觅。这样的重逢，只能依靠机
遇带来的幸运了。何薳（1077—1145）《春渚纪闻》载录，传闻某下层官员的
妻子，观灯时走失，不得已流落某官府作为侍人，隐瞒了自己的身份，而在偶
然之中认出了来办公事的丈夫，她泪流满面，被惊讶的主人问出原委：

> 陶节夫为定帅，而本州岛驻泊都监马武，官期踰年始至，既交割参
> 府，公退衙至屏后。而侍人高姐者，就收袍带，涕泗交颐。公讶而讯之，
> 云："适参府都监，某之本夫也。"公愕然，问其故，乃言马历官并相失
> 之详，公颔之。明日具酒肴，独约马将会饮阁中。三爵之后，徐谓马曰：
> "公之官之期，何为稽缓尔耶！"马离席陨涕曰："某去春携家京师，因与
> 家人辈至大内前观灯，稠人中忽与老妻相失，求访不获。因循几年，迫于
> 贫乏，不免携孥就禄，无它故也。"
>
> 公即呼取大金卮，注酒满中，揖马而笑谓之曰："能尽此卮，当有好
> 事相闻。"饮讫，语马曰："天下事有出于非意，而适然相遇如此，贤阁
> 县君尊夫人于暌索（离散）中，适某过澶州，得之逆旅间，了不言其所
> 自也。昨日窥屏见公，且语其详。某适已令具兜乘（车马），护归将司
> 矣。"马始惊喜。次而军校声喏云："已送驻泊宅眷归衙讫。"一郡惊嗟，
> 共叹其异也。②

第三，宋代传扬了儿子长大后远行寻母，使父母全家获得团圆之事。这是
《宋史》载录的朝中官员的家事，从而将家国"共同体"命运浓缩在一起。宋
金对峙时，北方金人南下打破了和平宁静的生活。海州朐山人刘氏，嫁同里陈
公绪。绍兴末年，金人南下进兵山东，公绪倡大义归宋，不巧此时刘氏回了娘
家，仓促之际，公绪只得带了儿子陈庚一起走，宋朝授他八品官，后累积建
功，官至正使。刘氏留北，音问不通，人劝："人言'贵易交，富易妻'。今
陈已贵，必他娶矣，盍（何不）改适？"而刘氏却坚不为所动："吾知守吾志
而已，遑恤乎他！"公绪亦不另娶。儿子陈庚渐渐长大："辄思念涕泣，倾家

---

① 王铚：《补侍儿小名录》，载吴曾祺编《旧小说》十一《丁集二》，商务印书馆，1933。此诗题
为《归李江州后寄别王氏》，前两句为："鱼雁回时写报音，难凭锉蘗（砍伐幼林）数年心。"
② 何薳：《春渚纪闻》卷四《马武复得妻》，中华书局，1983。

赀，结任侠，奔走淮甸，险阻备尝。如是者十馀年，遂得迎母以归。"① 一家人因战乱分别二十五年，史书未忘记补叙刘氏在北地如何以谋生："尝纬萧（编织蒿草）以自给。"在刘氏，该是多么含辛茹苦的漫长等待！在孝子陈庚，从青年到壮年寻母十多年又是经历了多少坎坷曲折！人们闻此佳话，自可以由善果推过程，为这种女性的坚贞、孝子的执着感极而泣。故事属夫妻、母子同时重逢，这也带有新创性质。

第四，兄妹相逢，往往突出了身为兄长的伦理责任。有时，此与少女获救依托贵家，发迹变泰的故事类型结合。当时身份地位较高的少女，走出了人生低谷之后，偶然中先认出了久别的兄长：

> 项四郎，泰州盐商也。……（水中救一少女）又一年，金尉权一邑事，有一过往徐将仕借脚夫。七娘自屏后窥之，甚类其兄。比去，乃与金尉说。金尉乃具晚食，召将仕，因问其父历任经由。将仕曰："某河北人，流寓在此，寄居数年。自辰倅罢，得鄂倅，见今在岳州寄居。"金尉又问……将仕曰："不曾有风波之患，只在太平州遭一火劫贼，财物无甚大失，但一小妹落水死，累日寻尸不得。"因泪下。金尉乃引将仕入中堂，兄妹相持大哭。既而说双亲长幼皆无恙，又复相慰。②

写出了人生苦难之中，父母不在了，本应兄妹相依为命，却不幸没有尽到保护小妹的责任，为兄者一直为内疚自责所苦。而今一旦重逢，真是不由人不喜极而痛哭。

上述宋代乱离重逢母题所涉及的角色并非全部，但基本涵盖了主要的家庭成员，母题史的创获是显而易见的。

2. 奇中之奇：深切的人文情怀与幸运结局由来

灵兽，抑或普普通通的一只小兽，可能在故事中预示着主人公命运由此发生转折，该人物及时跟进也就走到了一个新的"人生关口"，这一模式从佛经和史传文学扩展到了小说之中③。

一是，动物活动引出离散者"相认"。说北宋庆历年间，羌人入侵，巡检张殿直的家属全都被掳，他的妻子被分给了一个头目，做一些杂务，常在水边动情地南望故乡。也许是由于肢体这些"有意味的形式"，被一只同样被抢

---

① 脱脱等：《宋史》卷四六〇《列女传》，中华书局，1977。

② 王明清：《摭青杂说·盐商厚德》，载程毅中《古体小说钞》（宋元卷），中华书局，1995。顾希佳指出："此当为真人真事，起初或作为新闻传说，在民间口耳相传。久之，则流变成生活故事。"见其著《中国民间故事类型长编》（宋元卷），浙江大学出版社，2012。

③ 王立：《再论中国古代文学中的"逐兔见宝"母题——兼谈该母题的外域文化渊源》，《上海师范大学学报》（哲学社会科学版）2002年第2期。参见本书第四章第一节。

来、怀念故乡家园的犬发现，有意地上前沟通交流：

> 一犬亦攘掠而得者，常随妻出入，屡衔其衣，呦呦而吠，摇尾前行十数步，回顾又鸣，如此者半岁。妻因泣谓犬曰："汝能导我归汉耶？"犬即跃鸣。妻乃计曰："住此而生，不若逃而死，万一或得达汉。"计遂决。俟夜随犬南驰。天将晓，犬必择草木岑蔚（茂密）之处，令妻跧伏，犬即登高阜顾望，意若探候者。时捕雉兔，衔致妻前，得以充饥。凡旬日，达汉境，巡逻者以闻。访其夫尚在，乃好合如故。自此朝暮所食必分三器，一以饲犬。斯事番人具知之。①

张师正评曰："犬，六畜也，惟豢养之恋。既陷夷狄之域，尚由思汉，又能导俘虏之妇，问关而归，可谓兽貌而人心也。有被衣冠而叛父母之国者，斯犬之罪人也。"把"华夷之辨"的观念投射到灵犬形象，作为参照，对一些人作道德审判。看似偶然出现的某一动物，有其自身的活动规律，然而在故事中却"无心插柳"，也常在离别重逢中具有牵出线索的导引作用，在归乡还里故事中体现出来。金圣叹《读第五才子书法》指出了《水浒传》中一种"鸾胶续弦法"，充当扭结两条线索的功能："如燕青往梁山泊报信，路遇杨雄、石秀，彼此须互不相识，且由梁山泊到大名府，彼此既同取小径，又岂有止一小径之理？看他便顺手借如意子打鹊求卦，先斗出巧来，然后用一拳打倒石秀，逗出姓名来等是也。都是刻苦算得出来。"

甚至猛兽，也被描写参与到人世的恩怨之中。灵虎代惩贩卖人口的恶人，折映出寻究造成亲人离散悲剧的某种社会成因。趁着南北混战贩运人口的，特别受到中原百姓痛恨，因此宋元期间也出现了能辨识忠奸、好坏的虎，介入到人世来平不平。溧阳父老讲述这一宋末传闻，说元代至元年间（1264—1294），有一奸民曾被北兵掠去。复归之后，来到山前丰登庄寄居："每掠买良人子女，投北转卖为奴婢。居三二年，忽遇一虎至村落三日，居民惊惶，幸不为害，惟唉此奸而去。"②载录者慨叹这一奇闻的伦理意义，相信存在着人世与人间社会之外力量的相通："岂非造物者报焉！"在现实生活中，人们受到虎等猛兽的威胁，诗歌之中多咏叹的是斗虎打虎③，但人们又是多么期待着虎也能主持正义，区别善恶，剪除人间那造成骨肉分离的"人贩子"啊！

二是，尽人之善愿，促成亲人回归家中，解决骨肉分离的家庭问题。该类型故事文本内证表明，受到了《妙法莲华经》老父寻子描写的启发，《泊宅

---

① 张师正：《括异志》卷三《嵩店巡检》，载徐铉、张师正《稽神录　括异志》，中华书局，1996。

② 孔齐：《至正直记》卷三《溧阳父老》，上海古籍出版社，1987。

③ 刘卫英：《元代向猛兽复仇故事的豪侠风范》，《北方论丛》2004 年第 3 期。

编》也载录，女婿资助被赶出家门的妻弟，使其又回归家门，成为乡里称颂的善事。说许昌士人张孝基，娶同里富人女，富人只有一子，因不肖而被父亲斥逐出门，流落在外。富人病死前把家财全给了孝基，孝基办完后事，却没有独占岳父财产，而在路上询问不孝子：

> 恻然谓曰："汝能灌园乎？"答曰："如得灌园以就食，何幸！"孝基使灌园。其子稍自力，孝基怪之。复谓曰："汝能管库乎？"答曰："得灌园，已出望外，况管库乎？又何幸也。"孝基使管库。其子颇驯谨，无他过。孝基徐察之，知其能自新，不复有故态，遂以其父所委财产归之。此似《法华》穷子之事。其子自此治家励操，为乡间善士。……①

这是一个"外姓人"——女婿的高姿态行为，而使已驱离家门、成为乞丐的浪荡子复归。帮助的过程考虑得审慎细心，循序渐进，既保持流落为丐的富家子自尊，又带有一定的考验性。故事的关注重点，放到了如何让死去的岳父所留不孝子，也能通过劳动自食其力，养成好习惯，逐步走上正路，而不使岳父家族之业由此破败而分裂，断绝烟火。

三是，夫妻（情侣）别后，妻子（未婚妻）执着寻夫的历险与幸运。离散之后的弱者女性，命运如何？每多成为男女离别书写一个重要的关注视角。其中，与遭遇水厄，误认为已遇难的妻子重逢，更是一种生离死别之后的欣喜。然而面临的一个难题，令人困惑的在于，如何解释、面对离别之后美妻的贞操问题？难于独立存活的妇女怎样度过离别较久的岁月？甚至，这直接牵涉到夫妻重逢的必要性，日后是否幸福、愉快的问题。传闻称某士人携妻赴官，舟过扬子江遇大风船翻，男的得脱，"就寺哀恸累日"才无奈离开。三年后任满东还，复临故地，就在寺庙设水陆供荐，祷佛乞妻早日脱生，四更时僮奴逢一妇满身水，裸跣抱柱，醉痴如疯癫状：

> 黎明，僧众聚观，大夫亦至。细认之，乃其妻也，骇怖无以喻。命加熏燎，具汤药守之；至食时稍稍知人，自引手接汤。俄而复活，夫妇相持而泣。遂言其故曰："我于没时，如被人拖脚引下，吃数口水，入水底，为绿衣一官人（水府判官）携入穴。穴高且深，置我土室中（以我为妻），每夜袖糕饼之属饲我，未尝茹荤。问其所从来，初犹笑不言；及既昵熟，方云是水陆会中得来。因告之曰：'我囚闷已久，试带我出瞻仰佛事，少快心意如何？'彼坚拒不肯。求之屡矣，一夕，导我攀险梯危，上寺中，望灯烛荧煌（花幡间列）。及诣香案边，听读疏，乃是君官位姓名追荐我者。我料君在此，盘旋绕寺，不肯返。绿衣苦见促，我故逗留。会

---

① 方勺：《泊宅编》卷六，中华书局，1997。以及《醒世恒言》卷十七《张孝基陈留认舅》等。

罢（烛灭），强拽我行。我闻君咳声，紧抱廊柱不放，遭殴打极困。佗（彼）怕天晓，遂舍去。此身堕九泉下不知岁月，赖君再生，皆佛力广大所致。"喜甚而哭，遂为夫妇如初。①

故事强调了女性坚贞的人文价值，及其对重逢的决定性意义："妻绝美"，这才导致被水府判官所迷、所纠缠。而实际上，可能就是患上了一种间歇性癫疯症，如此称水府游，就可以解释为离别时光，不过是另一空间之内遭遇的一场劫难，妻子贞操无损。夫妻重逢后，遂无不快之忧。这就如同女性"保贞术"母题的策略书写一样，解答了夫妻别离期间的女性贞操问题。然而，倘若不是这官人有情有义仍故地祭奠，何能三载后竟意外重逢！

四是，两对夫妻离散的，互相认回自己的亲人。在两宋之交到宋末那特定的动乱时代，大批量地出现亲人失散、骨肉分离的悲剧，也就难怪发生一些不可思议的巧事幸事。如两个遭乱失妻者，原来彼此临时与对方之妻结合，巧遇判明，彼此自愿换回。两对夫妻，遭遇了"劳燕分飞"的类似不幸，咀嚼着类似的痛苦，也就特别能将心比心，互相理解。而其中最初的"发现者"是某人，徐信妻是"被发现者"，作为被发现者的现任丈夫，徐信"固慷慨义士"的爽快行为，构成了事情向良性转化的关键：

> 建炎三年（1129），车驾驻建康，军校徐信与妻子夜出市，少憩茶肆傍。一人窃睨其妻，目不暂释，若向有所嘱者。信怪之，乃舍去，其人踵相蹑，及门，依依不忍去。信问其故，拱手巽谢曰："心有情实，将吐露于君，君不怒，乃敢言。愿略移步至前坊静处，庶可倾竭。"信从之。始言曰："君妻非某州某县某姓氏邪？"信愕然曰："是也。"其人掩泣曰："此吾妻也。吾家于郑州，方娶二年，而值金戎之乱，流离奔窜，遂成乖张，岂意今在君室！"信亦为之感怆，曰："信，陈州人也，遭乱失妻，正与君等。偶至淮南一村店，逢妇人，敝衣蓬首，露坐地上，自言为溃兵所掠，到此不能行。吾乃解衣馈食，留一二日，乃与之俱。初不知为君故妇，今将奈何？"其人曰："吾今已别娶，藉其赀以自给，势无由复寻旧盟。倘使暂会一面，叙述悲苦，然后诀别，虽死不恨。"信固慷慨义士，即许之，约明日为期，令偕新妻同至……信出迎，望见长恸，则客所携，乃信妻也。四人相对凄惋，拊心号咷，是日各复其故，通家往来，如婚姻云。②

乱世人生中的百姓，即便是大族之后代，也难于避免厄运。夫妻遭乱，劳

---

① 洪迈：《夷坚志》支庚卷九《金山妇人》，中华书局，1981。
② 洪迈：《夷坚志》补卷十一《徐信妻》。此为《警世通言》卷十二《范鳅儿双镜重圆》本事。

燕分飞，可偏偏是在外地，一方认出了沦为乞丐潦倒路边的另一方，这该怎样处理才好？故事男主人公徐信"固慷慨义士"，应该说是一个必不可少的因素，倘若疑神疑鬼，不是坦诚以待，自己也就完全有可能错过了与妻子重逢的机会。同时，故事也宣示出一种平等、宽容的可贵思想。

3. 坚不改志：乱世遭逢中女性的伦理表彰

女性如何在乱离后"不忘初心"，是该母题重点表彰的人格风范。"她"在夫妻失散后"秋扇见捐"，在男性中心的社会形态中，也是男性富贵后的多发性情况。北戎南下，遭乱后忠贞之妻虽另有了家庭，却携己财而离去，义无反顾地返乡与故夫团聚，为人所传颂。说南宋建炎二年（1128），邓州百姓为北来金兵所残害，邓州大族晁氏数百人皆被囚掳以北，在汾州青灰山又被红巾军邵伯邀击，金兵尽失所掠财物人口。晁安宅之妻与女儿、乳母为邵之手下王生所得，邵又举军降了宣抚陕蜀的张丞相：

> 王生为右军小将，与晁妇同处于阆中。阆有灵显王庙，妇与乳妪以月二日往焚香，妪视道上一丐者病，以敝纸自蔽，形容甚悴，谛观之，以告妇曰："有丐者，绝类吾十一郎。"遣询其乡里姓行，果安宅也。妇色不动，令妪持金钗与之，约十六日复会，且戒无易服。及期相见，又与金二两，曰："以其半诣宣抚司投牒，其半买舟置某所以待我。"安宅既通诉，宣抚下军吏逮王生。会王出猎，妇携己所有直数千缗，与妪及女赴安宅舟，顺流而下。王生家赀巨万，一钱不取也。王晚归不见其妻，而追牒又至，视室中之藏皆在，喟然曰："素闻渠为晁家妇，今往从其夫，理之常也。"了不以介意。晁氏夫妇离而复合如初。①

值得注意的是，故事细节描写昭示出的女性智慧。妇在乳母认出了故夫十一郎后，并未冲动地亲询，而是派乳母去探听；又不急于相认，而是声色不动，先以金钗解其燃眉之急，又约半月后再见面，特意嘱不要更换衣服，免得届时认不出来；再晤面又赠银，叮嘱用于买宅、投诉之用和实施步骤。在精心设计与故夫重聚时，妇做到了有理、有利、有节，离去所携只是属自己的财物，这就避免了激怒第二任丈夫；而由安排好的故夫出面起诉，是故夫本人在行使应有权利，不过是在船行出逃事发时，宣示已经官动府，施加压力，以打消第二任丈夫追究之念。计划的成功，实有赖于设计的缜密与目标的有限度。故事之于母题史的创新意义在于，不仅晁妻、乳母细心而理性，更重要的是展现出女性重情重义的高洁人品，而这品格还感动了那右军小将王生，听之任之不再追究。以至传扬者洪迈不禁感叹："妇人不忘故夫于丐中，求之古烈女可

---

① 洪迈：《夷坚志》甲志卷十五《晁安宅妻》，中华书局，1981。

也。惜逸其姓氏。王虽武夫，盖亦知义理可喜者。"故事借助别离重逢，又凸显出乱世人生中"女性智慧"的母题，这也是一种体现"危机公关"教养的人文关怀。

相比之下，范希周与吕氏的夫妇相认，其身份、关系比较特殊。严格说来，范是娶了战俘之女为妻，然而由于吕氏生于官宦人家，颇有见识，忧虑夫君身为"贼之亲党"（贼首侄子），早晚在官军击破时会受诛连，她果断地以自杀明志，二人结下誓不再嫁娶之盟。当这座被饥民啸聚的孤城被攻破，二人失散，吕氏果因北方口音"宛转寻着亲戚骨肉，又是再生"也。然而吕氏与为官之父相逢，因"尚恋恋为逆贼之妻"不同意改嫁，父女产生激烈冲突。后在官府，吕氏认出了一匆匆办差的广州使臣"言语步趋，宛类建州范氏子"，却遭父嘲讽责骂。半载后，那位名叫贺承信的使臣又来办事，这次，年轻人的身世与至诚，真的让这位没暴露身份的岳父感动了：

> 吕氏屡窥之，知其为希周也。乃情恩其父，因饮酒熟，问其乡贯出身。贺羞愧，向吕曰："某建州人也，实姓范，宗人范汝为者叛逆，某陷在贼中……恐以贼之宗族，一并诛夷，遂改姓贺，出就招安……受此广州指使。"吕监又问曰："令孺人何姓，初娶再娶乎？"范泣曰："在贼中时，虏得一官员女为妻。是冬城破，夫妻各分散走逃，且约苟存性命，彼此无娶嫁。后来又在信州寻得老母。见今不曾娶，只有母子二人，一个爨妾而已。"语讫，悲泣失声。吕监感其恩义，亦为泣下。引入中堂，见其女。……后一年，吕监解罢，迁道之广州。待希周任满，同赴临安。吕得淮上州铃，范得淮上监税官。①

从结尾补叙"广州有一兵官郝大夫，尝与予说其事"，可知故事当时被人们视为一种"非虚构文学"。冯梦龙《情史》卷一《情贞类·范希周》亦收录异文，并评曰："范子作贼，吕氏从贼，皆非正也。贪生畏逼，违心苟就，其实俱有不得已者焉。既而鳏旷相守，天亦怜其贞而终成就之，奇哉！"

未婚夫妻订婚后乱离，仍坚守承诺，终得践行旧约。这一不为坎坷遭际放弃初心的坚韧，被认为十分可贵。试想，乱离之后作为见证人的长辈，都已凄然离世，而当事人却依旧能践约，其中有个"诚信"在。故事突出的是，女主人公春娘幼年饱受儒家文化熏陶，因而虽陷于风尘仍颇持重。故事也是"花开两朵，各表一枝"，分作离别双方来各自叙述的。说京师孝感坊的邢知县、单推官，两家并门而居。邢之妻，即单之娣（妹妹）。单之子名符郎，邢之女春娘，小男女年岁接近，襁褓中已议婚。宣和丙午（1126）夏，邢挈家赴邓

---

① 《说郛》卷三七《摭青杂说》范希周故事，见李剑国辑校《宋代传奇集》，中华书局，2001。

州顺阳任县官。单亦举家往扬州待推官阙，约官满成婚。当年冬，戎寇大扰，邢夫妻皆遇害。春娘被虏转卖金州倡家，改名"杨玉"。春娘幼习诗书，得娼妪教"乐色事艺，无不精绝"。杨玉体态貌秀闲雅，得前后守倅看重。单推官渡江迁至郎官，无音问。绍兴初年，符郎受父荫为金州司户，年少的他一见杨玉，甚慕之，司理与司户意气相投。新守至又与司理有旧，一次酒筵上便只点杨玉一名佐酒，两人得以亲近。司户褒美杨玉的知书多才艺，问出身，玉羞愧道出幼年许婚舅之子符郎，正是自己，心知其为春娘。后司户复召杨玉佐樽，郑重试探称丧偶，汝肯嫁我否？探明杨玉厌恶风尘，乃发书信告知父。单父时已在省为郎官，接书信与太守沟通。司户也请司理帮忙，携父书见太守，太守愿为"此美事"推助。经过一番周折，终于使杨玉（春娘）重归司户（符郎），甚至还带出来此间的小妹李英，竟得太守认可也一并归了司户①。小说着意描绘了春娘与公婆相见的场面，还补叙出这一乱离重逢的"个人问题"，影响到了男主人公在官场上的运气与给上司的印象：

> 司户挈春娘归，舅姑（公婆）见之，相持大哭。既而问李英之事，遂责其子曰："吾至亲骨肉，流落失所，理当收拾。更旁及外人，岂得已而不已耶？"司户惶恐，欲令其改嫁。其母见李氏小心婉顺，遂留之。居一年，李氏生男，邢氏养为己子。符郎名飞英，字腾实。罢金州幕职，历令丞，每有不了办公事，上司督责，闻有此事，以为"知义"，往往多得解释。绍兴乙亥岁（1155）自夔罢倅，奉祠寄居武陵。邢、李皆在侧。每对士大夫具言其事，无有隐讳。人皆义之。②

作为一种"关系存在"，符郎的大悲大喜，在人们看来是一种吉运之人，所谓"修齐治平"的内在联系，"修齐"促进了其官场上的顺风顺水。另一方面，对于这种分别后贞烈如一的未婚女性，在男性中心的社会中，有理由成为诸多戏曲小说同母题故事所关注的内容，而且常成为一种"副文本"与载录者的"叙事干预"的论据。

俞樾（1821—1907）《耳邮》的故事则吸收了女性助男、为男子本人与家族带来吉运的成分，从而演化为漫长岁月终竟等来的重聚，最后可以说正是女性的执着持守，成就了期约之中男性的幸运——本来他可能会遇到劫难的。说番禺李氏女，许嫁赵氏子。赵子因贫而谋食海外，岁久不归，音问遂绝：

> 女待至二十八岁，父母欲别嫁之，女不可。乃使媒妁言于赵氏，先娶

---

① 这里当视为乱离重逢母题开启的一个"双美"模式，直到《儿女英雄传》写安骥娶了双凤——张金凤与何玉凤，也是在遵循这一模式。

② 王明清：《摭青杂说》，载程毅中编著《古体小说钞：宋元卷》，中华书局，1995。

妇入门，以待其子之归，盖亦粤俗然也。女于是或居夫家，或居母家。又历十馀年，而赵氏子果由海外附轮船以归。行至中途，轮船飘没。同舟之人，皆死于海。惟赵抱一木，浮游数十里，遇他船救之，得生还家。后与女重行合卺之礼，夫妇皆年将五十矣。赵之遇难不死，或鬼神哀怜贞女，故阴相之，使得完聚欤？①

女性的坚贞持守，等待未婚夫多年，被解释为给期盼中的未婚夫带来福祉，吉星高照。

北宋小说《越娘记》就写出了晚唐五代的动乱景象，引用韦庄《秦妇吟》的写实诗句来点染。小说借女鬼越娘之口，描绘"白骨露于野，千里无鸡鸣""生民百遗一"的乱离惨象，而特别突出了夫妻失散，是乱离社会中的一大普遍现象：

> 所言之事，皆妾耳目闻见；他不知者，亦可概见。当时自郎官以下，廪米皆自负，虽公卿亦有菜色。闻宫中悉衣补完之服，所赐士卒之袍袴，皆宫人为之。民间之有妻者，十之二三耳。兵火饥谨，不能自救，故不暇畜妻子也。谷米未熟则刈，且屡为兵掠焉。金革之声，日暮盈耳。当是时，父不保子，夫不保妻，兄不保弟，朝不保暮。市里索寞，郊垧寂然，目断平野，千里无烟。加之疾疫相仍，水旱继至，易子而屠有之矣，兄弟夫妇又可知也。当时人诗云："火内烧成罗绮灰，九衢踏尽公卿骨。"古语云："宁作治世犬，莫作乱离人。"……②

而著名的王从事夫妻离合故事，也出现在宋代。说绍兴初，汴人王从事挈妻妾来临安调官，租用民居时妻子不幸被骗子拐走，失妻难寻。五年后他为衢州教授，在西安宰的家宴上：

> 羞鳖甚美，坐客皆大嚼，王食一脔，停箸悲涕。宰问故，曰："忆亡妻在时，最能馔此，每治鳖裙，去黑皮必尽，切脔必方正。今一何似也，所以泣。"因具言始末。宰亦怅然，托更衣入宅。既出，即罢酒，曰："一人向隅而泣，满堂为之不乐。教授既尔，吾曹何心乐饮哉？"客皆去。
>
> 宰揖王入堂上，唤一妇人出，乃其妻也。相顾大恸欲绝。盖昔年将徙舍之夕，奸人窃闻之，遂诈舆至女侩（拉拢买卖谋利）家，而货于宰，得钱三十万。宰以为侧室，寻常初不使治庖厨，是日偶然耳。便呼车送诸王氏。王拜而谢，愿尽偿元直。宰曰："以同官妻为妾，不能审详，其过大矣。幸无男女于此，尚敢言钱乎？"卒归之。予顷闻钱塘俞惊话此，能

---

① 乐钧、俞樾：《耳食录 耳邮》，岳麓书社，1986。

② 刘斧撰辑《青琐高议》别集卷三，上海古籍出版社，1983。

道其姓名乡里，今皆忘之。如西安宰之贤，不传于世，尤可惜也。①

夫妻失散，夫在同僚之家赴宴，因品尝出饮食烹调特色而得以获得妻子行踪，重逢相认。此故事还作为"民俗记忆"流传元初。金陵一小金厅官的美艳之妻，因喜好出游，参加了郡守筵席，归时误登倡家之轿："盖倡人数见此妇之艳，设计也久，乘此机而陷。连夜登舟往他郡，教歌舞，使之娱客以取钱。"后被卖给大官人为妾，官人至杭州守；小官为杭通判，会饮时品尝爁鳖时禁不住流下泪来。守问故，答曰："此味绝似先妻所治者，感而泣焉。"守问知妇失之二载，即入问，正是通判之妻，即归还，夫妇重逢如初。②

味觉，作为一种通感效应，起到了瞬时间接通昔日家庭温馨记忆的功能。一般说来，古代妇人主内，家庭中的烹饪滋味带有主妇的习惯性特征，古代诗学中有"滋味说"，民族审美体验每多带有饮食文化的特色③。这之中对于当时涉世未深的夫妇，所留下的教训也是极为沉痛的。与众多乱离重逢文本有别的是，这场磨难其实是"自找"的，故事开头之于少妇"有艳色、好出游"的描绘，当非无意之笔，文末的"叙事干预"带有劝谕的针对性："妇人教令不出闺门，岂有赴燕出游者乎？且好游艳色，谓之不祥。金厅无礼而不能正其家，故有失妻之祸；其妇恃色而不能安其室，故有失身之辱。世之好色纵游者，当以是而观之。"叙事偏重在揭示造成夫妻离散的原因，有时并非不可抗拒外力的胁迫，而恰恰来自女性本身行为不检。通过妇女被拐骗的坎坷经历，归结到一种严守闺门本分的教谕。而如还妾的杭州守，大度而有侠气。

因家庭独门"特色菜"的滋味辨识，得以夫妻重逢，突出了妇女作为弱者的无辜，她们因缺少独立在社会上活动的能力，极易受骗。如何辨识真假，"详审"以识破可能针对自己的骗术，可谓难乎其难，但至少防止如迁徙搬家这样带有私密性的家事过早泄露，以免使坏人有机可乘。前举《夷坚志》故事还被缩写传扬，核心在于总结女性经常被坏人骗卖的教训："汴人王从事，挈妻临安调官，将僦民宅，语妻曰：'我已寻其家，甚宽洁。明当先护箱笼行，却倩轿来取汝。'明日，遂行。移时轿至，妻乃行。王待不至，复回旧邸。人

---

① 洪迈：《夷坚志》丁志卷十一《王从事妻》，中华书局，1981。顾希佳先生指出："此事之初，当为一新闻传说，久之，流布成生活故事。南宋京城临安，曾发生多起用轿子将女子骗入火坑之案例。本卷收《夷坚志》补卷八《真珠族姬》记汴京事，其诈骗手法亦相似。又，明田汝成《西湖游览志馀》卷二五《委巷丛谈》，记南宋时类似传闻多起，可参阅之。明凌濛初《初刻拍案惊奇》卷二七《顾阿秀喜舍檀那物，崔俊臣巧会芙蓉屏》，又将此故事写作入话。"顾希佳编著《中国古代民间故事长编》（宋元卷），浙江大学出版社，2012。

② 孔克齐：《至正直记》卷一《金厅失妻》，上海古籍出版社，1987。

③ 王立：《"叫化鸡"与"女易牙"：民国武侠小说中食物描写的社会结构功能》，《上海师范大学学报》（哲学社会科学版）2014 年第 2 期。

云：'君去，即有轿夫来，夫人遂去矣。'王惊惧而返，竟失妻。后五年，为衢州教授。赴西安宰晏集，羞鳖甚美。王停箸悲咽。宰问故，王曰：'此类亡妻馔。'因具言始末。宰即罢酒，揖王入室，唤一妇人出，乃其妻也！"①

妇女在自身并没有过错的情形下，被拐骗而遭遇离别，当了五年别人——同僚——的妾。古代已婚妇女遭如此境遇，非常危险，自救或被救其实都是比例很小的。五个寒暑之别，并未使夫妻挚爱之情稍减，王从事竟然从特有的味觉记忆上，品尝到了妻子拿手好菜的滋味，由此牵出了菜的制作者，进而夫妻重逢，亦不幸中之大幸。故事与前列文本，带有同源性。而到了明代，则演化为不法僧徒蓄谋拐骗。

元代的真实事件，也被收录定格在官修史书之中：

> 崔氏，周尢忽妻也。丁亥岁（1227），从尢忽官（上任）平阳。金将来攻城，克之，下令官属妻子敢匿者死。时尢忽以使事在上党，崔氏急即抱幼子祯以诡计自言于将，将信之，使军吏书其臂出之。崔氏曰："妇人臂使人执而书，非礼也。"以金赂吏，使书之纸。吏曰："吾知汝诚贤妇，然令不敢违。"命崔自擅袖，吏悬笔而书焉。既出，有言其诈者，将怒，命追之。崔与祯伏土窖三日，得免，既与尢忽会。②

尽管相聚不久尢忽病死，二十九岁的崔氏在困苦之中度过了四十年，但她"治家教子有法，人比古烈妇云"。

还有父子、夫妻意外地同时相认的故事，包裹在相术神验的叙事架构之中，以神秘性昭示世俗的至亲团聚之必然。这种众所共生共感的人伦情怀，引起的是无所例外的同情，尤其是父子相认"相持而哭，坐中皆为堕泪"的场面。说郭宗夏曾拜见建德路总管赵良臣，言都下有位李总管年过五十而无子，听说枢密院东有术士摆摊算命，预测人祸福多能奇迹般地猜中，就试着前往，术者却笑着说君四十岁当有子，今年五十六了。李仔细回想，四十岁时家里一婢怀孕，自己外出归来，妻已将婢卖了。当时坐中有个千户告知，十五年前因无子，买一婢，已有孕，到家赶上妻子也有孕，各生一男孩，皆十五六岁了，两人核对了那妇女的容貌年岁，都相同。李总管归家得妻理解，上司允假并上奏，朝廷下旨一路放行：

> 李至，众官郊迎，往千户宅，设大宴。李所以馈献千户并其妻子仆妾之物甚侈，千户命二子出拜，风度不殊，衣冠如一，莫知何者为己子。致请于千户，千户曰："君自认之。"李谛视良久，天性感通，前抱一人曰：

---

① 赤心子：《绣谷春容》杂录卷四《新话摭粹》，江苏古籍出版社，1994。
② 宋濂等：《元史》卷二百《列女一》，中华书局，1976。

"此吾子也。"千户曰"然",于是父子相持而哭,坐中皆为之堕泪。举杯交贺,大醉而罢。明日,千户答礼会客如昨,谓李曰:"吾既与君子矣,岂可使母子分离?今并其母以奉。"李喜出望外。回都,携其子见大官。大官曰:"佳儿也。"引之入觐,通籍宿卫,后亦官至三品。大抵人之有子无子,数使之然,非人力所能也。而术士之业亦精矣。①

在"贤妻致贵"类型中,也活跃着夫妻"久别相认"母题关目,成为传奇性故事的精彩高潮。说北宋末程鹏举被掳,卖到张万户家为奴,张把另一个掳掠来的某宦家女嫁他为妻。成婚才三日,妻暗对夫说:"观君之才貌,非久在人后者,何不为去计?而甘心于此乎?"但程鹏举怀疑这是被主人指使在测试自己,就向张告发了。张命鞭打此妇。三日之后,妻子又一次告诉程:"君若去,必可成大器。否则终为人奴耳。"程更加疑心,又告发,张命将此妇卖给了市井人家。分别之时,面对这位有教养、有见识的宦家女孩,无阅历的程生动情而悔悟:

> 妻临行,以所穿绣鞵(鞋)一,易程一履,泣而曰:"期执此相见矣。"程感悟,奔归宋。时年十七八,以荫补入官。迨国朝统一海宇,程为陕西行省参知政事。自与妻别,已三十余年。义其为人,未尝再娶。至是,遣人携向之鞵履,往兴元访求之。市家云:"此妇到吾家,执作甚勤,遇夜未尝解衣以寝,每纺织达旦,毅然莫可犯。……乞身为尼,吾妻施赀以成其志,见居城南某庵中。"所遣人即往寻,见,以曝衣为由,故遗鞵履在地。尼见之,询其所从来。曰:"吾主翁程参政使寻其偶耳。"尼出鞵履示之,合,亟拜曰:"主母也。"尼曰:"鞵履复全,吾之愿毕矣。"妇见程相公与夫人,为道致意,竟不再出。告以参政未尝娶,终不出。旋报程,移文本省,遣使檄兴元路。路官为具礼,委幕属李克复防护其车舆至陕西,重为夫妇焉。②

故事意蕴富赡。其一,故事重在写宦家出身的女性,见识卓异,她甘冒被误解、被迫害的风险,屡次劝夫君奔逃,投奔应有的远大前程。而男主人公也有情有义,在三十多年旷日持久的离别岁月中,始终抱愧于误解贤妻导致的后果。其二,相认的信物,以妻子和自己的鞋子作为信物,再以此相认。其三,

---

① 陶宗仪:《南村辍耕录》卷二十二《算命得子》,中华书局,1959。参见凌濛初《初刻拍案惊奇》卷三十八《占家财狠婿妒侄,延亲脉孝女藏儿》入话;孙楷第:《小说旁证》,人民文学出版社,2002,等等。

② 陶宗仪:《南村辍耕录》卷四《贤妻致贵》,中华书局,1959。故事改编入冯梦龙《情史·情缘类》。顾希佳考证为程万里与白玉娘相认故事,参见顾希佳编著《中国古代民间故事类型长编》(明代卷),浙江大学出版社,2012。

确认丈夫身份后妻子的矜持，类似于"成婚考验"仪式，似乎非如此而不够郑重，不能证明等待多年的这位夫君确实认识到了当年的误判。

辽代契丹歌谣，有个名叫垂杨的女性作《寄夫诗》："垂杨寄语山丹，你到江南艰难。你那里讨个南婆，我这里嫁个契丹。"唱出了南北对峙时期，天各一方的情侣，无奈至极改弦易辙的悲歌。

范丽敏博士认为在元杂剧爱情婚姻剧或发迹变泰剧中多有这样的情节，即穷书生外出求官，必定会过访当官的友人（本地太守或府尹）处，在友人处穷书生必定会恋上此地一个妓女，当官的友人为激励该书生去求官，往往会设计促使他离去，然后等到该书生中举后，再让他们团聚，如《谢天香》《玉壶春》《金线池》等。而亲人的生死重逢，活着的人必定对自己认为已死的人说："你若是人呵，我叫你三声，你一声高一声；你若是鬼呵，我叫你一声，你一声低似一声。"被叫者偏偏一声低似一声，于是活着的人误以为是鬼。见于《合汗衫》《桃花女》《罗李郎》《货郎担》。这一套路汤显祖《牡丹亭》第四十八出《遇母》还在运用着——"可见通俗艺术类型化的性质使大家亦不能免俗。"[1] 那么何以如此？

元代的叙事诗，也借此母题关注普通人的坎坷遭逢。《喜逢口》诗序称，滦阳驿东北四十里有双冢："世传：昔有久戍不归者，其父求之，适相遇此山下，相抱大笑，喜极而死，遂葬于是，俗因谓之'喜逢口'。亦犹望夫之有石也。虽莫究其世代姓氏，而其言有足感人者。故作是以纪之。"诗歌叙述了父亲思念儿子的心理流程与现实际遇瞬间碰撞：

> 儿寒解衣重抚摩，儿饥推食孰忍诃？
> 长成与国远负戈，一去不返当如何。
> 去时云戍东北鄙，直出榆关度辽水。
> 白头郎罢与影俱，岂惮山川千万里。
> 天教此地适相逢，父曰"从天坠吾子"。
> 笑疲乐极俱殒身，谁谓情钟遽如此。
> 官家开边方未已，同生又别宁同死。
> 山云漠漠风飕飕，山头双冢知几秋。
> 当时不忍一朝喜，今日翻飞千载愁。
> 犹胜贞女化为石，终古孤身双不得。

---

① 范丽敏：《论元杂剧剧本的生成模式——假代言以为叙述和因袭》，《东南大学学报》（哲学社会科学版）2013年第4期。徐朔方先生指出："元杂剧中人物与误以为亡故的亲友相逢时，向例有这样的关目。"见汤显祖：《牡丹亭》，徐朔方、杨笑梅校注，人民文学出版社，1984。

清江寒影日悠悠，行人一去无消息。①

为人子者，长期远戍边地不归，高堂父母倚杖垂泪遥望，本身就是一个家庭悲剧；而父远行寻子，一路上该是经历了多少风雨坎坷，多少次魂系梦牵期盼，可偏偏就在巧相逢之刻喜极而死，乐极生悲，这该是更深一层的悲剧。类似于怀古诗的见旧地而生感慨，用父子"双冢"见证这一苦情之事，深化了悲剧的现实性。

表兄弟之久别重逢，见于魏初《白塔遇表兄刘君并序》，说至元七年（1270），表兄刘公之官谦州。而后，诗人自己也在汉中为官。汉中距离谦州不知其几千里："用是音信隔绝，吾兄又遭际变乱，艰险百至，乃弃家业，挈妻子，奔窜南来，初未之知也。十有七年，初奉命有事巩昌，因赴京都道，出保定白塔驿，与吾兄相遇，不觉惊喜，如对梦寐。吾兄虽精神不衰，而须发已半白矣！乃举觞相劳苦。吾兄因谓初言：'余几死者数矣！在患难中，每南望屈指数吾兄弟辈，如隔两世，将谓不复得会聚矣！今见吾弟，可胜喜哉。但牧之弟尚在淮上，不知当几何时，得相见也。'因泣数行，初亦唏嘘叹念者久之，且诵向赠别吾兄诗云：'少日驱驰四海心，中年忧乐辄相寻。'为不诬矣。复白兄曰：'吾兄不爱死，艰苦万里，尽忠本朝，为圣天子见知，此舌尚在，功名富贵恐迫吾兄耳。别离愁苦之思，当埽去。'"② 伴随着重逢之时的互为参照，诗人从表兄身上也仿佛见到了自我，感慨岁月递迁，年光老去。相聚，欢晤，成为人生的一种难于逆料的期盼，成为幸福观的一个构成部分了。

何以有关乱离重逢的故事，在后世出现如此的多文本之间互文性仿拟？何以不断被翻新重写？以至出现了"三言"、"二拍"、《聊斋志异》这样描绘乱离重逢的集大成之作③？应该说，这体现出宋元之间乱世人生之中，作为社会最小细胞的平民与下层官员家庭所遭受的破损，汇集的一种希望和平安定的社会心理。王国维《宋元戏曲考》曾指出："元剧之关目之拙，固不待言。此由当时未尝重视此事，故往往互为蹈袭，或草草为之。"乱离重逢母题互文性现象的活跃，的确不能仅从文学表现上来看，而是需要民俗文化心理的深度考察。

---

① 许有壬：《喜逢口并序》，载清顾嗣立编选《元诗选》初集丙集，中华书局，1987。

② 钱熙彦编次《元诗选补遗》，中华书局，2002。

③ 王立：《〈聊斋志异〉"乱离之后巧相认"故事及其渊源》，《云南民族大学学报》（哲学社会科学版）2009 年第 3 期。

四、明代小说戏曲的乱离重逢母题

明代是一个戏曲小说共同繁荣的时期，乱离重逢母题又增加、拓展了许多表现特征与范围。

寻亲、重逢的具体地点的选择，有了较大的拓展。如佛寺、道观这种多方外之士汇聚处，无疑也是收留浪迹天涯者较多的集散地。就连世德堂本《西游记》中的行者悟空，都懂得这一点。小说写这位精明的猢狲，以远来云游寻亲为由，了解到当地僧人遭受迫害的情况：

> 行者闻言，扯住道士滴泪道："我说我无缘，真个无缘，不得见老师父尊面！"道士云："如何不得见面？"行者道："我贫道在方上云游，一则是为性命，二则也为寻亲。"道士问："你有什么亲？"行者道："我有一个叔父，自幼出家，削发为僧，向日年程饥馑，也来外面求乞。这几年不见回家，我念祖上之恩，特来顺便寻访，想必是羁迟在此等地方，不能脱身，未可知也。我怎的寻着他见一面，才可与你进城？"道士云："这般却是容易。我两个且坐下，即烦你去沙滩上替我一查，只点头目有五百名数目便罢，看内中那个是你令叔。果若有呀，我们看道中情分，放他去了，却与你进城好么？"①

这就是孙悟空的家族意识、寻亲存念。同时，也透露出古代离乡之人，有许多是在天灾饥馑兵燹之时，不得已外出逃荒逃难谋生，可见至少在元明时期，年轻力壮的晚辈孝子到外地寻亲，是一个非常普遍的社会现象。而离开家乡的亲人，作为漂泊江湖的游子，进入公共场所佛寺、道观的，可能占有较大的比例。

明初戏曲《寻亲记》（一名《教子记》），在毛晋（1599—1659）所编《六十种曲》之内。其虽非出于史传，但敷衍了妻贤子孝。说开封府封丘人周羽，妻郭氏，夫妇贫窘。值黄河决堤，均摊夫役。保正黄德与胥吏谋划渔利，先索贫者，派周羽承担修堤夫役，还骗他用银赎，羽无措之际令妻向同里张敏贷银二锭。张敏这个土豪性情奸狡，羽匆促之中忘记填写借券数目，而张敏早就觊觎周羽妻美，欲谋，竟加填到二十锭。不久遣狠仆张千来索，遭羽怒骂，仆唆张敏杀了保正黄德，以尸置羽门，令黄德兄黄文，讼周羽挟仇杀德。开封尹谳无证据，减羽罪配广南。敏贿解卒张禁，于中途害羽。至金山庙，庙神托

---

① 吴承恩：《西游记》第四十四回《法身元运逢车力　心正妖邪度脊关》，人民文学出版社，1980。

梦于解卒，卒悯而释之。羽不敢归，丐于鄂州。有李员外素积善，诘羽贫儒被陷，怜之，留管簿籍，甚相得。敏复谋占郭氏，郭毁容以拒之。及生遗腹子，自命名瑞隆，在林学士义馆就学后登进士，授平江路吴县尹。

当初解卒畏惧张敏豪横，不敢以释周羽告郭氏。知周子成名，找郭氏述周羽事原委，瑞隆痛哭后弃官寻父，时羽漂泊年久，遇大赦。瑞隆至鄂州，刺血书经，沿街寻访。值羽已离开，李询瑞隆知为周羽子，告知追尚可及，恐其不识父容，就把周羽《台卿集》给他，说到逆旅辄诵之，认此诗者即汝父。如言，果遇其父，归与郭氏聚首，皆白首皤然。当时范仲淹为开封尹，访知张敏之恶，瑞隆亦以父冤上告，张敏被严惩。瑞隆在吴地为官，甚有清誉。①

《缀白裘》初集采辑了《寻亲记》，该剧也写父子在店中住在同一房间。父亲恰好听到了这位"小客官"吟诗，正是自己所作，桌子上放的诗集也是自己的，边哭边近前细看，这构成了剧作最为惊艳的"务头"：

> 吾觑着他庞儿（又连哭介）好是我那妻厮类。（又连哭介）吾试把他语言猜，听他乡音熟，好一似河南人。……

（贴）可认得这诗集么？（生）住，住，住了。吾正要问你。这诗集是我赠与李员外的。这诗集因甚的你怀揣？（贴）呀！

【前腔】听他言，令人苦哀。

（生）不信有这等事，待吾看来："几载藏名鬻饼家。"（贴）如此说，是我爹爹了。阿呀！爹爹吓！（生）阿呀呀，请起，请起。老汉是没有儿子的，不要认错了。嘎，嘎，嘎，人家父子，岂是乱认得的？（贴）阿呀！爹爹吓！不错的嚄！我是背，（生）吓，吓，吓。（贴）背生儿，逆天罪大。

（生）住，住，住了。你既是背生儿，可晓得我家中的事情么？（贴）怎么不晓得？爹爹为黄河水决。（生）不差，黄河水决。（贴）被张敏陷害。爹爹与母亲在府场上分别的。（生）着，着，着，一些也不差。（贴）十载叫爹爹飘败？不厮见，泪盈腮；相见后，喜盈腮！

（生）吓！阿呀！如此说，果是吾孩儿了！（贴，生合）吓！（贴）阿呀！爹爹！（生）阿呀呀呀！（大哭介）阿呀！亲儿吓！

【江儿水】与你娘分别，你方才在母胎。如今已有二十载。好儿子成人身长大。只是爹娘两下愁无奈！

（贴）爹爹一向好么？（生）我么？好。吾幸遇恩人相待。想你娘亲，（哭介）必，必受十分狼狈！（贴）

---

① 董康：《曲海总目提要》卷十四，人民文学出版社，1959。

【前腔】说不尽娘亲苦，爹受灾。只因张敏

（生）张敏便怎么？（贴）厮禁害。

（生）母亲立志如？（贴）母亲阿：要保全孩儿甘宁耐。把花容割破，方得他心改。

（生）阿呀！妻吓！①

由于如此亲人离别重逢之事众多，另一方面也由于市民阶层的壮大，城市的繁盛，给这类乱离重逢故事，提供了更多、更为广阔的传播空间。王同轨《耳谈类增》特设立《奇合篇》，搜集了若干个相关的前代、同时代载录。

并非重逢都是巧遇或外出寻得的，还有的属于幸得侠义善良之人送归故里，但回归途中，也可能生出一些难以预料的周折。说浙江富阳人潘生，世代务农，幼丧父，与两弟奉母居。大德年间，江南大饥荒，他把母托付两弟，自己给回鹘人当佣工：

> 回鹘人得转卖辽东大家军户，遣代戍虎北口。会有诏：江淮子女流徙者众，禁人毋得转掠，饥民使悉还乡土。遂从辽东经过，道遇一女子，鸦鬟尾行，问之，则曰："淮产也。昨因饥，父母弃我，转徙数家。今主家使我归，君南人，倘挟我得同归乎？"于是日操瓢道乞，夜泊茆苇中。虽颠沛流落，亲黏日久，曾无一语少及乱。渡淮，曰："我家通州，今近矣。君盍送我到庄乎？"因及女子上堂见父母，皆涕泣，起相抱持。诘："门外同来者何人？"即引生更衣，具酒炙乐。饮酒半，执盏跪曰："吾女幸完骨肉，归见乡里，免罹霜露、盗贼，君力也。今吾女犹处子，君谊声暴淮楚间。且君去家久，母不知存亡。岁丁荐饥（连年灾荒），乡闾必离析，庐舍必墟莽。虽有兄弟，亦恐不能自存活。吾家尚薄有园田，给饘粥。吾女，实君箕帚妾也，君必无归。"②

然而潘生却意识到不可不归，则毅然谢绝，惦记着要归家奉养老母和两弟："吾又何忍即安此土乎？"遂告归。实际上，这是一个近似于"宋太祖千里送京娘"类型的故事，可见亲族、乡里的吸引力之大。

女扮男装，经一番磨难与亲人相聚或恢复旧有性别身份，达到真正意义上的"重逢"者，也当被视为具有性别文化意蕴的离别重逢故事。明人也将这两种社会现象，一并加以考察：

> 国朝蜀韩氏女，遭明玉珍之乱，易男子服饰，从征云南，七年人无知者。后遇其叔，始携以归。又金陵黄善聪，十二失母，父以贩香为业，恐

---

① 钱德苍编撰《缀白裘》初集卷四《寻亲记》，中华书局，2005。
② 朱国祯：《涌幢小品》卷二十《工人孝义》，中华书局，1959。

其无依，诡为男装，携之庐、凤间。数年父死，善聪变姓名为张胜，仍习其业。有李英者，亦贩香，自金陵来，与为火伴，同卧起三年，不知其为女也。后归见其姊姊诟之，善聪以死自矢，呼媪验之，果然，乃返女服。英闻大骇，快快如有所失，托人致聘焉。女不从，邻里交劝，遂成夫妇。此二事，《焦氏笔乘》所载。前事甚似木兰，后事甚似祝英台。又有刘方兄弟小说，未详其世，当续考之。①

新生儿被人故意以女换男，多年后才幸运地父子相认。谢肇淛写，此"掉包计"，是由"外为优容而内忮甚者"的刑部郎林某之妻策划的。妾分娩前，妻嘱收生媪，若得男，取他人女来易，媪贪图十两银子就给换成了女婴：

> 林不疑也。无何，媪醉，泄其事于同部郎王某之妻。王与林最善，闻之，亟召媪讯问。媪不能隐，吐实。王谕其善视儿，仍分月俸赡焉。逾五六载，迁外秩，诣王辞。王密召儿匿室中，留林饮。酒中，林语以无子之故。王曰："卿自有子，那得云无？"林以为戏己，忿诋之，王笑不已。再三诘问，令召儿出。视之，貌殊肖己，骇问其故。王曰："但问卿内。"林归，饮泣，以事诘妻。妻始具道始末，且云今已悔之无及。林乃召媪及子至，父子相持而哭。仍将媪女取为子妇，赡媪终生。②

这是多么伤天害理、骇人听闻的换婴事件！相信在古代"重男轻女""一夫多妾"制度下，如此骨肉分离的恶性事件，能有这么幸运的恐怕并不多。

似乎与明代市民阶层的兴盛、各种灾异的频繁相同步，明代乱离重逢故事，对于造成夫妻分离的社会治安因素、相关骗术的案例等，也有了较多的揭示。说常熟一乡民，因遇灾减收，携妻将往溧阳依大家以居，搭船前往宜兴，舟人欲图谋其妻，就骗乡民说何必去溧阳？吾熟悉此处大户人家，一起登岸投靠，再返回来带妻去，岂不省了跋涉？乡民就令妇在舟中等候，与舟子同行：

> 时天色已暝，舟子负木桅随行。至松林，以桅击其夫，仆于地。意其死矣，回舟谓妇曰："而夫已为虎食，而今奈何？"妇叫号不已，直欲寻其尸。舟子仍负桅引妇同行，欲并杀之。途中，过林莽间，有虎跃出，直趋舟子。妇奔走，宿野寺。明日回舟，与舟子伴同至溧阳某家，言其故。主人不内，妇复号哭。蓦有里正径其旁，偶问故。妇具言其事，里正曰："适在县见前一男子，诉在某处被舟子谋杀，幸而不死，岂汝夫耶？"导妇至邑门，夫妇大哭，复归常熟。③

---

① 谢肇淛：《五杂俎》卷八，上海书店出版社，2001。
② 王枝忠：《谢肇淛文言小说〈麈馀〉简介》，《明清小说研究》2001年第3期。
③ 都穆：《都公谈纂》卷下，载《明代笔记小说大观》一，上海古籍出版社，2005。

故事似有所本，但这里则变得非常世俗化了。乡民如此轻信一个名声并不好的陌生人，而不是携妇前往？这里自不必言；何以突如其来的虎偏偏扑向行骗的舟子？猛虎食人也有一个伦理选择，这岂不就把猛兽人格化、伦理化了。

母题在明代强化了别离之后女性守节的倾向。《警世通言·玉堂春落难逢夫》等就是这类故事。

阮大铖《双金榜》写洛阳秀才皇甫敦丧妻，将儿子皇甫孝绪寄养邻居家（后随其改姓詹），而托身白马寺的他却被盗寺中宝珠的海贼嫁祸，遭安抚使杨廷璋罗织入狱，流配广东，入赘卢府，生子孝标。海贼莫佥飞也来粤叙旧，皇甫敦又遭官府诬陷私通海贼。十八年后，孝绪、孝标同科及第，不知彼此亲兄弟，互相攻讦，后皇甫敦被昭雪，父子三人得官，阖家团圆。青木正儿认为："此记作者用以寓其为世人误解受冤之意者。"[①]

少女逃婚出走，将错就错地嫁给了素不相识者，生子后思念父母，得到夫君理解，夫妻与父母（翁婿）重逢，也不失为因祸得福。祝允明（1461—1527）写成化年间，开玩笑没轻重的余杭人蒋霆，与二客在江南经商，返乡途中在一庄宅门下避雨，霆戏言是"吾妇翁家"。一庞眉老翁开门揖客人，给二客进酒食，不理睬蒋霆。雨止，霆留去未决，墙上忽投出两个包袱，中有女饰、饮器、金银、钱布，他背着小跑，后二人尾随。天明发现是二女，原来一女逃婚约情郎私奔，于是蒋霆欣然携女及丫鬟还家。妇甚贤能，生一子。不久女思念父母，蒋霆只好托友沟通：

> 乃至翁所，为商人贸易者，事竟，翁款客，纵谭客邑中事，客言："二三年前，余杭有一商而归，道里间以片言得一妇，仙邑人也，翁宁知之乎？"翁曰："知其姓邪？"曰："闻之，陶氏也。"翁矍然曰："得非吾女乎？"客复说其名岁、容貌了悉。翁曰："真吾女矣！"客曰："欲见之欤？"翁曰："固也。"翁妻王媪屏后奔出，哭告客："吾夫妇生只此女，自失之，殆无以为生，客诚能见吾女，倾半产谢客耳。"客曰："翁媪固欲见乃女，得无难若婿乎？"翁曰："苟见之，庆幸不遑，尚可忤情为？"客曰："然则请丈人偕行矣。"翁与俱去。既相见，相持大恸，载之以归，母女哭绝："分此生无复闻形迹，谁复知有今日哉！"婿叩头谢罪，共述往语，翁曰："天使子为此言，真前定也，何咎之有？"遂大召族里，宴

---

① 青木正儿：《中国近世戏曲史》，王古鲁译，商务印书馆，1936。参见徐凌云、胡金望点校《阮大铖戏曲四种》，黄山书社，1993；李金松《阮大铖〈双金榜〉中的政治影射发微》，《福建师范大学学报》（哲学社会科学版）1999年第3期。

会成礼，厚赀遣归之，复礼客为媒，遗贶甚夥云。①

美国学者指出，冯梦龙改编《情史·情贞类·李妙惠》《情史·情缘类·程万里》都属于重逢团圆故事，故事情节都是遵循着一个公式化过程进行："相遇→分离→重逢"，指出故事某些内在成因：

> 《情史》"重逢"类故事导致男女主角团圆的动力主要有两种：一是"情"，也就是男女双方的吸引力；二是"理"，也就是男女主角从小所受的道德教育以及中国传统社会赖以生存的人伦概念。如何在"情""理"之间找到那关键性的平衡点，使故事的情节发展和人物塑造具有说服力、可信性，使读者能在他自己的生活经验及情感世界中产生共鸣——也就是说如何能把故事的方方面面都写得"合情合理"，这对任何人来说都不是一件容易的事。尤其是对像冯梦龙那样追求"奇"、"幻"，而同时又要求"真"的文学创作者来说，故事的"合情合理"更是他所不能不认真严肃对待的问题。②

因某一特定的画图，提示了离散之人的线索，而得以夫妻相认，见李昌祺《芙蓉屏记》。说至元辛卯年（1291），真州崔英以父荫补浙江温州永嘉尉，携妻王氏赴任。道经苏州泊舟祭祀神庙，被舟人谋财夜沉水中、杀婢仆，掠王氏为次子妇。以新妇呼王氏，王氏佯应之，舟人渐稔熟不防。值中秋节饮醉，王氏上岸逃迷路，入一尼院，称金杯失手坠江惧死逃生。遂落发，名慧圆。岁余有人持画芙蓉一轴来施，老尼张挂，王认出是崔英笔迹，询，院主说近日施主顾阿秀施，兄弟操舟为业。王氏题屏："少日风流张敞笔，写生不数黄筌。芙蓉画出最鲜妍。岂知娇艳色，翻抱死生冤！粉绘凄凉疑幻质，只今流落谁怜！素屏寂寞伴枯禅。今生缘已断，愿结再生缘。"尼皆不明白含义。某日城里郭庆春来庵见画与题甚悦，买归，值御史大夫高公退居姑苏，庆春以屏献。偶有人卖草书，公观字格清劲不俗，问知是某学书，公视其貌非庸碌者，询知是崔英，赴官被舟人沉水，幸投民家，出城告无音耗，只好卖字度日，高深悯即召府中教诸孙。内馆中崔英忽见屏间芙蓉垂泪，高公怪问得原委，决计追责，也看出王氏读书贞淑，使夫人暗劝她蓄发。

高官相助叙述有一些规律，一般属年迈已退休的高官，对暮年的人生已经无欲无求，善良初心恢复，有闲暇，资源丰厚，愿为善事以求得心灵圆满。而高官夫人也往往特别富有同情心，把落难女性当作女儿看待，有效地配合，有

---

① 祝允明：《野记》卷四，载《丛书集成初编》，商务印书馆，1935。
② 李华元（Hua-yuan Li Mowry）：《感性与理性："情教"与冯梦龙的文学观》，载李华元主编《逸步追风——西方学者论中国文学》，学苑出版社，2008。

分寸地沟通，从而促进、玉成重逢实现。小说写半年后高公旧部薛溥化任监察御史，按郡巡查，高公即告，掩捕之，获敕牒及家财等赃物，说女已逃，于是置盗极刑，原赃还崔英。英赴任前公称作媒，崔英推辞。饯行宴上官及名士毕集，公呼慧圆出，"则英故妻也。夫妇相持大恸，不意复得相见于此。公备道其始末，且出芙蓉屏示客……满座为之掩泣，叹公之盛德为不可及。公赠英奴婢各一，赍遣就道。英任满，重过吴门，而公薨矣。夫妇号哭，如丧其亲，就墓下建水陆斋三昼夜以报而后去。王氏因此长斋念观音不辍。"[①] 金庸小说写杨铁心与包惜弱也因完颜洪烈"打劫"而劳燕分飞，包惜弱吃斋念佛，住在王府"旧居"里，后与杨铁心重逢，也有一个铁枪头来作为破镜重圆的见证。

王同轨还载录："武功康殿元海对山公，始无子。适有妓自其省来，鬻歌于市。又有招公饮者，妓在焉。公善琴，妓亦能之。试弹一曲，公大喜。招其母来，授二百金，四币，纳焉。即生子，成孝廉。楚左史滇南董公以时，尝过武功，孝廉觞焉。知其故，以语我。"[②]

作为执法官员，断案时当场认出了被冤枉的儿子，那该是怎样具有震撼力的戏剧性场面？而据说真有此事，只是官员可能担心有碍断案的公正性，极力压抑着自己的情感，并未急于当场认亲：

> 侍御吴公鹏举，为孝廉时，一子为倭虏去，鬻于山东某家作仆。其家儿杀人成狱，故贿匿去，而以吴子代死。会吴公按山东，据成案问儿服乎，儿曰"我乃吴举人某子"云云。公视之，果其子。公仍以系狱，而涕痕满面，侧窥者莫知其故。臬司诸公侦得其情，即日释出，具舆马衣服装送还家。今籍博士矣。[③]

"乱离重逢"在此更明确地体现出，有一些故事事实上与公案小说联系密切，本身就是涉案的恶性事件，乱离，即黑恶势力或别有用心的坏人一手造成的，而有的则属于趁着乱离之人漂泊无根，行巧取豪夺之事。

也有一些故事，描写女性"临危急智"，运用智谋而自保。说句容民兄弟三人，伯氏到蜀地贩木，五载不归。仲因以嫂美，知道能卖好价钱，就令人诈称兄死，嫂为哀哭，穿了丧服。许久，观察其嫂并无再嫁之意，就暗地里接受了河上商人的银子而出卖嫂。骗那个商人说："嫂本心愿意嫁人，只不过是矫

---

① 李昌祺：《剪灯馀话》卷四《芙蓉屏记》，参见顾希佳编著《中国古代民间故事类型长编》（明代卷），浙江大学出版社，2012，又见《曲海总目提要》卷三十一《芙蓉屏》。舟遇盗掠妇，逃入尼庵，凭借芙蓉屏相认，收入明代胡文焕编《种家粹编》，中华书局，2010。凌濛初：《初刻拍案惊奇》卷二十七《顾阿秀喜舍檀那物，崔俊臣巧会芙蓉屏》，岳麓书社，1989。

② 王同轨：《耳谈类增》卷八《康武功得子》，中州古籍出版社，1994。

③ 王同轨：《耳谈类增》卷八《吴侍御得子》。

揉造作，若好言好语那就太费时日了，你可率徒众突然来到，一见那个穿着素笄的妇女就拥而登舆，但云：'明日讲话。'登舟就是你的妇人了。"其夜，商人率徒众至，仲、季皆故意避去。而不知季不满兄分给自己的银子太少，已暗地将计划告知嫂，只有仲妇不知。嫂亦不生气，只是泣告仲妇说："你丈夫把你嫁人，幸亏那人是个富人，但何不早日明白告诉我，让我有个梳妆整理的时间。今天是好日子，而青衣素笄前往，这怎么行？幸好能与你换了这黑帽子。"仲妇就这样成了被卖者：

> 仲妇授缁冠，自著素笄毕，嫂即匿去。仲妇出答客，众见素笄，拥而登舆，去如飞，而乘风舟发矣。夜深仲归，始诧失妇，不省而追之。千帆杂乱，数日不得，乃次朝伯氏肩去重橐归，夫妇燕婉聚庐，里人皆来劳远人。仲亦归，闻其二稚啼，索母伶仃，盖仲妇所弃儿也，肠为寸裂。①

在作者看来，仲之平素所为，实在也该遭此报。但其实仲妇是个无辜的牺牲品，小说的性别观念就是把妇女当作男性附属品，以致仲妇代为承受了。事实上，仲妇嫁给那个商人，也许未必是件坏事。但在作者这里，嫂的选择才最高明。而此时舆情："里人有知者，无不掩袖胡卢。仲欲以其巧成其不仁，而嫂之巧过于仲。其间巧合默成，非人为之，天实为之。故至巧莫如天。不然，他且勿论，远人隔五载矣，是日何由归哉？或谓是徽人事，伎俩皆同，独其假作迎神，诱嫂出观而群夺之，稍异耳。岂二事偶同乎！"②

冯梦龙的通俗小说"三言"，特别关注普通人乱离遭逢命运。据统计，其中较具代表性的即有六篇：《喻世明言》卷二十《陈从善梅岭失浑家》、卷二十三《张舜美灯宵得丽女》、卷九《裴晋公义还原配》、卷十七《单符郎全州佳偶》；《警世通言》卷十二《范鳅儿双镜重圆》、卷十一《苏知县罗衫再合》。论者概括如是模式：

（1）所遇变故非自身所能控制，也不是由自身原因引起的；

（2）离乱改变的是夫妻（爱人）双方命运或情感走向；

（3）以夫妻团聚、共享荣华的喜剧形式结尾。③

《喻世明言》中，故事背景被设定在元代。说郡丞（通判）与太守同理府

---

① 王同轨：《耳谈类增》卷五十三《句容民》。

② 同上。

③ 刘果：《"他者"的凸显和"此在"的沦落——"三言"中离乱重逢母题的不同文本表现及其意味》，《中国文学研究》2009年第1期。此前李桂奎认为"夫妻离合"还包括《玉堂春落难逢夫》（《警世通言》卷二十四）、《白玉娘忍苦成夫》（《醒世恒言》卷十九）、《蒋兴哥重会珍珠衫》（《喻世明言》卷一）、《宋小官团圆破毡笠》（《警世通言》卷二十二）、《金玉奴棒打薄情郎》（《喻世明言》卷二十七），参见李桂奎：《论"三言"中的夫妇离合话题及其角色意识》，《太原理工大学学报》（社会科学版）2004年第2期。

事，最有权柄。那日郡丞杨公审案，王千户奉命亲押十三名倭犯到厅前，一班倭犯哀声动地。杨公先唤杨八老审问，杨八老答妻族东村李氏，生子名世道，到漳浦为商三年，就陷身倭国，又十九年。离家后音耗不通，若孩儿养得大，算来该二十九岁了。王兴所言皆同，众又齐声叫冤。杨公回衙见了母亲杨老夫人，口称怪事。说倭犯十三名都是我中国百姓，是假倭，内中一人杨复，跟母亲常说的孩儿七岁，父为商一去不回，家乡、姓名正与父亲相同，其妻、女姓名，又分毫不异："世上不信有此相合之事。况且王千户有个家人王兴，一口认定是他旧主。那王兴说旧名'随童'，在漳浦乱军分散，又与我爷旧仆同名，所以称怪。"老夫人也不觉称怪事，决定明日再审时在屏后窃听。次日，重唤倭犯再细审，其言与昨日无二：

> 老夫人在屏后大叫："杨世道我儿！不须再问，则这个盏屋县人，正是你父亲！那王兴端的是随童了。"惊得郡丞杨世道手脚不迭，一跌跌下公座来，抱了杨八老，放声大哭。请归后堂，王兴也随进来。当下母子夫妻三口，抱头而哭，分明是梦里相逢一般，则这随童也哭做一堆。哭了一个不耐烦，方才拜见父亲。随童也来磕头，认旧时主人、主母。……一门骨肉团圆，欢喜无限。①

就连本府檗太守听说杨郡丞认父，都备下羊酒称贺，定要请杨太公相见。檗太守问何由久客闽中，杨八老答，在檗家，适有寡女正欲招夫，于是入赘淹留三载。檗公询问曾有生育否，八老答生下一儿，两不相舍，檗公又问令郎可曾取名，八老不知太守姓名，随口应，因本县小儿取名世道，那檗氏所生，就取名檗世德，要见两姓兄弟之意。不知他母子存亡，说罢下泪如雨。太守回去便向母亲檗老夫人说知，老夫人也要求，请他赴宴，说待我屏后窥之。次日檗公置酒，檗老夫人屏后偷看，听不多几句言语，便大叫："我儿檗世德，快请你父亲进衙相见！"八老倒吃了一惊，太守跪下乞罪，请到私衙与老夫人相见，"抱头而哭"，于是一守一丞在此方认作亲兄弟。

何以"三言""二拍"题材上选用了《耳谈类增》中的奇、巧之事？这正是乱离重逢母题的文化史魅力所在。如上面《杨八老越国奇逢》写杨八老与二子十九年之后的如此奇遇；《吕大郎还金完骨肉》后半部分据"句容民"条改编，也写老二卖嫂竟把自己的妻子卖掉；《乔太守乱点鸳鸯谱》据"娶妇得郎"条改编，"娶妇得郎"条中二家结成两对美满姻缘，《乔太守乱点鸳鸯谱》更巧，结成三对姻缘，皆大欢喜。这与话本小说追求巧合来造成情节的曲折离

---

① 冯梦龙：《喻世明言》卷十八《杨八老越国奇逢》，上海古籍出版社，1992。此即《古今谭概》第三十六《一日得二贵子》。

奇有关，以此来吸引读者。书中掺杂了许多天命观及善恶报应的宿命色彩，作者把这一切都归结于天意，体现了他的天命观，善恶自有报。

夫妻失散后，"单亲母亲"非常艰难，虽受尽苦难，孩子教育却往往能处置得当，叙事逻辑昭示了这就是希望，是未来。说南安萧某，少失父母，妻子生子才七月大。而叔总想卖掉他们小夫妇以省钱，寻衅以大斧击伤萧某左臂，萧知不能相容，在别妇出亡前割衣衫分藏其半，"为异日会征"。他漂泊襄郢一带为人修木桶糊口。妇则在家乡靠女红活命，"毁面贞守"。在"父亲缺席"情况下，孩子却偏偏是个读书种子，恶叔阻挠他读书，妇自己教，有时窃邻儿师所讲。儿发奋攻读终于得第，嘉靖壬午（1522），"擢楚少参，建节郢上"。但因失父，他"常抱惨戚"，顿欲挂冠，云游觅父。而另一方面：

> 忽夏月，太妪人隔帘窥见堂下制器匠，偏袒作努，臂露伤痕。疑之，令童子问何处人，曰"南安"。因悉其避叔弃妻出亡始末。复问："汝血襦何在？"匠大惊曰："太夫人何由知！"即出血襦，合太夫人所藏如一。于是登堂大恸，镜影始双。趋呼："横金人（官员），匠汝翁也！"退而舞拜膝下，解衣进觞。居而得父，大慰凤心，殆亦天合。①

将孝子寻父与夫妻离合熔铸一处，而又有唐人创立的"凭旧衣认亲"的关目。

明代正统年间，还发生了另一件奇闻：

> 辽东游击将军王公，魁岸伟大如神人。又善战，屡建大功，而性至孝。偶归衙，见太夫人晏起，如有忧者，必（逼）询其事。太夫人始曰："有一事，不言，则伤我心；言，则恐伤汝心。汝非王公子，吾初与汝父赵公在军中，为王父掠得，娠汝八月矣。时王父为辽帅，置吾后室。王父无子，汝生，遂以为子。王父亡，得荫。离汝父赵公四十年，生死未决。昨与汝媳闲造厅上，见牧马老卒，酷似汝父。以未告汝，未及诘问。"公出诘卒，陈其始末，纤悉符合。于是扶卒入室，相持恸哭，澡洗更衣，妇子罗拜。次日，以其情奏，请归荫于王，补赵氏卒伍焉。朝廷嘉其孝义，俾仍原职，复赵氏姓云。②

异文又见于施显卿《奇闻类记》所引《客座新闻》，较早运用了"离散"这一具有表现力的词语。说辽东游击将军黄冀，雄伟有智，临阵常获功赏。一日太夫人说，有一事不说心不安，说来又伤汝心。汝官爵非汝父祖世荫，吾是

---

① 王同轨：《耳谈类增》卷八《萧参藩得父》。又见冯梦龙《情史》卷二《情缘类》，收入佚名《古今闺媛逸事》卷二《侠烈类》，北京燕山出版社，1992。

② 王同轨：《耳谈类增》卷八《王游击得父》。

王父掠来的，已娠汝八月，时王父为帅辽阳，妾媵虽众无子女，因以汝为子。汝实赵某之子："汝父离散几四十年，生死未可知。吾昨出厅与媳妇闲行，见牧汝马老卒，识其形容，仿佛汝父也。欲呼问来历，因不曾与汝说知此情，汝又不在家，故不问及……"于是开始辨认：

> 王出厅，即呼老卒，诘其原戍姓名、妻子姓氏，今何居此。其卒历告：正统初，携妻子从本官，自济南卫来戍于此。妻某氏方有娠七八个月，未知男女，为辽阳将官逼去，至今四十馀年，不知妻子消息。某孤苦贫老，死亦不知身归何所。因泪下如雨。王起告其母，母出复询其实，乃相持恸哭仆地，王亦悲切不胜。乃请老卒入厅，令左右奉其澡洗更衣，至厅上坐定，夫妇子女参拜，复告于家庙，众亲宴讫。

次日，黄冀上疏备陈其故，乞辞位归于王氏，自补赵氏，军伍再获寸进，以图报效。疏上，朝廷嘉其孝义，降诏俾仍原职，复姓赵氏①。这一处理，说明民俗心理中，对于孝子遵母意愿，认父归宗的期待。

拐骗下层官吏家眷，造成夫妻、母子骨肉分离的犯罪案件，说明作案者猖狂，实际上可能是极为悲惨的结局，也被冠以"巧遇重逢"，置于大悲后必有大喜的书写框架之中。说嘉靖年间，南安人蓝敏任掾役。娶一客死者之女，才有了家。役满仍贫不能归乡，在内监家做记室，隔几天，必归邸店看望妇。妇美且贞静，儿子几岁了，妇知内监家有果，也让他携儿去吃，不料妻子被拐：

> 一日归，失妇。邸主人惊曰："三日前，与汝往者同饮于我家，内监家干人忽以小舆来，谓汝误入禁地，罪且死，招妇于某地一见。妇泣而往。正苦无信，乃汝来乎！"敏知其诈，又恐失妇妨选，徒自饮泣，默祷于神。已，选蜀之某邑尉，携独子往。居岁馀，招令饮衙中。令见儿，悦之，携归衙。有媵在侧，儿一见，抱哭，即其失母。盖令始在京卜妾，群不逞知妇美，又知内干人可诈，故设此绐之，而授妇于令，得金已散去矣。令遂以媵归尉。②

正由于明知待选之官的软肋，歹毒的人贩子才乘机施加蒙骗诡计。骗子的诡计，实在很难防备。

明代书写唐代故事，说团州许节与友人张俊到蜀地经商，许节落水，张以为必死，而许节妻子图氏苦守空房十年。后来许节因贩卖药材到江南，回蜀途中碰见募化的女道士（图氏），无意中听到其籍贯姓字和来历，"不觉戚戚动

---

① 施显卿：《奇闻类记》卷三《王游击夫妇父子重遇》引《客座新闻》。"黄""王"之误，正是故事口头传播的痕迹。江南地区对"王"的发音即如此。
② 王同轨：《耳谈类增》卷八《蓝敏失妇重归》。

心，两行如注"，自认是妻子图氏，而图氏怒骂其图赖，许节只好和盘托出，"备言始末，且将在家三月内朝夕恩情，分手时多番嘱咐，缕缕言之，毫发不爽。图氏始回嗔作喜，登舟而相认焉。……"① 多年来，图氏容貌发生了很大的变化，已很难认出，所以许节只能依靠她所诉说的事实根据判断；而更多变化是在离散女性的情绪和心理上，她此时对所遇到的异性充满了戒备、不友好，性情变得很刚烈，可能不是第一次遇到这种"图赖"了，可以想象十多年来身心所受苦楚。

民俗故事非常推重见义勇为、急人所难，往往因为对有难者援之以手，得到的"社会酬赏"之大，真是始料未及。说成化初年，高邮卫张百户任漕运差使，一次归家办事雇小舟行，渡湖遇风舟覆，获免，便沿着湖堤陆行，半途望一覆舟浮沉波上，有人踞舟背呼援：

> 烟雾中，了不可辨其为谁。张心怜之，呼岸傍小渔艇俾往援，不肯，则解装出白金十星与之，乃行援之。至，则其子也。因候父而来，遭风溺者半日。出自水，尚振掉不能言者久之，稍迟，则葬鱼腹矣。②

这么巧？但又没有理由怀疑此事的真实性。载录者推测此异事："岂父子天性默相感通耶？不然，行旅络绎，宁无一人恻隐者而援之，乃独张邪？"故事又收录于施显卿《古今奇闻类记》卷三《奇遇类》，可见当时人们认为，此事具有伦理酬报、鼓励社会教化的代表性，以及时人对此事看重。不测之变的时间与空间交会一处，构成了极大的巧合。这场父子、亲人团聚险些落空。

《挥麈新谭》也讲述了善良之人、善心之举，意外地得遇被拐骗数月之久的小儿，父子重逢，就仿佛上天要奖赏一样。说京师有几个贫穷人，借贷银子十两，打算做点托卖烧鹅的小买卖。道旁有倾银店，大家一起借来工具凿剖银子：

> 忽一块爆起不见，约计八钱，觅之不得。众大相咎，至有欲毕命者。明日，又哄于楼下，上有监生讯之，告以故。曰："我昨夜归，于楼门槛得银一块，当是汝物。"出银还之，果是。众感其意，分半酬之。生固辞，曰："我欲银，匿不言矣。尔辈借贷所得，吾安忍分？"众感其德，思有以报。他日，得利颇厚，见一人鬻小儿于道，索钱五百文，众议以三百钱得之，送监生为仆。同至旅次，小儿一见便呼爹爹，大哭。生亦哭。乃在张家湾所失子也。年八岁，登车时为奸人抱去三月馀矣。父子感众意，又

---

① 无名氏：《轮回醒世》卷六《因寡赐圆》，中华书局，2008。
② 黄瑜：《双槐岁钞》卷九《援溺得子》，中华书局，1999。

出银谢之。乃知一事之善，遂使父子完聚，造物报施之巧如此。①

与前面《耳谈类增》蓝敏失妇故事中的小儿类似，也是显示出小儿认亲的聪慧（分别一年多仍然认出了母亲），而这里则是八岁的小儿认出了离散的父亲。但这后一个故事强调的，是因做出了"还银"的善举，冥冥之中得到回报，将两个母题组合到一起，形成了因果关系，说明上天暗中掌控着"报施"的权柄，以团圆印证着伦理必然性，更加明确。

至于金三、杨氏的夫妻离合，揭示出小夫妻二人离散，有时并非因为灾荒战乱，而是因为某些势利家长的控制，人性考验在故事中得到突出。是妻子的坚贞、坚守最终赢得了皆大欢喜。顾朗哉讲述，昆山行船为生的杨姓、金姓二家一向友善，金姓死，留下一贫如洗的儿子金三，十七八岁，杨怜而收养，金三勤快，很招人喜欢，杨无子，就招为女婿。不料因丧女之哀，年轻的金三竟得了重病，日渐消瘦，此时杨氏夫妇开始悔恨，骂不绝口，竟把病重的金三抛弃到江中孤岛上。金三意外地发现了八个大篓，搭乘过路船到仪真，启篓，皆金珠，暴富，收童仆。一天认出了杨家的船，在杨不知的情况下派人雇佣其船，装满财物，说到湖襄经商。这才有了夫妻、婿翁相认：

> 先是，杨弃三时，女昼夜啼哭，不欲生。父母强之更纳婿，女不从。至是，三登舟，舟人莫敢仰视。女窃视之，惊语母曰："客状甚似吾婿。"母詈之曰："见金夫不有躬耶？若三，不知死所矣。"女遂不敢言。三顾女，佯谓舟人曰："何不向船尾取破毡笠戴之。"盖三窭（贫穷）时，初登杨舟，有是言也。于是妻觉之，出见，相与抱哭，欢如平生。而杨夫妇罗拜请罪，悔过无已。三亦不之较，寻同归三家焉。②

作为长辈的杨氏夫妇，本是善良百姓，不缺乏同情心，但他们整日在波涛中谋生，又深爱独生女儿，实在是由于女婿沉疴难返，绝望中才抛弃金三，这体现出下层民众的务实性，金三为妻子的坚忍所感动，才有了团聚后的宽容。不过，故事称拥有巨资的金三捐献金帛，招募死士，跟随别驾胡公平叛，立功官任武骑尉，妻亦从封，则着意渲染了平民的理想、教化的功能。金三夫妻重逢的故事，是因祸得福，而有的则是因自己的一念之善，自己为自己创造出重逢的机缘。可以概括为：因行善而喜逢团圆。

又说无锡一小户人家，兄弟三人吕玉、吕宝、吕珍。吕玉妻王氏生子喜儿，六岁走失，吕玉边贩卖棉花布匹边寻子，四年未果。他在山西染了风流

---

① 褚人获：《坚瓠广集》卷五《还银得子》，载《笔记小说大观》第十五册，江苏广陵古籍刻印社，1984。

② 王同轨：《耳谈类增》卷八《武骑尉金三重婚》。

疮，延搁三年，归途中拾到一青布搭膊，内约有银二百两，在原地等了一日不见人。次日在客店闲谈，一客人说起不小心失银，同行时到了陈家店铺，了解到确系陈所失，就原物归还。陈提出均分、谢礼，吕玉均不受。陈想为女儿攀亲，问起令郎，吕玉不觉流泪说起小儿七年前走失，陈提起数年前曾买一小厮，清秀乖巧，陪儿子读书，愿送给恩兄伏侍。小说描写父子相认的场面，渐次有序：

> 当下便教掌店的，去学堂中唤喜儿到来。吕玉听得名字与他儿子相同，心中疑惑。须臾，小厮唤到，穿一领芜湖青布的道袍，生得果然清秀。习惯了学堂中规矩，见了吕玉，朝上深深唱个喏。吕玉心下便觉得欢喜，仔细认出儿子面貌来，四岁时，因跌损左边眉角，结一个小疤儿。有这点可认，吕玉便问道："几时到陈家的？"那小厮想一想道："有六七年了。"又问他："你原是那里人？谁卖你在此？"那小厮道："不十分详细。只记得爹叫做吕大，还有两个叔叔在家。娘姓王，家在无锡城外。小时被人骗出，卖在此间。"吕玉听罢，便抱那小厮在怀，叫声："亲儿！我正是无锡吕大！是你的亲爹爹。失了你七年，何期在此相遇！"……小厮眼中流下泪来。吕玉伤感，自不必说。吕玉起身拜谢陈朝奉："小儿若非府上收留，今日安得父子重会？"陈朝奉道："恩兄有还金之盛德，天遣尊驾到寒舍，父子团圆。小弟一向不知是令郎，甚愧怠慢。"吕玉又叫喜儿拜谢了陈朝奉。[1]

于是陈吕定亲。吕玉父子告别后，船行不久，闻江边呼救，小船索赏艄才打捞，吕玉就以陈家所谢这二十两银子为赏，把一船人都救起。内中一人竟是三弟吕珍。原来吕家兄弟听到哥哥在山西害疮毒身亡，二哥逼嫂嫂嫁人，嫂嫂不从，教吕珍亲到山西访察。吕珍离家后，吕宝因赌输，又要将嫂子改嫁，已得银三十两。准备黄昏时"只看戴孝髻的"强抢上船。杨氏心中不忍，也劝王氏将细软家私先收拾打包，王氏哭罢提出换一顶黑髻出门，一时难寻旧髻就彼此交换了，于是夜幕中杨氏被抢上客船，吕宝发现老婆被错卖已晚。见兄侄子归，自觉无颜，逃出不知去向。小说展示了人情与钱财的轻重关系，因善良行义，舍掉钱财，必得好运，就如吕玉感慨的："我若贪了这二百两非意之财，怎勾父子相见？若惜了那二十两银子，不去捞救覆舟之人，怎能勾兄弟相逢？若不遇兄弟时，怎知家中信息？今日夫妻重会，一家骨肉团圆，皆天使之然也。逆弟卖妻，也是自作自受，皇天报应，的然不爽！"

明代吟啸主人的《近报丛谭平虏传》，近乎纪实性的报告文学，真实可

---

① 冯梦龙：《警世通言》卷五《吕大郎还金完骨肉》，上海古籍出版社，1992。

信。有一篇写同病相怜的失散之人，更富有同情心。他纵放了刚刚买到手的一位妇女，偏巧也得到了自家所失爱妻：

> 女子亦泣下曰："君秉心如是，尊夫人不久当即完聚矣。"次日取路进城，途中刚遇一男一女，亦迤俪而来，四人相觑，则彼一男，即古直所遇女子夫也，其一女，即古直之妻，各认着亲夫，两下悲号。①

詹詹外史（冯梦龙）评辑《情史》卷一《情贞类》，讲述这种情况的故事还有很多。

在如同乱离重逢母题这样的普世性生活题材中，特别要注意阅读过程中，这类特别令人泪目、动情的故事具有的超文体、跨地域性特征。甚至，还有的具有跨民族、跨国别的开阔视野。在朝廷的官修正史中，也着意采录乱离重逢奇闻，史书记载下面的母子相逢，即具有难得的中外交通史意义。说是永乐年间，金山卫百户魏亮的儿子魏祥，才十四岁，被倭寇掠回国：

> 国王知为中国人，召侍左右，改名元贵，遂仕其国，有妻子，然心未尝一日忘中国也，屡讽王入贡。宣德中，与使臣偕来，上疏言："臣凤遭俘掠，抱衅痛心，流离困顿，艰苦万状。今获生还中国，夫岂由人。伏乞赐归侍养，不胜至愿。"天子方怀柔远人，不从其请，但许给驿暂归，仍还本国。祥抵家，独其母在，不能识，曰："果吾儿，则耳阴有赤痣。"验之信，抱持痛哭。未几别去，至日本，启以帝意。国王允之，仍令入贡。祥乃复申前请，诏许袭职归养。母子相失二十年，又有华夷之限，竟得遂其初志，闻者异之。②

细细解读，魏祥此行是否真的达到了这一重大外交目的？故事显然带有"华夏中心"的一厢情愿的观念，试想，日本国王未必能如此轻易地因此口头互通而决定朝贡？故事如此结局，实在是多半意在夸大母子重逢带给人的感动。

母子分别，年幼的儿子长大之后何以相认？这种事情因古代女性较少外出，也难于远走寻亲，就难乎其难。同母异父的兄弟，居然就在寻找对方的路上，凭借信物相认了，这一新闻事件，作为孝子行为的美谈，经过一番周折，成为弟为兄请官的依据。说道州人杨成章，父泰，为浙江长亭巡检，妻何氏无出，纳丁氏女为妾，生成章，甫四岁，泰卒：

> 何将扶榇归，丁氏父予之子，而夺其母。母乃剪银钱与何别，约各藏

---

① 吟啸主人：《近报丛谭平虏传》卷二《五城捕军捉囚犯》，春风文艺出版社，1997。
② 张廷玉等：《明史》卷二百九十六《孝义一》，中华书局，1974。

其半，俟成章长授之。越六年，何临殁，授成章半钱，告之故。成章呜咽受命。既冠，娶妇月馀，即执半钱之浙中寻母。母先已适东阳郭氏，生子曰珉，而成章不知也。遍访之，无所遇而还。弘治十一年，东阳典史李绍裔以事宿珉家。珉母知为道州人，遣珉问成章存否，知成章已为诸生，乃令珉执半钱觅其兄。会有会稽人官训导者，尝设教东阳，为珉师，与成章述珉母忆子状。成章亦往寻母，遇珉于江西舟次。兄弟悲且喜，各出半钱合之，益信，遂俱至东阳，母子始相聚。自是成章三往迎母不遂，弃月廪，赴东阳侍养。及母卒，庐墓三载始返。至嘉靖十年，成章以岁贡入都，珉亦以事至，乃述成章寻亲事，上之吏部，请进一官。部臣言："成章孝行，两地已勘实，登之朝觐宪纲，珉言非谬。昔硃寿昌弃官寻母，宋神宗诏令就官。今所司知而不能荐，臣等又拘例而不请旌，真有愧于古谊。请量授成章国子学录，赐珉花红羊酒。"制曰："可。"①

由果推因，弟兄相逢于半路，是否过于偶然、碰巧？偶然之中的必然，恐怕带有人为的安排，尚未可知。关键在已有朱寿昌寻母升官的先例。

谢用的母子相遇之事，也是万里存一、极其偶然的。《明史》写谢用的生母马氏怀孕时，父永贞作客在外，嫡母汪氏心怀妒恨，就把马氏嫁出了，改嫁后不久生下了谢用。永贞回到家很生气，就把谢用抱在邻媪家寄养。后来汪氏悔悟，收回而自养，一年后自己也生下孩子，但"均爱无厚薄"。谢用成年之后知真相，密访亲生母亲，因又改嫁而不知何处，遍觅各地将近一年：

> 一夕，宿休宁农家，有寡妪出问曰："若为谁？"用告以姓名，及寻母之故。曰："若母为谁？"曰："马氏。"曰："若非永贞之子乎？"曰："然。"妪遂抱用曰："我即汝母也。"于是母子相持而哭……②

明确书写"时弘治十五年（1502）四月也"。说明这一时间点的暗示（即马氏怀孕后被嫁出），才是故事叙事者所偏好教化用意的重心。而孝子之孝行并非仅此，谢用归告知父，把母亲与同母弟迎归，住在别室，"孝养二母，曲尽其诚"。后来嫡母汪氏感动懊悔，令迎马氏同居，因有了孝子居中，和睦相处。谢用之孝得到了乡里赞赏，甚至火灾发生都避开他家，"督学御史廉其孝，列之德行优等，月廪之"。故事有分寸地写出了迫害生母的妒妇，加强了事件的真实性与可信度。

作为"万里寻父"母题中的一个著名个案，王原的坎坷曲折描述是最有

---

① 张廷玉等：《明史》卷二百九十七《孝义二》。硃寿昌，当为朱寿昌（1013—1083，此为避讳），《宋史》实有其人，详后。

② 张廷玉等：《明史》卷二百九十七《孝义二》。

代表性的，相关异文众多。《明史》也进行了采撷、缩写。说正德年间，文安人王珣以家贫、役重而出逃：王原刚刚成年，母即告知真相，他非常悲痛，在交通要道上设酒食、屋舍，询问过往诸行旅，"冀得父踪迹"，久无所得。娶妇月余就不顾母亲阻止，执意外出寻父，遍历山东南北数年：

> 一日渡海至田横岛，假寐神祠中，梦至一寺，当午，炊莎和肉羹食之。一老父至，惊觉。原告之梦，请占之。老父曰："若何为者？"曰："寻父。"老父曰："午者，正南位也。莎根附子，肉和之，附子脍也。求诸南方，父子其会乎？"原喜，谢去，而南逾洺、漳，至辉县带山，有寺曰梦觉，原心动。天雨雪，寒甚，卧寺门外。及曙，一僧启门出，骇曰："汝何人？"曰："文安人，寻父而来。"曰："识之乎？"曰："不识也。"引入禅堂，怜而予之粥。珣方执爨灶下，僧素知为文安人，谓之曰："若同里有少年来寻父者，若倘识其人。"珣出见原，皆不相识，问其父姓名，则王珣也。珣亦呼原乳名。相抱持恸哭，寺僧莫不感动。珣曰："归告汝母，我无颜复归故乡矣。"原曰："父不归，儿有死耳。"牵衣哭不止。寺僧力劝之，父子相持归，夫妻子母复聚。后原子孙多仕宦者。[1]

梦中得神提示，当被理解为寻亲者颇近情理的"焦虑之梦"，弗洛伊德将梦划分为焦虑的梦、愿望的梦、病态的梦等。而如是之梦，也是一种侥幸寻获亲人的有说服力的理由。说余姚人黄玺之兄伯震，经商十年不归。玺外出寻求，经行万里不得踪迹。至衡州祷南岳庙，梦神人授以"缠绵盗贼际，狼狈江汉行"句，一书生提示"此杜甫《春陵行》诗也，春陵今道州，曷往寻之？"玺遵言无获。一日入厕，置伞道旁。伯震刚巧路过，自言自语："此吾乡之伞也。"持看伞柄有"馀姚黄廷玺记"六字。正在疑骇，黄玺出来，于是兄弟相认，遂奉兄归。[2]

其实，梦是不可求证的，只有当事人说得清，但也未必记得清；而空间广袤，世上哪有如厕遇见弟所持伞这么巧的事情？细节的虚构增饰，往往能给故事增添生动性与人情味。

孝子寻母，难度与周折可能更多，因女性为了生存往往非一次性地改嫁，线索需要继续寻找。于是采用的类似生活细节及其派生的问题可能增加，而故事描述的虚实相生随意复杂一些。鄞县诸生丘绪，生母黄氏，被嫡母余氏逐走，改嫁江东包氏，后又改嫁而联系断绝。十五岁时，父殁。后嫡母病重，感孝子侍奉，临终前嘱无忘若母，此时母被逐已二十年矣：

---

① 张廷玉等：《明史》卷二百九十七《孝义二》。
② 同上。

一夕，梦人告曰："若母在台州金鳌寺前。"觉而识之。次日，与一人憩于途，诘之，则包氏故养马厮也。叩以母所向，曰："有周平者曾悉其事，今已戍京卫矣。"绪姊婿谒选在京，遗书嘱访平，久之未得。一日，有避雨于邸门者，其声类鄞人，叩之，即周平也，言黄已适台州李副使子。绪得报，即之台，而李已殁，其嗣子漫不知前事。绪彷徨掩泣于道，有伤之者，导谒老媒妪王四，曰已再适仙居吴义官。吴，仙居巨族也。绪至，历晌（暗中侦伺）数十家，无所遇。已而抵一儒生吴秉朗家，语之故。生感其意，留止焉。

有叔母闻所留者异乡人也，恚而咻（大吵）之。生告以绪意。叔母者，黄故主母也，颇忆前事，然不详所往。呼旧苍头问之，云金鳌寺前，去岁经之，棺已殡寺旁矣。绪以其言与梦合，信之，行且泣，牛触之坠于沟，则舆夫马长之门也。骇而出，问所从来。绪以情告。长曰："吾前舆一妪至缙云苍岭下，殆是也。"舆绪至其处。绪遍物色，无所遇，怅怅行委巷中。一媪立门外，探之，知为鄞人，告以所从来。妪亦转询丘氏耗，则绪母也。抱持而哭，同里皆感动。寺旁棺者，盖其姒氏（丈夫之嫂）云。所适陈翁，贫而无子，且多负。绪还取金偿之，并迎翁以归，备极孝养。嘉靖十四年，知县赵民顺入觐，疏闻于朝，获旌表。①

梦中提示，仅仅提供了一个大致范围与线索，后来的知情人也必须一个个"田野作业"，寻踪调查。还会遇到牛触坠沟这样的意外事故，一次次波折横生，一次次希望破灭又得重来。直到最后，还有一个为继父还债和接来一起供养的问题。该孝子得到朝廷旌表，应该是实有其人，但寻母的细节难免有文学加工。

欲寻亲人，必定要寻找知情人。知情人的地址变动，增加周折；而收养者也往往会产生深挚的亲子之情，难于割舍，从而派生出新的社会问题。

施显卿《古今奇闻类记》卷三转录了"刘尚书父子重遇"故事。说一位退休还乡的高官，意外地找到亲生儿子。涪州人刘岌，官至礼部尚书。妻死后，妾命仆将婢所生子抛弃城下，在仆找姜索买棺银子时，儿被某吏抱走，事情被其邻人周帽儿见到。仆出，问儿安在，周以实告。仆归，绐其妾曰："儿死，已焚之。"岌自公署归，妾曰："婢适生女不育，弃之矣。"及岌致仕，还涪州，有乡人某为行人，出使归，过岌问曰："公有子乎？"岌曰："未也。"曰："公有子，见在已七岁，何谓无子？"岌惊问故，某具以告。岌曰："君能令儿还，则刘之有后，君之赐也。"遂遣一仆赍百金，从行人诣京求赎儿。至

---

① 张廷玉等：《明史》卷二百九十七《孝义二》。

京，则吏已役满去。或告曰："吏尚居崇文门外某巷中。"亟往，出金赎儿。吏妻爱儿如己出，哭而拒之。行人劝谕再三，乃从。吏遂与仆送儿至涪。亲旧闻其事，醵金为会，往迎之。岌见儿，抱持大恸。有人赋诗曰："八旬老父江边立，七岁孩儿天上来。"盖谓其衰老之年得子，于乖离绝望之中为天所赐也。

如何处理现实生活中的别离重逢？戏剧则注意发掘其中蕴含的"人为因素"，针对人的问题，人出了不正常的问题，来试图针砭社会现实与人性。陈继儒（1558—1639）《陈眉公批评幽闺记》评论《拜月亭记》，即注意到悲欢离合的情节起伏之于审美效应的决定性作用：

> 《拜月》曲都近自然，委是天造，岂曰人工。妙在悲欢离合，起伏照应，线索在手，弄调是也。兴福遇蒋，一奇也，即伏下贼寨逢迎，文武并赘。旷野兄妹离而夫妻合，即伏下拜月缘由。商店夫妻离而父子合，驿舍而子母夫妻俱合，又应前旷野之离。商店兄弟合，又起下文武团圆，夫妻兄妹总成奇逢。结局岂曰人力，盖天合也，命曰"天合记"。

不过，母题谱系下诸作品也并非一成不变的，似乎在运用时，逐渐体会到别后重逢的感人，因此戏曲史家郭英德总结："早期南曲戏文作品的情节构成，尚有生、旦离而不合的倾向，如情恋剧《王魁负桂英》、婚姻剧《赵贞女蔡二郎》等，都是如此。至少从元末开始，南曲戏文作品便逐渐形成生、旦始则由合而离，终则由离而合，即'始离而终合'的叙事模式了……"① 郭英德教授还曾概括明清传奇戏曲"生、旦离合"叙事模式："同样包含着中国古代人们对现实社会的深刻体验。在南曲戏文作品中，造成生、旦离合的，往往不是自然原因，而是社会原因，亦即不是'天灾'而是'人祸'。这种社会原因大多直接由净、丑角色来承担，如《琵琶记》中的牛丞相，《拜月亭记》中的王丞相，《荆钗记》中的孙汝权，《白兔记》中的兄嫂等等……"②

王思任（1575—1646）《春灯谜记序》认为："天下无可认真，而惟情可认真；天下无不当错，而惟文章不可不错。"他高度评价《春灯谜传奇》，因为该剧设计了"十错认"，即："男人女舟，女入男舟，一也；兄娶次女，弟娶长女，二也；以媳为女，三也；以父为岳，四也；以韦女为尹生，五也；以春樱为宇文生，六也；（宇文）羲改李文义，七也；（宇文）彦改卢更生，八也；兄豁弟之罪案，九也；师以仇为门生，而为媒己女，十也。盖以喻满盘皆错，故曰：'十错认'云尔。"③

孝子寻父，竟也常出现"不打不相认"的构思，如同"不打不成交"。清

---

① 郭英德：《明清传奇戏曲文体研究》，商务印书馆，2004。
② 同上，参见郑传寅：《传统文化与古典戏曲》第三章，湖北教育出版社，1990。
③ 董康：《曲海总目提要》卷十一《春灯谜》，天津古籍书店1992年影印1928年大东书局本。

代小说《一片情》写，生生之妻汪氏，儿子润儿十八岁。汪氏见夫不回，打发儿子同公公出寻访父。便做些干鱼到苏州门外卖。因心内急于寻亲，干鱼一时难脱，便对主人说想贱卖，店主便说要觅一店家来。恰好那生生在旁偶然听得，大怒说你这两桶干鱼，打折有限，行价一跌，我这几千两干鱼折多少？彼此争执，润儿就把生生推了两跤，那生生叫了方伴义跟随，要打润儿。不意船头上出来一位老乡绅程峒，是生生之父，喝道"不要打！"说那小子就是你的儿子，叫润儿。四处寻你心急，故此贱卖些，忙唤来润儿拜父，见了方叔公，一同到生生处卖了干鱼，回家夫妻父子完聚①。父子以打架相逢相认，突出了离别之久带来的"陌生化"情况，也暗示出寻亲的难处。

五、清代多元文化中的乱离重逢母题

陈大康教授较早缕述古代通俗小说的发展轨迹，指出清初前期，许多作家都有意识地以生动曲折的故事反映战乱给人民带来的苦难以及在这特定环境中各类人物的举止表现，这有些类似于"借汉写唐"的书写策略，于是就发生了这样的现象："一些作家不便直言时事，于是就将故事的时代背景向前推移，北宋末年与南宋末年异族的入侵常是他们为故事设计的背景，有的人则去写主人公在安史之乱中的遭遇。但他们叙述历史上战乱中的故事时，主要的依据并不是史籍的记载，而是自己在眼前这场战乱中的亲身感受。李渔《十二楼》中的《生我楼》描写中有个元兵将掳得妇女封于布袋中出售，主人公尹楼生由于多行善事而恰好买到自己的母亲与未婚妻的情节，但当时人的记载证明这是清初时确曾有过的实事，烟水散人在《春灯闹》里也写到了清军八旗营掳掠妇女出售的暴行。……更何况有些作品直截了当地以明末清初的战乱为故事展开的背景。"②

一是，载录乱兵掠妇，多借前朝背景描述时下状况，许多文本带有"报告文学"性质。龚炜（1704—1769 后）指出：

> 传奇《寻亲记》所指张员外，非真面目。张系昆山人，本举人，饶于赀，比邻有周宦者，怙势侵之，窘辱者数矣。一巡按与周隙，行县招告，张首其禁书，毙周于狱。记，乃周氏所作也。初，张计偕入都，梦城隍谓之曰："汝今岁应中会试第几名，入词林，然寿命不长矣，近有一大阴功人，感动天曹，欲将汝易之，汝可得富寿，愿否？明当券于庙。"张

---

① 无名氏：《一片情》第四回《浪婆娘送老强出头》，巴蜀书社，1994。
② 陈大康：《通俗小说的历史轨迹》，湖南出版社，1993。

悺（清醒），熟思之，即投券如神命。张后货殖，动必倍息，遂致富。水部寿民，其后也。予盖闻之水部外孙马赓载云。[1]

传奇的写实性质的解读，在于文史互映，这一切近世情、人情的题材，与那些反映明末忠奸斗争的"时事剧"具有类似的审美生成规律。

清初周亮工写江阴城陷时，戚三郎王氏伉俪"皆好推施"，子五岁，家虔诚事奉关帝。城陷妻也被掠，戚受伤被掳。比邻钱翁、沈妪以姜糜救，戚渐能起。视儿在旁泣，见屋中僵二尸即钱翁、沈妪，"悟两人殆关帝命以援予者"。以槽厝翁妪埋葬。戚负子为子觅母，遇到成三指点，书写百部《首楞》（即佛经《首楞严经》）施四方，得知线索。又因侠友成三以死相逼，得军将归还，不料妇却是成三之妻。于是成又代为寻找，用乡音呼唤："戚三郎属予寻妇……"妇王氏听到但不敢应。晚如厕留纸墙隙，又用乡里方言说："此纸纳之隙，留以备明日。"成遥闻，俟夜暗地里取纸见字："戚三郎妻王氏，即今在此，君急语我夫。"成急于告戚，就恳求郝俱来，一起跪求妇。如此情境中，在场不同角色的人各各不同的心理、行为，与位高权重的张将军态度前后变化如何？且看：

> 呼之出，真戚妇也！戚见妇，惊悸错愕，未敢往就，摇摇不知悲。其子见母出，突奔母怀，仰视大痛。妇亦俯捧儿，哭失声。戚至是始血泪迸落。戚、成跪张前，戚妇亦遥跪听命。张曰："是诚尔妻，然是人少有色，故遴为首，约值五十金。半犹不足，望得妇耶？"戚挽郝言之曰："邑陷家破，安得金？将军悯之！"且娓娓言帝所以佑之者，复告以梦，期以动张。张曰："众无一赎，始赎，即减定值，何以示来者？"坚不许。戚曰："成售夫妇身，仅得此金，而又苦不足。天乎！安所得金？"戚乃大哭，妇哭，而戚子又趑趄往来，哭于父母旁。郝哭，张之厮养哭，张姬妾环屏内者亦哭，久之，张亦潸潸泪下矣。哭声鼎沸间，张突跃起曰："止止！吾还汝妇，不须金也。城陷家破，尔诚无所得金。且尔数被创弗死，非帝祐，不至是。尔诚善者，吾还尔妇，不须金也！成以尔故售身于吾，尔夫妇还而成留，成即不怨尔，尔何以谢成？吾即还尔妇，兼还尔友夫妇。尔夫妇其与尔友夫妇俱还。此二十金，即为尔辈道里需，不须金也。吾还尔妇，然我有言，尔亦毋我逆：尔之子秀而慧，我怜之，盍以子我？我耄矣，无嗣。诚子我，我不奴视子，不隔膜视子也。"

> 戚急遽未有以应，妇忽趋前唾，耳语戚。久之，复扬谓戚曰："子尚需乳耶？"戚遂膝前曰："将军生全两家夫妇，且欲子下愚子，何不可

---

[1]　龚炜：《巢林笔谈》卷二《寻亲记中张员外》，中华书局，1981。

者?"将军喜,急前抱儿,儿亦昵将军,不复甚恋父母。将军益喜,呼戚夫妇坐,待以亲串礼。举儿入室,遍拜所亲,已复剑儿出,衣冠焕奕。宾从以下皆罗拜,庆将军有子……①

哭声打动了年迈的将军,归还戚三郎妻的条件是答应收养其子,"亲情"成为故事的核心。尽管时人都认为夫妻重逢,是戚三郎平素虔奉关帝之报,但事实上,有赖于张将军实为忠厚长者,他以晚年的无欲无求,洞察世事,对青年男女本应得到的幸福,被人轻易侵夺,内心甚为不平。明知自己时日无多,长者还是真心诚意地要做些善事:"戚归,既安其室,复过某公,为书经塔下者三阅月,因得往来视儿。将军亦多所赠。久之将军病卒。将军拥高赀,族子利之,咸以戚自有父母,非吾族类也,耸臾(怂恿)其归。戚子亦因之便去。诸母恶族子,竟以所有与戚。戚子所携甚厚,至今为江阴巨室。成亦依戚终其身。子归后,新帝祠,江上知名之士,咸为诗文以纪之,戚尽镌于祠石。"

杨恩寿《续词馀丛话》考证:"《汉阳志》:仙爹(原注:似应作'仙翁'),姓氏不可考,顺治初……孝廉解乾潴子以痘殇,葬尼庵侧。寻复活,里人陈姓收养之,孝廉不知也,每以无子为忧。仙翁常慰之,曰:'汝子已长成矣。'初以为诞。康熙己酉(1669),乾潴遇小儿于道,疑其貌类己子,物色根究得其详,遂闻于官,判归乾潴。时人作《绛红袍》传奇纪其事,于是'仙翁'之名益著云云。光绪丙子(1876),余需次武昌,忽于旧书肆得是书,急购归读之,乃弹词也,鄙俚可笑,不知其何竟以弹词作传奇焉。"② 这一记载,体现出父子重逢故事跨文体传播的强韧和持久。

二是,明清易代之际,华夏之邦宇内拼杀,军民个体之间是否存有人性与情谊?蒲松龄天才地写出了平民人性、伦理的超民族性。说学师刘芳辉之妹,许聘戴生,快出阁值北兵入境乱起,父子分窜,女被满将(牛录,佐领,约管200人)掳走,待她还好。继又掠一"仪采都雅"的少年,要认为义子,以此女配为儿媳。少年喜从命。枕上女才知少年即戴生③。真是"倾向在场面和情节中自然而然地表现出来",乱离之中也有侥幸生存、相聚的幸运,为作者(载录者)与读者都乐于见到,其中也暗含对满族下层军官善良朴质、成人之美的无言赞赏。

辽东战事小说写失散妻子的古直,同情路遇的寻夫之妇,赠干粮并同行。妇提出同宿,古直感而泣下却不允,次日途遇妇人之夫与古直妻子(古妻也曾

---

① 周亮工:《书影》卷五《戚三郎》,收入张潮:《虞初新志》卷七《书戚三郎事》。
② 中国戏曲研究院编《中国古典戏曲论著集成》九,中国戏剧出版社,1959。
③ 任笃行辑校《全校会注集评聊斋志异》卷四《乱离二则》。

拒同宿)①。由此，小说提出了离乱之时邂逅相逢的陌生男女，如何处理逃难互助与"两性"伦理的问题，赞美"玉体无瑕""见色不乱"的道德自律。

七峰樵道人《海角遗编》第五十三回写父子战乱中失散，顾季甫虽然找到亲子，却不得不借债买回才得以团聚："乱离之世，父子不能相保如此。"

三是，陌路相逢的男女，邂逅而结亲，是"重逢"母题的一个异变。《夜谭随录》写康熙时总兵王辅臣叛乱，掳掠妇女不分老幼妍丑，悉贮布囊出卖，二十岁的米芗老欲买年少佳丽，他挑选腰细足纤者一囊，却是七旬老妪。悔恨中一斑白叟控驴载美女投宿，自述买一囊，"不意齿太稚，幸好颜色，归而著以纸阁芦帘，亦足以娱老矣"。米闻之"心热如火，惋惜良深"，与甚为得意的刘老饮酒。老妪作为善良的有心人，见刘老不在，问知那秋波凝泪的少女姓葛，父母兄弟皆被贼杀，因拒淫被群贼怒而卖给老翁，妪良知顿生，主动提出老翁与己年岁相当，咱二人何不"易地而寝"，待五更与我家少年郎早起速行？彼此解衣换装。叟与米醉归，三更后妪才以情告，米惊喜中担心损人利己，妪又力劝。凌晨米与女泣拜上路。次日叟见妪惊怒，经店主好言相劝才载妪而去。兰岩评论："妪为米谋，亦云忠矣。然亦天假之缘，故尔易易。世之极尽心力而卒不能有成者，岂少也哉？安得此妪，遍天下而调停之？"② 难中因祸得福，竟如此事合情合理，有赖下层民众的善良与机智应对。亦如研究者的体会："《米芗老》篇中，把三藩叛乱时，骄兵悍将杀人越货、拐卖人口等暴行，暴露无遗；将社会动乱中，黎民百姓妻离子散、家破人亡的惨状，描绘得淋漓尽致；对水深火热中的人民，互相救助、相濡以沫的义举，备极赞颂。"③

纪昀指出："大抵女子殉夫，其故有二：一则撑柱纲常，宁死不辱。此本乎礼教者也。一则忍耻偷生，苟延一息，冀乐昌破镜，再得重圆；至望绝势穷，然后一死以明志。此生于情感者也。"小说总是力图书写，离散的女性除非面临亲子危难，不到万不得已，总是期望"破镜重圆"。纪昀又借故事中男主人公之口对狐精说："男女之事，权在于男。男求女，女不愿，尚可以强暴得；女求男，男不愿，则心如寒铁，虽强暴亦无所用之。况尔为盗我精气来，非以情合，我不为负尔情。尔阅人多矣，难以节言，我亦不为堕尔节。始乱终弃，君子所恶，为人言之，不为尔曹言之也。……"④

---

① 吟啸主人：《近报丛谈平虏传》卷二《五城捕军捉囚犯》，春风文艺出版社，1997。下引文同此书。

② 和邦额：《夜谭随录》卷三《米芗老》，中州古籍出版社，1993。收入徐珂《清稗类钞·婚姻类》。

③ 魏鉴勋：《名著迭出——清代小说刍议》，辽宁人民出版社，1997。

④ 纪昀：《阅微草堂笔记》卷十二，上海古籍出版社，1980。

在"感伤思潮"盛兴的时代，在人生之秋的悲凉心境中，清后期蒋坦（1823—1864）道出了"悲哉秋之为气"的物候带给人浓郁的生命意识，人生在自然物候变化前痛发无尽的悲剧感：

> 晚来闻络纬声，觉胸中大有秋气。忽忆宋玉悲秋《九辩》，击枕而读。秋芙更衣阁中，良久不出。闻唤始来，眉间有愁色。余问其故，秋芙曰："'悲莫悲兮生别离'，何可使我闻之？"余慰之曰："因缘离合，不足定论。余与子久皈觉王，誓无他趣。他日九莲台上，当不更结离恨缘，何作此无益之悲也？昔锻金师以一念之誓，结婚姻九十余劫，况余与子乎？"秋芙唯唯，然频上粉痕，已为泪花污湿矣。余亦不复卒读。①

钮琇《觚剩·事觚》写蒲州于孝廉的爱姬红桃，美姿容善谈谑，尤擅弹奏琵琶。尽管当时北地闺闱多娴此技，而红桃纤指娇喉，拢弦叶曲，其调与众绝异，故才一发声，闻者即知为于家琵琶也：

> 崇祯末，闯寇所至蹂躏，河汾间罹祸尤酷。孝廉被执，闯帅将杀之，牛金星见其年韶质秀，且已登科，丐为子师而免。红桃亦于此散失，不知所往。孝廉从金星于军，数月后，馆之晋王府中。晋府初经兵燹，虽重楼叠阁，而栋折垣颓，金粉凋落，沼荒林败，竹柏倾欹。孝廉于最后之宫，置一榻焉，妖狐昼啸于庭，奇鬼宵窥于牖，诡形怪响，百态千声。孝廉斯时虽偷息人间，实同冥域，而心念红桃，如醉如痴，一切可憎可怖之境，翻置度外矣。

> 又逾一载，闯兵进逼京师，列营保定城北。序届残冬，云同霰集，孝廉与牛子共一行帐。薄暮雪下愈密，二鼓初报，孝廉启帐小遗，四望皎然，隐隐闻琵琶声。触其凤好，遂跣足踏雪，潜行求之。越数十行帐，独一帐有灯，声从帐出，俯而谛听，是耳所素熟者，大恸一声，身仆深雪不能起。帐中人疑其奸细，捆缚入帐，识为金星西席，乃释而询其故。孝廉曰："家有小姬，素善琵琶。兵间散去，已逾二载，愿见之私，虽寐不忘。今宵万籁俱寂，清调远闻，恍出吾姬之手，不胜悲痛。干触麾下，疏狂之咎，尚期宥之。"帐中人亦豪者，慨焉出姬相见，果红桃也。乃复行酒列炙，俾孝廉与姬欢饮达旦。明日，言于金星，以红桃归孝廉，仍遣二骑送回蒲州。孝廉入本朝，以扬州通判终。②

张潮将此故事收入《虞初新志》，深情地品评："孝廉之念旧，帐中人之

---

① 蒋坦：《秋灯琐忆》，天津人民出版社，2019。

② 钮琇：《觚剩》续编卷三《事觚》，上海古籍出版社，1986。又见抱阳生编著《甲申朝事小纪》三编卷十《于家琵琶》，书目文献出版社，1987。

还姬，均足千古。"推重豪情侠骨，也寄托了明末清初乱世人生带有共通性质的悲慨。

四是，旧仆冒险送旧主家的孩子回乡团聚，也成为乱离重逢故事表彰的一个民间侠义佳话。《阅微草堂笔记》追述明季兵乱，作者曾伯祖镇番公十一岁时被掠至运河边临清，遇旧客李守敬以独轮车送归。崎岖戎马间终不舍去也。时宋太夫人在，酬以金曰："故主流离，心所不忍，岂为求赏来耶？"泣拜而别。①

因此，母题也往往展演亲人分别时具体的个性化人情表现。王椷讲述，滇南郭提举是山西安邑人，娶二妾，一最宠，一待之薄。乾隆己卯解任归，欲弃去，欺骗说："今将远行，可归别父母，临期当迎汝。"妾归，久无消息，而郭氏将启程：

> 方悟郭之诳己也。急奔至，则行装已发。把郭袂大恸曰："妾实意相从，何忍心捐弃！非妾自至，今生与君永诀矣。"郭慰之曰："吾非有他意念，长途万里，家计萧条，且素无德于汝，恐误尔芳年，故行此权宜计耳。"妾愈悲曰："从一而终，妇之分也，食贫居贱，固所甘心。至不见答于君，妾之命也！将谁尤（怨恨）？倘肯垂怜，没齿无怨。若执意不允，当碎首君前，断不肯偷生视息（苟全活命）人间也。"抢地长号，悲动路人，郭亦为之泣下。改容礼谢，携与同归。②

许多相关文献所交代的故事由来，在于说明真实性，但也自觉不自觉地暗示故事辗转传播的曲折过程，说明故事是多么受欢迎，为人们所乐于谈论。

远方寻弟亦为行孝。说崇祯末江阴县有一旧家子弟徐尔正，父已故，母陈氏领着幼弟尔嘉十岁。尔正读书科举。大兵南下经过，兵系马树上，弟弟尔嘉爬到马背上玩耍，被军士牵马挟走不知去向。弟失踪后尔正追赶无果，母悲泪渐失明。尔正边在油店务工边温习，考上了秀才教书，渐有蓄积。于是嘱妻善理婆婆，踏上了寻弟之旅。尔正料满洲兵多镇守北路，遂渡江往山东、山西、北直一路寻去。小说写出了弟认出分别时成年的兄长较易，反之则难。一次尔正偶在金陵城下，忽听背后叫"哥哥"之声颇熟。回头见一砍柴汉，遂相抱而哭。原来尔嘉如今在某都司标下，主人拘管甚严，于是尔正随弟去见主人。作者提醒："要晓得尔嘉失去时，年才十一，今隔十馀年，已成一长大汉子，又且面目黧黑，形像多改了，尔正那里认得出来？若尔正年纪虽多了十年，形容原未改变，故尔嘉尚能认得。"兄弟同到都司衙门见都司，都司索身价银五

---

① 纪昀：《阅微草堂笔记》卷十一，中华书局，1980。
② 王椷：《秋灯丛话》卷八《郭提举妾》，黄河出版社，1990。

十两。恳求无效，尔正只得星夜赶回告贷亲友凑足，赶到金陵赎回兄弟。当尔嘉跪叫母时，陈氏喜得涕泪交流，竟然双目复明①。后来的文本，也有模仿复述上述故事的，属明显的袭取复述②，说明这一故事受到民间广泛欢迎。

五是，明清戏曲家尤其重视寻亲题材。焦循（1763—1820）《剧说》援引《明诗综》孝子寻父故事，说吴县人黄孔昭（字含美），崇祯癸酉（1633）举人，授大姚知县，久不还乡："其子向坚字端木，有怀二人，眼枯足茧，蹈白刃寻之，卒御以归吴中。好事者编《万里圆》传奇演之。"其下列举黄端木（1609—1673，端木为黄向坚字）的《寻亲纪程》与朱占科的《滇还纪程》。对于《寻亲纪程》，昆山归元恭加以节录，作《黄孝子传》。焦循缩写之，以期便于传扬。说孝子黄向坚出发于顺治八年（1651）十二月朔，担一囊、一盖、一草履，从吴江入浙，历严、衢，入江西：

> 至湖广武冈州，触冰雪风雨，陷泥淖，涉深溪峻岭。手常擎盖，酸楚不能举；足重茧，痛不可忍，或血瘀赤肿，则刺血出之，复行。往往僵卧道旁。壬辰（1652）二月，由楚入黔。黔自丁亥以后，境内残破。其地苗、獠杂处，耕者皆持矛负弩矢自卫。荒茅涨沙之中，每得虎迹。次平溪，有关帅府在焉，以孝子短发吴音，疑为奸细，执之。涕泣以情告，得免。以后凡遇官吏，无不盘诘。江南风俗变革六七载，忽睹此，如异国焉。自平溪，一路险如鬼窟。土人云："往时苗常出为行旅害；今十里立一塘，而塘兵又多为虎所食。"孝子惴惴至贵阳，遇徽州人程姓者，得知父无恙，已挂冠五年矣。程姓导孝子至王府，给令票，复前。途中兵马纷拥验票，或击破其盖，自是不能蔽雨。登关索岭，至半，喘甚，力尽而仆。有老僧饮以茶。久之，强起，踰岭而西。既下，则人马旌旗偏野。一骑执之入营，验票，为设食。问之，曰："安西前营也。"行数里，复遇后营，如前。遂入云南之平夷卫，遇故阳宗知县浙东钱士骕，于是知父在白盐井。五月望日，至白盐井，拜见父母。

> 时所携弟之子从外负薪归，兄弟相拜泣。昔日童仆，无复存女矣。久之，孝子启父母，作还家计。父曰："乙酉（1645）秋，滇中犹乡试，我分房得士八人，当累之为行资。"孝子持父书诣诸门生家。历楚雄，遇地震，几不免。奔走四月，遇者三人，皆赆赠，而未足。诣府递告归文书。具篮舆。二亲乘。己与弟步从。至黑盐井。诣门生家。得资斧。时南北战争不息。坐旅中度岁。诣将军府，得给票。出归化关。黔中雨雪四十日。

---

① 草亭老人编《娱目醒心编》第一回《走天涯克全子孝　感异梦始获亲骸》，上海古籍出版社，1988。

② 东壁山房主人编著《今古奇闻》卷十九《曹孝子感异梦获亲骸》，齐鲁书社，2004。

雪深至马腹，树介如刀剑。已而雪消流潦，瘴雾蔽天。及平坝，有骑兵掳妇女数百千从广西来。又败兵数千，拥一象，踉跄散走，无复部伍，从四川来。盖是时安西战胜于桂林，抚南败于保宁，皆道黔中也。孝子虑贵阳有阻，乃迁道从龙场驿而北，渡乌江，入四川，及清浪，入湖广界。所在溃兵暴掠，从间道行，及新化，方脱险。为父改易服色，舍陆从水而归，为六月十八日。自始出门至是，越三年，计五百三十馀日，历京、省七府，三十有三州、县，计行二万五千里有奇。①

这是多么艰难的寻父之旅。事在明末，而故事广为传扬在清初，此与亲人彼此多离散，提倡孝道，弘扬民间传统伦理精神的时代脉搏，构成了一种同步互动关系，成为朝廷提倡孝道的一个绝好的谈资。徐锡龄、钱泳（1759—1844）也转录："吴县黄端木向坚，父孔昭作宰滇中，姚江道梗不得归。向坚于顺治八年十二月徒步出门，涉历艰险，周遍于僬僥之地，跰足鼃面，至白盐井始遇二亲。以十年六月归里，承欢二十年。父母殁，负土营葬。不再期得疾以殉。世称完孝。好事者为谱《三溪记传奇》。至今世多演之。"②

百一居士《壶天录》还写，琅琊王晓云，补了博士弟子，妻苏氏才色颇隽，伉俪相得。同治癸亥（1863）间兵燹频仍，有远见和自我牺牲精神的苏氏，劝王生赶紧出逃："寒素无蓄，且有贼警，请游学为逃生计。妾孤子一身，又无襁褓物，万一红巾肆扰，拼以此身相报，愿速行，毋恋恋也。"王生泣别。走景镇，渡鄱湖又转徙武昌金口镇。资斧告罄，不得已呜呜乞讨，至一书塾逢师他出，代其徒捉刀，两时许成四艺，得馈遗甚厚，引起其师赏识与同情，就将其留下，分馆徒之半以授。六年与妻不通。馆东为他续弦，有少妇请王写文书，王阅来历伏案涕泪，原来少妇即其妻苏氏："遂出抱持大哭，各诉衷曲。"此前自王远游，苏氏屡被贼掳，皆以计脱逃。后又为贼得，曰："白昼宣淫，未免羞人，能以袱蒙面则可。"贼自蒙，苏氏猝拔贼刀洞贼腹，卒免于难。辗转访王踪迹至此，被人劫之以图卖掉，骗到金口镇艰苦度日，冒称寡媳卖给某翁："不图鸳鸯复聚，会合他邦，此天假之缘也。乐昌破镜，不遇杨素，虽夫妻对面，渺若河山。某翁殆亦仿杨素之遗意乎！"③

《聊斋志异·菱角》则写老妇代娶的，竟偏巧就是胡大成那见过面、已生感情并订亲的未婚妻④。蒲松龄的艺术机杼显然与李渔《生我楼》第三回的故事更为接近，也是因主人公善良地容受老妇而碰巧买到自己未婚妻，不过还是

①　中国戏曲研究院编《中国古典戏曲论著集成》八，中国戏剧出版社，1959。
②　余金（徐锡龄、钱泳）：《熙朝新语》卷一，上海书店出版社，2009。
③　百一居士：《壶天录》卷中，载《笔记小说大观》第二十二册，江苏广陵古籍刻印社，1984。
④　任笃行辑校《全校会注集评聊斋志异》卷四《菱角》，齐鲁书社，2000。

李渔生发得更为广阔曲折。

清代一个重要的新创性文学体裁，是满族说唱文学子弟书。子弟书改写了许多中原汉族的文学名著。与《聊斋志异》中许多优秀篇章一样，《菱角》故事也被改写，其跨越地区、超越民族的共同美质素得以充分发挥。煦园的子弟书《菱角》即为满汉文化融合之一例。如重逢惊喜的片刻和说明原委，颇有贴近普通人日常生活情感的神韵，诉诸满族说唱艺术，更加激越抒情，近乎启功先生所说的"子弟诗"，下面是小夫妻重逢之后的惊喜：

> 书生说我便是胡生大成是我，探伯父去居湖北避干戈。
> 听你的声音相熟的狠（很），乳名儿可是唤"菱角"？
> 那女子惊喜交加同入室，在灯下彼此对看认明白。
> 他二人各诉离愁悲往事，小夫妻携手双双入了帐罗。

似乎，母题系列下的原初文本，突出的就是"重逢"，既是离散双方追求的愿景，也是幸福生活本身的重要构成。这里实际上就是在倒叙，闻音知人，相认后先陈述离愁别苦，欣喜重逢，"久别胜新婚"，而后缓过神来，才具体地补叙彼此兵荒马乱之中"乱离"的原委：

> 原来兵乱时菱角又受周家聘，她父母因贪彩礼易前辙。
> 只为兵荒未能婚娶，定这晚送往周家把大礼合。
> 这佳人贞烈性成如何肯梳洗，房中思念欲逃脱。
> 芳心恻碎说"这如何是好"，忽醒悟说且到周家觅个死活。
> 她父母强命姑娘将车上，这佳人千行珠泪涌秋波。
> 无奈何拜别父母登车去，把个贞烈女芳心亚似滚油泼。
> 一霎时轮声"轧、轧"扬长去，佳人叹相逢除是梦南柯。

子弟书的情韵起伏，掀动着乱世人生之中人们广泛的同情心。作品悲喜相间，喜中有悲，喜庆在重逢欢聚之时，是暖色调，给人温馨之感；而苦难经历的诉说，一唱三叹，又似黑白片的冷色调；接着又回到了彩色画面之中，"相聚首""共和合"成为说唱文学作品审美营构的主旋律：

> 车行正在三更后，猛听得一声响亮辕断轮折。
> 正着急见四人抬着花轿一顶，齐说道周家迎女换香车。
> 这佳人恍惚迷离把花轿上，四人抬起似云推雾挪。
> 只觉得有若飞腾如闪电，抬到了一个门前把花轿搁。
> 只有个老婆出迎她含笑道，说"且住在你女婿家内等着你婆婆"。
> 这佳人把以往之情相诉毕，小书生口中不住念"弥陀"。
> 方知是神灵显化来扶佑，小夫妻焚香满斗把头磕。

并叩求"母子团圆相聚首"，又祝告"一家从此共和合"。①

有清一代持续提倡"满汉一家"，而在许多文学母题的认同方面，清廷所重用的汉族官员均饱学之士，找到了如此对路而有效的多民族认同关注点。乱离重逢母题被满族说唱文学子弟书改编、传唱，对于建构多民族共同体，起到了意识形态整合的历史作用。

六是，清初"流民"贬谪流放关外边疆，也造成了许多南方文人亲友远离、家庭离散的悲剧。康熙年间，宛平高裔十二岁时，父因官场事被贬谪到沈阳："高涕泣号呼，欲上书阙下，请以身代，众皆骇笑，以为孺子言，莫与承听者。临行，揽父裾泣曰：'儿不能发愤致身，使生父还，十年后，当独身依戍所，不复言归。'自是，遂刻苦于问学，昼则从诸昆弟坐列贩鬻，夜中且泣且读书，严冬常服短布罩衣，忍寒抱卷不辍。"② 孝子为与慈父团聚，努力攻读，终于在康熙丙辰（1676）中进士入翰林："圣祖恻然感其至情，诏许赎归。而方是时家无丝粟，乃流涕委曲跪告于同官暨乡人，倾身以营，踰年，父得归。高侍父，自壮至老，容色如婴儿，动静作止语默之间，所以承意观色而处其宜者，皆古礼经所未尝有。退朝，常居于内，问之仆御，则母夫人令其读《杂记》，陈说其义以为欢乐也。"虽说是值地震朝廷推恩"宽在法者"，但他诚挚的亲情感动社会，构成跨地域、跨族群的"舆情"，也成为最终团聚成功的关键。

此外，蒙古族作家尹湛纳希的创作，也有意识地借助乱离重逢，表达青年男女之间的缠绵情爱（参见本书第四章第二节），壮族民间故事也以地方风物传说表达重逢不得的哀怨（参见本书第三章第十节），等等。说明华夏文化圈中母题的多民族共情的特色。

---

① 北京市民族古籍整理出版规划小组辑校：《满族说唱文学：子弟书珍本百种》，民族出版社，2000。

② 徐珂：《清稗类钞》第五册《孝友类》，中华书局，1984。

第二章
乱离重逢母题与家庭、家族、社会角色

在乱离重逢母题的系列文本书写中，受到早期乐府诗歌的"感于哀乐，缘事而发"写实传统的影响，特别注意刻画在家庭、社会中不同角色的当事人，其行为方式、心理机制及情感表达有着各自不同的角色特征，从而成为故事谱系生生不息的内在驱动力。

一、贞妇万里寻夫与夫妻相逢母题

顾颉刚先生在 20 世纪 20 年代进行的中国四大民间故事之一——"孟姜女"故事研究，被视为现代意义的主题学研究的发端①。在此，早期、中期的这一同类型故事，因前贤收集较为完备，兹不赘。明代更加张扬了万里寻夫的实物景观，例如史家描述："绥中县中前卫西二十五里的姜女庙是明万历年间建，正殿三间，中间孟姜女塑像，形容端正，衣饰简朴；左右塑二童子，一捧包袱，一持雨伞。在塑造技术上表现了远行人的形色。"② 这里的寻亲"远行人"，即明清小说中的一种类型化形象。

丈夫寻妻，丁乃通先生列为 AT 分类法第 400 型，只是限于"仙妻"的寻找③，可以说是很欠缺的。下面试补充数例，特别带有时代特色。

首先，患难夫妻在离乱后的首次重逢，为了"存嗣（保存儿子）"，女方故意不相认，等到适当之时才说明身份。"以太平之心处乱离之世，多见其不知量"的舒娘子、舒秀才两人望子急切，直到生子之后，"方才悟到'乱离'二字"。李渔（1611—1680）写舒秀才与妻子舒娘子在动乱中生子，相约失散时以"存孤"为要。第二回写真的失散了，而许多被贼掳掠之人找到了亲属，舒秀才仍未寻到，盘费被劫只得乞食，做纤夫时啼哭，被船上所载官眷听到，

---

① 顾颉刚编著《孟姜女故事研究集》，上海古籍出版社，1984。
② 张博泉：《东北地方史稿》，吉林大学出版社，1985。
③ 丁乃通：《中国民间故事类型索引》，郑建成等译，中国民间文艺出版社，1986。

太太隔帘问,何方人氏?姓甚名谁?因何啼哭?舒秀才如实回答,磕头恳求放还乡,那太太听了高声呵叱,吩咐把这人铁链锁了,等老爷发落。三日后舒秀才颈穿脚肿,终待到将军至,锁已上锈,知不曾上船(私会官眷)。原来这太太就是舒秀才妻,将军得她,做了夫人,很宠爱,视其子若亲生。舒娘子相从有约:若与原夫相会,把儿子交还他。而"这位将军是个仗义之人,就满口应承"。当时闻哭声似丈夫,审问认出果然是,但为了保全丈夫儿子,"见识极高"的她打破了"遇了亲夫,少不得揭起珠帘与他相会"的惯常模式,为了避瓜李之嫌,才"一字不提……借这条铁索做一件释疑解惑的东西",果应其言。当舒秀才领儿子、挟将军赠路费走后,后有飞马赶来令回。原来坚贞的舒娘子悬梁获救,将军得知"忍辱存孤"原委,慨然允诺"母子夫妻同归一处",嘱其就说重娶佳人,厚赠而去[①]。

其次,双夫妻各自相认的故事,见于清初董含(1624—1697后)《三冈识略》。故事来自李参将的叙述,说部下兵卒曾掳掠百姓妻子,数年后携之南征。中途恰巧遇到故夫,一见怵绝:"询其夫,亦别纳一妇,则兵之故妻也。四人相见大哭,各反其妻而去。"为此,著名诗人施闰章(1618—1683)作了《浮萍兔丝篇》一诗以记之。施闰章的诗序也写到了这段曲折,该诗全文为:

> 浮萍寄洪波,飘飘束复西。兔丝冒乔柯,袅袅复离披。兔丝断有日,浮萍合有时;浮萍语兔丝,离合安可知!健儿东南征,马上倾城姿;轻罗作障面,顾盼生光仪。故夫从旁窥,拭目惊且疑;长跪问健儿:"毋乃贱子妻?贱子分已断,买妇商山隈;但愿一相见,永诀从此辞。"相见肝肠绝,健儿心乍悲,自言"亦有妇,商山生别离,我戍十馀载,不知从阿谁?尔妇既我乡,便可会路歧。"宁知商山妇,复向健儿啼:"本执君箕帚,弃我忽如遗。"黄雀从乌飞,比翼长参差,雄飞占新巢,雌伏思旧枝。两雄相顾诧,各自还其雌。雌雄一时合,双泪沾裳衣。[②]

夏敬渠(1705—1787)还写一对情侣相逢:"……鸾吹从东宅过来谒见,公主熟视鸾吹,鸾吹熟视公主,不觉两人心头俱突突地跳荡,面色忽红忽白,改变不定,眼里便酸酸的,只顾要流下泪来。众人看这模样,无不诧异。正是:纾臂阋墙皆后起,泪流心跳是先天。"[③]

未婚夫妻的相认。订亲而未婚,居然能经坎坷奇迹般地重逢,往往突出

---

① 李渔:《十二楼·奉先楼》第一回《因逃难姹妇生儿 为全孤劝妻失节》,载《觉世名言十二楼》,江苏古籍出版社,1991。

② 董含:《三冈识略》卷四《浮萍兔丝篇》,辽宁教育出版社,2000。

③ 夏敬渠:《野叟曝言》第一百二十一回《五子说策请五湖 六女按名归六院》,人民文学出版社,1997。

"从一而终""信守婚约"的民俗理想，解鉴（1800—?）讲述曹州人杨彩云，持郡守荐书赴京师事某侍郎。他性直嗜酒，轻财好义，偶于帽儿胡同真武庙前拾十千文的钱票，路见一魁梧青年被捶楚却不还手，问知是失钱票者，问明慨然归还。被殴者闻名不谢而去。三载后杨被逐还乡途遇巨盗七人，一盗听其如宋江危急时一样自言身份，是杨彩云，想起大兄尝言挚友杨彩云，于是众将杨带到古寺，见到当年遗失钱票的"老李"，厚赠并送至山东界，杨劝李并以所赠之金转赠。杨幼时与同邑贾姓结亲，但女家逢水灾无音讯。杨事湖北某县令，却被湖匪掳，伪帅看中，欲以女嫁，畏而不敢辞。不料成婚时新娘说姓贾，曾订婚于曹州杨彩云，杨愕然，确认后告知，"女始反悲为喜"。

小说又穿插着善人行善终获善报的信奉。杨提出为匪的疑虑，女称生父死于水灾，此为养父，女答应将劝父隐遁。不久他们一并成为官军的俘虏。又是巧重逢——审问时杨被认出，竟是"老李"，于是领回贾氏，李派兵丁一起取回窖藏金银归乡。小说结尾，指出"拾遗不昧"是善举，杨因此"两得绝处逢生，而良缘亦巧相遇合，谓非天道之照应哉？"① 也有人注意到小说中一个关键性人物，是主宰主人公命运的："杨之遇奇矣！始终皆遇老李，尤奇！"

古代宗法制度"从一而终"的女性贞节观念，在明清得到更多提倡、重视。竟然发生了一对老年未婚夫妻的"重逢"喜事。清末光绪十一年（1885）即有《二老新婚》的新闻画报，称甲某幼年被拐去外国，已有了子孙，花甲已过，返回故乡。此时他母亲已思子病故，父亲年已耄耋，他未过门的妻子，却严守贞节，一直未嫁："父子重逢后如梦初醒，甲父想到媳妇贤德，为他俩重新举行婚礼。"② 在男性中心的社会形态里，这一成婚仪式昭明，节妇获得了真正的名分，在当时被认为得到了心理与精神的双重补偿。而实际上她缺憾的人生是无法弥补的，故事并无丝毫对甲某的谴责。

光绪十七年（1891）的新闻画报《好梦重圆》描绘，金陵魏家少年娶贾氏女，伉俪情深，因父母生前欠债，出门躲债，女也出家。十年后装扮道士游天下的魏生发了财，回家乡找贾氏，路遇各诉衷肠，于是贾氏取假发一顶，两人重为夫妇③。

清代后期的万里寻夫故事，也有了跨国寻亲的时代特征。故事写阿胜少孤，游于美利加国之旧金山，善贸易。六载后积赀颇丰，航海而归，他仍恪守家乡习俗，将在中土缔婚。有某氏女及笄，因媒人撮合之，女母闻其丰于资财，就应了这门亲事，但又担心其仍远游，说："吾女岂能相从于海外哉！"

① 解鉴：《益智录》卷三《杨彩云》，人民文学出版社，1999。
② 吴友如等：《点石斋画报·大可堂版》，1885—1886年，上海画报出版社，2001。
③ 吴友如等：《点石斋画报·大可堂版》，1892年，上海画报出版社，2001。

故使媒妁索重聘。阿胜鄙之曰："卖婚，非礼也。吾何患无妻！"遂已其事，复游金山。女闻之，不直其母，窃附海舶，至金山寻夫。一日，于途中遇之，连呼曰："阿胜，阿胜！"胜回顾之，惊曰："卿闺中弱质，何为至此？"女叙说了事情经过。胜感其义，与俱归旅舍，二人成婚焉。论者认为："女子在室从父母之命，此女不从母命，而从六礼未备之夫，不可为训。"但难得的是，"重洋暌隔，万里追寻，亦不可云非奇女子矣。君子姑取其从一之贞，勿责其越礼也"。贞烈女子践行"从一而终"万里寻夫的勇武之气，是万里外新空间打开了视野，需要冲破那些束缚人的繁冗旧俗，令人感佩，终于在新旧变革时代得到了经学大师俞樾的宽容理解，也是传统礼俗文化受到挑战的消极应对。[1]

图 2-1　好梦重圆

二、孝子万里寻父与父子相逢母题

人类学家李亦园先生认为，《礼记》中"十伦"里鬼神、君臣、父子、夫

---

[1]　俞樾：《右台仙馆笔记》卷一，齐鲁书社，1986。

妇"这四对具体的社会关系即是在传统社会结构中的主要角色关系。而且他们实际上都是从'父子'这一伦所脱胎出来的……在传统的行为规范中，特别看重的是作为子女的角色；这一角色可以用一个字代表之，那就是'孝'。所谓'孝'，就是'虔敬服从，善事其亲'……"① 这也是传统中国人角色扮演的基础。

孝子寻父早已列入故事类型。丁乃通先生将"孝子寻父"列为 369 型："Ⅱ.（d）他在老妇人室内杀死女巫。（e）其他奇遇。Ⅲ.（b）得到神驹帮忙找到散失了的父亲或母亲。（c）仙人带他到父亲尸体处。Ⅳ.（b）把他父亲从吃人妖的胃里释放出来，或用法宝起死回生。（c）父亲只是受了伤。男孩经过许多奇遇后偶然发现了他。（d）父亲变形了，或是看来象动物，不能复原了。"②。遗憾的是，列举范围只限于民间故事，遗漏了大量真幻并具的中原古代小说。

我国台湾学者吕妙芬指出，万里寻亲孝行的文化实践，首先，主要根据地方志史料，可说明这类孝行虽在宋元已见诸史传，到明清时期则有激增的现象；从宋元到明清，在寻亲的内容上也产生了变化，即从早期"士人寻母"为主转向后期"士商寻父"为主。在地域分布上，则主要集中于华中地区，尤其以安徽、江西、江苏、浙江四省最多，与当时商业活动、宗族组织与对家礼的重视等都有密切关系。另外，由于社会阶层、性别与孝行内容等因素，寻亲孝行也获得士人更直接的认同与赞许，故在诉诸文艺创作的称颂与文化动员以追求朝廷旌表等实践上，也有多元而丰富的表现。接着，分析万里寻亲孝子传的叙述模式，并以孝子之孝思、险厄旅程、天人交助的网络、救赎四个主题，阐述此类文本再现的意涵。最后，则从文本的裂缝中发掘在明显表彰孝行的意义之外，可能涉及的另一些面向，包括孝子抛妻弃母的行为、父子价值观与意志的冲突与角力，以及假冒与违法等社会问题。传统中国的一些孝行典范，如割股、复仇等行为，到了 20 世纪都逐渐走入历史，从社会实践上销声匿迹。但是万里寻亲不同，即使到今天，社会上仍大量搬演着寻亲的戏码，而且显然是跨文化、跨地域的普遍现象。或许因为血肉之亲在人们心理与自我认同上，始终占有一个不能被轻易取代的位置，希望确定血统、骨肉重逢的心愿总能够引起众人的共鸣与同情。③

如果我们增补、比较一下关于万里寻亲的现代报道与明清文本，可以看出一些有趣的异同：无论古今，寻亲的愿望都很容易引发人们的共鸣、同情与帮

---

① 李亦园：《人类的视野》，上海文艺出版社，1996。

② 丁乃通：《中国民间故事类型索引》，郑建成等译，中国民间文艺出版社，1986。

③ 吕妙芬：《明清中国万里寻亲的文化实践》，《"台湾研究院"历史语言研究所集刊》，2007。

助。过去孝子用身体做活动广告、于道路上贴告示、利用各方人脉打听消息的做法，今天依然存在，而且有各种新兴媒体提供更有效的宣传。过去孝子艰苦寻亲引发众人同情与帮助的情形，今天也仍然可见。

明代归庄也作有《黄孝子传》，赵园指出："明代流传人口的寻亲故事，所寻之亲，多为其父。黄宗羲所撰《黄氏家录·小雷公黄玺》，记有他的这位先人万里寻兄的故事。事在宣、正间。参看《明史·孝义列传二》黄玺传。……"① 的确，《明史》可以说是首次将"万里寻亲"作为尽孝归类，记载了许多现实发生的真人真事。如崔敏寻父、刘瑾寻父、史五常负父亲骨殖等，这一类是三大类"孝义"行为之一，显然，比起"其事亲尽孝""其同居敦睦者"，远行奔波异乡寻父，是最为艰难的。

一个晚清仍流传的父子重逢故事，写正德初年徐州李百户卖酒为业。一日，有人背着六七岁小儿来饮食，李疑为偷小孩儿的，其人说是主翁之子，其父自任所归时覆舟死，只得与郎流离至此。李视孩子秀美，称己无子，可否给自己当儿子，答应，就给了二两银子留下孩子，从师读书，又买一童随侍。久后，有个抬观音像击鼓钹求乞的，见儿抱哭，说是陕西人，失儿两载到处寻找，幸得之公家。李语故，亟拜谢恩，拿二百两银子，说只有这些，不足为谢。带走小儿，后又遣仆加赠五百两，又为买边功授锦衣指挥。李上任不久称病归乡，享富贵终身②。李百户一念之善，终身享用不尽，故事目的在于说明行使善行会多年得享好报。

孝子离家寻父，却因此而节外生枝，出现变故。晚清王韬（1828—1897）写刘源出门年余，鱼沉雁杳。有乡人传信称其父病在汉口，陷于困境。儿子刘大复想探寻却遭后母阻挠，在女仆提示下大复求助姑姑秦氏，于是秦氏为筹措行李附舟抵汉口。重逢后父殊为欣慰，病很快痊愈。同业慕其子孝行争着出资，生意兴旺起来，两年间获利累万。刘源欲为儿子娶妇，大复请归省再议婚，父子乃雇舟拥赀置货还乡。乐于观虎丘风景和售货，父令大复先还浙。小说采用全知叙事，一方面表现刘源出游偶遇妹秦氏，知后妻不安于室，随山西客出走，只存一男已带来。另方面称，三天后闻浙江急报大复已下狱，因山右商被刘源妇骗巨资遁，却捉住了大复。在秦氏女钟秀明智的劝说下，刘源没急着前往。不久西商获逃人，金无失。大复获释，娶钟秀为妻，又赎回了后母，后母发誓痛改前非；而父子经营顺利；弟弟大成也读书连捷中进士。全家均听从钟秀认定的小叔婚姻吉在山西的预判，果与山西富家嫠妇之女成婚，幸得大

①　赵园：《家人父子——由人伦探访明清之际士大夫的生活世界》，北京大学出版社，2015。归庄之作见《虞初续志》卷二。

②　刘仟等：《续耳谭》卷六《李百户》，文物出版社，2016。

量窖藏，原来女父正是那亡故的西商。后又接来传"凡事能前知"术的钟秀之师……原来，这一切都是五十年前刘源解救一黑狐带来的福报①。小说虽包含在一个灵狐向行善者家族报恩的神秘框架中，但离别重逢母题的叠加运用，显得刘家好运连连。其实是在表明一直在享用着善举供给的资源。

孝子寻父，父子重逢。这类故事，特别为清代文言小说选本所青睐，以其深受民间欢迎是也。如"虞初"系列小说，就是一个突出代表。《虞初续志》这方面比较突出，姜宸英《刘孝子寻亲记》收入《虞初续志》卷六、胡天游《赵孝子传》收入《虞初续志》卷十，等等。还有的则被《虞初广志》收入，而特意注明："孝子有《万里寻亲录》，实纪其太翁卒于滇，孝子负骸以归。与此传小异。"

《小豆棚》写商丘人赵江"性方执而慈善"，好施舍。妻李氏与二妾共生四子，因而李氏又生一子，足有残障遭到歧视，名曰"榛"。会当旱灾夏疫，全家染病死，只有赵江与赵榛无病，江愤而束资出走。榛掩埋母、兄，渡河投奔外公家。外氏携榛返乡，经理家事，仆婢亦渐归。小康后赵榛即外出寻找离家十二年的父亲，遍寻南方多地，困顿行乞。经历了舟覆及滇黔雪地之苦。一次冻馁僵卧，仿佛还见到祖父相救，并告知"儿寻尔父，当出口……"于是他出居庸关又东至辽阳，竟凭借口音找到父亲赵江。原来赵父来沈阳作童蒙馆，教小儿识字已二十余年。经劝父同意一起还乡。家人已提前迎候于道，原来"村中同梦多人，云朔越某日，赵孝子迎其父归……"②大家都在传颂赵榛虽有残障，"独能担荷大任，立身修行，为第一流人……"

袁枚《续子不语》写渭南农家子申祥麟小名狗儿，关中饥荒被逃荒的父母寄放邻家，受邻人鞭挞而逃入蓝田山越秦岭。"故习秦声"的祥麟，出山后在汉阳名倡金弹儿家为佣，熟习其謦笑举止，奏技观众倾倒，被艺精的胡姐忌恨，受到威胁，返渭南。十六岁离乡，四载归，不知父母所在："有云见之山西者，复弃家渡河，由蒲州售技至太原访之。一日，演剧于沈竹坪观察署，傔从侍列中有老叟似其父，时方登场，瞥眼不觉失声。询其故，令相识认，果然。其母亦在署，闻亟超出抱持之，各相视，怵不能起，坐中皆泣下。观察感动，厚赠之……"③于是与父母一起归返旧居，置田事亲终老。

对于李汝珍《镜花缘》中的母题变异，研究者曾予特殊的关注："书中重墨描写'孝顺儿'唐小山不远万里海外寻父，书中说'王祥苦孝'，小山万里寻父确也是'苦孝'味道。为了寻亲而付出这么惊人的代价——可能误过考

---

① 王韬：《淞滨琐话》卷五《刘大复》，齐鲁书社，1986。
② 曾衍东：《小豆棚》卷一《赵孝子传》，杜贵晨校注，中州古籍出版社，1989。
③ 袁枚：《续子不语》卷四《狗儿》，载《子不语》，上海古籍出版社，1998。

期而不能参加她梦寐以求的女科考试，这种意志在今天看来是难以想象的。但是如果我们看看清代文言小说中极常见的'孝子寻亲记'如黄宗羲《万里寻兄记》、姜宸英《刘孝子寻亲记》、李光地《书吴伯宗寻弟记》、黄向坚《黄孝子寻亲纪程》等文，便可以理解唐小山的心情，也理解为什么那么多人都说一不二地支持她去寻亲——这本是时代的伦理认识。上述诸文中的孝子为了寻找或远出未归、或因乱世分隔根本就不知道在哪里的亲人，都是不顾生死安危，排除千难万险，鞋破光之以足，泪尽继之以血。有时亲人已经死了，他们能够找到的只是一抔黄土，但是他们并不灰心丧气，因为毕竟让亲人回到了故乡，所谓'入土为安'。在记载下来的故事中，一般都能寻着亲人，不论是苍颜还是白骨，但我们知道更多的是找不到，只不过国人不喜记载失败……这类故事中孝子寻父的情况最多，而在《镜花缘》中，很自然地变成了孝女寻父。"①

至于父寻子，也并不是缺项。刑部尚书、满族诗人完颜崇实（1820—1876）的《出喜峰口》作于1874年，这首纪事诗，且在孟姜女寻亲的民俗记忆框架中，添加了"反孟姜"的母题变奏具有长城东端山海关一带的地域空间特色：

> 达晓出雄关，满目皆荒垒。数典考厥名，传闻近奇诡。秦代筑长城，有客役辽水。其父苦思儿，追寻千万里。经历几炎霜，行行不知已。疑无相见期，倏尔遇诸此。喜极摧肝肠，双双崖下死。至今崖上坟，树犹拱乔梓。虽非齐东言，究未见信史。事竟反孟姜，悲欢两相似……

经历千难万险的父子相逢自然"喜极"，这样的解读似不够准确。祁班孙（1635—1673）的《时孝子寻亲诗》，写他十六岁时因母愁，问知父去向是被流放北地："忆昔辽东点戍夫，锁缚征人驱出户。离愁十载绝人知……不忘生身入塞门，亦令骸骨归乡土。"于是孝子即辞母北上，"岂惟飞雁极关山，愿似飘风遍秦越"，他身怀母亲的书札，"细细蝇头飞落尘，点点流痕皆积血……岂惜一身为父死，归去何辞慰母颜"，历经千辛万苦终于成功寻到："垂泪行行感路人，孤子偏能抱父泣。……父子深情语夜中，旁人欲道安能悉。"②

孝子寻母。六朝隋唐史传早就注意到了。史载庾道愍，"少出孤悴，时人莫知"。他还在襁褓时，生母流漂交州，道愍长大后知之，想要寻母，就求为广州绥宁府佐，这里距交州尚远：

> 乃自负担冒险，仅得自达。及至交州，寻求母虽经年日夜悲泣。尝入村，日暮雨骤，乃寄止一家。旦有一妪负薪外还，而道愍心动，因访之，

---

①　李剑国、占骁勇：《〈镜花缘〉丛谈》，南开大学出版社，2004。
②　张玉兴选注《清代东北流人诗选注》，辽沈书社，1988。

乃其母也。于是行伏号泣，远近赴之，莫不挥泪。……道愍仕齐，位射声校尉。族孙沙弥亦以孝行著。①

朱寿昌寻母故事北宋后轰动一时，又时常为后人提起。《宋史·孝义传》记载朱寿昌任岳州知州，善于治理水盗。任阆州知州，遇到权贵之家杀人，"挟财与势得不死"，他就亲自启发受贿作伪证的死囚，使其指证真相，杀人者被正法，蜀人"称为神，至今传之"。在广德为官时，他执着寻母，天下闻名。原来，朱寿昌属于"庶出"，亲生母亲刘氏本是京兆守朱巽的妾，怀孕时被其妻驱赶，寿昌几岁时才始回到父亲家，"母子不相闻五十年"。寿昌行经四方，经常访求，饮食很少吃酒肉，"言辄流涕"。他还用佛教法术的灼背烧顶，刺血书写佛经。直到熙宁初年，决计与家人辞诀，弃官入秦，发誓不见母，决不返家乡。真的在同州找到了。这时母亲刘氏已七十多岁了，曾嫁给党氏生下几个孩子，寿昌全部接来。此事被传开之后，朝廷诏令"还就官"，寿昌为了奉养母亲，请求担任河中府通判②。朱寿昌也"由是以孝闻天下。自王安石、苏颂、苏轼以下，士大夫争为诗美之"。如苏轼诗咏："嗟君七岁知念母，怜君壮大心愈苦。美君临老得相逢，喜极无言泪如雨……感君离合我酸辛，此事今无古或闻。长陵揭来见大姊，仲孺岂意逢将军？……"③

南戏《黄孝子千里寻母记》，讲述宋末黄觉经五岁时遭兵乱与母亲走散，为寻母奔走了二十八年，终于团聚。中国经典孝行故事中有许多孝子寻母的故事。颜应佑历时二十六年，行程万里，历尽艰辛寻找老母。龙溪人颜应佑之母许氏，在患难迁徙中不幸失散，应佑多方访求。多年后得书信知在云南，即往求得母以归④。

明朝正德年间，杨成章的生母丁氏为父妾，成章四岁时父去世，由嫡母何氏养大。当年丁氏被强逼回娘家，分离时将一枚银钱分为二作信物，嫡母何氏弥留时拿出。杨成章长大后外出寻母。丁氏改嫁后生子珉，乃令珉持银钱往永州访求成章，两人相会于江西逆旅，交谈后，"合所剖银钱相持泣。成章随珉见母于东阳，欲迎还不得，因留养"。此事嘉靖十年引起轰动，"吏部官以成章与珉孝弟至行，皆可嘉尚，请量授成章一官，给赏珉以励风俗。乃授成章国子监学录，檄有司赏珉"⑤。

类似的寻亲故事中，寻亲者孑然一身，跋山涉水中还要克服最能吞噬意志

---

① 李延寿：《南史》卷七十三《孝义上·庾道愍传》，中华书局，1975。
② 脱脱等：《宋史》卷四百五十六《孝义传》，中华书局，1977。
③ 苏轼：《朱寿昌郎中，少不知母所在，刺血写经，求之五十年，去岁得之蜀中。以诗贺之》，王文诰辑注《苏轼诗集》卷八，孔凡礼点校，中华书局，1982。
④ 柯劭忞：《新元史》卷二百三十九《笃行列传》，载《元史二种》，上海古籍出版社，2012。
⑤ 沈德符：《万历野获编》卷二十《杨学录孝行》，中华书局，1959。

和理想的欲望，其道德情操也在这个过程中得到了提升与弘扬。

小说《续金瓶梅》写战乱中吴月娘一家的悲欢离合。母子情深，月娘逃难时与儿子孝哥离散，孝哥被应伯爵卖给了老僧做弟子，法号"了空"。他对母亲的儿时记忆已模糊，但怀母"心结"仍驱使他未放弃寻找母亲："行脚一年，了空因念母亲月娘没有信息，未知乱后生死存亡，虽是出家，不可忘母，要拜别师父，回清河县来探信，就如目连救母一般，不尽人伦，怎能成道。"①遁入空门的孝哥未割舍亲情，成了一个独特的"僧人孝子"形象，兼儒家孝子和僧人两种属性。儒家倡扬孝子侍奉于父母膝下，而佛教修行则要求"六根清净"，如何兼得？在小说五十一回中，了空面对困于山寨被逼婚，几乎破戒做不成和尚的危难关头，心心念念的仍是逃出生天寻母，并未将修行作为第一要务。第五十九回描写孝子的心志："寻思的没处寻思。自己想到：'我只为寻问母亲，发愿南来，如不得见母，又说什么参禅修道！走遍天涯，也要见母方还……'"②孝哥虽与母亲失散多年，或许远隔千万里，但仍将寻找母亲尽孝道作为人生最重要之事、成佛的前提。怀抱着这种决心，孝哥最终与母亲月娘团圆。

父子（父女、母子）相逢书写的意义在于，在别离重逢母题系统中，这一类型带有核心的，带有聚散、辐射功能的人伦意义，也非常契合父系大家族传统文化的特质与需求。人类学家指出："在我们的传统观点里，个人只是构成过去的人和未来的人之间的一个环节。当前是过去和未来之间的环节。中国人的心目中总是上有祖宗下有子孙，因此一个人的责任是光宗耀祖，香火绵绵，那是社会成员的正当职责。那是代际的整合。在那个意义上我们看到社会整体是垂直的而不是平面的。"③

三、父子及全家同日重逢的"巧中之巧"

同题材、同母题故事，却可能因人物——当事人——角色身份，而意蕴有别。所谓"五伦"之中，父子之伦最受重视，《左传·文公十八年》载："天下之民谓之八元……举八元，使布五教于四方，父义、母慈、兄友、弟共、子孝，内外平成。"④

由于父亲在家庭中的重要地位，一个"缺位"的家庭，子女的成长要在

① 丁耀亢：《金瓶梅续书三种》，齐鲁书社，2006。
② 同上。
③ 费孝通：《从实求知录》，北京大学出版社，1998。
④ 杨伯峻编著《春秋左传注》，中华书局，1981。

更大的经济压力的同时，还往往要顶住尊严、社交方面的压力。因而"孝子寻亲"成为父子相逢故事中占有很大比重的部分，最有名的就是明代王原与清初黄向坚的万里寻父故事。《阅微草堂笔记》载艾子诚之父文仲，偶与人斗误以为杀了人，惧逃，此后儿才出生，子诚待母去逝放弃娶妻机会，决计外出寻父："苟相遇，生则共返，殁则负骨归，苟不相遇，宁老死道路间，不生还矣……"① 作者在书写时，也受到前代寻父故事影响，因而在问候赞叹中明言："昔文安王原寻亲万里之外，子孙至今为望族。子诚事与相似，天殆将昌其家乎？"把寻父重逢作为家族的大事。

对此，三十多年前研究者就注意到了"父子同日成婚"的奇特性质，指出清代笔记小说中有两篇父子同一天成婚的故事，很值得玩味。提到宣鼎《夜雨秋灯录》和俞樾《右台仙馆笔记·蒋晋郎秦娘为秦晋配》（题目系《清稗类钞》选抄所加），进而指出："两篇小说情节类似，却毫不雷同。更值得注意的是，由于作者从现实生活出发，故事合情合理，奇而不诡。这也可以算是古代同题小说创作的一段佳话吧。"②

宣鼎写一个被后母虐待的青年，不堪忍受学徒生活之苦而出逃，遇一老翁延至家中款待，夜中主人之女为他送茶水，遂成私情，天明惧祸而逃。他从军立功边关，十八年后衣锦还乡，却发现自己儿子举行婚礼。其母即是当年成为"事实婚姻"的邂逅的老翁之女，分别后她发现怀孕，便来到他家生子。于是，作父母的也同时在这天正式举行婚礼。俞樾写书生蒋晋郎无力为爱恋的秦娘赎身，到京中谋进取，秦娘以计摆脱鸨母来蒋生家，生下儿子。二十年后蒋回家巧遇儿子结婚，于是蒋生秦娘也在这天补行了婚礼。

顾希佳先生也指出这一故事类型："一对青年男女已定亲而未举行婚礼，在一次偶然的机会里，两人发生性关系。男子害怕出丑，便离家出走，多年不归。女子却因此怀孕。经交涉，男家将此'媳妇'领进家，以等待儿子回家补行婚礼。若干年后，他们所生的儿子成婚。婚礼之日，出走的男子正好回家，夫妻相认。家人当场为他俩补办婚礼，人称'父子双拜堂'。"③ 他认为该类型反映出清代农村婚俗中对于婚礼的重视——对于婚前性行为的惩罚，而结局"总是皆大欢喜的大团圆……对于违反礼制的一些做法表现出宽容和大度，这应该说是社会的一种进步"。

宣鼎另一故事则带有"时空穿越"意味。娄生与马十三娘（幼许配未娶，偶私会欢好）别后，在黄山遇仙叟，生潜入叟宫将莫邪剑、黄金窃走。更易道

---

① 纪昀：《阅微草堂笔记》卷十八，上海古籍出版社，1980。
② 穆今：《谈两篇〈父子同日成婚皆元配〉》，《社会科学战线》1987年第3期。
③ 顾希佳：《浙江民间故事史》，杭州出版社，2008。

家服，视溪下如后世的影视屏幕，另有一个奇妙的世俗世界：村中马叟与妇在堂上数女罪，逐出门。女走告父，父骇询店主，告以遁。父向马家索子急，马携女捧玉告县宰，宰谕父领女回，容檄邻封为觅。而子舅又唆使店主告生盗钱十万贯。宰察其伪，重笞，讼平。女入门操井臼，忍凌逼，产子柴房中，得邻媪护惜。母寻父拼闹汹汹，女晕儿啼。看到这离乡之后一切的一切，娄生惨动心目一声悲号，失足堕溪中。苏醒后正高卧绝巘之下，金剑俱在。询樵人，是寿春四公山①。仿佛时间略微倒流，浓缩了这一"平行式蒙太奇"的展演，绝似民国武侠小说"水晶球"母题②。

俞樾也写，维扬勾栏中的秦娘，国色，幼失父母，依舅以居。而其舅因负债将其卖入青楼。女守贞不辱，以死自誓。假母计穷，就施行觅美男子之计，仍不成。女夜梦父告已觅佳婿，"明日当可谐秦晋之好矣"。果有吴下蒋生来，女忆梦中父语，斜睇蒋风度不凡，哭声顿止。蒋趁无人问女隐怀，女细述己志且告以梦，彼此定情，共誓于神，是夜遂同宴好。女问知蒋有寡姊在姑苏某巷，设计逃出至苏州姊家，生下一子。而蒋别女入京应试不售，留蜀值川楚教匪乱，只得托身大帅入幕府。与家人久绝音问二十年后才返乡，见门庭如故，鼓吹喧阗，坐上客多不相识，有问客从何来，答吾蒋某，此吾家。遂与姊子相认。此正是儿子完婚之日。姊告知一为难事，弟妇将作阿婆而犹垂发作女儿装束，不愿改妆，于是有人提议"父母、子妇同日完姻，亦佳话也"，满堂赞成。观者都啧啧称赞："谓为未有之盛事，好事者为作《秦晋配传奇》。"③《清稗类钞》收入这一故事，加名《蒋晋郎秦娘为秦晋配》，文字有四处删削：

其一，删掉了蒋生与秦娘初见，生自言小字晋郎，秦晋自宜为姻好之后，女闻言忆梦中父语，"秋波斜睇"和"女细述己志"，蒋的"小生固未娶""无金屋"，冲破了秦娘拒不接客的屏障，渐生与蒋生欢好的情感基础，而蒋生的书卷气又真的打动了她。其二，删掉了秦娘又被要求接客，而灌醉客后换衣扮男装出逃，假母发现迟，"乃始追。女甫出门，而暴风骤起，灯烛皆灭。盖女之出也，默祷于父，有阴相之者也"，"女独行昏黑中，若有导之出者"，降低了故事"冥中护佑"的神秘色彩。其三，删掉了蒋别女入京又转四川学政幕、入大帅幕府，"始惟司笔札之事，居久之，灰盘密谋，罔不参预"，被重用的缘由。其四，删掉了男女阻隔近二十年，"鱼雁罕遇……遥望故山，颇有近乡情怯之意"④，削弱了蒋生对秦娘、家乡思念的心理活动的刻画。因此，

---

①　宣鼎：《夜雨秋灯录》卷三《父子同日成婚皆元配》，黄山书社，1995。

②　王立：《民国武侠小说中的水晶球叙事》，《贵州社会科学》2018 年第 6 期。

③　俞樾：《右台仙馆笔记》卷三，齐鲁书社，1986。杨恩寿（1835—1891），晚清著名诗人、书画理论家、戏曲家及戏曲理论家。

④　徐珂：《清稗类钞》第五册《婚姻类》，中华书局，1986。

《清稗类钞》压缩的百余字，影响了文意、文脉，是不成功的。

比俞樾小十四岁的杨恩寿作《秦晋配传奇》，这一故事传播时值太平军、捻军等流布多省，许多家庭遭到战乱兵燹、亲人离散，该母题集中体现了乱世遭逢中期盼亲人团聚、和平稳定生活的共同社会心理。

《清稗类钞》收录的另一故事《父子同日合卺》，则是表亲结亲出现的一次"事故"所致。说蜀中某生幼聘中表妹为妻。从塾师读时过其门见女方推磨，戏代之，遂与女私。事后畏舅责，出逃，而女果孕。父母因子出亡正忧愁，闻女有孕大喜，即以礼迎归。生出亡到汉口学经商，勤谨受宠任，蓄近万金与人合开布店。归里省亲，逢某氏子迎亲，闻之惊喜。原来他出亡后，女分娩得男，"读书甚慧"，早早应试得拔冠军，得某富翁以爱女订亲。生在宾客满堂之际，笑抚新郎背曰："我即父也。"其子惊疑之中，提议呼汝母出见："某遽前揖之，曰：'别来幸无恙，推磨推磨，不如我与汝磨。'其母闻之喜，谓其子曰：'果儿父也！'盖某所云，乃当日推磨时相谑之词，非他人所与知也。宾客闻之，交口称贺，佥请具香烛酒醴，即于是日，父子姑妇，同行庙见礼而合卺焉。"①

私密隐语，使当事人回到浪漫的年轻时代的语境中，与眼前欢喜满堂的场面叠化，掩盖了二十个寒暑的分离之苦，其实宣示了当年短暂偷欢的代价。故事揭示了幸运的离别重逢。

父子、母子、夫妻全家重逢，是一种典型的"皆大欢喜"结局构设，这不会晚到清末才会出现。而且，这在别离重逢母题系统中是一个很有特色、值得注意的系列。《聊斋志异》在这方面有了划时代的突破，似乎久居在外设馆谋生的柳泉居士，要的正是这样一种皆大欢喜的效果。

《聊斋志异·仇大娘》写了兄弟相认、父子相认的先苦后甘，遭祸得福。这一片段，以仇仲之子仇禄被奸人诬陷、在外流放为线索，先是兄弟重逢——他走了几天至都北②，旅店吃饭，偶见门外有丐徘徊，问询果然是兄仇福。兄弟悲惨地各话别后经历。仇禄解衣分给兄银嘱归乡。禄至关外，寄寓将军帐下为奴。因长得文弱，只能帮着管理文书，与诸仆同住，仆辈细问家世，仇禄悉告之。忽然一人惊呼："是吾儿也！"原来仇仲最初为寇家牧马，后寇投诚，把他卖到旗下，此时随主子屯驻在关外。听到仇禄自述，"始知真为父子"，抱头大哭，满屋人俱为酸辛感怀。不久仇仲愤愤地要追究那欺诈儿子的坏蛋，

---

① 徐珂：《清稗类钞》第五册《婚姻类》，中华书局，1986。

② 都北，当指京城以北，在仇禄被诬后"徙口外"的中途。口外，赵伯陶《聊斋志异详注新评》卷七（人民文学出版社 2016 年版）注："泛指长城以北地区，也称口北，主要指今张家口以北的河北省北部和内蒙古自治区中部。"

就泣告将军。将军即令仇禄担任书记官，致函亲王，让仇仲到都城直接投诉。亲王为仇禄婉转地说情，其冤案遂得昭雪。于是命地方官代赎产业，仇仲也因此返乡。仇禄细问家口，为赎身计，乃知父仇仲已入旗，两易配偶无子。仇禄遂收拾行装归[①]。但明伦有感于人物因祸得福的命运，慨然评曰：

> 祸之而益以福之，得之旁观者之言，亦不过公道语耳，恶足异？所异者，即出诸奸人之自计，且合十馀年而适以滋其愧悔也。由此观之，天下断无能害人之小人，而小人当知返矣。而凡处境者，亦惟以塞翁得马失马之意，静以参观，失于人乎何尤？得于人乎何德？……不有口外之行，焉得长兄之遇？更不意儿尚有父，兼获曩时巨盗，而遂北地偕归也……乃灾能致福，石可成金。财固聚于石崇，运亦转于丐子。[②]

《聊斋志异·大男》的故事更为全面和精细。成都士人奚成列，妾何氏，妻早没而娶继室申氏，妻妾不和，何氏遭虐待，奚忿而出走。离去后，何生子大男。奚久不返，申氏排斥何，计日给粮食。大男渐长，何不敢求增配给，只能纺绩佐食。大男羡慕塾中诸儿吟诵，试之却显示了非凡的天才，师不收束赘，两三年经书全通。不满于贫苦，大男期求速长大。奚大男一直苦恼的是，如可实现外出寻父的心愿，终有一天失踪。

首先，小说铺垫了"父亲缺位"下大男的天才禀赋与坚韧性格下"成长"母题。少年因年幼出外屡次受骗遇险。先遇钱某，被投毒迷昏卖诸僧，主僧见大男相貌不凡，诘得始末，怜赠路费放行。途遇下第蒋秀才，嘉许其孝带回家。闻闽商有姓奚的，于是大男辞蒋赴闽，蒋和乡亲赠衣履资财，不料途遇二布客邀同侣，捆手足夺银而去；适永福陈翁过，脱缚载归。翁豪富，嘱南北商贾代访父音讯，留大男伴诸儿读书，由此大男结束了"试错"而成为中举为官的"潜力股"。

其次，何氏由"妾"熬到"妻"的苦尽甘来。孤居三四年，申氏减费用逼勒再嫁，何自食其力守志不摇，被申氏先后强卖给重庆商、盐亭贾，均因自刺明志，令贾惧收手。何但求作尼，贾告之："我有商侣，身无淫具（无性能力），每欲得一人主缝纫。此与作尼无异，亦可少偿吾值。"何见到这里的"主人"，竟是当年出走的丈夫奚成列。各述苦况，始知有儿寻父未归。奚嘱诸客侦大男行踪，而何氏由妾变妻，劝奚纳媵。奚鉴于前祸，不从。何用己忠贞相劝："妾如争床第者，数年间固已从人生子，尚得与君有今日之聚乎？……"奚乃嘱客买三十多岁的妾。半年后，客买回来的竟是申氏。原来申氏听

---

① 任笃行辑校《全校会注集评聊斋志异》卷七《仇大娘》，齐鲁书社，2000。
② 同上。

兄苞劝再嫁，田产为子侄阻，不得售；鬻得数百金携归兄家，又被保宁之贾以多金贿苞，赚娶之。而贾是个废人，申氏闹，贾怒而卖掉，遇奚同肆商而买。见奚，惭惧无言。于是，类似蒋兴哥故事那样妻妾互换①，何氏劝，奚不听，操杖临逼申氏才勉强同意，何氏也不计较，但奚何两人边吃谈宴（边吃边谈）之时，一般只有婢在旁。夫妻重逢经历了妾变为妻、妻变为妾的周折，一切都是个人的品行为人所致。

再次，小说又写了"父子重逢"，得力于儿子成为诉讼的裁判者。恰值陈公之子陈嗣宗（即大男）宰盐城，奚成列与里人有小争，里人竟然告发他"逼妻作妾"，了解底细的陈县令叱逐之。奚方与何氏暗颂官德，僮忽叩扉报告"邑令公至"，奚大惊，官到，何细审视，急出曰："是吾儿也！"遂夫妻悲哭。原来大男从陈公姓，已为官。本来他授任盐亭，欲弃官寻父，陈翁苦劝方止。大男上任"为不得亲，居官不茹荤酒"，这是青少年时代历经艰辛培养的超人自律。他在得状后睹奚姓名，遣仆细访，又乘夜微行见母，嘱勿传播，有把握才断案的。申兄苞知之，亦告官，为妹争嫡。官访查内情，怒斥责并重笞之。从此何氏名分在前，申氏惧而益愧悔②。

至于父子同日成婚，则更是一个悲喜交织、影响乡里的重大事件。民间故事专家曾将此类型概括为"父子同拜堂型"，认为故事"最早见于清道光间成书的朱梅叔撰《埋忧集》"，此外还有《里乘》及据此改写的《清稗类钞·婚姻类》、藕香室主人《稀奇古怪不可说》及一些民间故事③。应当说，这一说法似不够准确。张振国指出："父子双拜堂故事类型前人作品中也曾涉及，如曾衍东《小豆棚》、朱翊清《埋忧集》、许奉恩《里乘》中都有类似的故事，但宣鼎对故事的处理显然更为注意人物情感的渲染和道德劝诫的结合，既能打动人心，又有教育价值，与空泛说教者不同。"④ 按，《小豆棚》的作者曾衍东（1751—1830），当早于浙江归安（今湖州）人朱翊清（字梅叔，1795—?，一说1786—?）。据考，《冷庐杂识》作者陆以湉为《埋忧集》作序时为道光二十五年（1845）⑤，此时曾衍东已去世十五年，所作当早于朱梅叔。

但文言小说之前，可能早有白话小说已将父子兄弟意外重逢故事纳入。约康乾间小说《八洞天》也写二儿先后与父重逢。说宋代鲁惠远寻父骨，却得与生父相见——河北鲁翔赴广西上林县上任，在柳州遇乱，与仆沈忠扮客商往赴任；而另一仆吴成因病中途归乡，路遇柳州官员昌期（鲁惠妻子月仙之父）

① 即冯梦龙《古今小说·蒋兴哥重会珍珠衫》。
② 任笃行辑校《全校会注集评聊斋志异》卷八《大男》，齐鲁书社，2000。
③ 祁连休：《中国古代民间故事类型研究》，河北教育出版社，2007。
④ 张振国：《晚清民国志怪传奇小说集研究》，凤凰出版社，2011。
⑤ 纯缨：《〈埋忧集〉作者的生卒年》，《社会科学战线》1988年第1期。

府上来人，得知鲁翔遇难（误传），遂把不幸消息带回家。在广西这边，远来寻父的鲁惠亦因乱在柳州滞留，正值当地官员、岳父昌期家新生一婴，家人私语："这才是真公子，不是假公子。"昌期先前收养的似儿（实鲁翔妾楚娘所生子鲁意，出痘被误认为病死，大娘派人扔到公共坟地埋，管坟的看没死就经赵婆转卖昌期，为月仙弟，取名似儿）惊疑自己不是亲生，那真父母何在？想到姐夫鲁惠千里奔丧寻生父，心想："不知我亦有父母重逢之日否？"忽闻昌期叫他去拜亲父，鲁翔抱坐膝上细看似儿，果与大儿鲁惠相像。鲁惠先前在昌衙时曾见过似儿，今再细看酷肖，大喜。昌期宴罢派人送似儿归乡，"珠还合浦"，鲁翔命似儿拜谢恩父恩母，领归。楚娘又喜又悲，一时哭笑都有。[①] 而在似儿，姐夫变成了亲兄，姐姐变为嫂。遭遇战乱，信息不灵；似儿痘疫凶险，死生难料[②]，竟然传闻生发如此奇巧之事。

离乱中全家亲人重逢之事确有。乾隆年间《熙朝新语》追述清初诸暨陈氏女年十六，被地匪所掠，杭人郭宗臣、朱瞻生、尚御公正在集资救赎难民，听说后急忙赎之；"方至家，忽友人赎一童子至，问之，即其夫也。翌日赎两妪，即其母与姑也。正惊喜问讯间，有两翁跟跄至，觅其妻，盖即女之父与翁也。两家骨肉一时完聚。人皆以为贞节所感。三人为之治酒肴，具衣帨，合卺而归之。高义亦足多也。"[③]

《小豆棚》写即墨蓝村张兆富，幼聘同村李氏女。张母孀，无兄弟，夏初雨后母呼张向丈人家借豆种，独女在，遂与女狎。乡女亦不拒，乃褫张衣为信。张不敢回家，随西客出走，客收为义子，载之同客学贸易，张能干，客托千金而数年利倍。张隐念老母与妻，念及，"如针毡之坐不宁"。已十八后客老死，张尽礼尽哀，于是怀厚资归家，庶几"洗前日之羞"。而李女后得一子。父母恶之，持张衣裹其子奔张母哭诉其由。张母认子衣收留。张孙长大后，定婚王姓家。王以张母与李氏皆孀，邀其婿读书于家。数年，张孙俊慧有父风，亦先与王女通。北俗，亲迎时鼓吹而来，王氏忽产儿于彩舆，送亲者皆赧颜欲回，张孙邀而自陈其罪。张母曰"喜得重孙"，哄笑间忽一人轩昂而入，抱母膝跪哭称儿不孝，十八年今返家门：

　　　母手摩其面，审谛再三，曰："是儿来耶？是我梦耶？"向内呼曰："媳妇，尔男子归家，怎不出视？"李女不肯出，母乃破涕为笑曰："此事

---

①　五色石主人：《八洞天》卷一《收父骨千里遇生父　裹儿尸七年逢活儿》，书目文献出版社，1985。

②　限于医疗条件及医疗知识，痘疫假死现象很多，参见王立、秦鑫：《明清通俗文学中医者形象的文化阐释》，《江西师范大学学报》（哲学社会科学版）2014年第2期。

③　余金（徐锡龄、钱泳）：《熙朝新语》卷一，上海书店出版社，2009。

我知之，然我难料理也。"乃告诸亲串，又令其孙来拜父，张恧（惭愧）形于频。众亲哗曰："今日张母得子，李氏有夫，张孙获妇，王氏诞儿，三善备，四事集，宜计日而行贺。"旁有鼓人执乐而前曰："请设两青庐，重筵加酒，尽一日欢。我为一一吹笙击鼓，以并力奏技，主人家当四倍其金钱，则此事办矣。"一乡之中，是亲非亲，无富贵贫贱，男男女女，杂沓咸来致庆。筵席排至门外皆满，比秋成之赛社，尤有加等。①

事情以一个"民间狂欢"的方式，轻松解决了。富豪当年轻之时有限度的孟浪，得到了乡里舆情的理解。而"久别重逢"的喜庆，冲淡了多少年前的一些面子上的不快和少年男女的不检点记忆。

《埋忧集》写作者邻村周家浒的周鸣山，子年十八，缔姻村中杨氏女，年十七，很风骚，彼此潜通。女怀孕，周子精神压力大，乘夜出走。后周父知儿惧罪逃，庆幸新妇怀孕，若产男则无子而有孙。遂择日迎归，果生男。孙十九岁娶亲，拜堂刚结束，忽一虬髯绕颊者闯入，皆不识，只有其妇窃听认出，骂曰："负心郎……今日亦有面目复来相见耶？"翁也笑着责备，子涕泣谢罪。言惧罪出走，至松江卖饧以活，"以思亲故，不避罪责而来归"。翁又庆幸能活着见到儿子团聚，因当日为二人即以新妇绣袍红裙成亲②。小说载录的民俗记忆是真切的，周家父母也未深责儿子，有孙子的喜庆冲淡了所有不快。

父子母子情侣同日相认。宣鼎写两对青年男女、一对老夫妻，其间穿插着父子、母子相认，最为错综复杂和戏剧性强。《夜雨秋灯录》还写儒商欧阳氏与李诵芬交好，彼此各有一双儿女，互订婚姻，以欧阳如玉字李招哥，以李春娘字欧阳杞。后值盗贼作乱，两家各铸铁锁二，镌刻生辰、姓氏、婚配里居等系项上，"以防乱世"。乱兴，妻离子散；乱平，官军套布囊低价卖妻妾奴婢，欧阳杞在客栈中与一老叟对房，于是二人同买妇，老叟购一娉婷少女，欧阳杞却购一龙钟老妇。老妇与少女闲聊得知，令欧阳杞与那女孩相见，彼此生情。老妇成人之美，冒充女孩卧床，欧阳杞得以携女潜逃。老叟怒告官府，差役捕得欧阳杞与女。大堂上年少女子解铁锁，证明自己早已许配欧阳杞，后者解锁证明即欧阳杞。戏剧性一幕发生了，老叟说出锁上镌刻的字，老妇对老叟大骂。原来老叟老妇是欧阳杞父母，女孩即李春娘。一婢闻声从屏后持铁锁呼"我如玉也！"堂下马夫（李招哥）流泪说自己也有铁锁③。于是在世的亲人全部团圆，特别是两对佳偶团聚，离奇巧合最大限度地符合人们的期盼。显然，小说采用了戏剧的表现方式。

---

① 曾衍东：《小豆棚》卷十六《张兆富》，杜贵晨校注，中州古籍出版社，1989。
② 朱梅叔：《埋忧集》卷三《双做亲》，岳麓书社，1985。
③ 宣鼎：《夜雨秋灯录》卷八《铁锁记》，黄山书社，1995。

外来故事提供了一个中外对比的着眼点。英国商人美查主办的新闻画报，1890 年绘出英国都城某村农人甲某，家道小康，妻故，膝下两子已成年。邻村某寡妇有姐妹花两朵，二女配二子，同到教堂举行婚礼，结束后又见一对新人——新郎是二子之父，新娘是二女之母，"姻缘如此巧合，这是皆大欢喜"①。这也是本土母题较早提供的一个生活史观照视角，不过如此之巧，似乎在华夏之邦，却属罕见。是母题谱系的流传，有助于新闻图画冲破旧有的族规桎梏，向移风易俗的现代意识靠近，以发现更多喜闻乐见的题材，又把视线更多地投注到域外。

四、母子（父女）、母女的重逢故事

人类学家讨论婆罗洲（即加里曼丹岛）人的思维互渗律时指出："甚至在彼此相距很远的地方，也能强烈感觉到父（母）与子（女）的互渗。"② 这一带有神秘性的现象，在信奉"母子连心"的古代有许多微妙的表现。如一些偶然、意外仿佛心灵感应地发现亲人故事，皆可为验证，也不限于父母与子女。

母子相认，最早可追溯至先秦《吕氏春秋·精通》的闻音而识别母声：

> 周有申喜者，亡其母，闻乞人歌于门下而悲之，动于颜色，谓门者内乞人之歌者，自觉而问焉，曰："何故而乞？"与之语，盖其母也！故父母之于子也，子之于父母也，一体而两分，同气而异息。若草莽之有华实也，若树木之有根心也。虽异处而相通，隐志相及，痛疾相救，忧思相感，生则相欢，死则相哀，此之谓骨肉之亲。神出于忠而应乎心，两精相得，岂待言哉？③

慈母声音来自童年记忆，温馨而熟悉，而与流落为乞人的生母相认，则是多么富有人文情怀、人性关爱的震撼。千载之下，清初传闻追溯宋代泸州白塔建塔乃是报母恩："如此塔名'报恩塔'，云（冯）楫幼丧父离母，寄养于人，后官泸，求其母不得。诞日，群丐聚乞署门外，内一瞽目老妪曰：'吾儿生同今日，若在，老身不至流离若此也。'家人入告楫，妪进，问曰：'汝子生年月日时能记忆否？'妪一一言之不爽。又问曰：'身上有记否？'曰：'二子共胎，联臂而生，以刀分之，一死一生，生者脊有长痕。'楫下拜，泣曰：'是

---

① 吴友如等：《点石斋画报·大可堂版》，1890 年，上海画报出版社，2001。
② 列维-布留尔《原始思维》，丁由译，商务印书馆，1981。
③ 陈奇猷校释《吕氏春秋校释》卷九《精通》，学林出版社，1984。

吾母也。'扶起，熏沐跪舐，其目复明。因建此，名曰：'报恩。'"① 虽然故事属于偶遇式，尽管与"身体特征"母题结合，严格说仍不属于刻意地"寻亲"。

母女重逢。《梅窗小史》转录，顺治初京都卖水人赵逊，弱冠，同辈人敛资为他纳聘。以廿金买妇归，合卺时发现乃白发老妪。逊表示愿以母事之，供温饱足矣，妪同意。几天后见逊执礼甚谨，老妪拿出藏珠换银，到市上买一女，入门大恸，原来是老妇亲女，因两人流落时分开了。妪本是洪洞富家，因兵荒失散。因此巧遇，老妇得以找到女儿，又因祸得福幸遇佳婿，就将所藏珠变银为路费，携归家乡。二子喜从天降，遂将家产分三份给两儿一婿，谐老终身。载录者感叹："呜呼！赵逊谋妻而尊为母，原非意中，老妪纳婿而竟得女，尤属望外。顺治己丑，公车北上，其途人为余言者，故表而书之。"② 与人为善，得意外的善果，成了广为传播的佳话。

由于古代社会的性别分工——男女主外主内的分别，母女相逢常常有父亲"在场"甚至唱主角。凡世真假公主之斗，其实是月宫素娥与玉兔一掌之仇的延续。真公主历尽磨难，回归国王身边。这一过程也是"素娥"仙子思凡的代价。如小说《西游记》写长老把宝象国公主的父母引来，那公主还在装疯胡说："国王与皇后见了公主，认得形容，不顾污秽，近前一把搂抱道：'我的受苦的儿啊！你怎么遭这等折磨，在此受罪！'真是父母子女相逢，比他人不同。三人抱头大哭。哭了一会，叙毕离情，即令取香汤，教公主沐浴更衣，上辇回国。"③

描绘多种亲人的乱离巧相认，而又避免了乱世遭逢中的女性孤凄与命运难测。传闻林爽文滋扰台阳时，凤山陈氏女为贼所掠，威逼不从就鬻于镇卒，仍坚贞自守："有军官义之，时方酿金赎难民，知陈女之贞，群欲得之。忽其友某，赎一童子至，询之即陈之议配夫也。翼日，赎一妪至，乃陈之母也。继又赎一妪至，则陈之姑也。俄有两老者觅妻踉跄至门，即陈之父及童子父也。两家骨肉，一时团聚，遂为之合卺办装而归之。"④ 似乎，这一美满的结局，是女"坚贞自守"所致，这是在弘扬一个伦理主题。

母子相逢故事，也有偏重点和暗示性。小说写郭氏玉莲，被渔翁渔婆救上

---

① 光绪《泸州直隶州志》卷四《寺观》，清光绪八年刻本。

② 赵吉士：《寄园寄所寄·驱睡寄》引，载周光培编《历代笔记小说集成·清代笔记小说》第三十四册，河北教育出版社，1996。

③ 吴承恩：《西游记》第九十五回《假合真形擒玉兔 真阴归正会灵元》，人民文学出版社，1955。

④ 梁恭辰：《北东园笔录三编》卷三《贞女奇遇》，载《笔记小说大观》第二十九册，江苏广陵古籍刻印社，1984。

船，问其缘由，言家住同云县。渔翁说，相隔七百余里，不如暂到岸上尼姑庵存身，待深秋送还家。隆冬玉莲提竹桶奔珍珠泉取水，默想丈夫与姣儿，不禁大喊"吾的全喜姣儿，想杀为娘的了"！忽闻耳畔有玩童连声叫娘，循声望一骑马人怀抱玩童在连声叫，玉莲认得骨肉，抱童下马，童双手紧搂不撒手。那骑马人询问，玉莲实说家在两广同云县，夫名李兴周，原来这俞仁友是李兴周结拜兄弟，有托孤之任，带全喜回原籍。于是因巧遇直接到两广总督郭大人处申冤，期求夫妇团圆。①

母子关系亲密度一般超过父子。社会学家认为，母子关系有时是感情变态的结果。一些孝子典范，提供了弗洛伊德所谓"恋母情结"的例证，从而在"孝"的伦理习俗下保持对童年而来的母子关系"感情冻结"。②

遭灾后的重逢，令人想起母女重逢前的挣扎。传说张秀宝被人拐走，卖入娼门，幸被某封翁纳为小妾，跳出火坑。上月一天，她到虹庙还愿，出来见一老太很面熟，仔细一问，才知道正是生母。自张被人拐走后，家乡又遭水灾。老夫妇俩只得到上海贩运杂物为生，直至母女相遇。③ 这描绘令人想起，母女俩经历了怎样的磨难呀！

父女相逢。话本小说写扬州秀才黄损有个祖传的玉马坠，偶然之中落入一貌似仙道的老叟之手。一次黄生邂逅美少女韩玉娥，一见钟情有白首之约，后两人约定三月至涪州相会。却不料风浪将玉娥的船吹至江河，劳燕分飞。绝望的黄秀才欲投江，却遇先前的老叟阻止，告知与女还有相会之期，还回玉马坠。玉娥获救后，也告知薛媪自己与黄生的秦晋之盟。黄生中第后任官，因条陈与权奸吕用之结怨，吕被免。而吕恰恰纵奴抢走玉娥入府。偏巧在玉娥将被纳为妾时，吕府发现了白马啮伤群马，惊散众客，并在吕床中奔出咬伤众侍婢。此时来襄解的胡僧，建议把玉娥赠给不喜欢的人，竟赠给黄生，有情人彼此重逢。原来玉娥梦中得胡僧赠玉马坠，嘱夫妻相会都在这玉马坠，"真神物也"④。后来黄生又把玉娥之父韩翁接来奉养，为薛媪养老送终。黄生官至御史中丞，玉娥生三子皆入仕。

故事在一个"父女相逢"的框架中，包括了一个对于有情男女更为重要的生死重逢。形象大于思想，耐人寻味，母题的新创在于：在明中后期大力提

---

①　落魄道人：《八贤传》第五回《珍珠泉母子巧遇　梁怀玉控告宋雷》，春风文艺出版社，1997。

②　史传中母亲角色相对较少，但往往出现在悼母哀毁时，如《清史稿·孝义传》载薛文兄弟因母死"骨立不能起，哭益哀，数日皆死"；丁履豫母卒，"画师貌母像绝肖，履豫谛视久之，大恸，仆地遽绝"；黄有则母九十卒，"以毁卒"，等等。参见王立：《中国文学主题学——悼祭文学与丧悼文化》第二章，中州古籍出版社，1995。

③　吴友如等：《点石斋画报·大可堂版》，1897年，上海画报出版社，2001。

④　冯梦龙：《醒世恒言》卷三十二《黄秀才徼灵玉马坠》，上海古籍出版社，1992。

倡"孝"的同时，"有情人成眷属"，才是最终实现尽孝——父女相逢的保障。

更有兄弟俩与母亲（父亲时在牢狱）的相逢，如同一幕影视在演播，看看重逢时刻孝子张廷秀最惦记着、最想说的是什么：

> 走入门来，见母亲正坐在矮凳上，一头绩麻，一边流泪。上前叫道："母亲，孩儿回来了！"哭拜于地。陈氏打磨泪眼，观看道："我的亲儿，你们一向在那（哪）里不回？险些想杀了我！"相抱大哭。二子各将被害得救之故，细说一遍。又低低说道："孩儿如今俱得中进士，选常州府推官，兄弟考选庶吉士。只因记挂爹妈，未去赴任，先来观看母亲。但不知爹爹身子安否？"陈氏……便道："你爹全亏了种义，一向到（倒）也安乐。如今临刑（减刑）坐于常熟，解审去了，只在明后日回来。你既做了官，怎的救得出狱？"廷秀道："出狱是个易事，但没处查那害我父子的仇人，出这口恶气。"文秀道："且救出了爹爹，再作区处。"廷秀又问道："向来王员外可曾有人来询问？媳妇还是守节在家，还是另嫁人了？"陈氏道："自你去后，从无个小厮来走遭。我又且日逐啼哭，也没心肠去问道。到是王三叔在门首经过说起，方晓得王员外要将媳妇改配，不从，上了吊救醒的。如今又隔年馀，不知可能依旧守节？……①

最急切想了解的都是亲人的状况，可见离别时心心念之。多年后的母子相聚，其实只是下一步寻父的前奏，追求阖家团圆的期盼是何等强烈。乾隆前期小说写盛俊一心要去寻亲，赴京来到先前覆舟处，访问母亲消息，并无进展。一日在宝月庵前见一老妈妈手拿米箩走入庵，依稀好像母亲，急问老尼，答那人三年前覆舟被难，丈夫姓盛，盛俊跌足大叫正是我母亲！那老妈妈出来，母子相抱大哭。尼姑们旁听，方知盛俊是上京会试的新科举人，张氏也诉说前事。盛俊叫从人取银两来谢老尼收留之德，迎请母亲同往京师寻父。②

和邦额《夜谭随录》也状写了母子相逢。说枞沟某村，有兄弟在山里打柴，弟入深山，兄找不到，归告翁，翁大惊且发怒。兄涕泣自誓，随父至山遍觅不获。两年后，翁遇到一个牵着黑狐的过路猎者，黑狐两目炯炯地看着翁不走。猎者称此狐可能为妖，翁说如果为妖将会报恩，就用铜钱赎出放归山林了。几天后翁又在大雪飘飘的山路上遇一媪，邀入其家避雪。到其家见到其美貌的女儿，没想到女儿（黑狐）认出了恩人。谈话中知翁十七岁幼子入山不归，母女俩又当即说出幼子"清瘦长眉""喜啖未熟山桃"的特征，翁不禁潸然泪下。媪喜，唤来一鲜衣少年和靓妆女子：

---

① 冯梦龙：《醒世恒言》卷二十《张廷秀逃生救父》，上海古籍出版社，1992。
② 五色石主人：《八洞天》卷五《正交情·假掘藏变成真掘藏 攘银人代作偿银人》，书目文献出版社，1985。

少年一见大恸，趋拜膝下。翁以目视媪，媪曰："恩人勿惊疑，且看二年前所失之令郎，较此奚如？"翁怖（遮住）烛审视，的是其子，不禁泪涔涔随声零落。……女子展拜，翁问为谁，媪曰："甥女阿稚也，久为恩人之子妇矣。昔者令郎樵柴，误坠岩下，适遇甥女救之，彼时以甥女冉弱（柔弱）未字人，僭（超越本分）为主张，即以令郎入赘，不意即恩人子，苟知之，送归久矣。今于此会合，洵非偶然，行当使甥女归事舅姑耳。"翁谢曰："感大德，毕生之幸，特家贫，不堪屈令甥女。再尚有事入京，容徐议之。"媪曰："恩人无须辞费，甥女既归公郎，荆钗布裙，分所宜尔。若为入京，亦不过为阿堵物（银子）耳。不腆妆奁，虽不丰亦不甚薄，保恩人下半世不复求人。"翁喜惬过望，是夕欢饮而散。[①]

故事也是在一个灵兽报恩的叙述框架之中，而离别重逢母题，则起到了功能性的结构作用。

兵荒马乱之中的现实遭际，母题以其题材的现实性、传奇性得到广泛欢迎。姊妹、父女之乱离重逢的悲喜剧实录，也带有了文学色彩。王庸《流民记》卷一记载如是奇遇：

某于兰垣买一女，才十岁，颇娟好。半年许，携之入秦。一日婢忽惊喜欲狂，曰："适于对门中见吾姊矣。"盖婢父为诸生，携妻与二女逃，妻死，以携女不便，故卖之。姊长婢数岁，尤秀美，卖于某宅。适某宅与婢主为婚媾，亦避乱至秦，与婢主对门居，故婢得与姊见也。年丰，两婢主皆回兰垣。逾年，父来省女，两家议不责直，归其女。父曰："女在府中为婢，胜于舍下为女。但能常相见，受惠多矣。不敢望父女重聚也。"阅数年，姊主旋里，送姊于婢主，使共蓄之。婢主喜极，谓人曰："吾生平无女，今幸得二女，将来厚其妆奁，为之议婚世族，以了此心愿。"[②]

写出了乱世之中具有仁义之心的善良人，"幼吾幼以及人之幼"的人之常情。姊妹相聚的深情、女父的信任，更激发人的善意。

有时，乱离重逢母题的现实素材，因其文学性、故事性的精彩，撼动人心，还进入了官修史书。说湖南湘乡人李芳嵋逢明季流寇至，乡里三复三陷，芳嵋父母皆被掠。兄弟死于兵者三，芳嵋收葬之。"弃家，求父母所在。行数年至贵阳，遇乡人必为言父状，或谓军中某所颇有状似所言者，诣求之，果得

---

① 和邦额：《夜谭随录》卷五《阿稚》。

② 李文海、夏明方、朱浒主编《中国荒政书集成》第九册，天津古籍出版社，2010。该书有光绪十二年刻本。

父。父脱军中籍与归。再出，又数年至宝庆，暮投山家宿，见二妪操作，其一方理炊，乃似母。芳巘自陈寻母状，妪闻遽呼曰：'汝葵生耶？吾即汝母也！'盖母避兵转徙，方从此妪为佣，遂奉母还。"① 这说明亲人团圆之类事，得到了朝廷的认可和鼓励。

孝子寻父母，往往付出沉重代价，其中除了皆大欢喜的结局，也有为数不少的悲剧性描述。（1）寻到之后，反而导致亲人猝死；（2）因为劳累，自己伤身早死，于是亲人也跟着悲伤而死；（3）费尽千辛万苦，只找到了亲人的遗骨；（4）最终还是什么都没有找到。

五、与意中人重逢：情侣的悲喜剧

北宋刘斧写周默为邻家老秀才妻切脉，见其妻孙氏"幽艳雅淡，眉宇妍秀"，一见钟情几相思成病，愿"终身不娶，以待之耳"，但多次努力无果。孙氏回信告知自己少年时"继遭凶灾，兄又死边州，弟妹散去，家贫不能自振……"也颇有意。三年后，周默思念孙，询知其夫死独居，大喜，遂遣媒通好，很久才获许，"既成，相得甚欢"②。孙氏还能规劝周默改掉"贪贿"的恶习，使其免于招致灾祸。《儿女英雄传》第五回安公子称父亲："才得了知县，怎的被那上司因不托人情，不送寿礼，忌才贪贿，便寻了个错缝子参了，革职拿问。"可见这贪贿恶习本是官场积习，很难改掉，爱情的力量于是可见。

故事在乱离重逢主题史上的贡献是划时代的，其突出体现了经历坎坷欢聚之后，女性带来的巨大福分与"改运"中彼此相敬相爱的主体性效应。

乱离重逢的故事，与明末清初某些艳遇小说部分交叉，构成了"主题人物"的某些新创特色。徐朔方先生体会到："才子佳人的艳遇和离合是晚明中篇艳情小说的主要题材。爱情在乎专一，艳遇却相反。除《龙会兰池》和《申厚卿娇红记》外，这些小说的男主角都有不止一次的艳遇，从而形成小说的基本结构。《天缘奇遇》以遇合—离散—团聚三个情节段落安排头绪纷繁的人事，写得井然有序而又曲折有致，为中篇小说的艺术结构提供了一个还算不错的范本。作品将故事置于一定的历史背景下，如祁生与众女的悲欢离合与权相铁木迭儿陷害下臣多有关系，而铁木迭儿、帝、后、观音保、赵孟頫都是真实的历史人物，这种写法使作品在红粉斑斓中显出一定的社会意义。"③

情侣相逢于不适合的岁月、情境，彼此经受折磨终为悲剧。李昌祺《剪灯

① 赵尔巽等：《清史稿》卷四百九十八《孝义二》，中华书局，1974。
② 刘斧：《青琐高议》前集卷七《孙氏记》，上海古籍出版社，1983。
③ 徐朔方、孙秋克：《明代文学史》，浙江大学出版社，2006。

余话》卷二《连理树记》写类似梁祝故事的悲剧。两位七品文官上官守愚、贾虚中相邻，双方子女上官粹与贾蓬莱姑娘十岁时，"同读书学画，深相爱重"，两家订亲。不期贾被罢官归乡，婚事不成。三年后守愚来福州任官，两家偏巧很近，又有了来往，但蓬莱已许婚林生。少年少女赠诗互通款曲，情意绵绵。林生染疫死，上官粹与蓬莱成婚美满，却不料城破，一家被盗戕害，只留蓬莱，不从自刎。两墓距二十步，乱平后迁葬："两墓之上各生一枝相向，枝连柯抱，纠结不可解……"① 人呼为连理冢树。一对情侣的一次由离到合的重逢，成为恩爱伉俪，但遇乱生死之别，却只能"在地愿为连理枝"。

又说是两个农户陈家、朱家的孩子——九岁的陈多寿与同岁的朱多福——订亲。不想十五岁时多寿生癞疮恶疾，三年不愈；多福母柳氏整天叫骂，陈家只能退回庚帖，但朱家女儿"虽然不读诗书，却也天生志气"，不愿悔婚。多寿病重求医不效，退婚意决，多福悬梁获救，父母担心女儿烈性寻死，允嫁，"多寿初时推却，及见了所和之诗，顿口无言"。婚后多寿不愿让媳妇还跟着受罪，饮了砒霜酒，多福跟随，两人双双倒地。被灌了羊血后，不料"义夫节妇一片心肠，感动天地，所以毒而不毒，死而不死，因祸得福，破泣为笑"②。后来陈多寿读书有成，登科及第。

情侣失散又京城重聚。故事说浙江叶生，弱冠即考取秀才。一次在河滨观嘉兴船上一女娇艳动人，女也微笑有意，叶生意不能舍，买舟尾随至苏州，借资于友，继续随舟并书纸投信诉爱慕，女允，署名郭小琼。舟夜泊苏州时，生攀援入与女相会，但在京口（镇江）与郭舟离散。叶生归，茶饭不思，议婚亦拒。秋去冬来，女舟杳不可得。询知其船于黄河遭风，父已系狱，女卖官府。生悲恸成病，每吟"侯门一入深如海，从此萧郎是路人"句，辄唏嘘泣下，次年中举，入都赴礼部试，座主侍郎某公问，叶生坦言曾与郭氏有约，后音问阻绝，侍郎称往年买一姬紫云，泣陈为吴江叶秀才妻，因无家可归暂住此，"生请一见紫云，女出视之，果小琼也，相持而泣"。侍郎问知前事，笑愿成人之美，择日为之成婚。女又求侍郎助释其父。当年叶生下第，遂偕女南归③。

乱离重逢母题，在民初有了伴随新文学兴起的时代新视野。涉及域外的个人情感纠结及其与本土的保守观念撞击，轰动一时。在严独鹤（1889—1968）发起的"悬赏小说"《哭与笑》中，吴羽白续写袁永佳成婚时，他的留美同学

① 瞿佑等：《剪灯新话》（外二种），上海古籍出版社，1981。
② 冯梦龙：《醒世恒言》卷九《陈多寿生死夫妻》，上海古籍出版社，1992。
③ 陆长春：《香饮楼宾谈》卷一《郭小琼》，载《笔记小说大观》第十八册，江苏广陵古籍刻印社，1984。

黄永年见他在书房凄然祷告，谈起永佳与秦瑛在纽约读书时"何等轻怜密爱，恩义缠绵，于今是劳燕分飞了。永佳听了，愈加凄然，哽咽道：'你还不知秦瑛女士已经埋骨他乡，香消玉碎了么？'"永年认为恐怕消息不确。永佳说是游乡下偶见这新娘与秦瑛面貌一般无二，把满怀爱恋移注她身上的，实彼此未交谈。二人又进婚礼现场："新娘劈口便对他说道：'你难道真个不认得我了？'永佳听他这样说，又仔细的一认，便上前去一把握住了他（她）的手道：'原来你果是秦瑛妹妹，我今天真如在梦中，再也不会明白了。'新娘便长叹一声，才慢慢地把她以前的事情细说出来……"①原来秦父专制，她回国后被另订一婚事，紧迫中被逼私逃乡下亲戚处，而秦父宣传女儿已死。永佳无意中和她相遇，索性不声张。这一有跨域背景的重逢言说，再现了在传统家长制的社会场域中，青年男女想持续彼时那不受束缚的异空间中的真挚爱情，该是顶住了多么大的压力。这也是 20 世纪 20 年代前后许多小说的共同主题，而这里为乱离重逢母题打开了一个划时代的新境界。

情侣相逢故事往往聚焦在终成眷属过程中所受折磨，也多表现在分离的焦虑。如欧达伟关注的华北定县小戏："表演婚前婚后两情分别的焦灼感，是定县秧歌中最常见的剧情之一。小戏的结局，通常以结束分离而告终。分离的情形，大多发生在订婚、或已婚的男女双方中间。……秧歌戏表演已婚夫妇的离愁别绪，一般比未婚夫妻的别离，要复杂一些；包括人际关系的复杂、伦理与情感交织的复杂和分离双方焦虑类型的复杂等。"②从母题史系列来看，这是比较中肯的认识。

六、祖孙相逢、相认与家族使命

隔代亲人相认，是乱离重逢母题史在唐代的一个新创，初始就同家族使命联系起来。

应该说，唐人"江流儿"报家仇（受害少妇雪夫仇）乃至祖孙相认故事，建构了特定题材、主题及人物类型，其中乱离重逢的磨难、巧合，需要一件亲人相认的"情信之物"——贴身穿过的旧衣衫。一是，祖母逢孙引出婆媳重逢。温庭筠《乾𦠆子》写陈义郎两岁时，父携妻郭氏赴外地为官，母留旧居，妻误伤指血沾衣上，留为念。不期父途中被茂方杀害冒充就任。十七年后陈义

① 芮和师、范伯群、郑学弢、徐斯年、袁沧洲编《鸳鸯蝴蝶派文学资料》下，福建人民出版社，1984。原载《红》第 49 期。

② 欧达伟：《中国民众思想史论——20 世纪初期~1949 年华北地区的民间文献及其思想观念研究》，董晓萍译，中央民族大学出版社，1995。

郎应举途遇老媪，怜其貌"似吾孙姿状"，赠郭氏所留血衫。归家郭氏见血衫，惊问并告真相，于是陈义郎杀死仇人茂方诣官，官以侠义免罪。与母还归旧居同老媪重逢①。二是，《原化记》异文称天宝中崔县尉与妻王氏赴任，其母恋故没跟从。舟人图财推溺崔尉，霸占怀孕的王氏，后生男被舟人收养。二十年后，子入京赴举，途遇老妪哭告昔年有子赴官，断绝消息已二十载："今见郎君状貌，酷似吾子，不觉悲痛耳……"归时赠一衣，下襟有火烧孔。其母王氏惊认旧衫乃当年所留，告真相，子诉官，仇人被诛②。三是，《闻奇录》异文称李文敏赴任广州途中遇寇被害，妻崔氏和五岁儿子被贼掳去，贼冒任广州都虞侯。其子赴举归途中，天净纱汗衫被一老妪认出是熟悉的旧物，归问母告官，官擒都虞侯③。晚唐五代的"儿子长大后报仇"，基于"认出旧物"的发现，应一个故事母题的亚型变体。说盗贼杀官冒任，儿子无意中"巧"凭旧衣衫，被祖母认出，虽彼此陌生，但儿子持有获赠的征信之物，此物唤起了幸存的受害一方记忆，儿子得悉身世之谜，成功复仇（或亲手诛仇，或告官）。旧衣为日常生活中常见物品，理当易为大众所接受，增强了故事的写实性、可信度。

金元时代祖孙相认、夫妾离合的复合故事，以双重线索叙述了妾守节抚养其子，天各一方，冥冥中居然为子取名相同，儿子长大后已错过了父子相认机会，只能祖孙相认。说官员朱某之子朱逊，买成都张福娘为妾，因次年娶妻范氏，遣妾，"妾已娠，不肯去，强遣之"；后朱被召离成都，福娘欲随不果，别后生一子小名"寄儿"。朱居姑苏，吴蜀杳隔，彼此不相闻。朱逊死，范氏妇无子，朱某又无他儿，悲痛殊甚。后来朱手下人得便传来消息："福娘自得子之后，甘贫守节，誓不嫁人，其子今已七八岁，从学读书，眉目疏秀，每自称'官人'，非里巷群儿比也。"朱虽喜而未深信，其与卒偕来者巡检邹圭，亦故吏，呼扣之，尽得其实。即令圭达书王卿及制帅留尚书，祈致其母子。会蜀士冯震武舟东下，遂附以行。未至，而朱遇南郊恩，当延赏，乃以此孙剡奏，朱以为得之于乖离绝望之中，实天所赐，名之曰'天赐'。及其至也，首问其曾命名与否，母曰：从师发蒙日，命为'天赐'。吁！万里之遥，胲（吻）合若此，何其异哉！"④

应该说，在儿父缺位（被害）多年后祖孙相认（儿媳婆婆随之相认），已

---

① 李昉等编：《太平广记》卷一百二十二引，中华书局，1961。
② 李昉等编：《太平广记》卷一百二十一引，中华书局，1961。
③ 李昉等编：《太平广记》卷一百二十八引，中华书局，1961。
④ 洪迈：《夷坚志》补卷十《朱天赐》，中华书局，1981。即《二刻拍案惊奇》卷三十二《张福娘一心贞守　朱天赐万里符名》本事，故事引起了孙楷第先生的注意，参见孙楷第：《小说旁证》，人民文学出版社，2000。

不是孤儿寡妇的偶然、个别之幸，而是传统民俗体系中，父系大家族中血脉能否延续的大事，这里运用了"限知叙事"，实际上，朱妻范氏作为大家族后期的女主人，才是当初卖妾事件的操纵者。此刻值朱家面临绝后的危机，才拿出公正的态度，讲出朱家实有亲孙的真相。各不相谋，给孩子都起了同一名字，体现出一种共同思维路径，凝聚了绝望之中"天赐"希望的意旨。

可见，唐代已有凭借旧衣衫、相似形貌而祖孙相认的故事，偏重在儿子长大后与亲人相认，而后雪报家仇实现了伦理使命；宋代故事，则喜欢在亲人相认本身上大做文章，不那么在意复仇、追究仇凶了。

祖母"赵安人"认出过路借宿的亲孙叶茂卿，因"相貌似亡儿"。牵出20年前遭盗掠的往事。但祖母只是垂泪，尽心尽意苦留，细心的她也许担心不能此时添加精神负担，并未言明，嘱归程千万再来。当孙儿叶茂卿中进士得官，归程又宿此，安人（祖母）才告知后花园画像是二十年前被害的亡儿，媳妇姓魏，身高、面貌，孕五月而失。叶茂卿心知即"吾母"[1]，泣别。回家后告知母，母待儿任官后，才告太守擒其继父（仇凶），改姓赵，姑妇、祖孙团圆。故事特别注意到昭明真相、告官复仇恰当时机。这是典型的家族"儿子长大后复仇"母题中的孙子长大后向继父复仇，突出了血缘的力量和两代女性的作用，尤其是祖母的"母报子仇"。

当然，也有的故事不涉及复仇，只是在儿子身亡之后，留下了"遗腹子"或非婚生、非正式确认之子，长大后祖孙相认，也被视为不幸中家族可赖延续的大幸："方伯舒公大猷，通城人。止一子，卒。先是，子与婢通，有娠，格于妒妇，出嫁山中人，生子七八岁矣，实其孙也。或以语邑令望江人产科，科于两家稍探其实，自往抱归，以鼓吹羔雁迎至其第。孙一见祖，即相抱恸哭，而公于是夜先有梦征。公大悦。公今八十馀，孙亦籍博士。"[2]梦兆信奉，也体现出家族血缘不可割断的伦理旨意，渗透到故事传播之中。

七、姑姑与侄子（侄女）相逢

姑姑与侄子、侄女偶遇，也属于"姑舅亲，亲上亲，打断骨头连着筋"的近亲相逢。作为褚人获《隋唐演义》的"母本"——《隋史遗文》写武将军国大事操劳中也有亲情缕缕。小说写幽州罗元帅看到文书的军犯姓名秦琼，"忽似触目惊心，神向外游。停了一瞬，将文书就掩将过来……"回宅罗公就与夫人秦氏谈起当年遭国难，先兄秦彝战死，嫂嫂只生一儿，名太平郎，年方

---

① 佚名：《湖海新闻夷坚续志》前集卷一，中华书局，1986。
② 王同轨：《耳谈类增》卷八《舒方伯得孙》，中州古籍出版社，1990。见《耳谈》卷六。

三岁，天各一方，存亡不知。秦氏不知为何问及此事，罗公称昨夜梦见令先兄嘱付，好好看他后辈。恰好河东解来一名军犯，与夫人同姓，于是让夫人在帘后，唤进来，把秦琼刑具放开：

> 罗公道："你元是军丁，补县当差。我再问你：当年事北齐主尽忠的武卫将军秦彝，闻他家属流落山东，你可晓得么？"叔宝闻父名，泪滴阶下道："武卫将军，就是秦琼的父亲。望老爷推先人薄分，笔下超生。"罗公就站将起来，道："你就是武卫将军之子？"那时却是一齐说话，老夫人在朱帘里，也等不得，就叫："那姓秦的，你的母亲姓什么？"秦琼道："小的母亲是宁氏。"夫人道："呀！太平郎是哪个？"秦琼道："就是小人的乳名。"老夫人见他的亲侄儿，伶仃如此，也等不得手下卷帘，自己伸手揭开，走出后堂抱头而哭。罗公也顿足长叹。公子在傍边见母亲悲泪，也啾啾唧唧啼哭起来。①

当年罗成才十二岁，见证了这场亲姑姑（母亲）与侄儿（表兄秦琼）的相见场面。须知多年远嫁在外的夫人秦氏见到的可是娘家亲人，这里也包含着对于娘家、家乡、童年往事的整体性追怀。曹操有诗《却东西门行》："鸿雁出塞北，乃在无人乡。举翅万馀里，行止自成行。冬节食南稻，春日复北翔。田中有转蓬，随风远飘扬。长与故根绝，万岁不相当。奈何此征夫，安得驱四方！戎马不解鞍，铠甲不离傍。冉冉老将至，何时返故乡？神龙藏深泉，猛兽步高冈。狐死归首丘，故乡安可忘！"从古至今，思乡与怀故是紧密联系的，在远离故乡的边关乃至殊方异域，对于家乡故里、故旧记忆与亲情等，有着更深重的情绪记忆与绵绵怀念②，重逢痛哭成了百感交集、千头万绪汇总表达的迸涌。

孙楷第先生据《隋史遗文》思想倾向及行文特色体会："或本市人话本"，"与其谓文人著作，毋宁认为市人之谈"，并进一步考证出，明末余怀《板桥杂记》有"柳敬亭年八十馀，过其所寓宜睡轩，犹说《秦叔宝见姑娘》"③。孙先生此论抓住了乱离重逢关目的情感高潮魅力。柳敬亭作为明末著名说书艺人，所说秦叔宝故事为时人所称誉，孔尚任时事剧《桃花扇》也写柳敬亭安慰左良玉："若不嫌聒噪啊，把昨晚说的《秦叔宝见姑娘》，再接上一回吧。"④

---

① 袁于令：《隋史遗文》第十四回《秦夫人见侄起悲伤　罗公子瞒父观操演》，人民文学出版社，1989。

② 王立、杨月亮：《〈青琐高议·高言〉传统文化观念透视》，《辽东学院学报》（社会科学版）2005 年第 2 期，《中国人民大学复印报刊资料》J2 专题 2005 年第 10 期转载。

③ 孙楷第：《日本东京所见小说书目》，人民文学出版社，1981。"姑娘"，此指"姑姑"。

④ 孔尚任：《桃花扇》第十三出《哭主》，人民文学出版社，1997。

尽管据《新唐书·罗艺传》，罗艺妻为孟氏，与秦叔宝并无姑侄之亲，《秦叔宝见姑娘》实属评话虚构，但这一姑姑与亲侄的感人相认描绘极其成功，《隋史遗文》写"将门虎子"秦琼落难中得遇姑姑，引出他与罗成的表兄弟情谊，也唤起人们忆旧怀故的共情共感。

如同隋唐故事中秦琼与姑姑相认的深挚感人，尤其孩子（侄子、侄女）之父此时往往已不在人世，相认成为家族亲情的重温与强化。《雪月梅传》中小梅追忆父亲曾说，姑姑嫁在江南岑家，公公曾任九江太守。她见岑秀才丰神俊雅，气宇不凡，心想见了姑姑才好相认。而王夫人指着小梅介绍："这个小女是螟蛉（指收养）的。他（她）原籍山东，祖父做过江西刑厅，父亲是个秀才，因父母俱亡，被难到此……"岑夫人顿时想起侄女叫小梅，急问这小梅是山东哪一府县：

> 小梅见问，止不住泪如雨落，哽咽答道："本姓何，是衮州府沂水县人。"岑夫人惊问："你家在城在乡？"小梅道："在乡。"岑夫人大惊道："你莫不是北门外尚义村何式玉的女儿小梅么？"小梅大哭道："你果然是我的亲姑姑了！"说罢，哭拜在地。岑夫人此时也顾不得王夫人，便过来一把拉起，口叫"亲儿"，抱头大哭。[1]

可怜的小梅因父去世，遭族叔将家产败尽，被卖身，不想幸运地遇到王夫人家收留，而巧遇的竟是小梅在这世上最近的亲人。凡此种种，增加了小说的人情味儿，让人深切体味出亲情那宝贵的纯净的一面。

八、兄弟（姐妹、兄妹、姐弟）相逢

兄弟姐妹重逢。冯梦龙写木匠张权之子张廷秀，年少时被王员外看中，过继到王家，后员外又要将其招赘为女儿玉姐之婿，引起大女瑞姐、女婿赵昂妒恨，想独吞家业，遂买通衙役攀盗栽赃，陷害张木匠入狱，又买通家中男女都说廷秀偷、赌，致廷秀被赶出，玉姐顶住压力坚不改志。江中廷秀兄弟遭赵昂贿唆衙役暗害，幸分别获救，各遇贵人得中第为官，同归乡救父洗冤，严惩仇凶与帮凶。获救后兄弟都改了姓名，都读书入京赶考："也是天使其然，廷秀、文秀兄弟恰好作寓在一处，左右间壁，时常会面。此时居移气，养移体，已非旧日枯槁之容……只是一个是浙江邵翼明贵介公子，一个是河南褚嗣茂富室之儿，做梦也不想到亲弟兄头上……"[2] 考毕互诉衷肠，嗣茂翼明才得相认，抱

---

[1] 陈朗：《雪月梅传》第二十八回《去炎威故里访亲知　纳清原异乡逢骨肉》，齐鲁书社，1986。

[2] 冯梦龙：《醒世恒言》卷二十《张廷秀逃生救父》，上海古籍出版社，1992。

头大哭，各叙冒姓来历，悲喜交集。

追忆细节，姐弟相认，更重要的是回忆对于童年葆有的情感纽带的维护、增效。《聊斋志异》写弟在冥间探访惠姊近况，穿越了阴阳幽明之隔来表现这一童年温馨：

> 谓母曰："姊在阴司大好，嫁得楚江王小郎子。珠翠满头髻。一出门，便十百作呵殿声。"母曰："何不一归宁？"曰："人既死，与骨肉无关切。倘有人细述前生，方豁然动念耳。昨托姜员外，夤缘见姊姊，姊呼我坐珊瑚床上，与言父母悬念，渠都如眠睡。儿云：'姊在时，喜绣并蒂花，剪刀刺手爪，血浣绫子上，姊就刺作赤水云。今母犹挂床头壁，顾念不去心。姊忘之乎？'姊始凄感，云：'会须白郎君，归省阿母。'"母问其期，答言不知。①

兄弟相逢伴随着弃女回归，双喜临门。方濬师转述的故事称，桐城人张善，父张文田靠佣耕糊口，张善之兄大两岁。善四岁时桐城水灾，文田挈妻子赴来安，垦种山地。数年后夫妇相继病逝，张善八岁，与其兄幼稚无依，偕逃中失散。道光丁酉（1837）八月张善行至滁州东厢庙，卧地不起。老僧智慧抱入庙灌其姜汤得苏。怜而削发为徒孙圆来之徒，名荣发。逾年僧挈徒移住城中龙兴寺，命荣发从师入塾，颖悟胜侪辈。张善十三岁时赶上振斋来滁，馆于龙兴寺，每夜闻僧舍读书声，询知为寺中小沙弥便试以对句，应声而对甚工，出题命作，文理明顺。悯惜其有可造才质，收为义子，蓄发携归延师课读。八载后逢友人王育泉中表孙培元养女及笄，于是赘于孙家。说起孙女是遭继母虐，抛弃尼庵的，当年培元闻之赎归恩养，蓄发待字。作者认为，此事不奇在两家僧尼还俗，而奇在王君之为撮合。于是方濬师补记，杨小坡本此故事演成《鹦鹉媒》传奇二十四折②。这对苦命的伉俪，共同厄运是遭遇父母寿命短，不能照顾他们成人，寺庙尼庵收留他们才度过了最为困难的人生阶段。然而这终归不是正常的人生，直到他们殊途同归结为伉俪，才获得了完整、正常的生活。

夏敬渠（1705—1787）《野叟曝言》写姊妹俩离散许久之后重逢，彼此熟视，不觉俱心头跳荡，面色改变，而同步也是上演了"公主认姊"的难得一幕：

> 两人越近，心越跳荡，泪越垂挂。鸾吹定睛细认，带着哭声，说道："贱妾斗胆，请问公主尊名？籍贯何处？父母何人？谢姓是否本姓？何以

---

① 任笃行辑校《全校会注集评聊斋志异》卷一《珠儿》，齐鲁书社，2000。
② 方濬师：《蕉轩随录续录》卷二《僧尼匹偶记》，中华书局，1995。

得封郡主？又何故见妾垂泪？"公主道："愚嫂本籍浙江，六七年前于西湖落水，为谢姓内监救归楚府，楚王认为义女，赐名红豆……出水后，谢监以丸药一粒灌服，大吐不止，将以前之事全然失记……不知何故，一见姑娘，既若旧曾相识，不知不觉的心头跳荡，鼻眼发酸，泪自流出。请问姑娘，何以同一垂泪变色耶？"鸾吹道："贱妾因公主面貌，酷似失散之舍妹，心头不觉跳荡，眼中不禁垂泪。据公主说来，尽有与舍妹相合之处。但舍妹本籍江西，公主本籍浙江，则又不同耳。"

鳌儿提醒，是否留着落水时簪饰衣物，或身有暗记，即可指识也。红豆失惊说穿戴之物，欲为寻亲之据谨贮一匣，身上确有暗记……①

于是禀过水夫人，开箱取匣拿出簪环，姐妹一见泪下如雨。验看红豆身上标记，也证实了公主乃是未澹然老爷幼女，当年游西湖时因后山发蛟（洪水暴发）全家落水，未老爷、大小姐获救，独公主打捞无获，文素臣说："今日姊妹重逢，是你们亲眼见的，我当奏闻圣上，你们具是见证。"

图 2-2　兄妹相逢

这类传奇在后世现实生活中还真的发生了。光绪年间新闻画报《兄妹重逢》报道，某僧自定海舟行到普陀山，同船遇一尼姑，两人攀谈起来，从游览

① 夏敬渠：《野叟曝言》第一百二十二回《姊妹重逢惊智囊之远虑　主奴叙旧感镇国之深恩》，人民文学出版社，1997。

见闻、佛典到师门家世："忽然两人对视片刻，不禁失声痛哭，满船人都觉得奇怪，原来两人竟是兄妹，小时候家乡遭匪乱，流离失所，各奔东西，后来分别遁入佛门。分手时都是少年，如今都已年老，相见时分外伤感。二十年来，彼此不知音讯，今日在舟中重逢，真是巧事幸事啊！"① 这里的"乱离重逢"控诉的"乱"，是人生苦痛的冰山水下部分，即便没有明说，但指的是二十多年前即 19 世纪 50—60 年代江浙所遭浩劫，当为无疑。

九、岳父女婿的意外巧相逢

岳父女婿的意外巧相逢，更为奇特。这一母题的文学表现，一般有个逻辑前提，就是女婿岳家彼此长久没有来往，音讯隔绝。这样也部分地说明疏远缘由，或经变故经济状况不好，或关系不和谐，或两者兼而有之。

如前揭小说中张廷秀与岳丈、仇人（赵昂）重逢，戏中有戏。王员外因女儿不肯改节，初时有相留之念，今听说在外做戏，气恼得要赶走，廷秀言叫声岳丈何如，王员外又怒。而赵昂见廷秀吓得面如土色，暗想当年谋害事；又听廷秀称他姨夫，也喝骂着连叫家人锁起这花子。在场的王三叔提议只当做戏子演一出儿，众亲戚赞同。于是廷秀穿起纱帽员领，扮王十朋祭江："廷秀想起玉姐曾被逼嫁上吊，恰与玉莲相仿，把胸中真境敷演在这折戏上，浑如王十朋当日亲临。众亲鼻涕眼泪都看出来，连声喝采不迭。只有王员外、赵昂又羞又气。"② 这一场面重演成为真相昭彰的铺垫，增强了戏剧性，也为最后的恩仇得报，穿插了一重带有嘲讽势利亲戚的世态炎凉、意味深长的本色当行表演。故事的价值立足点是清官本位的，势利亲戚的心机算计，多半其实毋庸讳饰地都来自嫉妒、误判并有悖常理地缺少同情心，未能及时确认处于人生低谷期的主人公身份，似乎一切不平、苦难都来自无钱无势，而一旦为官则一切厄运瞬间改变。

岳父女婿意外巧相逢，清代早见于乾隆前期小说《八洞天》。写盛俊出城到真武庙，取神像左壁挂的诀，云功名有成；问冯家岳父母消息，诀言团圆不远。此时恰逢一老者前来拜神，依稀认出是岳父，彼此互道行藏经历③。故事说明一些地区乡间的人伦关系，女儿出嫁后往往与岳父家疏于往来。

---

① 吴友如等：《点石斋画报·大可堂版》，1886 年，上海画报出版社，2001。
② 冯梦龙：《醒世恒言》卷二十《张廷秀逃生救父》，上海古籍出版社，1992。
③ 五色石主人：《八洞天》卷五《正交情·假掘藏变成真掘藏 攘银人代作偿银人》，书目文献出版社，1985。

十、受恩者与恩主的意外相逢

感恩文化是华夏伦理体系的重要构成①。受恩者与恩主的关系缔结，往往从素昧平生到彼此信任，结识多在一方处于困境重要的"人生关口"，由此经历了一生最难忘之事，持久地影响着日后的生活，尤其是人际关系。徐珂（1869—1928）深有体会，发出阅世之感慨："兄弟姊妹，有血统之关系，乃天然结合者，非若朋友之结合，出于人为也。然或各在一方，重以久别，兄弟姊妹，与路人无异矣。朋友朝夕相处，利害与共，声应气求，遂成莫逆……"②《醒世恒言》写施复（施润泽）归还了失主之银，值养蚕时没处买桑叶，就来到太湖旁滩阙村采买。见一家门儿半开就探问，因失落兜肚与主妇攀谈，妇说起丈夫在盛泽卖丝掉落银被好心人归还，施复问知与昔年还银事合、年份合，情不自禁地说出自己还银奇遇：

> 顷刻间，同一个后生跑出来。彼此睁眼一认，虽然隔了六年，面貌依然，正是昔年还银义士！正是："一叶浮萍归大海，人生何处不相逢。"当下那后生躬身作揖道："常想老哥，无从叩拜，不想今日天赐下顾。"施复还礼不迭……后生道："向年承老哥厚情，只因一时仓忙，忘记问得尊姓大号住处。后来几遍到贵镇卖丝，问主人家，却又不相认。四面寻访数次，再不能遇见。不期到（倒）在敝乡相会，请里面坐。"……③

施润泽与朱子义彼此报了姓名，受恩者为恩主提供了大量急需的桑叶。

孙郁教授曾概述著名编剧大师翁偶虹先生（1909—1994）的代表作《锁麟囊》："作品有民间的健康的爱恨情仇，内中隐含着以往剧本里少有的存在。"下面介绍其惊心动魄的剧情，即包含着这一模式：新婚一同遇雨避雨，一富一贫两位善良的新娘，在陌路相逢时施银、受恩，多年之后当年的施恩者家道沦落，意外地与当年的受恩者重逢：

> 《锁麟囊》是个由悲至喜的故事。山东登州一富家女子薛湘灵结婚之日遇雨，亭中避雨时遇一贫家女子赵守贞，轿中知其忧伤不幸而生同情之心，当下解其锁麟囊相赠。命运似乎在捉弄薛氏，六年后发大水，薛湘灵忽然遭难，与家人离散，流落外地。为了糊口，无奈中到卢员外家做保姆。有一日偶见自己当年赠人的锁麟囊，触景生情，方知赵守贞即卢员外

---

① 王立：《中国古代报恩故事的主题学研究》，中国大百科全书出版社，2018。
② 徐珂：《康居笔记汇函》，山西古籍出版社，1997。
③ 冯梦龙：《醒世恒言》第十八卷《施润泽滩阙遇友》，上海古籍出版社，1992。

妻子。赵氏知道此事后，遂感恩不已，未料命运如此巧合，彼此感慨万千。最后薛湘灵与家人亦得以团聚。剧本的故事跌宕起伏，人情世故与民间善意均在。①

孙郁教授的评议很精辟："翁偶虹处理情节有张有弛，人物性格与命运都表达得恰到好处。作品深味人间不幸，但对人性之美存有敬意，故词语间有默默情丝，在音乐、表演里被立体化处理，颇多奇处。"

翁偶虹谈到剧作内蕴，实有表演艺术家程砚秋先生起作用："程先生所需要的'喜剧'，并不是单纯的'团圆''欢喜'而已，他需要的是'狂飙暴雨都经过，次第春风到吾庐'的喜剧意境。……贫富双方都是同样具有善良心地的人物，富者出于朴素天真的心理，在春秋亭避雨时，同情贫者的遭遇而慷慨赠囊，不留姓名，不想受报；贫者也出于朴素真诚的心理，意外获囊，转贫为富，耿耿思恩，铭刻在心，体现了人与人之间真与善的基本美德。这种美德，千百年来，它在社会生活中确实发挥着某种调整人与人关系的重大作用。"②可以说，是多年后施恩者、受恩者双双各自经历了自己及家庭的人生遭际，在特定的情境之中意外相逢，构成了"报恩"的契机，从而回溯、光大了当初富家女"施恩"的价值，辉映出当下受恩贫女致富之后的义不忘恩、感恩必报。倘若没有"意外相逢"这一重要关目，一切便无从谈起。

故事出自何处，是古典文学研究者首先关注的。前辈专家程毅中先生指出当来自道光十九年（1839）举人汤用中《翼駉稗编》，该书有道光二十八年（1848 年）刊本，程先生认为其与梁恭辰（1814—1887）《劝戒三录·贫女报恩》一样，可能根据同一传闻而改编简化了③。说扬州盐商查某嫁女途避雨于街亭，逢寒士胡某娶曹女。查女闻曹女哭声，问知悲于贫，就慨然把作为新嫁娘的"压袖"金赠曹女。雨停分别而去。曹家靠此金几年后致富，广植田园房舍"两籍之"（各两套）。也许是牢记曾受人恩惠，夫妻还有"皆好施与"的习惯，被"一郡推为善人"。十年后生一儿，选奶妈多人才看中一个"貌端好，举止亦大方"的少妇，家中婢仆嘱曰屋后的小楼，"慎勿随往"。但不久这奶妈随着小儿登楼，竟见到供着自己当年"嫁时压袖物"，失声哭泣惊动主人，只得如实回答："昔日途中遇雨，并贮金赠一嫁娘。不图今落魄至此。"接着又悲哭身世，女主人默然，即寻夫来：

> 即令婢仆捺令端坐，夫妇盛服跪曰："襄蒙赠金者，乃愚夫妇也。向非夫人，无有今日。所有财产，丝粟不敢自主。故均分而两籍之。"因指

---

①　孙郁：《民国文学十五讲》，山西人民出版社，2015。
②　翁偶虹：《翁偶虹编剧生涯》，中国戏剧出版社，1986。
③　程毅中：《程毅中文存》，中华书局，2006。

几上簿钥，谓媪曰："此皆夫人物也。"言已，促坐捧卮，亲自行炙，极欢乃罢。送归东院，则房舍几案，以至陈设器用，与女无异。女道安置讫，乃返。

仿佛稍具报恩条件，曹女就开始置办两套同样的田舍家具，使受报恩者有条件接回了"寄养他人"的女儿。偶相逢，开启了"两家世为婚姻"的情谊，延续后代的特殊关系，"如朱陈焉"①。

还有的是多年记忆中的恩人，如进入晚清新闻画报中的奇闻，说无锡钱某过去开棉花布店，后因生意不好倒闭，流落在北京街头，形同乞丐。某日，有二福晋（清代皇室亲王、郡王之妻称"福晋"）经过时看见，就把他叫去。原来贵妇人本是他邻居，儿时曾在他那里换过棉花，他总多给钱，感恩结拜为表兄妹。自此受到贵妇资助后，他重操旧业，获利颇丰。"人皆羡之"②。这是一个倡扬同情弱小、不因贫贱而忘旧恩的故事，贫寒出身的福晋义举，也符合满族的报恩习俗，值得肯定。

上述大致的十类，当然还不是乱离重逢母题的全部，也并非在每一类中单只有这类故事，亦即往往在同一故事中包含不限于某一类，且这十类"关系存在"，千奇百怪，错综复杂，只不过为了分析起来更方便，更有侧重点而已。

① 白居易《朱陈村》："一村唯两姓，世世为婚姻。"此村在江苏丰县东南。
② 吴友如等：《点石斋画报·大可堂版》，1898 年，上海画报出版社，2001。

第三章
寻亲历程艰难曲折与重逢情境构设

　　亲人别离是个体人生、家庭的痛苦之事，人海茫茫，在古代交通、信息等诸多不便的条件下，寻亲的历程漫无边际、艰难曲折。清末光绪十一年（1885）上海《申报》副刊的新闻画图《子妇寻亲》故事，配以文字说明："有人家走失了小孩，往往打着铜锣沿街找寻。扬州城里，却发生了鸣锣寻母的事。前月，弥勒庵桥有个姓江的和他妻子，背插黄旗，上书'寻母''寻姑'二字，沿街查询。原来他的老父母发生口角，老母负气出走，再没有回来。姓江的和他妻子怕老人家出意外，就用这个办法来寻找。"① 仅仅一起家庭矛盾，就造成了亲人别离，成为社会问题，何况战乱、灾害、饥荒等劫难，生离往往就是死别，相逢团聚，谈何容易！于是，占现实离散比例很小的重逢，多数情况下就离不开幸运故事的反复谈论渲染，于是母题流传中的"巧"是理所当然成为不二法则。

图3-1　子妇寻亲

---

① 吴友如等：《点石斋画报·大可堂版》，1885—1886年，上海画报出版社，2001。

一、相认"巧"的构设，偶然中幸运的必然

一般认为，《警世通言》卷十二《范鳅儿双镜重圆》是典型的夫妻离合、大团圆结局套路。几位年轻学者谈道："该故事并无多少伦理色彩，只是为了突出一个'巧'字……主要为读者讲述了一个富于戏剧性的小故事，其主题可能涉及战争给民众造成的深重苦难，却与人伦道理没有直接关系。"① 可见"巧"有时也会遮蔽阅读者、接受者的思考视野。的确，由于明清时期更加重视女性的贞节观，有着市民道德与"精英道德"的差异，后者（往往作为小说作者的文化人）将失身于贼、背家叛国看作不容宽宥的罪过，而普通民众则对失身于贼的妇女，较多感同身受的理解同情："叙事者本可以设置几个'误会'，在夫妻相认的过程中，制造几番障碍，使情节更富于波澜，以强化其传奇性和戏剧意味。但从疑心到探问，再到弄清原委，流程顺畅，除了吕父基于现实逻辑而产生怀疑外，几乎没有障碍。可见在本故事中，叙事者的伦理诉求是第一位的。"② 从母题史角度还可以进一步了解。

一是，"巧"的构设。对于"重逢"，旨在突出偶然性、传奇性，偶然之中有幸运的必然。巧的来源，康熙时天花藏主人《麟儿报序》有这样的阅读经验："何况恰恰遇仙，安有不明承其指点，暗示其机关，以广上天锡善之旨，而不忍令为善付之空言也。故沟渠老蚌，一旦生明月之珠；破枥小驹，千里逞渥洼之骏。至于幸尚书之巨眼，迥异尘僚；幸小姐之幽贞，超迈闺秀。……其中隐藏慧识，巧弄姻缘。按之人事，无因无依，惊以为奇；揆之天理，皆从风雪中来，信其不爽。"③ 乾隆前期的《八洞天》开篇就昭告："如今待在下说一丧父重逢、亡儿复活的奇遇，与列位听。"④

二是，因偶闻"乡音"（方言）而相认的戏剧性。身陷他乡数十年的战俘，凭借着乡音——共同的话语交流而巧认亲子，相认过程十分自然，合情合理。说某军将率部镇守边关，渡河时有年迈的回人操楫，于是在遥远的民族混居区有了一种共同情怀的深度沟通：

> 偶闻军将乡音，忽操汉语咨询曰："公等俱自华土来，风景近复何似？"阖舟闻而骇，竞诘之。乃泫然曰："予虽居于此，种类实异，身本中州世族也。少年入伍，随征殊方，一时偶失利，遂陷于准噶尔部中……

① 赵毓龙、刘磊、陈丽平：《明清小说伦理叙事研究》，社会科学文献出版社，2019。
② 同上。
③ 佚名：《麟儿报》天花藏主人序，春风文艺出版社，1985。
④ 五色石主人：《八洞天》卷一，书目文献出版社，1985。

渠又售我于回部，遂习其俗……复睹大邦人物，不禁感而失言，万勿见过。"众既悉其颠末，不觉恻然，有至泣下者。军将忽动念，复以里族叩之，则姓氏乡邦，实与军将若合符节。及自言其名，军将瞿然甚惊，起立以询曰："若去乡之日，曾授室否？"则曰："娶某氏，琴瑟甚调。"又问："抱子也未？"则曰："年周岁，枣梨未觅。"再咨以其子之名，则言未及终，军将早嗷然大恸，膝行而前矣。其人始愕然，亦释棹而跪，坚不敢承。同舟多有知者，又啬啬言之。更质以祖祢名讳，无不吻合，其人亦哭而失声，与军将相抱而泣。时已抵岸，军将白父，弃其所操之舟，出箧中衣冠，更易之，奉之同至戍所。具牒于上官，缕陈其实，兼缴官诰赎父罪。上官怜其情，喜其遇，亟为具奏。奉旨宥而弗问，兼听还其邻里，军将始命人送其父归。太夫人犹在堂，夫妇握手涕零，则皆年逾七十矣。①

同在异乡，仿佛父子有着某种心灵感应，他们的相认是一种幸运、巧合，而往往并未在事前有征兆。载录者也不禁感慨系之："遇之奇者，惟在伦纪之地，益令人可泣、可歌、可哀、可喜，一时而七情具焉，诚莫知其所以然。夫以天涯之远，而聚天性之亲，其至乐乃出于至苦，其至苦愈有其至乐。异方悲之伯道，幸遇斑衣失怙之木兰，徒刻香木，苍苍者何巧耶？不然，秦越同舟，又何人迫之自言耶？"此生此世，有赖于这共同熟悉、亲切可感的"乡音"，父子避免了永失至亲至爱。他们习得这一乡音不在同一时间，但却在同一空间里无意中交流沟通，从而在远离乡园的异域"相认""重逢"。

父子天性使然，似乎冥冥之中便有相认的促进之力。新闻画报还绘有《父子奇逢》，说李晋升之子被人拐走时才四岁。其后他努力经商致富，常资助邻里，赈济灾民。后到京江，偶尔到戏院看戏，发现有个青年一举一动有点像自己，那青年也感到他在看自己。于是他过去一问，没想到正是早年被拐走的儿子，现已娶妻生子，也在经商。于是喜出望外，携子而归②。似乎，常葆有济世救困的善念，常施善举，特别是赈济灾民，无刻不在的心愿就会得到满足。

三是，相认过程的偶然、意外之巧。离难之人，最大的幻觉莫过于恍然若见至亲至爱，而有时恍然如梦的眼前之境，其实就是真切的现实，这该是多么令人震撼。晚唐五代王定保就记载：

公乘亿，魏人也，以辞赋著名。咸通十三年（872），垂三十举矣。尝大病，乡人误传已死，其妻自河北来迎丧。会亿送客至坡下，遇其妻。始，夫妻阔别积十馀岁，亿时在马上见一妇人，粗缞跨驴，依稀与妻类，

---

① 长白浩歌子：《萤窗异草》三编卷二《奇遇》，辽宁古籍出版社，1995。
② 吴友如等：《点石斋画报·大可堂版》，1898年，上海画报出版社，2001。

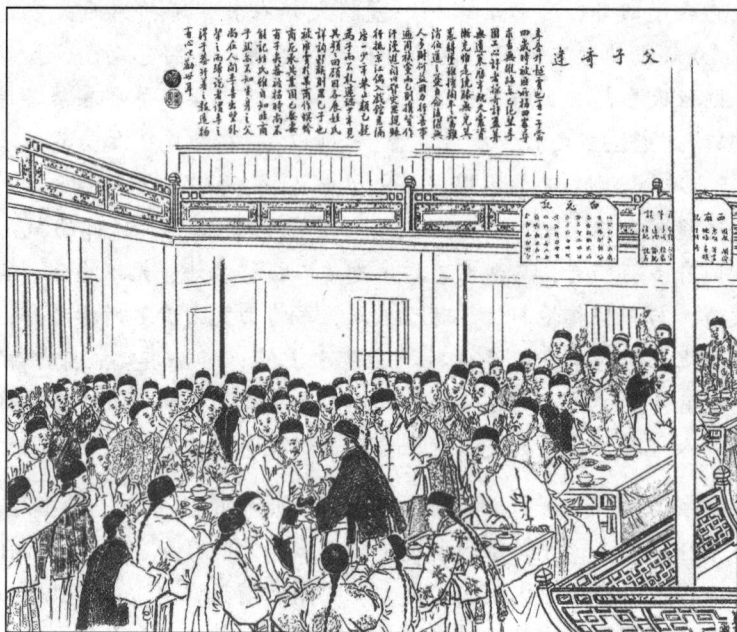

图3-2　父子奇逢

因睨之不已；妻亦如是。乃令人诘之，果亿也。亿与之相持而泣，路人皆异之。后旬日，登第矣。①

似乎，夫妇各自的意外出现之于对方都是一种吉兆，是幸运的开始。乱离重逢提升了个体生命的价值，同时，与"宝失家败"母题形成一种对应、对立与反拨②，是一种可由当事人主观努力行善、抗争而得到的。俞樾记载了一个江南兵燹时真实可信的传闻。说木工陶某，四岁时金陵城陷，父被掳，母子相依，同治甲戌（1874），陶二十五岁时，奇怪的事情碰上门来：

忽有老翁携瞀妇至门乞食，与之钱不去，熟视陶曰："尔非陶姓，乳名某者乎？"陶问："何以知我？"翁曰："尔乃吾子也。"陶呼母出视，果其父，因扶之入，拜问由来。则始而被掳北行，后又流转至川、陕，今自陕归也。解腰缠出银数锭，皆累年贸易所得，恐途中遇盗贼，伪为窦人耳；瞀妇则其续娶者也。因大欢慰，亲党毕贺。夫兵乱以来，父子夫妻离散者多矣，此家乃得完聚，意其有阴德乎？③

① 王定保：《唐摭言》卷八《忧中有喜》，古典文学出版社，1957。
② 王立：《明清小说中的宝失家败母题及渊源》，《齐鲁学刊》2007年第2期。
③ 俞樾：《右台仙馆笔记》卷一，齐鲁书社，1986。

四是，相逢场面的描述语言大多属于动作型的，可视性非常强。小说充分地把握了乱离重逢母题的核心要义，突出表现迎合读者悬念的故事细节与场面，旨在尽量直观表现别后团圆的期盼、喜悦与过程的艰难。这是在用人力来传递信息，让被寻找者知道自己在被寻找，就仿佛是在"众人之中寻贵人"一样的艰难①，还亏得能想出在盐船帮中唱曲的方式，巧妙地找出了卢梦仙离散的梦中人——妙惠，于是重逢、团圆。

曾衍东（1750—?）《小豆棚》写岸旁女子呼共济，舟靠近载之。女登舟忽不见，众以为怪。归，女却丰神顿改，灵敏异常。女先通书词，又善于写八股文，文词典籍都考不住她。至成婚的吉日，行亲迎之礼。卢生到门，屋内呼曰："索新贵人催妆诗。"交拜后揭开盖头，端详女与非非无异，但心知其不是非非。在洞房花烛下，共女入帏："女见画曰：'画则犹是也，恐黄金费尽矣。'生惊曰：'是非非耶？非非非耶？'女含颦曰：'非非苟非我，我何以知非非？我诚非非非，我固知非非也。'生乃问女，夜雨联床，楼头课读，以及山谷遗金，历历不爽。复详诘之，女曰：'奴与郎初会时，见郎落笔凝思，心为所感，因之情与俱移。至若与子同乘，原是意中之马；取怀相赠，何殊囊里之金。今幸鹏程万里，相期璧合一双，而郎终以二心歧视。窃恐非非一去，非非复来，而非非则诚非矣。'"② 后该女归荣城，其父母不能辨，问闺中幼小时事无不记忆。

在母题史的广阔视域中，故事文本形成的具体情境表现，诸如闻音识人、梦境提示、身体特征、私密隐语等一系列构成元素，结合多种多样的背景、人事纠葛，展演出一幕幕人生的悲喜剧。

二、相认过程的坎坷、幻觉、梦境与神秘人指路

在寻亲历程中，最常出现的就是梦境提示。《石点头》第三回写孝子王原万里寻父，在齐鲁之地漂泊十载，银两用完，行囊卖讫濒临绝望，却写他先后两次作梦，梦中情境与他的期求紧密相连。

一是，沿门乞食，古庙栖身，朦胧合眼仿佛在家中读书，取过一本书是《汉书》，看到田横被杀，五百人蹈海这段。几天后寻访到即墨县，闻东北百

---

① 王立等：《〈聊斋志异〉"众人中辨认贵人"的印度母题溯源》，《学术交流》2010 年第 7 期。

② 曾衍东：《小豆棚》卷十二《黄玉山》，中州古籍出版社，1989。薛洪勣先生指出："其情节倘恍迷离，实有两个非非，一个是桂太守之女，一个是幻化之女（究竟是狐是鬼亦未写明），最后两个女子合为一体，……写两个女子一真一假，过去小说中也是有的，如《聊斋志异·阿绣》篇即是，本篇又是一种新的模式，新的写法，使人耳目一新。"见薛洪勣、王汝梅主编《稀见珍本明清传奇小说》，吉林文史出版社，2007。

里海中有"田横岛"，王原喜惧交加。惧者资费已尽，喜者已符所梦，"或者于此地遇着父亲也未可知"，于是渡海。这是"愿望的梦"。

二是，"愿望的梦"与"焦虑的梦"之结合。上岛后王原进一庙中栖息，身卧尘中，彷徨中忽现一轮红日，见廊下一头陀炊饭将熟，就向前乞讨，这和尚盛着饭递过来，合掌念咒："如来如来，来得好，去得好。"忽地祠门声响，"撇然惊觉，却是南柯一梦"①。故事暗示出人物饥饿的窘迫程度与寻父之愿的执着。

三是，顺理成章地"释梦"。说此时一戴鹃冠、携竹杖的老人来问，听说是寻父，赞美他是孝子，自称"善能详梦，你可有甚梦兆?"王原将所梦说出。老者道："贺喜，贺喜！日午者南方火位，莎草根药名附子，调以肉汁，肉汁者脍也，脍与会字，义分音叶，乃父子相会之兆。可急去南方山寺求之，不在此山也。"王原拜谢，连连叩头，抬眼却不见了老者，惊异道："原来是神明可怜我王原，显圣指迷。"复朝上叩了几个头，离却土祠，仍还旧路。人类学家指出占卜中有一种梦卜，如巴西西部的一个部族在对敌交战前，"首领的要务是对他的部下训话，告诉他们，每个人都必须记住这天晚上必将作的梦，并且尽量只作有吉兆的梦。"② 这里其实也是运用了梦占，仿佛在梦境的"异空间"里，智慧老人以析字法及时地通知孝子正确的寻父路线。

父子经过磨难坎坷而重逢。清代小说《五色石》叙述的一个明代故事，首先道出了父系家庭成员往往不能团聚。这一缺憾，也是宗法制社会一个古来惯常现象："从来家庭之间，每多缺陷。以殷高宗之贤，不能察孝己。以尹吉甫之贤，不能活伯奇。又如戾太子被潜而死，汉武帝作思子宫，空馀怅望，千古伤心。至于宜臼得立，不能再见幽王，而与褒姒、伯服势不并存；重耳归国，亦不能再见献公，而与奚齐、卓子亦势不两立，又岂非可悲可涕之事？如今待在下说个被谗见杀、死而复苏的孝子，哭子丧目、盲而复明的慈父，再说个追悔前非、过而能改的继母，无端抛散、离而复合的幼弟……"③

故事讲河南卫辉府监生吉尹，妻高氏，生子吉孝，幼订亲妹丈喜全恩（京师武官，夫人吉氏为吉尹胞妹）女云娃。不想吉孝十二岁时母高氏病亡，继母韦氏生子吉友，新收养娘刁氏善搬说是非，得韦氏信任。吉孝失去老仆有怨言，刁妪告经韦氏转告吉尹，吉孝挨训，因故痛骂，又被捏造他背后说父不该以妾为妻，娘出身微贱云云。小说的叙事干预直指家庭纠纷的实质："浸润之

---

① 天然痴叟：《石点头》第三回《王本立天涯求父》，上海古籍出版社，1957。

② 列维-布留尔：《原始思维》，丁由译，商务印书馆，1981。

③ 笔炼阁主人编述《五色石》卷五《续箕裘·吉家姑捣鬼感亲兄　庆藩子失王得生父》，江苏古籍出版社，1993。

潜，最是易入。吉孝本没什不好，怎当得韦氏在丈夫面前，朝一句晚一句，冷一句热一句，弄得吉尹把吉孝渐渐厌恶起来。"家庙前祷告竟被偷窥偷听坐实为诅咒爹娘，被父责打姑姑（岳丈）家，被劝回。而喜夫人也代为澄清真相，吉尹不但没释然，还把儿子告状事通报给韦氏，被韦氏激恼，吉孝又挨了打，被锁在后房不能去书馆。在刁妪挑唆下，韦氏采纳了斩草除根之计——诈病，污蔑吉孝给母煎药下毒。吉尹中计怒将吉孝勒死，尸首抛到荒郊。喜夫人在不安预感中得到凶讯，母女哭泣，急差家人往郊外救回吉孝，苏醒后诉说冤苦，秘藏起来。次日喜夫人遣女使探问，责问女婿死得不明不白，从此两家往来稀疏，而韦氏与刁妪自以为得计。

小说在母题展开时颇有一些史诗意味。俄罗斯学者讨论突厥-蒙古史诗时指出："萨彦岭阿尔泰地区各民族史诗的主人公常常是在父亲被害后诞生的，他长大成人后便去为父报仇。……这时，仇敌就千方百计地要把对方的孩子除掉，以防将来他为父报仇，而孩子的母亲和亲友，有时是义马，就会去搭救他，并把他培养成人。"① 家庭与家族内部的嫡庶、妻妾、兄弟等争斗，归根结底还是为了各自或下一代的资源与权力。小说中的"史诗笔法"亦围绕着两个同父异母兄弟的浮沉，各种力量都介入了。

小说写出了多角关系下矛盾的复杂性。小孩子爱哥却因天伦至性，寻哥哥不见而时常啼哭，刁妪抱着他上街丢失了，寻访无着，韦氏、刁妪先后病倒，刁妪发烧狂语"大官人来索命"，又若吉孝鬼魂附体咬牙怒目地自骂，实为心虚自招。死时颈里现出绳痕，而韦氏因"亏心之事"饱受折磨②。

乱离重逢母题在此揭示了家庭之"乱"是造成骨肉离散的根源。民间俗信、灾害神崇拜也介入了真相昭明的过程叙述。在焦虑的韦氏同意两女巫来作法前，喜夫人协调了女巫，后者借助现场演示的"圣母附体""瓮中亡人哭诉"，变换视角，借助前妻高氏为子诉冤，公示了冥间正义下的真相，又用权威性的灾害神出面昭告这一真相："扬威侯刘猛将是也，你家屈杀了大孩儿……"重现了吉孝为父母祈福的笔迹，"文字须假不得"，彻底打消吉尹最后一点疑惑，懊悔大哭。两女巫也成了正义昭彰的有功之臣，吉尹则因糊涂不明而付出了"两目哭瞎"的代价。

母题强化效应体现在故事余波。吉孝惦念父亲欲回家，但慎重的喜夫人还在验证韦氏是否真的悔过，三岁娃娃仍未找回、家中瞽目之人寸步难行，韦氏仍需女巫相助，于是安排"吉孝鬼魂"降临，得到韦氏的真诚愧悔，"你道

---

① E.M. 梅列金斯基：《英雄史诗的起源》，王亚民等译，商务印书馆，2007。

② 参见王立：《梦幻伸冤及惧复仇之心理恐慌症》，《辽宁师范大学学报》（社会科学版）2001年第6期。

这心上的病，可是医药救疗得的?"父子达到精神上、心灵上的"重逢"，达到"父子娘儿难得如此再聚"，有赖于喜夫人这一多重身份的公正角色功能。而心中宽慰这糊涂父亲也开瞖复明。喜全恩因护驾、平乱有功被封为靖寇伯。两家完婚，迁来京师。吉孝、吉尹都作了官，旧仆高懋也被任用。

当事人重逢之前的心理流程、灵魂搏斗也是小说所关注的。十多年后，吉尹为天使来宁夏，宁夏王子称，先王无子，自己为侄，于进京途中经卫辉府拾一螟蛉之子，遗命才说明。吉尹核对时间不觉潸然泪下。吉尹归后左思右想，变换多种角色来想象失亲之苦。

旧物重现为这场父子久别重逢提供了决定性契机。吉尹携家僮在街上偏偏遇到卖小儿穿戴物的："却是一件水红洒线道袍，一件大红小绵袄，一条小细绵裤，一双虎头靴，一个珠子金寿字刚铃子的乌段帽兜，一副小银镯，一个银项钳，认得是幼儿爱哥昔日穿戴的物件，不觉两眼垂泪……"询问，方知其家主人竟到了王府。门前等待中吉尹竟有时间更换冠带官服。原来这只不过是王子的验试，随即许多侍从拥出一个金冠锦服的少年，"与爱哥幼时面庞依稀仿佛"。

小说这时才无所不知地补叙当年爱哥走失坐上庆王大船的过程，而爱哥被赐名朱承义，已聘魏国公之女。吉尹父子的重逢浸润在富贵之气中。等级观念再次鬼斧神工地操纵，姑父（岳父）喜全恩提议吉孝承袭伯爵之位，被泣谢推辞给表弟。喜全恩便具疏将此事一并奏闻朝廷，奉旨吉孝升前军都督，赐孝子牌额旌其孝；朱承义恢复姓名吉友，给与应得爵禄。作者感慨："这是父子重逢，娘儿再聚，兄弟两全，埙篪已缺而复谐，箕裘已断而复续，是家庭最难得的事。比那汉武帝归来望思之台，晋重耳稽颡对秦之语，殆不啻天渊云。"回末总评强调："人情慈长孝短，父母未有不慈者。纵使一时信谗，后来自然悔悟。若子之于亲则不然，有以亲之弃我而怼其亲者矣，有以受恩之处为亲而忘其亲者矣。今观吉家兄弟，至死不变，虽远必归，方信此回书不专劝慈，正是劝孝。"① 可谓卒章显志。

父子重逢，往往牵扯到家族承继、叔伯侄儿的复杂恩怨。《八洞天》还写，纪望洪本要中伤叔父，哪知下公并不曾难为他，羞恼中起凶念要拐盗堂弟还郎。一日衍祚为亡妻强氏举殡，宜男送葬并叫来宁夫妇随去，将还郎交养娘管，与小厮兴儿看家。三岁的还郎醒来寻母，养娘叫兴儿邻家取火，纪望洪趁还郎独坐时抱走，出城时遇喜祥，知其曾被叔责逐衔怨，便唆使把孩子卖与毕东厓的小夫人鸾姨，后者急欲寻幼子假充公子骗主人，买了，喜祥、望洪各分

① 笔炼阁主人编述《五色石》卷五《续箕裘·吉家姑捣鬼感亲兄　庆藩子失王得生父》，江苏古籍出版社，1993。

银五两。衍祚寻子不得，想起亡妻强氏曾许开封府大相国寺还愿，便吩咐养娘与来宁妻子伏侍宜男，自赴开封。客店歇宿却拾到一包银，有红印"毕二房记"。封好交付店主称姓毕的舍亲暂存。至开封府，偶入小巷见"侯家小班寓"，闻一孩子哀哭遭斥。对门一老者怜而告知：刑部员外毕老爷的小夫人鸾姨生下公子，近日毕爷鸾姨相继病故，他家大公子扶柩归乡，丢下这小孩子由对门侯师父收养，因不肯学戏而受责。衍祚恻然要作为同乡而收留，老者出面与姓侯的，出银三两，孩子便由衍祚领去。回寓所细看面庞与还郎相似，年纪也是八岁，衍祚惊疑又问亲生父母，孩子答不记得，"只听得有人说，我是三岁时被人在归德府城中偷出去的"，衍祚惊看左足有骈指，惊喜抱哭："你就是我亲儿还郎了，你认得我父亲么？"赶回家宜男也喜出望外，捧着还郎垂泪，常患病的她身子渐渐恢复。还郎需延医调治，衍祚到毕思恒店买药，因多给银子，思恒顺便谈起失银得还事，衍祚说出了张家老客店、银子数目与毕二印记，思恒惊认恩主，置酒款待，问起令郎，恰巧思恒有女八岁，便言联姻之愿，而宜男想起单氏恩义，也很愿意，择日下聘联姻①。故事在父母与幼子重逢中，包含了恩主、受恩者的巧相逢。

神秘之人指路，使得追寻在迷惘中出现了转机，突出了重逢的奇妙。这一奇妙事情的发生似与观世音崇拜有关。刘安武先生指出"三言""二拍"多处描写观世音信仰，如《初刻拍案惊奇》卷八《乌将军一饭必酬　陈大郎三人重会》，无意中结交海盗"乌将军"的陈大郎，朝南海求观音寻妻，梦观世音留诗："合浦珠还自有时，惊危目下且安之。姑苏一饭酬须重，大海茫茫信可期。"他遇风漂至孤岛，得乌将军善待并帮助与妻团圆。故事来自《法华经·普门品》的观世音解救海难："显然故事的作者熟悉《法华经》和观世音海上救难的传统。"②

同治元年（1862）夏季抵沪的日本人比野辉宽，记载一个他听到的传闻，称有个王姓的南翔人避贼带着家眷流荡江湖，不料刚上岸，就远远看到一个少妇，很像自己那回娘家一直未归的儿媳：

> 少妇也走了过来，确认是公公。他问："您是来找我的吗？"姓王的看到是自己的儿媳，喜出望外握着她的手说："无恙吗？"他们相互述离散之苦。少妇问公公现在住在何处，姓王的指着船说："这就是我们的家。"少妇说："长毛贼来时，父母兄弟逃散，我一人也不识东南西北，

---

① 五色石主人：《八洞天》卷八《醒败类·两决疑假儿再反真　三灭相真金亦是假》，书目文献出版社，1985。

② 刘安武：《印度文学和中国文学比较研究》，中国国际广播出版社，2005。故事异文还见于钱希言《狯园》、陆容《菽园杂记》等，为戏曲《玉蜻蜓》本事之一。

望大路而跑，同行的一位老妇说：'看娘子的风姿很弱，天黑行走露宿都有危险，怎能一人行走呢？我家离这不远，跟我一起来住吧。'其人说话和蔼，情投意合，就到她家去了。她家中无男人，终日与老妇人一起织布，已一月有馀。今日遇到公公，高兴的心情难言。姓王的问，那个老妇人家远吗？儿媳说："很近。"姓王的跟着儿媳走进树林里，不见老妇家，只有竹间的风声。二人都很害怕，朝天拜了拜就往家走去。虽说这是一件奇事，可见离散之辛苦。①

莫非是救苦救难、大慈大悲的观世音显灵？应当不限于此，这一传闻带有幸运故事常见的神秘性，母题最初当源自传译的西来中古佛经故事②，逐渐嵌入了乱离重逢母题的流脉之中。

三、持久的别离、有惊无险的重逢

首先，持久别离后的意外重逢，往往喜极而泣。晚年团聚，白首完婚故事，见于黄钧宰（1826—1895）笔下。说同邑程允元，少游直隶，议婚于刘氏，留玉环一双为聘。女父登庸，书庚帖付之，约三年为期。及允元抵家而登庸卒，女幼失母，至是益茕独，转徙天津，靡所依恃、邻人妄传允元死，将以为利。女闻之饮泣，毁容素服，屏居尼庵，以针黹度日。音问断绝三十余年。允元这边父母双亡，久不得登庸消息。他日附粮舟北抵天津，闻有贞女刘氏隐迹尼寺，询之，"果登庸女，玉环在耳"。允元亦出庚帖为证，邻里促议婚期，而刘女言："岂有五六十老女子作新妇妆哉？"天津守使眷属再三劝慰，助金，鼓吹送亲。成婚时两新人鬓发如银，官旌表，建坊曰"义烈"。结尾称："他书载此事，谓刘梦观音予丸，孕而生子……"③ 说明故事传播之广。

又传闻渭南人申祥麟擅长秦声。南至武昌，求艺于胡姐遭拒，同辈们嘲笑他，愤而在汉阳名娟金弹儿家为佣。祥麟学到了其辈笑举止。一载后奏技，观者为之倾倒。但数月后遭胡姐行刺，只好避返渭南。四年了，父母已出走，闻听有人云在山西，就渡河到蒲州奏技寻访。一日演剧时从人群中见老叟似父："时方登场，一瞥眼，不觉失声。询其故，令相认，果然。其母亦在署，闻之，亟趋出，抱持之，各相视，恸不能起，座客皆泣下。观察感动，厚赠之，令与

---

① 比野辉宽：《赘疣录》，刘柏林译，载冯天瑜：《"千岁丸"上海行》附录，武汉大学出版社，2006。
② 王立：《火光引路母题的佛经文学来源》，《南亚研究》2011年第2期。
③ 黄钧宰：《金壶七墨》卷一《白首完婚》，载《笔记小说大观》第二十七册，江苏广陵古籍刻印社，1984。

俱归……"① 于是返乡买田，事亲以终身。

其次，现实生活与通俗文艺具有同母题互动效应。如狄青——狄家将故事写母子、姐妹相逢，却生出波澜。说狄青在酒店独酌偶见一少妇盯着看他，心中不悦，而少妇呼酒保问此人姓名居所，酒保来询，狄顺口答山西狄青，妇转身进内屋告母，说这年少将军"好像我家兄弟"，母孟氏想起七年前遭水淹骨肉分离，即刻来前细看，大呼孩儿，狄青停杯下跪，呼曰："母亲！姐姐！可是梦中相会么？"于是述说得仙师搭救在仙山，习艺七年，至得高官云云，少年气盛的他面对姐姐，却对姐夫被马总兵革职开酒肆，感到羞颜无面，感觉失言后又甚为不安而懊悔②。

其三，孝子寻父，往往是尊严、责任的驱动。《说呼全传》写呼延庆被王环骂后告母，金莲强调呼守勇是你父，避仇就改姓王，王环并非亲哥，延庆要前往新唐国寻父，劝阻不住，于是金莲、翠桃与延庆扮作唱连相（花棍舞）、打花鼓儿的，把关的要求唱个曲儿，唱后出了潼关③。

值得注意的是，寻父的最大动机、驱动力之一是酬报家族的恩仇，主要是了断仇怨。《说呼全传》写国宝诘问，金莲介绍原委：祖公是开国功臣呼延赞，公公呼得模袭封官职，因被庞妃挟怨蛊惑圣上，满门被害，公子呼守勇逃出躲在俺庄，爹妈以功臣之后招为婿，又因避仇说往新唐……还有一位叔叔呼守信。而呼得模英灵不泯，托梦告知："今叔嫂侄儿已见，不久你就与哥哥相会，你们弟兄，作速与为父的报此大仇。"④ 月娥竟与公公同梦，而且爹妈同来托梦，守信由此对即将骨肉团圆深信不疑。

其四，持久分别之后的意外重逢。说道光时镇海冯章，少业儒，左手有枝指。母早逝，他随父到汉阳经商，性慷慨有侠士风，年十八未娶。一日停舟当涂，冯章遇上挟幼孩被卖的少妇，正值妻不忍弃其夫、子，章慨然往舟取三十金付之，并告买者邻贾发动仁心，"贾亦心动"，即还券而令归。获救的吴夫妇再拜询姓氏里居而去。章遂率其子回镇海，正欲为子议姻，而因父卒敛葬，家计愈艰，仍约伴赴汉阳。

途中阻风停泊，偶见邻舟美少女，四目有情。询知为京口李姓告病回乡，女年十九尚未字人。章与女彼此以目传情，如约三更潜登女舟，"遂相缱绻，矢订终身"，赠女玉佩，女答罗帕。女父母微察搜获，怒令生赴江流，彼此乞

① 徐珂：《清稗类钞》第五册《孝友类·申祥麟寻亲》，中华书局，1986。

② 李雨堂：《万花楼演义》第二十四回《出潼关虎将行刺　入酒肆母子重逢》，上海古籍出版社，1995。

③ 佚名：《说呼全传》第二十三回《呼延庆授术回乡　王金莲新唐访夫》，上海古籍出版社，1995。

④ 佚名：《说呼全传》第二十四回《齐月娥出猎遇美　忠孝王显圣嘱儿》。

命后，父仍怒抱女掷诸江，生也即自赴洪波。舟人仆役闻而不敢救。生舟同伴不见章，亦嗟叹而去。而章在海滨习水性，投江后仍溯江而上赶舟，与同伴偕赴汉阳。当初，冯章赠金赎妻的吴姓者，操舟为业，恰巧救了那投江的李姓女，女称幼字镇海冯章，吴很震惊，遂收留了恩人的未婚妻。冯章在汉阳货售尽而归，将抵金陵逢大雪泊岸，遇盗，急赴水，天明僵仆被金陵巨贾郑翁救，留下，"见行事勤慎，人亦倜傥"，遂以为子，名郑忠，与老仆同贩于京获利三倍，翁为娶妻王氏，纳粟得兵马副使。而李氏女在吴家生一子，面有红痣五，甚魁梧。吴妇死后李氏入庵为尼，老尼要把婴儿给人。值郑翁家老仆经过庵中，赠钱四千抱走，李氏书其年月时日并其子之年月时日于衣襟内，哭送。携归时郑仆已有四子，妻不喜，郑忠见之爱，告王氏，遂留下。儿颇聪隽，依依于王如生母，王即以为己子，名郑天喜，十五岁中举，十九岁仍往都中，至良乡遇暴雨入白衣庵暂避。

母子巧相逢中涉及私密，发现身体特征、旧留年月等是决定性的。尼见天喜，"审视良久，不觉泪涔涔下"。天喜怪问，尼才说"先有一子，面亦有赤痣五……今见贵人面貌仿佛，赤痣宛然，不禁悲徒中来耳"。在询问中尼具道其颠末，所书彼此年月亦符，天喜乃即趋前跪曰："儿即母之子也。"相抱大哭。天喜遂别赴京，中进士，入翰林院，乞假旋里路过良乡，申前约，母喜诺。至家报告父母，令天喜往迎。冯章（郑忠）随子赴金陵，李氏女见郑忠左手枝指，惊问，忠也为愕然曰："子安知吾非郑姓？"李曰："子知镇海有冯章否？"忠曰："子得毋李氏女乎？吾即冯章也。玉佩安在？"女即出佩示之。于是相抱大哭，而天喜始知郑忠之为生身父，亦长跪而哭。王氏亦感而愿居李氏之下，互称姊妹。晴峰氏评："李氏知天喜之为其子也者，而不知郑忠之即为其夫也。天喜知李氏之为其生母也者，而不知继父之即为其生父也。郑忠知李氏之得见亲子也者，而不知李氏之即其前妻也。夫妻父子之巧合，孰有过于是哉！第冯章曲全人之夫妇，而天亦曲全其夫妇焉；冯章曲全人之母子，而天亦曲全其母子焉。一念之诚，鉴观有赫，孰谓天道无知哉！"[①] 人类学家总结的"报"的伦理原则，在故事中体现得极为充分，线索多端而叙事绵密。

陈其元（1812—1882）追述，明末张献忠踞蜀，肆行杀掠，江津县民戚承勋与妻廖氏准备逃亡，已有身殉之念，闭门待死，而贼只烧了邻里。幸瓮中剩余谷粒，取以播种为食。四十年后，逃入滇中再娶妻生子的承勋，归乡访里居人无知者，遂伐树木开道抵村入宅，忽闻楼内有人问："尔等何人，擅入我室？"大惊答曰："我此屋主人戚承勋也！"廖氏窥视许久才认出来，下了楼，才显现出她竟然"面目黎黑，草衣毵毵然，殊不类人"。"承勋审谛既真，乃

---

① 叶腾骧：《证谛山人杂志》卷三，载程毅中等编《古体小说钞》（清代卷），中华书局，2001。

抱长恸"，同行之人亦共惊喜相慰。廖氏居然独处榛莽中四十年，"蛇虎不害，疾疠不侵"，重逢后与丈夫又共享升平岁月三十个寒署，令人感叹"非天之哀其志而默相成就之不至此"①。这一类似"毛女"传说的奇迹，生命力的坚韧顽强，岂不来自与亲人团聚愿景的意念！

四、肩刺字与臂红痣：身体特征的血亲凭据

身体特征的记忆验证，往往是直系血亲关系的一个标记。这一关目，经历了一个由夫妻相认为主，到亲子相认为主的转换。早期文学中，这类故事受到佛经故事的很大影响，多体现在夫妻相认的曲折情节表现中。《夷坚志》佚文即载，梦见妻子身体特征的才算得上是真正的妻子②。

后来，该关目也作为夫妻、父子、母子相认的凭据。父子巧相认后当事人的愧悔，也是值得注意的"幕后故事"，丰富了"乱离"时身份不明所受辛酸痛楚，"解救"彰显了重逢带有的伦理意义。五代王仁裕《王氏闻见录》记载前蜀姜太师认父事。在身份未明的情况下，父在儿子府中为马夫，竟多次遭责罚，以至不可忍受，祈求归乡时才在无意中被发现真实身份：

> 蜀有姜太师者，失其名，许田人也。幼年为黄巾所掠，亡失父母，从先主征伐，屡立功勋，后继领数镇节钺，官至极品。有掌厩夫姜老者，事刍秣数十年。姜每入（马）厩，见其小过，必笞之。如是积年，计其数，将及数百。后老不任鞭箠，因泣告夫人，乞放归乡里。夫人曰："汝何许人？"对曰："许田人。""复有何骨肉？"对曰："当被掠之时，一妻一男，迄今不知去处。"又问其儿小字，及妻姓氏行第，并房眷近亲，皆言之。及姜归宅，夫人具言姜老欲乞假归乡，因问得所失男女亲属姓名。姜大惊，疑其父也。使人细问之："其男身有何记验？"曰："我儿脚心上有一黑子，余不记之。"姜大哭，秘遣人送出剑门之外。奏先主曰："臣父近自关东来。"遂将金帛车马迎入宅，父子如初。姜报挞父之过，斋僧数万，终身不挞从者。③

亲父在儿子府内当马夫多年，居然对面不相识，而且为父者还常受到儿子的责罚殴打，这是怎样的骇人听闻！"脚心上有一黑子"的私密，外界是不可

---

① 陈其元：《庸闲斋笔记》卷八《独处山村四十年之妇人》，中华书局，1989。
② 王立、刘卫英：《〈聊斋志异〉中印文学溯源研究》第二十章《"情人身上特征"母题与个人隐私权》，昆仑出版社，2011。
③ 傅璇琮、徐海荣、徐吉军主编《五代史书汇编》，杭州出版社，2004。此时"关东"为函谷关东。

能知道的。如此牵连到"身世之秘",为人子者没有尽到起码的奉养责任,怎样解释也说不过去,所以要设计一次老父远来相聚的公开表演,上下也有个交代。而由于话语权的问题,主要还是应付上峰的责难、有竞争关系的同级官员的攻讦。

孙光宪(约895—968)《北梦琐言》载同一故事的异文,补充了儿子悔愧内疚,授杖于父,请其父打这不孝之子,补偿儿子长期以来粗心失察之过:

> 姜志,许昌人,自小乱离,失其父母。尔后仕蜀,至武信军节度使。先是,厩中圉人姜春者,事之多年,频罹鞭扑。一旦告老于国夫人,请免马厩之役,而丐食于道路。夫人愍之,诘其乡贯姻亲,兼云:"有一子,随军入川,莫知存亡。"其小字、身上记验,一一述之,果志之父也。洎父子相认,悲号殒绝。志乃授父杖,俾笞其背,以偿昔日所误之事。举国嗟叹之。此事川蜀皆知。①

世上还有什么比这人生悲剧更为震撼人心?可以想象,多少个寒暑、朝暮,这坚强的孤儿思念着自己的父母,"纵使相逢应不识",该是多么遗憾地错过了骨肉团聚的人生!这不过是乱世人生悲剧的冰山一角,那些湮没于历史烟尘的为人子者,谁不期求侍奉高堂膝下,而他们却或亲手鞭笞过年迈的老父,或手足兄弟相残,或……

唐代的《玉堂闲话》亦载类似故事,但省略了上述细节,由此或许能成为是否母题加工的分别。说后唐长兴中,侍卫使康义诚,常军中差人于私宅充院子,亦曾小有笞责。忽一日,怜其老而询其姓氏,则曰姓康。别诘其乡土亲族息胤,方知是父,遂相持而泣。闻者莫不惊异。②又传闻广州甲某,潮州原籍的他刚降生就被卖给商人乙,继承遗产后甲某也不知真相。某年秋有老妇约甲某城隍庙相见,老妇认子时甲某惊问证据,老妇泣曰:"你生出来时臂上有红痣。我在梦中得到神人指示,才找到广州来的。"心存疑惑的甲某,当晚也梦见神人指示,相信为真,次日一大早就前去认母③。画面背景仍选在庙中,而因是公共场所,旁边还有其他游人,一是背影看似中年男子父携少年,一是两个儿童在一起说话;相认中正面人物老妇衣衫的补丁令人心碎:这对母子没有享受到通常为人子者应有的童年、青少年天伦之乐,而在亲子成年、亲母暮年才托神佑相逢,真是不幸之中的大幸。

父子相认。多年未见,有时亲父子也要靠身体特征相认。"心动"的暗示,就仿佛灵感突至,或曰"心灵感应"的瞬间发动。在指出李渔善于画龙

---

① 孙光宪:《北梦琐言》卷二十《姜志认父》,上海古籍出版社,1981。
② 李昉等编《太平广记》卷五百《康义诚》,中华书局,1961。
③ 吴友如等:《点石斋画报·大可堂版》,1892年,上海画报出版社,2001。

点睛时，魏鉴勋先生就以《生我楼》为例，谈到尹家父子三四岁即被拐，两度失散："最后骨肉团聚时，如何判定是亲父子，关键全在儿子只有一个睾丸这个细节。……全凭这一生理特征，才可证明散而复聚的父子是亲骨肉。"[1]如果从小说母题史的纵深来看，可知这是一个自中古汉译佛经而来的恒久母题，强调由时间、风俗等因素带来的相认阻困，由先前的偏重情人相认，而扩展到了亲人相认。

传闻追述："齐云舆夫有某者，其同伴亦不省所自来，讯之，旗人也，住齐云者二十馀年。适旗人有任徽州守者，奉太夫人进香于齐云，抵山腰，遇舆夫某，讯之，得实情，知为父，遂迎归以终养焉。"

故事称，某年少时斗殴伤人潜逃，走后妻子生子，多年后子为徽州守，奉母进香，因为天气暖和，舆夫都赤膊："太夫人在舆，察其貌，讶之，聆其同伴话言，若解若不解，徒以在道中，未便致诘。归而语守曰：'尔父出亡久矣，存亡未卜，即有之，声音笑貌亦不能记忆，然左胁下有黑毛一撮，实为暗记。昨见齐云舆夫，不知以何故而动心，儿可徐辨之。'于是守亟命役唤某至，太夫人垂帘坐于内，太守堂上立俟之。既至，命毋跪，亟命役去其衣。某立堂下，大惧，觳觫甚。及去衣，而胁下毛见，太夫人亟步出帘外，先审其旗籍祖父，次考其妻族父母，次问其因何至此，何罪而逃。某屏息，不敢声，太守下堂谓之曰：'毋畏，有语可徐陈之。'其色稍定，乃以次应对。语未半，太夫人泫然出涕曰：'是矣！'太守趋跪其前，某亦跪。太夫人指守而言曰：'彼，是尔子也。'某战栗，不知所答。太夫人携之上堂，曰：'犹识吾否耶？'是时之某，已若木偶，或推之或挽之，茫然莫适所从。太夫人挽之入内，使沐浴，易冠履而出，太守扶之登堂。须臾，丝竹竞奏，水陆并陈，飘飘乎若羽化而登仙矣。"[2]

母子团聚同上，往往也要凭借儿时的身体特征。俞樾记载，山西某富翁四十无子，喜小儿，一次骑马路过中牟县城外，见四五岁小儿很可爱就抱上马，谛视眉目姣好，竟拥怀中策马而归。不久他连得二子，长大后翁给三子都娶了妻。担心死后这抱来之儿必不被容，就赠银万两使携妇还乡，嘱咐至中牟旧地："必有骨肉相逢，此吾遇汝处也。"子涕泣辞去，至中牟果然访到，一老妇称夫亡，生遗腹子，失之今二十年："然有可辨认者，此子面有豆花（唐陈黯有《咏豆花》诗，即痘瘢也，今谓之面麻），吾曾识其数，今虽久远，犹未

---

[1]　魏鉴勋：《名著迭出——清代小说刍议》，辽宁人民出版社，1997。
[2]　徐珂：《清稗类钞》第十三册《舟车类》，中华书局，1986。

忘也。"① 众视此子之面豆花，数符合。老妇由此不再贫而失子，阖家喜乐。

故事一是写出了人的善良本性，富翁发自内心喜爱此儿，并不因无血缘关系而歧视，但家族势力之血缘伦理强固，翁自忖在自己死后此儿夫妇势必会遭排挤，就断然督促其返乡与生身父母团聚。二是经济条件限制了对亲人分别后果的感受与评价。试想，如此儿当初未离乡，那么是否能活得下来尚未可知，生活状态如何亦不可知。这番遭际令人感慨："塞翁失马，未始非福，此之谓矣。或亦造物哀怜节妇而曲成之乎？"

晚清《忠良有后》图，描绘了黄桂圃道光末曾任武昌府同知，咸丰二年（1852）城陷，黄痛斥太平军，被其把小妾与二子押上船，黄投水自尽。后长子启勋被黄之弟黄金溪带走抚养，妾与小儿子久押获释。小妾流落乡下因贫困把孩子送人，临别在孩子左肩刺"天赐"字。南京收复，启勋寻到母亲迎回家，岂知光绪四年（1878）启勋竟遭海难丧生。黄金溪时在天津做官，辗转得知"天赐"事并设法找到，验看左肩，字迹仍在，黄家总算后继有人。而启勋之尸也总算找到并得以厚葬，黄家得到了朝廷抚恤。②

姐弟相认，则往往借助"儿时记忆"的唤起，追忆彼此共知的难忘童年经历。清初刘献廷称，长沙总统将军高起龙，妻陈氏，庐州人，幼为张献忠所掳，后归高氏。起龙总兵云南时，有云南府经历陈某者，往谒高，值高他出。其妻闻陈庐州人，疑之，立屏后，问其家世、居处、父母名氏皆合。又曰："有姊幼为贼掳去，不知所在。"高夫人曰："汝识其人否？"陈某的回答令人泪目：

> 曰："忘之矣。但予幼时顽劣，姊强负予，予曾啮姊臂，伤焉。惟记此事。"高夫人大哭而出，乃兄弟也。陈因以得所，升武清知县云。③

这一细节是多么真切，成为情理兼具、无可置疑的"相认证据"！

光绪十八年（1892），《母子重逢》的新闻画图还展示，广州的甲某原籍潮州，因家贫，刚出生时就被卖给到潮州做生意的乙某。甲某长大后并不知自己是蜑蛉之子。乙某病逝，甲某继承了家产，过着豪富生活。那年秋初，有个老妇人托人送信，约甲某到城隍庙见面。甲某如期而至，老妇人上前认子。甲某惊问有何证据。老妇人哭着说："你生出来时臂上有红痣，我在梦中得到神人指示，才找到广州来的。"甲某心存疑虑，当夜他也梦见神人指示，这才相

---

① 俞樾：《右台仙馆笔记》卷十六，齐鲁书社，1986。《咏豆花》一作《自咏豆花》。
② 吴友如等：《点石斋画报·大可堂版》，1889 年，上海画报出版社，2001。
③ 刘献廷：《广阳杂记》卷一，中华书局，1957。

信是真，第二天一早就去认母。① 儿子臂上红痣，母亲的泪水多少次模糊了这种记忆呀！

母题也为现代著名的"鸳鸯蝴蝶派"专家们所喜爱。如十位作家组合创作的"接龙体"小说《红鸳语》，就以此作为重要机杼，即亲父（塾师）看瘢痕认出爱女，此段由徐枕亚续写。说两个月后，少年的"我"因母不归，音信杳然，作为托管人的亚猛（"吾"祖父的爱徒）不能再等，就挈"我"南归，回到白门（南京），夫妇把我视若己出，爱怜备至。幼小的"我"不知自己是萧氏女。几年后亚猛请来姓贾的塾师，博学能文，授课殊勤，只是平时常暗自流泪。暑天时，披单衣入书房露出了双肘的赤斑，圆大如钱：

> 师见而大诧，执余两臂，审视久之，忽令余辍读，握余手入见亚猛，卒然问曰："颇闻臧获（奴婢）言：'女公子系螟蛉者。'此语信耶？"亚猛曰："信也！"师曰："然则女公子果谁氏子，可得闻乎？"亚猛叹曰："此儿本萧姓，其父亦士人，为盗所陷，夫妇皆亡去，儿故依余活耳。"亚猛语未毕，师忽击案曰："是矣！我见肘上赤斑，心固疑之，往闻人言，此儿殇久矣。乃在此耶！"亚猛诧曰："君与此儿安得相识？"师黯然曰："实告君，我即萧某也。此儿实我女，那（哪）得不识？"亚猛闻言益诧，跃起曰："君即俞倩云夫萧君者邪？"师曰："然！倩云固我妻，君安从识之？"亚猛曰："倩云我师妹也，我抚此儿，实受倩云之托，倩云以君故，子身外出，五年未归，君已见之否？"师曰："未也，为我故。苦我倩云矣！"言已凄然泪下。②

亚猛也惊讶地询问萧氏，原来后者当年被诬入狱后，又被劫狱而出，流落到齐鲁，一直在寻找妻女。不料竟然鬼使神差，当了亲生女儿的塾师，幸好发现了女儿身上独特印记，得以意外地相认。刘扬体先生深情地评《红鸳语》："以萧鸳娘的身世际遇为中心，而以鸳娘母女和二莲寻仇复仇的故事为贯穿线索。八千余字写了两代人的寻仇和三代人的离合悲欢，既有言情的内容，又兼有武侠和公案小说的情节。"③ 小说可以说是否定"重大题材论"的一个个案，但无可否认，同时又是刻骨深情、女性复仇、冤冤相报、乱离重逢等母题完美融会的个案作品，属于言情、世情、武侠诸般题材的"混类小说"。从母题史视域看来，这岂不就是一个重要的"节点"？因而具有重要的母题史价值。

---

① 吴友如等：《点石斋画报·大可堂版》，1893 年，上海画报出版社，2001。
② 刘扬体选评《鸳鸯蝴蝶派作品选评》，四川文艺出版社，1987。
③ 同上。

五、闻音知人：相认信息的最初提示

闻音，在古代有着乡土社会的文化传统。基于家庭、亲熟之人的亲密属性，封闭性的诸特征，许多熟悉的声音事实上是被无意之中听到的。

清初李渔写为了逃难存孤而失节的舒娘子，流落贼中。在船上的她"听见岸上啼哭，好似丈夫的声音"，"亏她见识极高，知道男子的心肠最多猜忌，若还在他未到之先通了一句言语，就种下了无限的疑根，连共枕同衾、开囊卷橐的事，都要疑心出来了。若不说明，又怕他逃了开去，后来没处抓寻，所以一字不提。只把铁索锁了，叫人带住。一来省得他逃走，二来倒借这条铁索，做一件释疑解惑的东西，省得他诽谤起来没得分辨"①。而被呵斥遭链锁的舒秀才终于等到时机，得"仗义之人"的将军，把娘子连同儿子一起归还。

思念中人的声音，是多么令人魂系梦牵！根据这一"情绪记忆"，循声而识人，也是一个久别相认的路径。这里强调了思念者记忆的深固。如阙名《廖氏苦节集》将当下女性遭难，终于"乱离重逢"的故事，与英国小说《鲁滨孙漂流记》对比，强调落难女性的坚韧不拔，实为更加难能可贵。他认为，鲁滨孙在孤岛："鲁本探险家，船破漂流，固意中事。若夫以一弱女子，结庐人境，而实子身孤立，与人世隔绝四十年，而卒获一家聚首。且夫妇偕老，三十余年而后考终。此其所遇，视鲁滨孙抑更奇矣！而世之人竟无知之者，甚矣我国人之贵远而贱近也。"他为廖氏"点赞"而不平。故事讲，戚成勋之妻廖氏，务农为业。张献忠之乱，成勋才弱冠，结婚月余。贼至，廖催促丈夫："君尚未有子，宗祧所在，乌可效匹夫小谅，致陷不孝？君但速行，妾早决一死。倘天幸获免，未必无相见期也。"成勋走后，廖坚扃重门，独居小楼，赖足资数年的薪谷活命。数年后门内外荆棘丛生，她种谷楼外，无一人知，衣朽结草蔽体四十年。成勋流寓湖北别娶生二子，年六十余而思乡里，回到旧居斩伐林木露出田地，小楼时有炊烟缕缕，正在疑虑，听到楼上一老妇人呼叫："汝辈谁何？胡擅入此？"成勋答曰："我此宅主人戚成勋。汝何人？人耶？鬼耶？"廖审视很久，察觉此人很类似丈夫的声音颜貌，又不认识另外几人的"薙发结辫"奇怪装束，犹豫了很久才流泪言："君果夫君耶？吾廖氏也。可将衣裤掷楼上，与我蔽体，始可出门相见耳。"此时廖下楼，已首如飞蓬，不

---

① 李渔：《奉先楼》第二回《几条铁索救残生　一道麻绳完骨肉》，载《觉世明言十二楼》（等两种），江苏古籍出版社，1991。

类人形，彼此"相见悲喜，不可言状"。劫后余生，他们享九十余高寿。[①]

闻音知人，也是相逢之巧表现的一个预设关目。晚清煦园子弟书《菱角》写胡大成与菱角的小夫妻重逢，靠的是熟悉的声音："书生说我便是胡生大成是我，探伯父去居湖北避干戈。听你的声音相熟的狠（很），乳名儿可是唤'菱角'？那女子惊喜交加同入室，在灯下彼此对看认明白……"表现出相逢之时男性的主动。《遁窟谰言》写武昌名士萧九，陷于贼中作文书。严冬雪后出屋小遗：

> 忽闻园东有琵琶声，悠扬不绝。细聆之如泣如诉，音调凄恻，忽触旧怀，怆然泪下，因寻声踪迹之。先是，萧妇江远香，亦世族，女工诗识曲，尤善琵琶，伉俪间极相得。……时鼓数弄，以为笑乐。今闻此声，酷肖其妇所弹，遂冒寒踏雪遍觅。继而声愈低怨，忽闻一弦崩然迸裂，弹亦顿止。萧遥望小亭中隐隐有火光，急趋而往，则双扉悄闭。伏窗窥之，则见一女子凭几抚弦，啼痕满颊，虽香消粉黯，而媚态犹存。审视之，果其妻也，悲痛填胸，不觉陨于雪中。[②]

似乎，母题系列下的原初文本，突出的就是能否、如何"重逢"，其既是离散双方瞩盼的目标、追求的愿景，也是幸福生活追求本身的重要构成。这里事实上就是在倒叙，闻音知人，相见确认后，夫妻各道别后始末。江远香天刚亮就蹴醒萧，远香女扮男装，两人逃出贼营，"决计远隐"，为夫妇如初。

俞梦蕉写，王哲明因三子入军中，偏偏找不到，却因错入而父子被系狱中。而他的女儿纫秋此时女扮男装，正在这里任职事：

> 一日因与子谈事，言《胡笳十八拍》之对，闻者以告职事，职事疑未信。诣狱窃听，惊曰："何其声之似我父也？何其声之似我兄也！"急启狱视之，疾呼曰："阿爹与兄！认得纫秋否？"父子愕然。相顾悲喜交集，各询所以。始知纫秋惊散际，即遇三兄……[③]

所谓"未见其人，先闻其声"，这样的悬念，每多为古代小说所构设。这里，从意外的"重逢巧相认"角度感受，则若临其境，别有韵味。

父子陌路相逢相认于乡音。西商（晋商）故事称，平遥票号协同庆伙友赵德溥，十几岁入票号直到三十多岁未见过父亲，父子不相识。同治三年

---

①　阙名：《廖氏若节集》，载姜泣群编《虞初广志》卷八，上海书店据光华编辑社1915年版影印，1986。

②　王韬：《遁窟谰言·江远香》，载丁耀亢等：《中国古典名著续书集成》第四卷，中国检察出版社，1998。

③　俞梦蕉：《蕉轩摭录·纫秋》，中州古籍出版社，2012。

(1864)，德溥到成都设立分号，一路走了二十多天至汉中，天晚找客栈说有一间被山西一大字号预约，掌柜说可暂住，半夜时客来，德溥出见对方年事已高上前行礼，对方听口音问可是平遥人氏？答是，言姓名，老者惊呼："我是你父亲赵云森啊！"赵德溥忙跪倒在地，父子俩悲喜交加，泣诉衷曲。原来赵云森住班成都分号十多年，连同此次回家才两次，前次赶上德溥在兰州未得见，十几年后不期今日相逢在汉中①。这背后经受了几多骨肉离散、孤凄冷寂之苦！

闻音知人，得以重逢。晚清新闻画图《相逢意外》也描绘，光绪十七年（1891）传扬的故事说，天津人郭某，家有老母和一妻一子。迫于生计去伊犁做生意，十年不归。老母劝媳妇改嫁，媳不得已从之。但每念及丈夫，就放声大哭。恰好这天郭某还乡，听到哭声像是妻子，上前一看正是。后郭某携妇回家，偿还媒资，二人和好如初。②

有的"闻音认亲"，可能只是带入到一个"重逢相认"的过程中，是奇遇、幸运事件的最初阶段。金木散人小说写舒石芝走来相见，杜开先细看他形貌吓人，鼻孔如烟囱，眼睛似火炼宝石，便问："老丈敢就是巴陵舒石芝先生么？"舒答："小子正是。官人的声音，却也是我巴陵一般。"两人凭着"乡音"拉近了距离，杜说："我也就是巴陵。所谓亲不亲，邻不邻，也是故乡人。我想老丈的贵技，到是巴陵还行得通，缘何却在这里？"于是舒石芝介绍身世，十六七年前在巴陵，一宦族人家寻他去看风水，不期看走眼："不及半年，把他亲丁共断送了十二三口。"在当地无法安身，妻子又丧，"那时单单只有个两岁的孩儿，遗在身边，没奈何硬了心肠，把他撇在城外梅花圃里，方才走得脱身。"此时杜开先疑心这人"就是我的父亲"，再问"把令郎撇下，至今还可想着么？"舒答："官人，父子天性之恩，小子怎不想念？却有一说，我已闻得杜翰林把他收留，抚养身边，做儿子了。"杜开先此时不敢隐瞒，倒身下拜认父，舒石芝却不敢接受，担心错认。连旁观的小二都看不下去了，下面舒石芝一段回忆才是决定性的推进：

> "且住，我还记得起当初撇下孩儿的时节，心中割舍不得，将他左臂上咬了一口。如今你要把我认做父亲，只把左臂看来，可有那个伤痕么？"杜开先就将左手胳膊撸将起来，当面一看，果然有个疤痕。这遭免不得是他的儿子，低头就拜。小二便把舒石芝撺在椅子上，只得受了两拜，道："孩儿，若论我祖坟上的风水，该我这一房发一个好儿子出来。还有一说，今日虽是勉强受你这几拜，替你做了个父亲，若是明日又有个父亲来认，

---

① 王夷典：《协同庆》，山西经济出版社，2001。
② 吴友如等：《点石斋画报·大可堂版》，1892年，上海画报出版社，2001。

那时教我却难理会了。"①

多年前的记忆，需要一步步的提示，才能逐渐浮现。这里，小说把经历了深重苦难的人物那种战战兢兢、不敢承领重聚幸福的心理，呈现得惟妙惟肖。

母子凭借直感、声音也可奇迹般地相认。说农家子陈金保，年十三遇乱与母、弟失散，他葬父后夜行四十里抵珠湖，烟水茫茫得一捕鱼老叟救渡。天明却人舟俱杳，诣岸上金龙水神庙叩首，知得神佑。不久遇邻被带回故土，为人家耕佣，年二十五尚未婚娶。后闻中州岁歉，买妇易，便前往。客店主人问知，介绍了西秦康千户遗孀，见妇人举止风神秀逸，心里很喜欢：

> 而妇人忽问陈曰："君声音何以似石梁产？"陈曰："我即石梁西鄙人也。"曰："君之姓名可得闻与？"陈以实对。妇意颇错愕，继而作悲态，问云："陈上舍名子宽者，君识之乎？"曰："是即某之亡父也。"问："何年弃世？"曰："不幸某年遭寇戮，其时某方十三岁也。"曰："陈玉保尚在乎？"曰："此吾弟，亦被掳矣。"曰："君家村舍某宅、某轩、某房阔无恙乎？"曰："刻只剩中堂三楹，其馀灰烬，刻已补茅舍十馀间，供佃人止宿，殊草草耳。"曰："中堂屋后有大槐一株，尚葱茏否？"曰："已为游兵伐作薪矣。"曰："槐根一片土，尚平坦否？"曰："苔藓瓦砾，依旧粘模。"曰："不图汝家竟改变至此。"陈诧云："迢迢千馀里，姆从何处悉吾家门巷？"妇人泫然曰："吾即尔母，当日被掳者也。"陈闻之，遽伏地叩首，哭失声，妇人亦哭。②

如此尴尬地重逢亲母，岂不是鬼使神差？于是如数以银赎母，余资之半谢店主，半作路费，"哀哀乌哺，如再世重逢"。归则事事博母欢。

亲人相认之后带来了更大的掘藏奇迹与创意。故事承上，进一步展开了因重逢幸会而"发迹变泰"的陡转。不知是否在观察、考验，过段时间，母才告诉儿子槐根下有藏银，"皆吾昔时与尔父潜埋者也"，于是一家变得富有，不复耕种。这里，乱离重逢母题又同掘藏致富风习、民俗故事及小说结合起来③。这一母题之间的交织谱系中，失散之母富有智慧和活力，成为无可争议的"智慧老人"形象。是她鼓动儿子乘中州地区又大饥，前往灾区觅良缘佳偶。陈经磨难更富有同情心，看了十数女子没看中也资助其渡过危难。久之遇章儒士介绍了一嫂一姑："誓同适一男儿，貌均姣好，齿亦相称，君有意乎？"

① 金木散人：《鼓掌绝尘》第七回《宽宏相国衣饰赏姬　地理先生店房认子》，春风文艺出版社，1985。

② 宣鼎：《夜雨秋灯录》续录卷六《槐根银瓮》，黄山书社，1995。

③ 王立：《明清小说中的金银变化母题与货币制度》，《浙江大学学报》（人文社会科学版）2000年第4期，《中国人民大学复印报刊资料》J2专题2001年第1期转载。

章引之入一旧宅，视两女子"皆画颊纤蛾，亭亭而袅袅者"，喜而如数付与身价。

同情心与善举得到更多的"心想事成"。这样的波澜又生，更升华和确认了"重逢"幸运，乃是当事人救难赈济所应得的"社会酬赏"。说陈金保佣车将携两艳行，却看到了不忍看到的一幕："儒士暨二女皆大恸，或男掣女衣，或女执男袂，更有小儿女呼姑哭母，鼎沸悲啼。询再四，始知嫂即儒士之媳，有夫有儿，姑即儒士之女，已聘未娶者也。一旦生离，不啻死别。"于是陈"激于义"，慨然效先秦冯谖的"焚券市义"，当即决定留下二女，又拿出六十金助其家熬过灾荒。小说充分注意到受灾者"儒士"身份此时此刻的自尊心，坚意要求下才不再推辞，饯行时记下了乡里居址。小说借助细节状写出受赈济者具有知恩图报的素质，这是传统伦理文化传统中极为可贵的构成①。临行陈金保求代觅一小仆，儒士推荐了亲戚买的一江北童子，勤勉得人怜，"近尝悲啼，思念乡土"，陈见其"貌极俊雅举止安详"。将抵里门，童忽堕泪曰："此间风景宛似我当日被掳处也。"又略经行，曰："此处尚种麦耶？吾兄当日曾走匿于此，不知存否？"因而酸鼻。陈感到惊异。小说叙述重点转到了童子——陈金保的弟弟玉保，说见母后又引之见太母：

> 母瞠视良久，曰："汝被掳时，年几何矣？"曰："四岁耳。"曰："尔若聪明，当亦约略记当日琐事。汝姓记否？"曰："忘之矣。""乳名尚记得否？"曰："某之乳名曰玉保。"母大惊喜曰："汝之左胁有朱砂瘢如酒杯大者，尚隐现否？"曰："在。"验之良确。母乃悲喜交集曰："陈金保买妇不成，买得老母回，今又买得胞弟回矣！"……母子兄弟直相对，如梦寐矣。②

在重逢中获赈救者报恩。仿佛电影画面的由远及近，次年春有书生策马，车载美女来村，走近才问知是章儒士来找陈金保，其先拜陈母，二女依依拜膝下。章云："蒙贤郎慨赠，举家得生。去秋有收，仍旧成富室，故以五百金买得娇鬟二，均处子，美而贤者，请为贤郎作箕帚妇。渠本姊妹行，亦自愿效英皇也。"而又有少年翩然至，章愕然，陈笑云"兄弟复聚"事。章促陈早日成婚，陈告知长女归己，幼为弟妇，章亲眼看到婚礼成才离去。行前陈母"出五百金为儒士寿"，章只收取五十两，作为玉保赠旧主赎身用。主客在充分尊重对方时，礼节还颇有分寸。伴随着家中大槐树根复生，"成交柯连理枝，遂名其堂曰瑞槐"，于是施恩受恩角色互换，陈金宝又感儒士之德，载"二千馀金

---

① 王立：《中国古代报恩故事的主题学研究》，中国大百科全书出版社，2018。
② 杜甫：《羌村三首》（其一）："……世乱遭飘荡，生还偶然遂！邻人满墙头，感叹亦歔欷。夜阑更秉烛，相对如梦寐。"

至中州，遍赈里之饥寒者"。儒士为此创作了《瑞槐堂记》，"文甚古奥"。①
人们多么怀念古时醇厚的民风，期盼着古风犹存啊！

六、"红绳早系"：相认即婚约履行之时

对于"姻缘前定"的信奉，当来自唐李复言（775—833）《续玄怪录》
"红绳早系"故事，即韦固被一看"幽冥之书"的老人告知，妻现今才三岁，
十七岁才会入门。老人囊中赤绳就是"系夫妻之足"的，君脚现已系于卖菜
陈婆女，韦偷窥嫌丑，指使家奴行刺，回称刺中女眉间。多年后娶刺史女儿
美，眉间却常贴一花子，答三岁时"为狂贼所刺"②，证实婚配确为冥中前定。
在 AT 分类法中，这是世界性的民间故事（930A，"命中注定的妻子"）。要
点为：（1）神人预言，他（王子或富家子弟）将娶一农夫女为妻；（2）意图
逃避，青年设法刺杀该女；（3）女孩获救长成美女；（4）预言实现，青年娶
美女，认出额头或双手伤痕，服命运之神奇。

五代时王仁裕（880—956）有类似故事，说有秀才刚成年，托媒数十处
未得谐偶。占卜者称"伉俪之道，亦系宿缘"，君之妻才两岁。又回答是在滑
州城南，姓某，父母以灌园为业，只生一女，将为君佳偶。秀才来寻访，果然
有菜园，"老圃（菜农）家人均同"，秀才更加不高兴了。某日，趁着女孩父
母外出，就到其家"以细针内于囟（脑门，头顶）中而去"。他认为女孩必
死，而其实无恙。女孩五六岁时父母去世，地方官"廉使"养育这孤女，"怜
其黠慧，育为己女，恩爱备至"，长大后廉使携女在别处任职。秀才登第来拜
见，廉使看他很有风采，问知未婚，就想以幼女许配，派人表达此意，秀才欣
然同意。成婚时陪嫁丰厚，"其女亦有殊色"，秀才"深过所望"，追忆卜者预
言太离谱。后每到阴天妻子就头痛，医者说"病在顶脑间"，上药后"内溃，
出一针，其疾遂愈"。于是暗访廉使亲旧，问女子来历，方知真是圃者之女，
占卜者所言不谬③。金荣华教授对此进行了精湛研究，认为故事"有两种说法
被人记录铺陈，也是两位作者各记所闻的结果"，而后一《灌园女婴》故事安
排比较妥帖，固然唐代讲究门第，但印度婆罗门故事应是这一型的"原件"，
主要是社会地位的不相称带给男主角极大的压力，印度故事婆罗门娶那女孩会
有种姓"除籍"后果，传到其他地区，失去源头原有社会背景，"人物行为的

---

① 宣鼎《夜雨秋灯录》中的《香妮儿》《玉蟾蜍》等，也描写了类似故事。
② 牛僧孺、李复言：《玄怪录　续玄怪录》，上海古籍出版社，1985。
③ 李昉等编《太平广记》卷一百六十引《玉堂闲话》，中华书局，1961。

合理性上便有了瑕疵"①。

在华夏本土，上述故事的神秘色彩与冥冥之中"前定"的权威性，被作为婚姻事实及其稳定性的精神存在。定婚店故事，李剑国教授考多种类书收入，后又见《情史》卷二、《西湖二集》卷十六《月下老错配本属前缘》入话，何樵《翠钿记》、柳氏《翡翠钿》、南山逸史《翠钿缘》等②。《隋唐演义》第四十九回开首亦称："凡人的遇合，自有定数。往往有仇雠后成知己爱敬，齐桓之于管仲是也；亦有敌国反成姻戚，晋文公之于秦穆公是也。总是天生一种非常之人，必有一时意外会合，使人不可以成败盛衰，逆料得出；况乎亦绳相系，月下老定不虚牵，即使几千万里，亦必圆融撮合……"③那么，何以在中土得到广泛接受、传扬？主要是对于婚姻合理性、稳定性确认、强调的需要，"姻缘天定"的命定论，与民俗心理中对于婚姻中"缘"的期盼，两者在"乱离重逢"母题形成了双向互动关系。因而，虽有六朝至唐讲求门第的社会基础，在后世并不那么讲究，却并没有中断上述传奇的流传。

光绪十二年到十三年（1886—1887）的新闻画报，曾宣示了这一佳话。说扬州某府中仆婢极多，有位厨师某甲，一向做事谨慎，得主人信任和看重。女主人知他未婚，便撮合他与一陈姓女佣的婚事。此女从东台买来，却是扬州出生，甲自思幼时曾与陈姓女子定婚，后遭兵乱而离散，传闻那女子在东台避乱。成婚时，陈果然就是小时与自己有婚约的女子。原来她住在东台时，因家贫，到扬州为佣④，如此得以完满结合。画图的文字说明感慨："真是姻缘未定，红绳早牵！"这是标准的乱离重逢母题的文本，简直形成了一种思维惯性，以果推因的必然性逻辑。

至于客居外乡，更难得遇到一场极其意外的幸运之事。说山东人甲某到上海，在英租界浙江路租房居住，已好几年了。邻居乙某，买了一名女子作婢女，才十六岁。甲去偷看，发现此女神骨清秀，体态端庄，颇有大家风范，而且似曾相识。原来是同乡姨甥女，自幼许配甲子为妻，因为到江北避灾，其间父母相继逝世，于是被匪徒诱卖。甲派人重新提亲，找吉日和他儿子成婚。沉鱼落雁的姿色漂流四方，但此女红丝早系，虽然伤心千里之外，但还能宝镜重圆，三生有幸。莫非是天作之合？⑤

① 金荣华：《〈定婚店〉故事试探》，《广西师范学院学报》（哲学社会科学版）2003 年第 3 期。

② 李剑国：《唐五代志怪传奇叙录》，南开大学出版社，1993。

③ 褚人获：《隋唐演义》第四十九回《舟中歌词句敌国暂许君臣　马上缔姻缘吴越反成秦晋》，中华书局，2002。

④ 吴友如等：《点石斋画报·大可堂版》，1886 年，上海画报出版社，2001。

⑤ 吴友如等：《点石斋画报·大可堂版》，1890 年，上海画报出版社，2001。

图 3-3　姻缘前定

图 3-4　他乡作合

七、私密隐语：相认瞬间的传声技术设计

夫妻隐语，作为彼此多年分别或相认不便时的必要条件，具有丰富的性别文化意蕴，往往与男女伉俪最为隐秘的心灵记忆相关。[①] 而且，多用于一方对另一方身份确认有困难、不方便的情境中。

小说史家孙楷第先生较早注意到，王同轨《耳谈类增》载传闻，金三病重被岳父杨某设计抛弃，后来与失散的妻子偶遇："女窃视之，惊语母曰：'客状甚似吾婿！'母詈之曰：'见金夫不有躬耶？若三，不知死所矣。'女遂不敢言。三顾女，佯谓舟人曰：'何不向舡尾取破毡笠戴之？'盖三娶时初登杨舟，有是言也。于是妻觉之，出见，相与抱哭，欢如平生。"[②]

《聊斋志异·陈云栖》对这细小而十分重要的关目特为关注。故事写男主人公的生母于亲族家中，见一女美丽绝伦，携同归，思为子妇。二人相见，"道及当日私语，竟云栖也！"只因夫妻久别后的重逢，属于男女异性之间的相认，不能认错，也不能讲话那么直露、随便，甚至可能根本无法正面、正常地交谈，最好以双方能彼此"心领神会"的特殊语言，暗示各自角色身份。

凭借隐语相认，强调了夫妻这一特定"角色伴侣"之相认那种角色的特殊性、条件的排他性和情境的偶然性。此外就是瞬间不容错过，以及唯有彼此才知的私密的回忆效应。如《醒梦骈言》作为《聊斋志异》的一部改写本还描写，宋大中在金山，立在船头看一只小船在船前掠过，船舱里两个妇人，一个年少的宛然就是自己失散的妻子辛娘，"心中奇怪，那年少的见了宋大中，连忙在窗里探出头来认。这种神情越像，却还不好便去叫他。那小船如飞般快，早去有一丈来远。宋大中匆忙里忽然想起和他（她）在家做那一联对句，便似唱'大江东去'的一般高声吟道：'男儿志节惟思义。'只听那妇人也高声应道：'女子功名只守贞。'……两船相近，仔细一看，何尝有错？丫头扶辛娘过船，宋大中和他（她）抱头大哭。"[③] 此作一般认为来自《聊斋志异·庚娘》。该篇写金大用误以为庚娘已死，再娶唐氏后，一起前去祭奠庚娘之墓：

> 暂过镇江，欲登金山。漾舟中流，欸一艇过，中有一妪及少妇，怪少妇颇类庚娘。舟疾过，妇自窗中窥金，神情益肖。惊疑不敢追问，急呼

---

① 这里所说的"隐语"，与各行各业及江湖的隐语不同，后者作为一种民间文化形态，"是中下层社会集团或群体的一种封闭或半封闭体系的语俗。它的产生，首先是以用于内部交际、组织和协调内部人际关系和维护内部利益的基本功利为基础的。"参见曲彦斌：《中国隐语》，辽宁古籍出版社，1994。

② 孙楷第：《小说旁证》，人民文学出版社，2000。

③ 菊畦子：《醒梦骈言》第十一回《联新句山盟海誓　咏旧词璧合珠还》，中华书局，2000。

134

曰："看群鸭儿飞上天耶！"少妇闻之。亦呼云："馋猧儿欲吃猫子腥耶！"盖当年闺中之隐谑也。金大惊，反棹近之，真庚娘。青衣扶过舟，相抱哀哭，伤感行旅。唐氏以嫡礼见庚娘。庚娘惊问，金始备述其由。庚娘执手曰："同舟一话，心常不忘，不图吴越一家矣。蒙代葬翁姑，所当首谢，何以此礼相向？"乃以齿序，唐少庚娘一岁，妹之。

虽说《庚娘》与一般的"乱离重逢"故事有别，然而在夫妻凭借隐语相认这一细节上，却的确抓住了表现母题类型实质的要素，显示了立美范式体现的出色的审美眼光，也佐证了蒲松龄该篇的一个原创价值。

妻扮男子而伉俪相认。《清朝琐屑录》载上海浦东吕某值崇祯国变（1644）时，妻被掳掠，吕鳏居。后十五年，忽一位雄健男子腰弓跨马，来家索酒食。问吕何姓，妻室姓氏为何，父何名，吕如实告之。其人遂上前抱颈而哭："我即尔妻也！关山辽隔，靡日不思。近已从军授职，陈明后，奉旨寻夫，乃得归。"遂解腰头五百金，付吕作生计。此顺治己亥年（1659）事①。章有谟（1648—1735）《景船斋杂记》也载类似故事，说谈起妇人伪装为男，人们只知有木兰与黄崇嘏，其实还有不少。接着叙述浦东吕某事②。如此异文，说明这一实录性故事，经过了一个口头传播的阶段。

妻重逢被弃之夫，却因祸得福。赵吉士（1628—1706）《寄园寄所寄》改写了明代的老故事。说昆山船夫杨某，收留了亡友儿子金三，十七岁。杨怜其贫穷，招入舟做工，勤快而招人喜欢。杨夫妇无子，只一女年相若，就许配金三为妻。一年之后金三不幸患痰症，日渐瘦弱，杨夫妇开始悔恨，经常辱骂。一日江行泊孤岛，就骗金三上岛，弃之岛上而挂帆远去。金三欲归无路，欲赴江又期冀救援，不期发现八大箧，封识完好，估计盗藏财宝，就藏匿沟中，逢别的船经过，托言等伴不至，舟中人许诺带离，搬箧上船。抵仪真，偷启箧见全是金珠。于是服食起居大改善，收仆买妾。一日经河边重逢杨家船，金三就派人盯住。

女性不顾父母的绝情而坚贞不贰，是离散后男子不屈不挠期求重逢的不竭动力。金三所遇杨女正是这样有见识的贞烈女性。先前杨家抛弃金三，女昼夜啼哭不欲生；父母强迫改嫁，她坚决不从。直至金三登船，其他人莫敢仰视，女偷看惊告母："客状甚似吾婿。"母骂她："你是看中了身边这位'金夫'，动心了吧，还要以身相许？若金三早就不知死什么地方去了。"③ 女遂再言，金三回头看女，假装对舟人说："何不向船尾取破毡笠戴之？"这正是当年金

---

① 何日愈：《书明都督总兵秦良玉佚事》引，载王葆心编《虞初支志》甲编卷四。

② 章有谟：《景船斋杂记》卷下。

③ 出自《易经·蒙卦》。

三初登杨家船事——此为伉俪心心相念的"隐语"。于是妻子明白了，出见，抱住痛哭，欢如平生；而杨夫妇也上前罗拜请罪，悔过无已。金三也不与计较，不久全家一起同归金三家乡。后赶上巨寇刘六、刘七叛乱入吴，金三出金帛招募敢死斗士，跟从别驾胡公，直捣贼寇巢穴缚盗魁，平乱，授武骑尉，妻亦封夫人①。

金三被弃荒岛，幸运地发现盗藏财宝，属于"发迹变泰"故事类型的切入，而九死一生，遇难成祥，却都是为了日后与心爱的女人重逢欢聚，共度一生。这一段人生之旅的折磨、曲折，似乎成了对于不同人之人性的一种检验、一种考量。俞樾《茶香室续钞》又转录了赵吉士的抄录，并指出："按小说中有宋金郎事，即此。但据此，则金其姓而非名，殆传闻之异乎？"② 这里的小说，即《警世通言》卷二十二《宋小官团圆破毡笠》及《今古奇观》第十四回。后改编为京剧《宋金郎》，可见非常契合民众与知识阶层的共同心理期盼。

众多神奇故事母题介入，增添了晚期乱离重逢故事的文学性、浪漫情调。晚清《夜雨秋灯录》写楚人佟阿紫，幼失怙恃，孤儿无住处，十五岁时跟着亲戚学做买卖，来到鲁东登州。亲戚病，他日夜侍候汤药，病逝就厚殓之，泣求而登回楚之舟。临别烧纸祭祀，发誓说："阿紫跟着君来，不能送君返乡，敢有侵吞分文者，鬼殛神诛！"不久沦为乞丐。幸逢海滨飞来村孝廉郝隐，赏识其仗义而携回，佟生也灵敏勤快，招人怜惜，渐能自食其力。有大户人家想收养，许配婢女，皆不允。

首次幸运是天降雷雨坠下相貌端正的少女，给佟生带来吉运。村人往观，女自云郝五铢，居远处大村庄，不知何故头晕御风来此。装束若吴人，口音若山陕，易于被解释成天佑奇迹。众人告女说是鬼神撮合，雷霆主婚，汝嫁给佟郎为妻可乎？女意似许可，佟力辞不过，父老村妇积资五十金、衣裙钗钿为女助妆。即日成亲③。早早晚晚一起劳作。某日夫妇携锄刈蒿，忽见两金莺上下鸣舞，女戏击坠地，掘出了黄金二饼，这样有了人、有了财宝，具备了生存与致富的基本条件，故事也代表了相关母题的成功融合，汇入乱离重逢母题之中④。女反对买田宅，坚持劝郎到外郡学经商，归示人，言财富来之有道，说

① 赵吉士：《寄园寄所寄》卷十《驱睡寄》引《鸿书》。出自王同轨《耳谈》卷一《武都尉金三》等。

② 俞樾：《茶香室续钞》卷十六《金三》，载《笔记小说大观》第三十四册，江苏广陵古籍刻印社，1984。

③ 王立、刘卫英：《明清"大风吹来女人"幸运故事的生态学意义》，《东南大学学报》（哲学社会科学版）2011年第3期。

④ 王立：《中古汉译佛经与古代小说金银变化母题》，《南开学报》（哲学社会科学版）2004年第3期。

明女非常注意舆情，以保护自己和家人。

第二次幸运是得到了贵人指教。佟游江南遇巨商甄叟，因相面看出当大富贵，授以白银五百，嘱无论何货，只要贩运。佟过江思贩猪利厚，五百金孤注一掷，因江口遇放飞炮，猪惊逸尽入芦苇中，痛哭欲死。又遇同乡李叟，泣告故。叟笑着指导：凡运白，必先挈犬，猪有逸者嗾犬衔回。赠五十金并借两黄犬即代运猪数十口。佟至江口忽大雷雨，雨霁猪皆乌有，仅两犬在。愤极，决计深入丛莽穷搜，主人戒有巨蛇"芦蟒"噬人，沙软多坑陷，但佟冒死前往，果然以犬驱出了群豕，较前所失多出十数倍，肥腻苗壮，其值约五千余金。正赶上江船泊五六只至，急驱渡江出售，值皇帝南巡，豕价大涨，他坚坐待价，三日后售得八千余金，存金更票帙，潜往钟离告知甄叟。

第三次幸运是水到渠成地实现了双线索的"离散重逢"。一是致富之后佟阿紫与郝五铢的小夫妻重逢，二是郝五铢与父母的全家重逢。甄叟作为年轻人致富的设计师，坚信佟必定归来，呈票符诉始末，叟笑问可否愿见所遇的李叟，即刻喊出，见李大惊；而再视犬，杂在众犬中仿佛叟家素豢养的，更加惊骇。恍然悟知，是甄叟派遣李送犬与金。明日甄叟又将七千金全部拿出，配上干练之仆，嘱再赴楚，遇货即运。佟往返二次，获数万，又函运父母骸骨归。甄叟分金与佟，五万有余，欲把女儿嫁他，佟辞曰家有妻子，别已三载。述前事，叟惊曰：这女子"面庞团白，眉纤而长，名五铢者耶？"原来竟是甄叟的姨侄女，父母陕人，流寓于皖，某年月日女为雷雨摄去。次翌引佟见郝翁媪，一家狂喜。翁媪遂由淮驾海舶，亲送东床运资返登州，骨肉相聚，恍如梦寐，如隔世。半年后欲携婿家同至皖，女提出"不忘村人德"，出千金厚酬村里贫乏者。女生一子，为夫多置妾媵，生子女众多，而女年四十，犹丽若天人。[1]而不论夫妻，还是父女、母女，均有别离而终归于重逢，团圆欢聚、聚族而居并繁衍家族，成为艰辛致富、幸福追求的一个终极目标。

奇女子杜宪英也凭借"隐语认夫"。清后期战乱丛生，黄钧宰认为，时代催省了这类"奇女子"的应运而生："豪杰之士，摩厉戎马间，建功立名，人才辈出。而世间奇女子，不愿以闺帏终老，若予所闻杜氏女者，乃亦以勇略著于时。"杜宪英父是河南有名的秀才，藏书甚丰，幼学少林拳法绝精，尽以把藏书及拳技授女遂卒。宪英嫁给会武功的周生，伉俪甚笃。粤贼北犯，夫妻分领二队乡邻护村。宪英以佯败退敌，而周生因穷追被俘，宪英又用计使贼不杀周生，暂使掌簿籍。

宪英候生三年不归，杜母殁，乃重金买婢，"阔面长身，膂力甚壮"，教武功，从自己密访周生。一日遇邻舟冒士人赴试的贩运富家子，被岸上一僧虎

① 宣鼎:《夜雨秋灯录》卷三《佟阿紫》，黄山书社，1995。

视眈眈，群商调笑，宪英均怒而自语其不知死活，商疑女为盗船，长跪请救。宪英告知僧乃真盗，商求救，女呼婢出，戒商勿露声影。入夜贼果先登商舟，宪英"挥剑旋绕如练，婢手双铁椎"，杀退群贼。明日午，楼船十数自上游乘风来，探知是帅师巡缉的某营总兵官王姓，军士们上前盘问：

> 女怒曰："何必多言，我乃手杀左山虎中州杜宪英也。问我何为？"语未毕，忽有一人自船头跃而登女舟问曰："杜家英娘何在？"……其人又曰："英娘不识我乎？"女目之，方面伟躯，貌似相识而矗矗有须矣，其人曰："我即河南周生，与卿为伉俪者也。今帅兵缉盗过此，不意遇卿。"女犹不敢遽应。周乃曰："卿不忆嵩山射虎时耶？"女曰："弓衣金弹何在？"周曰："置之洛水犀腹中。"盖当时闺中隐语。

问答既合，女不觉泣下。周言被虏后劝贼降，主将王公爱之，"使从己姓，授守备，从征江皖"。赶上诸商来献五百金谢恩，女坚不受。周生既了巡缉事，即解官偕隐嵩山，夫妻读书种菜为乐。婢嫁千总，勇过其夫[①]。经历了乱离的苦难岁月，戎马倥偬的征战生活，夫妻二人认识到了有限生命的真正价值，他们觉得远离尘世纷争的厮守才是最可宝贵的。

嘉庆后通俗小说《绣戈袍全传》写情侣俩当年设定的隐语，重逢时也派上了用场。说云卿母子舟行寻素兰，"江海如旧，人面难逢"。云卿追怀当年，不胜"伊人宛在"之想：

> 忽一舟飘过，见一女子仿佛素兰一般，云卿急出船头，高叫道："海中水涨了！"即见那女子亦说："出云试看熯（烘烤）舟。"末二语系两人当年夜睡舟中，一欲房事，即说此以看贵同等假寐否。盖床上隐谜，无人晓得。云卿一闻这女子所答，必系素兰无疑。即命船家反棹赶上，拍舟隔认，彼此知系情人，急过舟相会，抱头大哭。意外相逢，各述所遇[②]。

如石麟教授指出："为了防止书童贵同等有意无意听到二人隐秘，故以隐语约以房事。不料，几经磨难情侣相逢时，这'闺房隐语'反倒成了'接头暗号'，使二人重新比翼双飞……若无中间那几句夫妻情侣间的闺房隐语穿插其间，一定会减少若干趣味。"[③]

晚清说唱文学《蹐春台》写朝霞回营对亚兰曰："今日阵前那位元帅，正

---

① 黄钧宰：《金壶遁墨》卷三《奇女子》，载《笔记小说大观》第二十七册，江苏广陵古籍刻印社，1984。

② 江南随园主人：《绣戈袍全传》第四十二回《李情人江中合璧　唐公子堂上衔环》，人民中国出版社，1993。

③ 石麟：《石麟文集》第八卷《稗史迷踪》（选本）下，花木兰文化事业有限公司，2021。

似萧郎。"亚兰建议单独挑战,诈败,待他赶近身,便知是非。次日按计果然得到了相认的机会:

> 看看近身,朝霞回头,大声言曰:"来者莫非萧嘉言否?"答曰:"正是。"朝霞曰:"不意夫妻在此相逢,岂非万幸!"嘉言着了一惊,勒马问曰:"你是何人?然何夫妻相称?"朝霞曰:"萧郎夫,你就认不得了?奴是何朝霞!"嘉言曰:"面貌倒还相似,为甚又男装从贼咧?"朝霞曰:"奴家为你受了千辛万苦,男装寻夫,从虎口中逃出性命。今日从贼造反,也为寻夫而来。"嘉言曰:"你当真是何朝霞吗?今日相逢,犹如梦寐!"二人下马,各把诸军喝退,弃刀见礼,夫妻抱头恸哭。

下面一段问答对话叙事,把分别后嘉言的疑虑、朝霞的贞烈经历昭示出来,也有下一步安排的设想。彼此哭毕,朝霞依言回营,把夫妻相会事告知亚兰,她们不约而同,持守乱世人生中平民的价值观,把夫妻相会尊为首位。亚兰喜而出令曰:"我等皆是女流,为寻丈夫起兵,并非妄想尊位。如今既见丈夫,即要投诚归顺。汝等有愿从者,即随我去;不从者,给以路费回家务农。"① 令出,兵散大半,剩下的人随二人投顺到嘉言营中。

八、幸运:获救与善行导致的意外之喜

《西游记》写比丘国的众多小儿被妖邪国丈作为长生药的药引,囚禁在鹅笼中,孙悟空师徒除妖之后,行者叫城里人家来认领小儿,满城如同节日一般的喜庆气氛:

> 当时传播,俱来各认出笼中之儿,欢欢喜喜,抱出叫哥哥,叫肉儿,跳的跳,笑的笑,都叫:"扯住唐朝爷爷,到我家奉谢救儿之恩!"无大无小,若男若女,都不怕他相貌之丑,抬着猪八戒,扛着沙和尚,顶着孙大圣,撮着唐三藏,牵着马,挑着担,一拥回城,那国王也不能禁止。这家也开宴,那家也设席。请不及的,或做僧帽、僧鞋、褊衫、布袜,里里外外,大小衣裳,都来相送。如此盘桓将有个月,才得离城。又有传下影神,立起牌位,顶礼焚香供养。②

在妓院中与自己妻姐相遇,也是带有戏剧性的。说清初海宁人陈素庵相国的继配徐夫人,是他明末落第时南还途中,舟泊吴门徐翁家邂逅的,后来他做

---

① 省三子编辑:《跻春台》卷二亨集《栖凤山》,群众出版社,1999。
② 吴承恩:《西游记》第七十九回《寻洞擒妖逢老寿　当朝正主救婴儿》。

了清朝官，在良乡邂逅一妓："其貌宛与夫人相似。询之，则涕泣自言姓氏，及遭乱失身之故，即徐翁长女也。因赎归，携至京师。后归一满洲武臣，其人后至八座，女亦为命妇焉。"①

因重逢而牵出旧案，真相昭雪。许奉恩写少女爱儿，十岁时母亡，家翁托其嫂养育。受嫂氏恶意挑唆、以新婚之苦恐吓，爱儿出人意料地在新婚之夜潜逃。乡人皆以为失足跌下井，却只发现了井中僧尸，女仍不得踪迹，五年后："翁有族子至豫经纪，路过一市，忽见爱儿在此当垆贳酒，怪为面似，迫审良然。"② 告知后急驰寻女："大惊，翁前持抱泣曰：'儿何至此，累吾实甚。'女亦泣。既诘至此之由……"翁佯装大喜，答讼事已结，"乙以为无事，遂治装偕女归"。翁密诣县，隶拘乙讯真相，原来爱儿当年夜奔，因雪迷路堕井，呼救，某僧正将缒绳时遇无赖某乙，同拽起。某乙悦女色劈倒僧拖堕井，胁迫女遁至河南成夫妇。官断乙抵僧罪，爱儿归原夫；因衅起于嫂谮语，"令批其颊以示薄惩，人皆称快"。后嫂氏两颊的创伤终身不愈，受到邻里鄙视。爱儿则夫妇重聚，"皆知为嫂氏所骗，伉俪倍笃……"尽管这是一则儆世故事，作者认为："迨至旧弦重续，琴瑟永调，追忆畴昔恶谮之言，至是始悟其妄；衔嫂入骨，永绝庆吊，固其宜也……闺阁闻之，可不互相警戒欤！"至关重要的却是"乱离重逢"，这里夫妇、父女痛苦的五年之别，只因年幼无知，遭"小人拨乱"，而族子在外乡无意之中认出此女并告知，老翁寻女富有智慧的应对，起到了决定性的作用。

因而，这类救助受难者（被离散者）并使其得以团圆的"推手"，多为素昧平生、路见不平的侠义之士，他们主动发现小儿被拐而出手相救。现实中还真有不少此类传奇性故事，给人以惊喜震撼。光绪十一年（1885）有新闻报道，英轮"淡水号"水手长范阿来即有此义举。说苏州小孩叶金宝被拐至厦门，范阿来将其救出，送至英领事馆，小孩辗转由旧轮船带回上海，与叶家人团圆。新闻配以图画，并感慨："这真是梦想不到的事，多亏那位好心的水手长留心察觉，见义勇为，叶家应该焚香顶礼祝福他。"③

还有的则纯系偶然。《妖尼可恶》的即时性新闻称，光绪十八年（1892）闰六月二十四日，芜湖有个十四岁的小姑娘到福善庵去看盂兰盆会，就此失踪。家人四下侦查，但音迹杳然。本月初，她的亲戚在外地一座尼庵中看到她，已是尼姑装束。小姑娘的父母闻讯赶来，找到了女儿。据小姑娘说：那天福善庵的老尼姑将她诱到内室，捆绑起来，强行剃去头发，将她送到此地。他

① 徐珂：《清稗类钞》第五册《婚姻类》。
② 许奉恩：《里乘》卷四《爱儿》，齐鲁书社，1988。
③ 吴友如等：《点石斋画报·大可堂版》，1885—1886年，上海画报出版社，2001。

们回到芜湖，带领家中仆人，到福善庵兴师问罪，将那可恶的老尼姑缚在树上，狠揍了一顿。[1]

离散者因自己的善心善行而意外地收获了重逢之喜，这是一种美德获报的伦理书写。

光绪十八年（1892）传扬的"还妻得妻"故事称，宁波李某经商为业，因赋闲已久，难以糊口，就托甲某将妻子卖给了正欲续娶的程某，得钱一百五十元。其妻过门后愁眉紧锁，程怜悯她，送还李某，并不收回那一百五十元钱。李氏夫妇深为感激。后李某到新加坡，赚了大钱，买回来一女，以报程氏："此女已有一子，尚年幼。不料与程相见后两人痛哭流涕，原来她是程氏的原配，因遭匪劫而致分离。"[2]

这里的因果线索非常清晰："还妻"→让失散的"他者"团圆（自身付出代价）→自己与失散之亲人团圆。借用古代复仇逻辑中的"同态复仇"，这里呈现出一种"同态报恩"，其宣示的"社会酬赏"功效是相当有说服力的。

图 3-5 还妻得妻

---

① 吴友如等：《点石斋画报·大可堂版》，1892 年，上海画报出版社，2001。
② 同上。

九、人鬼重逢：冲破阴阳之隔的传奇

离散双方，生前未能晤面，而阴阳相隔，能在死后世界相逢，体现了期求团聚意念的执着，且穿越时空和幽明之隔相认，这基本上表现在"夫妻重逢"这一分支上。

首先，这一类型展现出浓郁的悲剧气息，一种由希望到绝望的情绪，弥漫在这类故事中。南宋洪迈描写，商人邹某外出经商，将妻子甘氏留在妻兄甘百九家，甘氏因不相信丈夫客死消息，私自出走寻夫，被妓女谭瑞诱骗流落青楼，抑郁而死。四年之后，夫妻相遇在旅店，已为鬼魂的甘氏，居然完全不认识面前的丈夫了，而邹某却认出了妻子：

> 一妇人邀之啜茶，邹疑全似其妻，直造彼室，共床而坐，问曰："娘子何姓氏？"曰："姓甘，行第百十，本非风尘中人，约父丧夫亡，流落于此。"邹曰："故夫为谁？"曰："巴陵邹曾九也。初去舒州时，期一季即反，后来无一音信，往来客程多说他死了。于今恰四周年，孤单无倚，不免靠枕席度日。"邹大怒曰："汝浑不认得我！"妇曰："我亦觉十分相似，只是面色黧黑耳。"邹益怒曰："我身便是汝夫！元不曾死，遭病患磨折，以故久不得归，汝亦何至入此般行户，故意辱我！叵耐百九舅，更无兄弟之情，纵汝如此，目今与谁同活？"妇曰："孑然。"邹即算还店家房钱，挈之回岳。是日就见百九，作色责问，百九曰："尔去之后，妹子一向私走，近日却在江夏谭瑞家，正欲经官，且得尔到。"明日，即同诣州陈状，郡守追逐人赴司来质究问，甘氏于众中出，倒退数步，化为黑气而散，讼事遂止。[1]

甘氏已死，但一念之悬，她冤魂不泯，仍在执意找寻当初许诺"此行不过三二月"就能重聚的夫君，邹某看到的不过是郁结之气凝聚的鬼魂。误传为死的本没有死，生者外出寻觅，却真的死在客途。故事以点带面，表现出的是更多的生离死别的人生悲剧。似在暗示出：重逢的本属于少数，更多的实已人鬼殊途。未见鬼妻，尚可以有一线之期、侥幸，而此次幽明相晤，则彻底断念了。

其次，人鬼重逢，结为伉俪。说杨在灯会上遇一女子，是他结拜兄弟韩思寿的妻子郑意娘。东京汴梁失陷时意娘与丈夫被乱军冲散，现今在燕京韩国夫

---

① 洪迈：《夷坚志》三志壬卷十《邹九妻甘氏》，中华书局，1981。

人府上当女婢。而杨与韩思寿故土相见，才得知意娘实早已死①。王德威教授认为："跨越肉身及时空的界限，消逝的记忆及破毁的人间关系去而复返，正如鬼魅的幽幽归来。……传统的鬼怪故事不仅止于见证迷信虚构，而更直指古典叙事中写实观念游离流变的特征。"② 乱离重逢母题即最为写实的母题之一，而王德威还指出，该母题在有的文本中却要试图超越主人公的死亡，如《崔待诏生死冤家》③。这其实也是母题史积累丰厚的表现，为此，需要在描绘神秘空间方面进行新的突破。

其三，夫妻死后重逢再结伉俪，生子得福，带有浓重的神秘性与引人入胜的传奇性。明代广东人俞时福，美丰容、善声律。娶同郡一女，相得誓不再娶。不久妻得疾濒死遗言，愿夫早图继室以昌厥后，"是渝盟而贤于遵盟也"。妇拿玉戒指二，一授福，自戴一以殉。次年福随友人余文教至京城，租用分宜氏门下，分宜友人张某很清贫，被分宜以医者身份推荐后一日得万金。还家时带回妻女，其女曾梦见嫁士人，夫妻恩爱，临死不忍别，醒来戒指仍在手。大呼其夫姓名，时福同张急趋视之，女见大呼："吾夫在此！"近身出戒指与福合，且道往事甚详。福也相认"是也"，于是告知女前世原委，分宜为媒以女嫁福。时张无子，财产全都归福。后女生子二人，长大后相继成了进士。④ 张女仿佛福妻转世，故事成为现实中"重逢"传闻的一个翻版。

其四，借助于冥间人给生者托梦沟通，促成阴阳两界的亲人重逢。俞樾笔下的故事极其离奇。说苏州陆墓村人某甲，兵乱时，于途间得人家弃子，养之为子，养大后为娶妻。甲夫妇当初不知子之父母为谁，其子也并不知别有父母。光绪六年（1880），甲妇病重，死而复苏："呼其子语之曰：'我在冥中见尔母，乞还其子，我已许之矣。汝母某氏，汝父则尚在人间，姓某名某，住苏州城中某处，汝宜携尔妇归，无使我失信于尔母也。'言已遂卒。"其子以为是病重胡言，不信。次日有苏州人至，姓名与甲妇所言同，索还其子。甲问事情过了二十年，为何来索？其人说夜间亡妇托梦，言先前所失子在君家。今君家妇已允诺归还，故来，愿与子同归。甲问其家住所也符合。甲遂同意，其子才泣谢而去。⑤ 这是一起养母年迈病逝之后，养子回归原生家庭的故事。

其五，生前不能重聚，转世得以实现愿景。《二刻拍案惊奇》的故事写出了恩爱夫妻离散，夫寻妻却不能相认，只得以兄妹相待，彼此郁闷而死的悲剧。青梅竹马的金生、翠翠婚后美满幸福，不料翠翠被张士诚手下李将军掳

---

① 冯梦龙：《喻世明言》卷二十四《杨思温燕山逢故人》。
② ［美］王德威：《历史与怪兽：历史·暴力·叙事》，台北麦田出版社，2004。
③ 同上。
④ 程时用：《风世类编》卷九，载《风世类编 闇然堂类纂》，文物出版社，2018。
⑤ 俞樾：《右台仙馆笔记》卷八，齐鲁书社，1986。

走，金生踏上寻妻之旅，经平江、绍兴、安丰、湖州，两年未见到妻子。乞丐度日，没有房钱，草眠露宿，果在湖州寻到李将军府。即假托寻妹，了解到府中有刘小娘子是淮安人，而此时翠翠随着李将军东征西战，已六七载。但相逢场面尴尬而不正常，说翠翠正心痒难熬，听外面有请，急趋一看：

> 果然是丈夫金定！碍着将军眼睁睁在上面，不好上前相认，只得将错就错，认了妹子，叫声"哥哥"，以兄妹之礼在厅前相见。看官听说，若是此时说话的在旁边，一把把那将军扯了开来，让他每讲一程话，叙一程阔，岂不是凑趣的事？争奈将军不做美，好像个监场的御史，一眼不然坐在那里。金生与翠翠虽然夫妻相见，说不得一句私房话，只好问问父母安否。彼此心照，眼泪从肚里落下罢了。"昔为同林鸟，今作分飞燕。相见难为情，不如不相见。"又昔日乐昌公主在杨越公处见了徐德言，做一首诗道："今日何迁次，新官对旧官。笑啼俱不敢，方信做人难！"今日翠翠这个光景，颇有些相似。①

作品体现出所谓"互文性"，在中国文学中其实多半就是使事用典，母题的以旧典引当下。

下面是金生巴不得要他留住，寻机会与妻相通，将军见其知书达礼，留门下为记室，金生温和待人而愈加谨慎，想寻见妻剖诉苦情却再不能相会。只得作诗夹到布袍中，假托让妹拆洗，让人传递与翠翠，翠翠读诗哽咽，洗补也作一诗缝入，转交金生，金生读罢"感切伤心，终日郁闷涕泣，茶饭懒进，遂成痞膈之疾"。将军请医调治，但"心病还须心上医"，当然屡医不效②。看看日重一日，翠翠闻知获准来见，彼此更是"十分伤情"，金生竟枕翠翠膝而逝。此后翠翠也精神恍惚病死。将军念其临终叮嘱，葬在金生冢旁。两人生前不能成双，诡认兄妹，死后埋在一处③。那么，他们在死后世界中的团聚，有谁来做见证人呢？徐志平教授精辟解读："转世内容的加入，对于金定夫妻的不幸遭遇带来了补偿作用"，"金定和翠翠虽然抱恨而死，但在结尾时托梦，表示他们来生将可重为夫妇，这段原文中没有的情节，应是为了补偿读者心理的不平而加上的。"④ 这一阐释，考虑到了母题的接受心理，平实可信。长诗《孔雀东南飞》以降，夫妻死后化为相思鸟、连理树的母题，在此引领了"乱离

---

① 凌濛初：《二刻拍案惊奇》卷六《李将军错认舅　刘氏女诡从夫》，上海古籍出版社，1992。
② 王立：《相思病母题与中古汉译佛经溯源》，《南亚研究》2005 年第 1 期。
③ 凌濛初：《二刻拍案惊奇》卷六《李将军错认舅　刘氏女诡从夫》，上海古籍出版社，1992。
④ 徐志平：《明清小说叙事研究》，台北新文丰出版公司，2014。遥忆赴台中访学时，笔者得蒙徐兄面晤赠书，在此致谢。

重逢"母题的一个审美走向，这一思路的源头很可能是在南亚次大陆①。

然而金生翠翠的故事却有了新创。说洪武初，翠翠家淮安刘氏旧仆来湖州贩丝绵，偶见一所大房门前一男一女，却是金生与翠翠。翠翠问父母及乡里，仆人答毕；翠翠也经仆提醒带回一封家书报父母。而淮安刘老忽见家书，喜从天降！叫齐一家骨肉来看，其中写各自逃生"不能玉碎于乱离，乃至瓦全于仓卒。……托鱼腹而传尺素，谨致叮咛。未奉甘旨，先此申复。"文字甚美，大家欢喜。刘老携此仆也来湖州会会女儿，不想原处只有野草荒烟，狐踪兔迹。疑怪间逢老僧拄杖来，才知此地乃李将军所葬刘生翠翠兄妹之坟，而刘老摸出家书看，是一幅白纸，老僧言李将军已死，无处寻踪。刘老情不能舍："我与你父女之情，人鬼可以无间。你若有灵，千万见我一见！"当晚在禅房，竟然真的见到翠翠金生来拜跪，悲啼宛转，哭诉经过。刘老提出迁骨，翠翠不允，称此近禅房时闻妙理，不久便与金郎托生，重为夫妇。刘老哭醒才知是南柯一梦。从小说的结穴之笔，仍可以看出文学母题传统的审美惯性："此乃生前隔别，死后成双，犹自心愿满足，显出这许多灵异来，真乃是情之所钟也。有诗为证：连理何须一处栽？多情只愿死同埋……"

这类故事的传奇性，实际上得力于对现实生活中残酷性的认识，"死后重逢"特别能表现一种"人生不如意者十之八九"的理想难于实现的憾恨，直至清末此类故事还在传播。

《二刻拍案惊奇》卷三十八话还写，明代隆庆年间，西安府易万户与朱工部为好友，两家指腹为婚，"依俗礼各割衫襟，彼此互藏"，留下合同文字。后易家生男，易却因建言忤圣，被贬四川泸州，朱家生女，朱乔迁边上参将，两家人劳燕分飞。后万户子易大郎长大后武艺精熟，因逐兔来到一大宅院，见一士大夫模样的长者，端详后问："此非易郎么？"相认后置酒款待，席间长者叫书童取来一匣，内罗衫一角，文书写："朱、易两姓，情既断金，家皆种玉。得雄者为婿，必谐百年。背盟者天厌之……"大郎认得父亲万户亲笔，不觉泪下交颐。后堂传话老妇与一女子出，小说只描写那少女，似在易大郎眼中所见：

> 袅袅婷婷，走出厅来。那女子真色澹容，蕴秀包丽，世上所未曾见。长者指了女子对大郎道："此即弱息，尊翁所订以配君子者也。"大郎拜见孺人已过，对长者道："极知此段良缘，出于先人成命；但媒约未通，礼仪未备，奈何？"长者道："亲口交盟，何须执伐！至于仪文末节，更不必计较。郎君倘若不弃，今日即可就甥馆，万勿推辞！"大郎此时意乱

---

① 王立：《古代相思文学中的相思鸟、连理树意象寻秘》，《华南师范大学学报》（社会科学版）2000 年第 6 期，《中国人民大学复印报刊资料》J2 专题 2001 年第 5 期转载。

心迷，身不自主。女子已进去妆梳，须史出来行礼，花烛合卺，悉依家礼仪节。是夜送归洞房，两情欢悦，自不必说。①

仿佛命中所定红线早牵，借助于先唐史传文学而来的"逐兔见宝"母题②，小说写出了易大郎人生命运陡转与幸运却伴随着奇特的人鬼"异空间"相逢。借助于六朝"仙乡洞穴"故事类型，刘晨阮肇式的人仙恋，转化为人鬼重逢的"践约"，而恰恰也是男性当事人的"归乡"之念，打破了重逢的欢欣美好。说大郎数月后竟不记得家里了，一日忽念家就起意回去看看，女禀父母，"那长者与孺人坚意不许"。女垂泪道："只怕你去了不来。"坚持不允。次日大郎骑马出去盘旋，得出，回来却再找不到庄院，"但见群冢累累，荒藤野蔓"。归家有"老成人晓得的"认为，女方举家已绝，"郎君所遇，乃其幽宫。想是夙缘未了，故有此异……"告诫勿再往。后大郎到京师承袭父职归，夜出巡，忽见先前女子怀抱一小儿迎来，与前一次指腹为婚后的践约重逢不同，小说呈现出了第二次重逢的奇迹般场面：

> 忽见前日女子怀抱一小儿迎上前来，道："易郎认得妾否？郎虽忘妾，褓中之儿，谁人所生？此子有贵征，必能大君门户。今以还郎，抚养他成人，妾亦籍手不负于郎矣。"大郎念着前情，不复顾忌，抱那儿子一看，只见眉清目秀，甚是可喜。大郎未曾娶妻有子的，见了好个孩儿，岂不快活？走近前去，要与那女子重叙离情，再说端的。那女子忽然不见，竟把怀中之子掉下去了。大郎带了回来。后来大郎另娶了妻，又断弦，再续了两番，立意要求美色。娶来的皆不能如此女之貌，又绝无生息，惟有得此子长成，勇力过人，兼有雄略。大郎因前日女子有"大君门户"之说，见他不凡，深有大望。一十八岁了，大郎倦于戎务，就让他袭了职。以累建奇功，累官至都督，果如女子之言。③

作品明点出："全似晋时范阳卢充与崔少府女金椀（碗）幽婚之事。"这指的是西晋干宝《搜神记》中的传说。说范阳人卢充到距家西三十里的崔少府墓打猎，尾随一獐，来到一府舍。出来一人带他见了崔少府，少府说近得尊府君书信，为君求婚小女，卢充认出亡父手迹，"即歆歆"，便与女郎成婚。几天后崔告知卢充，女若生男当送还，生女当留自养。四年后的上巳节，卢充在水边遇崔氏女与三岁小儿，女抱儿还充，赠金碗，又不见了。卢充后入市高价卖碗，想寻识者。一老婢认出，报告主母——崔氏亲姨母，说是崔氏未出嫁

---

① 凌濛初：《二刻拍案惊奇》卷三十《瘗遗骸王玉英配夫　偿聘金韩秀才赎子》入话。
② 王立：《"逐兔见宝"与古代戏曲小说的幸运英雄母题》，《中国典籍与文化》2000 年第 2 期。
③ 凌濛初：《二刻拍案惊奇》卷三十《瘗遗骸王玉英配夫　偿聘金韩秀才赎子》，上海古籍出版社，1992。

女的棺中金碗，卢充答缘由。母令迎儿："视之，儿有崔氏之状，又复似充貌。儿、碗俱验。"① 儿后来成才任郡守，成为大族。

　　父子阴阳相隔而意外重聚。蒲松龄写陈锡九与富室周某女订婚后，陈累举不第，游学数年无信，周悔而将女嫁王孝廉为妾，女不从，被父怒遣，后周家又强把女接回。陈父客死西安，陈母亦哀愤卒，锡九望妻不归，乞食远至西安遍访父骨不到，在丛葬处被打仆地，闻官府人至："车中官员曰：'是吾儿也。孽鬼何敢尔！可悉缚来，勿致漏脱。'锡九细认，真是父亲，大哭。"父告已不在人间，是"太行总管""为吾儿来"，锡九对父亲泣述岳家催离婚，父慰谕并告知新妇亦在母所。小说写出了锡九面临生死之限，宁愿"侍父母，不愿归矣"，父怒促行，嘱归向岳索妇。归，果于坐处得银，买棺雇车，得父骨而归。葬后家徒四壁，锡九又开始寻妻。而女方家"造凶讣以绝女志"，找杜中翰来议姻，不久迎亲，女不食将死，周无法，就把将死之女归锡九，意待女死以泄其愤。女气绝，周子率人毁门窗，周讼官捕锡九。锡九以女尸嘱邻媪，忽闻转活，"宰怒周讼诬，周惧，啖以重赂始得免"。于是锡九夫妻相见。原来女濒死之际，得冥吏送到冥府见公婆，又被送返阳世，"女与锡九共述曩事，相与惊喜……"锡九设童蒙帐维持生计。此间又牵连盗案，幸亏地方官是昔日受业门人，赠银和二骡，夫妻慰甚。冯镇峦批："'得父骨而归'五字，自西安还邳也，包括多少文字，要繁便千言不了，要简便一字疾通。"②

　　在冥间世界的"异空间"中与亲人相认。满族作家和邦额写，滇南汪太学入都科考，死在河南溆浦道中三年，家人不知。其子汪越五六岁，稍懂事即思北上寻父。十七岁时，母料夫必死，筹银泣嘱儿寻骨："儿以冲年（幼年）客万里，母肝肠寸断矣！凡百为母自爱，倘得见汝父，可急同归，免倚闾人泪眼望穿也。"汪越北上病倒在溆浦逆旅，入市取药遇一瘦髯老人，相面称孺子如从我指示，可免罹祸患，且有喜庆。于是遵嘱入山拜求一老人，按要求沉心学坐枯禅。久之觉行旷野，见一人素服赤帻赤髯骑白马，自称本地城隍来迎。汪越辞老母未终养不能从命；来人又劝到蓬瀛为仙，越仍拒，其人挟越行，忽与母、姊弟和老乳母相逢，母告汝父已受帝命为土地神，越喜随往见父，即先前所遇瘦而髯之老人："母与老人相持而泣，姊泣告'此即父也'，越哭拜，父抚之说子孝心感灵，可归，汝母、姊弟阳数终，同归疫劫。惟汝前程尚远，四十年后，自当迎汝至此聚首也。越牵衣弗释，母、姊弟从旁劝勉，越终不舍去，父怒叱，嗾左右曳之出，越以手攀阈，仰首顾母而哭曰：'儿辛苦万端，始得依依膝下，更复奚之！'父突前以靴尖踢之……"③越蹶然而醒，出穴。

_____

① 李剑国辑释《唐前志怪小说辑释》，上海古籍出版社，1986。
② 任笃行辑校《全校会注集评聊斋志异》卷六《陈锡九》。
③ 和邦额：《夜谭随录》卷五《汪越》，中州古籍出版社，1993。

　　此外，长篇小说《绿野仙踪》写剑仙连城璧等飞临向黄河岸边的地方落下，见穿囚衣的老少一群人被差役押解，其中一年老囚犯停下细看，确认是连城璧，大哭说："爹爹认不出我了，我就是儿子连椿。"又指着两个孙儿和大孙媳等，连椿已同父分别四十来年，连城璧"也不由得心上一阵凄感，只是没掉出泪来"，原来连椿等是因冷于冰、连城璧在泰安劫牢反狱受牵连被"发配远恶州县"。连城璧见到二孙儿连开道眉目清秀，"身上止穿着一件破单布衫，裤子只有半截在腿上，不知不觉的，便吊下几点泪来"，于是便运用法术带他们从远处搬运来金银、衣服等财物，还给有交往的官员朱文炜写了信。后来连城璧才解悟出这期间仙凡的"时间差"过久，乃是"中了师尊（冷于冰）的圈套"，即告诉师弟金不换：

　　"此事易明：偏我就遇儿孙，偏你就遇着此妇，世上那有这样巧遇合？连我寄书字与朱文炜并转托林润，都是一时乱来。毫不想算：世安有三四十年长在一处地方做巡抚巡按的道理？我再问你：你在怀仁县遇的许联升妇人，可是六七十岁面貌，还是你娶他时二十多岁面貌？"不换道："若是六七十岁的面貌，我越发认不得了。面貌和我娶他时一样。"城璧连连摇头道："了不得，千真万真，是中了师尊圈套。你再想：你娶他时，他已二十四五岁，你在琼岩洞修炼三十年，这妇人至少也该有五十七八年纪。若再加上你我随师尊行走的年头算上，他稳在七十二三岁上下。他又不会学你我吞津咽气，有火龙祖师口诀，怎么他就能始终不老，长保二十多岁姿容？"不换听了，如醉方醒。①

　　借助乱离重逢母题，小说表现出得道仙侠连城璧的"冻龄"，他离家之时儿子连椿才十八岁，分别近四十年，相比之下，差役都看出连城璧"年纪不过三十三四岁"，竟比儿子年轻很多，而在尘世烽烟中的儿孙们，该是蒙受了多少苦难！离散期间这父亲与子孙们所经历的巨大不同，岂止表现在面容的差异？而不期然的相逢相认，仙侠的劫富济贫，不也是一种悲天悯人，对社会现实不满的必要反抗吗？

　　新闻画报描绘，东莞人张某与妻子汪氏感情深笃，不期数月后汪氏身染重病，弥留时言情缘未尽，来世再为夫妇。几年后张某教书于江西，偶遇一女，与亡妻容貌非常相似，即托人求婚，成亲后："那女子的言谈性格都和张某亡妻汪氏一模一样。见过汪氏的人都啧啧称奇！"②画面上的少妇是正面的，而夫君则是侧面像，手持前妻遗照，对应文字介绍的随身携带遗照之说。题曰"文箫再世"，当取自《史记》卓文君、司马相如的佳话，及刘向《列仙传》

　　① 李百川：《绿野仙踪》第九十六回《救家属城璧偷财物　落大海不换失明珠》，岳麓书社，1993。

　　② 吴友如等：《点石斋画报·大可堂版》，1892年，上海画报出版社，2001。

的萧史弄玉故事："萧史善吹箫，作凤鸣。秦穆公以女弄玉妻之，作凤楼，教弄玉吹箫，感凤来集，弄玉乘凤、萧史乘龙，夫妇同仙去。"于是，母题图文呼应地进入新闻图画的题材视野，也受到尘间有情人持续普遍的欢迎。

图 3-6　文箫再世

十、望夫石：乱离不能重逢的文化象征物

最后，是夫妻、情侣离散之后，尾随近旁，但终未得重逢团聚。说余督学在闽中时，院吏言，雍正年间，学使有一姬堕楼死。以为是偶失足，久后才有泄露其事的，说姬本山东人，十四五时嫁一窭人子，夫妇甚相得，赶上饥荒不能自活，其婆婆把她卖给了人贩子。夫妻相抱哭泣彻夜，啮臂为志。夫念之，一路乞食追踪贩者至京师。其间于车中见了一面，因年幼怯懦，惧遭诃詈，只四目相向挥涕。姬入官媒家后时时候门侧，偶得一睹，彼此约勿死，冀终得重逢。后闻姬为学使纳为姜，夫投身为其幕友仆，共来闽中。无由通问，妇并不知。一日夫病死，姬闻婢媪道其姓名等情况才知。彼时在楼上凝立良久，忽对众备言始末，长号数声投下死。载录者感慨："大抵女子殉夫，其故有二：一则揖柱纲常，宁死不辱。此本乎礼教者也。一则忍耻偷生，苟延一息，冀乐昌破镜，再得重圆；至望绝势穷，然后一死以明志。此生于情感者也。此女不死

于贩鬻之手，不死于媒氏之家，至玉玷花残，得故夫凶问而后死，诚为太晚。然其死志则久定矣，特私爱缠绵，不能自割。彼其意中，固不以当死不死为负夫之恩，直以可待不待为辜夫之望。哀其遇，悲其志，惜其用情之误，则可矣；必执《春秋》大义，责不读书之儿女，岂与人为善之道哉！"①

最能表现夫妻不能重逢的文化意象，是著名的"望夫石"。

最早记载望夫石传说的，据说为旧题曹丕作《列异传》："武昌阳新县北山上有望夫石，状若人立者，传云：昔有贞妇，其夫从役，远赴国难，妇携幼子饯送此山，立望而形化为石。"②刘义庆《幽明录》、郦道元《水经注》等均载异文。为《太平御览》等收载。征夫远行，思妇痴情，引发的相思怀归情怀在古代引人共鸣，泛化为对世间几乎所有永恒情愫的惜叹。宋陈师道《后山诗话》指出：

> 望夫石在处有之，古今诗人，共用一律。惟刘梦得云："望来已是几千岁，只似当年初望时。"语虽拙而意工。黄叔达，山谷之弟也，以顾况为第一，云："山头日日风和雨，行人归来石应语。"语意皆工。江南有望夫石，每过其下，不风即雨，疑况得句处也。③

固然，望夫石之咏与六朝至唐的题咏之风有关，内核则是对人生的关注，对夫妇不能重逢的不尽惜憾。

《优古堂诗话》指出此所谓顾况诗，实为王建之作，前二句为"望夫处，江悠悠。化为石，不回头"。而刘禹锡诗前二句为"终日望夫夫不归，化为孤石苦相思"。二首平实之作都突出了思妇虽化石仍远眺不止的执着。李白《望夫石》也刻画得很精细，其《望夫山》也咏叹"春去秋复来，相思几时歇？"极关注时间的递迁④。孟郊、武元衡等此题之作亦为佳构，而李邕《石赋》还将其贞烈执着同精卫填海的气概联系起来。

在望夫石之咏连带的现实情感背后，隐伏着古远的等候时久变形母题。刘宋时刘义庆《幽明录》载阳羡小吏渡水见一五色浮石，取纳床头，夜里就变为女子，自称为河伯女⑤。陶潜《搜神后记》卷一溯及中宿县贞女峡得名由来，就引传闻说"秦世有女数人，取螺于此，遇风雨昼昏，而一女化为此石"⑥。这个人形石传闻，《水经注》及《太平广记》卷三百九十八亦有，地点在桂阳。卢若腾（1598—1664）还曾加以总结：

---

① 纪昀：《阅微草堂笔记》卷十二，上海古籍出版社，1980。
② 郑学弢校注《列异传等五种》，文化艺术出版社，1988。
③ 陈师道：《后山诗话》，载何文焕辑《历代诗话》上，中华书局，1981。
④ 王立：《追求中的怨慕与迷惘中的伤感——古代文学中的相思与思乡主题比较》，《学术交流》1992年第6期，《中国人民大学复印报刊资料》J2专题1993年第3期转载。
⑤ 郑晚晴辑注：《幽明录》卷一，文化艺术出版社，1988。
⑥ 陶潜：《搜神后记》卷一，中华书局，1981。

人有化为石者，辰州府卢溪县辛女岩有石，屹立如人。相传高辛氏女于此化为石……邓州新野县、太平府当涂县俱有望夫石，乃贞妇望夫所化也。宋绍定元年，昆山石工采石于马鞍山，山摧工压焉。越三年，他工采石，闻其声相呼应若平生，报其家，凿山出之，见其妻喜曰："久闭作风，肌如裂。"俄顷化为石，貌如平生。①

"贞妇望夫"，她们正是在期盼重逢的焦虑中，身化为石，形容候望的时间久远。

其一，化石虽也有男性，但化为望夫石的却有着几乎共同的深层结构：一是通常都以女性为中心；二是这些女性都有"贞"的品性，这品性因夫别久不返的人生变故而闪耀出悲剧性的冷艳色彩。明人这里，传闻中的被望者身份有了较大变化，谈迁（1594—1658）载："望夫石，人稔知之。肇庆府四会县西二百里，有新妇石，夫为商不归，久望遂化石。宋林小山诗：'瘦骨崚嶒立海湄，绿苔曾是嫁时衣。江郎去作三衢客，目断天涯竟不归。'"② 其实宋王安石、苏轼、苏辙，明徐渭等人，也都咏过此题，可谓都对思妇望夫抱有深切的同情。褚人获《坚瓠集》六集卷三亦复述前引《列异传》的传说和郭功甫诗，称"千古万古望夫恨，一江秋水寒蝉多"。不论所望之夫或行役或经商，石所在的区域位置具体为何，这些表层结构的变移性都不足以摇撼其深在之旨，只能说明现实中引起人们趋同、印证与复制的广泛兴趣。

与此相联系的，清人的"留人石"故事当为其变异：

广西有留人石，见于昔人题咏者甚多。然不详其何处。予在岭南时，曾于丁亥（1647）春初，自梧州之南宁，挂帆西上，路过砧板塘，遥见塘之南岸有奇石数峰，森然丛峙，问于舟人，答曰："此留人石也。"予至鹚首（船头）望之，而舟适经其侧，见石之高者六七尺、低者三四尺，悉肖妇形，身皆东向，立者、坐者、蹲者、倚者、翘首而望远者、扬袂以招人者，其状不一。相传：人客南宁者，类皆赘居不返，妇怨之，归咎于此石似留人也，因以得名……"③

望夫石传闻就这样引起人们用既定的内心图式，同化现实中自然物的人文蕴涵，从而加以类似的顺应附会，置换为望夫石模式的变种。耐人寻味的是，已有特定意象内涵的风物景观，还可以作为新产生的意象景观的参照，以此为歌咏者在有所依傍中温故知新，互为映衬而点化成章：

---

① 卢若腾：《岛居随录》卷上，载《笔记小说大观》第十三册，江苏广陵古籍刻印社，1984。
② 谈迁：《枣林杂俎·义集》，罗仲辉、胡明校点校，中华书局，2006。
③ 清凉道人：《听雨轩笔记》卷一，载《笔记小说大观》第二十五册，江苏广陵古籍刻印社，1984。

粤西横州伶俐口，在江之南，岸上有石，状如女子，号留人石。粤谚曰："广西有一留人石，广东有一望夫山"是也。广东商贾多贽于西不返，其妇女辄以此石能留人，西望诅祝（咒骂）。岭南屈大均曾代为之词，诅曰："留人石，莫留人，风吹石，代为尘。"祝曰：留人石，既为尘；望夫石，复为人。①

留人石意象的意义在于，其不同于望夫石展示思妇悲剧性的结局，而体现为众多弃妇在血泪积聚后痛切的反思，尽管这种对悲惨命运根源的寻究是神秘主义的猜测。

在满族作家长白浩歌子小说中，豪士王友直邂逅一位女仙，因博戏而胜之，于是女仙相约化为石随他归舟，夜里又由石复化为美女②。人石互化母题，在此成功地打破了痴情空望的被动。女仙是如此笃于情谊、讲求信义，赌输了便决不食言，而且极为遵守时间。应当说，这个故事体现的民间的爱情理想，在大胆追求的浪漫想象中又不乏对爱情贞信的殷切期待，借助于女仙化石又复变为人而得以实现。

然而，望夫石意象传说所昭示的，恰恰不是这种偷期私奔的女性及其爱情观。因而女主人公只能由人变为冰冷坚硬的石头，而不能再变回来。不难理解，除了现实世界的风物感召，社会生活影响及心理原型显现刺激，还有着不断强化的正统婚姻爱情规范在起作用。首先，不能否认望夫石意象传说体现的思妇盼归的确有真挚爱情的成分。在"父母之命，媒妁之言"下结合的青年男女，共同生活了一段时间，也有许多是建立了深挚感情的。它与传统社会所给予的既有婚姻形式共生共存，与女性"从一而终"贞节观念、道德信条交织在一起。歌咏此贞女由于盼归痴情而化石，化为石仍苦苦相思瞩望，也以肯定其恪守贞节为前提。刘方平《望夫石》即咏："佳人成古石，藓驳覆花黄。犹有春山杏，枝枝似薄妆。"以野树山花渲染了思妇淡妆素雅之美，但这美是"女为悦己者容"，仍是为突显其用情专一的品格。唯其有这种品格才显出其美，才能肯定其美。

其二，望夫石所体现的不是一种双向交流式的爱情，而是特定的一方对另一方，即妻子对丈夫的"单相思"。古语说"痴心女子负心汉"，至于她那位远行未归的夫君究竟意下如何，人们尚不得而知，只能凭善良的愿望去推想。"妾来终日望，夫去几时归？"无奈之际，她——也是她们——只好如晚唐唐彦谦《望夫石》所咏"可怜双泪眼，千古断斜晖"。在中国古代社会，几乎每

---

① 燕山孙等编《徐墨偶谈节录》，载虫天子辑《香艳丛书》五集卷四，商务印书馆，1935。
② 长白浩歌子：《萤窗异草》初编卷一《玉镜夫人》，辽宁古籍出版社，1995。

一位思妇都有理由担心"浮云蔽白日，游子不顾反"。《水经注》卷三十四就记载，夷道县北有女观山："厥处高显，回眺极目。古老传言，昔有思妇，夫官于蜀，屡愆秋期，登此山绝望，忧感而死。山木枯悴，鞠为童枯，乡人哀之，因名此山为女观焉。"这里，虽无石人出现，无疑与望夫石传说同一机杼。因而望夫石展示的相思痴恋充满了一种自我牺牲式的道德感。

其三，这永恒的相思痴迷，是以牺牲女子个人一生幸福为代价的。因为传统社会中的女性一般没有独立的生活能力，似乎一生只配有一次爱情婚姻。从根本上说，造成望夫无期的是那严酷的社会与纲常礼教。这一传说的审美效应无疑是悲剧性的。天工造化的石与传统文化成就了望夫石传说，而望夫石意象传说的深蕴又不断启发人们，对思妇的贞节由钦敬到提倡，乃至以人工雕琢成石妇，作为偶像来供人瞻仰。白居易《蜀路石妇》也对重逢不得悲剧十分同情：

> 道傍一石妇，无记复无铭。传是此乡女，为妇孝且贞。十五嫁邑人，十六夫征行。夫行二十载，妇独守孤茕。其夫有父母，老病不安宁。其妇执妇道，一一如礼经。晨昏问起居，恭顺发心诚，药饵自调节，膳羞必甘馨。夫行竟不归，妇德转光明。后人高其节，刻石像妇形。俨然整衣巾，若立在闺庭。似见舅姑礼，如闻环佩声。至今为妇者，见此孝心生。不比山头石，空有望夫名。

这里对望夫石的否定，本质上仍是一种难得的肯定和认同。已经成为望夫石的思妇，企望夫归从一而终，而白居易歌咏的蜀妇则将这始终不渝的信念移注到孝敬公婆。是"夫行竟不归"成全了这位孝妇的声誉，使其"妇德转光明"。没有这人生的悲剧，又有谁来注意她平凡的人生呢？她被刻成石像，虽死犹生，正是人们不想让她的献身精神泯灭。

偶像是人创造的，人们创造出偶像还要不断修改，使之符合自己的文化模式。不过在修改臻善中总还有某些恒定的东西保留。直至清代还有这样的动人传说："粤西风淫佚……相传唐神龙中，有刘三妹者，居贵县之水南村，善歌，与邕州白鹤秀才登西山高台，为三日歌……秀才忽作变调曰《朗陵花》，词甚哀切，三妹歌《南山白石》，益悲激，若不任其声者，观者皆歔欷，复和歌，竟七日夜，两人皆化为石，在七星岩上。下有七星塘，至今风月清夜，犹仿佛闻歌声焉……"① 这段望夫石意象史的异文，带有鲜明的地域色彩与民族情调。"对歌"作为男女情爱深衷隐曲的炽烈表露，竟然因其自身的情爱魅力而旷日持久地进行了"七日夜"，然而人虽化石，其情语缠绵如缕不绝，其如同

---

① 王士禛：《池北偶谈》卷十六，中华书局，1982。异文参见屈大均：《广东新语》卷八"刘三妹"条，中华书局，1985。

鲍照《拟古八首》其八的抒发众多忧人孤客情爱相思之恒久："石以坚为性，君勿惭（一作'轻'）素诚。"

望夫石意象传说的原型意义，早已超过地域的疆限，广泛深入到除汉族外的其他民族之中，从而为华夏之邦多民族的共同心理所认同接受。如回族，也有类似的传说流播于世：

> 乌什万山中有白石峰，皎然玉立，如淡妆美人，翘首有所盼。问之土人，曰："此秧哥塔什也。"——回语"妇人"曰"秧歌"，"石"曰"塔什"。相传乾隆间，兆文毅公惠平西域时，有某部酋子，被俘入关，其妻思之，日伫立山头，以望其返，后遂化为石也。[①]

秧哥塔什——妇人石，也就是思妇石、望夫石，这一充满思妇血泪的传说已为不同民族所接受，成为中华民族共同体的话语。

传说广东连山县与广西交界处的高山"望君顶"，上有三块石头叠如石板凳，上有竖立一石。当地壮族传说称，美丽的梅娥姑娘被财主抢掠，路遇青年石苟，他打跑抢亲的家丁，与获救的梅娥逃入深山成亲。不久石苟被强拉当兵，分别前约定每月十五日梅娥在山顶遥望战场，石苟也向东对望，以慰相思之苦。五年不见归人，梅娥遥望不见，搬石叠凳，眺望之中自身化为石。从此这山被称为望君顶。[②] 民俗学家程蔷先生把这类传说划为"山川名胜传说"，指出它的想象特点不同于一般民间文学作品中的想象，"这是一种由自然风光所激起的、以视觉美为出发点的想象……给视觉对象赋予某种想象，又增添了视觉的美感。当然，这种遐想必须与视觉大体契合，才能形成山川名胜传说的特殊魅力。"[③] 在此，我们不能不想到，某一意象、传说的内涵、母题模式一旦稳定化，极不容易完全脱离其原型的旨趣框架，而且彼此互动互证。内容固化为形式，而固化了的形式有其自主性，反过来又制约内容的要素。

总之，天地之间的石磊磊落落，鲜有完全相同的，古人心中的石意象传说也是林林总总、纷飞错落，既有神话原型、仙话母题，又凝聚着不尽的现实追求与理想企盼，总有某些规律性和共同点可寻。石在天地间磊落长存，而石意象藏蕴的信仰、哲理与痴情也持久留存，令人久久回味。我们在弘扬中国传统文化的魂宝时，可以从石意象及相关传说中发现中国古人不少诚可珍贵的东西，而这些与乱离重逢母题有着"重聚"深层情结的共同之点，也是逻辑前提和永恒的驱动源。

---

① 中华书局编《古今怪异集成》上编"地理类"，中国书店，1991。该书成书于1919年。异文参见徐珂编《清稗类钞·迷信类》，中华书局，1986。

② 关汉、韦轩编《广东民间故事选》，花城出版社，1982。

③ 程蔷：《中国民间传说》，浙江教育出版社，1995，第2版。

第四章
信物、旧物与标识性元素的结构功能

国外汉学家曾强调明清戏曲中的关目，指出在这些戏曲中，信物，是农民心目中的社会道义的象征："赠送信物就是承诺。信物确定了双方基于某种道义的永久联系。信物在剧情发展中的惹人注目位置，说明承担道义的唯一证据……《双红大上坟》和《高文举坐花庭》两戏的核心情节，都是围绕夫妻久别后，在某种戏剧性的场合下，逐渐团圆的过程展开的。双方一旦出示信物，僵持的局面就开始转化。《丁郎寻父》，讲了一个儿子寻找从未见过的父亲的故事。父亲早年被迫远走他乡，入赘另一家庭。在这出戏中的父子相认，等于说这位男子要承担对突然到来的儿子的做父亲的责任。在促成父亲履行责任的关键环节中，发挥作用的正是儿子怀揣的信物。"[①] 而其实，整个重逢相认故事谱系中，也普遍存在着勾起回忆、旧物为信的"道具"。

一、久别相认的八种信物、凭据等印证

旧物，与情物的关系是部分重合的——有一部分也是情物，但范围要大于情物，即不限于情物。民间故事、文学作品中的母题（动机），较早来自音乐（"指一系列有联系、有特点的声音，同时它们指示着更高级的、范围更广大的整体，如主题或旋律"）。比较文学的经典论著曾以桃花岛为例子来说明："有个长期离开的人回来了。没有人认识他。但是他拿出半个戒指给人看，这个戒指是他离开的时候，折成两半的。现在这半个手指一丝不差地配上留在那里的一个人保存的另半个戒指。于是他就被认识和达到了证明……"[②] 相认信物母题，可以由某一意象构成，古代中国是铜镜、玉环、旧衣、兵器、灵兽、书信、特殊滋味与特定形状的团鱼，乃至夫妻隐语，等等。

---

① 欧达伟：《中国民众思想史论——20世纪初期—1949年华北地区的民间文献及其思想观念研究》，董晓萍译，中央民族大学出版社，1995。

② 沃尔夫冈·凯塞尔：《语言的艺术作品》，陈铨译，上海译文出版社，1984。

表演艺术家荀慧生体会："戏曲中虚拟的表演……也有时采用一些简单的小道具，如用车旗表示车，船桨表示船，马鞭子表示马等等。不过这些各具特征的小道具，只有和演员的想象、动作等联系起来才能起到辅助说明的作用。"① 因而，戏曲艺术就尤其偏爱小道具，以便于展开故事情节与动作。如河北定县秧歌戏《耳环记》演："丈夫王景川游手好闲，好赌成性，输光家产。遇上荒年，他又卖掉妻子贾金莲（但他必须留下儿子传宗接代）。三年后，有钱的后夫虽然对金莲很好，但她认为抵债期满，又思念前夫和儿女，便宁可回去过苦日子。她灌醉了后夫和家丁，自己又逃回了原来的家，夫妇相见，母子团聚，一家人十分高兴。金莲发现前夫虽然变卖了几乎所有家财，却仍留下他俩的夫妻信物——一只耳环，两人重修旧好。"②

需要说明的是，这类身边之物等"道具"如同偶然、巧合等一样，并不为乱离重逢母题所独专。黄霖先生等指出，明代白话短篇小说中"有的作品善于运用'道具'将人物事迹巧妙牵合在一起，如《蒋兴哥重会珍珠衫》（《喻世明言》卷一）中的珍珠衫，《郝大卿遗恨鸳鸯绦》（《醒世恒言》卷十五）中的鸳鸯绦，《顾阿秀喜舍檀那物》（《初刻拍案惊奇》卷二十七）中的芙蓉屏，《莽儿郎惊散新莺燕》（《二刻拍案惊奇》卷九）中的玉蟾蜍等……使故事显得曲折多变，趣味横生"③。但这类道具在"重逢"故事中可就端得不得了！

第一种，"破镜重圆"。铜镜由离别双方各持一半，特指夫妻别后重逢。一般认为，典故来源于唐代孟棨《本事诗》"情感第一"，说陈朝太子舍人徐德言之妻，是后主陈叔宝之妹，封乐昌公主，才色冠绝，时值陈朝国政方乱，德言心知家国不能相保，很可能会遭遇乱离，夫妻恐怕会劳燕分飞：

> 谓其妻曰："以君之才容，国亡必入权豪之家，斯永绝矣。偿情缘未断，犹冀相见，宜有以信之。"乃破一镜，人执其半，约曰："他日必以正月望日卖于都市，我当在，即以是日访之。"及陈亡，其妻果入越公杨素之家，宠嬖殊厚。德言流离辛苦，仅能至京，遂以正月望日访于都市。有苍头卖半镜者，大高其价，人皆笑之。德言直引至其居，设食，具言其故，出半镜以合之，仍题诗曰："镜与人俱去，镜归人不归。无复嫦娥影，空留明月辉。"陈氏得诗，涕泣不食。素知之，怆然改容，即召德言，还其妻，仍厚遗之。闻者无不感叹。仍与德言陈氏偕饮，令陈氏为诗，曰："今日何迁次，新官对旧官。笑啼俱不敢，方验作人难。"遂与德言归江

---

① 荀慧生：《虚拟与真实》，《戏剧报》1961 年第 9—10 期合订本。

② 欧达伟：《中国民众思想史论——20 世纪初期—1949 年华北地区的民间文献及其思想观念研究》，董晓萍译，中央民族大学出版社，1995。

③ 黄霖、杨红彬：《明代小说》，安徽教育出版社，2001。

南，竟以终老。①

其实，南齐僧人释宝月所作《行路难》一诗，即以赠物状写思妇的绵绵相思："夜夜遥遥徒相思，年年望望情不歇。寄我匣中青铜镜，倩人为君除白发……"后来"破镜重圆"的故事，又在《夷坚丁志》卷十一《王从事妻》基础上，清代陆次云在《湖如墙记》中还敷衍了"娶妻还妻"故事，等等。

第二种，灵禽灵兽的提醒、协助相认，也是一种因报恩动机带来的神秘因素介入。如作为异类"故旧"的禽鸟报恩引路。明代传闻福州陈鲁，年十五丧父，庐于墓，"有黑乌如鸳，为鹰所抟，投其怀，鲁以衣蔽之，得免，分羹糁以蓄之"，解救之后，有富民欲买此乌鸦治疗心疾，陈鲁讲究诚信，却曰："始固活之，今以财弃之，犹不救也。"养了一年，毛羽恢复才以彩线结其羽纵之，"乌回翔鸣咽，乃入云表"。十年后，陈鲁伯父被诬谪戍外地，鲁前往看望，伯父因边地严法劝走了他。漂泊时遭遇大雪迷路，恰巧遇黑乌盘旋不已，原来是当年解救的乌鸦来了，还把他领到了陈鲁父亲朋友的住处②。

第三种，带有特定标志的旧衣衫。这里展现了"慈母手中线"的心血凝聚之物——旧衣衫——的通灵功能。血缘伦理附着旧衣衫，似有通神之灵。《警世通言》写苏云遇水贼，获救；夫人郑氏逃出贼手避难尼庵，十九年后夫妻才凭着当初夫人包裹婴儿的罗衫复合。孙儿徐继祖赶考途中，巧遇一老婆婆（亲祖母），因"偶见郎君面貌与苏云无二"，特以珠衫相赠："这衫是老身亲手做的，男女衫各做一件，却是一般花样。女衫把与儿妇穿去了，男衫因打折时被灯煤落下，烧了领上一个孔，老身嫌不吉利，不曾把与亡儿穿，至今老身收着。今日老身见了郎君，就如见我苏云一般。郎君受了这件衣服，倘念老身衰暮之景，来年春闱得第，衣锦还乡，是必相烦，差人于兰溪县打听苏云、苏雨一个实信见报，老身死亦瞑目。"③放声痛哭。这有破洞的罗衫，具有特殊的血缘、情感的持久价值。而后来父子、夫妻同相认的场面，非常有戏剧性：

> 苏爷看见这一伙强贼，都在酒席上擒拿，正不知甚么意故，方欲待请

---

① 异文见李冗《独异志》卷下等。南戏《乐昌公主破镜重圆》（残篇，见《宋元戏曲辑佚》），丁乃通《中国民间故事类型索引》编为 AT881A＊"夫妻离散各执信物终得团圆"类型，收录了相关异文 11 个。其实，更早的也有。陈尚君引用日藏韦述《两京新记》卷三的转录，进而指出："一是徐对乱后命运的考虑，设想了几种可能，破镜只是如果得以有幸相见的一种联络手段。二是公主的经历，是先为隋军所俘，再由隋文帝赐给杨素，与贺若弼的待遇一样。三是公主到了约定的时间正月望日，也即后世所说的元宵节，让阁奴到市中高价售镜，终于得值德言。四是杨素得知原委及处置过程，也更为具体周密。至少可以确定这一故事不是中唐以后人伪造，在玄宗时已经广为流传。"见陈尚君《行走大唐》，广西师范大学出版社，2018。钱钟书《管锥编》也列举钗钿意象等："皆以示情偶原为合体，分则各残缺不完……诗人常取此意入其赋咏。"

② 刘忭等：《续耳谭》卷二，文物出版社，2016。

③ 冯梦龙：《警世通言》卷十一《苏知县罗衫再合》，上海古籍出版社，1992。

问明白，然后叩谢。只见徐爷将一张交椅，置于面南，请苏爷上坐，纳头便拜。苏爷慌忙扶住道："老大人素无一面，何须过谦如此？"徐爷道："愚男一向不知父亲踪迹，有失迎养，望乞恕不孝之罪！"苏爷还说道："老大人不要错了！学生并无儿子。"徐爷道："不孝就是爹爹所生，如不信时，有罗衫为证。"徐爷先取涿州老婆婆所赠罗衫，递与苏爷，苏爷认得领上灯煤烧孔，道："此衫乃老母所制，从何而得？"徐爷道："还有一件。"又将血渍的罗衫及金钗取来。苏爷观看，又认得："此钗乃吾妻首饰，原何也在此？"……苏爷方才省悟，抱头而哭。事有凑巧，这里恰才父子相认，门外传鼓报道："慈湖观音庵中郑道姑已唤到。"徐爷忙教请进后堂。苏爷与奶奶别了一十九年，到此重逢。①

故事此前见于元代陶宗仪写北宋末年事。程鹏举之妻被迫与丈夫分别："鬻于市人家。妻临行，以所穿绣鞋一，易程一履，泣而曰：'期执此相见矣。'"② 夫妻生别之时，互换鞋子以为日后相见的信物。稀见小说《锦绣衣》写周嫂道："当初抛弃之时，我心中不忍，将一件天蓝小棉衣包裹好了，又将大娘与我的绣谱包在外面，叫周才防在高燥之处的。"后来果然凭此验证相认。小说批判了溺女婴的陋习，离不开特定的衣物凭证这一重要的道具。③

罗衫信物，起自唐人小说的祖孙相认（参见本书第二章第六节），而广为传播、深入人心的是戏曲《白罗衫》（《罗衫记》）④。

第四种，当事人身边的其他饰物等。这类信物非常方便、易于携带，而且易于见物思人，引起爱屋及乌的联想与想象。唐传奇中，元稹的《莺莺传》写女主人公致夫书信，倾吐衷情："玉环一枚，是儿婴年所弄，寄充君子下体所佩。玉取其坚润不渝，环取其终始不绝。兼乱丝一绚、文竹茶碾子一枚。此数物不足见珍，意者欲君子如玉之真，弊志如环不解。泪痕在竹，愁绪萦丝，因物达情，永以为好耳。"⑤ 李景亮的《李章武传》写李留赠交颈鸳鸯绮一端，王氏回赠白玉指环，赠诗亦曰："捻指环相思，见环重相忆。愿君永持玩，循

---

① 冯梦龙：《警世通言》卷十一《苏知县罗衫再合》，上海古籍出版社，1992。

② 陶宗仪：《南村辍耕录》卷四《妻贤致贵》，中华书局，1959。

③ 迷津渡者编次：《锦绣衣》第二戏《移绣谱》第六回，《明清珍稀本小说丛刊》，齐鲁书社，1996。

④ 《古本戏曲丛刊三集》据长乐郑氏藏本影印。《曲海总目提要》卷十六《白罗衫》称明人作："演苏云事，本之小说，曰《苏知县罗衫再合》，姓名事迹皆符。"（原注：剧中以苏夫人产子之后，收生媪引入王尚书家，为其女之乳母，其后徐继祖游尚书园，苏夫人突出告状，此节稍异。徐用为僧，亦系添出，余并相同。）程国赋考证现存清内府钞本、传抄本，清代刘方有《罗衫合》传奇。参见程国赋《三言二拍传播研究》，中国社会科学出版社，2006。

⑤ 元稹：《莺莺传》，载汪辟疆校录《唐人小说》，上海古籍出版社，1978。

环无终极。"① 比起《诗经》时代赠物者多为男子的主动性追求，在此，则表现为女性借此情物维持相思相恋长久，早日团圆的痴愿。"环"，是情爱终始无绝的表征，而如此周到且细致的考虑，足见传统文化中对圆满相聚的重视。

明代姜以立作《金鱼坠》戏剧，以金鱼坠这一"道具"勾连前后情节。说封丘秀才李曰才，妻子金氏貌美。富豪张一网见而悦之，就令家人蔡坤嘱盗扳陷，曰才被发配到荆州摆站。夫妻别时，曰才以金鱼坠付妻为日后之验。妻已怀孕，曰才嘱妻：生男即抚养成人，读书，报仇雪恨。解差受张一网收买，中途欲害曰才，遇金兵冲散；一网遂逼金氏成婚，金氏逃到公婆家相依度日，生一子，起名李士美。而曰才投军在岳飞麾下，因功授邓州都尉。儿子士美早年登第，任荆州推官。母与祖母告知从前情事，拿出金鱼坠为证令访父下落。至布机寺，题诗于壁。值有上司入寺，士美回避失坠，而入寺者（士美父曰才）拾坠，因此才认明父子，抵家团聚。张一网诬害事也被追究抵罪。此剧与《寻亲记》中周羽的故事情节颇似："周羽，封丘人，李曰才亦封丘人；张敏称张员外，张一网亦称张员外；张敏妻谏夫不从，张一网妻亦谏夫不从。至如家人设谋、夫妻分别、贿嘱解子、登第访亲、夜半父子相遇……种种关目，俱与《寻亲记》相似。李曰才以金鱼坠为验，后来父子相逢寺中，父为武官，子为文官。曰才契友雷茂才与曰才子同中进士，遂以女嫁士美。又绝似《双珠记》。"② 戏曲采撷了乱离重逢母题的构架，并屡屡应用其中的"旧物为信——相认重逢"，可见信物这一关目的重要功能，也是复仇主体艰辛隐忍时的见证之物。③

谢肇淛（1567—1624）在《麈馀》卷四中写，嘉靖三十八年（1559）倭奴寇闽，杀掠无算。吴山有林氏女，已许嫁宋氏，两不相识的青年男女定亲后尚未婚，偏巧一同被倭寇掳掠，互通款曲并互赠情物，然而造化弄人，不幸逃跑时彼此又失散了。直到三十多年之后才又重逢，女此时才得以重新回归到故夫怀抱。他们彼此各持的是金珥与袜带，仿佛就是思念对方、坚定必得重逢的念想，一种砥砺信念之物：

> 夜半，群贼熟睡。各通姓名，两人知为夫妇，相持饮泣。女以金珥赠宋，宋贫无物，解袜带一只遗之。约曰："今生倘有见期，无相忘也。"

① 赠物相思，此外又参见钱锺书《管锥编》所引诸例，中华书局，1979。
② 董康等：《曲海总目提要》卷十，人民文学出版社，1959。
③ 即第 960 型 B1 故事："一对夫妻乘船旅行，在夜里突受海盗袭击。丈夫被扔进河里，大家以为死了，妻子因已怀孕，含羞忍辱活下去，后来又被迫抛弃婴儿，由他人拣去。婴儿被一个和尚（渔人）救出收养。后来成为大官。偶然间他遇见母亲以及死里逃生的生父。最后海盗伏法。"丁乃通《中国民间故事类型索引》，郑建成等译，中国民间文艺出版社，1986。故事在唐代有三个代表性文本，参见王立等《复仇报怨母题与唐代豪侠精神》，《贵州社会科学》2004 年第 1 期。

次夜，贼以长绳系宋舟后。女密操利刃断绳，宋得越他舟逃去。贼以女归配与帐下苏泗为妻——苏亦泉人被掠者也。居三十载，生二子。然每持袜带，辄痛哭移时。泗知其故，心亦义之。万历丁亥（1587），海估巨舶自日本来，泗夫妇附归。至南台万寿桥，林氏手持袜带，备陈始末，号哭道周，观者如堵。忽有斑白老人跃出，曰："吾，宋某也。"相向拚恸，绝而复苏，一时数千人无不为挥涕者。苏泗曰："吾所为百计图归者，为此带也。今天作之合矣。卿有故夫，吾亦有故妻，请从此辞。"遂挈二子还泉，而林竟归宋，偕老焉。①

载录者提到，友人陈汝翔目击其事，为此事创作了《袜带歌》。王枝忠先生指出，这一小说的感人，在于其反映当时社会现实的真实性："真切反映了当地民众所受的灾难，表达了作者对他们的一腔同情。……读完上面的文字，相信每一个人都会为人物的悲欢离合感叹唏嘘，也可以清楚感到作者胸中奔腾激荡的思潮。"② 的确，夫妻久别重逢，欢天喜地，这是一种人所共通、认同的民俗心理，本身就带有激发众人为之感染、趋同的群体心理规律，励人向善，追求生活的美好愿景。

又像上文提到的"珍珠衫"从三巧儿偷情时赠给陈大郎，其路遇蒋兴哥（改名罗小官人）被拿来炫耀，遭遇蒋这一真正主人（祖传的）"重逢"时——蒋兴哥顿时"骇异"，这一铁证的"发现"该多令人难受，蒋懊悔此次远行的意义；偏偏陈商还让他给三巧儿带礼物、信件；受了刺激的蒋德（蒋兴哥）抵家即断然休妻。而当蒋娶了病死的陈大郎的遗孀，阴差阳错地又与三巧儿重归于好。夏志清先生认为，这是"明代最伟大的作品""堪称严密和笔墨经济的典范……中国通俗小说中充满了荒诞，而《珍珠衫》则是其中经过变异的独一无二的奇迹，如果当时沿着它的模式发展下去，中国小说的传统一定会变得更加优秀。"③

道具被"发现"的震撼力和蒋兴哥最终的宽容，是决定性的。由此细读可知：

（1）误以为重逢的"发现"。出于三巧儿的"指望"，而陈商"头上戴一顶苏样的百柱鬃帽，身上穿一件鱼肚白的湖纱道袍，又恰好与蒋兴哥平昔穿着相像"产生误认，这来自相思抒情早有的幻视幻听："误几回，天际识归舟"

---

① 谢肇淛：《塵馀》卷四，载《续修四部全书》——一五四子部《杂家类》，上海古籍出版社，2002。

② 王枝忠：《谢肇淛文言小说〈塵馀〉考论》，《福州大学学报》（哲学社会科学版）2003 年第 4 期。

③ 夏志清：《中国古典小说导论》，胡益民等译，安徽文艺出版社，1988。

"雷隐隐，感妾心，倾耳细听非车音""想闻散唤声，虚应空中诺""那人却在，灯火阑珊处""记得绿罗裙，处处怜芳草"①，也是偷情心理基础。

（2）大郎"重逢"旧物惊变故致病死。陈大郎重返枣阳"遭殃"被盗劫，仆小郎被杀，重逢城外吕公得知情人三巧儿被休，转嫁了南京吴进士，当即惊病："当夜发寒发热，害起病来。这病又是郁症，又是相思症，也带些怯症，又有些惊症，床上卧了两个多月，翻翻覆覆只是不愈，连累主人家小厮，伏侍得不耐烦。陈大郎心上不安，打熬起精神，写成家书一封，请主人来商议，要觅个便人捎信往家中，取些盘缠"②。这就是"心病"，即李甲在杜十娘怒而投江后"转忆十娘，终日愧悔，郁成狂疾，终身不痊"。须知恰恰是闻讯准备行装时，妻平氏才发现珍珠衫，领悟："前番回家，亏折了千金资本。据这件珍珠衫，一定是邪路上来的。"③ 赶到枣阳，大郎已病逝十日。辗转经人牵线改嫁蒋兴哥，衣箱中珍珠衫惊现于兴哥眼中，由此又带出前夫陈大郎在兴哥记忆中"重逢"，成为这场"重会"的"正话"。

（3）三巧儿重逢兴哥的救援、报恩。此后蒋兴哥在合浦贩珠摊上了人命官司被捕，恰巧县令吴杰是三巧儿"晚老公"，三巧儿称这罗德（蒋兴哥）是过继舅家的亲哥，哭求搭救，经吴这个清廉、外调来的官（前提），利用苦主不愿验尸而法内协调事妥。接下来"重逢"的失态让县令发现："两个也不行礼，也不讲话，紧紧的你我相抱，放声大哭。就是哭爹哭娘，从没见这般哀惨，连县主在旁，好生不忍，便道：'你两人且莫悲伤，我看你不像哥妹，快说真情，下官有处。'两个哭得半休不休的，那个肯说？却被县主盘问不过，三巧儿只得跪下，说道：'贱妾罪当万死，此人乃妾之前夫也。'"④ 吴县令因不忍之心，最终促成了两人的"完聚"，一夫二妇团圆到老。

因而，后世的选本索性名曰《再团圆》。专家推测，该选本约20至24篇"所选的应该都是夫妇再团圆的故事……所选不只是'三言''二拍'里面的文章"⑤。

而凭借失散之人的"旧物"，可在偶然情境中确认彼此身份。相传，隐居惠州的杜以唐有妾名紫薇花，杜宠爱非常。明嘉靖末（1566）迁湖州时遇盗，妾失踪。隆庆三年（1569），杜到合浦巨商王国祯家做客："见祯绣兜膝，潸潸泪下，祯问故，杜曰：'此类吾妾手泽。'语讫，不觉哭失声。祯为感动。

---

① 参见王立《文人审美心态与中国文学十大主题》中的相思主题，辽海出版社，2003。
② 冯梦龙：《喻世名言》卷一《蒋兴哥重会珍珠衫》，上海古籍出版社，1992。
③ 同上。
④ 同上。
⑤ 萧相恺：《珍本禁毁小说目录——稗海访书录》，中州古籍出版社，1998。选本中这五篇为：蒋兴哥、崔俊臣、宋金郎、金玉奴、裴晋公。

顷入，见己妾亦悲咽。再三诘之，妾曰：'我实杜山人姬，向缘遇盗，失于龙浦，为人挟至，奉公中栉。适闻来客哭声，试睹之，乃吾夫也。'祯嗟讶曰：'有是哉！吾为慷慨男子，岂以帷墙爱，断人夫妻耶！'遂不索其直而还之。"① 旧物维持、坚定了重聚的信念，"自证"旧爱在心，也有助于让知情人理解并成人之美。

清代故事称岳家黄某嫌贫变脸，悔婚不认书生夏雪郎，而黄女云妹贞烈不从，岳母（夫人）趁着丈夫出征离家，让云妹赠胸前水晶鸳鸯，并资助雪郎读书。后雪郎路遇水贼，得当初月老救助，认出其为"故人之子"，闻女父背约，义愤之下又资助之，雪郎中举得官，婉辞首相之女，不允，王命两女并归，雪郎与云妹喜获重逢，后捉获了贼首。而黄某终究以贪墨败死，雪郎还能代黄家养育幼子。②

第五种，特定用具、武器也作为标志性道具。往往作为相认重逢的一种线索，情节发生陡转而推进于趋向团圆结局。如著名的"江流儿"——"儿子长大后复仇"母题，保留复仇火种前提是承载婴儿的黑漆团盒。说吴季谦最初任鄂州邑尉，常捕获劫盗。一次得知昔年某郡倅（副郡守）江行时遇盗被害，美妻被盗胁迫，妻的条件是让数月大婴儿浮在江中："庶其有遗种，吾然后从汝无悔。"盗许之，就以黑漆团盒盛此儿，随流去。十余年后，盗停船挟家眷至鄂某寺祭祀，在僧房中见到黑盒，"妻一见识之，惊绝几倒"。就假称不舒服，于此停留，暗地里问僧此盒何来，僧言某年月日得于水滨，有婴儿及银子在，吾育养大，呼来视之，酷肖其父。妻就告知始末缘由，说告官府密捕之："可以为功受赏，吾冤亦释矣。"于是盗被捕，妇携子归乡。季谦因此升官③。

李开先《宝剑记》（1547 年成书）共五十二出，突出了林妻贞娘，林冲也是先认出宝剑，方才得知是尼姑庵庵主（妻子贞娘）的，遂与妻子相认团圆。

历史演义在把史传文学化时，当然不忽视扭结亲情的随身物品。早期隋唐故事即借此将尉迟恭与儿子尉迟宝林的相遇戏剧化而弥合时空阻隔带来的困难。尉迟恭参军时，妻梅凤英有孕三月，担心生下孩儿成人之日，父子不曾相见，以何物为标记来认父？尉迟答："贤妻，只有两条竹节钢鞭在此，如今把鞭留下一条与你收着……将此鞭来认父。"④ 这与小说戏曲中，战将角色多将"家传"特色兵器父子相传有关。

第六种，书信。汉乐府《饮马长城窟行》咏："客从远方来，遗我双鲤

---

① 刘忭等：《续耳谭》卷三，文物出版社，2016。
② 荆园居士：《挑灯新录》，载《中国古代名著丛书集成》第四卷，中国检察出版社，1998。
③ 周密：《齐东野语》卷八《吴季谦改秩》，中华书局，1983。
④ 诸圣邻：《大唐秦王词话》第二十三回《六丁神暗传战策 猛敬德明夺先锋》，辽宁古籍出版社，1996。

鱼。呼儿烹鲤鱼，中有尺素书。"古代传递信息冲破空间阻隔的主要方式是书信，以"鱼雁相通"，即凭雁、寄鱼，均指书信。《汉书》本传写汉使采用常惠计，称汉天子得雁足传苏武信，知苏武在某泽中，于是匈奴承认，允其归汉。

清代王培荀记载传说称，眉州周应鳌之父到西宁经商，被当地的他族人掳卖为奴。父离家六月应鳌才出生："年十八，欲寻父，请于母，携信具以行，历数千里，遍访诸夷，得父处，父不识。应鳌出信具，父恍然曰：'真吾儿也！'相持哭，不能起。群惊问故，则皆出涕。留数日，应鳌遍拜诸酋长，夷人感其诚，椎牛大飨，送归，一家欢然。"① 从"州人盛传其事"来看，可能真的就实有其事，但注意到这一细节，增加了可信度与"见字如面""睹物伤情"的感人情境美感。

第七种，剖银钱（或其他物）各半，作为母子相认凭据。这很可能来自古代的"虎符"，《史记》写战国四公子之一信陵君即托如姬"窃符救赵"，作为调兵信物。

夫妇、父子重逢构设出曲折精彩的剧情。顺治年间周稚廉《珊瑚玦》传奇，演明末陕西安定诸生卜青，妻祁氏怀孕，遭流贼"一只虎"秦曦之乱，奔逃中祁氏被官兵所夺，取所佩珊瑚玦各分其半为信物。总兵晏竽虐待下属，年长尚无子。部卒献祁氏，晏竽将纳之，祁氏推脱待分娩，竽密令人送至家宅。晏竽妻单氏贤德，恩恤备至。祁氏产子时竽阵亡消息传来，单氏即育祁子为己子，与弟单宷之女定亲。卜青遍觅妻，多受折辱，变姓名曰韦行，投身行伍。而祁氏子名继光，年少应募剿贼。单宷初被执久在贼中，继光伪降，联合单宷为内应，竟歼秦曦。班师受赏拜爵，给假归里访父。而韦行被贼掠后随众投顺，继光悯其年老，令归家看管花园。祁氏已封太夫人，与继光妻偶至园中，见老卒卧檐下，所佩乃珊瑚玦也，细问果系卜青，复为夫妇。而继光改名卜继晏。两家祖父同得封爵②。

"巧"相认，有时来自人物"剿贼"军功和相关行为，而若没有"悯"这发自内心的善良动机，也很难有父子、夫妇（父母）一家人的重逢。丁乃通（1915—1989）先生20世纪70年代末面世的《中国民间故事类型索引》有"夫妻离散各执信物终得团圆"型故事："这一对夫妻在战时离散。然而各自持着一个信物以便识别对方（往往是将一件信物分为两半，各持一半）。战争结束后，丈夫长期寻找失去的妻子，终于由信物而问到她的下落。她已被卖给（或住在）一个有权势的富贵人家。当这家主人得知这悲惨故事时，就释放了

---

① 王培荀：《听雨楼随笔》卷七《千里寻父》，巴蜀书社，1987。
② 董康：《曲海总目提要》卷二十二《珊瑚玦》，人民文学出版社，1959。

那位妻子，使得夫妻重新团圆。"①

明代故事说湖广永州府的岁贡生杨成章，父杨泰任浙江海宁县长亭巡检，买妾钱塘丁氏，生下成章四岁，泰死，妻何氏携成章以丧归乡，丁氏还母家。临诀别时，剖银钱各半为相认凭据。成章渐渐长大，嫡母何氏病死前，拿出所藏半钱，告之缘故，成章流着泪拜受。成婚后，成章即赴钱塘寻母。而生母丁氏嫁为东阳人郭氏妻，生子珉，也时时惦念着成章，就令儿子郭珉持银钱往永州求访成章，路过江西，恰巧成章亦至，同父异母兄弟两人相会于逆旅，言谈之中，合所剖银钱，相持对泣。成章随珉到东阳见母，欲迎还不得，因留下奉养。几年后母死，成章哀毁建庐守墓，孝名远扬。此时成章应贡至京师，因年龄偏大，按例不得授官，止给冠带："吏部官以成章与珉，孝弟至行，皆可嘉尚，请量授成章一官，给赏珉，以励风俗。乃授成章国子监学录，檄有司赏珉。事在嘉靖十年（1531）。"② 载录者认为，成章孝固然可嘉，而何氏能抚养庶子，并且教他寻生母，郭珉能奉母命而远觅异父之兄，"皆当于古人中求之"。故事的特色在于，在有限的亲情关系中，当事人能做到重情重义，充分地理解、支持孝子寻访亲母，具有难得的侠风义概。

研究者认为，上述故事当为沈璟（1553—1610）的传奇《分钱记》（分两出，《分钱泣别》《弟兄钱合》）的本事。传奇演杨长文、仲武兄弟分钱、钱合（如同相见的信物）故事，嘉靖年间襄阳人杨学官，携妻任教天台县，妻不育，娶贾氏为妾，生子长文。后杨学官触犯恶党权贵被流放到广西苍梧，妻携子返乡，妾被遣，留天台，妻离子散。别时学官将一枚银钱剖开妻妾各执一半，作为后来相见的符验。20年后，长文离襄阳往浙江寻母，多年未成，幸有庠师指点向东，在前往温州旅店中，巧遇正往襄阳寻父的仲武。兄弟俩所持钱合，得以相认。③

第八种，无形的旧日信息，往往还是无意中听到的信息引人重聚，或引相认。如作为"作诗免罪"类型的一个分支，"留诗获释，夫妻重逢"也是带有遇难呈祥的团圆故事。侯甸《西樵野记》叙书生姜子奇失妻复得，这有赖于妻子能运用赋诗这一沟通方式。官兵平乱时他挟妻出避，怆惶之间失妻：

> 子奇流落四方者数年，行乞至京。有高门一妇人见之而泣，贻酒馔米囊，急使之去，子奇不敢仰视。翌日复乞于此，妇呼与语。又为主女所见，白母令人追之。检其囊中，有金钗一只，书一封，因告其夫。启视之，则律诗一首云："夫留吴越妾江东，三载恩情一旦空。葵藿有心终向日，杨花无力暂随风。两行珠泪孤灯下，千里家（一作江）山一梦中。

① 丁乃通编《中国民间故事类型索引》，郑建成等译，中间民间文艺出版社，1986。
② 沈德符：《万历野获编》卷二十《杨学录行孝》，中华书局，1959。
③ 张文德：《"吴江派"戏曲本事考论》，《东南大学学报》（哲学社会科学版）2013年第4期。

每恨妾身罹此难，相逢愧把姓名通（一作有书谁寄子奇翁。）"官兵见诗
怜之，即遣还，仍给钱米以资其归。①

故事被转述、异文的出现，属于明显的口耳流传的痕迹，说明坚贞聪慧的
少妇引人敬佩，打动了官兵（这里是偏义复词，应指能懂诗的官），又得到了
人们广泛的同情、赏爱，也属诗歌艺术生产消费之一例（详下）。

说青州府秀才柳鸿图，夫妻值灾荒歉收不能谋生，携妻外出逃荒，不久即
结衣行乞。一日夫妻饥甚，相抱而哭。妇提出卖掉自己，"并死无益也"，柳
但摇手。俄见人贩子小车载男女数人，妇就前言愿鬻身就食，推车者见妇美，
问男子值钱几何，妇自言得十缗（十串铜钱）即随汝，讨价还价定下八缗。
妇持钱置柳前说："我生时幼少，父母爱我，呼我'一捻金'，孰知竟成今日
之谶。柳郎，柳郎，有此则生，无此则亡。但无虚生，为前人光。鬻妻活命，
过时莫忘。"柳号哭："今与妻遂永诀于斯耶？抑尚有重逢之日耶？"车者拥妇
上车，推柳仆地而奔②。几天后抵新城某村，家殷实，性慷慨而事母孝的武生
王凤山，见妇"举止非贱流，且凄婉欲动人怜"，想留，母不许。王解释说
"非爱其貌，实怜其人，母盍女之以为保？"母允，以二十缗得，王母遂视如
女儿。后欲为女婿，不从，愿以老女终生事母。在解释出妻子别夫后贞洁持守
问题后，小说继写柳生值关禁，无法进入关东，逾年还至新城亦宿于是店。当
夜雨积水他拥彗扫除，得识王生，被王生留店中，识字能算得王倚赖，为莫逆
之友。其间柳仍攻读诗书，赶上乡比假托还寿光省家，竟路遇报讯者，得中举
人榜首，泪落如雨。王生闻讯，母子喜为备酒浆，贺客纷纷。母与女在厨下备
饭菜时，无意中女（柳妻）听到捧盆者说柳伙二年，不闻名，今贵才皆知为
柳鸿图，小说在此描写不同角色的心理活动，精彩绝伦：

> 女闻之失箸。母忖曰："此女誓不嫁，今闻柳名而若惊，岂以显者动
> 心耶？"晚，王生归，母问曰："柳伙有妻否？"王生曰："家尚无，焉得
> 有室？"女曰："为青州人否？"王曰："然。"至夜，母谓女曰："自儿随
> 侍我二年有余，颇称孝顺，即亲生女，无以过此。但筵席百年，终有散
> 期。趁我暮年尚在，眼看汝寻一佳婿，我亦瞑目。无执前见。若个人家女
> 儿在闺中老者？"女固深沉，已审其为柳，又不欲直言之，但曰："惟母
> 命是从耳。"母告王，王告柳，且重以母命。柳曰："生离甚于死别。凶
> 荒捐弃，临别数言，依依在耳。我今得续佳偶，恐人在天涯，不胜白头之
> 叹。则男儿薄幸，莫我为甚！"王曰："鸾胶再续，为无后计……"柳曰：

---

① 褚人获：《坚瓠集》三集卷二《妇散重婚》，载《笔记小说大观》第十五册，江苏广陵古籍刻
印社，1983。

② 天然痴叟：《石点头》卷十一《江都市孝妇屠身》也写扬州被围粮草断绝，"从老鼠吃到树皮，
最后吃得个锦绣扬州寸草不生"之时，却是此前柔弱温顺的女子挺身就戮。

"恩兄之言，加以老母之命，敢不谨从。犹有言者：万一珠还璧合，尚望不㭭公（新娘）稍屈一坐耳。"王反命。母领之而视女，女曰："俟到其间，再作商量未晚也。"王即店中设青庐焉……柳簪花冠带，为亲揭红盖。妇见柳，喜动颜色，不觉嗤然有声，既而止。诸嫂见之，以姑不识羞，告其母。柳固未近觑，亦私以为何其貌之似我妻也？及晚，客散，入室，柳执烛前，妇掩面悲恸。柳执其手，惊曰："卿真我前妻'一捻金'耶？"妇曰："郎固无恙乎？"柳大恸。继复挑灯话旧，细数离悰，悲喜交集，真若再世。①

这一心理描写，可以说是对中西比较时惯称中国传统小说"不重视心理描写"的一个极为不利的反证。无疑，别离纷飞之劳雁是在明确再嫁对象为离散的丈夫，才同意成亲的。不同人物的心理描写，非常符合含蓄委婉的民族内敛表达方式。从柳夫妻始告破镜重圆原委后，王母怡然曰："吾故料女之不苟笑也。"也看得出其阅历与善良深沉的秉性，非如此不能容受外来的陌生女性，来儿子尚未娶亲的自己家充当女儿，和谐相处那么久。柳夫妻的幸运重逢，是大灾饥民中的"千万分之一"的个案，他们本该是无数街头饿殍两具，因此这凄怆动人的故事，得到时人评曰："世有恩谊如王生母子，当铸金事之。"如此种种，构成了离别之人相见相认的必需。

有时，上述的别离信物、相认双方彼此知晓的带有私密性质的信息，有机地组合到一起，共同促进了多年之后的往往"异地"相认。当年，翁偶虹先生改编传统剧目《荆钗记》剧情②，即力图突出夫妻乱离重逢的母题要素：

其一是突出别离、相认信物。说钱玉莲被逼投江获救，双方都听到误传，

_____

① 曾衍东：《小豆棚》卷十六《柳孝廉》，中州古籍出版社，1989。"离悰"，惜别之情。陆游《无题》："画阁无人昼漏稀，离悰病思两依依。"吾丘端《运甓记·权门灯宴》："我明日欲往荆州，一别又得几载相会，故此聊借灯下以叙离悰耳。"

② 《荆钗记》与《刘知远白兔记》《拜月亭记》《杀狗记》在文学史上合称为"荆刘拜杀"。徐渭《南词叙录》"宋元旧篇"载有《王十朋荆钗记》，又载"本朝（明代）"李景云编《荆钗记》。《曲海总目提要》卷四指出"据宋人传奇点缀"。胡雪冈认为此剧属元代温州民间艺人集体创作，见胡雪冈《温州南戏考述》，作家出版社，1998。《荆钗记》全剧四十八出，叙钱玉莲拒绝巨富孙汝权求婚，宁肯嫁给以"荆钗"为聘的温州穷书生王十朋。后王十朋中状元，因拒万俟丞相逼婚，被遣荒僻之地任职。孙汝权暗改王十朋家书为"休书"，哄骗玉莲上当；钱玉莲后母也逼她改嫁，玉莲不从，投河自尽，遇救，经曲折种种，王钱终于团圆。焦循《剧说》引《谭辂》云："《荆钗》相会处，不佳。后人改姑遇于舟中，愈于原本。"说明在不断修改，日本学者认为，"古本《荆钗记》中，两人在福州玄妙观中见面。后来文人忌嫌男女庙里私会的淫风，而改为男女由前辈介绍在吉安舟中相会的情节。……然而戏班由于观众喜爱男女爱情故事，再把它改为庙中男女相会的情节。"见田仲一成《古典南戏研究——乡村、宗教、市场之中的根本变异》，吴真校，中国社会科学出版社，2012。关于此剧 9 种版本及其主要流变过程，参见吴琨《论〈荆钗记〉及其传播》，苏州大学硕士论文，2012；吕茹《〈荆钗记〉在近代地方戏中的流变》，载《中华戏曲》第 56 辑，2020。

以为对方已死，常睹物思人。《双祭》一场设计了双方江心寺祭奠，聚首却不能相认的"间离"，促使观众入戏。梅香问钱玉莲念："小姐，您天天拿着这支荆钗，伤心落泪五年啦！您也哭够啦！倒不如把这勾烦的东西烧了吧！"这本来是生活中常有的劝慰之语，而王十朋、钱玉莲却从这善意的劝慰引起更沉重的哀思。王十朋激动地高声念道："你哪里知道，这寒衣……"钱玉莲也激动地高声念出："你哪里知道，这荆钗……"由于声音高了，双方都听得真切，两位主人公不由地向对方互望，随之相对凝视，迟迟不语。李成、梅香追问："寒衣，荆钗，便怎么样？"王十朋答："唉！见寒衣如见瓯江！"钱玉莲答："见荆钗如见王郎！"李成（仆）、梅香（婢）对他们这些怀念之词已然听惯，下意识地淡淡地同时念："咳！大人忒痴情了！小姐忒痴情了！"准备结祭而归时，王十朋听到"王郎"二字，钱玉莲听到"瓯江"二字，彼此都更加注意对方，此用戏曲的"背供"，揭示其心情。王十朋再自语："荆钗本是十朋聘！"钱玉莲再自语："寒衣本是玉莲裁！"十朋转面看玉莲，玉莲转面看十朋，各道猜测，相对凝视。但双方仆婢李成、梅香不解个中原因，催促回归。然后王十朋独唱："看体态明明是旧荆妻！"钱玉莲接唱："相认的话儿又恐怕外人讥！"在此，翁先生强调了相认媒介信物的重要作用。

其二是运用私房隐语（详后）。即翁先生所考虑的："此时，必须摊出一个儿女私语、非同一般的事件，才能推向高潮。于是，剧情在此照应了第二场《江别》时的伏笔（埋伏），两位主人公合作的《忆秦娥》词，王十朋朗诵《忆秦娥》词而钱玉莲续之，"证明了这对坚贞不渝的情侣，终于异地重逢了"。互递信物，"毫不避讳毫不羞怯地，十朋为玉莲戴上荆钗，玉莲为十朋披上寒衣"。夫妻二人的异父异母，也在仆婢引导下上场，群疑顿解，皆大欢喜①。

二、题壁诗的"言志"与信息传递

因观看题壁诗，有情男女别离重逢相认，是中原小说重要的母题关目。近的有明代李昌祺（1376—1452）《芙蓉屏记》，写王氏在庵中目睹丈夫崔英所画的芙蓉，得到了盗贼信息，提笔就在屏上题词，自述昔日夫妻欢好的欢畅之时与当下惨状："少日风流张敞笔，写生不数黄筌。芙蓉画出最鲜妍。岂知娇艳色，翻抱死生冤！粉绘凄凉疑幻质，只今流落谁怜！素屏寂寞伴枯禅；今生缘已断，愿结再生缘。"此幅芙蓉被郭庆春买走，献于高公，在高公书房崔英看到画上题诗，知妻尚在人间，得高公相助循此线索找到妻子，抓获盗贼。

题壁诗（或题壁上悬挂的画）体现出一种交流沟通的愿望与传播功能。

① 翁偶虹：《翁偶虹编剧生涯》，同心出版社，2008。

如画扇亦然，美术史家指出："作为特定的图像媒材，画扇最明确地显示出绘画不断增强的流动性；不论用作赏赐、进献和赠送，还是出售、购买和交换，画在扇子的图画总是处于不断的流通之中。这些小型的图画总是处于不断的流通之中。……团扇对于中国古代艺术的另一贡献，是引进了'书画合璧'的一种新方式。"① 至于题壁诗则是在宣示一种特定的信息，较之画意更为明确，尤其是供有心事的观画者作定向解读——这壁上画与题字，有故事，静静地等待着如识曲者那样心里同样"有故事"的"识画者"（渴求重复者）的姗姗到来。

冯梦龙（1574—1646）作序的明末天然痴叟（席浪仙）的话本小说《石点头》，写卢梦仙赴京赶考不返，误传已死于京中，赶上水灾、蝗害并至，公婆无奈将儿媳李妙惠改嫁扬州盐商谢启，妙惠自尽不成，成亲后也坚不同房，谢启继母艾氏担心妇性烈出事，只好以表侄女为由，缓缓相劝，同意妙惠管账，离路径瓜洲游金山时妙惠在壁上题诗：

> 一自当年折凤凰，至今消息两茫茫。
> 盖棺不作横金妇，入地还从折桂郎。
> 彭泽晓烟归宿梦，潇湘夜雨断愁肠。
> 新诗写向金山寺，高挂云帆过豫章。

后面写明了"扬州举人卢梦仙妻李妙惠题"。中了进士荣归的卢梦仙归后对妙惠有误解，得方姨娘告知妙惠改嫁经过，也郁闷不乐，直到启程往江西舟过金山，见了壁间妙惠题诗："又惊又恨，却如万箭攒心。细玩诗中意味，知妙惠立志无他，方姨娘之言，果然不谬。但已落在人手，无从问觅……将诗句写出把玩，不忍释手，直至欷歔涕泣。"忽忆年初入京师夜，梦答盐场积在扬州，盐客多在江西："想诗中'彭泽''潇湘''豫章'之语，我妻子多因流落在此。从中探问，或有道理。"② 到了江西，果经布政使徐某（其子与梦仙同榜进士）寻"极其巧黠"的干事苍头探听，用在盐船帮中唱曲的方式，巧

---

① 巫鸿：《中国绘画：五代至南宋》，上海人民出版社，2023。
② 天然痴叟：《石点头》第二回《卢梦仙江上寻妻》，上海古籍出版社，1985。赵吉士《寄园寄所寄》卷六《焚麈寄·闺中异人》引《尧山堂外纪》：卢汉妻李氏，名妙惠，有贞操。弘治初卢会试不第，留京讲学。有同姓名者死，误传至家。会岁饥，父母怜寡，强以聘江西新淦巨商谢能之子启。李自经者再，不得死，迫归谢。谢继母亦扬州人，李恳乞为婢，以全节操。启不得夺，李侍母不离。启先载盐赴江西，母与李继归舟泊金山，母与李登寺酬愿。李题诗于壁云："一自当年折凤凰，至今消息两茫茫，盖棺不作怀金妇，入地还寻折桂郎；彭泽晓烟归宿梦，潇湘夜雨断愁肠，新诗写向金山寺，高挂云帆过豫章。"署其后曰："扬卢汉妻李氏题。"既而卢举进士，以修实录，差往江西，过扬州，知李已嫁，登金山寺，见所题诗而泣。及至江西，访盐船多叙河下，教隶诵诗，往来盐船间二日。李闻知，唤何诗从何处得？隶告以故。李惊喜曰："吾夫尚存耶？"密约暮夜以舟来迓，盖恐明言之，则声扬不雅也。是夜果附舟异至卢寓馆，为夫妇如初。盖李归谢二年，贞操益励，谢母亦为护持，以遂其志。及是归，卢母亦叹异。按，可见该故事之感人而传播之广，异文众多。

妙地接回了妙惠团圆。《石点头》非常关心女性"贞节"问题，特意写了盐商上门解释、周全，而尹湛纳希小说则并不在意这些，贞节观念不像中原小说那么强调和无往不在。

冯梦龙《情史》"情贞类"的李妙惠故事，与上述《石点头》故事构成了互文性。写扬州女李妙惠，嫁与同里举人卢某为妻。卢因殿试不利，发愤攻读，与其友住在西山寺，久无家音。成化二十年（1484），有同名者死在京城，乡人误传卢死，父母相信了。不久荒年饥馑，父母怜李寡贫，欲其改嫁，妙惠坚拒。临川盐商谢能博，闻李妙惠美且贤，致币请婚。李两次以自缢明志。当时李父在外郡，训乡学，李母与邻妪劝谕女儿，防备很严。势不可解才勉强从焉。嫁给谢家后，抗志益笃。因谢之继母亦扬州人，李即跪请愿终身为主母执役，坚侍母旁。而谢婢妾多，也未及凌犯。几天后李复恳请为尼，母姑只得答应。船至京口泊金山寺下，母偕李上寺，李题壁间云……（同《石点头》）后亦标识："扬州卢某妻李氏题。"而卢后来会试登甲榜，父母才知儿子还活着。

弘治元年（1488），卢因公务路过家，才知妻已嫁，也未忍另娶。路过镇江见寺壁题诗，问寺僧方知姑媳过此留题，卢录诗。至江右与徐方伯核计，就选了最能干的台隶，令熟诵前诗，驾小艇沿盐船上下歌。三日后忽闻船有女声唤问，隶前致卢命。李大惊曰："扬州卢举人，其死已久，尔欺我也。"隶备述如所谕语。叩父母及妻名，一一不爽。李遂掩泣曰："其我夫矣。始吾闻歌已疑之，恨未有间。今日商偶往娼院，母亦过邻舟，故得问汝。汝归可善为我辞。"因密致之约，挥手曰："去，去！"隶归报，其夜，依期舟来，遂接李至公馆，夫妻欢会如初。商赏具付母主其出入，母转以委李。及商归，检视，历历分明，封志完固，叹曰："关羽昔逃归汉，曹公时不追，而曰'彼各为其主'，此亦为其夫耳。贞妇也，可置之。"

作者评曰："卢下帷发愤，不必绝家音。其父母且从容问耗，亦不必汲汲嫁妇。天下多美妇人，商人子亦不必强纳士人之妻。全赖李氏矢心不贰，遂成一片佳话。"[①] 相比之下，《情史》的故事叙述更加翔实。

通过题壁赠诗，传递信息，表明心志，达到天各一方的有情人"重逢欢聚"，这一关目，与明代广为流传的多种"作诗免罪"故事是密切联系的[②]。可以说，同样是强调了言简意赅、寓意双关的信息传递，得到感动人心的效

① 詹詹外史评辑：《情史》卷一《情贞类·李妙惠》，春风文艺出版社，1986。孙楷第先生对"乱离重逢"故事有着特殊的关注，参见孙楷第《小说旁证》，中华书局，2000。

② 王立等：《明清"作诗免罪"母题与诗歌艺术的生产消费》，《福建师范大学学报》（哲学社会科学版）2011年第6期，《中国人民大学复印报刊资料》J2专题2012年第3期转载。

果，体现出古代诗歌文化神奇的审美力量。李氏心念前夫，借助壁间提示，表达了自己"潇湘夜雨"的相思情怀，隐约提示了自己的去处在"豫章"，为夫妻重聚埋下了线索。清代后期蒙古族作家尹湛纳希的小说，则借助壁间题诗，描写琴紫榭与璞玉的重逢，这一对表亲兼情侣因壁上题诗而重逢。

尹湛纳希小说《泣红亭》第十四回写，粹芳、妙鸾（女道人）等凭吊琴默之墓后，贲夫人、粹芳回到苏州。而到了来春，璞玉想到西湖寻访在南屏山所见那幅画的作者，一路上先是遇到一美女（疑心是琴默，琴紫榭），继而情不自禁地在白墙上写下了琴默当年的题画诗《燕哭青竹诗》。话分两头，如同画面的组合并置，一边写着男主人公相思痴迷，另一边则是琴居然远远认出了璞玉。

说紫榭和小丫头上楼开窗看花，没想到竟然看见了璞玉："大吃一惊，连忙回避，越看越像认识，遮了半边脸再看，更像是璞玉。于是猜想：他怎么到这儿来了？我在做梦不成？捏了捏手和脚，觉出痛来。再端详那人的脸被树叶挡住影影绰绰的看不太清楚。看脸形真像，看脸色是梅花映照的呢，还是春天太阳晒的呢，红了不少。身材也太像了，但比以前胖了点儿，粗壮了一些。"①由于彼此分别已久，这样参照记忆对比的心理感觉，非常真切，而下面因传闻而生的疑惑则又增强了实感表现："早先听说过，凤鸣州的祁璞玉很像贲璞玉，或许是他到这儿来了？要是他能来这儿，贲璞玉也可能来。但不知两个璞玉为何到了天涯海角！又想，北地若有像璞玉那样的人，难道说南方不会有一个像璞玉的人。这或许是另一个人吧！千万个疑团一时一同出现，正在不知所措。"②

这里，一方面是基于生活中孪生、同胞兄弟相貌相似等经验，另一方面作者也的确移植了《红楼梦》第五十六回关于甄宝玉、贾宝玉长相、性情类似的桥段，并自觉不自觉地借用了古已有之的"真假难辨"母题的巨大审美效应③，拓展了此时此刻疑团丛生的心理焦虑。

此时，琴紫榭路上听到婆子嘟囔有人在石灰墙上乱画，她去查看，写的正是自己的旧作，细看字体"正是璞玉的字"，欣喜若狂，热泪洒地。紧接着第十五回写琴紫榭沉浸在诗句中不忍离开，暗想试探一下，刷掉前诗，写上了璞玉"最喜欢见苏节度使时写的《白云》诗"。

按，此段"今典"，见于《一层楼》第二十八回《试巧韵赛咏菊花诗　感

---

① 尹湛纳希：《泣红亭》第十四回《听雨声明提旧事　看梅花悄透新香》，曹都、陈定宇译，内蒙古人民出版社，1981。

② 同上。

③ 王立等：《"真假难辨"母题的文化整合意义与伦理价值》，《学习与探索》2017年第4期。

寂寞燕哭竹枝头》。说东北郡贝勒苏安，入京朝觐路过，贲侯携儿子璞玉前往乌兰营迎见："那苏节度年近七十，虽然位至一郡贝勒之尊，但不脱布衣，素性厌恶奢侈修饰，崇尚朴素，乃是当朝重臣。"彼此携手言笑，见璞玉聪明俊秀，叫到身边拉着手问年岁，问贲侯是否教弓马，又问璞玉可会作诗作文，说着就以"白云"为题，璞玉展纸而写。在贲侯担心遗笑于人，"心如撞鹿"时，璞玉已经交卷了。小说回末这一悬念，实际上运用了"成婚考验"母题，作诗实为苏节度为小女择偶选婿的重要环节。紧接着下一回开篇即写，苏节度有二女，长女嫁西北郡一小贝子，小女尚未许人，想在多出豪杰的西南诸郡"寻一门楣匹敌之家择东床"，见璞玉甚合其意。只是"不知内心聪明如何，故命写诗，欲知其就里"。岂知有着作诗惯技的璞玉居然一挥而就：

> 白云出远山，回转入青天。
> 展卷随成败，聚散非自然。
> 灿光烈日照，倏断因风旋。
> 瞬息遇龙族，枯物得渥然。

本来就"自讶其伶俐"的苏节度，看此诗言柔意远，心下大喜。主动提出小女与公子同庚，"欲结秦晋之好，不知尊意若何？"贲侯思量思量这倒是个好姻缘，当下答应归去禀老母，遣犬子纳采，两个亲家欢饮而散①。据考，这首诗本是作者尹湛纳希早年的代表作，置于这里寓意更加丰富。一般解读为有白云自比的"诗言志"之意，坎坷不遇、期盼时机。

从偏重意译的角度，近年来还有更为贴近蒙古文原意的重译文本："白云出远山，回旋入青天。收展随成败，聚散非自专。因对烈日光，时为风吹断。一旦会龙众，枯物得渥然。"该译文，据译者介绍，乃是突出了原文："因面对着强光和烈日，才遭到疾风的摧断"，具有双关的寓意②，应予以更为深刻的理解。私意以为，这更能体现出尹湛纳希在无奈之际，不得不"直面人生"的生活态度。可以说，"白云"象征纯真的爱情，也委婉地暗示、预示出他早年婚姻大事的不自主、不可心——不能如愿与几位表姐结合，只得被家长安排的命运。

这一情结，岂不也是恋人琴紫树的芳心之所纠结的，此时此刻，由琴姑娘亲手题写到墙壁上，该是多么意味深长！本来，她的绰号叫"琴宝钗"，知书达礼又聪明博识，与《泣红亭》构成姊妹篇的《一层楼》中，她所作的《菊影》就曾以菊花自比。稍早于尹湛纳希的道光进士刘熙载（1813—1881），在

---

① 尹湛纳希：《一层楼》第二十九回《劝弟过淑女出闺阁　遵父教痴子赘贵门》。
② 杨才铭：《十九世纪蒙汉文化交流的一面镜子（上）——〈一层楼〉及其汉译本述评》，《西北民族研究》2001年第4期。

《艺概·赋概》中曾有这样的概括："古人一生之志，往往于赋寓之。"而晚出生二十四年的尹湛纳希，也在《一层楼》中写苏节度看到璞玉《白云》诗有言："作诗虽是小事，但一言半语中，可知其人一生之事，所以朝中贺太师，命我二儿子写诗看了，曾嘉其日后可承父业……"其也与古代中原"三岁看老"史传模式相合。

题壁描写的诗歌古典，在中原文学的历史长河中，较为古远。《一层楼》作为蒙古族最早的纯文学作品，也离不开若干蒙汉共通文学母题的成功运用。

尹湛纳希仿拟中原小说时，惯于删繁就简。《一层楼》就删减了《石点头》第二回卢梦仙归家得知妙惠改嫁，找方姨娘了解到父母逼嫁、妙惠自缢及被央求劝谕始肯从事，以及雷鸣夏秀才来见，提起当年"凤凰独宿，一个鲤鱼之对的预卜"，并旁证改嫁并非尊夫人（妙惠）之意等，但保留了另一位见证者角色——男主人公卢梦仙的继母艾氏（妙惠的婆婆），也是妙惠的表姑，称妙惠为其"表侄女"；《一层楼》写金夫人（璞玉之母）也具有双重身份，又是炉梅的亲姑。《泣红亭》延续之，还写了卢香菲与姑妈金夫人的重逢。亲上加亲，题壁诗相认，这些都来自中原汉文学母题。

三、"测验法"：重逢后生活的变化及其复杂性

在未辨明身份前，怀有离散身世的妇女，常常不便抛头露面，而要先在屏风后、帘幕后窃听，证实的确是亲人，才出来重逢、认亲。

明代王同轨载，关中周至人杨公，妇李氏，生子七岁。公远到闽漳浦主薛公家，薛妇新寡，就做了其家赘婿，生一子冒姓薛氏，三岁。当时倭夷常袭击沿海，掳掠杨公以去。十九年后，重新出场的杨公已是髡发跣足，行动方式全是倭人的习惯。后又拥众犯闽，被闽帅击败，公得以逭归，为囚。绍兴郡丞杨世道仔细辨认是夷人是百姓，杨公自称关中民，详道里族、妻子名姓，竟然"多与己合"。杨郡丞很奇怪：

> 归以问母，母令再谳（审问）而听于屏后，不数语，大呼曰："而翁也！"起之囹中，拜哭皆恸，洗浴更衣，庆忭无极。次朝，薛公知公得翁，举羔雁为贺。公觞之，翁出行酒。薛公问翁何由入闽，翁言其娓娓，又与薛公家里族、妻子名姓合，异之。归以问母。其日翁来报谒，薛公觞之，而母窃听其语，又大呼曰："而翁也！"其为悲喜，犹杨丞家悲喜。于是，合郡老黎欢忭，呼为循吏之报。士大夫羔雁成群。盖守、丞即两地两姓，实同体兄弟。而翁以髡跣跳战之卒，且为累囚，一日而得二贵子。两夫人以朱轓千钟养焉，出九地登九天矣。其离而合，疏而亲，贱而荣，岂非天

故为之哉！①

　　这种奇逢巧遇，该是多么大的概率？不由得杨母不敢轻易断定是真的出现了奇迹。而两次成亲、生子，居然再次奇逢巧遇，一次性地收获了至亲重逢相聚，故事不能不说带有了文人的加工。杨母与薛母，采用的又都是"测验法"，令人真有些忍俊不禁。文人加工，实际上也是在应民间的应然心理之所需，当视为通俗文学采集民间传闻而加工，提供审美消费的一个突出的现象。

　　朱梅叔写康熙年间，耿精忠在浙闽间作乱，寇出道阻。闽中邑令王公挈眷上任，夫人遭寇掠，运用缓兵之计，以前明世家女不堪苟合，麻痹贼。合卺之时她著意劝酬使贼大醉，抽贼腰佩刀刺杀之，毁妆涂垢乞食至西安，乃啮指血题绝命词于壁，投井获救。邑宰了解事情原委，恻然，请姑留署内为女公子师。同时出告示访王公。不久王忽谒邑宰。宰细询历难状，谈起妻子，王流涕不止，宰也为之惨恻。也许是为了考验王公是否还怀念所失之妻，宰暗地使其夫人做菜以进，酒半，王又流泪。宰假装问缘故，曰："此味绝类亡荆所治，其断葱亦以寸为度，对此不觉感触耳。"宰佯为太息，然后提出请以妹妻之。王回答："亡荆此去，不知其存其殁，高谊所不忍闻。"再三强请，终不可。宰这才放心地别设馆舍，以夫人归之："戒婢仆蒙夫人以巾，扶令交拜。王辄转身面壁，泣绝不一顾。"这是多么感人的一幕！以下进一步展示发现、转化的发生：

　　　　其夫人固预闻其谋，至是则悲喜不胜，更难少忍，泣而语曰："王郎王郎，乃犹念及糟糠乎？"王惊顾，乃其妻也，遂前相持而哭，各述流离之状。至贼中之事，王益痛哭不止。宰从旁解之曰："贤阃此事，智勇兼之，足与费宫娥并传矣，不独节义可钦也。仆以为当喜不当悲耳。"王乃收泪，拜之曰："非老父母收恤之恩，亦何得复见于此时？"王文凭已失，宰许为详咨补给，俾携之到官。夫人愿拜宰为父，宰逊谢不敢。入闽后，岁时馈问不绝，若兄妹然。王寻以行取擢御史。②

　　以下蒋季卿的评语，非常带有主题学的学术意识，他看出《埋忧集》这一故事的原创性有问题，乃是增饰之后的老故事："此事余尝见之《熙朝新语》。其间夫人为贼所得一段，则《新语》所未详也，而前后亦间有增损。或谓此先生润色为之耳。然先生多闻，其所据未必皆《新语》所可赅，乃其文则以奇而生色矣。"③

---

①　王同轨：《耳谈类增》卷八《薛公杨公得父》，中州古籍出版社，1994。

②　朱梅叔：《埋忧集》卷六《夫妇重逢》，岳麓书社，1985。

③　同上。

"重逢"之后，亲人相聚，生活得如预期那样愉快幸福的，有明写、暗示之分，有的则不再予以关注。

明写的，如寻父得以父子重逢后，家门喜事连连。晚清丁治棠写，把总文某，四川酉阳州人。家贫，生四月，父出不返。四岁丧母，寄养在外祖家。在外家种地兼作小工，群儿口角被骂，为无父羞愧，十二岁即蓄寻父志。于是将父所留刺异样花的绸带，暗束之腰，赤手丐食出走寻父。因襁褓相离，父子觌面不识。数年后，到了蜀滇分界处。逢乱，贸然入军营，有儒冠者见文带辫花色，认为己物。诘问，知为己子，父子意外相逢，抱头哭。原来父离家遍历滇省，军务兴，投营作吏，后襄办文案："适出营，与子遇，天假之缘也。"祈营官，补子步兵粮，未久任马队什长后升把总。后出奇谋，立功为补射洪县杨集溪汛。前把总吴某遗留宦资地产，有三女，少女待字，文听说女美，就应承其就近婚配之意，购田百亩，订婚。不意父在省聘大家女，互商两家后皆愿嫁文，就不分嫡庶，以父聘者为姊，己聘者娣。① 故事写出了父子重逢之后，儿子发展顺利，又喜逢"双美奉一夫"的幸事。

然而，有的旧家亲人重逢，却导致新家破裂，带来新的家庭悲剧和亲人离散。如郑燮描写从辽海逃荒归来团圆的，并不喜悦："归来何所有？兀然空四墙，井蛙跳我灶，狐狸据我床……"② 然而这如同汉乐府《十五从军征》老兵返乡那样的乡园面目全非，还在其次；更有的是心灵的折磨，自己伉俪重聚带给再婚的故妻家庭破裂：

> 念我故妻子，羁卖东南庄。圣恩许归赎，携钱负橐囊。其妻闻夫至，且喜且彷徨。大义归故夫，新夫非不良。摘去乳下儿，抽刀断我肠。其儿知永绝，抱颈索阿娘。堕地几翻覆，泪面涂泥浆。上堂辞舅姑，舅姑泪浪浪。赠我菱花镜，遗我泥金箱。赐我旧簪珥，包并罗衣裳。"好好作家去，永永无相忘。"后夫年正少，惭惨难禁当。潜身匿邻舍，背树倚斜阳。其妻径以去，绕陇过林塘。后夫携儿归，独夜卧空房。儿啼父不寐，灯短夜何长。③

这也是久别重逢带来的新的悲剧，对于乱离重逢又是一种解构性的结局，并非当事人所愿看到，而"后夫"也颇有些无辜。

---

① 丁治棠：《仕隐斋涉笔》卷一《孝行》，四川人民出版社，1985。
② 郑燮：《还家行》，载卞孝萱编《郑板桥全集》，齐鲁书社，1985。
③ 同上。

四、偶然幸遇：行善得福报故事

蒲松龄笔下的学师刘芳辉之妹在乱军中巧遇所聘戴生，后者因得到满将认为义子，随军途中有老班役买俘获之妇，遇到一媪服装整洁，即赎归，意外地连连出现了这"巧相认—巧相逢"的场面：

> 媪坐床上，细认曰："汝非某班役耶？"问所自知，曰："汝从我儿服役，胡不识！"班役大骇，急告公。公视之，果母也，因而痛哭，倍偿之。班役以金多，不屑谋媪，见一妇年三十馀，风范超脱，因赎之。既行，妇且走且顾，曰："汝非某班役耶？"又惊问之，曰："汝从我夫服役，如何不识？"班役愈骇，导见公，公视之，真其夫人，又悲失声。一日而母妻重聚，喜不可已，乃以百金为班役娶美妇焉。意此必公有大德，故鬼神为之感应。①

王芑孙评："巧为之合，真奇遇也，始悲而终喜矣。"此类故事在民间流传很多，至光绪十四年（1888）新闻画报也采集作为素材。父子团圆，因捐钱赈灾而得，重逢故事内核乃是行善得福报。

王韬（1828—1897）写于蕊史面对大饥荒时拿出家中储备的陈粟，"遍赈灾黎，全活无算"，还设厂赈粥。但不幸当地官府"不报荒者，反征租税于民"，他又遭母丧，家道衰落，恶邻扩居欲侵吞，以邻仆尸图赖诬陷。幸得山中逢一女子授简——提供了邻仆所藏之处，得清官杨公昭明冤枉，恶邻反坐。出狱后于生遇一壮士为妹提亲，其妹即受赈济者之一，"昔时受君家大德，故誓以身报"。相逢后才知是重逢，原来新妇即山中授简之女。成婚后女提供了窖藏银子，生二子皆登第，"人皆以为行善之报"②。

因善行意外地与亲人相遇、巧救失散的亲人，这类故事的当事人，以自己近乎本能的仁心善行，为切盼重逢的幸运创造了条件。《子不语》写镇江三兄弟。伯无子，仲有子七岁看灯走失。仲到山西经商数载未归，传言已死。仲妻不信乞叔往寻。伯却认为仲妻年少可欺，竟诡称仲凶耗劝仲妻改嫁，仲妻守节。伯即暗地将她卖给江西商人，告诫夜"见素髻者"挽之上船，而仲妻微察伯状自经时，"恐虚所卖金"同谋伯妻奔救，使仲妻与伯妻髻均坠，赶上江西人轿至，伯妻误戴素者被抢。伯归悔又不能声张。小说又镶嵌了"卖嫂赔妻"母题，改为"卖弟妹赔妻"。仲归途中拾到布袱内装五百金（银子），等

---

① 任笃行辑校《全校汇注集评聊斋志异》卷四《乱离》，齐鲁书社，2000。
② 王韬：《遁窟谰言·于蕊史》，载《中国古典名著续书集成》第四册，中国检察出版社，1998。

候失主，后者却分金不受，偕行，抵家命子女出拜，仲认出竟宛然是自己儿子。原来仲子走失为人所卖，遗金者买下已十多年。感泣中遗金者提议以女儿作其儿媳。归途时将渡江，仲见一人落水，悬赏邀救，救的竟是季弟。原来季承嫂命寻仲过程中，被唆使者故意挤落水，"伯所使也"，仲、季等归乡，伯见之羞愧逃亡了①。奖还金者的主要方式莫过于重获失子，悬赏解救的偏偏是亲弟，均为重聚；而故事惩恶——则是其自感无颜面见亲友，出离家族，流落在外。故事这一人物离合都与善恶行为直接对应，体现了社会教化的倾向和民俗心理指向。

关于父子重逢的绘图报道。光绪十四年，四川人萧仲良与五岁的儿子失散。大约六七年后，他在金陵一街上偶然见到一个赈灾捐款箱，便动了恻隐之心，捐了三百文钱。有一醉汉笑他捐得少，两人便争执起来，旁人纷纷劝解。有一少年开门观望，抱住萧仲良的腿就大哭，萧仲良一看，原来是自己失散多年的独生子，虽然已长大，容貌却依然可辨，父子终获团圆②。因捐钱赈灾得以父子重逢，这是多么符合"善有善报"的伦理期盼，其中也的确包含一个从偶然到必然的因果逻辑。在汉语文学的赈灾济善话语中，就形成了"若不……就不会"的句式。

图 4-1　救饥获福

---

① 袁枚：《子不语》卷十二《镇江某仲》，上海古籍出版社，1998。
② 吴友如等：《点石斋画报·大可堂版》，1888 年，上海画报出版社，2001。

五、因旧画而识别重逢亲人

壁间悬挂画幅，是古代中国许多地区、时代盛行的一种庭园审美风习，以为儒雅，娱情冶性，诗画相兼。因而，刘继才先生在大量史料基础上精辟指出："我国自古就有为壁画题诗的习惯，尤其是在汉唐之后，已渐成风气。"[1]本书可补充佐证这一观点。自从南亚、中亚艺术进入中土，石窟佛龛亦多，特别是明清以来绘画神秘故事层出不穷，其中也有一些涉及离重逢故事[2]。

画像的功能何等重要？其最直观地唤起了当事人的记忆，从而冲破彼此久别的陌生。因而其是一个与时间流逝联系的母题，表现久别岁月递迁、人事变化的复杂性，这在明代得到了重视。亲人因颠沛在外过久，往往相貌变化大，令家人对面不识，以至于离家者（多为父、夫）归来，家中儿子依据画像辨认，却因容貌丝毫不像而生疑心；直到与老妻对话，谈起当年私密往事，才确认是远行者归家，于是夫妻、父子相认。隆庆年间，刘元卿《贤弈编·譬喻录》写歙俗多商贾，有士人之父壮时到秦、陇间经商，三十多载未还，只有影堂画像仍保存着形貌：

> 一日父归，其子疑之，潜以画像比拟，无一肖。拒曰："吾父像肥皙，今瘠黧；像寡须，今髯多，鬓皤。乃至冠裳履綦，一何殊也！"母出，亦曰："嘻！果远矣。"已而，其父与其母巫话畴昔，及当时画史姓名，绘像颠末。乃惬然阿（亲近），曰："是吾夫也。"子于是礼而父焉。
>
> 夫、父天下莫戚（亲）也。乃一泥于绘像，致有妻子之疑。彼儒者独不知经、史亦帝王圣贤之绘像也，专泥经史而忘求圣人之心，是即所谓泥绘像而拒真父者也。[3]

接受不了时间带来的改容换貌，认画不认人，但却仍要以画像为基本证据，只好寻究画图的原作者、背景，这辅助沟通最后还是证明了画像的权威性，不仅留存了历史的原貌，还折射出岁月的流逝，世事的沧桑。

儿子的画像，触发了祖母与亲孙相认，还早见于元末兵乱。说信州富室赵氏娶妻一年，母串亲时家被劫，赵被害妻遭掠，母寡居二十年，乡里称"赵安人"。宋咸淳年间（1265—1274），军士叶茂卿过此借宿，安人见相貌似亡儿

---

[1]　刘继才：《中国题画诗发展史配图新著》，东北大学出版社，2021。

[2]　王立：《图画崇拜与画中人母题的佛经渊源及仙话意蕴》，《南开学报》（哲学社会科学版）2008年第3期。

[3]　陈蒲清等：《中国古代寓言选》，湖南教育出版社，1991。

就收留了，垂泪招待，临别赠物，叮嘱再来。叶得官授乐安主簿，归程又宿赵家，在后花园见供养画真（画像）一轴，问，安人答："此吾亡儿也，年十九岁为寇所杀，媳妇为寇所掳，今不知存亡。"泪如雨下。叶又问，答曰媳妇姓魏，身高、面貌历历言之："且言媳妇孕五月而失。叶闻之附于心，惊曰：'吾母即是已。'"① 于是回家告知其母，首告官府，擒其父（继父，仇凶），改姓赵，姑妇母孙团圆。故事实为"儿子长大后复仇"的框架，而突出了祖孙巧遇，其中的"貌似亡儿"不过是一个铺垫，决定性因素是"画图示真相"。祖母思念亡亲的殷切，浓缩在画像之中，睹画思亲，尤其契合人们的生活经验，撼动人心。

史载，崇祯皇帝朱由检五岁失母，为生母刘氏追补画像，请曾与太后同为淑女的傅懿妃，选出形貌相类的宫人："指示画工，可意得也。图成，由正阳门具法驾迎入。帝跪迎于午门，悬之宫中，呼老宫婢视之，或曰似，或曰否。帝雨泣，六宫皆泣。"② 此事在朝野上下该引起怎样的哄传？

图像成为小说人物超时空与亲人"重逢"的道具。道光时女性弹词小说《梦影缘》里出现频率很高的图像，第一幅是父母画像供奉在中厅，庄渊夫妇等每日必拜。画像面如再生，还会随家中之事而悲喜表情变化，如庄渊安慰则画像即转悲为喜，这岂不就是"孝"的镜像式体现？而画成多年后才进门的庄夫人面貌，何以酷似其姑（婆婆）？使女也酷似夫人的婢女，分明呈现出一定的预见性和暗示性。第二幅是梦玉描摹的林纤玉画像，寄托前生密友梅花仙，用以安慰为子求偶心切的庄夫人，图成竟有暗香传出，庄夫人称赞梦玉"传神生香手"，而梦玉担心不知投生何方的梅花仙已因画像而生病，自己却不敢解救；后庄夫人发现画中美女欲出，急切中梦玉毁画以全美人性命，此皆相思未能相狎。第三幅画岁寒三友的确"象征梦玉与纤玉、纫芳的理想夫妻关系"。第四幅胡晓真教授认为，其地位"部分渊源自图像所特具的凝结时空的作用，因此也牵系着整部小说的时间感"，"对图像的迷恋，就是因为她（作者郑澹若）相信图像能使历史重现而且停留，重新成为现实"③。

晚清新闻画报有此报道，说常州杨姓母子相依为命，杨侍奉母亲甚孝："一日去药铺为母买药，发现带的钱少了，逢一破衣道人路过，赠以画一幅，告知去某处卖。杨信言而行，果有一官员见之欲购，其母见画的是此大官自幼已失之生父，当即买下，赠以重金，购药之钱，绰绰有余。"④ 道人作为神秘

---

① 佚名：《湖海新闻夷坚续志》前集卷一《人伦门》，中华书局，1986。
② 张廷玉等：《明史》卷一百十四《后妃传二》，中华书局，1974。
③ 胡晓真：《才女彻夜未眠——近代中国女性叙事文学的兴起》，北京大学出版社，2008。
④ 吴友如等：《点石斋画报·大可堂版》，1895年，上海画报出版社，2001。

的"智慧老人"形象，从何处得来此画？怎能得悉所画之人和需要者——孝子的身份？

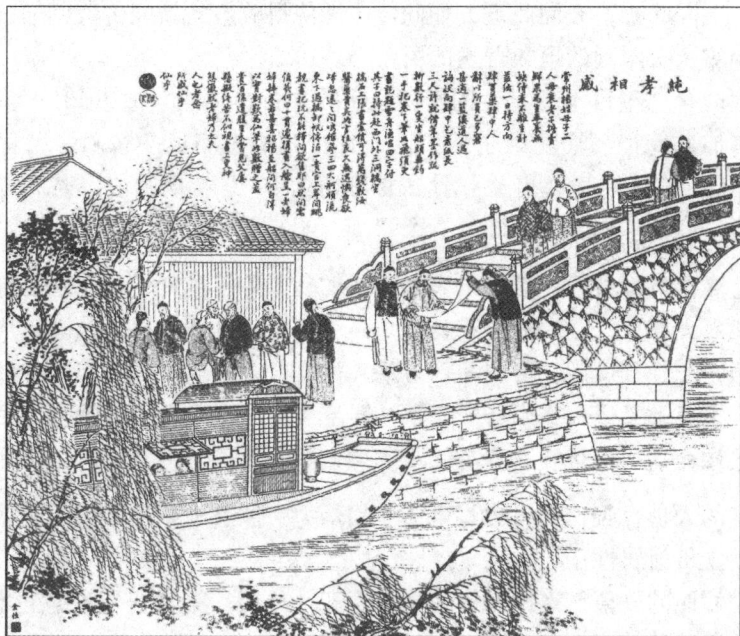

图 4-2　纯孝相感

　　故事当取自梁章钜（1775—1849）《北东园笔录》。说道光初年，常州杨姓母子二人，母衰老，子年十五六，卖鲜果为生。母病重乏医药。一日杨生持药方缺资哀恳，忧危无措中衣衫褴褛的道人路过，询状，即乞得药店中素纸笔砚，倚台画柳下一老翁坐船头，下书"雪舟渔唱"四字，付杨生，问医药费多少，杨生答十贯钱够矣。翁嘱持画至某门外官塘石桥侧，张画坐。有问价者可如数售之。当场聚观者都说如此草草笔墨，又无装潢，谁肯出高价购耶？嗤笑声中，杨生心想这道人实在是良善之意，又别无他法，就如言前往。久无遇，懊怅欲归。忽闻鸣锣，来了三四艘大官船停泊，一位袍褂俨然的贵人出舱四眺，睹画急上岸近前："把玩而不能释，问'欲售耶？'曰：'然。'问值，以十贯对。"好像有点嫌价昂，急携入舱呈一老妇："妇捧卷而笑，若不胜其喜者。招其子询所自来，欢曰：'此仙笔也。'命仆囊钱如数送其家而去。"[1]街市上人们都感到惊异，"信为孝行之报也"。杨生由此即刻偿付了药债，母病很快痊愈，生活也改善为小康。

---

[1] 梁章钜：《北东园笔录》续录卷二《仙画》，载《笔记小说大观》第二十九册，江苏广陵古籍刻印社，1984。

虽然故事采用了"限知叙事"，并未交代画上老翁是否为贵官之母的已故之夫，但读者自可以果推因，得出答案。而能以此人物画博老母一粲，又是多么难得！人同此心，心同此理，如此传奇性使得故事的新闻价值剧增，因其满足了人们对亲人团圆的恒久普遍的民俗心理。

明代即有"过目不忘"奇闻密切联系的"过目能绘"故事①，一面之识即能以图画描摹传神写照。说东阿侯钺，少年时游古庙见一髯翁，自称九华山人，执手曰："子必贵，再益一骨，必有通仙殊巧。"揭胁衣，若有所纳。他感到微痛，许久才平复，从此具有了"半面不忘"的特殊才能：

> 遂能写人形神。尝一识面者，去之数十年，能默肖。举进士时，榜下三百人，钺皆识貌，为一小箧，画而志之。比再见，无不识者。钺尝请告里居，一日行山间，群盗劫以为质，钺使从者还入城，贷金帛自赎，而身与盗坐石上笑语，盗服其言论，叹息罗拜去。钺跨马吟啸返，乃图盗衣冠状貌送吏，尽获诸境。钺后官至都御史。②

特定的人物容貌，一旦被写生天才临摹为一件绘画艺术作品，就带有自我确证的独立价值属性。

传神写照的故事，在民间极为受人欢迎并传扬。梁章钜还着意记载："吾闻曾波臣以传神擅名，如镜之取影，为写真绝技。《图绘宝鉴》称其开辟门庭，前无古人。先此，惟戴文进为妙艺。相传永乐年间文进初到南京，将入水西门，转盼之际，一肩行李被脚夫挑去，莫知所之，文进遂向酒家借纸笔，追写其像，聚众脚夫认之。众曰：'此某人也。'同往其家，果得行李。又相传吴小仙春日同诸王孙游杏花村，酒后渴甚，从竹林中一姬索茶饮之。次年，复至其地，姬已下世，小仙目想心存，遂援笔写其像，与生时无异，姬之子为哭失声。"③ 可见，目睹逼真的肖像，这类具有实用性价值的民间传闻，也无疑是乱离重逢母题传播的旁证与触媒，与其应当具有共同的心理生产机制。有充分的理由认为，这也是古代"题画诗"丰富繁盛的一个题材资料及其社会学、心理学和美学的重要成因④。

---

① 王立、隋正光：《论金庸武侠小说中的"过目不忘"母题——一个主题史内涵的跨文化寻踪》，《山西大学学报（哲学社会科学版）》2008 年第 2 期。

② 朱国祯：《涌幢小品》卷二十九，中华书局，1959。《后汉书·应奉传》："奉少聪明，自为童儿及长，凡所经履，莫不暗记。……"李贤注引谢承《后汉书》："奉年二十时，尝诣彭城相袁贺，贺时出行，闭门造车，匠于内开扇出半面视奉，奉即委去。后数十年于路见车匠，识而呼之。"

③ 梁章钜：《浪迹丛谈》卷九《写真》，载《笔记小说大观》第三十三册，江苏广陵古籍刻印社，1984。

④ 刘继才：《中国题画诗发展史配图新著》，东北大学出版社，2021。

第五章
《点石斋画报》中的乱离重逢母题

　　吴友如主绘的《点石斋画报》，属于上海《申报》的新闻副刊，也是中国最早的新闻画报。其由英国商人美查（Eenest Major，约 1830—1908，自号尊闻阁主人）等的申报馆创立，推出于光绪十年（1884），终刊光绪二十四年六七月间（1898 年 8 月），旬刊。

　　该画报特别关注都市大众最为关心的日常生活事件，尤其是带有警示、危机预案的教喻性的新闻事件。这些已经、可能发生在普罗大众身边的伦理性新闻，也是一个个鲜活生动的报告文学，给广大受众以人同此心、心同此理的情感撞击，配以栩栩如生的画图，更加具有震撼力与审美感发力。研究者指出："题材的异同比较也是平行研究的一个内容。中外文学有许多'画中人'的题材，如果戈理的《肖像》、王尔德的《道连·格雷的画像》、我国唐朝杜荀鹤《松窗杂记》里记载的赵颜与真真的故事、《聊斋志异》中'画壁'的故事等，这些故事都以'画中人'为题材，他们具有超自然的生命力，有些甚至走进现实生活世界。比较不同作家对这些题材的异同处理，既有助于认识作家相同或不相同的创作心理，也有助于认识具有普遍意义的创作规律。"[①]

　　但这些在晚清新闻画报中，伴随中外、多地区多民族题材疆域的大幅度扩展，如掌故大家郑逸梅（1895—1992）先生的回顾："吴友如在这石印有利条件下，就把新事物作画材，往往介绍外国的风俗景物，那高楼大厦、火车轮船，以及声光化电等科学东西，都能收入尺幅。当时一般守旧的画家群起反对，以为这样的画，失掉画的品格，直把吴友如骂得狗血喷头……经他一提倡，跟随他的有金蟾香……，画新事物成为一时风尚。且有好多作品，更具民族意识，如《会审公堂》《大闹洋场》等都是。"[②]画图与文字的联系得到新的重视，图文并茂，更能取得应有的最佳效果。

　　胡晓真认为，"在小说文本中，'书'与'画'则分占笔墨功业的两端，

---

① 杨乃乔主编《比较文学概论》，北京大学出版社，2002。该章节为刘佳林执笔。
② 郑逸梅：《芸编指痕》，北方文艺出版社，2016。

连接着想象与现实的国度……笔者也认为《梦影缘》中图像的地位，部分渊源自图像所特具凝结时空的作用，因此也牵系着整部小说的时间感，特别是对过去与未来的指涉。《梦影缘》中图像出现的频率极高，而且多具有神秘力量。……庄渊肖父还可以解释，至于画成多年后才进门的庄夫人为何竟肖其姑，那就只能说是奇迹了。这'肖'的设计，表面上是一种理想人伦的想象，但传达的却是世代传承、不更不易的保守心态。更神奇的是，画中双亲竟如在生之人，会随着家中发生的事而改变容颜悲喜；若有不顺心之事，则须庄渊在画前祝祷安慰，画中人才会转悲为喜……"① 可见在有些小说中，画像崇拜占有重要位置，有"眼见为实""百闻不如一见"的直观魅力。

清末新闻画报兴起后，因战乱和北方五省的"丁戊奇荒"（1876—1879）等逃难流民增多、治安混乱，使得初生的《点石斋画报》作为《申报》副刊，尤为偏重乱离重逢相关的新闻事件。而关心民生、民情本来就是新闻的工作重点，何况又与告灾、赈济、警示拐骗等惠民服务结合，该报成为成功运用新闻画报济世利民的一个代表。

一、突出亲人久隔相逢的新闻要素

真实性是新闻画报的逻辑前提，画面与故事的结合确证了"有图有真相"。

首先，事件叙事逻辑的"真"与受众感知的生活真实，往往并不对等。而新闻事件叙述要具备"五要素"，即新闻的"五 W"，指一则新闻报道必须具备的五个基本因素，分别为何时（WHEN）、何地（WHERE）、何人（WHO）、何事（WHAT）、何因（WHY）。时间、地点、主要人物及其关系、事件、结果，是线性叙事，其与绘画世界的三维立体艺术有较大差异。那么，《点石斋画报》对此是怎样处理的呢？这里以一个祖父孙女的尴尬相逢而带来父子团圆的传奇故事为例。

（1）何时（WHEN）：近年或前些年，这里作模糊化的表述，或空缺，读者也不会较真，这不重要。

（2）何地（WHERE）与何人（WHO）：陕西获鹿县人，某甲（这是一个真实姓名的符号，可以理解为避免张扬当事人不愿公开的隐私）。

（3）何事（WHAT）、何因（WHY）：某甲前往亳州（地点）物色小姜，发现一个十六岁女子（第二当事人）。（因为）听她说起其父（第三当事人）

① 胡晓真：《才女彻夜未眠——近代中国女性叙事文学的兴起》，北京大学出版社，2008。

情况，很像自己二十年前失踪的儿子。第二天其父一来，果然不错。（派生的缘由）当年其子因误推人入井而逃，其实入井者并未死。某甲要其子携妻一同回家，以求团圆，共享天伦之乐①。这一事件，类似于唐宋故事的祖母与孙儿相逢，连带而来的儿媳与婆婆相聚。内在的因果表明：孙儿辈这富有活力的年轻一代，成为联结三代至亲、两个时空、现实与记忆的功臣。

其次，新闻画报体现了故事事件最生动形象、最核心、最具内涵的画面。这一特征近乎后来的电视新闻，集中在读者（观众）所关心的"看点"，而省略了枝蔓。即截取事件发生的片段："画面不需要也不能够像情节性电影一样承担起内容和理念的'叙述'任务，它不受情节性影视节目镜头组合的逻辑规范，也不用着意构建画面和画面之间的承继关系。"②但与后来的电视新闻、电影不同的是，新闻画报有限的画面，力求一下子抓住事件——故事的核心，吸引住读者并用那些模糊、不确定的前前后后来引发他们进一步联想，激发他们在关于乱离重逢母题的"集体记忆"中，填补那些画面、图解文字背后的信息。

再次，为了显得重逢传奇的真实可信，新闻画报极为重视细节的艺术感染力。这是需要虚实参半的。也要基于大众根深蒂固的民俗信仰。如母子异地同梦，神示重逢事。说广州的甲某原籍潮州，因家贫，刚出生就卖给了在潮州做生意的乙某。甲某长大后并不知自己是螟蛉之子。乙某病逝，甲某继承了家产，过着豪富生活。那年秋初，有个老妇人托人送信，约甲某到城隍庙见面。甲某如约而至，老妇人上前认子。甲某惊问有何证据？老妇人哭着说："你生出来时臂上有红痣。我在梦中得到神人指示，才找到广州来的。"甲某心存疑虑，当夜他也梦见神人指示，这才相信是真的，第二天一早就去认母③。这图文并茂的综合性母题再生产，交织了梦境提示、身体特征认亲等一系列要素，画面演示出动人的意外重逢——发迹变泰故事。其中，梦是不可求证的，但谁也不能否认它的发生，而臂上红痣则为事件中的甲某确有。

以下诸图的事件殊途同归，均是本在一起（或将在一处）→分别→团聚，皆各有各的不幸与幸运，殊途同归，因而都可以作如是观。

夫妻重逢配假发。《镜圆结发》讲姓贺的南京人二十岁娶妻，感情虽好但家境不好，遂出外避债，许久不归。妻子因此出家，已有十年。贺在外辛苦多年，稍有积蓄回来找妻。一天在路上遇到她，想破镜重圆。妻则因为已经削发，颇有顾虑，贺去买了假发为其戴上，照镜子一看，还是个三十来岁的漂亮

①　吴友如等：《点石斋画报·大可堂版》，1898年，上海画报出版社，2001。
②　李岩等编著《广播电视新闻学》，高等教育出版社，2002。
③　吴友如等：《点石斋画报·大可堂版》，1892年，上海画报出版社，2001。

女人。①

夫妻邂逅于船上。故事偏偏从天不遂人愿的角度，做反面文章以传奇闻。说江西人袁桂生因遭水灾，妻离子散。只身在上海经商，稍有积蓄，但始终孤家寡人，时间一久不免心灰意懒，遂变卖资产准备出家。在去普陀山的渡船上，见到有位官员的家属，似曾相识，一问，才知彼家属其实就是自己的结发妻子。当年被水灾冲散后，幸运地得这官员救起，于是随其而行，屈指算来已有二十年了，自己女儿也做了官员三公子的内房。悲喜交加的袁桂生，于是打消了出家的念头。②

图 5-1　天从人愿

因数十年之后仍旧牢记身体记号，而最终得以夫妻团聚。说江西进贤县人张甲，娶邻村李女为妻，还没过门，遭遇战事，张流落到台湾，妻誓不改嫁。数十年后返乡，其妻已为张父送终。妻验明张身上记号，这才确认。此时张七十四岁，妻也已七十二岁③，匆匆岁月流逝于离散。

---

① 吴友如等：《点石斋画报·大可堂版》，1897 年，上海画报出版社，2001。
② 吴友如等：《点石斋画报·大可堂版》，1896 年，上海画报出版社，2001。
③ 吴友如等：《点石斋画报·大可堂版》，1897 年，上海画报出版社，2001。

二、绘画广告：主动创造亲人相逢的条件

《点石斋画报》还倡导运用1919年～1949年科技、新闻手段，协助人们在较大范围内寻亲，如寻找丢失的儿童。说福建富商不仅买下男孩，还拍照张贴为孩子寻亲："福州顺昌洋行卢善荪在六月买来一六岁左右男孩，操江浙口音，因见其容貌举止像是大户人家子弟，深虑其离人骨肉，动了恻隐之心，就致信施少钦大善士请代找男孩的亲属。施为其少年拍照二十张，贴在本埠仁济堂、杭州同善堂、苏州桃花坞马大箓巷等赈所及善堂，以便领回得以团聚。真仁人之心也。"①

图5-2 完人骨肉

因做了赈灾济贫的善事，而亲人得以重逢。如抚育孤儿（实为亲人失散而流落的儿童），是许多善良、恩义故事的基本内核，具有新闻性与伦理教化功能结合的意义。《复姓归宗》的一个系列四幅连环画图，构成了具有动态发

---

① 吴友如等：《点石斋画报·大可堂版》，1893年，上海画报出版社，2001。

展、连贯性的主题意蕴。（1）解救弃婴。咸丰年间，云南提督蔡军门剿办楚雄逆贼，于难民中发现一弃婴。（2）培育与英雄的成长。蔡军门见小孩生得可爱，取名兴国，教以读书习武。他年岁稍大，即忠义奋发，所向无敌，官至提督。（3）重至旧地代寻亲父。光绪十三年随同军门征剿俣黑踞匪，道经楚雄，打听生父尚在，且有一子，遭乱离散。蔡军门遂请岑制军代奏，恳请复姓归宗，后得旨恩准。（4）骨肉团聚，感恩收养。于是，兴国与生父骨肉团聚。此时兴国已过而立之年（过三十岁），而其父则已幡然老矣。为此解图者不禁慨叹："若不遭难则必弃子，不弃子则不为军门收养，非军门则兴国无由显贵，三十余年，离合悲欢，岂偶然哉！"①

亲人相逢，才会带来吉运，岂不是最大的酬报？《点石斋画报》增拓的母题史谱系其更鲜明地体现在，执着地克难以进，寻亲才会成功，而往往相逢之刻，就正是一方拯救另一方之时。说太原顾生在别墅攻读，一披发女子被神追逼，顾生搭救，继而与女同居，后回家养病竟失踪。多年后父访亲在空寺见一女与少年（儿子）对坐，父知为遇妖，即请僧捉妖，当飞天夜叉将一赤发蓝面之妖擒拿，僧念咒降妖化灰收入钵内，顾生被抬回家七天才能说话②。故事强调了亲人相逢，才能遇难成祥，摆脱凶险。

《点石斋画报》还提示那些丢失孩子的人家，用刊登广告的方式寻人。既然拐骗幼儿案层出不穷，失而复得者毕竟有，因而"失孩者有的登告白，告四方，悬重赏；还有的由当局通告海关严查"③。提示堵住拐匪外逃之路，同时注意拐匪藏匿儿童于寺庙中。应当说，该画报创刊不久就尽量发挥新闻媒体的信息流通功能了。

三、白描：直接揭露骨肉分离的社会根源

如果把《点石斋画报》作为一个整体来看，那么其选材、侧重点是有迹可循的。

重点一：单纯的揭露、控诉，引起全社会的关注并警示。在晚清最繁华的大都市上海，"拐卖儿童罪大恶极，官府虽严禁严打，但收效不大。沪北保康里第五弄有个中年广东妇女，她陆续从人贩子手中购得男女孩五六个，常拿孩子出气，以致他们个个体无完肤，哀哭之声传遍弄内。邻居听到哭声，心中不

---

① 吴友如等：《点石斋画报·大可堂版》，1888年，上海画报出版社，2001。
② 吴友如等：《点石斋画报·大可堂版》，1896年，上海画报出版社，2001。
③ 吴友如等：《点石斋画报·大可堂版》，1885年，上海画报出版社，2001。

忍，只能指望地方官查究，但不知地方长官因何置若罔闻?"① 这是真实情况的写照，虽没有交代出更多、更复杂的问题，但可以如此将犯罪团伙暴行披露，足以引起居民的公愤、警署官方的干预。不仅新闻监督的职能能够发挥出来，也在呼吁民众针砭社会问题。其实，大多数被拐儿童只能是无可奈何地与家人永远天各一方了。

图 5-3　凌虐拐孩

重点二：实录捕获拐卖妇女的人贩子。《拿获拐妇》描绘：武清县乡人王某外出，归来见妻随一个不相识的妇女往西而走。王大呼而妻不应，王追上，将此不认识的妇女抓住。原来此人是一拐妇，身上有药粉一包、剪刀一把。妻子已中了毒，神形恍惚，王用冷水喷面，良久，妻才醒来。② 光绪十三年（1887）报道了"拍花迷人"之事，据说是白莲教一支所为。他们善用幻术迷引童男童女，使其头晕目眩、神志不清，诱至僻静处任意所为。说京都西四牌楼北有一白旗（满族八旗之一）兵，一天下午在茶馆饮茶，忽见他儿子直奔向前，情形奇怪。他疾呼问话，儿子置若罔闻；他急步上前揪住儿子，连问不

---

① 吴友如等：《点石斋画报·大可堂版》，1886年，上海画报出版社，2001。
② 吴友如等：《点石斋画报·大可堂版》，1887年，上海画报出版社，2001。

答'。此兵大骇。旁观者告知恐怕被"拍花妖"所迷，需用凉水灌之。灌水后，果然醒了。画报真切地警示世人："邪教惑人，此言不假。"①

新闻画报还报道，大约在光绪十六年（1890）前后，南京南门外村中，一户郑姓人家的女儿被人拐走，杳无音讯。后来某一日，郑家长子娶王家女为妻，却出乎在场所有人意料："新娘才到，便跪地大哭。原来她竟是几年前被拐走之女。郑家忙将吉席改作庆席，以贺骨肉重聚。"② 喜事化为全家悲哭，用悲哭来表达万万没有想到的又一大喜事，如此奇闻该是怎样地为人们广为传扬啊！作为《申报》副刊的画报迅速地捕捉到这一广泛引发社会关注、共情共鸣的题材。

图 5-4　娶妻归妹

重点三：受害人当场认出失踪的儿子，及时设法解救被拐的骨肉。该画图描绘常熟甲某从虞山经过，看见言子墓前跪着一小孩，膝下有一把由铜钱结成的剑，旁有一人，短衣窄袖，口中喃喃，正在作法。甲屏息偷窥，原来这小孩正是自己的儿子。甲某便大声疾呼，作法者逃走了，而儿子却不应，扶他也不起来，用力将剑拔掉，儿子才清醒，讲述其被拐经过。③

---

① 吴友如等：《点石斋画报·大可堂版》，1895 年，上海画报出版社，2001。
② 吴友如等：《点石斋画报·大可堂版》，1895 年，上海画报出版社，2001。
③ 吴友如等：《点石斋画报·大可堂版》，1887 年，上海画报出版社，2001。言子，即言偃，字子游，常熟人，是"孔门七十二贤"中唯一的南方弟子。

　　新闻画报还披露绍兴某富家七岁的儿子被拐走，家长很焦虑，不料线索却出现在梦中："夜宿城隍庙，梦见庙神赐牙牌一对，上有'长三、四六'四字，不解其意。适逢庙中有戏，台下有人互相称呼'长三''四六'，家长方知其意，急请官兵拿下。堂上细问才知长三、四六乃二人小名。城隍庙于是香火益盛。"① 其实，这就是传统公案故事中的"析字"破案、弗洛伊德所说的"焦虑的梦"，极度思念幼子时夜晚做梦当然也是围绕着儿子的，梦境又是一种自我表述、不能自证的，在叙述此事后追加一些真幻相兼的感受也是完全可能的。其他怪异现象也可能启发破案的灵感提示联想。如民间流传"三牛触尸"的怪事，由此被解谜为嫌疑人姓名："平原董某，任威县时，摄邯郸篆。一客商死路间，验时，突有牛三头驰至尸旁，旋绕抵触，鞭之不去，莫解其故。乃就里中稽烟户，见一人黑而上偻，鸱目虎吻，询之，姓吴名三牛，以执鞭为业。恍然悟，叱之曰：'路间死者，得非尔谋财故耶？'吴股栗服罪，遂置之法。"② 由此，画报选材蕴含的俗信，很便于民间接受。但从另一角度看，实际上借此案件得破，也宣扬了城隍庙这一灵梦得以产生之地的神通。

　　不是泛泛而论灾荒乱离，而是深度揭露骨肉分离的原因，根本上说人性扭曲又是世风恶劣使然。如吸食鸦片。新闻画报的报道针砭时弊，直指嗜烟竟然达到发生卖儿卖女的人间惨剧的程度。说苏州甲某，染上鸦片烟瘾，负债，为人刷染衣物糊口，"其子八岁，受尽其苦"。而甲某在一次烟瘾大发时，"竟将亲子卖给店主，换取银圆二十枚。其子不忍骨肉分离，悲泣号哭，见者流涕，甲竟毫不动容，拂袖而去。嗜鸦片者，当引以为戒。"③

　　田海教授注意到道光年间民间载录的流动性绑架集团，"他们还承担了大量绑架其他小孩的罪名，而之前那些仍被记得的失踪案件也都被归咎于这个乞丐首领。据说，他们绑架并杀害小孩是为了在五月五日祭祀'邪神'，这天正好是端午节……该团体中的一个女人曾以行医算命为名，将'孩骨丸'卖给当地女尼和妇女用以堕胎。……由于当时人们无法解释孩子们失踪的原因，加上当时已经形成将绑架归咎于流浪乞丐、医者等人的做法，导致暴动、实行过度的刑罚以及更正式的法律诉讼等现象频繁发生。"④ 这些连带的社会现象也都给《点石斋画报》等新闻画报提供了大量题材。

　　《招认小孩》："拐案之多，今年尤甚。水手范阿来曾救叶金宝，人人传颂。今又有陈胡卢从上海拐骗三个小孩去福建。划小船摆渡的船夫发现大人、

---

①　吴友如等：《点石斋画报·大可堂版》，1895 年，上海画报出版社，2001。

②　王椷：《秋灯丛话》卷十一，黄河出版社，1990。

③　吴友如等：《点石斋画报·大可堂版》，1895 年，上海画报出版社，2001。

④　田海（Barend ter Haar）：《讲故事：中国历史上的巫术与替罪》，赵凌云等译，中西书局，2017。

图 5-5　嗜烟鸳子

小孩口音不一，便私设公堂，吊打陈胡卢，敲诈钱财。后被邻居发现报官，将一干人等送巡局移交县署办理。有拐小孩的，又有向拐卖人口者勒索者，心术不同却同属败类。发生这样的事，更使人想到水手范阿来品德的可贵。"① 这是民间的侠义之士，他们基于内心的善念，及时地从人贩子手中解救素昧平生的儿童，使受害者及其家庭免于离散的劫难。

　　谴责寺院私自扣押儿童，这也是几十年后电影《火烧红莲寺》"大火"的社会心理来源之一②。如画报还描绘光绪六年（1880）冬天，成衣店全全突然丢失了儿子，六年来音讯全无。不料奇迹发生："有一小和尚走进门来跪下，呼全全为父。原来，他在六岁时出外嬉戏，行至三牌坊，被浅井庙住持僧诱至寺中削发为徒。他一直被严加看守，现在才逃出回家看看。生子原为传宗接代，不料其子却入了佛门。"③ 新闻画报的报道，应当就是 19 世纪末沿海大都市某种社会弊端的现实写照，诉诸舆情在当时也是较先进的办法，而《点石斋画报》在这方面无可争议地堪称成功的范例。

---

　　① 吴友如等：《点石斋画报·大可堂版》，1885 年，上海画报出版社，2001。
　　② 电影《火烧红莲寺》上映后掀起了中国电影史上第一次武侠片大潮。据不完全统计："在 1929 年至 1931 年间，上海的 50 多家影片公司就拍摄了 250 多部武侠神怪片，占全部影片的 60% 以上。"程季华：《中国电影发展史》第一卷，中国电影出版社，1963。
　　③ 吴友如等：《点石斋画报·大可堂版》，1885 年，上海画报出版社，2001。

图 5-6　得孩志喜

四、放弃重聚：相遇不相认的无奈与认亲遭暗算

　　离散重聚并非都是那么顺利和喜庆，也有一些不和谐音，给当事人及其家庭、亲人可能带来的是不愉快甚至灾祸。

　　早年在复仇文学研究中，作者发现传统复仇文学主题表现突出了"一面倒"的倾向，即绝大多数传扬的是"好人向坏人"复仇，似乎人们没有兴趣讲述坏人向好人复仇，也很少讲不复仇、复仇不成功的故事。这种情形到了晚期——明清时期，才有了一些改变①。乱离重逢母题在宏观上，也带有这一历史走向的类似特点。晚清时期，传统文化呈现"千古未有之大变局"，故事母题的变化，也多得力于新闻事业的发展，使得"事实"能够得以"破局"式地进入到传播的层面，而其纷繁的复杂性得以为人所知。这里，仅以《点石斋画报》为例，来揭示母题的时代新变。

----

　　① 参见王立《中国古代复仇文学主题》，东北师范大学出版社，1998；王立等《中国古代复仇故事大观》，学林出版社，1997。

首先，是母子离散后相见，儿子为官之后不认生母。《不认亲母》写母子二人因太平军起而离散三十年。最近她听说儿子在浙江捐了一个后补观察，已成老妇的母亲艰难跋涉前来找儿子，但儿子不认。前日在大街上，她背负黄布上大书"冤单"。当新上任的孙廉访回官署时被她拦住，孙廉访向她详细地了解情况并让她等候判决……① 是否背后有什么隐情？但在一般人看来，如此"灭伦"之事，作为反伦常行为也构成母题的异变。

父子相逢，少年却负气并不相认。新闻画报《父子陌路》描绘了这样一幅不可思议的画面：南京状元街一带，街道不宽。一天雨后有车经过，溅起的泥浆把少年衣服弄脏，少年却迁怒于乘车人。车中老人闻言，掀帘而出，面露凶相的少年一见，顿时转身就走。老人也上车离去。有知情的人说，车上坐的是某书吏，少年是他的儿子。听的人都为之鼓掌。② 这背后的故事不得而知，但在当时人们看来，这是儿子不可理喻，这无礼的少年是不被认可的。

其次，父亲幸运地遇到亲儿子，自己却遭不幸，被一伙歹人挖眼，导致失明。说辽东营口的张某，儿子失踪，某日在街上偶遇教民夏某带一群小孩游逛，张某认出其中一个正是儿子："张某狂喜，扑上去要拉儿子，被夏某蛮横地阻拦。路人听了张某的诉说，愤愤不平，大声喊打。夏某恼羞成怒，第二天，约了十几个教民，将张某绑架出城，竟残忍地将他的双眼挖下。"③ 张某父子显然是一起拐卖儿童案件的受害者，这次不期而遇的"相认"，居然造成了受害者的悲剧，说明某教会集团黑恶势力的猖獗，以及社会秩序的混乱、社会救助的严重缺失，不仅仅是能否父子相认的问题，而是父子二人甚至家庭今后能否继续生存的问题。

其三，因期求夫妻重聚而引发官司。《点石斋画报》的选材具有求异思维，描绘出贫富悬殊造成的不愿重逢，甚或家庭破裂现象。说京师某风流公子雇一漂亮仆妇，作为宠妾藏在家中。仆妇丈夫贫穷而丑陋，一次他邂逅故人，见妻子坐在华丽的马车上，即上前拦住马车：

> 甲惊喜攀舆呼之曰："疑汝已死，今尚在人间耶！"从人驱逐之，甲不释手。甲妻坐车中厉声答曰："我与汝不相识，癞蛤蟆想吃天鹅肉耶？"即诬之攫取首饰。公子而欲求佳丽，又何顾之不偿。乃至下与田舍郎争一妇，此其中毋亦有孽缘在耶？④

作为一种社会问题的奇特呈现，大可堂本的图说则加以概括表述："妻子

---

① 吴友如等：《点石斋画报·大可堂版》，1884—1885年，上海画报出版社，2001。
② 吴友如等：《点石斋画报·大可堂版》，1897年，上海画报出版社，2001。
③ 吴友如等：《点石斋画报·大可堂版》，1884—1885年，上海画报出版社，2001。
④ 吴友如等：《点石斋画报·大可堂版》，1884—1885年，上海画报出版社，2001。

将他骂得狗血喷头，并诬告他抢夺首饰。于是公子将他捉到官府拘押受罚。"据1877年《申报》报道，进城后为用人的妻子拒绝与乡下丈夫重聚。说乡人某甲之妻来到上海之后，给某妓当用人。她在灯红酒绿的都市里，已忘记故乡。每天经历的事情太多，"眉语目挑之后，既多快婿，不念拙夫"。不久一个相好的来娱乐场所伺察，在半路遇到她："将揪之以归。突有男子夺之，互认为夫。讼于公堂，而妇坚谓男子是某夫，乡人目瞪口呆，遭堂上呵斥而去。"① 这类事情应当说是一个多发性事件，乡下少妇进入大都市后，有了新的生活视野和价值观，不想与前来寻妻的丈夫再回到过去。乱离重逢母题，受到了新时代新生活的挑战。

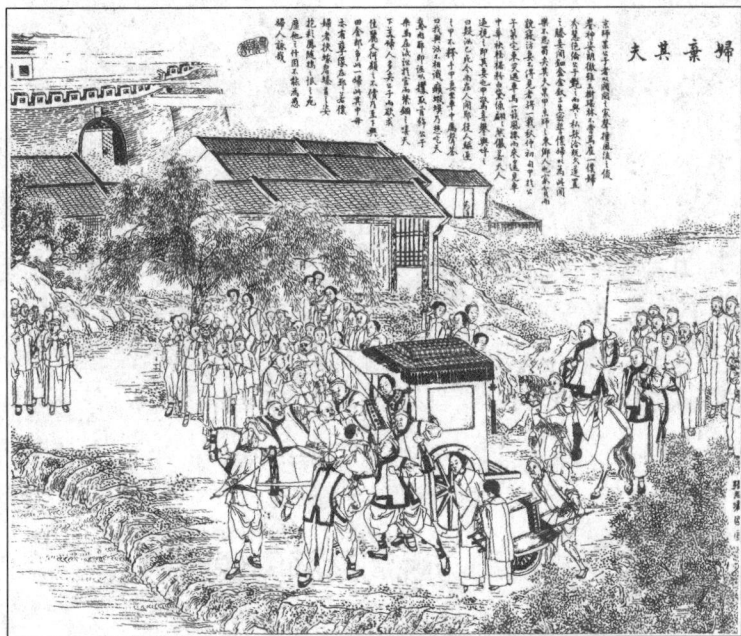

图5-7　妇弃其夫

在作为《申报》副刊的《点石斋画报》诞生之初，当然也十分关注这一类新的社会问题。这不仅牵涉千家万户的亲人团聚，更是一种新闻报道理念的体现：通常，人们总是喜闻"破镜重圆""久别重聚"，然而一方面，社会现实（如治安条件）是否允许"重聚""相认"？更严重的，还有当事人之"人心"的异变，所期盼团聚的另一方，已心有所属或因社会地位变化，而带来了更复杂的顾虑，并不把思念者当作亲人了，又何能重聚？《落花有主》描绘番禺人张某承父产业，颇为富有。然而，他在桂林自与妓女翠凤相好后，败尽家

_____

① 《原论》，《申报》1877年10月2日。

业，只得流落在外。翠凤自张某离开后，被人纳为小妾，屡遭正室责骂，过段时间竟被赶出家门。恰好张某路过此地，于是两人重叙旧情。翠凤将放于他人处的五百两金子，全部取出，与张白头偕老①。故事体现出迷途知返的意旨，期盼妇女能持守"从一而终"的价值观。

图5-8　《齐豫晋直赈征信录》

五、告灾图、流民图与晚清新闻图像传播

告灾的图像叙事，是光绪初年北方五省"丁戊奇荒"之后，应传教士发起的声势浩大的赈灾募捐需要，而借助于报纸发行兴起的。借助于现代新闻媒介，图画这种古老的空间艺术，给乱离重逢母题带来了新的时代活力，也多方面地吸收、表现了大灾荒中"哀鸿遍野""难民载道"时，发生的妻离子散、骨肉失散等一系列人间惨象，从而在灾荒文化、赈灾使命与传统文学母题之间，搭建了多学科、跨学科沟通的桥梁。

"流民图"到"铁泪图"的历史演变，也伴随着乱离重逢母题，发展轨迹基本同步。首先，"流民图"，本是摹状苦难的传统传播模式，一种无须文字的瞬间识记。"流民图"的产生据说与北宋光州蝗灾有关，名臣郑侠（1041—

---

① 吴友如等：《点石斋画报·大可堂版》，1897年，上海画报出版社，2001。

1119）以《流民图》作"针砭时政的工具"，即熙宁七年（1074）春旱蝗，饥民流离："王安石在朝廷议事中坚持说这是自然灾害，不足为虑，而郑侠则把所见到的'流民扶老携幼困苦之状'绘成图画呈给神宗皇帝，并说'旱由安石所致。去安石，天必雨'。这一事件导致王安石被黜，在中国绘画中开启了被称作'流民图'的传统。"①

光绪初（1876—1879）山西等华北五省"丁戊奇荒"后，多省发布告灾求赈图画，《申报》等报刊灾荒、赈灾报道②，配上了这些灾荒惨景、赈灾告急图画加以发行。虽然流民逃难还有其他原因，但因灾害被迫离开乡土的逃灾、逃荒却无疑占较大比例。

其次，"铁泪图"，往往某一幅突出一个灾情、赈灾主题，是寓意丰富的灾情图画。"铁泪图"得名，据考来自近代画家吴昌硕（1844—1927）《登楼》诗："海内奇荒悲铁泪（丁丑戊寅间河南山西大饥刊'铁泪图'劝赈），吴中淫雨病春花。山民何处为生计，已过清明未采茶。"苏州桃花坞协赈公所编《齐豫晋直赈赈征信录》（谢家福主持）收录表现四省灾情与赈灾的"铁泪图"五组：豫饥铁泪图16幅、中州妇幼图8幅、仳离啜泣图8幅、晋赈福报图8幅、天河水灾图20幅③。此前谢家福（1847—1896）与画家田子琳设计刊刻了"河南奇荒铁泪图"劝赈书，这12幅版画对应图解，就包括"卖男鬻女，饥肠分离""孝子节妇，忍饿吞声""善士解囊，诸神赐福"等④，属于切近乱离重逢母题的内容。眼见为实，诉诸视觉的图画，能更直观地展现出最有表现力的场景。

其三，选取灾荒中背离人伦的惨烈画面，表达最可怕的场景、最令人肠断的苦情。此类图画是以具体生活细节展示灾荒的可怕后果，图画上往往配有主题词及具体情况说明文字。主题词是以四言概括内容的语言模式，显得庄严古雅、言约义丰，可远祧（承继前代）多用于上古祭祀的四言诗。这种四言概括、点题的方式，也为《点石斋画报》所大量采用。不论是主题词还是说明文字，所关联的主题人物主要是母与子、妻与夫等人伦至亲，以"夫妻生别，稚子悲啼""遗弃孤儿，哀寻爹娘"等骇人听闻的表述概言之，真是令铁人也会泪目，极具震撼力。

---

① 巫鸿：《中国绘画：五代至南宋》，上海人民出版社，2023。林秋明：《郑侠与〈流民图〉》，《福建乡土》2010年第6期；林宜陵《郑侠〈流民图〉事件与相关诗歌探微》，《中文学术前沿》2014年第1期。

② 如《阅河南奇荒铁泪图书后》，《申报》1878年3月15日；《许王合作流民图》，《申报》1931年9月1日。

③ 李文海、夏明方、朱浒：《中国荒政书集成》第八册，天津古籍出版社，2010。

④ 王一村：《清末民间义赈中的灾情画——以"铁泪图"为中心的考察》，《农业考古》2016年第4期。

　　"拐骗"是一大作恶手段和社会乱象、弊端，新闻画报解释为："拐骗之术，大抵诱惑为多，其事究易败露。近有拐匪心生一计，先以迷药中人，使其人不论壮夫、少妇，一中其气，便如醉如痴，可以左右唯命，计诚狡矣。"①

图 5-9　拐匪邪术

　　上述图画，揭示出民间离散儿童与家人、父母失散的惯常原因之一，是被人贩子拐走了。《拐匪邪术》在于提醒那些往往足不出户、消息闭塞的妇女，小心人贩子拐卖儿童的种种伎俩、邪门歪道。《贞女急智》则是赞赏被掳掠女性自救互助的图画场景，实际上也跟古代女性"反暴复仇"的种种佳话，有着题材主题上密切的关系②。这在朝野上下重视赈灾、自救的晚清时期，无疑是非常有吸引力、鼓动力的。

　　晚清时期，与西学东渐遥相呼应的改良运动及新生活运动，多以民众喜闻乐见的艺术形式呈现，图书画报以其直白易懂而大行其道。

　　主绘、主编吴友如的贫苦出身，使得其更能体察民生疾苦。郑逸梅（1895—1992）回忆："吴友如，江苏元和人，名嘉猷，从小死了父亲，很是孤苦，由亲戚介绍在阊门城内西街云蓝阁裱画店做学徒。……吴友如在这书画

　　① 吴友如等：《点石斋画报·大可堂版》，1892 年，上海画报出版社，2001。
　　② 王立等：《中国古代文学中的女性以智抗暴母题》，载教育部人文社科重点研究基地、复旦大学中国古代文学研究中心，梅新林、黄霖、胡明、章培恒主编《中国文学古今演变研究论集三编》，上海古籍出版社，2010。

氛围中，瞧得多了，也能动笔描摹。附近有位画家张志瀛，看见他的作品，认为笔致不俗，可以造就，便尽心竭力的加以指导。……吴友如的声名一天天大起来，甚至清朝王室也招他绘画。吴费了几个月工夫把画完成，因不惯束缚，急急的南还。他路过上海，这时申报馆附近的点石斋，正发行《点石斋画报》，便请他担任绘画主干。"① 而吴友如长期生活在都市的下层，体察民生疾苦，对于表现灾荒苦难的细节，犹有擅长，如鲁迅《朝花夕拾·后记》所了解的："吴友如画的最细巧，也最能引动人。但他于历史画其实是不大相宜的；他久居上海的租界里，耳濡目染，最擅长的倒在作'恶鸨虐妓'，'流氓拆梢'一类的时事画，那真是勃勃有生气，令人在纸上看出上海的洋场来。"②

赈灾新闻图画传达大众情怀，阐扬同理心、同情心，如因缘善报、慈悲心等，这其实正是不少侥幸与家人重逢团圆的根本成因。灾荒之中众生尤其妇孺的各种惨象，非常刺痛读者同情心、怜悯情怀，血腥的煽情在于，"丁戊奇荒"卖儿卖女、灾民食人为核心的灾情呈现，与每个人、每个家庭和孩子相关的"驱逐瘟疫"的御灾题材，都属于这类"商业新闻"。因而，不可忽视画面直观的表现功能，以及触发的共鸣感、想象力，须知当时许多读者，就是靠着以图为主、图文并茂的《点石斋画报》，最为真切地了解到几百里外、千里外的灾情和灾民惨状的。应该说，清末民初赈灾募捐的成功，离不开这些图像的巨大新闻效应、传播力与感染力。陈平原研究《点石斋画报》专著首章《图像叙事与低调启蒙》，就介绍了 1879 年 6 月 19 日《申报》刊载《寰瀛画报》光绪五年四月广告，其中即有《中国山西饥荒出卖小儿图》③。须知灾情、御灾无疑是都市民众最为热切关注的新闻热点之一，市民与乡村密切联系，许多市民即由乡村来，而他们与盼望他们的家人，无刻不期待着能重逢、团聚。

告灾、赈灾的新闻图画题材母题，与乱离重逢的联系，是广泛而多方面的。天灾，侵害了社会最基本的细胞构成——家庭，以至于破坏了血亲的家庭纽带，这也正是水旱等灾情严重的一些标志性现象。《豫饥铁泪图》组图就选材有标明《夫妻生别，稚子悲啼》的图画，配以文字："同衾同穴，愿偕白头，至于计无复之，不得不忍为此……从此天涯幼子，谁为乳哺？牵衣歧路，哭断肝肠，悲莫悲兮生别离，信哉！"悲惨的还有下一步离乡之后，图 6《四野流离，转填沟壑》绘者负老抱幼，漂泊于外乡的山水荒途，配文："……求一栖止所不得，求一啖饭所不得，幕天席地，吸露餐风。饥寒中人，疾疠易作，跋涉数十百里，仍不免作沟中瘠、异乡鬼也，嘻！"尤其是图 8《遗弃孤

---

① 郑逸梅：《书报话旧》，学林出版社，1983。
② 鲁迅：《朝花夕拾·后记》，载《鲁迅全集》第 2 卷，人民文学出版社，2005。
③ 陈平原：《左图右史与西学东渐——晚清画报研究》，生活·读书·新知三联书店，2018。

儿，哀寻爹娘》状"雏鸿最惨"，这更是撼动千千万万"可怜天下父母心"。这些，都很容易催发观图者身临灾区、身履险途的"二度体验"。

灾荒对人伦关系、社会秩序的破坏之烈，表现在乱离重逢母题成因与结果相关的，还有一些卖儿卖女、流民遭害等图画。如图18《情急背聘，卖女他方》状婿家"贫不能纳"的飞絮遭风之惨。图19《遗腹独子，远卖求生》绘出为娘的忍痛割爱，被迫放弃抚孤的凄楚。图20《穷途分娩，将婴弃水》仿佛重绘了建安诗人王粲《七哀诗》"路有饥妇人，抱子弃草间"那样的悲剧。

灾荒中的卖儿卖女选材，还有的属于连环画系列，这更是几乎囊括了本书所概括的种种"乱离重逢"人生悲喜剧的主要类型。如图26《仳离啜泣图》状"妇女就鬻，生还绝望"的场面。下面则是图27《鬻为人妻，故夫痛哭》绘失去妻子的故夫抱着孤儿在荒坟前。另一方面，则是轮蹄羁旅。图28《痛哭思家，中途被笞》的那些离开故土亲人，有若飞絮转蓬般的妇女，她们中的一群被鞭打，一群在旁边偷看。图29《旧族名门，辱为妾婢》绘出灾荒中女性地位处境陡然变化的今昔落差。

赈灾图画的指向非常切实，重点在逃荒弱势群体中女性的命运问题。灾害带来的次生灾害——疫病等，导致即使间接受灾者也可能家破人亡，妇女儿童也跟着生计无着，流离失所。人在难中，家庭破碎，面临最大的问题是生存，此时不是赈济点钱财、一顿饱饭的眼前困境，而是今后的生存条件，赈灾图画可谓抓住了核心与要点。

不同灾情的展示中，也有接近乱离重逢母题的表现。图51《白头父母，哭失儿孙》描摹了遭灾之时年迈的父母高堂，更是倚门无助，他们还宁愿沉浸在当初与子女分别那一幕的回忆中，无奈失望渐变为无望。仿佛是平行式蒙太奇的画面。另一方面，可怜的受灾儿童如何呢？图52《黄口孤儿，哀寻爹妈》，绘出灾后遗孤之多，他们都有赖于善良的"重生父母"收养。其中，寡妇、幼子是更加悲惨的，她们被绘入了图53《携孤乞食，倒毙街头》一幅，母倒则子亡。图55《卖妻鬻女，临别牵衣》一幅是众饥民的情态各异的展示：有夺儿抱走的，有被拉走不愿离去的，有被棍打的；而船发在即，此刻的生离可能就是一世的永诀。

这些与乱离重逢相关的新闻图画，主题鲜明地突出两点：一是灾情惨烈状况，激发他者的悲悯心；二是救灾得善报观念，救人其实也在救己，善待自己的家人与儿孙。主题突出是赈济观念，其实并不新奇，甚至有些老套，可面对惨烈的灾害，饥荒袭来，又能表达些什么呢？借助图画的直观简洁艺术特征，运用图画意象化的妇女儿童的弱者特征，表达出受灾者急需救助的强烈愿望，其震撼力与感染力超越时空界限，直达阅读者的灵魂深处。

面对灾情宣示、赈灾需要所提供的新的母题，赈灾画图，却与大多数绘图不一样，主要针对的读图者是有同情心的社会大众，特别是都市及其邻县的各阶层民众，图画以其超时空的交流感染力量，唤起他者的同情与帮助，以帮助饥民渡过难关。

告灾、赈灾新闻图画，与乱离重逢母题的互动互补体现在：

一者，无须文字的情感互动，首要的在于考虑多数受众的文化程度。但白描式的画面，原始而简洁，易于捕捉主题观念。明清社会特别是流民图、赈灾图流行的晚清直到民初社会，其文盲比例之高，远非今日所能想象，也是图画在灾害学、御灾活动传播的重要地位和特殊功能所在。新闻图画力求最大限度地调动社会全部力量施赈，以期让更多的饥民得食、离散的灾民团聚。

二者，图画具有相对低成本、超时空留存的传播优势。与同样注重主体展演力量的戏剧相比较，图画不仅创作成本低，而且照相石印技术等所需合成成本较低，制成图册或依附于报纸，其接受的成本也低，可不受时间、场所等限制，随时随地，还可反复阅读，持续传播、保存。许多今天看起来语词很雅驯的戏文，表演传播过程中，也俚俗化口语化。然而图画却更为直观，时人对画报传播接受效果很推重：

> 最容易感动人的，第一是戏曲，第二就是图画。北城慧照寺，乐众阅报社门口，贴着我们《北京画报》，见天有许多人，围着观看。那天有一老者，看到华工受苦那段，不由的大哭。本来是啊，同是中国人，看见同胞的哪一年苦情，再要是不动心，那还算是人吗？①

"见天"即每天，阅图本身就是一种娱乐，其实体现了"寓教于乐"的传统，所选择的画面、所展示的内容本身就是一种态度；"掉眼泪"也有着汉魏六朝以来"以悲为美"的审美取向，"感人"便是成功。

三者，告灾图画还常常把相关的故事题材，艺术化地迎合"巧团圆""女落水获救"等母题，契合民俗心理趋向。跨海到台湾经商的福建人陈阿大，自台湾被割让就居沪上谋生，抛妻别子。一次偶经陈家见张灯结彩办喜事，送客新郎竟然是儿子，儿子上前与惊呆的父亲相认。原来获救的妻、子在船上，得蒙该船买办把女儿许配陈子，从此娶亲佳期，才阖家团圆②。这种亲人喜相逢的欢畅场面，是多少家庭梦寐以求的呀！也有的新闻图画绘出"从一而终"等团圆结局。如宁波甲某幼年聘邻乡女。后甲随亲戚三十多年在海外谋生，该

---

① 《看画报掉眼泪》，《北京画报》第16期，光绪三十二年（1906）九月上旬。参见陈平原《左图右史与西学东渐——晚清画报研究》。

② 吴友如等：《点石斋画报·大可堂版》，1896年，上海画报出版社，2001。

女竟一直闺中守节，直到年近花甲这甲某才携资回乡，惦记着未婚妻，另觅月老致意，择吉成婚①。节妇数十载生计如何？冷月青灯何以度日？这里都没有交代，只是截取了"团圆佳话"的喜庆瞬间。事实上，多年不同的生活空间带来的不同的生活习惯、价值观念，在这里都变得不重要了，要的只是对旧有回忆的顽强坚守。

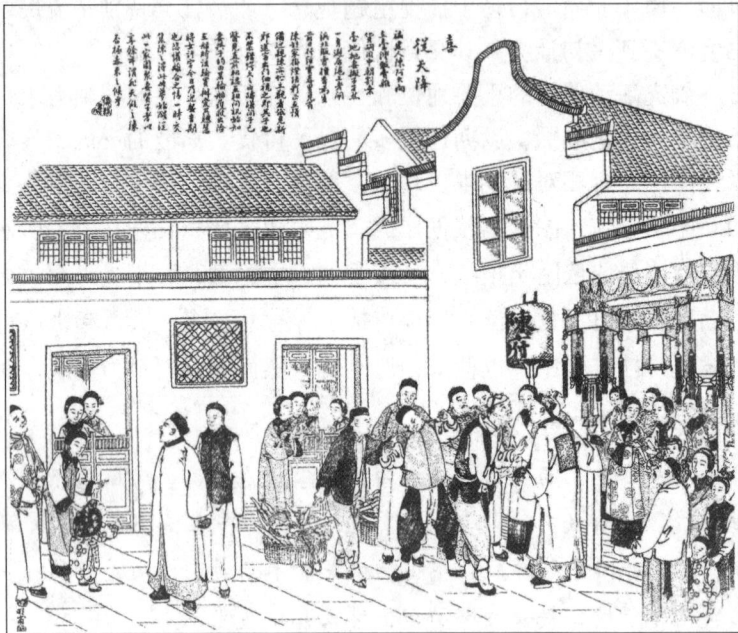

图 5-10 喜从天降

四者，告灾、赈灾新闻图画，既是传统艺术形式的延续，也融入新内容、新形式、新观念。19 世纪末中国报纸的社论指出："古人之为学也，必左图而右史，诚以学也者，不博览古今之书籍，不足以扩一己之才识；不详考古今之图画，不足以证书籍之精详。书与画，固相须而成，不能偏废者也。"② 带有"冷兵器时代"特征、清末文化遗存的民国武侠小说，也非常借重图画。除了一些连环画，民国武侠小说写人物有特色的表达方式之一，是人物之间沟通必须要符合时代生活实际，他们沟通许多时候要依靠画图。画图作为江湖人物的一个"道具"，经常出现。

告灾、赈灾作为重要分支的新闻图画，是对文字"目治"的一种补充和

---

① 吴友如等：《点石斋画报·大可堂版》，1896 年，上海画报出版社，2001。

② 《论画报可以启蒙》，《申报》1895 年 8 月 29 日。参见陈平原《图像叙事与低调启蒙——晚清画报三十年（上）》，《文艺争鸣》2017 年第 4 期。

替代。然而，从告灾、赈灾的新闻效应来看，画图的"看图说话"在一定范围内、一定程度上，也促进了"耳治"在灾害、御灾传播中的作用。

因此，除了外在的灾害逼迫，晚清时期新闻与文学母题的结合，灾情新闻图画中的"乱离重逢"图景展示，图文呼应，是一个多学科、跨学科联手的成功创举。它也有着民族的民间信仰、习俗的依托，文学母题的心理积存。以图画真相，立此存照，凝固的不仅是民族记忆，也有震撼的灵魂。大众喜闻乐见的艺术形式，也预示、促动着社会发展的某些必然趋向。

据报载，1924年北京内涝时，受灾难民们扶老携幼，来京寻亲访友，他们大多在郊外露宿："有一个灾民携一个10岁左右的女孩，插草卖女，已三天未曾吃饭，与妻子也失散了，卖女得价以资糊口，后被一人出大洋5元买走，临别时父女抱头痛哭，泣不成声，令人惨不忍睹。"① 尽管时光已过20多年，但在全国设有近20个分销点的《点石斋画报》之于民生题材的关注，仍在影响着多地区的新闻选材。

六、跨域寻亲画图及其对海外华文文学的渗透

晚清时期，国人与域外的交流增强，一些跨国、域外乱离重逢题材的作品，反映了因种种缘由隔绝、失联，后来又幸运重逢的人物经历。这些离合悲欢的文学书写，较早是由新闻画报的报道起始的。

新闻画报展示了跨国的爱情婚姻不能重逢的悲剧。这一幅少妇抱着幼子跨海寻夫的图景，催人泪下。但文字介绍还是以大中华中心观念为逻辑背景的，称日本虽地处东洋，自两国通商以来华人很多："有一日本妓女与一华人成了露水鸳鸯，鱼水之欢后，竟生下一男孩。最近，该日本妓女抱着孩子来到中国，逢人便询问孩子父亲状况，情形凄惨，见者无不为婴儿遭遇感叹。"② 这种人间悲剧在向恺然《留东外史》等小说中还可以找到很多③，也反映了邻邦女性的苦难和悲剧，反映出作者乱离重逢母题视域下，将苦难同情的视线投注到域外，成为超国界、超民族的一种广泛的同情、博爱。

重夫妇的个体"小家庭"，同时又怀恋乡园的新观念，也形诸图画。说自与西方通商后，洋人娶华女为妻的甚多，而华人娶洋女的很少。"南京甲某，虽少年无赖，然而精通西语。贸易外洋，获利甚厚，先后娶了两个洋老婆，相

---

① 《晨报》1924年8月7日。
② 吴友如等：《点石斋画报·大可堂版》，1887年，上海画报出版社，2001。
③ 平江不肖生：《留东外史》，1916—1920。

图 5-11　抱子寻夫

处得很好。甲某出洋十年，忽然动了思乡之情，便携女东归，在城里租了一处园子住下。此事在南京成了新闻"①。这样，甲某就方便与家乡的亲人相聚了。

　　母题谱系中的核心意象，以其饱满的特定情蕴，往往成为寻亲故事醒目的标题。1918 年 3 月 12 日起，新加坡《叻报》刊载作者不武的《乐昌镜》，共五次 16 日刊完。小说写南洋星嘉坡繁华商埠，一日晨，发现一华人死湖中，旁一妇女哭号，妇女的丈夫又来了，"通天晓"老徐和我（作者）纳闷妇人与死者的关系。据老徐考查，闽南某乙成婚不久，暴发洪水，家业全失，某乙只好出海经商，五年不归，父母离世，妻子遂与某甲私奔，到海外竟遇到某乙，死者即某甲是也。②

　　研究者充分强调以"离散重逢"为情感核心的特色创作："我这里所说的'离散'，主要是指'文化离散'，或者说，这个群体的作家们不仅是目前居住在非母语出生地的西方，而且他们形成创作特色的时期也是在西方。但是，他们所描写的却是有关中国的人和物。再者，他们写作所凭借的是记忆，甚至是耳闻。""他们更关心的是发出自己的声音和形成自己的特点。他们更在乎追求小说的艺术性。他们使用中国的题材，甚至利用记忆、耳闻乃至想象进行创作。他们运用外语来表达他们想要描述的中国和中国人。与其尽力为中国代言或代言中国，还不如转而用中国的题材表述全人类共通的东西，同时又在这种表述中加深对中国的认识和理解。"③

---

　　①　吴友如等：《点石斋画报·大可堂版》，1892 年，上海画报出版社，2001。
　　②　同名小说亦载《神州日报》，1917 年 7 月 27 日，作者主一。
　　③　朱虹、钟永平：《海外华人作家——新的一代》，《华文文学》2006 年第 1 期。

　　小说亦然。美籍华裔作家於梨华（1931—2020）的短篇小说《扬子江头几多愁》（1956），据说是悄悄写作完成的。"母亲河"的"一江春水向东流"象征"问君能有几多愁"，小说叙述了一个年轻女孩从汉口到重庆寻找离家出走的父亲，女孩以应征做女仆的方式在重庆郊区进入她父亲及另一个妻子的家，慢慢让父亲认出她的真实身份，进一步动之以情，当父亲偕她返回汉口家中时，她的母亲已在忧伤中去世。在众多世界级高手云集的竞赛中，於梨华因为此篇小说，荣获 1956 年的"米高梅"文学奖，这也让於梨华的文学之路，打开了一个良好的开端。

　　旅美著名散文家王鼎钧（1925—）从传统家园之外的空间中，深切领悟到："'家园'既是实际的地缘所在，也可以是想象的空间；'家园'不一定是落叶归根的地方，也可以是生命旅程的一站。"① 而研究者从这些深沉的感慨之中，更加体味出丰富的美学意趣。②

　　怀乡与乱离重逢母题，有着密切而复杂的多元联系。它们同样具有浓郁的人文情怀，对故旧回忆、追念的温馨；但怀乡也包括对故里乡邦的物态文化积存，而别离重逢则偏重在对亲人重聚的期盼，相当一部分重逢就是还乡，重逢之后共同还乡，或还乡重逢。"阻隔""遥望"等是怀乡、期盼亲友重逢的共同审美元素。老舍《小坡的生日》写少年面对南洋生活的不适应、不满，本土情结就强化了批评意识，感到"国货"的亲切。《二马》中老舍写伊姑娘没有民族偏见，她拉住马威的手说："我知道你的苦处，你受的刺激！可是空暴躁了一回，能把中国就变好了吗？……除非你们自己把国家变好，变强了，没人看得起你，没人跟你讲交情。马威，听我的话，只有念书能救国……从一有世界直到世界消灭的那天，人类是不能平等的。"在异域的感受中，的确如研究者指出的："被歧视者也歧视他人，歧视便成了层层存在于人类普遍心理中不同程度的虚伪。'他者'中也有'他者'。在异质的世界里互相睥睨，成为逆写帝国的起点。"③

　　又如长期漂泊他乡的美籍华人作家张错（Dominnic Cheung，1943—）所概括的："距离产生遥望，遥望就是等待……许多触动与回忆，温馨与体贴。"④ 然而，那种孤独其实却是无人可解，《孤舟》中的他自比缠绕松柏、青山的茑萝和磐石；《落叶》中他如同落叶地发问："该怎样向风倾诉我飘零的身世？""又该怎样和露水对泣我一生的辛酸？"而失去亲人庇护的离散者，离

---

① 王鼎钧：《在心房漩涡·水心》，台北尔雅初编有限公司，1988。
② 黄万华：《乡愁是一种美学》，《广东社会科学》2007 年第 4 期。
③ 耿传明、叶金辉：《老舍〈二马〉：中国较早的后殖民文本》，《学术交流》2013 年第 1 期。
④ 张错：《另一种遥望》，台北麦田出版社，2004。参见饶芃子、朱桃香《在异乡浪游的桂冠诗人——美籍华人张错的诗歌艺术》，《中国比较文学》2008 年第 3 期。

别重逢母题中的欢乐重聚场面，与於梨华的《又见棕榈，又见棕榈》《梦回青河》等一样，背后隐藏着多少年漫长持久、凄苦的孤独心灵之旅与文化乡愁。

电影史家注意到 20 世纪 50 年代到 70 年代末期，香港电影的"寻亲"故事很多，指出："'寻亲'是这一时期香港地区粤语片以至国语片反复出现的故事范型之一，具体表现为'孤儿（女）寻母（父）'、'慈父（母）寻子（女）偶遇'等各种结构方式。"① 应当说，特殊的地理位置、存在方式提供的丰富现实生活题材、社会心理，带来了相关母题盛行的文学创作。

乱离重逢母题史的积累和延续，是上述现象的基础和文化蓄势。除此之外，民国电影中的"乱离重逢"是功不可没的。"离散—重逢"是一个具有世界性传播意义的母题。包天笑（1876—1973）根据译作改编的电影《梅花落》："其中有爱情与阴谋、夺宝与谋杀、侦探与行侠、父女离散与仇家拐骗，等等，最终夫妇重逢，血亲相认，歹徒被擒，皆大欢喜。……最后组成了一个有机的结构，将故事推向高潮。"② 《梅花落》呈现早期的梅花意象，象征爱情的专一与凄美，《乐府诗集》卷二十四《横吹曲辞四》载南朝宋时鲍照诗："中庭杂树多，偏为梅咨嗟。问君何独然？念其霜中能作花，露中能作实。摇荡春风媚春日，念尔零落逐风飙，徒有霜华无霜质。"③ 1942 年，大成影片公司又重新摄制该片。而据日本学者考证，包天笑的中译本（一说从日译本转译）最初在《时报》连载，有正书局 1910 年出版了单行本，新民社 1914 年 3 月首次公演④。那么，何以能在 1927 年、1942 年两次改编拍成电影，受到欢迎？无疑，其中的"夫妇重逢，血亲相认"母题，成为最吸引读者、观众的悬念，也佐证了乱离重逢母题的艺术魅力。

民国电影哀情片往往将人际关系设计为"情节巧凑"，即如："《采茶女》中杜生自尽，巧遇鲍素素，傅家救下鲍素素，谁知鲍素素竟是傅家曾抛弃的女儿。《盲孤女》中，海山被误抓警局后，审问者是赵衔甫的女婿。而海山正是赵衔甫失散多年的儿子小奎恋人的弟弟。……"早期电影在对小说母题认同中"走上一条用道德传奇故事满足新旧交织的伦理型人民文化需求的本土化之路"⑤。

---

① 李道新：《中国电影文化史》，北京大学出版社，2005。

② 李清：《中国电影文学改编史》，中国电影出版社，2014。

③ 清人指出："言虽能于霜中作华，而不能如霜质之不畏严寒也。……前二，以杂树衬醒独为梅嗟，作领笔……后二，点清零落逐风，借霜上之有华无质致慨作结。"张玉谷：《古诗赏析》卷十七，上海古籍出版社，2000。

④ 饭塚容、赵晖：《被搬上银幕的文明戏》，《戏剧艺术》（《上海戏剧学院学报》）2006 年第 1 期。后来琼瑶的长篇小说《梅花三弄》（1971）中人物的身份之谜、分合曲折等设计，也借用了乱离重逢的故事元素。该小说二十年多后被改编为电视剧。

⑤ 范伯群主编《中国现代通俗文学与通俗文化互文研究》上册，江苏凤凰教育出版社，2017。

第六章
乱离重逢母题与民国武侠小说

以乱离重逢母题这样切近社会人生的文学母题，作为传统文学的重要题材、母题，在新旧文化撞击交融、战争灾荒频繁的时代，特别引人关注，许多作家不约而同地采用、记录和生发，也借此寄寓自己的人生感怀、民生理想。这里特拈出民国通俗文学的主要分支——武侠小说——来略陈一二。

一、李涵秋、平江不肖生等改造乱离重逢母题

现代武侠小说较早关注乱离重逢母题的当为李涵秋（1873—1923），一般来说，他被认为是清末第一流的社会小说大家。

一是，李涵秋的跨域空间书写的母题改造。1916—1918 年，他借助乱离重逢母题而将武侠小说的文体加以改造，关注范围随时代变化而增拓。尤其是母女重逢场面，极为奇崛而令人泪目。说娉娉被囚获救后不禁垂泪，上前施礼谢恩并请问船主姓名。那船主四十多岁，身穿西装，风致娟秀。娉娉自述是第二次来美国，第一次是四岁，如今已十六岁了，苦命的母亲流落美国却至今杳无踪迹：

> 猛的见那船主脸上现出一种不可思议的颜色：说他（她）是惊恐，他又态度安舒；说他是喜欢，他又异常悲感。不由的走近一步，捧着娉娉粉颊，惨惨的唤了一声："印儿，你苦命的母亲在此便是。"这一句话真把娉娉吓得蒙住了，暗想："我的小名印儿，原是当初我的祖母强氏替我取的。因为其时祖父失官之后，便尔奄逝，祖母醉心官僚，便甚望我的父亲能同祖父一样出去做官，是以我生下来，便取印儿两字为名，是个吉兆的意思。及至我已长成，这印儿两字久没有人提及。"今日忽的从这船主口中吮哑而出，才知道这位船主便是自家要去寻访的母亲……及至此时细细将那船主瞧看，果然声容态度，酷肖自身。顿时扑入他母亲怀里，不由

的君山之涕，唐衢之哀，尽情发泄出来。①

这表情的细微变化，既是小说人物眼中所见，又让读者如在目前，这可是跨海万里"异国"寻亲，竟如此碰巧，且初见就道破最私密的小名，触碰到最深隐的记忆。

李涵秋也很重视写夫妇重逢，《侠凤奇缘》精心地分双线讲述，又双线合一：一方面冯阿祥偶闻凤琴姐弟事，急切间口干舌燥，船上船下寻找："早瞧见船上许多的人，大家都把来围绕着一个如花似玉的女子。阿祥已从窗眼里看见，正是为他出生入死、患难相从的那个韩凤琴姑娘"②，不觉竟因狂喜纵跳，船动而落江；凤琴扶船栏望见落水者被扯上船，"瞧出阿祥面目，他（她）这一惊，比较适才听见人落水尤甚……"凤琴恍惚之中，阿祥来认，凤琴才知这人真是阿祥。而《广陵潮》在描述清末扬州的云家、伍家、田家、柳家的家族悲欢离合、盛衰荣辱时，也多穿插有乱离重逢故事。小说中痛楚地感叹："嗟乎！贫贱夫妻百事哀。就这一种离别凄惶，也就令人心酸落泪了。毕竟'离别'二字，虽同是世界上销魂之事，然而一贫一富，到底有些不同。"③

二是，平江不肖生的拓展。乱离重逢母题在武侠小说中较早、大幅度拓展的作家，还有曾撰留学生小说《留东外史》的平江不肖生向恺然，以及续写的走肖生赵苕狂。

首先，早期阶段的平江不肖生，即特别侧重乱离重逢母题。成名作《江湖奇侠传》写出了孝子寻父，是人生的盛业正事。一代大侠杨天池幼为"义拾儿"，闻知亲生父母尚在，自责后下定决心："于今既承你老人家指点我亲生父母，现在广西，我岂可再逗留在外，不作速归家，慰我父母的悬望？"④ 感动得笑道人答应收他为徒，学剑五年，由广西到湖南，时刻在寻找父母。这条线贯串小说前半部分，孝子——剑侠——在访求父母中成长，移步换形牵连起经历的磨难砥砺，成为伴随他练剑习武的人生目标，广西四年访不到，"天性笃厚，又练就了这一身的本领，越是访不着，越觉得这身子没有来历，算不得

---

① 李涵秋：《侠凤奇缘》第十七回《强迫同心华生施恶剧　根寻只耳香帅整官方》，漓江出版社，1987。"君山之涕"，典出骆宾王《为徐敬业讨武曌檄》："宋微子之兴悲，良有以也；袁君山之流涕，岂徒然哉！"唐衢，中唐年间进士，久不第。见人文章有所伤叹者，读讫必哭。常酒酣言事，抗音而哭，世称"唐衢善哭"。白居易诗咏："贾谊哭时事，阮籍哭路歧。唐生亦尔哭，异代同其悲。……我亦君之徒，郁郁何所为？不能发声哭，转作乐府辞。"典出李肇《国史补》《旧唐书·韩愈传》等。

② 李涵秋：《侠凤奇缘》第三十八回《福善祸淫分明天理　花团锦簇美满姻缘》，漓江出版社，1987。

③ 李涵秋：《广陵潮》第三十三回《一往情深离筵争进酒　百无聊赖欢宴独愁眠》，凤凰出版社，2014。

④ 平江不肖生：《江湖奇侠传》第六回《述前情追话湘江岸　访义父大闹赵家坪》，岳麓书社，2009。

英雄豪杰。经碧云禅师作伐，与朱恶紫小姐结婚之后，成立了室家，更日夕不
辍的，思念亲生父母"，"（道人却说）你的骨肉固应团圆，须知因你而分离他
人的骨肉，也应同时团圆，方可以见造物之巧，天道之公……"① 恳切地求请
道人指引，道人却提出了新的悬念。

兄妹重逢，在平江不肖生这里成为二兄——"老走江湖又会武艺"的胡
成雄、胡成保兄弟寻妹舜华，突出了寻访人的机警、过程的传奇性，线索亦由
口音引出："胡成雄悄悄的向胡成保道：'我看这两人必有些来历。这个青绢
包头的少年，说话带些我家乡的口音……或者能在这两人身上，探出妹妹的踪
迹，也说不定。'"② 转换到壮健少年朱复（已同舜华成婚）的感知，还是来自
声音，他对付恶贼围攻时："忽听得有一个仿佛外省的口音在人丛中说话，并
喊了声哎呀。我看时，原来是两位和一个文士打扮的人，站在一块儿。我看了
两位的神情面貌，同胞兄妹，毕竟有些仿佛，所以看了能辨认得出。但是仍没
有十成把握，不敢直前相认。因此才对那些恶贼，说出师兄会喝水的话来，用
意就是要借水力，将围困我们的人喷开，我们好会面谈话。两位真机警，知道
向荒僻所在逃走，正合了我二人的心愿。"③

走肖生（赵苕狂，1892—1953）在向恺然中辍供稿时，续写了《江湖奇
侠传》一百一十回之后部分，承续了对乱离重逢的关注。作为许指严弟子，他
先后任期刊《侦探世界》（1923 年 11 月至 1924 年 5 月）、《红玫瑰》（前身为
《红》杂志）的名编辑，并使期刊以"趣味"为尚，后者正连载了平江不肖生
的《江湖奇侠传》，因而"走肖生"可谓得向恺然小说神理。何况他自身又是
侦探小说的大家，善于运用悬念。严芙孙认为赵苕狂小说："自以侦探为最擅
长，可以与程小青抗手，有门角里福尔摩斯的徽号。有时做两篇社会小说。亦
冷隽有味……他号雨苍，别号忆凤，这凤里面，含有一幕较大的悲剧。凤去楼
空，玉人何处，难怪苕狂真要发狂了。"④ 个人刻骨铭心的情感经历，也许对
他续写钟情于"团圆"产生较大的补憾动机，因而走肖生续写十分用心，顾
臻兄概括为"一枝、五叶、四貌"⑤。

从文化史、文艺生产的审美消费、传播角度看，赵苕狂的"伪续"（假托

① 平江不肖生：《江湖奇侠传》第四十七回《探消息误入八阵图　传书札成就双鸳侣》。
② 平江不肖生：《江湖奇侠传》第五十五回《靠码头欣逢戚友　赴边县谊重葭莩》。
③ 平江不肖生：《江湖奇侠传》第五十五回《靠码头欣逢戚友　赴边县谊重葭莩》。
④ 魏绍昌：《鸳鸯蝴蝶派研究资料》上卷，上海文艺出版社，1984。
⑤ 顾臻：《〈江湖奇侠传〉版本考及相关问题研究》，《苏州教育学院学报》2013 年第 3 期。"一
枝"为世界书局单行本；"五叶"指出上派生出的环球书局版、普益书局版、普益书局异名版、上海中
央书店版与文艺出版社版。"四貌"指按各版本回目不同可归纳为四类版本：104 回本，111 回本，134
回本，160 回本。1929 年 7 月 22 日上海《琼报》《滩报》发表文字，谴责赵苕狂冒名续写《江湖奇侠
传》，参见徐斯年《向恺然经历中的若干问题》，《苏州教育学院学报》2010 年第 3 期。

平江不肖生之名，时已接替严独鹤任主编，常在"花前小语"里假称这些稿件均向恺然本人从外地寄来，此时尚无"走肖生"名）实在也是相当成功、有功的。除了他期刊连载的责编熟悉原作、具有创作实力外，重要的是处于创作旺盛期，刊物生存与个人生计结合、专心致志外，不意后来电影《火烧红莲寺》的"火爆"刺激了读者（观众）找原书，带来小说空前"热销"，此其一。但不能忽视读者阅读心理之于《江湖奇侠传》"完本"的诉求，电影上映后一续再续，更刺激了观众对"下文"—"结局"探求，加剧了对小说后部分的价值，因而单行本一印再印，多家书局加印，此其二。而不论读者、观众，或兼二者，都不满足于作品未完（鲁迅就不满于金圣叹腰斩的《水浒传》七十一回本，即称之为"断尾巴蜻蜓"）此其三。早期骨干读者一般必看电影、评议（《红杂志》8 月创刊，1923 年 1 月 5 日开始连载，至 50 期停刊，共连载 45 回；而世界书局单行本与之完全相同，为"一鱼两吃"，1926 年 7 月不肖生停笔至连载本第 87 回①，第 3 卷第 1 期 1927 年 1 月 1 日再见第 87 回），不肖生重新连载时自言长篇小说构思之苦："一心打算马虎结束一两部，使脑筋得轻松一点儿担负，不料八十六回刊出后，看官们责难的信纷至沓来，仿佛是勒逼在下非好好的再做下去不可"②。说明读者的期待，有些读者似乎比作者还要熟悉已成为独立存在的小说。叶洪生认为，通行本第 107 至 110 回（即连载本 87、88 回）为向恺然亲撰，此后为他人伪续。当然，如果从原作者、原本体现初始预设完整性角度，或许最理想的是向恺然写完，但考虑"放浪不羁之士"的他，已志不在此。从乱离重逢母题看，续作似不在平江不肖生之下。

首先，《江湖奇侠传》续作写解救老父、父子相逢的心愿深植于孝子内心，借助于梦幻形式涌到无意识之流中。

说周小茂又一次无意中，只觉得有只软绵绵的手抚摩自己，酥软麻木不可名状，忽猫叫声中胆瓶打碎醒酒，似有金甲神在耳畔大呼"小茂醒来"！心念营救老父要紧，于是芳香、媚语立消，即把碧娥推开："我如果真是受了你的蛊惑，竟把远成云南的老父忘记在九霄云外，不是成了个名教中的罪人么？"③看得出既有传统文学"梦为心声"的印痕，也吸收了国外小说重心理描写的影响。

---

① 顾臻：《〈江湖奇侠传〉版本考及相关问题研究》，《苏州教育学院学报》2013 年第 3 期。徐斯年、向晓光、杨锐：《平江不肖生向恺然年表》，徐斯年《从通俗文学到大众文化——旧文选编（上）》，花木兰文化事业有限公司，2017。

② 平江不肖生：《江湖奇侠传》，《红玫瑰》1927 年 3 月 1 日。

③ 平江不肖生：《江湖奇侠传》下册第一百十九回《失杯得杯如许根由 惊美拒美无限情节》，岳麓书社，2009。按，此为走肖生（赵苕狂）续写，下同。

　　其次，《江湖奇侠传》努力践行"女助男"在乱离重逢中的功能。明清"才子佳人"小说中小姐资助、救助才子的轨辙下继续生发。说孝子周小茂听说来人是救他的，告诉翠娟自己一身不足惜，只是父亲还在云南盼我营救。翠娟深表认同，也申明因此才甘心冒险。于是代为设计，趁着姐姐熟睡盗出青骢马逃走；注意躲避姐姐飞刀、百练飞索，听到背后有人呼唤，千万不可回头，终于成功逃脱。①

　　再次，以水晶球展示时空事件，宣示、指明重逢等具体地点。续写的《江湖奇侠传》写水晶球被转交主人，叶素吾立刻相信是神仙来救他爱女，忙把水晶球转交女儿，叶小姐向球中凝望：河流上一艘大红船，船头有一奶妈正抱着婴儿，映现他们雇舟归去。婴儿忽乱动，奶妈不留神婴儿脱手落水，叶小姐不禁呼喊泪落，心想我就是这婴儿之母。又瞧水晶球上映现一小渔划子，上面老夫妇捞取褓褓，叶小姐早认出便是落水的婴儿，不觉低低欢呼。很快看到孩子长大入塾读书，小姐乐极垂泪。又见小孩被牛角挑伤跌入山涧，转喜为悲，幸一道人把小孩救入道观。又见长大了的小孩眉宇间流露英武之气，拜别道人下山，小姐暗想莫非要找寻他父母吗？可怜的孩子，我们已由广西来到这湖南平江，你又从哪里去找寻？忧心忡忡的叶小姐就这样观看与水晶球的远距离、浓缩式时空展演，与水晶球展开心灵对话。水晶球忽诸象皆杳，现出大字："如欲骨肉团圆，速至长沙隐居山下柳大成家。"叶小姐惊喜交集。想依言前往，又向球凝望，忽半空中隐隐雷声，这水晶球即飞腾破屋瓦飞了出去，金光闪烁②。另一方面，杨继新来到柳家，杨祖植夫妇已等候焦急。叶小姐在水晶球上见到爱子英武，不料却只见文弱的杨继新。

　　小说续写创新地写出，真的乱离重逢，可能会遇到一些周折，有一再的试错，试错，误会，误会……这当然基于艰难人生的体验。小说写这误会有时真是误会得可笑，二夫妇当场顿感愕然。然杨继新名义上总是他们的儿子，怎可冷淡？一怔之后，忙都又装出笑脸，问长问短。杨继新久离膝下，见父母有一种说不出的乐趣。然而他又是何等聪明，忽见父母最初一怔，似乎料不到所见是他，随后笑容十分勉强，继新心中很不自在，表面上仍显出极欢乐状。引钱素玉、蒋琼姑相见，说明身在外不得已擅娶："其实哪里是什么天伦快叙，两方面都感到苦痛极了。他们尽是这么戴着假面具，假意的两下敷衍着"。柳大成旁观不明白，还以为真是已得骨肉团圆。此时忽有一书生模样，而英武之气眉宇间流动的少年闯入，叶小姐一眼瞧见，心中卜突卜突跳。暗想老道神仙不

---

　　① 平江不肖生：《江湖奇侠传》下册第一百二十回《宝钗相赠红粉多情　木棍横飞金刚怒目》，岳麓书社，2009。

　　② 平江不肖生：《江湖奇侠传》下册第一百三十五回《忧嗣续心病牵身病　乐天伦假儿共真儿》。

欺人，这孩子果真来寻我们了，面貌竟与水晶球映现的一般无二。于是她发疯似的奔过去把那少年紧紧搂抱，欢呼："我的孩儿呀，你把为娘的想得好苦呀！"① 试想，如果没有这如同电影银幕展现一般的表演道具——水晶球②，若无这先假后真的"重逢"，小说怎么能达此撼动人心的审美效果？而借助于"乱离重逢"母题的神秘能量，小说对不同人物的心理流程，有了前所未有的细腻刻画，显然是吸收了外国小说、电影这方面的闪回、叠化、推拉摇跟等诸多长处。

走肖生续写又运用了"顶针"的修辞方法大力渲染。重复了一遍上回末描绘，复加以作者"叙事干预"点染："然天如人愿，这儿子竟来省视他们了，这教他（她）又安得不大喜欲狂，再也不能把这火也似的热情遏抑下去。但是别人除了杨祖植外，并没有知道……也没有在水晶球中窥得一眼，对于他这儿子是怎样的一个面貌，依旧也是一个不知道。所以大家见了他这种出人意料的举动，还疑心他是发了疯了。"这少年果然就是杨天池：

> 不期的触动了他隐伏着的一种天性，立刻痛泪交流，如雨点一般的从眼眶中淌了下来。一壁即抱着他母亲的两腿，向地上跪了下去，说道："妈妈，不错，是不孝的孩儿回来了。爹爹又在哪里？大概是和你老人家同到这里来了么？"叶家小姐便泪眼婆娑的回过头去，向着杨祖植招了一招手。杨祖植忙也走了过去。于是一个跪在地上，二个搂着身子，相拥抱成一团，都哭得如泪人儿一般，实在是悲喜交集，这事情把他们感动得太厉害了。同时，旁人也大为感动，都替他们陪上了一副眼泪。③

小说没有忽视状写杨天池面对不相识妇人搂着叫儿的心理反应，瞬时间他想到了骨肉团圆的预期，想可能是师父神通法力的操控，对母亲潜在地发出了暗示，于是有了忘情的肢体语言。应注意到，向恺然、赵苕狂对旧派武侠小说中的人文关怀，很多就得力于对乱世人生悲欢离合这种深切体味、周折坎坷共在共情的深度揭示。

作为民国早期且与电影艺术互动的代表性武侠小说④，这种对传统母题的重视有较大的影响力，也说明一个现代武侠小说全盛时代的特色，属于民国武侠离别重逢母题史的较早力作。

---

① 平江不肖生：《江湖奇侠传》下册第一百三十五回。
② 王立：《民国武侠小说的水晶球叙事》，《贵州社会科学》2018 年第 7 期。
③ 平江不肖生：《江湖奇侠传》第一百三十六回《指迷途郑重授锦囊　步花径低徊思往事》。
④ 电影史研究指出："特别是明星公司的根据平江不肖生《江湖奇侠传》改编的《火烧红莲寺》，在当时出现了万人空巷争看的局看，……在影坛形成了一个独特的影片模式，即几十家公司竞拍'火烧片'。"李清：《中国电影文学改编史》，中国电影出版社，2014。

二、赵焕亭再现乱离重逢母题原型

赵焕亭（1877—1951）亦列民国武侠小说"南向北赵"中，也是民国武侠"三鼎甲"之一。因为生长在书香门第兼地方官员的家庭里，他对乱离重逢的理解更为深切复杂，洞幽烛微。

首先，赵焕亭最撼动人心的是写出姐弟重逢，悲切地忆起往昔童年的苦难。武侠小说《双鞭将》（1941）写山贼内讧，关大山争交椅内讧后，又为争美人杀了两个健将，部下叛逃，迁怒中牟新任县令丁星垣及其妻春红，后二人途中双双被劫掳，而事实上春红却是关大山的老相识，春红偷看那贼首，"正是那日与侯生大闹自己香巢的莽汉子"，而这盗首大山也把春红抱怀里，说起当年俺摸摸你下巴你都吓得哭，"俺若不贪你怪俊俏的，便一刀杀死你……"小说下面却陡然峰回路转，令人愕然：

> 当时春红偎在关大山怀中，关大山更是厌气，一个胡子嘴只管在春红嫩腮上蹭来蹭去。春红猛然听说是关大山，偷偷一看，大山嘴角一条刀伤，春红心中含糊起来。因为自己兄弟关大山，小名琐头，当年与人斗殴，嘴角挨了一刀……于是大着胆儿道："琐头呀。"关大山猛然一怔，一双凶睛瞅定春红，半晌道："你说什么？"春红一看是没错了，于是道："你不是琐头吗？"大山怔道："你怎知咱小名儿？"春红道："你怎不认得姐姐了？"大山慌忙放手跳起，二人一说果然是姐弟。春红不由落泪道："自你闯下祸逃走，哥子嫂子都没有了，俺没可靠的便流落下去，老天真还有眼睛，便叫咱骨肉重逢……"说着一指捆得馄饨般的丁星垣。关大山慌忙解了丁星垣绳索，叩头谢罪。[①]

即使是杀人不眨眼的匪盗，也有着姐弟骨肉深情，童年温馨记忆有着人性闪光。而赵焕亭艺术匠心在于：其一，何以构思出"姐弟"而非"兄妹"？相认的主动一方在女性这边，便于写出微妙的情感，避免与关大山的狠毒形象冲突。其二，有意写出了更详细的前因后果，可见作者对"不伦之爱"的排斥。

此似有所本。民初即出现了兄妹手足"几成伉俪"的差点触犯人伦底线的奇闻。说广东省广宁的麦辛，与族兄在腰古开设泥水店，聘本地罗明福女为妻。新婚筵新妇熟视新郎，忽失声大哭，宾客们大惊："良久乃谓新郎云：'尔非我胞兄亚辛耶？'辛亦愕然，谛视新妇，确为伊妹亚冬。冬即脱去大红

---

① 赵焕亭：《双鞭将》第二回《色迷人大盗遭刑戮　财乱性捕头走险途》，中国文史出版社，2019。

服装，宣布伊系于六岁时被拐至此，罗氏夫妇收为养女等语。众宾以此事幸未成礼，而骨肉团圆。遂劝各破涕为笑，乃将梅酌改作庆筵云。"① 这一广东故事于民国四年（1915）在上海付梓，可能为赵焕亭所寓目。

而李定夷则写作《外患史》等著作关注历史与当下关系，他还认识到作者自身遭际之于创作的影响："吾谓吾国之小说家，大都君子遭逢不偶者，欲有所言，则不敢迳情直道，欲不言，又难安于忍默，万不获已，退而著小说以寄意。借题发挥，慨乎言之，聊以发抒块垒而已。"② 他尤其关注"家庭惨史"，即包括情爱与家庭成员间失散的重要社会问题，对赵焕亭也可能产生影响。

赵焕亭更打破了正邪、盗匪中的良善之民的苦痛与离别人生，而盗与民往往本来就是纠集一处，身份角色也在动态变化的。《马鹞子全传》第十四回写盗魁郝大爷夫人（早年被抢来）与亲弟的相认。说云姑、张安（即王辅臣、马鹞子）等打败盗寇占领了山寨，放众妇女。只有一年长妇人：

> 越发珠泪溶溶，且前且却，望了张官儿，只管欲言不敢，恰好张官儿偶一回头……便叫她进前，一问姓氏，那妇人叩头泣道："小妇人母家王氏，嫁与郝姓为妻。丈夫便在祥符新开了一处店面……走到此间，无端地去见霍峻，说是霍峻当年曾欠他纹银两千余，小妇人也不知底细。不想霍峻登时翻了面孔，便将我丈夫拘禁起来，连小妇人一同落难。"……只见那妇人神气一竦，怔怔地向张安端详半晌，忽地急问道："你这位爷台敢是姓王吗？"张安出其不意，竟有人问他这丢冷了的老姓，不由应道："你怎的便知？"那妇人突地站起，急又问道："你母亲可是廖妈妈？"张安一听，愣怔怔只管点头。只见那妇人不暇言语，忽地拉住张安大哭道："啊哟，我的兄弟！可苦煞你姐姐了！"这一声不打紧，满室人都是一竦。张安恍惚如坠云雾，更不消说。那妇人恰悲悲切切说出一番话来。③

下面小说以全知视角介绍，这妇人竟然正是张安失散的姐姐，当年饥荒时与母廖氏、张安流落河南，张安才五六岁。一晚逢土寇劫大户，有大汉一见张安姐，"登时大悦，不容分说，连廖氏拥了便走"，张安姐即成了压寨夫人，身份变得复杂："就官中一面看，自然说是贼妻恰是；就强盗一面看，合巢中也都敬她如掌印夫人一般。廖妈妈不消说倒得了个大王快婿，便跟着论秤分金

---

① 李定夷：《民国趣史·续情史》，上海国华书局，1915。此书流通甚广。
② 李定夷：《消闲钟·发刊词》，参见李尤倩《李定夷传略》，《新文学史料》2009 年第 4 期。
③ 赵焕亭：《马鹞子全传》第十四回《搜山寨主仆喜无恙　认黑痣姐弟巧相逢》，中国文史出版社，2019。

银，碗酒块肉，受用起来。方知这盗首姓郝名世隆"①。后来郝世隆成绿林之豪时，霍峻为无名小卒，世隆陆续借贷他两千余金，而霍峻发迹后贪缘到袁时中手下。世隆后金盆洗手，"郝大爷"成了郑州富绅，张安姐就常思念起兄弟："时时流涕。幸得她牢记下兄弟一点特征，便暗嘱世隆留意特色。"张安行乞在睢州，被李官孙所收养。而世隆一次酒筵间遇杨、吴二人称祥符商务好做，随二人来祥符，刚有头绪，便接妻子来，不想路经张耳崖遇一场磨难。那么，在场的当事人是如何反应呢？主要人物都有丰富的人生阅历，并未贸然行事，还很矜持，而作者也并未忽视惯常相认过程的水到渠成："王氏含泪述罢，张安虽听得动情含凄，却是不敢便认。只见王氏恳切切拉住张安一臂道：'你这点黑痣，且为姐牢记心头的。'说罢忙给他勒起袖，真有一点黑痣，如棋子大小。众人一见，不由同声嗟叹。张安急一望王氏眉目，不由骨肉之感，性从天中发作出来，那两点英雄泪不由簌簌而落。"②

赵焕亭对世俗人情熟谙洞察的天才，体现在对姐弟重逢之后复杂人事关系变化的描述，入情人理，可分大致四点：（1）到地牢里解救郝世隆，但这位盗魁"姐夫"获救后却并不客气，也未见出领情，因张安（马鹞子）还处于被戒备的一方，这符合被囚禁受委屈的角色心理。（2）这场"难中相逢"，臂上"黑痣"的当众认定，增强了故事的传奇性，令人泪奔。（3）以"虎也似的""金刚般汉子"，身陷囹圄（地牢）却得小舅子解救，有些伤自尊，不免话里带刺："俺有这舅兄，再不怕遇见什么鸟人了。"（4）姐弟相逢的欣喜中也埋下祸根："不想王氏因自己夫妻脱难，又遇兄弟，一喜之下，慈悲心动，不觉失口道：'那么沙大嫂如不嫌弃，何妨跟了我去？便替我些手脚精，岂不甚好。'这句话不打紧，不想后来竟弄得夫妻反目，出了许多缘故。"③乐极生悲，收下"生得妖妖娆娆"的少妇沙氏，埋下了后来勾引世隆、挑拨事端、王氏气病的伏笔。

其次，是父女相逢。赵作还写郎湛到西城门外河下一只快船泊，闻舱内男女争吵声，女人语音似乎是女儿，惊疑中见那女人跑出舱，正是掌上明珠月奴，月奴见父："也是一惊，却赶忙一定神，登时扑簌簌珠泪双落……说罢急拉郎湛下船。"④

第三，是两对未婚男女的"巧相认"。明清时婚约是非常重要的约束，也

①　赵焕亭：《马鹞子全传》第十四回《搜山寨主仆喜无恙　认黑痣姐弟巧相逢》。
②　赵焕亭：《马鹞子全传》第十四回《搜山寨主仆喜无恙　认黑痣姐弟巧相逢》。
③　赵焕亭：《马鹞子全传》第十五回《真切切下探地囚牢　错惺惺误收沙氏女》，中国文史出版社，2019。
④　赵焕亭：《英雄走国记》（第一部）一集第三十五回《聚龟头父女捣鬼话　卖松江翁婿逞狼心》。

是家族诚信之事，许多地区一般不可轻易"悔婚"。《双剑奇侠传》（1926—1928）写乱贼来犯时，意珠与丈夫（未婚夫）梁森失散，得到梁森之友邬明山相随照料，不料明山却生色心，唆使周婆子撮合之后又借故躲开，提供成其好事的良机，却不料被突如其来的意外打破："意珠正在愣怔怔立在榻前，只见明山在前，引进两人，却是梁森和素娟。素娟是蓬头垢面，十分狼狈。梁森是身穿绣袄，黄布包头……活脱是个贼中悍目。当时室中四个人，却是两对未婚的小两口，混乱中蓦地相逢，真是又惊又喜，八只眼睛互相观望，不但谁也摸不着头儿，并且谁也想不起先说哪句话，只好随意落座。"①

这里着意写了两个男性当事人的"笑"，在梁森，是爽朗地放声大笑；而在明山，则是"仪态不伦"被撞破后大惊，惊魂未定心虚的笑，声音有些"发颤"。小说也写了两个男人的"惊"，最先听出熟人声音的明山"大惊失色，啊呀一声"；梁森则是骤见老友自然而然的惊呼。无疑，这一构思带有暗示性，"重逢之喜"冲散了即将降临的不伦之丑。其实是一场时间上的高度巧合——"巧相逢"意外地打破了邬明山试图占有朋友之妻的不良企图。为了对比，小说紧接着刻意描写梁森的"道德自律"，意马心猿中他居然听到了金莲梦中呓语，提到自己：

> 此时白生生一段赛雪欺霜的嫩腿儿，再趁着一条罗袜……当时梁森略一逡巡，一片目光不由自下而上，只见金莲香鬟半弹，媚脸霞舒，银釭照处，说什么海棠春睡，闹得梁森简直地没了主意，就如心头有只要开锁的猴子，乱挣乱跳。……你想，梁森不过是一个天质好的意气大侠，少年间触境动念，本是人情之常……但闻得肤香脂气一阵阵钻入鼻孔。于是梁森春心大动，更耐不得，急匆匆方要挨近金莲的身旁儿。说时迟，那时快，忽闻巷中老远地有人唤道："珠儿呀，你怎这时才来家？俺只当是你叫人家抢去了哩。"梁森听了，俨如冷水浇背，机灵灵悟过来，赶忙回步……②

两对夫妻因荒乱中流散的相思之念形成互换，在先前也有。一是偶然，二是往往因善行而获伉俪复合之报。如上，也有贴心情侣重逢。作为《奇侠精忠传》的两个主要人物田红英与冷田禄重逢先被听闻：

> 众观者喧动之间……便听得有人娇滴滴笑唤道："啊哟哟，你端的想

---

① 赵焕亭：《双剑奇侠传》第一集第七回《闯危城两侠踏深宵　走荒村双艳惊巧遇》，中国文史出版社，2019。

② 赵焕亭：《双剑奇侠传》第一集第八回《纳奔女设计毙凶淫　扮贼装无心闻匪语》。梁元帝萧绎《草名》诗："金钱买含笑，银釭影梳头。"

坏……哟哟，俺的表弟！你几时到得这里？"那客人乍见之下，登时也喜跳得丈把高，一言不发，急趋而进，若不因大庭广众之下，和来人一定要抱腰亲吻才是意思哩。啊呀呀，这两个魔头忽又合并，简直说，白莲骨朵儿就要放瓣咧……当时红英、田禄两个人凑到一处，喜滋滋你看我，我望你，百忙中还没抓住话茬儿……这冷田禄本是红英心坎上的人，不消说谈话之间时时提起田禄怎生好本领。既爱念之至，自然说话时不知不觉神情流露……红英见田禄越发英俊，便笑吟吟亲给田禄斟了一杯茶，俏生生趱近他，吩咐侍婢道："你等且向外厢伺候，俟呼唤再来。"①

此时红英作为刚上任的白莲教女教主，权倾一时，但情场上却不太如意。与表弟、老情人的相遇，真如旱中得雨，而田禄也刚失去乌苏拉。

第四，写出了同族兄弟的意外相逢。严格地说，这其实是一场认亲，因彼此先前未见过面。《殷派三雄》初编（1926）第十四回写，徐辅子刚杀了三个野人，解救了少年徐达善。达善因寡母存银被赖，折变家产来京都寻乡亲做生意，不料扑空，亏得同店两伙友介绍来木行，同行经此青风口避雨被劝酒迷倒。达善喜道得遇恩公，"也是先父徐山甫一生正直的感应"，这辅子听达善说老家本是直北人，有一族兄弟移居蓟州，即泪涌急问令堂娘家莫非姓陈？于是泣下相认，忆起父在时常提族叔山甫携家南去，族婶陈氏能治家……二人"从至性达天中，发出一种说不出的感慨愉快来。原来辅子，少年孤露，孤零零长到这么大，何曾有亲人叫过一声大哥。当时兄弟俩悲喜交集，互相款语"。②

其实，小说第六回已留下伏笔，辅子感慨孤苦："俺小时节，听老人家说，俺有个族叔，名唤徐山甫，因荒年逃荒，趁粮船全家南去"③。故事的特殊性在于，作为同族的不同分支，因灾荒影响并不在一处生活，却仿佛天造地设，居然阴差阳错地在关外荒僻之地遭逢，而一个是救助者，一个是获救者。20世纪20年代后期，也许，受到现实生活中鲁南"盗劫列车人质案"的刺激④，赵焕亭在《山东七怪》中还写出了鲁南地区乾隆年间的会党起事。

意外重逢写出江湖男女"不打不成交"，这个"交"有赖重逢，与"比武

---

① 赵焕亭：《奇侠精忠传续编》第二集第四回《赤手纷纷一场厮打　红窗喁喁两地相思》，中国文史出版社，2019。

② 赵焕亭：《殷派三雄》初编第十四回《出险窟兄弟喜相逢　吃彩酒明侪话盗迹》，中国文史出版社，2019。

③ 赵焕亭：《殷派三雄》初编第六回《见药草闲论黄花山　闯巫筵夜宿青风口》。

④ 1923年5月的鲁南临城县（今枣庄市薛城区）火车旅客绑架案，因是年春，山东当局在抱犊崮山区剿匪，匪首孙美瑶采用劫火车以要挟收编为国军。5月6日晨千名匪徒在临城与沙沟之间，制造由浦口开往天津的特快列车出轨，挟持中外旅客二百余人为人质。

招亲"母题叠合。卖解女郑三娘因患疗疮曾求医，对疡医（外科医生）李天栋本有好感。然而真正重逢，却经一番激烈打斗。三娘初闯埋伏被带上山寨，但见一雄大汉子抱拳来扶，三娘本能地拔剑便砍，不想被抱腰入怀，一番打斗，三娘认出正是为自己疗病的李先生，又想起庙会上见过的卖膏药先生李天栋：

> 三娘但觉小腿微麻，一个翻扑虎儿，登时颠入那汉子怀里。两人对面一阵撕扯，三娘瞧那汉子正觉有些面善，只见那汉子笑赞道："好个郑三娘，真是名不虚传。但是你为何独自撞入山中，可还认得俺这游方医士吗？"说着，将三娘轻置于地。三娘仔细一瞅那汉子，原来正是她所访的医士李先生。这儿，精神气概迥然一变，再仔细一端详，忽又猛想起便是这年在泗水泉林寺庙会上所见的那个卖膏药先生李天栋来，于是三娘失惊道："李先生，你的行踪好生蹊跷，俺正来访你治疗疮，怎的你遣人戏侮俺呢？俺还记得曾在泉林寺地面见过你一面哩。"天栋笑道："娘子倒好记性，俺也从那时访知你的大名，好生倾慕。近日又在山外村中与你有缘相遇，医治疗疮，俺本想与你治愈后，然后说明俺的来历，邀入山中相叙。不想娘子性急，亲来见访，偏又被俺会中伙辈误打误撞地撮将来。方才娘子那一剑，若不是俺李天栋跳向你身后，也就好险哩。"①

双方惊讶而喜悦于"有缘相遇"。按，此当来自"比武招亲"中"郎情妾意"的关目，《宋太祖三下南唐》即有，而宣鼎也写美貌的筝娘正在佳婿难求妙龄，父开场为她比武招亲，讲好若将其抱起离地寸许，即妻之。贫穷的书生云郎得高僧指点："徐徐至女前……微拢其裾下双弯，不遽用力，惟以俊眸斜睐，故示以情。女初颇沉沉，既而颊微赪，已而樱（唇）遽绽，嫣然一笑。生即蓦然抱之起矣。"② 赵焕亭成功地将两个富有情趣的武侠男女交往母题熔铸一起。

父女重逢，在与一群地头蛇打斗的特殊场合，武艺高超的女儿与久别之父，惩众恶同归乡。《北方奇侠传》（1927）写虹姑跟随师父廖姑姑四个年头，剑术大进。一日在徐州遇群无赖驱赶，闻对方要对付一个"愣敢开场卖艺"的"外乡虎儿"。不料近前，虹姑失声喊一声"父亲"，那汉子也失声认女，父女俩一同打散众无赖。小说写虹姑父女相逢，各述别后情形，悲喜交集③。

---

① 赵焕亭：《山东七怪》第十三回《二悍设伏螺蛳峪　三娘大闹天王寨》，中国文史出版社，2019。

② 宣鼎：《夜雨秋灯录》续录卷三《筝娘》，黄山书社，1995。

③ 赵焕亭：《北方奇侠传》三集第十七回《逞强梁兵丁闹袜店　示暇逸主客接清谈》，中国文史出版社，2019。

当初少女虹姑出走时，正值父亲邢建威受恶人欺侮，此时学成高强武艺的女侠，竟能转换角色保护父亲，并随父回乡雪辱。借助意外重逢于特殊的场景，小说写出了流落江湖得遇名师的女侠的成长。

三、顾明道对真假女侠相逢的佳构

顾明道（1897—1944）被认为是 20 世纪 20 年代唯一能与"南向北赵"并称的武侠小说家。他的《荒江女侠》（1928）写方玉琴夫妇回荒江省墓，过了五常在帽儿山畔见"方家店"，不料却巧与二人的名号"相逢"，闻该店伙计竟称"老板便是石屋杀虎、力诛三雄、名震关东的荒江女侠"，于是前往大熊寨，想会会冒充者，"要和假的荒江女侠去理论"，通报后见大厅正中坐着一男一女："剑秋瞧见那女的，不禁几乎失声而呼。因为容貌正和玉琴十分似，鼻以下更像，只不过额上多一黑痣，身材没有玉琴纤细罢了"。"（那男的）玉琴、剑秋二人对那男子细看一下，见他身材比较真剑秋矮小，穿着一件紫酱绸袍子，面貌狰狞，玉琴险些笑出声来。"[①] 他们说明身份，假冒者竟然还斥责、分辨，理论过程中，"假玉琴又羞又怒，粉脸涨得通红，两袖卷起，挥动手中宝剑，智取真玉琴。……真剑秋、假剑秋也就动起手来……"打斗中厅后闪出络腮胡须的老道，胡须用金钩挂起在两耳上，舞动一对铜人助战，幸亏外面飞跑来闻天声，加入进来对战老道。这三人先后被劈死二人、被擒一人。

身形矮小的闻天声，不仅是真假女侠的仲裁，也是见证，他的出现增加了这场闹剧的趣味性，也符合武侠品格与江湖性。如果说，荒江女侠体现出侠在江湖上重视名声、尊严，假冒他人之名是个忌讳，如《水浒传》李鬼之于李逵，那么，闻天声表现了侠的好奇心与正义实现的坚定性——探究真相的冲动，由三重怀疑到解疑：一层是，在方家店喝酒时听人说店是女侠开设的，"这使我恍惚迷离起来……我始终不信然而人家言之确实"；二层是动真格的，"我要店中人和我去见女侠，店中人不肯应允，于是我藉酒闹事"；三层是，暗中果然看见玉琴二人跨着马、驴前来，却"站在庄门前等候通报，这更使我莫名其妙了"。直到窥探到里面也有个女子面貌像方玉琴，才明白有人"假冒女侠的芳名"。这是一个不断发现真相的过程。直到下一回，被俘的假剑秋（华剑啸）交代三人是白莲教徒，其师（岳父）金钩方道人携女玉珍，出关寻荒江女侠为云真人、凤姑娘等报仇，而冒充理由也因三次误认：一则是到荒江

---

① 顾明道：《荒江女侠》第八十六回《一夕退三军智穷老将　征途逢奇事艳说荒江》，农村读物出版社，1988。

找寻时，方家长工陈四以为女侠回来了上前欢迎，但由此"误认"，许多人都"知道玉珍与女侠的面貌相似了"；二则经过帽儿山逢一伙绿林劫掠，对方有人指着玉珍喊"荒江女侠来了"，大家向玉珍拜倒，于是将错就错，也跟着自称岳剑秋；三则假冒者为发展白莲教事业，"须做些有益于农民之事"，于是不劫附近乡民，开起方家店"用红旗为表识，保护往来客商……大得乡民的爱戴，人们都以为真的荒江女侠在此呢"①。

杜贵晨教授通过全面考察总结出古代小说的"三复"情节："这种情节的特点是：同一施动人向同一对象作三次重复的动作，取得预期效果；每一重复都是情节的层进，从而整个过程表现为起—中—结的形态。""可以说'三复情节'是中国古代小说一种耐人寻味的模式，一个突出的美学现象"②。而对于明清章回小说延续的民国武侠小说亦然，名著《荒江女侠》就是证明。

《荒江女侠》作为以女侠方玉琴为主人公的武侠小说，这一与主要人物方玉琴与自己冒充者的"相逢""发现""打假"，在小说中占有重要的、不应忽视的地位。先前，《西游记》中追究冒充孙行者的六耳猕猴，《水浒传》里黑旋风最终也不容李鬼，那么，荒江女侠芳名，又何容假冒？何况假冒者是声名狼藉的白莲教的爪牙。尤其是，假冒者还在关外开了"方家店"大肆招摇。如后来方玉琴回到荒江重逢陈四，告知诛灭假女侠，陈四说："我们的姑娘，世间只有一个，哪里来的一个小丫头，胆敢冒充？恰被姑娘撞见，这真是孽由自作，死得应该啦！"当然，对假冒者的严厉惩罚，也当受到《水浒传》李逵处置李鬼描写等影响。

四、还珠楼主持续拓展乱离重逢母题

进入 20 世纪 30 年代后，北派武侠小说大家还珠楼主也特别偏爱乱离重逢母题。如描写杜德转述：不料欧阳笑翁听说四兄来此，特赶来相会。此时韦老前辈忽然现身，欧阳三兄因见他那只缺耳，忽想起昔年失踪的兄弟，分手时弟才五岁，又是被虎衔去，多少年来认为已死虎口："不知怎的一时心动，发话试探，喊他乳名。他竟记得小时之事，并还说他回乡探询，两次均因三兄离家年久，极少回去，几次扫墓难得停留……加以从师二十年方始回乡探看，名字

---

① 顾明道：《荒江女侠》第八十七回《比剑术古刹飞银丸 庆新婚洞房遇刺客》。
② 杜贵晨：《传统文化与古典小说》，河北大学出版社，2001。杜贵晨：《数理批评与小说考论》，齐鲁书社，2006。

已改，因此双方都不知道。韦老前辈见他弟兄相逢，悲喜交集，也未说他。"①
儿时乳名与永生不忘的青少年时代往事，在这猝然之间的兄弟相逢相认中，起
到了决定性作用，而"缺耳"身体特征的记忆重温，也极为符合现实生活的
经验，如在目前，有深会我心的感人功效。

　　情侣相逢的情感激荡与复杂性质，也为还珠楼主所留心。《大侠狄龙子》
写久别情侣"劫后喜逢君"。说周文麟门前隐闻妇女叹息，好似"煌儿"甚耳
熟，再听果是熟人，满腔热情再也按捺不住，迟疑中里屋女子说请进，文麟听
那语声娇婉娱耳，但迎头遇见黑衣枯瘦、双目通红的妇女，却有些困窘，自我
介绍后忽听身旁一女低呼"文弟"，床上卧一少妇竟正是魂梦不忘的爱侣、现
作寡鹊孤鸯的意中人淑华。积想成痴的文麟想不到淑华会到这等荒山危崖，惶
急得脱口喊"二姊"；而淑华悲喜交集中，也恐其情热太甚直奔过来，只得介
绍这位便是主人黑衣女侠大姐晏瑰，全仗她才得死里脱生，无须避忌②。小说
对喜相逢带来的冲动描写，真切与力度亦前所罕见。

　　还珠楼主写兄妹久别重逢也很有特色。说稽、荀二侠吃完饭，稽良已先起
身，而小翠一心只想着跟定荀玉闲，并未留意，听稽良提起先寻方山，猛想起
失踪多年的娘家兄王玉山，从小过继给母舅，正是姓方……小翠暗忖：兄长离
家年已十七，山东原籍，怎会一口南音，年纪也不止二十多岁？料是平日想念
亲人太切，因姓名相合而误会。回忆时她悲愤、欣慰又伤感。近黄昏时猛觉身
后微响，竟是一个肩插双剑的少年，并未见过：

　　　　少年见她惊慌，似早料到，忙呼："妹子，不认得我玉山大哥了么？"
　　小翠定睛一看，认出少年前额上幼时所留伤痕……少年笑答："妹子不必
　　多疑……我现才名叫方山，乃你昔年离家出走的兄长，本名王玉山，你总
　　想起了吧？"小翠惊喜交集，出于意外，喊了一声"哥哥"，便悲哭起来。
　　方山见她哽咽流泪，知其满腹冤苦悲痛难于出口，再三劝慰，方始止住。
　　小翠见乃兄并无世俗之见，越发喜幸。③

　　写出了兄妹分别十五六年，成年后相逢，仍怀有一定的矜持和分寸。而即
便重逢，也可能因为主客观原因，又作分离。

　　多年离散再重逢后，并非就能一顺百顺。在现代文明中受到多学科理论、
知识熏陶的还珠楼主，没有简单地把"重逢之后"看成都如明清小说那样

　　①　还珠楼主：《独手丐》第二十四回《小豪杰重返青云山》，《还珠楼主小说全集》总第三十五
卷，山西人民出版社、北岳文艺出版社，1998。
　　②　还珠楼主：《大侠狄龙子》第十一回《劫后喜逢君，共吐平生隐痛　舟中成敌国，惊回弱女馀
生》，《还珠楼主小说全集》总第三十三卷。
　　③　还珠楼主：《白骷髅》第七回《同商密计古寺聚英侠　巧得总图强龙建殊功》，《还珠楼主小说
全集》总第三十九卷。

"一夜无话",而是生出了新的波澜。《青城十九侠》还写飞虹之师秦琰,原系百禽道人公冶黄昔年聘妻,二人初为表兄妹,青梅竹马互相爱慕。两家为世家,家长情谊甚厚,知儿女心思就订婚了,眼看郎才女貌姻缘在即,却不料忽经丧乱举室流亡分散。双方分别在危急中被两位前辈散仙度去,由此志切修为。数十年间劫后重逢,双方怀念旧情本在寻访,相见互约同修。中间却因一事反目,又作了劳燕分飞。公冶黄自带门人去往终南秦岭隐居修道,秦琰便来本山隐居,不久两人相继走火坐僵,幸而真元未丧,苦练数年才相继恢复法体①。还珠楼主写出了离别重聚之后的人生之路同样颇多磨难,当事人各有自己的崎岖坎坷的人生,也必然会养成坚韧、有个性主见的性格,彼此磨合未必都能成功。无疑,这是进入新时代的可喜的进步。

五、文公直、白羽与王度庐:绿林好汉的"乱离重逢"

文公直(1898—?)作为民国南派武侠小说大家,也是"历史武侠派"的大家,也许是因早年参加讨袁、护法战争、湘鄂之战等,多年的军旅生涯使他偏爱武侠小说的选材,尤其以铺排明末历史故事见长,特别是描写忠良于谦的《碧血丹心》等②。他写明末女英雄秦良玉(1574—1648)的故事,即注意揭示乱离重逢的亲人们,哪怕刚见面未得相认之前,就往往有一种心灵感应。说白超等人忽见一个黑衣人当路拦马打恭道:"给清老请安!乞恕弟子来迟之罪!"白超认得这人就是方才开路的黑影,黑成德也认出这人就是斩马维驷救自己性命的那个人影,不知如何,见着这人心中似乎异样难过:

> 周虬刚说毕,黑成德猛然触起心事,陡然老泪纵横,不由得哽咽说道:"儿呀,你也叫杰然吗?你可是……"再也挣不出一个字了。周虬回头道:"老哥,你别瞧她是男装,她和越起是一般的,她就是您的女儿黑烈。这不是见着了吗?谈欢喜才是呀!干吗要悲伤呢?杰然!这就是你的老子,你还认得么?"黑成德不待周虬话毕,早翻身滚下雕鞍扑过去,一把抱住黑烈"儿呀""肉呀"痛哭起来,黑烈这才瞅明白这白发苍苍的,果是自己的父亲。虽然容颜已改,究竟形范犹存。回念前情,也不觉泪如雨下,一声"爸爸"之后,哽咽不能作语。③

---

① 还珠楼主:《青城十九侠》第一〇五回《帆影趁夕霏,风急天高催晚棹 萧声起云水,月明林下舞胎仙》,《还珠楼主小说全集》总第二十一卷。

② 张赣生:《民国通俗小说论稿》,重庆出版社,1991。

③ 文公直:《女杰秦良玉演义》第六回《奋勇除奸六骑并辔 学成入世独立救亲》,山东文艺出版社,1985。该书为上海环球公司1934年出版。

这真是人世间莫大于是的情感撞击，父女之情体现在重逢场面的描绘，前此不多，也罕见如此真切。

夫妻重逢，见面之后，男女相貌、体态乃至性情的变化，且因男女性别之别所带来的巨大差异，牵涉到更为细致的考察与表现，这也是在此前母题之中表现不够的。偏重历史题材的文公直，写了妻子竟然被失散多年的夫君的部下所掳，故事被甄甄子如此转述给当事人的女儿：

> 大批绿林朋友，前来洗村。首先把村董家中劫了。你母亲便也成了那伙绿林掳劫获得的东西。一声唿哨，随着村董以及村中被捕的百姓金银等物都到了山寨。那寨中虽不宽大，却也分派很清楚。掳来男女都分别关押着。你母亲是自分必死，心中倒反安然，只待着时刻罢了。一霎时，盗魁来了。盘问过村董的家眷，便喝问你母亲："是村董的什么人？"你母亲本来瞑目待死，虽听得盗首语带南音，却是心已横定，并不在意。这时经这一喝，睁开两眼，火把红光之下，瞅见那盗首的面目，不觉隆然一惊，一颗心跳得几乎蹦出腔子外来，不由得喊道："你不是白云飞吗？"

那么，白云飞是谁？蓦然出现的悬念，即刻有了答案。讲述者面对为人女儿者倾听父母意外相逢的往事，小说写白超陡然昂头，一怔一怔地瞅着甄甄子发愣，甄甄子一五一十地娓娓道来，而后又耐心且入情入理地分析：

> 你母亲那时多年辛苦，几次创伤，一个女子自然不能保着昔年容貌。你父亲却是面颜虽是苍老，究竟还不改形，乡音虽已移变，还存着语尾。何况你母亲是日日年年，心中常是忆念着，自然一见就识，你父亲却是万想不到自己妻子这时会到这地方来，自然心中没些影子。当时听得这一声急问，仍是想不起，认不得，反而问："你是什么人？你怎知白云飞的？"你母亲痛哭着说："我是白云飞的妻室黄翠儿，受尽千辛万苦，奔波千万里，前来寻你，你难道还忍心不认么？"这一来，你父亲白云飞才抛刀俯首，相抱痛哭。这就是你父母离别重逢的一段惨情！①

小说对夫妻亲情微妙表现的拿捏，分寸极为到位。以往论者多重视政权争夺、忠奸斗争的"宏大叙事"，而忽视了民国武侠小说表现乱世人生中最细微的人性至情，时或有其首创、独到之处。为人父母者与子女多年骨肉失散，当然绝非当事者所情愿，但他们历经忧患、苦情毕竟有别。与此同时，男女家长，其离散带给儿女及其不同年龄段子女的伤害，又是千差万别。劳燕分飞令

---

① 文公直：《女杰秦良玉演义》第一回《白发红颜千峰养志　冰心竹节万里寻夫》，山东文艺出版社，1985。

人痛苦，这里却写出，自己多年魂系梦牵的丈夫竟认不出了，岂不更令人凄然痛楚？

关于武侠小说中的离合母题，金庸在《神雕侠侣·后记》中清醒地承认："武侠小说的故事不免有过分的离奇和巧合。我一直希望做到，武功可以事实上不可能，人的性格总应当是可能的。杨过和小龙女一离一合，其事甚奇，似乎归于天意和巧合，其实却须归因于两人本身的性格……世事遇合变幻，穷通成败，虽有关机缘气运，自有幸与不幸之别，但归根结底，总是由个人本来性格而定。"① 然而，我们常说"形象大于思想"，即文学作品本身的形象蕴意，大于作者当初想要给予它的思想，深得民国武侠小说滋养的金庸还是禁不住乱离重逢母题审美系统的巨大诱惑。而如此这般，也是他不仅受到古代乱离重逢母题的熏陶，也是向民国旧派武侠小说学习、仿拟的结果。

白羽（1899—1966）对江湖习俗有着过人的熟悉和深刻理解，当然也不会忽视乱离重逢母题的丰富蕴意、饱满的情韵和审美表现力，一定程度上也写出了人世间的"悲剧侠情"。说江湖上有名的武林高手黑砂掌陆四爷（陆锦标）拿着火折，照看这夜行人的面貌，这夜行人见火光立刻低下头，黑砂掌看了又看，忽然疑讶"唔"？而杨玉虎、江绍杰借着火光，都看出这夜行人二十多岁，精壮、圆脸大眼，后者也抬头扫了三人一眼，仍垂头不语：

> 黑砂掌忙又拦住道："别打，别打，我再细细瞧问。"黑砂掌又把火折子晃亮，直送到那人面前，左看右看，远瞥近盯，活像相新媳妇，招得那人恚怒。忽然，黑砂掌说道："我说喂，你到底姓什么？你可是姓陆么？"那人似乎一震，抬头望了一眼，复又低头不答……但是杨、江也起了诧异，也跟着细看，看完又看黑砂掌。黑砂掌与这夜行人年纪悬殊，却全是圆脸，圆眼。黑砂掌有一脸络腮胡，这人下颔也是青漆漆的。杨玉虎首先大惊道："四叔，你看见么？这人跟你可是一个模样！"黑砂掌立刻叫道："你不是小福子么？你是我的儿子！"那人骂道："我是你的祖宗！"可是骂出这一句，不由睁开了眼，这才借火折子，细看对方。这一看，夜行人"哎呀"一声，不觉得站起身来，问道："您您您贵姓？"黑砂掌失声道："好小子，你连你爹也认不得了。"杨、江二弟子惊诧万状，一齐代说道："这位是鹰游岭的黑砂掌陆老英雄。朋友，你到底贵姓？"那人不等听完，"扑登"地跪下，叫道："爹爹，爹爹，我就是小福子！"黑砂掌大声道："好小子，你会骂我，你不是我祖宗了？"那人羞惭无地……这个人正是十余年前，因为父娶后母，一怒离家的陆嗣源，也就是黑砂掌

---

① 黄子平编《寻他千百度》，中华书局，2013。该文写于1976年5月。

陆锦标的长子，乃是黑砂掌前妻蔡白桃所生。[1]

多年未见，即使父子对面相见，也未必就能相互认出，何况又是在朦胧的暗处。小说正是写出了久别重逢中的亲父子，也可能出现的障碍周折。而由父子相认，顺理成章地补叙出家中父母的一代血仇：黑砂掌本是绿林之豪，他与蔡白桃当年在江湖上偷盗抢掠，蔡白桃更比他厉害，多结怨仇。蔡白桃生了陆嗣源。陆嗣源刚刚六岁，蔡白桃又怀了孕。值黑砂掌远出，仇人寻上门，蔡白桃束腰提刀与仇人苦斗，手诛仇敌，自己也伤胎而死。黑砂掌把嗣源送到一同门师妹家抚养，独自寻仇人党羽，报仇后退出绿林回乡，迁别处。因张氏叔遇盗，黑砂掌撞见解围，张感激即把新寡侄女许配给黑砂掌作继室。此时陆嗣源已还家，因反对父续娶愤而出走。父子生离多年寻访无着。后继室生子取名陆嗣清，即十二金钱镖俞剑平最末的一个徒弟。小说借此"乱离重逢"，牵引出了之所以"乱离"的一大段情事，折映出母题社会人生内容的丰富，情感的深沉浓郁，及其在不同人物角色人生经历、情感表现中的多元功能。

那么，这一"父子对面不相识"关目来自何处？应该说，当为明后期拟话本。也是多年后儿子不认识父母，竟然打了父亲。说周秀才回到曹南村，因离乡久，巷陌生疏。浑家害病到药铺求药，那先生说名叫陈德甫，浑家想起是卖孩儿时的保人，周秀才想起陈的两贯钱之恩，问"我那儿子好么"？德甫称孩儿贾长寿今已做了小员外，仗义疏财。那贾长寿隐隐记得幼年事，急忙来铺中要认爹娘。拜见时长寿却认出在泰安州打的就是他，周秀才也认出是在泰安夺宿处的那人。长寿赔罪，老两口儿见儿子，"心里老大喜欢，终究乍会之间，有些生煞煞"。长寿忙叫人取了一匣金银赔不是，长寿跪下不起，周秀才只得收了。却不料开看银子上凿着"周奉记"，原来周的祖公叫作周奉，是二十年前藏埋，后不见银才卖了儿子。德甫也说起贾家富因掘藏。周秀才就取两锭银送与陈德甫答谢昔恩，把剩银给儿子，叫他济贫救难，忆念着贫时二十年苦楚[2]。儿子与父母之间骨肉之情的关系，已因各自所经历的情境不同而有所变化，发生的不快也可以用银子来摆平、消泯，其实这是简单化、理想化的。

"盗亦有道""盗有人心"是作为亚文化伦理的江湖侠义规则表现，相关传闻明清以来多有流传[3]。晚清新闻画报描绘了探母引发同情，得侠盗资助事。说广东人林某教书糊口，与东家相处融洽。一天他接家信知母病重，雇船

---

① 白羽：《十二金钱镖》第七十八章《陆嗣源剪径遇父》，岳麓书社，2014。

② 凌濛初：《初刻拍案惊奇》卷三十五《诉穷汉暂掌别人钱　看财奴刁买冤家主》，上海古籍出版社，1992。

③ 王立：《自慰自高盗慕侠——再论盗贼与侠文学主题》，《通俗文学评论》1995年第1期。《伟大的同情——侠文学的主题史研究》第七章，学林出版社，1999。

赶回，途遇两人求搭船，他答应了。两人见他愁叹，询问他，答曰母病，因为是教书先生，只有几两碎银，不知如何是好？两人闻听肃然起敬，慨然自承是强盗，"专门偷不义之财，你不要嫌弃我们"，当即赠他十两银子①。在侍奉母病、远归省亲这一人之常情上，侠盗与教书寒士产生共情，遂成佳话。

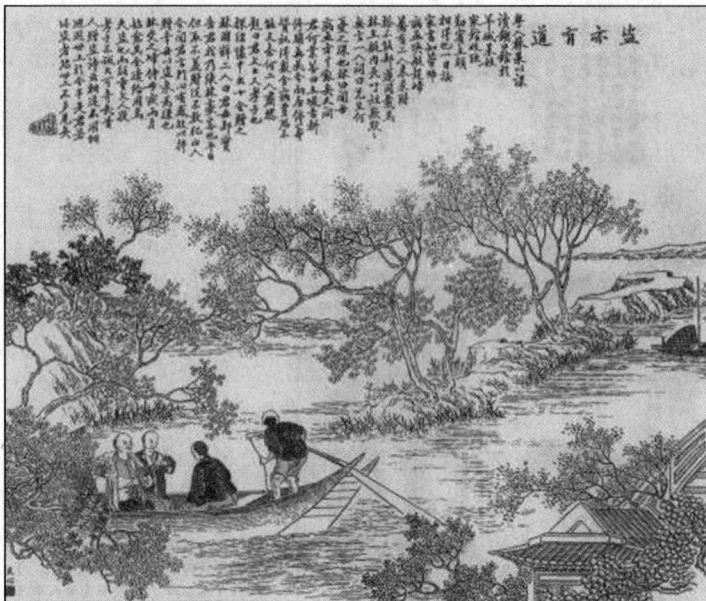

图6-1　盗亦有道

如果说对古代父子相逢的场面描写仅仅写抱头痛哭不满意、不满足，那么看饱受传统文学熏陶，一只脚刚刚迈出清代的作者，在"五四"后新文化的感召下，情感、习俗心理新旧杂糅，并依旧沿用着旧体章回小说创作，写以冷兵器时代为背景的武侠故事，那可就能达到原汁原味的古朴与新的人情人性表现并重：

> 黑砂掌十分惊喜，把跪在地上的陆嗣源扯起来。两人对面，看了又看。十多年的久别，父子面貌全改。这青年已没有当年的孩子气了；黑砂掌满脸胡须，不似当年。可是父子面貌的轮廓，大致还看得出来。尤其是圆头顶，圆眼睛，南人偏生北相，乍看便觉父子酷肖。
>
> 这青年夜行人陆嗣源悲喜交集道："爹爹，你老这些年上哪里去了？我曾到老家找您，都说你老携家远走了。你老现在何处？"黑砂掌道："好小子，自从你这个娘刚一进门，你就一溜走了。你只顾想念你的死娘，

---

① 吴友如等：《点石斋画报·大可堂版》，1891年，上海画报出版社，2001。

你连你的活爹也不要了！这十多年，你往哪里闯荡去了？"骨肉阔别十多年，一言难尽……黑砂掌骨肉重聚，年老恋子，把儿子拍拍摸摸，不忍暂离……在店房中灯光下父子对面，看老的更老，小的不小。爷俩都很动情，悲喜交集……父子二人各诉近情，追说往迹，旋又折到眼前的事。陆嗣源便问家中现在的人口。①

叙述朴实无华而又深切可感，人物表情宛若目前。多年来，文学史、小说史在统编、合编教材的引领下，一直沿用着已经固化的世情、历史、神怪、公案、武侠（侠义公案），以及章回、志怪、传奇等小说分类，对一些跨题材、跨古今、跨体裁的贯通系列的优秀作品研究，带来的"屏蔽效应"，加剧了许多学者意识到应"悬置名著"的惜憾及其学理价值显现②，而实际上往往难于摆脱某些惯性思维。试想，如果能借鉴现当代文学研究的一些创新思路③，尝试编撰一部"中国情感文学史"，那么，乱离重逢母题下的这些精彩的情感流程描绘与心灵剪影，一定更能展现出其应有的价值。

放弃重聚相认与相逢不识。相遇不相认的无奈与认亲之际遭遇暗算。

对于王度庐（1909—1977）的"鹤铁"五部曲，武侠研究前辈徐斯年先生，深刻地分析了《铁骑银瓶》中玉娇龙与罗小虎之子韩铁芳，千里寻亲对面没有相认的遗恨。他指出，玉娇龙眼中的韩是个像罗小虎的少年侠客，喜欢、疑心又"不敢往那个揪心的方向追究"，关心、规劝又希望他们远离丑恶；韩铁芳的这位前辈暴躁、诡秘而武功卓绝，他挂念着，但母子二人竟成了"道义之交"，为她捶背"像侍候父亲或母亲那样恭谨"，而"阻隔"造成了母亲玉娇龙即使发现了韩珍藏的认母标记——红罗衣角，能确认母子关系，也因自己那块不在身边，而一再克制，准备等当着春雪瓶的面再揭示。在"病侠"（玉娇龙）对韩铁芳提到不必挂念生母之后，小说又写出了这位侠女母亲的心理流程：

> 韩铁芳摇头说："那怎可以？乌鸦尚且反哺，羔羊尚且跪乳，为人岂能忘了他的母亲？莫说我母亲还是不幸落于贼手，就是她真的是盗妇，难道我还能不认她？"病侠听了，突然变色，嘴唇有点动，仿佛要说话似的，可是没有说出来。韩铁芳又说："儿子对于母亲，应当原谅母亲的难处，除非是私生孩子没法相认，否则无论如何，儿子也得见见他的母亲的，即使别人晓得了，也不能够笑话！"病侠的脸色忽又一变，竟簌簌地落下眼

---

① 白羽：《十二金钱镖》第七十八章《陆嗣源剪径遇父》，岳麓书社，2014。

② 这里所说名著，借用论者这一界定："特指明清小说史上那些著名的小说作品或作品集。"参见郭英德《悬置名著——明清小说史思辨录》，《文学评论》1999 年第 2 期。

③ 丁帆：《中国乡土小说史》，北京大学出版社，2007。

泪来了，说："你说的话，令我很难受！就这样吧！我们快走到新疆，我命我那个亲近人跟你在一块，你照拂他，他替你报仇。"①

的确，作者仿佛是在写一部悲喜剧，对"流通—阻隔""知—不知""发现—转折"这些悲剧因素、技巧的圆熟运用②。亚里士多德在研究史诗和悲剧时，十分重视"突转""发现"的功能："与情节，亦即行动，最密切相关的'发现'……因为那种'发现'与'突转'同时出现的时候，能引起怜悯或恐惧之情，按照我们的定义，悲剧所摹仿的正是能产生这种效果的行动。'发现'乃人物的被'发现'，有时只是一个人物被另一个人物'发现'，如果前者已识破后者；有时双方须互相'发现'……它的第三个成分是苦难，苦难是毁灭或痛苦的行动，例如死亡、剧烈的痛苦、伤害好这类的事件，这些都是有形的。"③ 在这里，王度庐实际上已在乱离重逢母题的构架中，设计出玉娇龙与韩铁芳的相互发现，广义上运用了这一美学功能。

结合新疆这一富有意味的空间，闻琵琶声与熟悉的边地乐曲"重逢"，在此，温馨而凄切表达出古来征戍思乡的熟悉旋律："此时，韩铁芳的心里也惹起了许多愁烦……忽然又不知从哪里发出一种弦索之声，嘈嘈切切地，好像是谁在弹着琵琶。韩铁芳是精于此道的，他不由得细心去听，他听出来这不是琵琶，却是月琴，或者是这伊凉道上一种别的乐器，他想起来胡笳，唐诗上说：'蔡女昔造胡笳声，一弹一十有八拍。胡人落泪沾边草，汉使断肠对归客……'那一段是描写边塞音乐的情景，十分凄凉。想到身旁这个病侠，且不管他是玉娇龙不是，但自己是已决定跟他一同往新疆去了，那新疆究竟是个怎样的地方呢？"④ 这是在渲染彼此互相"发现"，又暂时不便明言的悲凉氛围，也预示着"病侠"（玉娇龙）凄苦的结局。

朱贞木也写到了侠女与幼时玩伴的重逢，说何天衢惊喜之中看出窈娘悲楚欲绝，恳求地说出：

> 窈娘突然柳眉一展，妙目一张，眼内兀是含着晶莹的泪珠，却从怀中，掏出一条素娟，擦了擦眼角，凄然说道："衢弟，愚姊痴长了几年，不客气称你兄弟了。衢弟，想不到多年不见，你还和小时一般，依然这样多情。今夜我们会无端相逢，愚姊这份高兴，简直难以形容，好像会着亲

---

① 王度庐：《铁骑银瓶》第五回《御群凶长河过乌骓　挥痛泪大漠埋侠骨》，王芹点校，北岳文艺出版社，2015。王芹为王度庐先生女儿，徐斯年教授在辽宁省实验中学读书时的同学。

② 徐斯年、张元卿：《王度庐评传》增订本，北岳文艺出版社，2022。

③ 《诗学·诗艺》，罗念生译，人民文学出版社，1962。

④ 王度庐：《铁骑银瓶》第五回《御群凶长河过乌骓　挥痛泪大漠埋侠骨》。引诗为唐代李颀《听董大弹胡笳声兼寄语弄房给事》。

人一般。刚才我不由想起死去的老娘，和这几年的心事，不由得难过万分。衢弟，你哪知我心里积郁的磨难啊！"①

这里突出了相逢中女性的性别文化性质，角色的"突转"出于无奈又多情苦："一位飞檐走壁的英雄，这时竟变作婉转娇啼的弱女。何天衢被她闹得晕头转向，不知所措，也不知是同情还是怜惜，自己也觉得鼻孔里酸溜溜，眼眶里湿润润的。当头一轮皓月，笼罩住茅亭里一对黯然销魂的人。两人痴然相对，都感觉似乎飘飘然在那儿做梦。"朱贞木在这里深入到心理描写的深层暗流中，刻画出异性青年的本能冲动。但他们身负重任，还是天衢带头用理智战胜了感情。这次异姓姐弟相逢催发的"异性"间的情愫，为下面精彩的斗剑斗防暗器埋下了更复杂的因由，"普明胜存心斗的是何天衢，而且一厢情愿，按照苗族习惯风俗，在心上人面前杀死情敌，心上人必是胜利品……因恨窈娘遮拦在何天衢身前，故意扬刃直刺。"② 他不仅敢对滇南大侠的徒弟使出狠手，还使出了威力强大的飞蝗阵，却没想到"一物必有一物克制"，引出了嘉泽湖侠隐铁笛生救助。

民国武侠小说家立足传统，还把视野延伸到国外的"翻译小说"和早期移植来的电影。其给予王度庐等武侠小说创作很大激发。1930 年，王度庐论辩道："伦理并不是中国人专有的东西，世界各国全都有的，全都信仰的，如小说中的《美洲童子万里寻亲记》，影片中的《贤母弃儿》《父恩难报》，哪个不是伦理的表示？孝的表示？"③ 王度庐不仅赞成"平民文学"，而且抓住平民最为关心的文学中的伦理题材，其中就有中外伦理——报恩、寻父等切近乱离重逢母题的作品，身为旗人，民初特定时代的他感受出又一重悲凉，以此写出人间悲欢。

---

① 朱贞木：《蛮窟风云》第二十六章《桑窈娘与何天衢》，中国文史出版社，2017。

② 朱贞木：《蛮窟风云》第二十七章《小魔王惊散了鸳鸯梦》。

③ 王度庐：《伦理与中国》，《小小日报》，1930 年 4 月；徐斯年编《王度庐散文集》，天地图书公司，2014。

第七章
民间故事中的乱离重逢母题

刘守华先生指出，我国"民间故事"名称有广义、狭义两种用法，《中国民间故事集成》是个广义的概念，该书总序称："它包括中国各族人民群众口头散文叙事文学的各种体裁和形式，其中有神话、传说，还有其他各样的故事，如动物故事、幻想故事、生活故事、笑话、寓言，以及某些民族或地区特有的口头散文叙事文学体裁等等。"理由是"在民间的故事讲述活动中，人们并没有把三者区分开来，也是因为将它们合并起来采录编纂比较方便"。"至于进行民间文学研究，自然应该使用狭义概念，将神话、民间传说和民间故事三者区分开来。这已成为世界现代人文科学发展的通例。"① 诚如是。但实际上仍不能非此即彼严格划分，如下面"定婚店"故事既有民间故事的研究，也有作为小说研究、比较文学影响研究的，这类情形所在不少。

一、寻妻得相逢："云中落绣鞋"故事

寻找未婚妻，在民间故事研究中属"AT301A"，即钟敬文先生命名的"云中落绣鞋"型："大致写一女（或公主，下同）被妖魅摄去，其未婚夫（或樵人）入妖洞将其救出。或言女矢自不嫁，长登冈望其夫。或言经过磨难，终于结成美满姻缘。"② 祁连休先生认为，西晋干宝《搜神记》、刘澄之《鄱阳记》所载为早，只是尚没出现"绣鞋"，且看《鄱阳记》：

> 鄱阳西有望夫冈。昔县人陈明与梅氏为姻，未成，而妖魅诈迎妇去。明诣卜者决，云："西北五十里求之。"明如言，见一大穴，深邃无底。以绳悬入，遂得其妇。乃令妇先出，而明所将邻人秦文，遂不取明。其妇

---

① 刘守华：《中国民间故事史》，湖北教育出版社，1999。
② 祁连休：《中国古代民间故事类型研究》上卷，河北教育出版社，2007。李剑国先生据《初学记》引《鄱阳记》，未辑入《搜神记》，此从，李剑国《新辑搜神记　新辑搜神后记》，中华书局，2007。

乃自誓执志，登此冈首而望其夫，因以名焉。"①

仿佛后世的"感恩动物忘恩人""忘恩（王恩）、失义（石义）"故事，又仿佛"求宝者互害"母题，冒险深入洞中解救妻的陈明被贪心的邻人坑害。妻救出来了，但英勇无畏的救难英雄却不能与妻团聚，这结局恐怕是凶多吉少。

此类"寻妻求团圆"故事，在唐代《补江总白猿传》中则追述"白猿掠妇"——迫使夫君欧阳纥不得不率兵深入山洞，在被掠妇女帮助下乘其醉酒找出弱点，杀死威猛的白猿，解救出已怀孕的妻子②。莫宜佳认为，这里有一个"少女—英雄—怪兽"三角人物组合，在西方"少女与怪兽"意味着理性与人"原始冲动"的调和。而在中国，"白猿的形象融合具有异族的、为欲望冲动所驱使的、野蛮而又富于文化色彩的特点。他的性格特征充满着矛盾：既是学者，又是勇士；既是怪兽，又是人类；既是异族，又是中国人……一个具有异域特点的复杂形象。"③

到了清末，毛祥麟（1812—1883）采录了民间传说的异文，假托唐代"说部"进行了他所理解的改写，也保留了实际上不可能存留八百年的"绣鞋"，作为被掠妇的身份标记：

> 石洞，盖在终南山秦岭下，孽龙据焉。东西绵亘百八十里，洞口高数丈，横广如之，其中黑暗潮湿，人莫敢入。相传唐天宝中，某公主于上林苑作秋千戏，忽为腥风卷去，四觅无踪。时有樵者采薪山下，隐闻云雾中有女子哭声，适当洞口，似不甚高。掣斧掷之，扑下绣鞋一只。事闻于官，据实备奏，鞋即主所履也。元宗遂命将，将千人，令樵者导至其处伺之。历数日，了无形迹，惟夜间若有灯二盏悬洞，光射彻数丈。将乃命军人善射者，发矢射之，光忽散。及旦，即募死士百人，明火执械为前锋，千军后随。入洞见一龙，左目中箭，卧伏不动。其将径前斩之，纵火搜杀洞底余孽，而救公主出焉。事见唐《说部》。
>
> 至我朝乾隆三十年（1765）夏间，有好事土人，欲穷其际，集勇敢士二十馀，深入五六里，杳无所得。再进，恰又见绣鞋一只，而火把已

① 徐坚等编：《初学记》卷八，中华书局，1962。

② 陈珏：《初唐传奇文钩沉》，上海古籍出版社，2005。王立、隋正光：《陈珏〈初唐传奇文钩沉〉简评》，《汉学研究》2006年第2期。

③ 莫宜佳：《中国中短篇叙事文学史——从古代到近代》，韦凌译，华东师范大学出版社，2008。较早的研究参见徐斯年：《关于唐人小说〈古镜记〉作者的考证》，《求是学刊》1981年第4期；徐斯年：《我在鲁编室》，南京师范大学出版社，2017。

灭，乃相顾愕然而返。①

这可以说是较为完整的故事类型。故事中先后相距八百余年逐一发现的"绣鞋"，既是被掠少妇（公主）的借代，又是受害者（解救对象）的标志，跨越如此漫长的时间，而在同一空间之中，再次证明解救活动是有意义的，这一勇士救美壮举的"民俗记忆"与价值仍在存续。

救妻，在清末的乱世中转化为救子——对抗危机，从女妖手中解救被迷惑的儿子。1896 年的《点石斋画报》传扬了神道驱妖，解救良善的民俗故事。如前引说太原顾生在别墅读书，被披发女子迷上，生病失踪。数年后，顾生父到陕西访亲，在道旁空寺遇一女郎与儿子对坐，心知遇妖，便请异僧念咒得飞天夜叉擒妖，救出儿子回家。这实质上也是一个家长解救被诱惑儿子的故事，可以喻指青楼、赌馆与大烟馆等，说明青少年面临的人文生态危机、父母的压力与责任。"救难英雄"由父亲来担当，也说明社会问题带给家庭的压力。

图 7-1　神通广大

① 毛祥麟：《墨馀录》卷三《石洞绣鞋》，《笔记小说大观》第二十一册，江苏广陵古籍刻印社，1984. 故事可能借鉴、改造自洪迈《夷坚志》丁志卷二十《巴山蛇》，即大蛇掠农妇被解救事：崇仁县农家少妇往屋后晒衣不还，官督里正搜捕半月不得。其家在高峻的巴山下，有樵者望绝壁间仿佛有抱着妇女坐的黑衣人，疑为失踪者。就攀援而上，两人进入深不可测的洞穴，樵归报其夫，猜是被恶人背负偷逃的。次日晨，家人跟着樵来，不敢进。有人认为大概妖魅所为，应请巫觋。闻乐安詹生素善术，急忙招来，詹被女禹步作法：先掷布巾，又掷下冠服，都被青气吹出。詹只得裸身持刀跃下，穴有数间屋大，石床上妇仰卧，大蛇缠其身，奋起欲斗，詹挥刀排堕床下，挟妇人跃出，妇面色黄而瞑目，詹被毒气熏晕，久乃苏，含水喷醒妇，次日才说，晒衣时被黑袍人隔篱相诱，被迷跟着走，不觉得在登山，但在高堂华屋内与共寝处，饿就给甜食，心执迷不悟，没想是妖怪。乡人都请詹杀蛇，詹说只能禁使其勿出，不能杀，就用符镇在穴口，从此绝迹。"蛇"在清代变成了"龙"。

二、姻缘天定：十多年后果真成婚聚首

艾伯华（1909—1989）指出："民间故事里经常出现的母题有时也会突然出现在传记、笑记里。……在中国，民间故事的形成——跟过去的看法相反——还没有停止，许多母题还是有生命力的。因此，这些母题在今天又能形成新的民间故事、轶事或其他的体裁样式，并在形成过程中继续存在下去……"① 他搜集的故事类型就有"定亲"：（1）男人从神仙处得知未来妻子名字；（2）他发现她丑，不想与她成婚，几乎置于死地；（3）后来没认出她，还是娶了她。我们知道，这是牛僧孺《续玄怪录》"定婚店"的故事。

说韦固，少孤，在旅店，见一老父在看"幽冥之书"，询问议潘司马女可成否，老人告知：君之妇才三岁，年十七时入君门。老人囊中赤绳"以系夫妻之足。及其生，则潜用相系，虽仇敌之家，贵贱悬隔，天涯从宦，吴楚异乡。此绳一系，终不可逭。君之脚，已系于彼矣。他求何益？"说其是店北卖菜陈婆女。韦固偷窥嫌丑，骂老人。次日让奴袖刀入市中菜行刺之，称刺中眉间。十四年后，娶刺史女，容色华丽，眉间常帖一花子，询，妻答三岁时"为狂贼所刺"，韦固告诉前事，"相钦愈极"，后生一男韦鲲，"为雁门太守，封太原郡太夫人……宋城宰闻之，题其店曰：定婚店。"② 故事化入《西湖二集》等，还进入《月下老世间配偶》《翠钿记》《翡翠钿》《翠钿录》等戏曲中③。这代表性个案说明，民间故事母题与戏曲小说交叉互通。然而，这种重逢，宣扬的是"冥中早定"不容变更，女孩的"娃娃亲"过早，初见还不懂事，相逢也无所谓欣喜。虽然有人指出，这受到佛经故事传译南亚宿命观影响，但华夏确有幼童定亲的婚俗。基于男女平等观念，明恩溥认为这种婚俗对双方家庭都不利："当一个男孩定亲后，他的品性还没有形成，而这种品性却是新娘一生幸福的依托……如果这个男孩成了嗜赌、放荡或游手好闲的人，那么对这个未来的新娘来说，不管以后将面对怎样的生活，她都没有退路。"④

相传在明代，浙江就传着"转世讨债"型故事。湖州凌汉章听长辈讲述：

> 昔曾于一市中见一丐者，形躯长大而凶恶，面颊天生一手掌痕，有十余丐者从之。既去，问于主人，主人曰："此丐姓聂，父聂某，原为司务之官。因早朝，从行吏失携笏板，怒甚，掌打其面，遂仆地死。后家居，

---

① 艾伯华：《中国民间故事类型》，王燕生等译，商务印书馆，1999。
② 汪辟疆：《唐人小说》，上海古籍出版社，1978。汪本补齐了《太平广记》卷一百五十九所引。
③ 李剑国：《唐五代志怪传奇叙录》，南开大学出版社，1993。
④ 明恩溥：《中国的乡村生活：社会学的研究》，陈午晴、唐军译，电子工业出版社，2016。

其妻有娠，忽一白日见前吏入门，径入其室，已而妻生一子，掌痕宛然在面，父已心知之矣。始能言，即有'报仇'之语。比长，日以杀父为事。父谨防之，几被其弑者屡矣。夫妻相议，逃避异乡，不知所往。其子遂纵酒色为非，将家业费尽而为丐云。"①

顾希佳先生曾注意到故事属"转世讨债"型，这也是个"复合故事"，通过前世仇人亡灵不泯，化作冤魂转世与仇人相聚，投胎"索债"复仇。这里的复仇是用"重逢"于下一代作为仇人"败家子"，来耗尽仇家财产的方式实现的。

两浙与江宁接壤一带流传的故事称，"浙民愚而直，江南民巧而儇，而又溪刻驵诈"。据说此地做官，得到好名声很不易。林璐称有朋友讲述：前数年，有个副帅得胜归，带回众妇人中有一美人发誓不从，帅很生气又疑此话真假。布政使丁公前来视察，铁面无私，帅惧，就想以美人奉送。选吉日，诸妇都祝贺美人，市民聚观美人，缙绅与读书人冷言冷语议论。美人至，丁公却不见，安排别院。次日，美人跪拜自述是士人妇，家破身被俘。路上"闻夫存，忍死冀见天日"，边说边哭，"啼痕湿布襦，左右皆泣下"。丁公称赞妇义，表示要表扬"忠孝廉节"，于是派人找到其夫："夫识妇，妇始识夫，遥不得语，隔窗而啼，泣尽而继之以血。"验证了夫妇恩爱深情后，丁公赠给他们路费，命二卒护其舟归乡。江南江北民众开始对丁公都有误解，后来风闻公召其故夫，又闻赐金送行，感激得"人人泣下"。丁公送还士人妇故事，体现了乱世人生中的普遍民俗心理："余始闻而骇，既而疑且信。既而怒，发尽上指冠。既而喜，既而感激，如身其事，喜极而悲。既而大声拍案称快，僮仆卧者皆惊起。"②

有时，"巧缘"置换了占卜预期的环节。如在北方大草原，流传着《三婚嫁一郎》的故事。说民初在绥远（塞北四省之一）的陶林县，盗贼的贼首"干豌豆"派人入宅劫出即将出嫁的新娘田芳（绸缎庄庄主之女）做压寨夫人，田芳中途逃走获救藏山洞后归家，后巧遇改名"黎副官"的未婚夫林亮（大户之子，在省城读书）。未及成亲又遇兵乱，田芳跳河逃生，漂流中又获救于黎副官，成为乱离又二度重逢，于是有了"三婚一郎　天下奇缘"的佳话。后来田芳把搭救自己的干娘接来养老。③

---

①　董谷：《碧里杂存》卷下，转引自顾希佳《浙江民间故事史》，杭州出版社，2008。

②　林璐：《江南丁藩伯还妇记》，载黄承增辑《广虞初新志》卷八，柯愈春编《说海》，人民日报出版社，1997。

③　铁木尔布和主编《察哈尔右旗中旗民间故事》，内蒙古教育出版社，2013。

三、并不圆满："四大民间故事"对重逢不得的真实呈现

然而，号称中国"四大民间故事"的结局，却都不是愉快、圆满的重逢。

牛郎、织女最后没有在凡间世界重聚，他们被王母娘娘划出的银河隔开，每年七夕才有一次"金风玉露一相逢"的短暂相会，其余都只能是"飞星传恨"。施爱东梳理了故事的研究史尤其不足之处，详尽而公允①，看得出连"牛""七夕""瑞鸟""鹊桥"之类小问题都被人反复探讨了，但为何缺少"重逢"入手的？而由此乱离重逢母题视点来看，虽未必能解释牛女传说生成，但与其流传"补憾"有关，问题似在于，如何看待这一年一度短暂的天河重逢？是否可以认为，牛女传说尤其是其结尾，体现出民俗心理对"重逢于人间"缺少信心，面对现实种种无奈，只得以此一年一度——仅仅保持不断念的期待，寄托。宋人称：

> 蔡宽夫记天圣中孙冕载詹光茂妻《寄远》诗云："锦江江上探春回，消尽寒冰落尽梅。争得儿夫似春色，一年一度一归来。"乃知"惟有旧时王谢燕，一年一度到君家"所本。②

一年一度，这是中原农耕社会的周而复始的循环时间，周期一年。原来牛郎织女"重逢密码"在此。传说与诗词所咏暗合，这是否说明民间传统与文人传统的统一？

孟姜女万里寻夫，最后也只是哭倒长城八百里。1924 年，顾颉刚先生曾对《通志》评论《琴操》的一段话发出感慨："这真是一个极阔通的见解，古今来很少有人用这样正当的眼光去看歌曲和故事的。可惜'演成万千言'的《杞梁之妻》今已失传，否则必可把唐代妇人的怨思悲愤之情从'畅其胸中'的稗官的口里留得一点。"③ 但为什么令人惋惜地失传呢？也许，千百年来稳定持续的民俗心理太偏爱乱离重逢、团圆之喜的幻梦了。

梁祝故事的结局是变形的——在另一种生存方式中相聚。祝英台纵身跃入

---

① 施爱东：《故事机变》第五章，中国社会科学出版社，2022。关于"四大传说"之说的知识生成及争议，参见该书第四章。作者可贵地针砭时弊："目前的牛郎织女研究，多数都是'不可靠'的"。"这些论文多数乏善可陈，其种种流弊，折射出整个人文学科研究中普遍存在的诸多问题。诸如重复操作、不尊重前人劳动成果、不合逻辑的材料堆砌、牵强附会、二手三手材料的反复转引，乃至以讹传讹，等等，都在牛郎织女研究中表现得淋漓尽致。""有些真正受到该成果影响的人往往不说明自己所受到的影响；而一些没见过该成果的人，却喜欢拿二手材料冒充原始材料，将原始出处直接标注在论文中"。

② 吴曾：《能改斋漫录》卷八《詹光茂妻寄远诗》，上海古籍出版社，1979。

③ 顾颉刚编著：《孟姜女故事研究集》，上海古籍出版社，1984。

梁山伯墓中，他们阳世间无法重聚，死后化为蝴蝶在一起。

白蛇传故事，最后白娘子与许宣（许仙）也是劳燕分飞，许宣出家为僧，白娘子终归被永镇于雷峰塔底。后世的戏曲、弹词等传扬的白娘子虽温婉顺从、知书达理，却仍被法海降伏，无法与夫君、孩子厮守①。故事属于人与异类爱恋对象结缘的故事，蛇女形象经历了一个演变为美好善良的过程，但这并不意味着女性社会地位也随此提高，而经历了一个先提高再回落的过程②。

祁连休先生指出，孟姜女、梁祝故事均正式形成于隋唐五代，此时期白蛇传故事已有雏形，"足见这个时期在民间传说类型发展史上具有重要的地位"③，但其实较为切近的史料，是在南宋临安、西湖周边形成新的文化中心之后了。从与英伦三岛济慈（1795—1821）《拉弥亚》溯源、比较中丁乃通先生认为，女妖诱惑及抵挡这种诱惑的宗教说教，应追溯到南亚《故事海》、佛本生故事与佛经传译本《大藏经》，经由古希腊传入欧洲，济慈笔下蛇形的拉弥亚："在还没有被现代制度污染的世界里，蛇并不是罪恶的象征，她虽是半人半蛇，但却不是中世纪恶魔的后裔，因为她不仅善良而且'高度灵感'。"④因而丁乃通先生所主张的，故事在中国起于南宋西湖名胜说唱艺人、冯梦龙集拢记述的说法，较有说服力。因而多文本中的白娘子，虽然不同程度地多情、富有人情味儿，有时得到赞扬，在有的文本中得到更具有反抗精神的小青（青蛇）帮助，但拒斥"女蛇妖"诱惑的基因一直保存，最终还是难于团圆。当然这也与蛇崇拜地区及其浓郁的佛教氛围有关。

中原文化的四大传说，还以大同小异的方式向周边传播扩散。如孟姜女故事在毛南族、壮族传说中女性人物就开朗直爽，对待爱情大胆主动⑤。牛郎织女传说在朝鲜族民间故事家这里，小鹿取代了老牛，功能则一，"据说养鹿的习惯就是这么传下来的"⑥。

因而，上述四大民间故事的人物关系结局处理，是悲剧性的，或许也正是不约而同地对乱离重逢、大团圆模式的思考与超越。

---

① 冯梦龙：《警世通言》卷二十八《白娘子永镇雷峰塔》。但有的地方民间文艺作品试图弥补些许遗憾，如欧达伟指出的河北正定小戏《白蛇传》："演出了一个在中国家喻户晓的神人爱情传说。仙女白娘子留在人间，直到为丈夫许仙生下儿子。整个小戏着力刻画他们的相爱、结婚、被拆散、再团圆，以及命定离别的遗憾。"参见欧达伟：《中国民众思想史论——20世纪初期—1949年华北地区的民间文献及其思想观念研究》，董晓萍译，中央民族大学出版社，1995。

② 王立、刘莹莹：《试论白蛇传故事的嬗变》，《辽东学院学报》（社会科学版）2005年第5期。

③ 祁连休：《中国古代民间故事类型研究》中卷，河北教育出版社，2007。

④ 丁乃通：《高僧与蛇女——东西方"白蛇传"型故事比较研究》，载丁乃通：《中西叙事文学比较研究》，陈建宪、黄永林等译，华中师范大学出版社，1994。

⑤ 过伟：《孟姜女故事在少数民族中的变异》，《民间文学论坛》1986年第6期。

⑥ 贺学君：《中国四大传说》，浙江教育出版社，1995。

第八章
重逢后对人物命运的反思及不能重逢

久别重逢的情感纽带，有伦理传统强固、情感陶冶的功能。徐公持先生指出："文学创作需要动力，其动力就是作家的内心激情。人类最强烈的内心反应，莫过于面对灾难和死亡的恐惧悲哀，救赎或抗争。……文学家作为时代的先觉，精英分子，他们中多数人的思想比较敏锐，也拥有较多的正义感和同情心。他们面对着衰世的现实，体验着身边的灾祸，目睹社会的破败和民众的苦难，内心激发出强烈的忧患意识和悲悯情绪，'悲天悯人'成为他们的基本情绪指向。悲情充满心田，激励他们从事悲情文学创作。"① 悲悲喜喜，母题的审美内核与情感趋向在悲凉、凄楚、沉郁，是"以悲为美"的民族审美传统为主导，从中品味坎坷的人生之旅况味，而不在于那短暂的重聚之喜。从宇宙人生来说，"欢乐极兮哀情多，少壮几时兮奈老何"！重逢是暂时的，而离别则是恒久的。

一、重逢与生命历程、生存状态及习俗

伴随着时代的变化，人们对离别重逢母题所昭示的意义已有不同层面的理解。离别，或许是生命历程的完善，而重逢又或许是痛苦生活的开始。

首先，在有限的生命面前，亲人离散是会成为次要的。李汝珍《镜花缘》写内心想要入山修道的唐小山（遵父命改名"唐闺臣"），而颜紫绡偏要跟随，小山只得以回家寻父为名，搪塞愿同行的女剑侠，而这颜紫绡的回答：

> 闺臣听了虽觉欢喜，奈自己别有心事，又不好宣言。踌躇半晌，只得说道："虽承姐姐美意，但妹子此去，倘寻得父亲回来，那就不必说了，设或父亲看破红尘，竟自不归，抑或寻不着父亲，妹子自然在彼另寻一个修炼之计，归期甚觉渺茫。尚望姐姐详察。"紫绡道："若以人情事务而

---

① 徐公持：《衰世文学未必衰——以魏晋南北朝文学为中心》，《文学遗产》2013 年第 1 期。

论：贤妹自应把伯伯寻来，夫妻父子团圆，天伦乐聚，方了人生一件正事。但据咱想来：团圆之后，又将如何？乐聚之后，又将如何？再过几十年，无非终归于尽，临期谁又逃过那座荒丘？咱此番同你去，却另有痴想，惟愿伯伯不肯回来，不独贤妹可脱红尘，连咱也可逃出苦海了。"闺臣忖道："怪不得碑记说他'幼谙剑侠之术，长通玄妙之机'，果然竟有道理。"连忙说道："姐姐即如此立意，与妹子心事相合，就请明日过来，以便同行。"①

在迟早到来的死生大限面前，人们的寻亲团圆居然显得不是那么重要了。唐小山也不禁更向仙道长生的召唤认同。而从"以悲为美"的汉魏六朝以来，虽然推重"曲终奏雅"，但抒情文学中还时时忘不了"乐极生悲"②。

对于已婚女性，若没有坚持等待那久别不归的丈夫，可能有严重后果，并非都是皆大欢喜的结局。然而，事实上不同时代、地域对妇女改嫁，舆情对不同的社会阶层，反应也是不一样的。史家认为穷丈夫可容忍改嫁，然而"同样的事情对于一个缙绅中人就变得不堪忍受了"③。《敖东谷》（敖英，字东谷）的故事写，他壮岁时因踢死皮工，逃入宁州。年久，妻议改嫁，偏就在迎亲到门，东谷突归，突然的"重逢"冲散了妻再嫁之事。有人作诗云："伤心鸳侣乍分行，鸿断鳞潜十五霜。归马不随今夜月，桃花应向别园芳。"回家重聚令人不快，而经济条件限制了另外的选择："东谷念家贫难娶，隐忍与居，连生二子。公既贵，竟衔其结发欲背己，而改适为南京主事时，不挈以自随，乃于留都纳次室，极巧慧，善承事，公甚嬖焉。然卒无子，而子皆正室所出，不教以诗书，及长，但事生产作业。公著《绿雪亭杂言》，尝病朱买臣事，盖亦有为而发者。"④ 敖东谷指责朱买臣"出妻"，其实明代民间与汉代风俗已有很大的不同，但缙绅之家秉承的儒家宗法伦理往往并无太大改变。

其次，重逢巧相认之后，彼此都可能会经历不可预知的周折、麻烦，呈现出"好事多磨"的寓意。《八洞天》卷二写前妻变后妻、继母成为亲母的传奇故事，具有代表性。说明朝嘉定县一妇临终用闵子骞后妻虐子的典故，叮嘱丈夫善待幼子。其夫感其词意痛切，终身不续娶。作者认为，继母难于被接纳，也有自身苦处，而能尽孝于继母更难。故事以唐肃宗时代为背景，讲楚中房州

---

① 李汝珍：《镜花缘》第九十四回《文艳王奉命回故里 女学士思亲入仙山》，上海古籍出版社，1990。

② 王立：《百代中国文人的心灵悲剧——中国古代文学"乐极生悲"主题初探》，《中国文学研究》1990年第2期。

③ 赵轶峰：《儒家思想与十七世纪中国北方下层社会的家庭伦理实践》，《明史研究》2001年第4期。

④ 蒋一葵：《尧山堂外纪》卷九十五《敖英》，中华书局，2019。

官人辛用智，曾为汴州长史。妻孟氏只生一女端娘，秀丽通诗赋。父母择婿同乡的长孙陈，婚后琴瑟和谐。但长孙陈连试不第，后以选贡任武安县儒学教谕，携妻儿同赴任所。遇史思明作乱，守将弃城，长孙陈即将县印系臂上，驱车携眷逃难，妻辛氏为免牵累夫与子而跳井。

长孙携子胜哥逃难中看到缉捕榜文，转投岳父阆州刺史辛公。途得老妪留宿。主妇季氏称先夫姓甘，胜哥病，引甘母之女秀娥同情。先是，秀娥被占卜当为贵人妻，"雅重文墨"的她偷觑，"一见了长孙陈相貌轩昂，又闻他新断弦，心里竟有几分看中了他"，听他对胜哥语中伉俪情笃，料非薄幸者，甘母也有请客入赘之念。无意中闻客是"失机的官员"，便速请侄儿甘泉来转达美意，长孙想先殓葬亡妻，往家岳商议脱罪复官，甘母允。长孙便留金簪权为聘礼。婚议定，长孙化名孙无咎，由甘泉代为办路引，而把胜哥留下养病。长孙陈途知岳父阆州辛老爷已钦召入京，因无阆州打回路引，进退两难。客店中遇被难、生病的官员——同乡好友孙去疾，孙提出可顶替到夔州赴任，因严节度未谋面，衙役又都被杀，而自己则顶了孙无咎名（孙去疾之弟），上任时同往夔州就任，假孙竟冒真孙。严公试才，即席命题赋诗立就，疑难公事断决如流。于是殓葬辛氏，迎胜哥并请甘母、秀娥来任所成婚。私衙中设辛氏灵座，而甘氏对胜哥不比先前亲热。

辛氏因巧遇赴任之父而获救，蒙召同赴京。而长孙陈则因"甘氏难中相识，又美少而娇"，有些惧内。胜哥渐长思念亲母，与继母关系不免有变。五年中甘氏生子女各一，甘母病亡，甘氏哀痛一病不起，而甘氏也更理解胜哥之痛，临终嘱其看顾幼弟幼妹。唐律：凡文官失机，有军功可赎罪。值山寇发，长孙同往遣征，代谋划设伏奏凯，旨下，准复原名，升授工部员外。前岳父辛用智在京为左右拾遗，知女婿未死，夫人女儿大喜，暗悉近况。长孙陈上任后即携胜哥来辛家，父子哭拜于地，辛公夫妇也悲喜交加。问知续弦又断弦事，辛公称一侄女年貌与亡女仿佛，征求贤婿续姻意见，称誓不再续，辛公夫妇仍为其纳聘迎娶。新人拜堂，如同一幕悲喜交集的公堂会审。说新人不肯拜，称前妻辛氏灵魂附体，众人大惊：

> 辛氏挥手道："且休哭，你既哀痛我，为何骨肉未冷，便续新弦？"长孙陈道："本不忍续的，只因在甘家避难，蒙她厚意，故勉强应承。"辛氏道："你为何听后妻之言，逐胜儿出去！"长孙陈道："此非逐他，正是爱他。因为失欢于继母，恐无人调护，故寄养在孙叔叔处。"……辛氏道："这都罢了！但我今来要和你同赴泉台，你肯随我去么？"长孙陈道："你为我而死，今随你去，固所甘心，有何不肯！"胜哥听说，忙跪下告道："望母亲留下爹爹，待孩儿随母亲去罢！"辛氏见胜哥如此说，不觉

堕泪，又见丈夫肯随她去，看来原不是薄情的。因说道："我实对你说，我原非鬼，我即端娘之妹也。奉伯父之命，叫我如此试你！"……辛氏又道："伯父吩咐教你撤开甘氏灵座，待我只拜姐姐端娘的灵座！"长孙陈没奈何。只得把甘氏灵座移在一边。辛氏又道："将甘氏神主焚化了，方可成亲！"长孙陈道："这个说不去！"……却又碍着她是辛公侄女，不敢十分违拗。只得含着泪，把甘氏神主携在手中，方待焚化。辛氏叫住道："这便见得你的薄情了。你当初在甘家避难，多受甘氏之恩，如何今日听了后妻，便要把她的神主焚弃？你还供养着。你只把辛氏的神主焚了罢！"长孙陈与胜哥听说，都惊道："这却为何？"辛氏自己把兜头的红罗揭落，笑道："我如今已在此了，又立我的神主则什？"长孙陈与胜哥见了，俱大惊。①

在男性为中心的社会中，夫妇久经离散后"重逢"，严格来说，实有个不可或缺的前提，就是夫妇双方，都需要持续钟情于对方，不再续娶（或妻改嫁），这样的"虚位以待"方可能在重逢后，恢复到旧日伦理位置上。否则，就会出现《反芦花》中那种悲剧。因作为丈夫的一方"别娶"更为容易。

努力、尽量不造成亲人尤其夫妻别离的苦况，这一点也在天才作家思虑的范围之内。例如，较有同情心的地方官，就是以不拆散百姓伉俪——棒打鸳鸯，作为仁官之己任。张岱（1597—1689）曾状写善良的官员"中官毁券"之举，场面很是感人："梅国桢知固安，有中官操豚蹄为飧，请征债于民。国桢曰：'今日为君了此。'急牒民至，趋令鬻妻偿贵人债，伪遣人持金买其妻，追与偕人，民夫妇不知也。桢大声语民曰：'非尔父母官立刻拆尔夫妻，奈贵人债，义不容缓；但从此分离；终身不复见矣！容尔尽言诀别。'阳为堕泪。民夫妇哀恸难离。中官为之酸楚，竟毁券而去。"②离散人家伉俪，使之天各一方，这被认为该是多么残忍。有基本生活经验的人都能体会，在这一伦理场域下"夫妇哀恸"场面激发官员的恻隐之心，事情出现转机。

重逢故事结尾全都皆大欢喜吗？未必。乱离重逢母题众多的"现成答案"，有时不免成为对人生悲剧苦痛的消解。清末小说还注意揭示，在无所不在的礼教文化氛围中，男女情侣有限的、宝贵的重聚，可能因"心中贼"在暗中作梗，而成为那种令人抱憾、并不欢愉的重聚。钱塘人严蘅（1825—1854）的《女世说·某王孙》，写嘉庆年间一对贵族青年男女相爱，相思成病，侠义丫鬟杏儿冒险将青年带入闺房，但怨女痴男却又为礼教束缚，两人低

① 五色石主人：《八洞天》卷二《反芦花·幻作合前妻为后妻　巧相逢继母是亲母》，书目文献出版社，1985。

② 张岱：《夜航船》卷七《政事部》，中华书局，2012。

语叙谈至天明，竟然毫无超乎礼仪的亲昵之举，离别时青年将自己的红纱巾藏在少女枕套里。然而，十多天后少女离世，至死竟不知青年送给自己一条红纱巾。闻此憾恨终身之事，青年也抑郁而死，杏儿自尽。

老舍指出："不管讲什么故事，必须把故事放在个老套子中间。《秋胡戏妻》《武家坡》《汾河湾》，都用同一个套子，人民并不因为缺少变化而讨厌它们。这样办，不是偷懒，而是给作者自己找麻烦。""套子是可以活用的。可是在能活用之前，你须有充分的准备。你能从旧套子里翻出新花样来，可是你不能无所凭借而独去冒险……"① 这里提到的戏剧作品，共同的模式是"远行之人归乡——与妻子重逢前的波折"。元杂剧石君宝《秋胡戏妻》，本于汉代刘向《列女传》老故事："洁妇者，鲁秋胡之妻也。既纳之五日，去而宦于陈，五年乃归。未至家，见路傍妇人采桑，秋胡子而说之。下车谓曰：'若曝采桑，吾行道远，愿托桑荫下餐，下赍休焉。'妇人曰：'嘻！夫采桑力作，纺绩织纴，以供衣食，奉二亲，养夫子。吾不愿金，所愿卿无有外意，妾亦无淫泆之志，收子之赍与笥金。'秋胡子遂去。至家，奉金遗母，使人唤妇至，乃向采桑者也，秋胡子惭。妇曰：'子束发辞亲往仕，五年乃还，当所悦驰骤，扬尘疾至。今也乃悦路傍妇人，下子之粮，以金予之，是忘母也，忘母不孝。好色淫泆，是污行也，污行不义。夫事亲不孝则事君不忠，处家不义则治官不理。孝义并亡，必不遂矣。妾不忍见子改娶矣，妾亦不嫁。'遂去而东走，投河而死。君子曰：'洁妇精于善。'夫不孝莫大于不爱其亲而爱人（别人），秋胡子有之矣。君子曰：'见善如不及，见不善如探汤。'秋胡子妇之谓也。《诗》云：'为是褊心，是以为刺。'此之谓也。"② 远行多年的秋胡认不出妻子，重逢未能相认，还当作路柳墙花调戏，令妻绝望，以致后起之作要改写这个不幸的结局。

《武家坡》为京剧剧目《红鬃烈马》的一折，取自鼓词《龙凤金钗传》。演薛平贵在外十余年，归途在武家坡前巧遇王宝钏，对面相逢宝钏不识平贵。平贵借口寻人、讨债来试探宝钏节操，被斥，平贵隔门诉说十八年经历得宝钏确认，夫妻团聚。《汾河湾》（又名《丁山打雁》《仁贵打雁》等）也是京剧传统剧目。该剧讲述仁贵投军后，妻柳迎春生子丁山，每日射雁养亲。仁贵功成探妻行至汾河湾，恰逢丁山打雁，赶上猛虎突袭，薛恐伤之，拔袖箭时不意误伤丁山。至寒窑夫妻相会，历述别后情景；薛忽见床下男鞋，疑妻不贞，柳言儿子丁山所穿，薛始恍然，始知所射死的正是儿子，重逢只剩下不尽的悲

① 老舍：《制作通俗文艺的苦痛》，《抗战文艺》1938 年第 2 卷第 6 期。

② 王照园：《列女传补注》卷五，华东师范大学出版社，2012。参见郭茂倩《乐府诗集》卷三十六《相和歌辞十一》，中华书局，1979。

伤。故事取自《说唐征东全传》第四十一回①。

再次，男女定亲的，在遭遇一番周折、磨难后重逢，彼此情谊一般会更加牢固。西晋张华《情诗》即深有体会地道出了一个别离情感的副产品，就是使得离散双方的情感，在时空"远"（久）的延展中达到价值升级："不曾远别离，安知慕俦侣？"别离坎坷磨难，也锤炼了情侣的感情纽带。天花藏主人《飞花咏小传序》曰："金不炼，不知其坚；檀不焚，不知其香；才子佳人不经一番磨折，何以知其才愈出愈奇，而情之至死不变耶！"这些曲折磨难仿佛成了情感的催化剂、润滑剂，而突出这些就成为情爱执着表现的内在逻辑。

俞樾（1821—1907）《耳邮》写京师什刹海烟袋斜街的山西刘香珠，自幼许配给同乡黄某。黄经商在外杳无音信，家道中落的香珠流落烟花。黄某携数百两银子回乡寻旧，这也是晋地乡俗。不料被旅店主引诱冶游青楼，却与妓女秀兰（香珠）特别投缘，银子用光将被逐，两人就托言看庙会而行私奔之旅。巧得很，在京郊良乡一老妪家，黄某、秀兰竟被亲戚认出："妪熟视曰：'汝非山西黄某欤？此女其刘家香珠欤？'叩妪姓氏，乃黄之从母，而刘女幼时呼为干阿奶者也。于是始知秀兰即香珠。妪为点花烛，具鼓乐而成夫妇。"② 故事关键在"秀兰即香珠"的天佑之巧。小说正是合情合理地写出了一个众所认可的"缘"。试想，在异邦他乡，意外地见到自幼定亲的心上人，怎不格外亲近？老妪的成人之美，也能得到读者的会心庆幸，这其中何尝没有重逢愿景的潜意识取向！

民间有以丐婆为母，替代早已不在的生母，实现母子团聚痴愿的故事。清末新闻画报报道，兴宁县菜贩李甲挑菜担经过城门口，见一个老婆婆蓬头垢面。李甲心生恻隐，就上前探问，知这老婆婆因病无法上街行乞。李甲很同情她，就对她说："我家粗茶淡饭总能一饱，不如跟我回去吧。"这对于老婆婆真是喜从天降，而实际上也满足了李甲不能侍奉母亲的遗憾。李甲把老婆婆衣食安排得都很周到，老婆婆很感激，他却说，自己从小失去双亲，一直很羡慕有母亲的人，你就把我当儿子吧③。图画《谓他人母》的题目，来自《诗经·王风·葛藟》："绵绵葛藟，在河之涘。终远兄弟，谓他人母。谓他人母，亦莫我有。"程俊英教授译文为："离别亲人到外地，喊人阿妈求帮忙。阿妈喊

---

① 佚名《说唐三传》又写后来丁山被救活，七年后母子重逢。据丁山说："母亲，孩儿那时射雁，误被父亲射死。王敖师父，即差虎衔去，救活性命，在山修道。今日师父命孩儿下山，与我十件宝贝，说圣上被围锁阳城，父亲被飞镖所伤，无人往救。目下长安挂榜求将，孩儿要往长安揭榜，领兵前往西凉，救父要紧……"见该书第十七回《赠宝薛丁山下山　柳夫人母子重逢》，江苏古籍出版社，1996。于是，小说第二十二回写薛仁贵父子重逢。

② 乐钧、俞樾：《耳食录 耳邮》，岳麓书社，1986。

③ 吴友如等：《点石斋画报·大可堂版》，1892年，上海画报出版社，2001。

得连声响，没人亲近独悲伤。"

　　更有甚者，巧逢貌似亡妻之女，娶作替身。说东莞人张某与妻汪氏新婚美满，不料数月后，汪氏染重病，临终遗嘱：我和你情缘未尽，来世再为夫妇。汪氏死后，张某把她的照片随身携带，时时缅怀。几年后，张某到江西教书，偶遇一女子与亡妻酷似，就托人求婚。成亲后，那女子的言谈性格竟都与亡妻汪氏一模一样。见过汪氏的人见了新夫人，都不禁啧啧称奇①。这种"重逢"，其实也是一种理想的愿景，希望能部分地补偿"永失我爱"的缺憾吧。

二、主动出走与另类衣锦还乡

　　山东历城（济南郊区）人解鉴（1800—?）《益智录》是较新发现的仿聊斋作品残稿，20世纪末被整理出来。作者"生平慕蒲留仙之为人"，生活经历与蒲松龄也颇相似。其中一篇写广西临桂人董二晕，名字得于"其性无定、行无恒，行二"的性情评价，其实这也是齐鲁农耕社会"安土重迁"习俗，对不那么重视守成、稳定的其他地区人的印象。董二晕不是通常的"贫为农家佣"，他善良、机灵而有侠气。一晚有贼匿在董主人家的席子中，董能体谅并以热酒招待，对饮后纵之。由此展现出这一普通人那曲折、不稳定的人生际遇中经久不变的善良。董二晕的特殊品质：

　　一是，同情心、同理心，同情弱势群体的践行侠义。某夜董见贼又挖开主人的屋墙，即"越权"拽入己屋，认出还是先前那个王姓贼，问知是因主人刻薄才窃之，顿时"义之"而再次放走。

　　二是，企图用赌博改变命运，导致离开家乡。此时尚年轻的董二晕不善于自律。天气渐冷，妻祝氏给董送来棉衣，董却赌输了衣。妻出钱令赎回，董却因又输失衣而惭愧出亡。此后妻生一子，忽闻窗外人呼董二兄，祝氏告知不在，其人答曰是有一面之交的王姓贼，留下窃来的银子分其半奉嫂为日用。待多时，祝出视果然见银。此后王某屡以物赠，勤俭的祝氏得助，六七年后日子渐渐殷实起来。

　　三是，劳碌、奔波与传奇细节交错的命运。细看董二晕的生活经历，也是一直在谋生的奔波、煎熬中。在他入赘苗家后波澜又起，既回应到了故事开头的赌博输钱，惭愧出走，又引发了新故事。

　　董二晕这一走却经历了三次出走，流浪异乡并不期然地另建新家。他主动出走，靠的是年轻有技艺、有力气，还与后来的两个妻子分别生了儿子。董二

　　①　吴友如等：《点石斋画报·大可堂版》，1892年，上海画报出版社，2001。

晕有踏实肯干、乐于助人的优点，又有普通人常有的小毛病。他从一抖机灵（赌博）就出岔子，逐渐成长为守本分，有底线，重视后代教育的人。

董二晕首次出走，是从广西临桂远至贵州，他凭借为人帮工和木工技术生存。因助推小车他随苗某到其家，苗急需木匠，幼习木工的董便得到雇用。半年后苗与妻都看中了董某诚实（似也包括治生的一技之长），招赘为婿。但进入小康的董二晕那不良嗜好——赌博的老毛病——又犯了，赌输得家中一空，惭悔中失手又将右脚小指伤去。一天吵架，他赌气说出悔当赘婿"仰食裙带失丈夫气"的发泄，夫妻龃龉后竟真的失踪了。董本是负气出走，途中自感懊悔却又耻于自返。这次出走也是与妻不告而别，离开了故土。小说这里镶嵌了一个特殊的"重逢"，即王姓贼与对董家这个恩主的报恩——与这个家庭"重逢"，来资助董家母子，加上董妻勤俭，才由温饱到殷实。后来这孩子读书有成且当了县宰，赖此保障，而实来自董当年"义纵"的结恩。

第二次出走董二晕流浪到四川秀山，为佣菜翁家，自称姓苗。菜有义女（非亲生），慧眼识人，却没有弄神弄鬼地制造故事暗示理由①，而实实在在地私下对父说："吾家苗姓短工似非常为短工者。"看来内在精神、气质总是会外露，菜闻此即托媒，以女嫁之。因菜翁一直担心择嫁不如女意，惹其"非亲生"孩子埋怨，误会女属意于董——也可能真的，众佣比较中有所选择；而女则基于养女身份认为养父之命不宜违，于是水到渠成，"诚天缘有分也"。因女母本系继娶，子女皆非其出，故母亦不时暗助，渐渐家业有成。子苗云祥天资明敏，入泮后娶妇，董觉得际遇很圆满，忽忆念嫡妻，就借口出游而归。

第三次出走，其实是为亲人所系，回到远方的家乡探望。此次夫妻重逢，也是父子首次相见，一家团聚。抵家，董二晕就见一华服少年出来，欲言，已走过。忽一老人（神仙抑或者地方长老）指董曰："汝父来矣！"董妻出见之曰："果尔父。"小说把人生久别坎坷中的幸运团聚推向高潮，更写出了通信不便时代中的周折、误会和侥幸，透露出游子离乡后无刻不对家人系念在心：

> 董外出二十五年，一朝团聚，乐何如之。妻历言家事，知子吉祥已入泮，喜甚。……适邻庄有中乡试者，姓梁。董同庄人赴贺，见壁粘四川题名录一纸，上列苗云祥之名，大喜。梁问之，董曰："此小儿。"梁暗哂之，以为姓且不同，安得为子？董言于妻子，妻子亦妄听之。董之归也，会妻菜氏所生之子苗云祥赴乡试。中式归，不见父，……年终无耗。比春正，菜氏谓子曰："汝父必回籍矣，可赴临桂访之。"云祥如临，访之数日，并无苗姓人家。一日，过梁孝廉第，知为新贵，遂进谒之，同年之

---

① 王立：《论古代通俗小说中的"睡显真形"母题》，《齐鲁学刊》1996 年第 1 期，中国人民大学《复印报刊资料》J2 专题 1996 年第 5 期转载。

谊，倍笃常情。苗自道为寻父到此，且以之询梁。梁曰："敝处无与君同姓者。"忽睹壁间题名录，忆董言，曰："有一人或知之，君可亲问之。"遣家人请董，曰："汝谓有秀山客在此，请渠光陪，渠必至。"梁家人语于董，董谓妻子曰："吾子来矣。意其既中举，必来寻吾。"妻子尚有疑心。既而，董与云祥至。令其衣冠朝嫡母、拜兄长，举家始大喜，肆筵作贺。数日后，云祥请父同回秀山，吉祥母子不欲。迟延月余，云祥与父谋，乘夜暗归。吉祥知之，遣人追回。爰是不欲父出游，即出游，必使人伴之，并将云祥车马行装掩藏他处，云祥欲自归不得也。①

"家"的一方留住主人公不让回乡、并监视着，这与归来者的偷跑，都属于让人理解的人之常情。应该说，这也是亲人们实在被离散搞怕了，担心再次发生这家庭破碎惨剧，是一种"预防机制"使然。

作为儿子的苗举人不得已，通过临桂县令苗公来干预，看来中举后已有对话基础。苗公问明，董吉祥、苗云祥分别是董二晕的嫡妻与另娶之妻所生，姓董、姓苗的原委，不便细禀。在一夫多妾的时代，这也是无可厚非之事，但举人显然是受保护优待的，举人父更要优先。县令问起董老爷的愿望，董回答愿来往由己，苗云祥愿奉亲归秀山，又担心弟不送回，愿依弟奉养的时日，也奉养二十五年再送回。人心向善，民风淳朴如是；而官员也通情达理，与人为善。《益智录》中的《于娼》写地方官叶公断案"以不忍人之心，行不忍人之政"；《余母》写历城县令于孟侨"性情古朴……政事一以慈惠于心，有杜母之风，民因呼余老娘云"。《后汉书》本传载南阳太守杜诗："性节俭而政治清平，以诛暴立威，善于计略，省爱民役。造作水排，铸为农器，用力少，见功多，百姓便之。又修治陂池，广拓土田，郡内比室殷足。时人方于召信臣，故南阳为之语曰：'前有召父，后有杜母。'"② 看来，为官吏有人情味儿，民间口碑恒久，也为作者向往和期待。

传主的大致经历如下表：

---

①　解鉴：《益智录》卷十一《董二晕》，人民文学出版社，1999。
②　范晔：《后汉书》卷三十一《杜诗传》，中华书局，1975。

表 8-1

地点	家庭	所获评价与出走、分别原因	儿子情况	结局
广西临桂	与祝氏（嫡妻）不告而别	赌输，"惭出亡"	长子董吉祥	夫妻重逢，父子相认，同父异母兄弟相认
贵州	入赘苗家，从苗姓	"董某诚实，吾欲赘之，以为终身之靠。" 悔入赘"失丈夫气"	次子苗呈祥（后复姓董）为临桂邑宰	夫妻、父子重逢，同父异母兄弟相认
四川秀山	娶莱氏，二十五年后返乡探望	"似非常为短工者" "董娶女后仍理匠事" "兴念嫡妻"艰难	三子苗云祥，中举	同父异母兄弟相认

其实小说主人公也是一直在谋生的奔波、煎熬中。故事到此波澜又起，回应到了开头。不要忽视了家乡临桂县令母亲的关注：县令母问知姓董者年纪、面貌，提示儿子察看这董老爷子右足是否无小指，这一"身体特征"印证，称得上是众多离散者之身份证明的细节之一①。又因明清时代是异地做官，这才有了贵州生的次子偏来广西做官，得逢认亲机会，"即汝父"。于是，县令遵母嘱设计让董换靴，右足果无小指，母也急不可耐地"穴窗窥明是汝父"，公急遣人请父兄来，赔罪叩拜，董不胜惊骇之时，苗夫人笑着走出，指县尹说"君去三月生此子……"董大喜，遂详述赘苗事。此时当年的王某正犯案被押，不几日也放了出来。此时细心的读者会体察，当年导致离散的小夫妻争吵，原来发生在女主人怀孕期间，情绪不稳定，过后一直在牵念着。

也许是为了增强故事的真实可信性，作者明确了"纪实文学"的性质："此吾徒刘元吉闻而言之。谈此事者即临桂人，与董公同乡焉。"故事体现出浓浓的亲情与持守的责任心。

角色，是社会期待与主观理想的结合。董二晕的社会角色是工匠，他"幼习木工"，因而才被主人看重，被主人女儿注意，细心看透不是一般的被雇佣者。举凡手艺，或专精一艺时有创新，或以一举三，艺多不压身，大都是渐趋精湛，老而愈工。《益智录》这本小说集卷二《应富有》一篇称赞收入不丰的

---

① 王立：《传统文化中人文情怀的真切展演——宋元时期的"乱离重逢"母题》，《山西大学学报》（哲学社会科学版）2021 年第 3 期。

塾师："夫设帐谋馆，……得局如田禾之逢雨，失馆似秋草之经霜，天下事未有苦于此者。而有性鲠直，不屑烦人代谋……"作者对技术工作及其个人的投入、辛苦，在本篇中也报以充分的尊重，主要还是侧面描写，用其他人的反应来呈现。

一者，践行平凡的侠义精神，平等地尊重、善待所遇到的人，也保持自己的人格自尊。如同文末作者的评议和宣示讽世用意："执草窃而释之，依然以梁上人为君子之意也；以仰食妻室，每乾纲不振，因而他适，是未失丈夫之气也；后复娶妻生子，家成业就，若可终身，乃念及结发，弃之而归，是能笃夫妇之伦也……世之藐视人者，已多可藐之事；藐人益甚，则己之可藐益著。犹日事徼讦（揭人阴私）以为知直，恶能免名贤之所恶也！"

二者，强调文学的伦理建构功能。在小说的文学图景中，小偷小摸可以被侠士宽谅、同情，独子也可以在母亲抚育下，通过努力求学中第并为官一方。实现了理想中的随社会发展人人自食其力，正如咸丰六年（1856）作者自序言诸子百家各言之成理："其中有小说者，出于稗官野语，闾里小知，亦弗废也。……事关劝惩，有足裨乎世道人心者……"这看法早于梁启超半个多世纪，且践行于创作。

三者，重视下一代教育的观念，也是董在成长过程中不断清晰强化的。在贵州苗家时，他痛心于失去小脚趾，"身体发肤，受之父母，不可毁伤"，反思自己没有戒除"赌"的不良嗜好，"惭悔交深"，进而激发不愿"仰食裙带失丈夫气"的自尊和上进心。尽管说出了过分的气话，但作为"他邑人"女儿的苗氏少妇，非常理解，只是回答："君既有悔，从心所欲可也。"也不强求。到四川时家业有成："董居诸有成算，唯子苗云祥读，省费不计。""成算"即"胸有成算"，郑观应《盛世危言·商务》："各口进出货物盈虚，以及市价涨跌，庶胸有成算，不为租客所欺。"董二晕把自己成长中的体会，化为对下一代培育的坚定安排，不计成本。云祥后来的乡试榜上有名与此有关，而传记体故事在写法上也前后、显晦地暗相呼应，针脚绵密。

一个乡村无产者如何运用脑力和体力？传记故事展现了一再试错，到凭借手艺、苦干，增强自信的普通人的成功，当然也离不开区域社会的安定与基本秩序保障。虽然相信"人治"的人性化，毕竟民事纠纷"扁平化"管理，决策层、操作层一体化，减少中介以增效。作品核心在于展现工匠——凭手艺吃饭的劳动者——具有相对自由的流动空间，地方官悯惜百姓，为政宽容，在权力允许范围内体察民情。而他是从广西到贵州，又到四川，而避开了两湖和江浙，恐怕也与当时战乱有关。

在解鉴的小康理想憧憬下，许多事情变得简单而易于近乎情理。不言自明的是，主人公"董二晕"其实真是个不糊涂之人。再读全文，小说结尾评议：

"董公名晕，晕而不晕也"的卒章显志，也在期盼着家庭的和谐团圆，前提条件是个体努力后的苦尽甘来。

《益智录》在基本成稿后竟博得了二十余篇序、题词等，这些"副文本"之多当然与久得不到刊行有关，但共同感受集中在小说的社会意义："尤篇篇寓劝惩之意，凡无关世道人心者，概不诠录"（黄轩甫序）；"著书有裨于人心世运如解君者，则诚可贵矣"（郑锡麟题）；"至若布局之密，造句之工，运笔之妙，应浓以浓，应淡以淡……吾愿阅是卷者，勿泥乎其事而取其文，勿仅取乎其文而原其心也"（王廷槐序）。这些评价也适用于写普通人的《董二晕》一篇。

因此，故事有些理想化，在于宣扬：善待他人，用善意的心理来揣测他人，社会也回报以善意。

三、重聚的艰难：灾荒、贫困与人性异变

当然，久别重逢及如何重逢，与社会人文生态有关，包括风土民情、社会规则、婚姻制度等，有着较为突出的时代寓含。但在外地的江湖空间中也存在许多难以预知的不利因素，造成亲人后来彼此未必重逢或算不上是圆满的重聚。

离乡外出者如一旦进入法外之地，佛寺、道观、山寨、海岛等，至少有三个危险：一者，是饿死或半路上被谋害；二者，是进入庙宇道观而留住，未必再能自由出来；三者，就可能死在了这些带有封闭性的空间之中。就如同《水浒传》中十字坡开黑店的张青，嘱咐孙二娘"三等人不可坏他"，其中就有"急难之人"，往往不应在黑店猎取范围之内。而又如同《水浒传》中鲁智深那样，佛寺收留外来的孤身客人，剃度为僧，也是僧人队伍扩充的主要渠道之一[1]。这就带来一个问题，就是那些进入佛寺（道观等）多年，业已游离于世俗社会之外、心如古井的离乡别亲者，是否还愿意重新回归故里与亲人身边？而且由于他们属离开故乡多年的"他者"，一旦回乡，是否还存在着家族遗产（或遗产）如住房田地等重新分配的问题？是否亲情的温馨，能冲淡现实利益驱动的诱惑？

无可否认，现实世界之中，大多数是别后难以重逢，很可能对面不能相识；有的即使找到、相认了，也未必真的还能团聚。如《明史》载录的两则孝子寻亲事，即分属这两种情况。首则载云南太和人赵重华，七岁时其父赵廷

---

① 王立：《武侠文化通论》第三卷第五章《十字坡黑店与小说戏曲中的江湖文化》，人民出版社，2017。

瑞游江湖间，久不返乡里。重华长大后，拜谒郡守请得"路引"便外出寻父：

> 榜其背曰："万里寻亲"。别书父年貌、邑里数千纸，所历都会州县遍张之。西祷武当山，经太子岩，岩阴有字曰："嘉靖四十四年（1565）十二月十二日，赵廷瑞朝山至此。"重华读之，恸曰："吾父果过此，今吾之来月日正同，可卜相逢矣。"遂书其后曰："万历六年（1578）十二月十二日，赵廷瑞之子重华，寻父至此。"久之竟无所遇。过丹阳，盗攫其资，所遗独路引。且行且乞，遇一老僧呼问其故，笑曰："汝父客无锡南禅寺中。"语讫忽不见。重华急趋至寺，果其父，出路引示之，相与恸哭。留数日，乃还云南。①

武当山太子岩的父子先后刻字留言，如此之巧，仿佛是个冥冥之中的对话，这一预示终于得到了验证，所幸又得到了神秘的"老僧"提醒，孝子终于如愿以偿。然而这其中有多少可信性？多半是一种乱离重逢母题笼罩下的应然性想象，是一种由果推因的"心中的历史"。对此不妨参照小说《儒林外史》，湖广人郭孝子历经千辛万苦，在成都府城外四十里竹山庵找到父（老和尚），可又如何呢？

> 老和尚道："我方才说过，贫僧是没有儿子的。施主你有父亲，你自己去寻，怎的望着贫僧哭？"郭孝子道："父亲虽则几十年不见，难道儿子就认不得了？"跪着不肯起来。老和尚道："我贫僧自小出家，那里来的这个儿子？"郭孝子放声大哭，道："父亲不认儿子，儿子到底是要认父亲的！"三番五次，缠的老和尚急了，说道："你是何处光棍，敢来闹我们？快出去！我要关山门！"郭孝子跪在地下恸哭，不肯出去。和尚道："你再不出去，我就拿刀来杀了你！"郭孝子伏在地下哭道："父亲就杀了儿子，儿子也是不出去的！"老和尚大怒，双手把郭孝子拉起来，提着郭孝子的领子，一路推搡出门，便关了门进去，再也叫不应。②

在拒绝与儿子相认后，老父旋即病故，父子俩天人永隔。"武艺精能"的郭孝子只能背着骸骨还乡。如此小说名著，却并未关注郭父究竟为何不跟儿子返乡。从后来情形看，可能老父自感身体虚弱，不愿路上拖累儿子；且郭孝子无产业，又缺少"治生"本领，寻父之行川资都是别人接济的：武书、杜少卿替他向虞博士求取推荐信，以便途中有照应，让杜少卿转呈十两银子；杜自己当衣服捐四两；庄征君写了信并四两，武书二两，总共两封信、二十两银

---

① 张廷玉等：《明史》卷二百九十七《孝义二》，中华书局，1974。

② 吴敬梓：《儒林外史》第三十八回《郭孝子深山遇虎　甘露僧狭路逢仇》，人民文学出版社，1978。

子。郭孝子终于成行。何况，郭父本因宁王之乱受牵连逃亡他乡的，如归乡有何保障？

老父随子还乡如何生活？这一类实际生活困难，寻亲、重聚故事罕有触及。

《明史》载另一则寻父故事，孝子却没有赵重华这样得到神一样的眷顾："是时，有谢广者，祁门人。父求仙不返，广娶妇七日即别母求父，遇于开封逆旅中。父乘间复脱去。广跋涉四方者垂二十年，终不得父，闻者哀之。"① 本来孝子已寻到父，但何曾想父亲却找机会逃脱了，多么离奇？最终再也没有找到。这应该也是许多寻亲者遭遇的实际情况：回不去的乡园，不想再见的亲属乡亲，宁愿浪迹江湖。

其实，孝子远出绝大多数未必能真的如故事中那样寻到父亲，乱离之中离散的夫妻也很难得以团圆。重逢的奇迹在现实生活中的概率很低，所谓"缺什么，吆喝什么"，流传的故事绝大多数都是成功"重逢"的，报喜不报忧，人们只愿意谈论这些幸运与家人团聚的喜乐之事。谢广寻父终不得，这才是绝大多数寻父孝子奔波四方苦苦寻觅的最终结局。

也有的寻亲者即便如愿，找到的可能也回不到正常的生活中。吴趼人小说写富家少女张棣华遇乱，与已定亲的未婚夫陈伯和失散，好不容易在医院重逢这浪荡子，后者却因吸食鸦片病重，竟不治身亡，棣华无望而入尼姑庵出家②。这一重逢有何意义？只能促使坚守女德的棣华从此心如古井，与家庭和社会隔绝。

龚鹏程教授指出："男人是有根的，根就是祖坟、家业、宗族。故落叶归根，视为理所当然之事；辞根别干，立刻带来失根漂泊的感伤。女人则生来注定要别家园、离父母、远行别嫁，进入一个异族、异姓、异地，甚或异国去，故视离开家园、亲人为理所当然之事。虽然刚离别时也不免感伤，但立刻就要开始面对新的环境，入主新居，主中馈，成为新地新居的主人。'去故而就新'，正是其心情之写照。所以女子不是落叶，她们是枝干上开出来的花，花粉随着风飘扬，或花朵吹到别人家院子里，埋进了土里，渐渐就落地生根，发了芽，长了枝条，孕育出新的生命来。女人是生根者，男人是归根者。"③ 从乱离重逢母题书写的理想化、选择性可见，实际上相当一部分夫妻、情侣在重逢之后，未必都能不打折扣地回到从前的状态。他们会聚后的生活究竟如何？这往往不被小说作者和故事载录传播者所关心。从乱离重逢故事母题的开放性

---

① 张廷玉等：《明史》卷二百九十七《孝义二》，中华书局，1974。
② 吴趼人：《恨海》第十回《遁空门惘惘怅情天　遭故剑忙忙逃恨海》，中州古籍出版社，1985。
③ 龚鹏程：《游的精神文化史论》，河北教育出版社，2001。

延展看，重逢后的经历同样重要，因其关涉要不要重逢的情节设计与如何完善生命的价值取舍。

一是，骗子与人贩子趁机作恶。趁灾谋财害命的研究视角，是乱离重逢母题的构成要素，灾荒往往作为人世间生离死别的始因，而又加剧了离散之人重聚的艰难。说常熟一乡民，因岁歉，与家人在逃荒之中，因中了舟子诡计"令妇候舟中"而失散，舟子在打倒其夫后，回来告诉妇称其夫被虎食，骗其跟随寻尸："途中，过林莽间，有虎跃出，直趋舟子。妇奔走，宿野寺。明日回舟，与舟子伴同至溧阳某家，言其故。主人不内（纳），妇复号哭。蓦有里正经其旁，偶问故。妇具言其事，里正曰：'适在县前见一男子，诉在某处被舟人谋杀，幸而不死，岂汝夫耶？'导妇至邑门，夫妇大哭，复归常熟。"① 可见，在逃荒的异乡之旅，有多少是意想不到的突发情况，除了蓄意谋妇杀夫的不逞之徒，还可能遭到猛兽的猝然捕食。

灾荒之中兄妹相逢故事，其人伦情味，也远超一般的诗歌咏叹，这似乎就是一部生活场景的再现的戏剧，只不过是诉诸文字而通过接受者的想象完成。著者曾引述 Andera McElderry《清政府贸易联系中的保证人和被保证人》的一个实例，说一个叫作张永胜（音译）的男人有妻子和两个小孩子。对拯救家庭绝望后，张的妻子自愿以 1000 枚硬币被卖给一个南方来的人贩子。所幸的是，一位在中国南方做生意、带着很多钱回来的商人在路上偶遇了这个人贩子。令他惊骇的是，他认出了人贩子买的女人是他妹妹，她一看见他就靠过来并且大哭。当商人试图为她赎身的时候，那个人贩子因为她很漂亮而拒绝了。直到商人把所有银子给出，人贩子才放弃了商人的妹妹并允许她回家。②

二是，地方官借赈粥之机给予离散者以关怀。山西巡抚吕坤的赈粥之法，也曾在御灾、赈灾实践中注意到，要考虑别离失散的因素："广煮粥之处，须行各州县，一齐通煮，使穷民各就其便，而流来之人，不致结聚。但一场过五百人，即将流民拨于别场。有父子夫妻，一同随拨，盖结聚易，离散难，老病妇女何害？"③ 若同时赈济，灾民会分散各赈济处，才不至拥挤一处致家人被挤散、妇幼被踩踏，这也是赈粥事故留下的血泪教训。

三是，地方慈善机构帮助被拐儿童。乱离重逢母题，也提示了社会秩序完善、责任心牵涉到千家万户。如招领失踪小儿的义举④，这不仅仅是针对于一家一事，也是在提高全体民众面对不法现象的防范能力，还称谓上是在都市生

---

① 都穆：《都公谭纂》卷下，载《明代笔记小说大观》，上海古籍出版社，2005。

② 艾志瑞：《铁泪图：19 世纪中国对于饥馑的文化反应》，曹曦译，江苏人民出版社，2011。

③ 陆曾禹：《钦定康济录》卷四下之二《赈粥须知》，载《中国荒政全书》第二辑第一卷，北京古籍出版社，2004。

④ 吴友如等：《点石斋画报·大可堂版》，1886 年，上海画报出版社，2001。

存能力的一个必要训练，并且有效提醒民众要关心时事新闻。

图 8-1 招领失孩

四是，被贫穷吞噬了的重逢。许地山（1893—1941）带有写实性的后期小说《归途》，写一位老妇人在穷困潦倒中铤而走险，手持她捡到的手枪，恐吓抢劫了一位年轻女子的钱财。但她却不知道，这女子正是自己多年未见的亲生女儿。而老妇人抢劫的目的，不过是为了给自己日夜挂念的女儿（被抢劫者）带回一身衣服，作为嫁妆。女儿被抢后，无颜回家而自杀身亡，母亲得知真相，也绝望地自杀而死。对此，论者评曰："但如果把许地山的这些作品，仅仅作为对现实生活的直观把握，那就大错特错了。因为即使是在那样黑暗沉重的年代，经历过如此悲惨遭遇的人，也毕竟是极少数。许地山作为一位强烈关注社会，又有着浓重浪漫倾向的小说家，善于把作品中事件与人物的某一方面，推向极致。为了这种审美的需要，许地山往往不惜违背生活中的常情常理。他的那种超常的宗教热情，那种'捉意好奇'的审美天性，都决定了，他不可能平心静气地去描写现实。这是许地山绝大多数小说，都带有传奇性的原因所在。"① 那么，在此岂可忽视乱离重逢母题所寓含的丰富文化意蕴，本来母女双方都怀有的"重逢"企盼，竟是以这种令人不希望见到的方式实现，而终究又未能真正相逢，这其中该有多么深沉的遗憾，遗恨！

五是，阶层的差异令母子重逢又再离别。工人作家胡万春（1929—1998）的《路》，写淞沪抗战时的上海，春根妈为生活所迫，将未满月的小儿子卖了，而某资本家雇佣她做阿奶。第一天，她就吃惊地认出张公馆的小少爷，竟然是自己的亲儿子。孩子虽名叫财宝，但因从小由春根妈带养大，与春根形影不离，居然很像穷人孩子，十四岁分离才愈益像资本家的少爷，开始替日本人说话。一次争吵后恶语相向，亲兄弟春根与财宝也产生冲突，春根妈与春根不得不离开亲人出走②。母子、亲兄弟的血缘亲情，在此言说为被阶级对立矛盾所取代。

与时俱进的离别重逢母题也因此增加了新结构要素与新时代的内涵，为离别如何重逢、重逢的后果描述提供了更多可能。

---

① 沈天利：《现代中国异域小说研究》，北京大学出版社，2009。
② 胡万春：《谁是奇迹的创造者》，上海文艺出版社，1958。

第九章
乱离重逢的意义、母题模式化评价

乱离重逢母题及其亚型故事源于社会现实，其模式化的情节组合与话语运用，既是传统中国广为接受的艺术表现，也是陈陈相因的标识。虽然某类小说偏重一母题，往往正是该作品的特色所在，这也许正是许多论者所忽视的民族化形式。但这并不能遮蔽模式化套路的惯性思维缺陷，以及与之呼应的习惯性心理反应，特别是累积而成的文化惯性及其深远影响。随之而来的不满、非议乃至否定性评价，反而更应受到重视，是乱离重逢母题的另类深度思考。

一、母题对社会人生的认识价值

乱离重逢母题，许多文本带有写实性，对社会现实状况、风气、习俗等认识价值，是不可否认的。彭定安先生 1991 年初即指出：

> "重逢"有一个隐在意义，即历史的变化，人事的蜕变，亦即否泰更迭的人生。这本是人间正道、世事常态，令人生无限感叹。但由此又产生一种悟性：人生如此，无可违拗，不必伤怀，而只可顺其势而行之，识其律而通之。于是这就进入了一个中国传统的人生哲学和中国人的传统文化心态了。这可以说是中国人的灵魂，至少是"之一"。而这又同中国传统的封建经济、小农生活、安宁人生有关，是它在精神世界的反映。①

一是，对社会上所谓"异姓兄弟"之伪善的揭露。如夫妻久别，偶然机遇得以重逢团聚，实现了角色复归的"秩序重建"。这突出地表现在宋代以来女性被丈夫之友害夫骗娶，而后复仇的系列②。晚清王韬（1828—1897）写，某甲某乙为异姓兄弟，甲读书，乙出外经商，将妻子托付甲。不久甲谎说乙要求带其妻前往，半路滞留异乡，竟霸占了乙妻。不久，某乙在南台狎邪游：

---

① 彭定安：《安园读书笔记》，载《彭定安文集》13，东北大学出版社，2021。
② 王立：《美狄亚情仇与"阳光下真相大白"母题》，《社会科学战线》2000 第 2 期。

"忽于舆中见倚门一妇,貌类其妻,回盼数四,神状举止皆酷肖。心疑焉……旋睹一人携物入门,审视之,甲也。心知有异,即唤集数友人入门诘问,则甲知事露,已从后门逸去。乙妻自房中出见乙,喜愧交集,哭诉其故。乙备询颠末,知妻误堕术中,非其罪也……"① 虽故事主要写妻子遭骗而夫妻离散,终因夫偶然将妻子认出,破镜重圆。故事折射出人心的险恶,世风的浇薄,青楼害人,骗子横行程度之甚。于是小说具有了突出的警世、教谕意义,可作为青少年成长过程中,认知、针砭世俗恶习的良好教材。

二是,乡土文化精神内核的把握。在概括现代乡土文学的审美特征时,研究者将其概括为"神性色彩""流寓色彩""悲情色彩"②。应当说,这几个特征在"乱离重逢"这种贴近乡土文学或曰"准乡土文学"中,也是不同程度地存在的。神性色彩,在表现重逢、相认的提示、偶然之巧时,"神示""托梦"等成为离散之人得以重逢的重要归因,往往还不解释、不描述何以得到这一幸运的神仙眷顾、鬼灵相助、梦境提示等,似乎必定要孝子、善人能获得这些"天作之美"。流寓色彩,与现代乡土小说史作家"往往自己就是一个故土的逃离者与异域他乡的流域者"不同,几乎都是在"被传颂""被谈论"的传播过程中,诉诸一种"舆情",而为特别感兴趣的、善于动笔的载录者或作家,形成文本。悲情色彩,体现在遭遇乱离、被离散者的无辜、坎坷折磨的岁月之持久,其中许多故事书写,自然也饱浸着悲悯同情,从而虽然有着众所期盼的光芒的尾巴,但多数文本的主体情调是悲凉凄楚的。

三是,对乱离重逢故事母题的多维度辩证认识,个性中有共性。乱离重逢母题还突出地带有一种选择性,除了筛选掉那些占据"离散"绝大部分的未能重逢的事件之外,对于重逢之时也许偶或发生的不快,尤其重逢之后人伦关系的变化、关系格局改变之后的复杂性,母题也尽量过滤或罕有涉及,一般总是重逢之乐、皆大欢喜便戛然而止。这样处理,固然与故事传闻本身有关,似乎重逢之后的普普通通、平平淡淡的生活,就不足道也,因而,一些文学化较强的故事,余波就大多显得过于简单化,给人以完成了一个"现成答案"似的,大松一口气,让读者"狂欢之后"回味绕梁余音,抱有遗憾。

二、对"大团圆"模式的深度思考

乱离重逢故事,促动为小说乃至整个叙事文学中"大团圆"等模式,提供了丰富多样的文本种类,拓展了人们对许多相关问题的思考维度,进一步拓

① 王韬:《遁窟谰言》卷十一《窃妻》,河北人民出版社,1991。
② 丁帆:《中国乡土文学史》,北京大学出版社,2007。

宽了某些传统问题的认知空间。

一是，质疑"大团圆"模式的现实基础。王国维认为，元曲（元杂剧）"为中国最自然之文学"，因其以自娱娱人，"彼但摹写胸中之感想，与时代之情状"，而其中一个主要模式，存在于相当一批悲剧作品："就其存者言之，如《汉宫秋》《梧桐雨》《西蜀梦》《火烧介子推》《张千替杀妻》等，初无所谓先离后合、始困终亨之事也。"① 也就是说，这些作品难能可贵的，是最初本没有那些特别是后来的明清传奇"先离后合、始困终亨"的大团圆模式。继王国维的模式概括之后，重新提出文学作品大团圆结局的争议，当为新文学的旗手胡适先生。胡适在《文学进化观念与戏剧改良》中，对中国文学"大团圆"结局的传统，持否定的态度："这种'团圆的迷信'乃是中国人思想薄弱的铁证。做书的明知世上的事不是颠倒是非，便是生离死别，他偏要使'天下有情人都成了眷属'，偏要说善恶分明，报应昭彰。他闭着眼睛不肯看天下人的悲惨惨剧，不肯老老实实地写天公的颠倒残酷，他只图说一个纸上的大快人心。这便是说谎的文学"。"不耐人寻思，不能引人反省。"②

二是，提出"大团圆"模式的悲剧意味。"久别"的苦难往往引发重逢后的夫妻矛盾，昭示出并非都像文学作品"一面倒"地歆羡赞美喜相逢。模式的打破需要重视，从跨文化的角度，朝鲜李田秀的《入沈记》，是同在东亚文化习俗的传统语境下，对久别重逢意义的思考、质疑。在明清远处经商、久别不归这一社会现象，上升到人生价值层面上讨论：

> 有谢姓人，即山东大贾也，身致屡万金，自山东历皇城、山海关、沈阳至凤城无不居货。弱冠行商，过二十年后始一归家，其妻不识也，通姓名后，始相惊喜。其妻旋恚曰："子所以二十年弃家出外，使我独守空闺望绝嗣属者，只为财货故也，吾不欲用子之财货。"仍出库中财货者，皆其夫之逐年所送者也，封标以识之，尽以还其夫。（大贾）始若惭愧，犹不忘情于财货，又出行商近十年。其妻赴京上言，乞与其夫重会。帝恻然，饬令十年一还家云。甚矣！谢姓人之愚也。行商居货不过是丰衣食、庇妻子之计，彼谢姓者一生吃著，已不患不足，而犹复离亲戚，弃坟墓，不顾妻子之养，不念嗣属之重，抑独何心？古人云：贪夫殉财。良有以也。③

① 王国维：《宋元戏曲考》，参见孙蓉蓉《王国维〈宋元戏曲考〉的研究方法》，《艺术百家》1994 年第 5 期；朱伟明《〈宋元戏曲考〉的学术贡献与影响》，《文献》1998 年第 3 期。

② 胡适：《文学进化观念与戏剧改良》，载《胡适文存》第一卷，上海科学技术文献出版社，2015。

③ 张杰：《韩国史料三种与盛京满族研究》，辽宁民族出版社，2009。李田秀《入沈记》是 1783 年作者随朝鲜使团赴盛京（今沈阳）觐见乾隆为背景的日记，1786 年脱稿。

这一夫妻、家人久别的现象及其带来的普遍性社会问题，我们从冯梦龙所编《喻世明言》（原名《古今小说》）的《蒋兴哥重会珍珠衫》一类世情小说中，可以看出①。"一夫多妾"制的宽松以及青楼楚馆的诱惑，一定程度上可以缓解男性在外乡的寂寞焦渴，而独守家中的思妇，绝大多数却不能如王三巧那样大胆冲破禁规。东亚异邦的年轻文士，对这一社会问题中的女性给予较多的理解同情，更具有"局外人"的客观性。

社会学家在研究福建古田的家庭制度时，注意到直到清末，家族成员久别远行，而回里重逢后可能会加剧、激化家族的矛盾。说金翼家族的三哥在美国留学四年还乡，因并没有人们期待的那样衣锦还乡、没有卫士乐队开路和护兵跟着，令人大失所望。反观明清的乱离重逢故事，尤其是父子同日成婚故事中往往有离乡仕宦者的荣耀，体现出《红旗谱》朱老忠那种"男不离乡不贵"习俗心理的另一面，男离乡则乡亲邻里期待其贵，跟着借光。而三哥"并没有在家里住多久，这是因为出现了新的纠纷。为了芝麻粒大的一点儿事，小哥和嫂子素珍争吵起来，于是他当着三哥和黄太太（母亲）的面把积藏了多年的怨恨都发泄出来……"② 小哥有理有据地指责嫂子自私自利处事不公，素珍绝食抗议，五哥站在了小哥一边，家里议论纷纷："三哥现在成了制造麻烦的中心。不满意小哥的人现在可以随意向这位新回来的在家里举足轻重的学生发泄心中的郁愤。"东林作为家长的权威，变成另一种形式：

> 兄弟之间分裂的情况开始形成了。五哥回到家里后极力为幼弟辩护，这孩子现在被认为是家里一切灾难的祸首了。幸好黄太太一直保持着和解抚慰的母亲天性，在兄弟之争中她不偏袒任何一方。她的态度又大大影响了东林。父亲是有些溺爱幼子，他听说兄弟之争的情况后把它看得很淡，没有惩罚任何人。不久小哥就离开家乡去念书，事情也就平息下来。后来小哥证明他是个好兄弟，也没有辜负长辈们对他的疼爱。③

在外面见过大世面、成为学者归来的三哥，成为家里的一个"新权威"，大哥、二哥常常向他倾诉各自苦衷，而他也很难做出同时照顾各方面的仲裁。设若三哥这位远别回归者，成了大富大贵（具有足以震慑争执的权威），或在外地另立门户，那么，原有家族的伦理格局可能还会继续维持稳定。伴随家长的年迈，争夺家财、争夺权威，是大多数多子家族所无可回避的。

---

① 冯梦龙：《古今小说》卷一，故事带有实录性，出自宋懋澄《九籥集》。

② 林耀华：《金翼：中国家族制度的社会学研究》，庄孔韶等译，生活·读书·新知三联书店，1989。

③ 同上。

　　三是，对男女行事准则的道德双标引发重逢后的矛盾。许多文本往往回避或缺失离散后的艰辛岁月里为生存所迫，离散者做出对"重逢"不利之事。重逢后的某一方，可能并不完美。前引《壶天录》写王晓云与妻子苏氏重逢，妻子带有舍弃自我的精神让他出走避难，夫以为苏氏已死。赶上主人娶妾，才得与苏氏（主人妾）重逢，那么，是否苏氏名节有污？作者评："夫妻离散后团聚。妻虽不知夫生死，仍不远千里艰苦寻之，忠贞不贰。然夫以妻死，安心过活，后续弦，不公矣。"①强调因苏氏的坚贞与功绩，应该提升地位，却不料苏氏在即将成为人妾时，夫妻重聚，令作者抱有不平——认为可惜了一个近乎完美的节妇形象。那么，是否苏氏就真的在日后生活与家庭地位中，不会因此事而抬不起头？也由此让丈夫自尊心受不了，致夫妻关系蒙上阴影？小说并没有解释这些，因作者所关心的已写完。这里需要为苏氏辩护一下，她在遭到贼掳，伺机拔贼刀，杀贼逃脱后，又执着地到湖口访王踪迹，"有识之者，曰王已放鄂江之棹矣"。但对于苏氏，毕竟生存是第一位的，赶上有盐船觅厨娘，她附船达汉江岸，依姨母苏氏缝纫度活。不久受骗——在城市寻夫时，被"黠妪"盯上，利用她"寻故夫"心切，思"钓鱼"劫之卖掉，就骗她说某生系卿同乡，她随妪至金口："积两月，杳无音耗，饥不能堪，愿充执爨役，妪又阻之。遂冒称寡媳，潜卖某翁焉。"而并非情愿改嫁，甘当"续弦"，作者慨叹其命运不公，是从这一角度惋惜的。

　　《遁窟谰言》中的武昌名士萧九，陷于贼中作文书，因雪中闻琵琶声，得以与妻江远香相认，天刚亮江就蹴萧起身，言脱身策，女扮男装，逃出贼营，为夫妇如初。作者逸史氏所评颇有意味：

　　　　萧生陷身贼中，不即死义，忍垢偷生，转经数省，其"节"无可称，而其情犹可谅。其妇始堕平康，矢志不更，无玷坚白；然甘作小星，偕随赴浙，称之曰"贞"，则亦未也。惟一见故夫，数语后即劝离贼窟，决计远引，卒以智脱，诚巾帼中之佼佼者矣。②

　　也许是因为"乱离"之中女性个体生存、自保太艰难了，作者体现出对当事人的较多理解与宽容。只要他们最终的选择是"不忘初心"地回归，过程中的不节不贞，都因其情有可原，看成次要的。

　　四是，最终不能重逢或重见不能重聚。这虽是"大团圆"套路的解构模式，但其悲剧性意味更浓烈，也是最富吸引力与震撼力的。电影史评论20世纪40年代上海"孤岛"电影，由柯灵编剧、吴仞之导演的社会片《乱世风

---

① 百一居士：《壶天录》卷中，载《笔记小说大观》第二十二册，江苏广陵古籍刻印社，1984。
② 王韬：《遁窟谰言·江远香》，《中国古典名著续书集成》，中国检察出版社，1998。

光》（1941），战火烧出片名，利斧劈开了全家欢的合照，孙伯修与妻子翠岚、女儿小翠失散了。孙最终炒股失利，翠岚自杀，小翠出走。以家庭悲剧演示出时代悲剧，乱离重逢不可得。作者指出："在此后的影片《一江春水向东流》（1947）里从主人公张忠良的身上，还能看到孙伯修的影子。"① 不能重逢、重见也不能重聚的悲剧，都以家庭破碎揭示了时代和社会的悲剧。

从乱离重逢母题史的角度，看待"大团圆"结局，就会跳出一些局限性。李渔（1611—1680）在《闲情偶寄·格局》中早就指出全本收场"大收煞"之难，"在无包括之痕，而有团圆之趣。如一部之内，要紧脚色共有五人，其先东西南北各自分开，至此必须会合。此理谁不知之？但其会合之故，须要自然而然，水到渠成，非由车戽（水车戽水）"。他从批评的角度立论：

> 骨肉团聚，不过欢笑一场，以此收锣罢鼓，有何趣味？水穷山尽之处，偏宜突起波澜，或先惊而后喜，或始疑而终信，或喜极信极而反致惊疑，务使一折之中，七情俱备，始为到底不懈之笔，愈远愈大之才，所谓有团圆之趣者也。②

这在戏剧理论更高的美学层面，对乱离重逢母题史中许多文本的不满，并提出更高要求，当然也具有理想化色彩。朱光潜先生也有不满："读热烈悲壮的故事，我们常于不知不觉中替它们臆造一个圆满收场。有江淹的《恨赋》就有尤侗的《反恨赋》，有《红楼梦》就有使宝黛终成眷属的《续红楼梦》。十八世纪英国剧场演莎士比亚的《李尔王》，都把它的悲剧结局完全改过，让Cordelia嫁了Edgar，带兵回来替李尔王报了仇。这种翻悲剧为喜剧的玩意，中外都很流行。"③

尽管如杜书瀛先生指出，其实李渔自己的《比目鱼》《奈何天》《巧团圆》等几部传奇，故意搞了大团圆结尾，也犯了他所批评的"包括之痕"毛病④，但提出应该有这种追求，无疑很可贵，也说明切实达到这种艺术造诣，并不容易。

三、明清经典小说对母题雷同的反制

作为通俗小说的一个惯用模式，尽管民俗记忆本身就存在诸多类似蓝本，

---

① 李道新：《中国电影文化史》，北京大学出版社，2005。
② 中国戏曲研究院编《中国古典戏曲论著集成》七，中国戏剧出版社，1959。
③ 朱光潜：《悲剧的喜感》，《朱光潜美学文集》第一卷，上海文艺出版社，1982。
④ 杜书瀛：《李渔的戏剧美学》，中国社会科学出版社，1982。

也有诸多例证证明确为现实生活写照，但作家、民间还不满于简单化地表现生活，需要表达更复杂的期求。明清四大名著等经典小说的艺术加工令人反思。

首先，借用套路，又跳出模式，犯中求避。对阅读者影响极大的经典之作当属《水浒传》，离别重逢母题也是其惯熟之表现手法，但分离之后，却往往并不以重逢结束。武松因打伤人第一次与长兄离别后，以打虎英雄归来重逢，快乐而风光；但二次因公务离别，归聚就再也见不到兄，只见到何九叔保存的几块遗骨。林冲被刺配充军，与娘子长亭告别，落草梁山本想与娘子团聚，却听到娘子已与他天人永隔。孙新与同门栾廷玉重逢，实现的却是颠覆其东家祝家庄的事业。燕青最终也与主人卢俊义辞别，做他的江湖浪子。

《三国志通俗演义》写关羽为了与结义兄弟刘皇叔重逢，过五关斩六将，却欠了曹操的恩情债，为了偿还这份人情，不得不在华容道上"义释"恩公曹操，自此遭受本瞧不起的孔明拿捏。糜夫人虽期盼与刘备重逢，但为"存孤"而选择了自我牺牲，放弃重逢这远比侥幸重逢要更显艰难、高尚，不断为后人传扬推重①。

小说《西游记》写唐僧师徒四人在天竺国赶上妖邪摄走真公主，妖自己假扮，欲采唐僧元阳以成太乙上仙。下回写惊动了太阴真君下凡擒回玉兔儿，救了公主。国王、皇后终于得与公主重逢：

> 国王与皇后见了公主，认得形容，不顾秽污，近前一把搂抱道："我的受苦的儿啊！你怎么遭这等折磨，在此受罪！"真是父母子女相逢，比他人不同，三人抱头大哭。哭了一会，叙毕离情，即令取香汤，教公主沐浴更衣，上辇回国。②

我国台湾学者认为，天竺公主重获自由："这种结局尽管尚称圆满，若非作者最后着力引入儒家思想，缺憾恐将不免，其感人处亦必不深……迎回失散已久的公主，这一景，若就《西游记》架构其寓言体系的儒释道三教规范之，实蕴有强烈的孔门伦理思想，未可等闲视之。九十五回三藏告诉国王公主所处困境一语方罢，我们看到这位'外邦'元首居然不顾九五之尊，放声大哭，全然以儿女安危为念。其声震天，三宫六院俱为之愀然，悲痛不已。国王随即传旨摆驾前往布金寺。祇园遗址重会公主一幕，是刚强的《西游记》中难得一见的感人场面……又以天竺国王父女重逢，再度回应了中国传统的亲情观。

---

① 王立：《清代北方说唱本〈长坂坡〉》，《光明日报》2019 年 3 月 18 日。
② 吴承恩：《西游记》第九十五回《假合真形擒玉兔 真阴归正会灵元》，人民文学出版社，1980。

凡此应非随兴之笔，而是有其深意焉。"① 父女亲情在重逢喜极而泣场面的真实流露，昭示出这位"外邦"国王作为人之所以为人的本性。当然，似应注意到该小说的外来因子，这里的国王事实上应该没中土那些至高无上的"九五之尊"，《西游记》中取经路上的这些小国之君，似不能用华夏皇帝形象的模式来硬套，这是研究者心中固有的"意识形态形象"在起作用。

《西游记》中悟空与唐僧的两次重逢，是不被理解、被赶走之后又回来解救，一次又一次的尴尬；悟空与大闹天宫前后结识的观世音、太上老君、太白金星等重逢，其实不过是为了因被救赎而前去完成取经大业、克难而进的应酬。

其次，以原有模式为对立参照系，在嘲讽中独辟蹊径。《红楼梦》正是如此，其中的刘姥姥三进贾府，拜见旧亲只是借口，是以低贱的边缘人身份攀附富贵显赫的贾府掌门人凤姐和贾母，获得施舍，以冀重整家业安度晚年。而作者曹雪芹又是最不满意才子佳人式"大团圆"故事模式的，他在第一回中借石头之口对其表示厌弃："至若佳人才子等书，则又千部共出一套"②。又在第五十四回借贾母之口予以嘲讽："这些书都是一个套子，左不过是些佳人才子，最没趣儿。"③

《儒林外史》写郭孝子千辛万苦寻亲，险些被虎吃掉，终于在成都府四十里外一个庵中找到，郭父在做和尚，却坚决不认儿子④。在年轻的萧云仙眼里，郭孝子"头戴孝巾，身穿白布衣服，脚下芒鞋，形容悲戚，眼下许多泪痕"，真是一个孝子形象，但他父亲不久病故，只得"把先君骸骨背到故乡去归葬"⑤。这是一次最终也不能说是成功的寻亲，只能说是得以相见，留下遗憾，这可能接近许多寻亲者遭遇的真实情况。

---

① 李奭学：《从〈贤愚经〉到〈西游记〉——略论佛教"祇园"母题在中国叙事文学里的转化》，《中国图书评论》2009 年第 5 期。

② 曹雪芹：《红楼梦》第一回《甄士隐梦幻识通灵　贾雨村风尘怀闺秀》，人民文学出版社，1982。

③ 曹雪芹：《红楼梦》第五十四回《史太君破陈腐旧套　王熙凤效戏彩斑衣》，人民文学出版社，1982。

④ 吴敬梓：《儒林外史》第三十八回《郭孝子深山遇虎　甘露僧狭路逢仇》，人民文学出版社，1978。

⑤ 吴敬梓：《儒林外史》第三十九回《萧云仙救难明月岭　平少保奏凯青枫城》，人民文学出版社，1978 刘勇强教授认为郭孝子寻亲表现了作者道德追求的执着："郭孝子一个喷嚏吓死老虎的细节，几乎令读乾以为这是吴敬梓惯用的反讽手法。"然而，郭孝子的豪杰气概及众多正面人物对他的推崇毕竟更鲜明地体现了作品的倾向，昭示出作者的眼光终究在传统道德的笼罩下。然而，郭孝子的父亲原本是作者辛辣讽刺过的反面角色王惠，曾做过投降宁王的伪官和受文狱牵连的钦犯，这又显示出'孝'与'忠'的龃龉。"见刘勇强、潘建国、李鹏飞：《古代小说研究十大问题》第四章，北京大学出版社 2017 年。

再次，吴敬梓对重逢的意义有了新的、深刻的思考。鲍廷玺因领着班子做夜戏，气得太太得了"失心疯"，鲍老太听信了女儿、女婿的话，要把他夫妇赶出去。偏巧倪大太爷（倪廷珠）找倪六太爷（本倪廷玺，过继鲍家），于是新任苏州巡抚倪廷珠与鲍同胞兄弟相逢："说一家父母兄弟分离苦楚的话，说着又哭，哭着又说。"① 还赠银、准备买房。下回写鲍廷玺到苏州寻，却赶上大哥重病去世了，在店里住了几天盘缠用尽，只得把新做的绸直裰（袍子）当了两把银子，另投扬州季姑爷。陈美林先生认为，"描写廷玺的言谈行事，逐步变化，完全违背其父文卿做人之道成为一个帮闲清客，作者用语也就多含讥刺。"② 而这段空欢喜兄弟奇逢在母题谱系中别出心裁，意味深长。

小说写出了"儒林"本来就不是孤立的存在，连儒生的继母和媒人都不失时机地弄权，因有权就必用权；而多年失联的同胞兄弟重逢难得，最先想到的什么呢？是如何利用这一层关系，生存压力不得不如此。廷珠这个同胞弟廷玺"自小卖出去了，后来一总都不知个下落"，似乎脱离家族就更艰难，尽管作者推重清高："……总要穷人家的儿女，万不可贪图富贵，攀高结贵。"③ 由于贫穷，仍免不了四下奔波，"治生"仍是个大问题。④

对此，晚清丁柔克（1840—?）曾带有调侃意味地指出，一些长篇小说的内在模式，也是该作品的不厌其烦的叙事套路：

> 小说书有最可笑、千篇一律牢不可破者……《粉妆楼》等书，则必有一大奸臣陷害忠良，后方得团圆。《再生缘》等书，则必有女扮为男逃难之事。《绿牡丹》等书，则必有一女一定要嫁此人，辗转艰难而后成。《雪月梅》等书，则必有三四女子同嫁一人，而此人必中状元。《倭袍传》《绿野仙踪》等书，则必铺张其富贵神仙。《聊斋》《子不语》则重在谈狐鬼等事。不可胜数。祖龙焚书之时，断想不到后世有如许多小说书也。⑤

指出了中国传统小说长期盛行的分类型"自定义"模式化倾向，其实就是多种母题盛行的情况。当然，这远非实存模式的全部，不过仅仅这些，若细看起来，就有相当一部分与乱离重逢、"离散—重逢"有关。如《西游记》中的"八十一难"，师徒一次次遇险，几乎都是先离散，后重聚；《水浒传》也不乏兄弟遇险，众弟兄解救，终得团聚的描述；《说唐》《征西》亦类似。《粉

---

① 吴敬梓：《儒林外史》第二十七回《王太太夫妻反目 倪廷珠兄弟相逢》，人民文学出版社，1978。
② 陈美林：《吴敬梓研究》，上海古籍出版社，1984。
③ 吴敬梓：《儒林外史》第十七回《匡秀才重游旧地 赵医生高踞诗坛》。
④ 参见徐永斌：《明清江南文士治生研究》，中华书局，2019。
⑤ 丁柔克：《柳弧》卷四《小说通病》，中华书局，2002。

妆楼》等忠良遭陷，子女家人都跟着遭殃，甚至家破人亡，但也多有后来的拨云见日，伸冤昭雪，全家（或部分幸存者）重逢团圆。《再生缘》等女扮男装描写，也必经历一段与亲人（或相爱之人）离散的历程，终于克难历险，终得欢聚之日。《绿牡丹》《雪月梅》等，女主人公的"辗转艰难"其实就包括了"离散"这一题中自有之义，而后成就了功德圆满。这从另一个角度看，岂不有力地证明了乱离重逢母题在中国叙事文学中的覆盖面？

乱离重逢母题的持续、扩展，体现出一种较为稳定的心态。本质上，这是一种"关系社会"、伦理型文化的民俗、文学体现。白馥兰指出，许多材料是不能在族谱类文献中见到的："所不能检验的，是意图、信念和不完全的功效"。"心态（mentality）这一词汇，是沿着社会学家涂尔干传统的法国年鉴学派历史学家发展起来的，意指那些贯穿于整个社会当中共同的思考方式或者气质。"① 亲情、伦理责任固然是可贵的，童年记忆与寻亲执着也有值得肯定的一面，但陷入其中甚至置其他所有的于不顾数年之久，是否值得如此全力宣扬，也是需要具体分析的。

最后，立足生活真实的故事书写，淡化或者有意规避模式化惯性思维的顺势引导。对乱离重逢母题的过于泛滥的不满，是与晚清以降对"大团圆"模式的批评联系在一起的。一部民初小说在讲述夫妻（未婚夫妻）重逢的故事后，就有这方面的思考。《花甲姻缘》写的其实是一对男女的人生悲剧。说北京一拔贡之女朱午贞，十六岁时与本巷丁家外甥韩秉直（谅之）定亲，后者中翰林赶母去世，后任官又被革职发配新疆；女家父亲去世又拖了二三年，收到秉直新疆来信，女母又病，而韩公子又遇父病，双方一拖十几年，午贞含辛茹苦照顾老人数十年，直到六十岁，才与秉直相逢："午贞是又惊又喜，又悲又惨，一时万感交集，默默不作一语……虽然耽误了几十年，人家出了特别的问题，谁也不能怨谁；再一说谅之数十年并未另娶，这份义气实在难得，自己还有什么不认可的？"② 婚礼十分隆重，婚后午贞为丈夫买丫头收房，生下一男一女，爱如己出。

小说充满了北京说书人口吻，看得出故事可能久经书场传播。小说旨在赞扬街坊邻居情谊深厚，讽刺亲戚浇薄，寄托了平民的生活理想。对于当事人结局书写模式的讽刺，透露出值得注意的文学史观念：

这要搁在下等小说上（我这也不是上等），必要苦这们（这么）一贴

---

① 白馥兰：《技术、性别、历史——重新审视帝制中国的大转型》，吴秀杰、白岚玲译，江苏人民出版社，2017。

② 损公：《花甲姻缘》（民国间剪报本），载于润琦《明末清初小说书系·警世卷》，中国文联出版公司，1997。

靴（粉饰、美言），说是六十多岁的人，好像二十多岁的人（那成了狐仙了），将来还要双生贵子，一个中文状元一个中武状元，金殿封官，谅之夫妇都活到九十多岁，无疾而终，临死的时候儿，仙乐来迎，异香满堂，连《聊斋》都是这个套子。叫真儿说，没那们（那么）八宗事。旧日的理想，就是这些个玩意儿，千人一面，牢不可破。①

而我们从上面那些"乱离重逢"的系列作品来看，所谓超现实的、违反基本生理学依据的想象之笔，还是较少的，更多的是在合情合理的范围之内，因此，文化史、民俗史以及鲜活的史料价值应当更大。

当代作家魏巍《重逢》一诗写母子意外重逢，但同时与妹妹却有着永远不能重逢之憾："一场滔天的黄水吞噬了多少生命，/想起那狮吼虎啸的可怕的怪声还令人战栗。他扶起母亲竭力地奔跑，/也逃不过洪水的紧逼，/终于一个浪花赐给他们一个永久的分离。"② 这其实只是乱世人生的冰山一角。徐珂（1869—1928）在《呻徐放言》中指出："兄弟姊妹，有血统之关系，乃天然结合者，非若朋友之结合，出于人为也。然或各在一方，重以久别，兄弟姊妹，与路人无异矣。朋友朝夕相处，利害与共，声应气求，遂成莫逆。"③ 这当然是一种阅世之谈，但何以在母题史的故事文本之中，我们看到的却有许多是文本背后饱受折磨的颠沛之旅，离别血泪？

至明代中叶通俗文学兴起，文学与民俗故事更加关注普通人的命运与日常生活。通俗文学最大的特点，是因选题趋于市民阶层，带来对平民日常切近的更大需要，即这些"小人物"、普通人生活中的"传奇"，而且，这也在很大程度上属于跨时代地打破了存在阶层偏颇的文学史模式、诗词歌咏的一统天下。那么，在这些"沉默的大多数"这里，有什么比"乱离重逢"奇闻更能吸引视听呢？悲悲喜喜，并非只是有"余裕"之时才得到光顾，灾荒战乱的经历、民俗记忆还会经常提醒，听闻中也不免时常印证。

---

① 损公：《花甲姻缘》（民国间剪报本），载于润琦《明末清初小说书系·警世卷》，中国文联出版公司，1997。
② 魏巍：《重逢》，《沙漠诗风》（10）。
③ 徐珂：《康居笔记汇函》，山西古籍出版社，1997。

第十章
母题的社会成因、文化传统及传播机制

乱离重逢母题，体现出古代文学文献中表现的个人、家庭与社会环境之间的冲突，体现出较多的人与不如意的境遇抗争，与不合理的社会环境抗争。李福清先生曾指出，中国北方民间传说的"寻妻"母题，具有自己的民族特色："寻妻的母题罕见于远东的民间故事。比如中国的故事中多是恰恰相反的情境，即少年不愿娶前来求爱的仙女为妻。中国故事中的寻妻只是寻找被恶势力劫持的恋人。"① 这里对六朝至宋元明初（相当于欧洲的"中世纪"）的志怪传说把握得较准确，揭示出此类故事寻妻的深层动机是与神怪、猛兽的较量，但到了宋元尤其是明清近代故事形诸小说、野史，则主要是战乱、社会秩序遭破坏时民众的"乱离"，不仅是面临百姓乃至官员的生存威胁，也是家族或族群、乡里城镇共同的生存威胁，宁静的日常生活也常常被打破，增添了许多不可预知的动荡波折。

一、资源争夺：女性被抢掠、拐卖及重逢复仇

"乱离重逢"的"乱离"一语，揭示出外在不可抗拒的因素，是造成个人、亲人家庭等不得已分别、离散的客观原因。明清小说中多有"宁做太平犬，莫做乱离人"的套语②，其实也是众多乱离苦难经历的理性认识与总结。

---

① 李福清：《中世纪文学的类型和相互关系》，《古典小说与传说》，中华书局，2003。
② 冯梦龙《醒世恒言·卖油郎独占花魁》："正是：宁为太平犬，莫作乱离人！"上海古籍出版社，1992。《太平广记》卷十五引《神仙感遇传》："值西晋之末，中原乱离，饥馑既臻，疫疠乃作，时有毒瘴，殪毙者多，阊里凋荒，死亡枕藉。"卷一百九十引《乾䰊子》："俄见梁帅严振具橐鞬，拜御马前，具言君臣乱离，呜咽流涕……"卷二百四十四引《北梦琐言》："唐给事中王枢，名家子，以刚鲠自任。黄寇前，典常州。京国乱离，盘桓江湖，甚有时望。"卷三百三引《戎幕闲谈》："（郑仁钧）忽谓母曰：'促理行装，此地当有兵至，两京皆乱离……'"卷四百一引《北梦琐言》："乱离之后，州将皆武人，竞于贪虐。蜀将张彦典忠州，暴恶尤甚。将校苦之，因而作叛，连及党与数千家。"中华书局，1961。

首先，战乱。战争之中强势的一方，往往把掳掠人口作为重要目标和物资储备，然而由于军力、给养不足，较年轻的女性往往被保留。汉末蔡文姬《悲愤诗》言："斩截无孑遗，尸骸相撑拒。马边悬男头，马后载妇女。"这也是明清朝野文献经常载录的战争派生现象。早年史学界就引述郑晓《皇明四夷考》的记载，景泰元年（1450）八月，义州（今义县）军户张真妹、张妙喜与母亲刘氏、兄张敬、张广胜等被瓦剌军掳走，向西北走五六天，张敬等少壮男子被杀，刘氏被丢弃半路，妙喜等年轻妇女又走半月到"老小营"，妙喜被配给加款为妻。景泰三年（1452）春，张妙喜才从塞外逃回辽东家乡①。

龚鹏程教授根据拉文斯坦（E. G. Ravenstein，1834—1913）"迁移法则说"，指出城镇比乡村居民少迁移，短距离迁移女性多。女性嫁人"反倒是嫁入他乡异县甚或异国者颇多，这是男子所无的特殊迁移因素"；男子出外往往返回老家为念，有根有祖坟，而女子乃是"出离"的形态，被遣回是羞耻之事："女人则生来注定要别家园、离父母、远行远嫁，进入一个异族、异姓、异地，甚或别国去，故视离开家园亲人为理所当然之事。"② 因而，在文学中往往角色固化，妻子不论在何处永远不是出游者："是由男性的行旅观构造了这种认定，而形成一种对家、对夫妻关系的认知传统。"抢婚尤其是游牧民族早期风俗，北方战乱中，抢掠妇女、牲畜是经常的。

其次，社会秩序的混乱，荒郊野外情境中，防范不严及偶然的判断失误，都有可能导致妇幼遭骗被拐。清初传闻，嘉兴某村农之美妇归宁途中，因夫取雨具，留妇避雨时遭过路舟人哄骗，被强掠成家。后两年，舟人改贩米，雇农人船载归，与妇偶遇："其妻自篱壁间窥农，惊异为夫也，'胡为至此'。乘间问之曰：'尔何村人欤？'农反不忆其为妇，漫应曰：'予某里人，姓某氏。'妇诘曰：'尔素操舟者乎？'农蹙额曰：'家故农，以失妇得祸，众怜我给以舟耳。'妇审其果为夫，乃窃谓舟人曰：'今已除夕，载米人远来，姑饷之酒食，令其元日归可乎？'夫听之。"于是受害之妇选择了岁末宴席的大好时机：

> 凡村邻族戚过者，款留不听去，出盛馔饷众。居农别室具食，食之酒半，妇出拜四座曰："妇负大仇两年，今始得雪，然必邀众亲长者同鸣之郡，幸毋相讶。"众愕然问故，妇载手罟舟人，述赚己之颠末，且呼前夫出曰："此吾结发夫也。"农初亦愕然，迨闻其详，相抱咒之恸。众交恨舟人所为，共诣于郡。郡鞠讯，舟人具服，棰楚毙于狱。③

这里最值得赞赏的，是妇能保持冷静，隐忍不露，在明知与故夫偶遇后，

---

① 张博泉：《东北地方史稿》，吉林大学出版社，1985。
② 龚鹏程：《游的精神文化史论》，河北教育出版社，2001。
③ 宋起凤：《稗说》卷一《还妇成梁》，《稗说校注》，于德源校注，北京燕山出版社，2020。

择机在大庭广众的场合中揭露骗子的罪行与真面目，成功地实施了复仇。这当然也离不开民众的正义感与当地官衙的效率。

再次，灾荒、逃荒中的乱离重逢。对于灾荒之文学表现，一个重要方面就是受灾者的生存状态问题，而流离失所时"妻离子散"是最常发生的人间惨剧。光绪初年，熊祖诒在《呈拟章程稿》中就揭示了这一社会问题的根源："查买妻买婢，固无例禁，而乘灾民急迫之余，破人骨肉，似与寻常情节不同。况其中或本出名门而压良为贱，或已经许字而强令再婚，饮泣吞声之状，有令人耳不忍闻，目不忍睹者。更有狡诈之徒，初与灾民故作周旋，借与籽种，赁住房屋，随后即将其妻女抵扣，勒令立券以偿，如此刁风，尤干例禁。当灾民等卖妻鬻子之时，原属出于无奈，现在西北元气渐复，流民均切思归，来则团聚一家，去则只身茕独，痛定思痛，悔恨实深，自宜推广，分别代赎，以图完聚。"① 其实，灾荒时期能有幸与亲人重逢团聚的真是万里挑一。

作为《申报》的附属出版物，《点石斋画报》所展示的内容则更为丰富驳杂，题材不仅突出其新闻性，更是时代观念的风向标，及时关注灾区民众的真实生活，提供舆论以推动社会力量支援受难者。

虽然包括小说在内的文献在清代已被销毁很多，但仍有一些孑遗者。王士禛《香祖笔记》的故事，是一个异文众多的案例。说顺治初，京师有卖水人赵逊者，未有家室，同辈凑钱商量为他娶妇。一天在街上买一妇人归，打开头帕是个白发老妪。赵逊说我当成母来侍奉吧。几天后老妪被他的忠厚感动，主动提出不愿拖累，自己有藏珠缝衣内，"当易金为君娶妇以报德"。于是又从街上买来个少女，"入门见妪，相抱痛哭"，原来是老妪的女儿，"盖母子俱为旗丁所掠而相失者"。老妪即为他们办了婚礼。母女的乱离重逢促动了老妪与山西洪洞家乡两个儿子团聚的心愿："今尚存珠数颗，可鬻之为归计。乃携婿及女俱归，二子者固无恙，一家大喜过望，妪乃三分其产，同居终其身。人以为逊忠厚之报云。"② 妪是洪洞富家，二子皆衣冠旧族，因兵荒失散，今将所藏珠变银为路费携归。二子喜从天降，遂将家产分三份给两儿一婿，偕老终身。与人为善，得到意外的善果，成了广为传播的佳话。

苗壮先生更多地从明清易代、社会变故方面着眼，指出了作者的创作具有一定的伦理使命："一个民族被征服、被蹂躏的悲剧，却以喜剧的形式展示出来。作者的目的在于宣扬'忠厚之报'，却使人们看到清兵入关以来杀戮掳

---

① 苏州桃花坞协赈公所编《齐豫晋直赈征信录》卷七，载李文海、夏明方、朱浒《中国荒政书集成》第八册，天津古籍出版社，2010。

② 王士禛：《香祖笔记》卷四《卖水人得妻》，上海古籍出版社，1982。

掠、贩卖人口的惨酷现实，连'发毸毸白'的老妪也不放过。在国破家亡的民族浩劫中，此一家的团圆实出侥幸。"① 笔记小说由此体现出历史文献价值与文学描写兼胜这一判定是有着充分文献依据的，无名氏《吴城日记》载清兵初入江南，掳掠成风："向来兵丁掳获妇女无限，戕害及病死者多矣。至是官令给还完聚，许亲属领去，约有二百口。"昆山城破，因县令率民守城，城破妇女被掠者以千计，"载至郡中鬻之，价不过二三两"。顺治二年八月二十七，作者亲睹苏州阊门路旁各处粘招贴寻觅妻女者："知昆山于七月七日被屠，太仓于三十日被兵，松江于八月初三日被兵。兵回时多掳掠妇女卖于城内外，冀破镜或可复圆，故寻觅耳"。王士祯《居易续谈》也载录了这类故事，说明他对此似情有独钟，而焦循也转述之，还提示说李笠翁演此事为《奇团圆》。②

第四，买卖妇女，多于灾荒、战乱之中。纵目更为广阔的历史时空，潘光旦先生指出："二千年来，卖儿鬻女，尤其是鬻女，早就成为过渡荒年的一个公认的方法"。"荒年来了，家里的老辈便向全家打量一过，最后便决定说，要是媳妇中间最年轻貌美的一个和聪明伶俐的十一岁的小姑娘肯出卖的话，得来的代价就可以养活其余的大小口子，可以敷衍过灾荒的时期。"③ 赵晓华认为，"在传统伦理的束缚之下，许多女子又不惜以命相争，固守贞节，成为宗法制度的捍卫者和服膺者。这说明，对于绝大多数的女性而言，在应对灾荒的能力方面，其由被动屈从到自主自救还需要一个漫长的过程。对于政府和民间而言，大批妇女流亡引发了一系列的社会问题，对难妇的救助因而成为其赈灾实践中的重要组成部分。然而，制度的缺憾以及官场腐败、财力人力的不足使得相当多的妇女被排除在救济之外。"④ 这一论列，似忽视了难妇在被救助机会来临时的自我尊严、害羞、不愿抛头露面等实际问题。也许多数情况下，这些困难也限制了灾荒中妇女的救助效率。

顾希佳先生对另一晚出异文，有此评论："……该文本记述较简朴，称'顺治初，京师有卖水人赵逊者'，以下所述情节则大致相仿。此故事之初，可能是真人真事，然几经流播，便会有所增饰，其情节渐趋成型。"⑤《寄园寄所寄》所写的另一异文，可证上述判断的正确。说顺治初年，京都一卖水人赵

---

① 苗壮：《笔记小说史》，浙江古籍出版社，1998。王立、王琳：《扎实与卓识——评苗壮先生〈笔记小说史〉》，《中国典籍与文化》2003年第4期。

② 焦循：《剧说》卷三引，《中国古典戏曲论著集成》八，中国戏剧出版社，1959。

③ 潘光旦：《民族特性与民族卫生》，商务印书馆，1937。

④ 赵晓华：《晚清饥荒中的妇女买卖——以光绪初年华北大旱灾为中心》，《史学集刊》2008年第5期。

⑤ 顾希佳：《中国古代民间故事长编》（清代卷），浙江大学出版社，2012。

逊，弱冠未有家室，同辈人敛赀，为之纳聘于人：

> 市中得一妇人，以廿金买归，及合卺，去其蒙之帕，乃白发老妪也。
> 逊曰："以少配老，则吾岂敢？愿以母事之，得供饔飧足矣。"妪然之。
> 居数日，见逊执礼甚谨，乃呼之曰："汝敛众人之赀，原为得妻，今妻财
> 两空，奈何？吾有藏珠，可以偿汝。"乃于衣带中拣出，易金二十两，又
> 持至市上买一女；才入门，见妪即大恸，叩之，乃其亲女也。盖妪与女流
> 落时未谋面，今会于都，始知之。妪系洪洞人，家赀甚殷；有二子，皆衣
> 冠旧族，原因兵荒失散。今既完聚，可图归计矣。所藏球尚有百余颗，更
> 变银为路费，携以归。二子接入，喜从天降，遂将家产析而为三，两儿一
> 婿，各受其一，偕老终身焉。呜呼！赵逊谋妻而尊为母，原非意中，老妪
> 纳婿而竟得女，尤属望外。①

清代民间传扬的陈氏女与聘夫完婚故事，也体现了灾害社会学的一个核心
意旨。"灾害"在广义上，也包括灾难，动乱兵燹也会生发饥荒，加重死亡的
威胁。而年轻女性因其特殊的生命功能，价值反而得以提升，命运亦随之变
化。说浙东乱时，诸暨陈氏有女年才十八，为杭镇拨什库所掳掠，卖给了一个
银工，逼之，坚不从。杭人朱胆生、郭宗臣创义酿金赎难民，风闻陈女之义，
赎之。偏巧此时，忽友人某赎得一童子，问之，即陈氏其夫。次日又赎一妪
至，乃其母也，继又赎一妪至，乃其姑也。未几，有两翁觅妻，跟跄而至门，
即其父及翁也。两家骨肉一时完聚，遂合卺结装而归之②。

这一"多喜临门"的轰动事件，简直太戏剧化了，正是乱世人生之中广
大平民最为期盼的"理想生活"。然而，如此家人该聚首的都团聚了，那么最
着急的事情是什么呢？那紧跟的第一要事就是马上成亲，结为共同体，一起承
领将要到来的生存资料匮乏的生活磨难。

清代后期的传闻，依旧传扬着这类故事，母题旋律的不断萦绕，说明现实
生活中人们时常见闻此类事件，触动敏感的神经。张集馨（1800—1878）在
同治三年（1864）载一实事，说省城常有兵勇从外省掳来女人，来本省出卖
的，官员也不敢撄其锋，兵勇还索要所需，"否则纵兵奸抢"："穆春严夏间住
陕省一月，抢劫案至四百余起之多，逼死妇女一百余人，各衙门俱有控词；由
北山至宁夏，所带各勇自为队伍，三五十成群，淫抢无所不至。昨见荩臣云，
穆营有将官来禀，说穆将军一路折车折夫，按站要钱，所获不资。又多帅营有

① 赵吉士：《寄园寄所寄》卷十《驱睡寄》引《梅窗小史》。
② 徐珂：《清稗类钞》第五册《婚姻类》，中华书局，1986。

姜玉顺者，贵州人，已保提督。多帅死后，由盩厔至鄂，途中抢少妇四人，事主哀乞，送银纳赎，姜玉顺择两美者带去，其二人则准其纳赎。行至华阴，又将民堡打开，大肆淫掳，亦携两妇而去。"① 可见，许多地区社会秩序的混乱，就集中体现在民家妇女不安全的生存状态，随时随地都有掳掠劫杀。

社会秩序保障的主要力量是军队，正直而有同情心的将军，其善心善行，也就主要体现在对民女人身安全、权益的护佑方面。如将军高某的高风亮节，就持久地被传扬着。说康熙癸丑、甲寅年间，蒙阳高某镇守信州，赶上吴三桂、耿精忠造反为逆，信州接近闽地，妇女多为闽寇所掳掠，而避乱山中的闽地百姓，其妻女也有许多为信州军队所获。平闽之后，爆发了"寻亲潮"，两地居民觅妻寻母的，每天以千百计。当时的军令"例不许赎"，而高额楚将军却能自作主张，使这些离散者各具供状，开列姓名、籍贯及其妻、母形貌、被掳的地址、现在的旗份，不几天竟积满了三大柜：

> 持赴军门，语将军曰："此号泣而来者，皆不从贼之良民也。今其妻女咸在军中，色且少者，坚不许赎；老且陋者，故勒高价。当死亡之余，家业凌替，仅存一身耳，顾安所得金钱耶？令数千百失业之民日夜环城而泣，势必至相聚为盗，将军不速为之计，吾地方官也，法不敢隐，即据此报亲王矣。"将军挥手曰："止，止，吾即从汝！"趣下令，军中有留妇女一人者，立斩。一时欢声震地，获团聚者数千家。复移文闽镇，论以国法，而信民之妇女得发回千余人。时闽中好事有为传奇名《三春梦》者，备载其事。②

那么，传扬这类令人缅怀的正直将军及其历史故事，也是在正视历史。

第五，经济衰落是战争和灾害的直接结果，也是造成家庭成员离乡迁徙的直接原因。论者指出："每当发生严重的灾难时，大量人口，尤其是男性，便会逃离家乡。据一项 20 世纪 30 年代关于山东移民的调查显示，调查对象中有27.3%把灾难——包括强盗、战争和自然灾害——作为他们迁移的原因，而69%把迁徙归咎于经济原因，包括耕地太少、债务缠身、无家可归等。"③ 对于"安土重迁"的农业民族而言，离乡谋生不仅是生存空间的变化，也往往是生存模式的改变，甚至是进入了不同的时代。这可以说是离别重逢母题的更富有意义的解读——离别后不再重逢。

---

① 张集馨：《道咸宦海见闻录·同治三年》，中华书局，1981。
② 徐珂：《清稗类钞》第七册《正直类》，中华书局，1986。
③ 李明珠：《华北的饥荒——国家、市场与环境退化（1690—1949）》，石涛等译，人民出版社，2016。

当然，与家庭女性成员密切相关的幼儿，也往往是歹徒别有用心、故意离散的对象，有些品质恶劣的亲戚往往就是元凶，这多半与女性家中尤其是女佣、婢女缺少防范意识有关。新闻画报报道，湖北甲某随父到楚地做官，父死后家产被他挥霍荡尽，后发现舅晚年得子，甚爱之，便生歹意。某日舅当值，表弟在厅里玩，甲就把他抱走了，奶妈并未在意。直到踪迹全无，全家才相顾失色。甲谎称表弟被匪徒拐走，后又派人送信称："表弟在我这里，我现在生活拮据，请拿五百两银子，我就把表弟送来，否则，黄泉路上再相会。"[①] 舅只好从命。但由此带来的后果呢？

图 10-1　渭阳无情

二、民俗观念中的大团圆、贞节与宗族制度

师友、朋友之间的聚散无常，本来有不少就是被迫而非自愿的，即使自愿也非真的情愿离散那么久，因此"喜聚不喜散"是普遍的、恒久的情况，明

---

①　吴友如等：《点石斋画报·大可堂版》，1890年，上海画报出版社，2001。《诗经·秦风·渭阳》："我送舅氏，曰至渭阳。"即渭水之北，这里反用，言舅甥之情因这无底线的绑票而断绝。同时提醒莫因亲戚而疏于应有的防备。

代还在吟咏着六朝时的佳会难逢心绪。如卓明卿《南屏社序》："矧良时易失，嘉会难常。髫龀之交，俄成皓首；计日之别，动经十年。何殊雨散云飞，讵异萍漂蓬转。长途远道，慨非折柬堪招；接轸衔舻，喜是不期而至。尽标东南之筱荡（汤），亦振西北之璆琳。推司马以会盟，进下走于地主。"罗宗强先生评："人生无常，佳会难逢之感慨，似有兰亭宴集之意味。"①由此，罗宗强先生将这一心态，也作为明代后期士人心态之一。由此而延伸到其他观念的双标变化。

其一，既淡化贞洁观念又颂扬烈女。乱离重逢母题还从坎坷磨难之中，弥合甚至更改了明清以来强化的女性贞洁观念。说川北人骆观察骆昂，从小失父，母改嫁某姓，生一子；夫死家落，又改嫁富人萧翁，生一子，弱冠即中乡榜。而那某姓子也入庠食饩（考上秀才成为廪生）。而骆昂漂泊江湖上说评书，萧翁即招他陪子赴京。时嘉庆八年（1803），达匪王三槐刚刚肃清，抵京后人们问起此事，骆总能讲得娓娓动人，赶上皇上闻川事报捷仍不放心，军机处了解时有人推荐骆昂，他竟不畏天威，讲得"泉涌风生"，得赐五品官，后选湖北某州赴任。次年春回乡为母庆寿。母再醮那廪生子携眷来，与萧翁子同捧觞祝寿，正当母遗憾而叹时，哄言仪从煊赫的大官来到门前，原来是骆子——湖北州刺史到了，于是复开大宴。一时传为佳话："羡此母惯生贵子，诚福星也。"②

这是重逢母题与"女怀吉运"两个母题的融合，对两个母题都有创新意义。贯穿故事的"福星"甚至名字都没有，作为"惯生贵子"的幸运之母她嫁了三家，再醮两次，却不论所嫁贫家还是富家，都能将"吉运"分别转输给与三位丈夫陆续生下的儿子身上，而殊途同归——虽长子（骆昂）没有由科举步入仕途，江湖上"凭口舌度日"，最多周折，却比两个科举成功的弟弟，更得奇遇，偏得圣眷而官位最高。而女怀吉运的价值指向也由明至清初发迹变泰的"富"，转向了"贵"，改变家族命运的迅捷，说明民俗观念中更为看重的是做官。而此前的一个"周氏妇"故事，则再醮（改嫁）了十二夫："终身嫁十三夫"，均考上了进士；此前黔省某老翁与所娶"有宜男相"之妇，生十子；其孙媳"出大力鞠养之，饮食教诲，萃于其躬"③之下，竟然把这十位叔叔俱培养成了进士。

这就是小说评点理论所说的"犯中见避"，即情节相似、同类型故事中，

---

① 罗宗强：《明代后期士人心态研究》，南开大学出版社，2006。
② 丁治棠：《仕隐斋涉笔》卷二《奇妇贵母》，四川人民出版社，1985。
③ 同上。

却能体现出不同之点。

三个故事构成了仿佛"三星贯月"的壮观,互补互动,均强调、渲染了科举制度下,母亲(或如第一个故事那样充当母亲角色者)在培育下一代承领科举文化泽溉中的决定性作用。福星高照之母,即"恒量"(常量),三个故事中的父亲等角色则为"变量"——第三个故事中,是怀吉运之母分别同三任丈夫,生下了三房、三个儿子;第二个故事中,这一福星母亲角色,则是先后嫁十三夫,每嫁一夫生一子;第一个故事里,这吉运附着在翁之孙媳上,因孙成童时子、妇双亡,而孙娶媳不久,孙又亡,唯留祖翁孙媳,这位"名家女,具卓识",她以听力判断翁"阳气尚旺",重金、暗嘱媒人精选"宜男"之女,"强纳于翁",竟然每年生一子,连生十子,该是何等"倒海回天手段",挽救了这个家族,并使之兴旺发达。

值得注意的还有第二个故事,揭示出"幸运故事"之中那"幸运"与隐伏的"不幸运"元素的微妙关系。虽说是福祸相依,但母题强烈推出的却偏偏是"祸兮福所倚"。说周氏妇终身嫁十三夫。最初所嫁夫死,即因家贫,不得不改醮(改嫁),后来"亦如此",即改嫁一夫生一子后,夫即亡故,那么,也就是她具有一贯性的"克夫"特性吧。然而何以这带有不祥暗影的女性,最后"诧为熙朝奇瑞,得破例加封"呢?似乎,"族"的血脉、利益的延续才是最重要的——养育有出息的儿子,就是美好的未来,足以抵消所有的不快。

乱离之中母子重逢,往往还要出现法术相助。据俞樾载录,湖北咸宁乡间一民家,于兵乱时失其子。有人教其母曰:"可取汝子所著履置床下,其绚内向,每夜呼子名,子必能反。"已而果然。又二儿妇姚言:"从前避兵乡间,其地曰周家湾。邻家一子为贼掠去,亦有人教其母乞四十九姓人家灯油、灯草,至夜然之,于人静后呼其子名四十九声,夜夜如此,声甚凄切。数月后,子果从贼中逃归,自言每夜闻其母呼己声也。"[1] 然其子已在江苏之丹徒县境,相距七八百里矣。"盖母子一气,自能感通,山崩钟鸣,固不妄也"。久别之后的常态——终究不能重逢。乱离之后却终究未能相认,留下了永久的遗憾。

《花朝生笔记》载夫妇奇特地相逢却又不能相认的故事。清初,中州李生娶妇旬余而母病,夫妇更番守侍。母殁后,李生谨守礼法,三载不内宿。后贫甚,同依外家。外家亦仅温饱,屋宇无多。不久,外姑之弟远就馆,送母来依姊,无室可容。乃母女共一室,而李生别榻书斋,仅早晚同案吃饭。两年后,李生入京,外舅也携家到江西做幕僚。后得云妇已卒之信,李生灰心丧气地附舟南下寻外舅。外舅已另随主人往他处,他就流落街头卖字糊口。一日遇伟丈

---

[1] 俞樾:《右台仙馆笔记》卷十五,齐鲁书社,1986。

夫赞美字好，邀做书记报酬优厚，李生喜而同登舟至其处，原来是绿林豪客。就假托姓名乡里。豪爽的主人设宴歌舞必召李生。有次偶见一姬：

> 酷肖其妇，疑为鬼，姬亦时时目李生，似曾相识。然彼此不敢通一语。盖其外舅江行，适为此盗所劫，见妇有姿首，丞掠以去。外舅以为大辱，丞市薄椑（棺），诡言女中伤死，伪为哭敛。载以归，妇惮死失身，已充盗后房，故于是相遇。然李生信妇已死，妇又不知李生改姓名，疑为貌似。故两相失。大抵三五日必一见，见惯亦不复相目矣。如是六七年。①

身在盗巢竟遇到传言已死的妻子，而各有各的顾虑又不敢、不能相认，在这六七年的岁月里，夫妇是怎样地苟且偷生，在"怀疑人生"中煎熬！后来事情有转机，绿林主人突然告知危机降临，赠金速觅渔舟返乡。李生暗中听到"盗已全队扬帆去"的消息，火光中窥见诸乐伎都被缚杖驱之行，"此姬亦在内"，惊怖颤栗又无奈。次日忽有小舟来呼先生，说大王嘱送返。怀金北归后，外舅已先返。在生活渐丰裕时，李生想为妻子改葬，外舅这才吐露其妻未死的实话。急忙兼程到豫章故处，"冀合乐昌之镜"，则不知流落何方。"每回忆六七年中，咫尺千里，辄惘然如失。又回忆被俘时缧绁鞭笞之状，不知以后摧折，更复若何，又辄肠断也。从此不娶，后为僧。"蒋瑞藻考证出故事出于《阅微草堂笔记》②，介绍这也是《错姻缘》院本（戏曲脚本）所本。异文的出现，跨文体改编，都说明这一故事的撼动人心。

骨肉亲情在乱世坎坷的不幸之中，万幸地得以部分保全，也证实了家族制度的稳定性、结构性功能。灾荒故事写，两个少年，因兄妹之情而保全了濒临死境的妹妹，以及重逢之后，继母的良心发现。王庸《流民记》（光绪十二年刻本）卷一载：

> 某夫妇一子一女，妇没，夫再娶，虐遇之。子长女二岁，女年十二。境内粮绝，贼尤不时入境，合村议逃。而女适病，众议弃女。子以妹，故不忍也，独留守之。某夫妇遂携幼子女偕邻去。去不数百里，夫死。妇所生者亦死。妇辗转乞食，年余仍入故境。一日至其里，私意所弃子女，饱犬狼久矣。及入门，则见屋宇增辉，子与女无恙也。盖夫妇初去时，子守病女，枵腹相对，自分已无生理。后某营兵驻村外，子为之服役，颇得众之欢心。及知子女被弃状，争相弃伙助（帮助），数月竟致小康。妇闻

---

① 蒋瑞藻：《小说考证》续编卷五《错姻缘第五十》，古典文学出版社，1957。
② 纪昀：《阅微草堂笔记》卷十五，上海古籍出版社，1980。

故，弃其乞篮登堂，仍为子女母，待子女亦遂不虐云。①

周作人曾引牛空山《诗志》评《豳风·东山》："情艳之诗与军人不相关，慰军人却最妙。虫鸟果蔬之事与情艳不相关，写情艳却最妙。凯旋劳军何等大关目，妙在一字不及公事。一篇悲喜离合，都从室家男女生情。开端敦彼独宿，意在车下，隐然动劳人久旷之感。后文妇叹于室，其新孔嘉，惓惓于此三致意焉。夫人情所不能已，圣人弗禁，东征之士谁无父母，岂鲜兄弟！而夫妇情艳之私尤所缱绻。此诗曲体人情，无隐不透，直从三军肺腑扪摅一过，而温挚婉恻，感激动人，悦以使民，民忘其死，信非周公不能作也。"② 此评语富有情商，如此"境地"得到了周作人的赞赏，以此为例："表示有这种见识情趣的可以有写书的资格了。"体会到人所共有的夫妻之情，别离之苦，乃是千古恒久、千家万户的情感，应该予以切实的体贴关怀。（民国二十六年五月四日）在抵御外敌的时代更有特殊的意义。

其二，大力传颂节烈女子。对贞烈女性最大的褒许，莫过于强化、传播因贞烈而感动力之大并创造了奇迹的故事。清末相传名族女子周丽卿就以"贞烈"而感动了"粤寇"头目，得以生还而夫妻团聚。说她少读刘向《列女传》而慕节烈，嫁冯叔衡秀才，伉俪相得。乱起，杭州城破，冯率家丁巷战力竭，卧积尸，被家丁李升负出城，苏醒后入江北大营，留为大帅幕府。周陷入乱兵中，值"伪王欲选殊丽者备侍御"，周被推荐，她的表现很有"节妇"风范，被掳馆中：

> 主事媪具汤请周浴，周涕泣拒之。顷之，布襦椎髻出，数媪拥至灯下，哽咽不能语。良久，啼有声，举首光耀，与华灯相映射，首侧目睨之曰："善。"周厉声前曰："余，士人妇也。所以忍缓须臾不死者，以未知丈夫消息耳。冀见天日，以了吾事。若相迫，愿以颈血溅于此。"突于胸前出一刃，皎若霜雪，寇酋左右皆咋舌，久之，忽喟然叹曰："汝真好女子，吾知汝矣。愿勿死，必使汝夫妇相见也。"明晨，寇酋命人具舟遣之。时冯族中尚有居近村者，周访得之，告以故，举族相庆其得脱虎口，因送周至江北，仍为伉俪如初。妇陷寇中，凡阅一百八十日，衣未尝解带，刃未尝离身也。③

故事以赞美周丽卿节烈的方式，表达出江南民众愤恨和平宁静生活被打破

---

① 李文海、夏明方、朱浒：《中国荒政书集成》第九册，天津古籍出版社，2010。
② 周作人：《知堂书话》第四册，岳麓书社，1986。
③ 徐珂：《清稗类钞》第七册《贞烈类》，中华书局，1986。

的群体意识，但又以"寇酋"的通情达理，烘托出节妇的人格魅力。周丽卿一出场的不怒自威，凛然不可犯，就引起了敬畏："寇顾其党曰：'此美人何为？何面凛凛有杀气，使我见之甚悸？'"她最后能虎口脱险，被书写成"寇酋"的敬佩和一念之善。事实上，即使在传奇故事中，这类"特例"也并不多见。这里的节妇与那尊重、敬重节妇的寇酋形象，很可能受到多文本历时流传的江南美女刘三秀故事及其满族王爷形象、赞美的语言等影响，以及主要人物结构关系的侠义取向把握①。只是这里夫君尚在、期许团圆的周丽卿终于如愿，故事类型、民俗心理期盼大同而小异。

然而周节妇的故事，显然文学性加工的痕迹更加明显，如称其身陷寇中长达一百八十日，居然"衣未尝解带，刃未尝离身"，这在江南的湿热气候下怎么可能？对身体该有多么大的伤害？"刃不离身"就真的能保全、不受侵犯？多半不过是一种一厢情愿的形容、夸张女性贞烈的修饰性套语，主观化、唯意志化，而保持贞烈形象也成为重逢后完美"伉俪如初"的前提条件。并且，这一贞烈形象的套语化塑造，首先就得到了"寇酋"的认可，并影响到寇酋形象侠义叙事的定向、定性。这一母题谱系内的趋同现象，代价是文学夸饰过分而失真，与刘三秀在"满媼"选秀目的之下予以特殊关照，较近情理，还是有所逊色。

或许明代至清的相关法律规定更能展现社会真实需求。万历《明会典》卷七九有此规定，民间女子凡三十岁前夫死，守寡至五十岁之后不改节操，可受到旌表门闾，除免本家差役等优遇。而清初把这一套制度承接下来。当然主要针对的还是中原的汉族女性。

从中外比较的角度，有学者指出别离题材的诗歌具有中国的民族特色："中国古典诗有忧伤情调的另一原因是写别离很多。别离动人心魄，这一点给人印象很深。诗人老是写男女一方独居，或一人长期孤独，以及长夜的思念和回忆。有时，对所爱的人的思念使得别离也有一种甜蜜感。……离乡常常使人忧郁。"② 由上可见，在叙事文学之中，更多的则是关注如何解除别离之苦，而非千方百计、不屈不挠地实现"重逢"，努力达到决不放弃的团聚理想。可对后者的关注远远不够。

---

① 王立、刘团妮：《〈过墟志〉题材渊源、演变及时代成因》，《南开学报》（哲学社会科学版）2013 年第 5 期。

② 丰华瞻：《斯托雷奇论中国古典诗》，《社会科学战线》1987 年第 3 期。

三、科举制度及相关活动与离合悲欢

陈文新教授指出，中唐后科举制度下涌现出占主导地位的寒士阶层，其"耕读传家"的生活方式造成了一种观察生活的新立场，也为城市带来了一个庞大的文艺消费群体，"为戏曲、曲艺开拓出巨大的市场，促进了戏曲、曲艺的兴盛"①。

首先，科举成功地也面临着家庭、社会关系变化，往往造成新的离别。如《八洞天》写鲁翔在家乡的夫人石氏"见丈夫才中进士，便娶小夫人，十分不乐。只因新进士娶妾，也算通例，不好禁得他。原来士子中了，有四件得意的事：起他一个号，刻他一部稿，坐他一乘轿，讨他一个小"②。由此生出许多离合悲欢。中第带来的不光是"落絮望天"，还滋生出表现士子与女性分分合合诸方面的社会问题，成为戏剧题材、戏剧性的多元体现。黄仕忠教授较早关注的负心婚变母题中，女性与得第后情郎的重逢多半是悲剧性的③，《夷坚志》中这类故事很多。重逢时态度成为女方对男方（科举成功者）"负心"的"发现"，经典的是高则诚的南戏《琵琶记》。而董西厢、王西厢不过是对元稹《会真记》负心汉的民间化、跨体裁美化④，作者更了解戏曲观众雅俗共赏的心理需求。元散曲对王魁负桂英故事回味时的复杂情感，"在玩世、感时、讽世等许多散曲作品中，浪子们都有意无意地插入一段王魁桂英故事，作为'互涉文本'，其构设出作品新的多重意蕴。于是，看似符号化了的热门话题，其实所达到的审美功能，是一种否定单纯角色符号化的效果"⑤。

明史专家统计过，出现在"三言""二拍"中51位士人：儒士5人，举人15人，监生9人，秀才22人，其中凡国子监学生均"监生"，还有"纳粟生"。据何良俊、沈德符等人记载，"热衷于声色犬马，出入于青楼妓院"，致使监生整体评价极差，而秀才们"誉多毁少，作者也乐于将好事、喜事安置在

---

①　陈文新、刘海峰：《从科举文献整理到科举文学研究——陈文新教授访谈录》，《科举学论丛》2022年第2辑。

②　五色石主人：《八洞天》卷一《收父骨千里遇生父　裹儿尸七年逢活儿》，书目文献出版社，1985。

③　黄仕忠：《落絮望天——负心婚变与古典文学》，陕西人民教育出版社，1991。

④　孙逊：《董西厢和王西厢》，上海古籍出版社，1983。

⑤　王立：《中国古代文学主题学思想研究》第三章《元代散曲王魁桂英咏叹对宋代故事的接受》，天津教育出版社，2008。

他们身上"①，而儒士们为人瞧不起，方志远指出吏员们则有清廉者、贪婪者、干练者、昏庸者、善良者、歹毒者等，大多有原型。因而，他们对钱财、奉公以及民众乱离重逢的态度，可作为评价的指标，如方志远指出的进士县令吴杰善良。

遭逢家难，厄运连连的清官之子马德称，由此"知人情奸险"，因本来"聪明饱学"，他并不就此坠青云之志。落魄在寺中写经糊口，竟被来寻夫的未婚妻黄六媖"访知"，派家人王安送银，可他称："有言在先：'若要洞房花烛夜，必须金榜挂名时。'向因贫困，学业久荒。今幸有余资可供灯火之费，且待明年秋试得意之后，方敢与小姐相见。"②宦家子还有着读书人的自尊、自信与矜持。黄小姐又派二家童来服侍。

几年后奸臣王振被查抄，父昭雪，他廪例入粟，考中监元，"与黄小姐成亲。来春又中了第十名会魁，殿试二甲，考选庶吉士……直做到礼、兵、刑三部尚书，六小姐封一品夫人。所生二子，俱中甲科……"③他的吉运，就从黄小姐的访知"发现"开始，自"重逢"成婚而好运不断。

其次，科举与乱离重逢母题结合，派生出一系列吸引人的戏剧性因子。在叶德均、徐朔方等前辈研究基础上，陈益源教授注意到戏曲改编为传奇小说关系的聚讼。这也离不开"乱离重逢"丛聚的吸引力。《龙会兰池录》写宋南渡时，蒋世隆与黄尚书女瑞兰奇逢结情，世隆病有乌鸦日噪、夜多异梦，更兼庭外飞来鹦鹉，居然认出瑞兰是它家小姐，瑞兰由此能与父重聚；得知女儿"寄身世隆"，父黄尚书怒，瑞兰只得偷赠世隆半衫火浣布为信，随父到临安。世隆病愈到临安赴试，画"龙会兰池图"并提小引，暗示欲隐藏在瑞兰闺房之愿。世隆高中文科状元，而知瑞兰即尚书女，于是"龙（世隆）会兰（瑞兰）"④。而先前汲古阁楼刻《幽闺记定本》第二十六出演蒋瑞莲认王瑞兰母为干娘后，母女俩在驿馆啼哭引动过路官员，竟与丈夫王镇、爱女瑞兰重逢。陈益源不同意徐朔方的"退化说"，指出："平心而论，小说自始至终都以世隆与瑞兰的遇合、离别、相思为主线，夫人与瑞莲的角色本来就不吃重，如果硬要插入类似'皇华悲遇'一节，反倒不见得高明，因而小说简略交代实无可厚非，不能算是败笔"。"（并且其中的兰花图）寓意颇巧，瑞兰也借观此图

---

① 方志远：《明代城市与市民文学》，中华书局，2004。社会学家曾强调父老、士大夫与士的区别："一般而言，'父老'是指庶民身份的高龄有声望的人，'士大夫'是官僚资格者（时代再往后，他们被称为乡绅）。'士'指的是为了通过科举获得官僚身份而学习的人，狭义上是指县学的生员。"滨岛敦俊：《明清江南农村社会与民间信仰》，朱海滨译，厦门大学出版社，2008。

② 冯梦龙：《警世通言》卷十七《钝秀才一朝交泰》。

③ 同上。

④ 赤心子、吴敬所编辑：《绣谷春容》（含《国色天香》）上，江苏古籍出版社，1994。

引始知世隆不死及其谋合的企图，发挥了应有的作用。《龙会蓝池录》……本于明代成化年间的中篇传奇小说《钟情丽集》。《钟情丽集》叙述辜辂、黎瑜娘一见钟情，生死相许的爱情故事，其间，辜辂曾于壁上画莺、题诗一绝以托意：'迁乔公子汇金衣，独自飞来独自归。可惜上林如许树，何缘借得一枝栖？'明人赵于礼便是根据这一重要剧情将其改编戏曲题作《画莺记》的"①。可见，乱离重逢故事便于剧情的营构，为众多剧作家不约而同地瞩目。而科举成功，成为重聚关目成立的前提。

明初《寻亲记》演周瑞隆之母郭氏，努力教导瑞隆使之考取进士，而先前她的丈夫周羽就赴考一去无回，为保清白郭氏竟至毁容②。又如故意造成身份隐瞒，不相逢、又不能不最终重逢的"易装"小说、故事。

女扮男装作品的改编，其实多不成功。如徐朔方先生认为《四声猿·雌木兰》："徐渭选用这一题材，与他一贯的叛逆心态吻合；大人先生不及被他们所轻视的妇女。再引申一下，也许可以说举人进士不如他一个穷秀才。但在作品中这种悲愤心理被轻松的喜剧情调所取代。一个极为成功的作品以另一种文学形式加以改写，多半只能以平庸或失败告终。看来徐渭也不例外，能改写得像他这样不太坏已属不易。……《雌木兰》与其说有意为妇女扬眉吐气，不如说为像作者一样的失意文人鸣不平。女将军、女状元的出现反衬出男将军、男状元都不是真正的人才。这一类题材在晚明和清代一再被重复，却很少有可取之作。"③

再次，乱离与平乱需要也促使人们认识到军功的意义，建功立业并不唯科举一途。此时"发现""重逢"有了新的意义。仿佛仙赠侠少年天书，清初小说写温州秀才花天荷文武双全，天台山遇仙道老者赠二图册——两广形势图与园林图，称功名、姻缘在其中。值两广不靖，天荷投军献策被疑，即离去游闽，在福建长乐见一园林，他"发现"与仙翁园林图相似，记忆中的"重逢"，引出园主——避仇在此的故京兆子柳青云，天荷代柳家解困，与青云结为挚友。在柳府中天荷与青云的孪生姊柳烟读书谈艺，互生情愫，而青云有意为姊牵线，以仙翁所赠二图为聘。而柳烟也因二图"发现"（解悟出）天荷告知的"大计"，代归乡省父的天荷献上据形势图揣摩的妙策（假称天荷制），被朝廷御史夏侯春惊为奇才，施行后奏捷，举荐为两广总戎，天荷归聚，与柳烟成婚。而青云中进士后封官，也与对他早有好感的赵参将女红瑞重聚、结亲，为广州知府。后天荷又重逢天台仙翁，发现原来是后汉将军马援显圣。小

---

① 陈益源：《元明中篇传奇小说研究》，香港学峰文化事业公司，1997。
② 范受益：《寻亲记》，载毛晋辑《六十种曲》，中华书局，1996。
③ 徐朔方、孙秋克：《明代文学史》，浙江大学出版社，2006。

说写天荷言"这秀才笔墨之事，若再去料理，便是弃大而就小矣"。"以七篇无用的文字博来的文官，孩儿实实不愿去做"①。石麟教授精辟指出："虽然仍停留在愿意做官的基础上，但已带有十分明显的注重经世致用而反对空头文章的倾向"②。

与科举相关的题材，改编戏曲甚多，而"重逢"每多被借重。科举任官视野下，戏曲、传说的夸张往往更经不起事实的推敲质疑，的确如戈革先生指出的："京剧的情节，也有许多是绝对违反历史的。……一个穷'秀才'，得到美人的'资助'，'上京赶考'，不经乡试（举人考试）等等的重重考试，一下子就'火箭提升'，'得中头名状元'，任何时代的现实世界中哪有此等怪事？一个人得中了'头名状元'，一般他只能到'翰林院'中去当一名'修撰'，……他绝不可能一下子就当上地方长官'八府巡按'。那就如同一个小学生忽然得了博士学位而且立刻当上了某省的省委书记一样的不可能！"③ 这种情况在小说中也常出现，是不是细想起来，不合常情，实在不可思议？至少其中的一个原因是，"乱离重逢"被认为太适合作为剧情"发现""陡转"的关目了。

四、兵役、徭役、经商与骨肉、情侣分离

第一，兵役、徭役带给家庭的离散亲人分别有持久、永别之分，许多分离最终就是死别，再不相见。在古代诗歌中这是一个常见的主题。汉乐府《十五从军征》描述的是一个老兵六十五年后归乡，已见不到想要重逢的亲人了，故园也凋敝破败。那他在这漫长的时间内有多少重逢之梦？杜甫《石壕吏》写老妇被强行征用上前线的三个儿子，两个已阵亡。宋代严羽在《沧浪诗话·诗评》中指出："唐人好诗，多在征戍、迁谪、行旅、离别之作，往往能感动激发人意。"④ 元代方回体会："升平之旅，犹或以穷而悲；乱离之旅，穷且特甚，乌得不深悲乎？"⑤ 因而，外有征夫游子，他们的心绪不仅易于因乡音引

---

① 步月主人订：《画图缘》第十一回《花大本逼子占高魁　夏按院荐贤膺大任》，春风文艺出版社，1985。
② 石麟：《石麟文集》（第五卷）《"双典"之外的章回小说臆说》，台湾花木兰文化事业有限公司，2021。
③ 戈革：《渣轩小辑》，湖南教育出版社，2007。
④ 何文焕辑《历代诗话》下，中华书局，1981。
⑤ 李庆甲：《瀛奎律髓汇解》卷二九，上海古籍出版社，1986。

起，哪怕有些微入耳的声响也会牵动归乡之念①。与亲人重聚的心愿，这种"愿力"的动力源就是"重逢"，而"温柔敦厚""含蓄蕴藉"的风尚，又使得与亲人的思念用泛泛的乡怀、桑梓故里之思来形诸咏叹。

第二，战乱也会把本来即将重逢的亲人再次阻隔，明知彼此所在也不能重聚。小说《八洞天》写侬智高、王则先后作乱，打破了才子鲁惠与父母的重聚。进士鲁翔在京娶妾楚娘，而赴广西上任时，楚娘受鲁妻石氏排挤，生子鲁意出痘被误以为死，裹了半条白凤裙半遗弃，避入道观。鲁翔逢侬智高叛乱，只得化装客商，而家人吴成因病折返途中，闻新任县令死讯，又遇昌团练之仆确认，误传噩耗至家中。仁孝的鲁惠前来扶柩送回父尸，得团练赏识并收留在家住。久之被看中做女儿月仙婿的佳选，女和诗，尤其是感觉与弟相貌相似，心生好感（伏笔）。而鲁惠的文雅、推辞也给月仙母留下很好印象，但"贝州妖人（王则）久未平定，归期杳隔"，竟达五年之久。

此时侬智高被狄青杀败，乱平，鲁惠代笔的"平贼露布（捷报）"得狄青激赏、接见，鲁惠也感谢收葬父骨之恩，狄擢拔鲁惠为参军。偶发现逃人中有鲁知县，才知前死者原为家人沈忠，于是父子意外重逢。鲁翔还带来侬贼首解甲脱逃的情报，证实了鲁惠的判断并将其追获，被斩②。于是不仅狄青升官，鲁翔鲁惠父子均升官，昌团练升任山西指挥使。而鲁翔妻避乱道观，巧遇观主——当年被嫉妒逐出的妾楚娘，得其宽厚地款留。五年后，携子回归的鲁翔也与妻妾相逢。不久月仙与鲁惠也美满成婚。楚娘常念当年病亡的幼儿鲁意，不料月仙认出楚娘保存的白凤裙，取来与自己的可合为一条。事实上，当年病儿没死，被卖昌家，是楚娘之子，鲁惠同父异母之弟——姐夫原来是兄，"父子兄弟，意外重逢"，应了当年月仙的题词"疑是一爹娘，偶然拆雁行"，于是小说为《诗经·小雅·南陔》"补其文"③。

饱学之士徐兆玮（1867—1940）评论弹词《哀江南》，其一章《豫太守微服借靴，熙淑人改妆裹足》写："镇江府豫，微服潜逃，中途借靴，往侬署督。常州熙游击之妻，改满装，裹足为汉人，混入民妇内。"《宠小兵武弁争风，选美女逆酋渔色》写："军务紧急时，有二武弁争一小兵，持刀相向。贼

---

①　王立：《乐音音响意象与中国古代思乡文学主题——从西域乐音音响意象谈起》，《西域研究》2000年第4期。

②　吴曾指出："仁宗以广源蛮侬智高寇岭外，陷数州，乃遣狄武襄出督战。用延州蕃落骑兵，一鼓而破。捷至，帝愀然无喜色，曰：'杀人多乎？'"《能改斋漫录》卷十二《狄武襄一鼓而破侬智高》，上海古籍出版社，1979。

③　五色石主人：《八洞天》卷一《补南陔·收父骨千里遇生父　弃儿尸七年逢活儿》，载《五色石等两种》，江苏古籍出版社，1993。《文选》李善注："循陔以采香草者，将以供养其父母。"

目在镇江选美女廿四人。"①

《聊斋志异·乱离二则》其一讲述学师刘芳辉的妹妹与未婚夫戴生因战乱离散，又神奇地结为夫妻。赵伯陶解："学师：这里当谓淄川县学教谕，秩正八品，掌文庙祭祀，教育所属生员。蒲松龄为淄川县学生员，故称县学教谕为学师。刘芳辉：当作刘芳勋。乾隆八年（1743）《淄川县志》卷四《国朝秩官》著录'儒学教谕'有'刘芳勋，昌平人'。另据光绪十二年（1886）《昌平州志》卷八《选举表》，刘芳勋为顺治间贡生。蒲松龄于顺治十五年（1658）进县学，刘芳勋当已离开多年，故记其名偶疏。"② 虽然许多史实难以确考，但的确反映了明末清初民众多有离散的时代现实。

第三，有的则是因各种情况漂泊在外者，把从军作为谋生、谋发展的志业。如父子、夫妻乱离重逢。崇祯年间的《英雄谱》（《镌刻合刻〈三国〉〈水浒〉全传》）卷九《黄忠魏延献长沙》中有"花关索荆州认父"，写关云长、张飞欢宴，闻一名叫花关索的小将军门外求见。关索让母暂候于外，入见跪下垂泪认父，关公正容问："汝是何人？敢不错认吾也？"关索的诉说又促进了关公夫妻相认，旁观者张飞的态度增添了相认场面的铺叙、戏剧性和表现力：

> "儿三四岁时，见父不在家，常问于母，母道父亲自杀本处霸豪，逃难江湖，雁杳鱼沉，不知何所，又值家贫，只依外公胡员外家抚养长成，指教说父昔日在桃园结义，今闻在荆州，特来寻见。"关公迟疑不信。索曰："父不认儿，儿无所倚。"哭昏在地。
>
> 张飞扶起，谓云长曰："吾看此儿，必不妄认。兄出外日久，家中事恐忘怀了。可仔细思想，逃难之时，嫂嫂有怀孕否？"关公沉吟半晌曰："吾逃难时，妻小果有怀胎三个月。但此子既是吾儿，宜姓关，如何姓花名关索？吾故不肯认。"张飞复问其故。索答曰："七岁时元宵观灯，闹中迷人，索员外拾去，养至九岁，送与班石洞花岳先生，学习武艺。因此兼三姓，取名花关索。"关公听毕曰："原来如此耶！"掩面而哭："吾儿若不来，吾怎知汝母子艰辛！"随问曰："今母何在？"索曰："就在门外。"关公曰："快请进相见！"索出门外，请母进府。关公一见胡氏，遂二人掩面大哭。张飞曰："今日兄嫂父子相会，骨肉团圆，真如古镜重明，缺月再圆也。……"胡氏随命儿妇三人拜见关公，复拜翼德毕，红日西沉，张飞告退。
>
> 是夜，设宴以叙夫妇之情。谓胡氏曰："吾家贫，汝又在岳父家住，

---

① 徐兆玮著，苏醒整理：《徐兆伟杂著七种》卷七，凤凰出版社，2014。
② 赵伯陶：《聊斋志异详注新评》，人民文学出版社，2016。

为孩儿娶一妇尚不能，因何娶得三个媳？"胡氏曰："先过鲍家庄，遇鲍二娘，后过芦塘寨，遇王桃、王悦，皆与孩儿斗演武艺，比儿不过，愿成夫妇。"关公曰："吾有此子，如虎生翼矣，何愁汉室不兴乎！"①

在母子这里，殷切地得盼重聚、相认。因生下即未能得父庇护，七岁又与母失散，少年关索的成长非常艰难，幸得恩同父子的师父花岳先生抚育教授；成长过程中又经比武而得三妻——这是古代"比武招亲"母题中早期故事的重要个案，于是关公又兴奋地发现了儿子的军事技能，在他这里，则又想着儿子能为兴复汉室出力。这里写出了关公已跳出了一般的军卒的角色思维，而有着军事将领的责任期许。

年轻的丈夫遇乱贼被劫，只得投军活命，见于晚清新闻报道。说浙东人赵巨卿贩货为生，娶同里魏氏为妻。咸丰三年（1853），赵外出贩货遇粤寇，被抢一空。他只得投军，因功勋升为游击将军。他时刻想念妻子，但由于军务繁忙始终未还，而寄出的家信又没回音。然而幸运降临了：

> 近日，请假回家探亲，乘船过邗江，见一少年背一包袱，似要出远门，旁有一妇人四十余岁。看见赵某，就一直盯着，而且询问其姓名。赵更说出自己姓名，那妇人就对少年道："孩儿，你父亲就在这儿。"赵某茫然失措，一问之下，果然是妻，顿时悲喜交集。②

母子俩看来是外出寻亲，但何以母（妻）先认出？一方面魏氏是有明确目的出来的，她那"有意注意"的视线时刻都在搜寻；二是母子俩只有母认识寻找对象，她一刻不敢松懈；三是赵巨卿此行是回家探亲，没想到能在中途巧遇，当然也一时没认出。何况身为人母的女性在家操劳，把儿子养大不易，容貌可能变化较大，赵巨卿也没认出，而当眼前这个陌生妇人认出了他并郑重推出了孩子，他竟还是没有认出。岁月淘洗，青春不再，已不是年轻时那么冲动了，赵巨卿只好主动询问——确认身份，这才"悲喜交集"。细心体察，觉得这一解说，的确把握了夫妻久别重逢瞬间的人物心理流程。

母、媳与彼此丈夫同时重逢，体现了"女主内，男主外"的习俗和价值观。《跻春台》还写素娥母子乞食往省城寻夫，桥边见官员一老一少骑马来，左右将母子带到官前审问，素娥自道姓名……马上官员大叫一声落马，年老官让继续往下讲，称被诬告，苦打成招，因此乞食寻夫，"只见二位官员眼泪双流，衣巾尽湿，喊曰：'呀！你就是我贤孝媳妇！可怜落于乞讨，快来相认！'

---

① 《花关索传校点记》，载中国《三国演义》学会编《三国演义学刊》2，四川省社会科学院出版社，1986。

② 吴友如等：《点石斋画报·大可堂版》，1887年，上海画报出版社，2001。

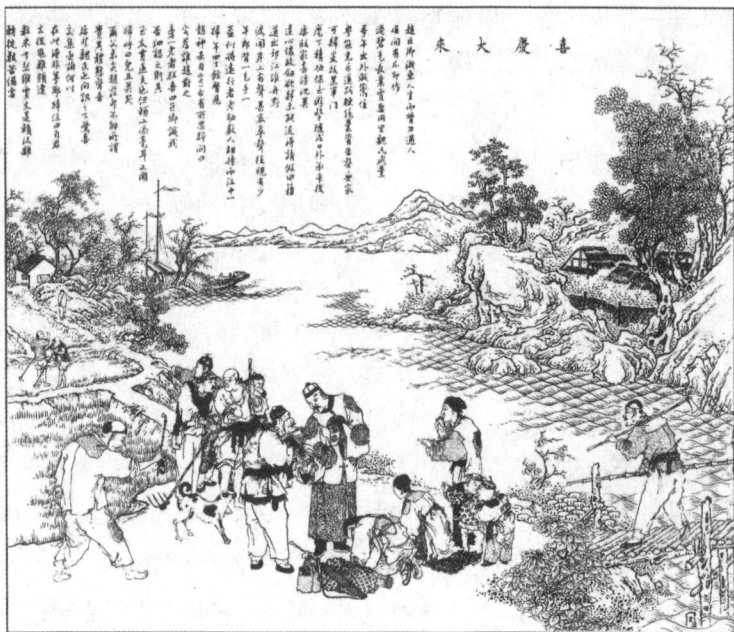

图 10-2　喜庆大来

素娥仔细一看，后面官员正是丈夫，因仪容非昔，打扮不同，所以睹面不识；及问年老官员，才知是他公公。"①

外有征夫，内有思妇。古诗咏："遥望陌头杨柳色，悔教夫婿觅封侯"，而事实上征战是十分辛苦、九死一生的，"醉卧沙场君莫笑，古来征战几人回？"内有闺中思妇，她们的心声，又往往由那些"男子作闺音"的代言者温婉地表达，也实为不得重逢焦灼难耐的普遍心声。

明代流传的《薛仁贵跨海征辽故事》也写投军时，妻子柳金定志忑地叮嘱："去当军，初出外，小心在意；莫贪花，休恋酒，莫爱他人……"②

曾做过宫廷侍卫、理藩院尚书的满族宗室恩华（约1810—1860），作有《苦旱行，昌平道中作》一诗："既膏战牛，既秣我马。云何徂征？曰为扫洒。遄行向昌平，西风兴赋雅……"外有征夫，内有思儿的慈母慈父或有妇孺也在殷切期盼。他的《求真是斋诗草》收有所作《古诗》，按照"首章标其目"的传统称创作缘始："余感今追昔，用以敷陈，聊去兵徭之苦云。"多年管理边疆地区少数民族事务的体验，让诗人饱阅征战徭役之苦，笔下呈现了"生归尚如此，况复闻死还"的冰山式效应，如同杜甫"三吏""三别"那样的苍生之

---

① 刘省三：《跻春台》卷四页集《活无常》，群众出版社，1999。
② 朱一玄校点：《明成化说唱词话丛刊》，中州古籍出版社，1997。

苦，《诗序》讲述了不幸之中的幸得生还者："兵戈中一人得归，其母以为妄也。少焉入室，旋闻哭声，殊为凄怆……"这是日日思念的老母与劫后余生的儿子，久别后意外相聚的喜极而泣。邓伟先生的解读深切而细致："邻里中，许多男儿外出当兵，但战后只一人得以生还。其母初以为是在梦中，继而痛哭失声。……生还相见者尚如此伤悲，闻听死讯者其悲伤更将如何！这种感伤的深度，可说是前人诗作不曾达到的。"[1] 诗歌带有乐府诗"感于哀乐，缘事而发"的写实传统，写的就是兵役带来的社会问题。

第四，征战剿匪，到异邦他乡活动时，还往往造成久别亲人的意外相逢。借助于乱离重逢母题的人伦情感的扭结、焕发，本来处于对立的社会角色，也可能产生共情、共感的侠义情肠。

孝子寻父漫游的生存问题，如何解决？相传著名的"双刀张"张兴德，寻骡（自家骡有印记，被偷艺者盗骑走后成为一起杀官劫物案的物证）得骡后，辗转知偷艺者落草处，多年未归，"张有子，绝仁孝，张之出也，年方幼，哭求其父不得……年十四，自塾逃，遗书于案，视之，则诀别辞也，言不得父誓不归"，十年后已当了参将的孝子遣人迎母，"盖寻父数年，日以卖技糊口，久之，有识张者，云在南阳，踪迹之，则又西去，遂辗转至宁夏。一日，方炫技于市，总兵适出，走辟（避）道周，总兵马上熟视之，遽呼以前。"口称看上了年轻人武技，想指点一下，还有父子相会之许，条件是"但必君娶其女，然后令君得见尊翁耳"。张允，"女颇敦厚温顺，于武技亦稍知一二"，于是让他佩铠甲持一锦囊前往，晨雾中"一黑影若巨雕"扑张子坠马，急呼是为总兵送信者，戏剧性的父子相认场面出现了：

> 其人取囊中书视之，方踌躇，从人忽呼曰："张公子不识若父耶？"张子顿悟，急抱持痛哭，视总兵者已于从骑中趋出伏地请罪矣。张至此已无如何，则曳以起曰："汝智真神矣，吾老匹夫，不意竟坠汝手，已矣，何言！"于是父子并辔归，总兵隆礼以待。寻署张子百夫长。戊寅，回部叛，即使张父子往讨平之，总兵尽归功张子，得海州参将。[2]

当年的偷艺青年成为智勇双全的总兵，他深知当年给师父带来的伤害，一直留意着父子俩的行踪，因而先从急于寻父的孝子下手，结为岳婿之盟，这样与宝刀未老的"双刀张"就成了儿女亲家，亲谊与玉成父子骨肉相逢——相逢大喜冲淡了一切积怨，复加给年轻一代宝贵的军功前程，成功地一笑泯恩仇。

---

① 邓伟主编：《满族文学史》第4卷，辽宁大学出版社，2012。
② 徐珂：《清稗类钞》第六册《技勇类》，中华书局，1986。

吕妙芬将寻亲故事，分为几个"主要的类型"（实为母题）："（1）战乱中孝子与父（母）失联，孝子遂开始寻亲；（2）孝子年幼时，父亲出门远游，长期音讯全无，孝子长大后，立志寻父，展开寻亲之旅；（3）孝子的生母因为种种原因被迫离开，甚至已改嫁，孝子最终将生母迎归奉养；（4）父（母）或祖父（母）卒于外，无力归葬，孝子尽力寻访亲人尸骨，负归完葬。"① 的确是构成离散的过程，展示出主要成因。

然而，这项研究似没有注意到情侣的"心死"这一悲剧母题。纪昀讲述了一个重逢后"乐极生悲"的凄惨故事。乌鲁木齐军校王某之妻，与万里远来的旧日情侣裸抱裂腹而死。因该男子身份不明，本来拟以疑狱结案。却不料当晚，女尸苏醒。自述原委：她与此人（死者）自幼相爱，"既嫁犹私会"。后来随夫驻防西域，这人仍然念之不释，复寻访而来。

重逢后的二人："虑暂会终离，遂相约同死，受刃时痛极昏迷，倏如梦觉，则魂已离体。急觅是人，不知何往。唯独立沙碛中，白草黄云，四无边际。正彷徨间，为一鬼缚去。至一官府，甚见诘辱。云：'是虽无耻，命尚未终。'叱杖一百，驱之返。杖乃铁铸，不胜楚毒，复晕绝。及渐苏，则回生矣。视其股，果杖痕重叠。驻防大臣巴公曰：'是已受冥罚，奸罪可勿重科矣。'"② 纪昀将这种不能重逢的遗恨，痛加回味："余《乌鲁木齐杂诗》有曰：'鸳鸯毕竟不双飞，天上人间旧愿违。白草萧萧埋旅榇，一生肠断华山畿。'即咏此事也。"这实际上很可能是一起"非虚构"的报告文学，因发文书给迪化同知木金泰往勘验，没有理由怀疑这一随军记录笔记细节的真实性。吴波指出，从这个殉情自尽军妇的决绝态度可见："她与'自幼相爱'的情人感情之深。笔记中并未交代军妇的来历，但从她与旧日恋人的感情看，她随夫远离家乡实非所愿，从而也真实地反映了一部分远离家乡、随夫从军军妇的真情实感。"③ 因而这一理解做到了点到为止，由此可透视出在重聚欢晤之中，忧惧不能持久的绝望心态、悲苦至深。

第五，外出经商，关山阻隔，使得这一贸易活动成为别离重逢的前提、成因。冯梦龙写了陕西商人赴闽经商被掳变为"假倭"，十九年后又随倭寇进扰，被俘后的三次重逢，"作者强调的是父子'奇逢'，但在备尝艰苦的杨八老身上也体现了在倭寇蹂躏下，东南沿海人们所遭遇的种种苦难，表现了一些民族意识和市民的正直品德。"④ 西安府杨复（杨八老）带随童至漳浦经商，

① 吕妙芬：《明清中国万里寻亲的文化实践》，载《"台湾研究院"历史语言研究所集刊》，2007。

② 纪昀：《阅微草堂笔记》卷五，上海古籍出版社，1980。

③ 吴波：《阅微草堂笔记研究》，上海古籍出版社，2005。

④ 胡士莹：《话本小说概论》，中华书局，1980。

被檗妈妈招赘，生下檗世德。三年后，他回陕探望却遭逢倭乱被掳去。随童与杨八老离散后做了王国雄的家人，改名王兴。十九年后，倭寇又来侵，杨八老随倭在温州被王国雄部下俘获，王兴夜闻俘虏哀号，发现了旧主。杨在绍兴郡丞杨世道审讯中，又被发现是其离散之父，而绍兴檗太守之母竟为杨八老后妻，全家团聚①。下表为主人公杨八老所重逢的人物关系：

表 10-1

	相逢角色	原人物关系	今人物关系	相逢机缘	不变关系
1	随童、王兴	杨复僮仆	老王千户仆	闻哀号声，认出旧主	主仆
2	郡丞杨世道	别时七岁	郡丞与倭犯	细审后与母印证，屏后窃听又证，同时夫妻重逢	初婚之子
3	绍兴府太守檗世德	别时三岁	檗太守的同事杨郡丞之父	太守致贺杨郡丞认父，细节得母印证，屏后窃听又证，同时夫妻重逢，世道、世德兄弟相认	继婚之子

三次"奇逢"次第勾连，呈现递进式结构。由随童王兴闻音认出旧主，引出与杨郡丞母子一家相逢，而后又引出檗太守母子一家相逢，而后合为一家团圆。张哲俊指出，小说情节构思有非虚构性。归有光（1507—1571）《备倭事略》即有类似"假倭"记载，给冯梦龙以启发："如果杨八老没有遇到王兴，又恰遇自己的儿子审自己，恐怕就性命难保了。"②清代袁栋《书隐丛谈》的异文则指向明末张献忠之乱：

> 山西聂翁，妇虞氏，生一子。商于川，又赘于李氏，亦生一子。因张献忠入川，李氏子母散失，翁流入滇黔，为伪弁，为官兵俘获。累囚数十辈，抚军付州刺史聂熊臣鞠之。询及翁里居姓名，刺史异之，退问母。母令复讯，而己听于后，呼其子曰："真而父也！"起之囚中，拜哭大恸，庆忭无已。
>
> 属员咸贺，刺史觞之，翁亦在席。客问翁何由入滇黔，翁俱本末，又与李吏目里居、母子、姓名合。李骇甚，归述于母。母令设醴邀翁，翁至，母出见，曰："尚识妾否？为吏目者，君之子也。"刺史乃与吏目序兄弟焉。夫以两地妻室，异姓兄弟骨肉，一朝完聚无缺，诚异事也。《双金榜》传奇情节略同，大约为此而发者也。③

---

① 冯梦龙：《喻世明言》卷十八《杨八老越国奇逢》。参见冯梦龙《古今谭概》《情史》等。
② 张哲俊：《中国古代文学中的日本形象研究》，北京大学出版社，2004。
③ 谭正璧编《三言二拍资料》引，上海古籍出版社，1980。

异文众多是民俗心理与审美价值的认同。

从地域风习的角度，纪昀指出，山西人多经商在外，十多岁学经商，蓄资归乡纳妇。而后仍外出营利，一般二三年归省。然而有些人也许并不顺利："或命途蹇剥，或事故萦牵，一二十载不得归。甚或金尽裘敝，耻还乡里，萍飘蓬转，不通音问者，亦往往有之。"① 于是这一风习下的"离乡—还乡"现实图景，造成流传着许多"西商"的离别重逢故事。乡土情结，影响到婚恋对象的地域选择。青年李甲，就在外地成为同乡人靳乙的养子，跟着姓了靳。家中因此得不到他的踪迹，有人传言他已死。不久父母故去，李甲妇无所依，寄身舅家，舅又南北迁徙无定，李甲也以为妇死。靳乙为李甲谋划娶妇，赶上妇舅去世，家属流落到天津，也合计着把年少"寡妇"嫁与山西人，以后有机会回归乡里。担心人嫌，诡称己女。以下的相认场面融会了许多人之常情，令人惊赞而同情，故事叙述未忽视当事人彼此有个适应过程，突出了男性中心社会所派生的必然性膈膜。

> 合卺之夕，以别已八年，两怀疑而不敢问。宵分私语，乃始了然。甲怒其未得实据而遽嫁，且诟且殴。合家惊起，靳乙隔窗呼之曰："汝之再娶，有妇亡之实据乎？且流离播迁，待汝八年而后嫁，亦可谅其非得已矣！"甲无以应，遂为夫妇如初。破镜重合，古有其事。若夫再娶而仍元配，妇再嫁而未失节，载籍以来，未之闻也。姨丈卫公可亭，曾亲见之。②

李甲多年离乡在外打拼，可下得到了一个行使"夫权"的机会，却未能体察妇在八年期间该经历了多少磨难！还是养父靳乙能有局外人、过来人的持平之论，而李甲毕竟也有着"重义尚德"的晋商品格。"重娶"时才得以相认，那不是生活所迫何能如此？这一夫妇久别后奇迹般"再次成婚"的真实事件，描述得耐人寻味又举重若轻，令人回味许久。德国地理学家李希霍芬（1833—1905）在19世纪70年代前后对中国三分之二的省份进行了考察，他从比较文化学的眼光高度评价了山西商人："其实山西商人是否狡猾要看跟谁相比了，比如蒙古部落商人显然就更加直接和诚实。但是无论如何山西人做生意还是较为诚实守信的，所以他们才有这么好的名声。……因为他们的信用极好，所以生意才能持续地做下去。"③ 显然，经商的诚信也影响到对待婚姻方面的品德。

---

① 纪昀：《阅微草堂笔记》卷二十三，上海古籍出版社，1980。
② 同上。对晋商形象全面精当的讨论，参见魏晓虹《〈阅微草堂笔记〉中的西商》，《山西大学学报》（哲学社会科学版），2010 年第 2 期。
③ 费迪南德·冯·李希霍芬：《李希霍芬中国旅行日记》上，李岩等译，商务印书馆，2016。

陷于窘境中幸逢旧仆。李涵秋小说写富家少爷——书生云麟——被作为革命党嫌疑人入狱，偏巧管狱是公馆中当过家人的富荣，"徇了个私情"，得到关照并得到宽慰。在将要受到折磨时受到阻止，原来是四姨太哭闹说是她哥。小说下一回写在清场后云麟盯住那四姨太不开口：

> 转是那四姨太太含着满泡眼泪，说了一声："云少爷你苦了。依我的主意，今日本不当再来见你。"云麟更不等她再说下去，一欹（倾斜）身子，向一张椅子上坐下，也含着满眼泪水，哽咽说道："哎呀！救我的原来又是你。我感激你的地方，自不消说得。只是你这人的心，再没有比你生硬的，你好好地去嫁人罢了，我又不曾缚住你，你哄得我几乎要死，你为甚叫你那些邻居装得活灵活现？你既是哄我是死了，你今日又为什么活蹦乱跳地还在世上呢？……"红珠叹道："在先的事，我有我的用心，也不用再提了。……我是担着十分重大干系，在我们那个大人面前保你不是革命党。"……云麟又叹道："你这一来，侯门似海，料今生再也不能同你聚首在一处。我如今没有别的恨处，只恨世界上你不死，我也不死；若是两人中死得一个，何等干净……我只是总不愿意你抛撇了我。"[1]

原来四姨太即"柔情侠骨"的红珠，是曾救过云麟的侠妓，彼此也是情谊深长的情侣，先前被误认为已病逝，因而这次重逢就意外得大喜过望。

五、灾荒中生离死别后的重逢

能导致妻离子散家破人亡的灾害很多，水、旱、蝗乃至瘟疫等均可搅乱民众的正常生活。而灾荒中的流离失所比较复杂，自然灾害往往带来社会混乱失序，雪上加霜。罗威廉指出，根据有经验的地方官于成龙的估计："所有人中最应受谴责的就是在乱世中追逐私利的该县吏役，这话出自一位具有经世倾向的人之口，并不令人惊讶。正是这些'鼠鸦'之辈，使县城里的百姓相信整个农村地区已为叛民所充斥，让他们陷入恐慌。……一方面企图在城居精英逃走后抢劫他们的财产，另一方面又想敲诈那些被怀疑同情叛乱的人。"[2] 如同赈灾中某些执行者因牟取私利故意坏事一样，乱兵哪会顾及战乱中家庭的离散，因而灾荒、战乱均为造成骨肉分离的祸患来源，受难者不得不在现实和虚幻想象中应对。

一是，为荒年乱世的生计所迫卖掉妻子儿女，如货物一般被交易后的离散

---

① 李涵秋：《广陵潮》第五十六回《江宁府书生脱祸　武昌城民党成功》，凤凰出版社，2014。
② 罗威廉：《红雨：一个中国县域七个世纪的暴力史》，李里峰译，中国人民大学出版社，2014。

者，有的魂消玉殒，有的远走他乡，多年后才得相认。清代方授《牵儿衣》诗咏："牵儿衣，执儿手，卖儿天涯牛马走，不及黄泉得见否？嘱儿悲啼勿在口，有儿可易米一斗，即此以报汝父母，只恐新谷未升斗米完，无儿可卖又卖妇。"吴伟业《董山儿》："父言急去牵儿衣，母言乞火为儿炊作糜。父母忽不见，但见长风白浪高崔嵬。将军下一令，军中那得闻儿啼。……问以乡里记忆还依稀。父兮母兮哭相认，声音虽是形骸非。傍有一老翁，羡儿杜来归。不知我儿何处喂游鱼……"颜鼎受《田家女儿行》："田家女儿年十六，卖作青衣向人哭。自言数世居南村，纺绩为生治杼轴。去岁田荒稼不登，一春八口无饘粥。"① 虽然灾荒时期人口随意买卖，不合法度，且迫使被灾者离开家乡，离别宗族亲人，有的也只是暂时度过了灾荒，但在缺乏持续可行的救济制度情形下，交换有价值的人口，是宗族延续的一种手段，当然，这也摧毁了宗族延续的情感基础。

二是，被世外高人救走，灾难过后再重逢。仙道小说写萨真人云游到西浦，用掌雷祛除疫鬼，救活德翁老幼二人，又取仙枣两枚解救了杨家夫妇，祖孙三代得救，这符合疫情降临全家染疫的状况，以及祖父带幼孙试图逃疫避灾的无奈："其娃子看见自己的父母，遂呱声而哭。真人乃解开怀中，抱出这个娃子，付还于他……"② 仙道之士"驱灭精邪，救活病症"是明清民间御灾信仰的重要构成。这里的家人重逢，是灾难降临之际的劫后余生，美好期盼的艺术化表现。

三是，善心人的救助与收养。佚名小说写李天赐（化名李童梓）中了第三名举人，朱孝廉赏银后阖宅皆知他背主赴考中举，皆欢喜。只有一使女拭泪，老夫人问知她是李天赐表妹颜桂香，三岁时许配李表兄，李父母双亡，连年荒旱中桂香母早故，父赴关东，乡邻出主意将奴卖来。李天赐被请进后堂，见老夫人身侧侍立着表妹颜桂香："认得真切，两下里不敢相认……行了四起八拜的大礼。此时颜小姐在小荷包内取出坠环一只，摞在毡上。李天赐行礼已毕，将坠环拾在手中……朱孝廉问：'你是我门婿否？'李天赐说：'晚生的原配成了大人的令嫒，晚生焉能不是大人的门婿？'"③ 处于灾荒之中的被灾者，其精神意志会遭遇生存需求的困扰，而救助者不但是在帮助他人摆脱困境，也为自己重组良好的社会关系和生存秩序。在此，母题功能就突破了"乱离重逢"故事具体个别的情节限制，那些文本不可或缺元素的活跃，往往开启了新的故事结构并滋生更为丰富的意义。

---

① 张应昌：《清诗铎》卷十七，中华书局，1960。
② 竹溪散人：《咒枣记》第十回《萨真人殄老惜幼　用雷火驱治疫鬼》，中华书局，1990，
③ 佚名：《孝感天》第四回《李天赐告假赴考　中举人夫妻得遇》。

六、母题的价值取向与现代翻译文学

现代翻译文学中较早关注离别重逢母题的是安徒生童话故事的译介，这在儿童阅读领域产生很大影响。在安徒生（1805—1875）诞辰120周年时，《小说月报》特辟"安徒生号"介绍。徐调孚指出："在中国，我提起了安徒生，大概谁也会联想到景深的罢！赵先生是介绍安徒生最努力者中的一个，也是出版安徒生童话集中译本的最先的一个。"① 安徒生笔下往往有一个孤独的女孩（丑小鸭），父母亲人是缺位的，她需要"爱"也在成长中努力寻求，这一"团聚"与"得到肯定"的动机，即打动儿童的重要母题。

之后就是林纾翻译《美国童子万里寻亲记》，并在光绪三十年（1904）动情地议论："……盖美洲一十一龄之童子，孺慕其亲，出百死奔赴亲侧，余初怪骇，以为非欧美人，以为欧美人人文明，不应念其父子如是之切，既复私叹父子天性，中西初不能异，特欲废黜父子之伦自立异耳。天下之理，愚呆者恒听率狡黠者之号令，彼狡一号于众曰：泰西之俗，虽父子亦有权限，虐父不能制仁子，吾支那人一师之则自由矣。嗟夫！大杖则逃，中国圣人固未尝许人之虐子也。且父子之间不责善，何尝无自由之权？如必以仇视父母为自由，吾决泰西之俗万万不如是也。……唯云父子可以无恩，则决然不敢附和，故于此篇译成，发愤一馨其积。"② 强调人类多民族的共通性——父子之情，而进行了对应中国"万里寻亲"母题系统下的解读。美国吉米自记、亚丁编的 *Jimmy Brown Trying to Find Europe*（直译为《吉米·布朗找寻欧洲》，又译《吉米·布朗历险记》），也是一个儿童成长故事。

而鲁迅先生的《月界旅行·辨言》却在反思中寻求出路："破遗传之迷信，改良思想，补助文明……导中国人群以进行，必自科学小说始"③。周作人的书信中也指出："Fairy 这一超自然的人物分布……英国通称童话为'神仙故事'，在通俗的学术书上也还沿用。大约因为童话中许多超自然的分子的缘故。童话中还包括笑话等类，所以不如童话的名称较为含混，而且与'原始社会的文学'的意义也还相近。"④

哈特兰德《童话与民间故事》称南非洲的班特族、爱斯基摩人、英国人

---

① 徐调孚：《皇帝的新衣·付印题记》，载安徒生《皇帝的新衣》，赵景深译，上海开明书店，1931。

② 《美洲童子万里寻亲记》，林纾、曾宗巩合译，1905。阿英编《晚清文学丛钞·小说戏曲研究卷》，中华书局，1960。

③ 鲁迅：《译文序跋集》，《鲁迅全集》第10卷，人民文学出版社，1981。

④ 赵景深：《神话论集》，文学周报社丛书，开明书店，1929。

都有晚膳后讲故事的风俗，中国人讲故事大多在夏天纳凉时。"童话的转述不是十个人，而是一族、一国、一世界。"① 中国最早的报纸即名为《儿童世界》。

尽管跨越国别文化阈限的母题研究已然受到关注，并小有成就，但翻译过程中的文化隔阂与意识冲突，亦即翻译中的"创造性叛逆"，还是难以避免。应当如何处理翻译中的文化意识游弋？主题学（Thematology）研究者提出"方法论"调适："尤为值得我们关注。它不仅始终能够提供广泛的研究可能性，而且它迄今的发展和它长期以来在比较文学中所处的地位使之尤其适用于阐释一些方法学反思。……主题学使人有可能通过素材认识不同国别文学作品和潮流中的差异。无论从横向看还是纵向看，这些素材的核心特点都是恒常的，而且超越了国别文学的界线。同样，主题学还有助于借助具体实在的素材，彰显特定的多国文化范围内各种单一文学之间的关系。此外，主题学还能让人洞达人类精神结构的一般发展过程，它们完全属于人类心理最古老的基本特点，而且在最简单的原型和最复杂的神话中都可见到。"② 亦即普遍性问题研究与国别具体问题研究应兼而有之，并行不悖，避免一维视角的偏颇。

正如有论者所批评："要求比较文学家在提出主题学问题时候，理当只在保证专业前提的那些方面下手。也完全应该说明，主题学常常被人同'材料堆砌'的看法连在一起。这种世界性误解不仅出于一个事实，即有些国家在这个领域的大量国别文学研究方面的考察时常都很狭隘（往往属于练手之作），而且还在于，体现比较文学重要性以及学术价值的超国界研究，直至今日依然少得令人诧异。"③ 的确，目前的研究还很不够，这里所提供的，仅是先前所缺少的本土材料的初步梳理。关于儿童的流浪故事还有《汤姆索亚历险记》，成人的有《鲁滨孙漂流记》④。有更多重逢母题的共通性尚未探讨，这也确是一个值得进一步开掘的领域。

---

① 赵景深：《童话概要》，北新书局，1927。
② 胡戈·狄泽林克：《比较文学导论》，方维规译，北京师范大学出版社，2009。
③ 同上。
④ 笛福：《绝岛漂流记》（今译《鲁滨孙漂流记》），跛少年（沈祖芬）译，开明书店，1902。

第十一章
乱离重逢母题的审美效应

李泽厚先生在他的《华夏美学》书中曾指出，"（中国文艺）集中把情感引向现实人际的方向，便不是人与神的联系，不是人与环境或自然的斗争，而是父子、君臣、兄弟、夫妇、朋友、亲族、同胞……这种种人际关系，以及由这种关系所带来的种种人生遭际和生活层面，如各种生离死别（'离别'便是华夏抒情诗篇中的突出主题）、感新怀旧、婚丧吊贺、国难家灾、历史变故……被经常地、大量地、细腻地、反复地咏叹着、描述着、品味着。人的各种社会情感在这里被交流、被加深、被扩大、被延续。华夏文化之所以富有人情味的特色，美学和文艺所起的这种作用不容忽视"[①]。的确，生活在各种关系的传统社会中的人，他们多多少少都经历过离别重逢，有的在乱离中感受更加深切，有了乱离重逢母题的文学史、风俗史的存在，人们的情感世界也更加丰富多彩，这与乱离重逢母题有着多维多向对应关系。

一、契合人生体验的感悟、共情

乱离重逢母题不仅是华夏之邦的生活经历概括，也是精神追求、人生感悟的荟萃。那林林总总的分合聚散故事，既扩展了人们认识世界的感知库，也成为人情文化结构中不可忽视的故事谱系。在陶冶人们情操的同时，丰富其审美体验。

其一，富贵、生死而不改变对故交的友情，但其中往往有一个"恩遇"的情结，穿越生死阻隔的精神重逢。如"高山流水""斗酒只鸡""独挂延陵

---

① 李泽厚：《杂著集》，生活·读书·新知三联书店，2008。

剑"等动人故事①，后者还成为生死不渝情谊、悼亡怀旧的佳话。彭定安先生还满怀深情地指出："'重逢'还有另一个意义，即在落魄或贫困、贫贱时的朋友，结义兄弟，预计将来发迹变泰之时，各自如何：'卿虽登车我戴笠，后日相逢下车揖。我步行，君乘马，后日相逢卿当下。'法国人分析这是'完美无缺的友情'，是'朋友间的患难与共'，'这些就是中华民族自上古起就萌发的紧密团结的幼芽'……'表现友情在中国民俗中占有十分重要的地位的诗歌不胜枚举'"②。这一友情并不因双方贫富变化而变质，因重逢得到检验、一如既往，"以心意相聚"的精神重逢，这古朴习俗多么值得珍重。那位法国研究者感受到："表明友情在中国民俗中占有十分重要地位的诗歌不胜枚举……这些诗或歌咏童年伙伴，同窗好友，或表现知恩图报的眷念之情，或颂扬由音乐沟通彼此油然而生的神秘好感。"③ 如今却要加以赞叹了，彭先生早年的关注世风人情，意味深长，有着恒久的审美能量。

其二，立足人物具体遭际的传记式纪事，命运变幻无常，既展现个体独特的心路历程，又依旧保有"怨而不怒"的中和意味。一般来说，乱离重逢是围绕着个体人生际遇与家庭关系的，近乎传记。传记是介乎文史之间，带有史传文学传统直接影响的文体："传记是记载某时、某地、某人、某事的真实故事；传说则往往是人云亦云，查无实证的空中楼阁。二者截然不同；但是，它们却有一个相同的特点，就是或感人、或给人以启迪和影响……总存在值得人们追忆、述说的因素，这才使它们当代流传，深入人心。"④ 这使得乱离重逢故事的接受、传播情境加进了个体人生的诸多感悟。在这人生的一幅幅图景中，人们也看到了人自身。

例如，传统社会虽然不是绝对排斥改嫁，但坚贞不渝的女性还是受推重的。夫妻重逢故事就基于妇女贞烈。晚清新闻画报报道，天津人郭某家有老母和一妻一子。迫于生计，他去了伊犁做生意，十年不归。母劝媳改嫁，媳不得已从之，但每念夫，便禁不住放声大哭。"恰好这天郭某还乡，听到哭声像是

---

① "高山流水"见《列子·汤问》，即钟子期死后，伯牙再无知音，于是摔碎琴，终身不再弹琴。参见冯梦龙《警世通言》卷一《俞伯牙摔琴谢知音》。"斗酒只鸡"出自曹操《祀故太尉桥玄文》。"独挂延陵剑"见刘向《新序·节士》，写季札心许赠剑但出使归，徐君已死，遂挂剑于亡友墓树上。参见王立《永恒的眷恋——悼祭文学的主题史研究》，学林出版社，1999。

② 彭定安：《安园读书笔记》，载《彭定安文集》13，东北大学出版社，2021。该诗即魏晋无名氏《越谣歌》，出自西晋周处（约236—297）《风土记》："越俗性率朴，意亲好合，即脱头上手巾，解腰间五尺刀以与之。为交拜亲跪妻，定交有礼。俗皆尝于山间大树下封土为坛……"逯钦立：《先秦汉魏晋南北朝诗》，中华书局，1983。后句一说为："君担簦，我跨马，它日相逢为君下。"郭茂倩：《乐府诗集》卷八十七，中华书局，1979。

③ 埃尔韦·圣·德尼：《中国的诗歌艺术》，载钱林森编《牧女与蚕娘——法国汉学家论中国古诗》，上海古籍出版社，1990。

④ 李志强：《中国北方俚曲俗情》，天津人民出版社，1992。

妻子，上前一看，正是妻子。"① 于是郭某携妇回家，偿还了媒资，夫妻二人和好如初。

图 11-1　相逢意外

其三，"合—分—合"结构的乱离重逢故事，与离乡、怀乡、乡愁、返乡构成了交叉重合的复杂关系，契合"归仁、复礼"传统伦理的审美形态。母题在发展沿革的漫长历程中，小中见大，从个体人生与亲人、家庭的分分合合联系中，多维度多层面地有效联合，成为文史互动的重要文化史母题，促进了多学科的整合互动。历史学家周一良先生曾指出："古人修史，基本史实的叙述大体因袭前人著作为多。如袁宏《后汉纪》成书于范晔《后汉书》之前，而所记史事与范书无大异同，说明出自同一来源，而且取舍大致相近。又如范书中《光武本纪赞》有'系隆我汉'字句，及《章帝八王传》中所谓'本书'，皆沿用《东观汉记》旧文之明显证据。甚至论赞某些词句，亦沿袭旧史，如章怀注指出范本出于华峤《后汉书》者即有多处。沈约《宋书》亦多本于徐爰等之旧史，故百卷之巨帙一年而成书。"② 这里说的是史学著述的成书规律，论点表述的模式化、母题链接传统。而在文学母题史的演进过程中，这类现象其实也是比比皆是。

其四，是面对文献纷杂，特定价值观、导向也带来了对"欢乐结尾"的实录选择、对作品的模式化处理。如曲艺史家耿瑛先生在《多个曲目多条路

① 吴友如等：《点石斋画报·大可堂版》，1891 年，上海画报出版社，2001。
② 周一良：《略论南朝北朝史学之异同》，载《魏晋南北朝史论集》，北京大学出版社，1997。

——改编〈刘金定大破迷魂阵〉有感》中曾指出，《三下南唐》的鼓词作为二人转题材，改编时删去了"迷信情节和刘金定进阵前的悲观情绪"，把于道洪被刘金定打死后阴魂搬兵复仇，改成战败求师助阵，"七色鬼"改为"五色兵"等，按：这样"异空间"表现取消了，另外对刘金定的结局，旧本有"两道蔓儿"。"一种是刘金定死后托生穆桂英；另一道蔓儿是刘金定破阵而归，或被人救出，夫妻团圆，南唐降宋而终。我采用了后一种，因为这种结尾，代表了人们的愿望。这个曲目，内容已变，所以题目也改为《刘金定大破迷魂阵》。"① 曲艺家试图采用读者观众喜闻乐见的故事模式，皆大欢喜，但这是否也是最容易被社会心理认同、肯定的作品，意味着变成最少具有文化反思的审美表达？

"乱离重逢"之后的人生之路怎么走？许多文本并未给出令人满意的展示，"重逢"似乎成为一个虚幻的愿景。对于离别重逢母题的思考，也不是没有人感到缺憾的。清代李汝珍笔下的人物，似乎体现出作者这方面的新思路。小说写唐小山（唐闺臣）借寻父之名欲修道，颜紫绡称："若以人情事务而论，贤妹自应把伯父寻来，夫妻父子团圆，天伦乐聚，方了人生一件正事。但据咱想来，团圆之后，又将如何？乐聚之后，又将如何？再过几十年，无非终归于尽，临期谁又能逃过那座荒丘？"② 就连在场的唐闺臣本人也不禁暗想："果然竟有道理。"团圆相聚，的确是让别离之人倾心期盼的，然而无可否认，人生之旅中的团圆又是终归具有暂时的、相对的性质，在那迟早到来的生死大限面前，寻亲、团圆，也就显得不是那么重要了。唐小山也不禁更加向仙道长生的召唤认同。而小说更写出了人生短暂，说将军章芐进了才贝关，阵中"铜香透脑"，被王老、老狐分别以"财""色"迷住，弄来四个美人、六个仆妇、八个丫环，四美人伴宿生了五男二女，转眼间儿孙女长大，陆续嫁娶。年已八旬的章芐这日以镜自照："只见面色苍老，鬓已如霜，猛然想起当年登梯钻钱之事，瞬息六十年，如在目前。当日来时是何等样精力强壮，那知如今老迈龙钟，如同一场春梦。早知百岁光阴不过如此，向来所做的事，颇有许多大可看破。今说也无用……"③ 而外面文营众将见"章芐进阵，到晚无信"，两夫人燕紫琼、宰玉蟾闻丈夫困在阵内，吓得"惊慌失色，坐立不宁"。人世苦短，一生倏忽而过，宛若平行空间中的一天。

李渔在《闲情偶寄》中指出明清戏曲创作的审美预期、艺术虚构现象："传奇所用之事，或古或今，有虚有实，随人拈取。古者，书籍所载，古人现成之事也；今者，耳目传闻，当时仅见之事也；实者，就事敷陈，不假造作，

---

① 耿瑛：《书林内外集》，春风文艺出版社，1999。
② 李汝珍：《镜花缘》第九十四回《文艳王奉命回故里　女学士思亲入仙山》，上海古籍出版社，1990。
③ 李汝珍：《镜花缘》第九十九回《迷本性将军游幻境　发慈心仙子下凡尘》。

有根有据之谓也；虚者，空中楼阁，随意构成，无影无形之谓也。人谓古事实多，近事多虚。予曰：不然。传奇无实，大半皆寓言耳。欲劝人为孝，则举一孝子出名，但有一行可纪，则不必尽有其事。凡属孝亲所应有者，悉取而回之，亦犹纣之不善，不如是之甚也，一居下流，天下之恶皆归焉。其余表忠表节，与种种劝人为善之剧，率同于此。"①明确地道出创作主体应具备的由此及彼、虚实相生的艺术结构、艺术创造能力与审美价值判断。

二、"温故知新"的传统与心灵对话

乱离重逢母题每多与明清故事书写结合，构成一种"温故知新"的创作传统，重逢的故事框架里对话交流，既显示其所挟深厚的民俗与文学传统，也实证性地显示其特色。在众所认同的文学传统中，汇聚说书艺术的场景对话，以及话本小说的入话等，形成既熟悉又陌生的艺术效应。

一是与现实生活的对话，弥补叙事者审视视角的局限，使形象更富满，事件更充实。清初小说《娱目醒心编》第一回入话称：

> 孟子有言：父母俱存，兄弟无故，最是人生乐事。设不幸而父南子北，兄东弟西，生离犹如死别，岂非人生极苦之事？然或遭世乱，或为饥驱，好好一堂聚处的骨肉，弄得一在天涯，一在地角，生不能形影相随，死不能魂魄相依者，比比而有。世人每说：人之生离死别，皆由天数注定，非人力所可挽回。不知数虽注定，挽回之力，全在乎人。果其仁孝之念，发于至性至情，一当骨肉分离，生必寻其踪，死必求其骨，极艰难困顿之时，而此心不为少挫，则鬼神必为之呵护，天地必为之周全，毕竟报其苦心，完其骨肉而后已。古语云："孝可格天。"盖有明明可验者。古来如孟宗哭竹，王祥卧冰，俱是孝感动天的故事。我要说孝子万里寻亲遗骨。且先说寻兄弟的事，作一引子，与看官听。②

以此先强调当下故事与现实人生的紧密联系，不由读者（观众）不由此唤起好奇神往，而后又把这喜闻乐见故事的喜庆结局道出，注意到"乱离重逢"系列不同分支的区别与共同之点。

传统文学——文艺"高于生活"的女性人物美艳化也是如此。借助已聘少男少女意外相逢故事，可探讨特定母题中女性人物审美营构规律。相传雍正初流民乞食路过崔庄，夫妇俩染疫病重，卖幼女以买棺，先祖母张太夫人为他

---

① 李渔：《闲情偶寄》卷一《词曲部》上，浙江古籍出版社，2000。
② 草亭老人：《娱目醒心编》卷一第一回《走天涯克全子孝　感异梦始获亲骸》，上海古籍出版社，1988。

们安葬，收养女孩起名"连贵"，契约上署其父张立，母黄氏，问籍贯已不能说话，而连贵自云家在山东，距此约走一月余，去年曾受对门胡家之聘，胡家也乞食在外。十多年后，一直没亲戚来寻访，就许配给马夫刘登。登自云本姓胡，山东新泰人，父母双亡，被刘家收养，记幼时父母聘一女，不知姓氏。或录者的先祖母看这些情况与连贵说的都相符，"颇疑其乐昌之镜，离而复合，但无显证耳"。那么，什么是"显证"？那就需要考察文艺作品的惯常母题，进行文本之间"多"对"一"的审美比较，纪昀借助叔辈看法："此事稍为点缀，竟可以入传奇……"而边随园征君更指出，史传载录的那些事尚且"不免于缘饰"，何况传奇呢？于是提出了"生活真实"与"艺术真实"的问题："《西楼记》称穆素晖艳若神仙，吴林塘言其祖幼时及见之，短小而丰肌，一寻常女子耳。然则传奇中所谓佳人，半出虚说。此婢虽粗，倘好事者按谱填词，登场度曲，他日红氍毹上，何尝不莺娇花媚耶？先生之论，犹未免于尽信书也。"[1] 现实生活为"第一时空"；笔记史传载录的民俗记忆，为"第二时空"（有时这一载录空缺）；而在乱离重逢母题文学谱系中，则成为"第三时空"——审美时空。故事中已聘为妻，虽彼此尚年幼，却已有了一种约定、家族的承诺，带来了冥冥之中的神秘感。而这一已聘男女的"夫妻"经灾荒流离坎坷后相逢事，一入文学（文艺）母题谱系，在清初"才子佳人"文艺生产的背景下，就成为才子佳人或戍边平叛立功封将的英雄美女"发迹变泰"的故事题材，其中女性人物必定被描绘为美艳非常，这无疑也是才子佳人小说戏曲的性爱基础和前提，同时极其有利于文艺作品雅俗共赏的审美消费。

二是在接受传播中，与有共同经历的较多受众进行对话，产生共鸣。例如，乱离重逢母题对历史题材的作品改编，非常有探索空间。凭借这一母题，可以唤醒、汇聚众多人们重逢亲人、亲人重聚的共情共感。如史家探究京剧《四郎探母》的来源之一是小说《北宋志传》，书中那被俘改为"木易"入赘作驸马的杨四郎（杨朗），四郎所娶的辽国公主琼娥（不是京戏的铁镜公主）："最要紧的是，小说里没有探母的情节，有的是四郎向被辽兵围困在飞狐谷中的宋军'暗助粮草'，叮嘱他们耐心等待援军的到来。"[2] 那么何以要如此？改编者不愿失去这一用处颇大的"看点"，由此"探母重聚"成为一个互动、对话的平台，形成与观众感情交流的触媒。

甚至做出善举避免他人伉俪离散，都能感动旁观者之心。新闻画报传扬，一念之善的假作书信竟能免于邻妇改嫁。说南陵顾生品学兼优，但却屡赴省试不第。某晚听到邻家有哭声，得知邻家有婆媳二人，儿子出外经商，久无音

---

① 纪昀：《阅微草堂笔记》卷九，中华书局，1980。《西楼记》为明代袁于令作昆曲，演书生于鹃（叔夜）与歌女丽华（穆素晖）情爱事。
② 姚大力：《读史的智慧》，复旦大学出版社，2016。

讯，媳妇勤劳养家。正值歉收，衣食不继，邻媪垂涎少妇美色劝她改嫁为富家之妾。少妇不舍婆婆，相对哭泣。顾生听说假作一书，诡称其子经营获利，将返。婆媳乃绝此念，半月后其子果然拥资还家，顾生随后也在秋试中魁入仕。① 故事主要称美做善事得福报，但潜在的逻辑前提是对妇女改嫁、家庭破裂、老母行将衣食无着的恐惧。事实上，外出经商日久，"浮云蔽白日，游子不顾返"的情形也很多，但无疑，期待家人重逢、和和美美的才是读者、观众乐于看到的，他们借助图画与母题形成沟通共情。

图 11-2　伪书发解（假作书信解难）

三是小说戏曲中的人物借此母题底色构筑情节，形成对话机制。车王府曲本《蝴蝶杯》写当堂验证蝴蝶杯，金蝴蝶飞则团圆，否则"若是那传家宝蝴蝶不见，奴命是与公子不得团圆"，"好好的把宝杯小心收验，有此物必须要来求姻缘"②。围绕着乱离重逢谱系之宝贝神灵的示现，武昌总督之子鲁士宽倚势欺凌渔夫父女，胡宴被打死，江夏县令子田玉川仗义解救胡秀兰时伤了鲁公子，秀兰报恩又助玉川脱身，互生情愫，玉川赠传家宝蝴蝶杯，而秀兰得布政使董温收留。

也许是为了凑足"二女嫁一夫"的时髦，剧本还设计了玉川、鲁林（鲁公子之父）相逢；而田县令见马上的雷全州（田玉川）"有些面善"，不敢相认，鲁林向鲁夫人解释、强化了获救恩、许玉川为婿缘由，并"先拜花堂，先

---

① 吴友如等：《点石斋画报·大可堂版》，1888 年，上海画报出版社，2001。
② 刘烈茂等：《车王府曲本选》，中山大学出版社，1990。

夺长房"。洞房中夸张了玉川的心理流程——再次概述故事脉络，总督之女鲁凤英的美貌、魅力，凤英玉川对话谈及兄被仗义"打不平"的打死事。如同《水浒传》中程太守一家被董平杀害，程女被掠却无反抗，剧本围绕凤英的"双重标准"，说破真相："打兄之仇常念想，救父恩情赴汪洋"，遂有"救二命"的诙谐幽默。兄妹关系与夫妻关系的恩仇对立、交织着救父之恩。剧本再次重叙故事梗概的同时，表现玉川与田县令的父子相认，田夫人点明："这才是喜从天上遣，吾居家方得好团圆。"① 巧合遭遇结下的施恩报恩、姻亲关系，冲击了先前的仇怨格局。田家的争认子与鲁家的争认婿，解决了恩仇交织带来的困惑。

刘烈茂、郭精锐先生指出："最终对手冤家却喜结良缘。因为胡玉川（即田玉川）既立下战功，与鲁士宽之妹共进洞房，为保住女儿家的'清白'，最终冤家和解而结秦晋，这个结尾既是顺遂中国人那'和为贵'的观念而来，又力图跳出传统文化那血仇相报没完没了的狭小圈子。"② 进入尾声，徐锡功又重申了巧遇乞丐雷全州（田玉川）的过程，"报仇无有了"。雷全州（田玉川）封湖南总兵，圣旨加封三级，成为对复仇消泯的补偿。最后玉川、秀兰终于相会结亲，由此分分合合串联起来有赖乱离重逢母题的多元多方作用。

三、母题的情绪记忆与审美接受

离别重逢母题的情节构成主要是乱离、重逢，要素之间形成既矛盾冲突，又密切关联的逻辑上荒诞的艺术特征。离别的恒定与重逢团聚的短暂现实相比较，母题一定程度上遮蔽了现实的丑恶、人性的丑恶。这一"陌生化"的表现艺术，突显了母题的存在价值，使其具有更高的认识论意义。

首先，"重逢"的情节构设消解了"乱离"的悲剧意味。秦瘦鸥《秋海棠》第五章中的人物体会到："对于一个唱戏的人，爱，格外是一个疑问。就他们本身来说，天天唱戏，悲欢离合的情节，像炒冷饭似的一次一次的在他们的灵感上流转着，终于麻木了他们的感觉。什么是假戏，什么是真戏，简直分不出来了；要希望有真正的爱，从他们的心坎里滋长起来，差不多已和希望从石田里长出稻谷同样的难了。即使他们偶然很例外地对人家发生了真爱，人家也不会相信他们"③。

儿女之情在离别重聚之际的场面剪影，有明代思想家王阳明（王守仁，

---

① 刘烈茂等《车王府曲本选》。
② 刘烈茂等《车王府曲本选·前言》。此当与晚清对复仇复杂性的思考有关。参见王立《中国近现代"仇家子女相爱"母题对西方观念的接受、熔铸及开创》，《广东社会科学》2013 年第 4 期。
③ 芮和师：《鸳鸯蝴蝶派资料》，福建人民出版社，1984。

1472—1529）的《赴谪次北新关喜见诸弟》："扁舟风雨泊江关，兄弟相看梦寐间。已分天涯成死别，宁知意外得生还。投荒自识君恩远，多病心便吏事闲。携汝耕樵应有日，好移茅屋傍云山。"① 此诗，当来自杜甫《羌村三首》。试想，如果读者缺乏对这组诗的审美经验和情绪记忆，那对当下诗作的感受、联想就不免大打折扣。

其次，身份困惑的强化增强了戏剧性悬念。电影史家总结了"相逢不识"的情节延宕与审美效应。说在吴楚帆据欧阳天原著改编、李晨风导演的《人海孤鸿》（华联影业公司）中，何思琪在战乱中妻亡子散，他在街头遇小偷阿三抢劫、在孤儿院教育阿三、了解扒手集团胁迫阿三参与绑架富商之子等，"得知阿三竟是自己失散多年的儿子。最后，阿三逃出匪窟，协助警方破获了犯罪集团……相认之前，已有多次偶遇和数番交流，但编导者直到最后才揭穿了这个秘密。"② 显然，电影是在一次相遇一次收束中推进情节，波澜起伏，观众也随之获得了审美欲望的一次次满足。相比之下，古代的许多故事虽也有好多周折，但"重逢"却往往太容易了一些，因而李渔对此不满而批评，提出"小收煞"，即要有悬念："宜紧，忌宽，宜热，忌冷，宜作《郑五》歇后，令人揣摩下文，不知此事如何结果。如做把戏者，暗藏一物于盆盎衣袖之中，做定而令人射覆，此正做定之际，众人射覆之时也。戏法无真假，戏文无工拙，只是使人想不到、猜不着，便是好戏法、好戏文。猜破而后出之，则观者索然，作者赧然，不如藏拙之为妙矣。"③ 不仅是艺术技巧，也是审美心理的呼应。

再次，从心理学上看，"再相逢""如见故人"审美效应，契合了离散者纾解焦虑与情感宣泄的心理需求。翁偶虹体会："旧社会剧团的营业有一个规律：一出叫座的新戏往往能够带动其他的戏。所以那时'四大名旦'每排出一个新的剧目，只演三四场便珍袭（惜）而藏，再换演以前演过的新节目，使观众如逢故人，执手言欢，如此乘风迭进，上座纪录总能保持在相当的水平上。"④ 这是"离合""乱离重逢"母题在艺术审美接受方面的成功运用。看戏，看的是自己喜欢的"角儿"，心理上有一种"如见故人"的亲切感。而就乱离重逢母题的艺术书写而言，故事"合—离—合"结构的设置，以及人物命运的"否极泰来"，就不仅仅是故事情节演进的情境张弛有度的需要，也不仅仅是社会事象的艺术化呈现，而是历史演进规律与生命进化规律的契合，是

① 《王阳明全集》卷十九，外集一。参见罗宗强《明代后期士人心态研究》，南开大学出版社，2006。
② 李道新：《中国电影文化史》，北京大学出版社，2005。
③ 中国戏曲研究院编《中国古典戏曲论著集成》七，中国戏剧出版社，1959。"郑五歇后"，即歇后语。《新唐书》载唐昭宗时郑綮善诗，诗中多用诙谐的歇后语，当时称之为"郑五歇后体"。
④ 翁偶虹：《翁偶虹编剧生涯》，同心出版社，2008。

顺应大自然的脉动。

最后，是乱离重逢母题带来的审美疲劳。母题在特定题材主题范围内，便于审美营构。这一点最突出的是明末清初才子佳人小说，时人已意识到了。三江钓叟《铁花仙史·序言》："传奇家摹绘才子佳人之悲欢离合，以供人娱耳悦目也旧矣。然其书成而命之名也，往往略不加意。如《平山冷燕》则皆才子佳人之姓为颜，而《玉娇梨》者又至各摘其人名之一字以传之，草率如此，非真有心唐突才子佳人，实图便于随意扭捏成书而无所难耳。"① 甚是令人熟而生厌倦。山石老人《快心录自序》有如此的母题阅读疲倦感："余自幼累观闲词野史颇多，无非是佳人才子，捻（捏）造成一篇离合悲欢，虽词句精巧，终无趣味。"②

此外，母题体现的新创还可能跨域表现在空间艺术等新创，如小说插图。乔光辉提出了"以插图构建第二文本"的概念，践行者为詹吾孟简。如《剪灯新话·渭塘奇遇记》原本叙金陵王生往松江，归途中邂逅酒肆店主女儿，归后常与女梦中幽会，次年再过而结为夫妇。而清江堂本詹氏组图却描绘出王氏独居幽室"与女欢吟"的现实场景，原文"彼此目成久之"被图解，"取而代之的是一次因酒店艳遇而导致的婚姻"③。于是插图体现的第二文本，把原本描绘的男女"相逢"活动提前了。

曾祥波对比了各种旧注异同，重点讨论蔡梦弼《杜工部草堂诗笺》注文的来源、改写、冒认及其影响，得出四个初步结论：一是至少有半数以上的注文承袭前人；二是近半数的注文是以前人注为基础进行改写的；三是少数标明"梦弼曰"注文属于冒认前人注释；四是上述诸条外，则可以归为蔡注原文④。这些结论，大都建立在仔细比对的基础上，较为切实可信。联系到古代叙事文学创作的"旧瓶装新酒"积习，戏曲小说对史传的改编及题材交叉借用等现象，同理，像"乱离重逢"这样易于为不同时代、不同地区、不同角色及年龄人们所广为关注的社会现象、民俗事象与文学母题，更是如此借用、嫁接，本书所列举的个案异文，只是一部分，所在仍有不少。

21世纪以来多有某段、某类文体的"重写研究""传播研究"等⑤，体现出一种格局创新的新动向。因此，某一蕴意丰富、与现实人生密切联系的诸如乱离重逢母题，也应得到重视。本书仅是草创阶段，愿为引玉之砖，以待时

① 丁锡根编著：《中国历代小说序跋集》下，人民文学出版社，1996。
② 同上。
③ 乔光辉：《明清小说戏曲插图研究》，东南大学出版社，2016。
④ 曾祥波：《蔡梦弼〈草堂诗笺〉整理刍议——兼论现存最早两种宋人杜诗编年集注本之优劣》，《中国杜甫研究会第七届年会暨杜甫与重庆学术研讨会论文集》，2015。
⑤ 如黄大宏《唐代小说重写研究》，重庆出版社，2005；王平主编《明清小说传播研究》，山东大学出版社，2006；程国赋《三言二拍传播研究》，中国社会科学出版社，2006，等等。

日，盼望这项研究，持续进行并向纵深发展。

情绪记忆的审美特质，这母题可不是轻易可以绕开、忽视的。

首先，乱离重逢母题表现在父（母……）缺位带来的童年情结，寻父（寻母……）不仅是故事缘起，还往往成为影响人物及其家庭关系一生的头等大事。寻亲者伴随着"寻亲"的人生轨迹而成长，移步换形，风餐露宿，艰苦卓绝，昼思夜梦；而有的几乎没有刻意寻觅就意外相逢。

其次，该母题重逢场面的多样化、戏剧化叙述，同富有忧患意识的审美民俗交织互动。乱离重逢的诸多真实事件触发文学叙述，形成的多文体文本又不断滋养着逐渐饱满、伸展的民俗母题生命树。刘魁立先生曾从 28 个浙江"狗耕田"故事文本，概括出 9 种变体。这一个案研究提出的"生命树"概念①，也可以作为多种文体下的乱离重逢母题"生命树"。而其中，重逢欢聚的场面，就可以说是联结树干与树枝、枝叶的节点。由于母题的复杂性、开创性，这一生命树呈现了枝繁叶茂的奇观，而且向其他母题渗透。

再次，由于葆有、持续凝练人性人情人伦那些具有延展空间的审美元素，乱离重逢母题以其雅俗共赏的内在情蕴、鲜活且贴近大众生活的优长，雅俗共赏，建构、丰富并提高了明清以降文艺的平民精神②，乃至使文学中的"英雄主义"等不为帝王将相所独专，增强了文学与民俗叙事的多元性③。无疑，该母题不仅是《西游记》《水浒传》《聊斋志异》、"三言二拍"、《江湖奇侠传》《蜀山剑侠传》等名著赖以生成、拱卫的审美文化资源之一，也影响到民族化的悲剧意识，成为生活悲剧转化为中国式的民族悲剧审美形式构成。

此外，乱离重逢母题得到了重视人物情性、戏剧冲突、传奇性的综合性艺术的青睐，其价值许多就是在说书艺术、戏曲、电影等改编中扩充、提升并传播，无疑这也反复并持续地反馈于母题谱系，形成以平民为主的、超越社会阶层的接受心理与审美心态。

---

① 刘魁立等：《民间叙事的生命树》，中国社会出版社，2010。

② "平民"一词在不同时代语境、话语体系中有不同的表述，构成成分也有变化。《三国演义》题材与主要人物刘备、关羽、诸葛亮等中后期身份虽变，但他们起于平民与平民情性、思维难以忽略，而明清许多历史演义创作也多模仿这类"草野英雄"群像、习气。参见李福清：《三国演义与民间文学传统》，尹锡康、田大畏译，上海古籍出版社，1997。杨义：《新诠释学下的〈三国〉〈水浒〉〈西游〉：中国民间文化精神的史诗》，载辜美高、黄霖主编《明代文学面面观——明代小说国际学术研讨会论文集》，学林出版社，2002。

③ 周晓燕：《平民化与平俗化——当前文学发展的两种趋向》，《北京师范大学学报》（社会科学版）1996 年第 1 期。

结　语
乱离重逢母题的文学史地位与情感史价值

中西方对"奇遇"母题的理解和表述也是有区别的。P. 格雷马尔研究希腊罗马的小说，指出希腊小说家谈到埃及、波斯，使以往和今日的历史学家有据可循："小说中的奇遇远非我们所认为的那一套（风暴、海盗、诱拐、寻找在当时是日常的命运，正如现在的车祸一样）。"① 对于乱离重逢故事情节的惊险、传奇性的喜好，对于中老年人物、文史中的妇女历经沧桑追录美满生活的同情悯惜，对于青少年历经坎坷艰难之后成长成功的神往，等等，这类故事特别贴近人们的现实人生，又富有一定的传奇性、刺激性，得到广大读者、听众和观众的喜闻乐见，雅俗共赏。

维谢洛夫斯基指出："或许我们还可以提及一些母题：关于拐走妻子，抢新娘，关于近亲之间，父子、兄妹之间的相认，以及往往是敌意的或犯罪的相遇。他们在中世纪小说中的相逢已成为一种引人入胜的图示，成为诗歌发展的一种条件，然而在根本上它们反映了实际事实；或许是大规模的各民族混居和迁移的时代的抢婚习俗，这种迁移使亲人们生死离别，相距天涯海角。"②

从他山之石的角度，对于古代小说有着深湛研究的华裔学者马幼垣教授，与我国台湾学者刘绍铭教授共同编译过《中国传统小说·主题及多样性》，全书共分为 18 个主题，选传统小说故事 61 个，类别为：（1）无私的朋友；（2）游侠骑士；（3）自我宣告的英雄；（4）忘恩负义者；（5）无情的情人；（6）奉献一切的情人；（7）重聚的一对（选《范鳅儿双镜重圆》等）；（8）不幸的女人；（9）非凡的少女；（10）妖妻；（11）最幸运的人；（12）不忠实的追求者；（13）梦想冒险家；（14）刨根问底的人；（15）法官；（16）侦探；（17）大盗。（18）骗子。③ 对中国传统小说予以详细介绍，当然不能说已将传

---

①　赵毅衡、周发祥：《比较文学研究类型》，花山文艺出版社，1993。

②　维谢洛夫斯基：《历史诗学》，刘宁译，百花文艺出版社，2003。

③　马幼垣、刘绍铭：《中国传统小说·主题及多样性》，波士顿，1986，参见王丽娜《欧美研究中国古代小说述略》，大连明清小说研究中心编《稗海新航——第三届大连明清小说国际会议论文集》，春风文艺出版社，1996。

统小说主题囊括无遗。但至少在这里，第7类"重聚的一对"（实际上就是夫妻、情人的离别重逢母题），就赫然列入其中，说明该母题所具有的人类共通的审美特质，早已被有识之士所关注并给予类化标识。

本书尽量较有覆盖面地描述，初步解读了乱离重逢母题及其旗下众多文本，总结其通常的书写模式，在此似已无须辞费。一者，不同民族的精神价值趋向和物质习俗，决定了对于"奇遇"的不同侧重，何种奇遇事实上凝聚了特定民族的生活视野、对于生活之中幸运机会的不同关注。詹姆森指出："故事的本体主要是一种想象与幻想。故事所描述的也主要是人们的一种心理状态，是一种社会或家庭生活环境、条件产生的心态、精神的表述。"[1] 我们由乱离重逢母题史巡览，不难看出，虽一些惯常细节带有一定成分的虚构，总体上该母题符合传统伦理文化的精神，成为大团圆心理的民族化表现。二者，不同的母题故事文本大多有其自身的特点、性质与审美表现母题史传统、文化模式的框范的差异，然而在母题史总体流脉中，绝大多数文本又受到母题史传统、文化模式的框范。三者，文学传统（如西方的荷马史诗的影响）特别是母题流传的主题史意蕴的影响。

奇遇，在中国叙事文学特别是明清小说中，多得指不胜屈，占乱离重逢母题最令人惊赞的一部分，但又不限于乱离重逢。其突出特点是偏重伦理意趣，如夫妻、父子等奇遇之偏重"孝道""贞节"。如得宝、掘藏、赢利、遇仙等，当然还有部分常规性"仕途经济"——中举、立功、升迁等。

而在欧美那些海洋民族中，因为贸易、经商和探险，则那些"奇遇"的类型也大有区别。如风暴、海盗、诱拐、寻找，而这些往往有神话原型的痕迹，体现了西方文学母题较为重视神话原型的特征。而在中国文学接受主体看来，这些也就是"异国情调"的主要构成。进入明清时期，随着海外贸易经商活动的频繁，大陆文化视野的开阔，一些先前较为忽略的母题也开始活跃起来。而新母题的激活开展，又不仅仅是现实生活的艺术化写照，而带有文学传统的刮垢磨光的时代新风，如"海外意外获宝"对中古汉译佛经文学的借鉴。

从跨文化而且寻究中外文学某些表现人性共同点的角度，林纾《〈美洲童子万里寻亲记〉序》认为，父子的情感出于天性，在此问题上中西方没有什么区别："《万里寻亲记》为余所见者，则瞿翁两孝子而已。然入于青年诸君之中，则颇斥其陈腐。以一时议论，方欲废黜三纲，夷君臣，分父子，广其自由之途辙，意君暴则弗臣，父虐则不子。嗟夫！汤武之伐桀纣，余闻之矣。若虞舜伯奇，在势宜怼其父母，余胡为未之前闻耶？父子天性，中西初不能异，

---

①　R.D.詹姆森：《一个外国人眼中的中国民俗》，田小杭译，上海文艺出版社，1995。

特欲废黜父子之伦者，自立异耳。"①

林纾《〈美洲童子万里寻亲记〉序》还指出，往往事件的当事人——孝子本人，还恰恰不去自己来载录亲历。他体会到寻父、寻母故事传播有这种特殊现象："宋朱寿昌去官寻母，苏诗记之，故朱氏不自为记也。明周蓼洲之公子奔其父难，记则门客为之，公子亦未尝自记。"②

探讨乱离重逢母题的同时，本书给多学科提供一些本土个案。彭兆荣教授指出："文学人类学或许只是文学的一种另类研究，或许只是人类学对'有文字民族'一种新的对待，因为应用人类学早已跨越了旧式人类学所谓'异文化'的畛域，当然，文学人类学也可以是两个学科的智慧相携，优势互补。在我国，文学人类学还有一个重要任务，这就是通过全新的研究视野和研究方法，突破中国文化传统的限制和瓶颈，使国学发出新的学术光芒。"③ 从当下个案初步梳理可以看出，许多用来作明清小说、民俗故事学、比较文学等个案，一般都有一个或大或小、或明或暗的谱系。

乱离重逢母题，本质上是千百年来人们对亲人别离的一种心灵期盼，一种在乱世人生中向往家庭幸福美满的民族文化精神投影。一位美国学者指出故事文学的性质，比较适用故事母题史研究："故事的本体主要是一种想象与幻想。故事所描述的也主要是人们的一种心理状态，是一种社会或家庭生活环境、条件产生的心态、精神的表述。"④ 而对于中国古代乱离重逢母题研究，就尤其贴切。因"乱离"，而更加看重亲情、家庭，因而喜谈"重逢"，关注别人家的重逢，实际上乃是自身情感、境遇与理想的心灵投影。

历史学研究指出，当代情感史研究的一个方面，是处理历史书写中情感的作用："如战争会引发情感的剧烈波动，比如对敌人的仇恨、丧失家园、失去亲人的悲伤、战争胜利的喜悦等，但在情感史兴起之前，许多研究战争的历史著作，并不将情感作为历史研究的对象。"⑤ 而文学与情感史研究结合，在文学方面首要的是梳理文学史中情感表达的母题谱系，意义不仅在本身，也是由此打开一个观念意识系统的研究领域："用情感史的视角，批评者可以将文学形式以及性别、阶级等社会范畴的讨论融合在一起，形成一种新的对于崛起中的'意识'结构的考察，全面打开我们的批评维度。情感文化史的研究不限

---

① 钱谷融：《林琴南书话》，浙江人民出版社，1999。
② 阿英编《晚清文学丛钞·小说戏曲研究卷》，中华书局，1960。
③ 唐启翠、叶舒宪编著《文学人类学新论：学科交叉的两大转向》，复旦大学出版社，2019。
④ R. D. 詹姆森：《一个外国人眼中的中国民俗》，田小杭译，上海文艺出版社，1995。
⑤ 王晴佳：《拓展历史学的新领域——情感史的兴盛及其三大特点》，《北京大学学报（哲学社会科学版）》2019年第4期。

于小说，但以此入手也不失为一条好的途径……"① 伦理通过个体亲情体现而诉诸民俗记忆的文艺表达，即乱离重逢母题的文化史流脉。

唉，这真是一个百谈不厌的故事群落，切近民生、民情，是一个有着恒久价值、需要继续探讨深化的话题。

亲缘、情缘的失落、中断，成为个体生存状态的巨大改变，往往使其陷入困苦境地。分别、分离，强化了个体角色的情感需求，许多存在的小矛盾、不如意，都变得无关紧要，持团聚需求并朝此目标努力，虽苦犹甘，重逢是绝大多数离散者最大乐事，人们津津乐道，也喜闻乐见。

---

① 金雯：《情感史与跨越边界的文学研究》，《西北工业大学学报（社会科学版）》2018 年第 2 期。

后　记

　　课题酝酿和关注多年，也记载了南北漂泊难忘岁月的心路历程。其中许多与自己多年来的其他课题交叉，下注引用已发拙文题目，也主要为避复、纪念。本书力求：（1）作为通题、跨域的主题学研究，力求有个较大覆盖面；（2）尽量只分析重要、罕为关注之作，不重复、过度阐释；（3）减少一般化的、高中课堂上讲的"悬念""情节""形象"等与网上易查的版本、作者生平类常识——网络改变了知识、常识的获取方式。

　　乱离重逢故事，何以传统戏曲、曲艺、影视多有改编？这是由情感史、社会史、民俗史、故事和小说等接受史的重要问题，引起代复一代载录、接续、重构的文艺活动史、文艺思想史的问题。母题史承载着千千万万人心灵记忆的缩影。因作为初探，覆盖面广，有时不得不展示多于揭示。

　　书稿提纲，曾发给著名学者、中国武侠文学学会首任会长、曾任南开大学中文系学术委员会副主任的宁宗一先生指教，宁先生认真查阅了提纲，充分肯定作者"多少年锲而不舍开发新题材"，这乱离重逢母题：

　　　　既深入到人性、亲情、至爱……诸多层面，其伦理意识更为深刻。人性中的真与善，常常在这一母题中得到显现，所以它有重要现实意义。离乱重逢本身的作品又必然涉及时代环境中的冲突，其背景往往让我们更深一层次把握时代的变异，因此二者的交融产生的作品大多深深敲击着我们的心灵。乱离重逢母题的复杂性，我认为在于这又是一种理想与现实的冲突的体现。民间心理的追求重逢与团圆往往是"双刃剑"，它既满足人们的理想，但又不自觉地遮蔽了乱离造成的人间更多悲剧的真相！小说戏剧中的这类作品，给人带来希望与愉悦，但追索背后的东西，往往被读者观众淡化了！所以这个母题的研究您一定有太多的话要说，太多的字要写，有太多您可以发挥理论思维的空间！我等待大著早日面世！

　　宁先生是前辈戏曲、美学大师，这鼓励可谓任教七十年的经验之谈，也是前辈在鞭策、督促本书作者遇出版困难时不能放弃。

　　本书的许多章节，也努力与前贤、同道相关研究接轨，关注、引用其实也是在书中形成一种"对话"，力求减少"自说自话"，但在撰文成书时未必都能随时想起、落实，或篇幅所限，或避免节外生枝，愿师友、读者谅宥。

由于展示的故事相当一部分是文言、半文言表述的，本书力求达到文献的原汁原味与当下可读性结合。一般来说，概括故事情节的运用白话文，而适当引用一部分原文片段，以期保持一种历史语境中的情氛。读者通过上下文顺下来也可以大致读懂，个别词语通过手机与网查不难索解。

书稿内容力求与作者已出之书不相重复，但有些故事，在省市图书馆和一些高中的感恩、侠义主题讲座时讲过，同在场听众交流过，也取得较好反响，还多次有家长、学生问起参考书①

感谢对这一课题较早发现的彭先生，并应作者之邀慨然作序；感谢宁先生热情鼓励；感谢曾在辽宁学习、任教的苏州大学徐斯年先生的指教与肯定；也感谢有共同爱好的师友们。本书稿进行之时，感谢国家社科基金"还珠楼主小说母题古今演变研究""明清灾害叙事、御灾策略及民间信仰研究"与辽宁省经济社会发展研究重点课题"进一步创新发展辽宁文化产品和服务研究"的支持，课题交叉得以增加了本书厚度。感谢东北大学出版社社长郭爱民和责任编辑孙德海君的敬业与友情，使本书经历波折的文字又能重逢世上，并能有另一种方式存留。

作者

2023 年 8 月

---

① 王立：《中学生思维能力培养的一点设想——谈语文教学与有关学科的相通性》，《锦州师院学报》（哲学社会科学版）1984 年第 3 期，华中师范学院（大学）《语文教学与研究》1984 年第 11 期摘编。参见王立：《永恒的眷恋——悼祭文学的主题史研究》，学林出版社，1999；《文人审美心态与中国文学十大主题》，辽海出版社，2003；《中国古代报恩故事的主题学研究》，中国大百科全书出版社，2018。